Eduard Hartmann

Endstation Darknet

INNSALZ

Eduard Hartmann
Endstation DARKNET
Verlag INNSALZ, Munderfing 2017
Gesamtherstellung & Druck:
Aumayer Druck + Verlag Ges.m.b.H. & Co KG, Munderfing
Printed in The European Union

ISBN: 978-3-903154-12-4
www.innsalz.eu

END STATION DARKNET

INNSALZ

Zum Autor

Eduard Hartmann

Eduard Hartmann

wurde 1950 in Bad Reichenhall geboren, ist in Salzburg aufgewachsen und hat viele Jahre seines Lebens in leitenden Positionen großer deutscher Verlage gearbeitet. 2001 ist er wieder nach Österreich zurückgekehrt, hat in Salzburg eine Anzeigenzeitung gegründet und geleitet, war journalistisch tätig. Er hat zwei erwachsene Kinder und lebt in Mödling bei Wien. Für dieses Buch hat er zwei Jahre lang recherchiert und verstörende Zusammenhänge entdeckt.

Ich drehe mich um, die Türklinke bereits in der Hand, möchte ihr etwas Liebes sagen. Aber in mir ist nur noch Leere. Abschließende Worte für diese Nacht zu finden, will mir nicht mehr gelingen. Mara steht in der Mitte des Wohnzimmers, blass und schmal. Die schwarzen Haare umhüllen ihr zartes Gesicht. Darin die großen dunklen Augen, der misslungene Versuch eines Lächelns. Sie hat eine Decke um sich geschlungen, die nackten Füße schauen darunter hervor. Ihre letzten Worte sind verhallt, leise, fast unhörbar:

»Ich werde dich immer lieben! – Egal, was aus uns wird.«

Ihre Stimme klingt in mir nach. Doch ich finde keine Antwort mehr. Mein Mund nicht, und auch in mir nicht. Ich möchte die Stille durchbrechen, die Beklemmung auflösen. Aber es formt sich kein Gedanke, den ich aussprechen könnte. Das Feuer in mir ist erloschen. Ich bin trostlos, sprachlos. Hebe die Hand zum Mund, hauche ihr einen Kuss zu und gehe hinaus in die Kälte. Schließe die Tür sanft hinter mir.

Es ist fast vier Uhr früh. Ich prüfe, ob der Boden gefroren ist. Nein, Gott sei Dank! Temperatur trotzdem deutlich unter null Grad. Ich hole meinen Roller aus dem Windfang neben der Haustür und fahre so leise wie möglich los. Diesen Weg, den ich schon so viele Nächte zuvor gefahren bin. Es sind nur wenige Kilometer bis Adnet. Die ersten Häuser: alle dunkel. Ich schalte früh, rolle nahezu lautlos durch das Dorf. Niemand soll durch mich gestört werden. Die Kälte ist brutal! Durch einen kleinen Spalt unter dem Helm dringt beißend kalter Wind. Ich habe gestern meinen Schal vergessen! Meine Motorradjacke kann der eisigen Luft nur geringfügig Widerstand entgegensetzen. Egal! Die 25 Minuten bis nach Salzburg werden mich nicht umbringen. Nicht die Kälte.

Nach dem Ortskern, die Gerade runter zur Wiestaler Landesstraße, beschleunige ich auf achtzig. Der mir entgegenstürmende Wind beißt mir ins Gesicht und in die Hände.

Die vergangenen Stunden waren so aufwühlend, so intensiv. Keine Gelegenheit nachzudenken! Nur spüren. Ihre Anwesenheit, ihre Nähe. Ein letztes Mal. – Es gibt so viel, was ich noch verarbeiten muss.

Mara rief mich vor zwei Tagen an und sagte, dass sie mich treffen will. Ihre Stimme am Telefon war leise, wie von sehr weit weg. Sie hat den ganzen Dienstagabend frei und ist zu Hause. Ich kann ab fünf Uhr Nachmittag kommen. Sie kocht etwas, und wir haben ganz viel Zeit, alles zu besprechen. Ähnliche Worte wie bei unserem ersten Zusammensein, fiel mir sofort auf. Doch ihre Stimme hatte einen ganz anderen Klang. Dieses Mal war sie gefüllt mit Traurigkeit. Das hörte ich. Das fühlte ich. Es sollte das letzte Mal sein, dass wir »ganz viel Zeit« haben, zusammen.

Wir haben uns vor eineinhalb Jahren kennengelernt, Anfang Oktober, an ihrem Blumenstand am Universitätsplatz. Es war ein Freitagvormittag. Ich wollte meinen Vater im Seniorenheim besuchen und brauchte ein Geschenk. Ich sehe diese erste Begegnung vor mir, als wäre es gestern gewesen:

Sie stand hinter einer schmalen Holztheke, um die herum mehrere Blumentröge aufgebaut waren. Alle prall gefüllt mit kräftig leuchtenden Schnittblumen. Sonnengebräuntes zartes Gesichtchen. Gänzlich ungeschminkt. Umrahmt von pechschwarzen Haaren. Ein Teil davon zu einem losen Knoten gebunden, der üppige Rest floss sanft über ihre Ohren bis unter die Schultern. Ein warmer Herbsttag, Ende September. Sie trug ein bunt geblümtes ärmelloses Sommerkleid. Nicht Tracht, jedoch irgendwie volkstümlich, fand ich. Ihre runden Brüste zeichneten sich deutlich ab. Sinnlicher noch empfand ich ihre nackten feingliedrigen Arme und Hände, den schlanken langen Hals. Alles an ihr schien zierlich, weich, sanft. Restlos verzaubert aber haben mich vom ersten Blick an die dunklen Augen, mit denen sie mich fixierte. Große Pupillen, fast pechschwarz, kaum zu unterscheiden von ihrer Iris. Kräftige Augenbrauen und zarte Wimpern. Ihr Blick hatte etwas Warmes, Liebevolles. Keine Frau hatte mich jemals zuvor so angesehen, empfand ich.

Mit einem leichten, nur zu erahnenden Lächeln fragte sie, ob ich Blumen für meine Liebste – sie sagte tatsächlich Liebste – möchte. Ihre Stimme war klar und hell, hatte etwas Mädchenhaftes.

Ich sagte: »Nein, für meinen Vater.«

Sie hob eine ihrer Augenbrauen, geringfügig, kaum merklich, und ich hörte ein leises »schade«. Und nach einer kleinen Pause, in der sie mich mit ihren Blicken erforschte: »Hat er Geburtstag?«

Ich schüttelte den Kopf und antwortete, dass er im Seniorenheim lebe und ich schon lange nicht mehr dort gewesen sei.

Sie stellte einen wunderschönen Strauß aus Herbstblumen zusammen. Einen von der Art, die man im Blumengeschäft nicht kriegt. Als ob gerade frisch im Garten gepflückt. Ich bestellte gleich noch einen zweiten für mich selbst.

Worauf ich ein neckisches »also doch …« hörte.

»Also doch? Wie meinen Sie das?«

»Na ja, diese Blumen jetzt, die kaufen Sie doch bestimmt nicht für sich selbst. Blumen werden doch fast immer gekauft, um jemandem eine Freude zu bereiten.«

»Ich freue mich aber auch über Blumen! Es gibt halt leider niemanden, der sie mir schenkt. Und wenn ich zuhause jemanden wie Sie hätte, dann würde ich jeden Tag welche mitbringen!«

Sie lachte übermütig und verdrehte ihre Augen nach oben. »Ja, ja, ihr Männer, erst immer den Himmel versprechen, und dann …«

»Ich liebe Blumen schon sehr«, ich machte eine kleine Pause, »aber mehr noch liebe ich Frauen, die so schön wie Blumen sind!«

»Kein Mensch ist jemals so schön wie meine Blumen…« Dabei stemmte sie die Arme in die Seiten und sah mich herausfordernd an.

»Schönheit liegt immer im Auge des Betrachters, sagt man doch, oder?« Ihrer Unbekümmertheit hatte ich nichts entgegenzusetzen. Zumal mir klar war, dass ich totalen Stuss dahergeredet hatte.

Nach einer kleinen Pause sagte ich wie nebenbei:

»Ich heiße Florian. Ich habe auch Blumen – in meinem Namen.«

Keine Reaktion auf mein ungeschicktes Flirten! Und ihren Namen sagte sie mir ebenfalls nicht. Ich suchte nach einem Schild, sah keines. Sie sah mir gelassen und ruhig in die Augen, pfeilgerade, und dieser Blick fand einen Weg direkt in mein Herz. Danach, als sie leicht gebückt die Blumen arrangierte, entdeckte ich, dass auch sie mich beobachtete. Nachdenklich erst, doch dann tauchte es zum ersten Mal auf, fast nur in ihren Augenwinkeln, dieses unvergleichliche winzige Lächeln, das ich so sehr an ihr liebe. Der Hauch eines Lächelns! Das ihr ganzes Gesicht verzaubert, wenn sie es schenkt. Ein Strahlen, das tatsächlich an die Blüten ihrer Blumen erinnert. Und zum ersten Mal fühlte ich dieses Kribbeln im Magen, diese Sehnsucht, die mich fortan verzehrte und nie wieder losließ. Ich versank in diesen Augen, verlor mich in ihnen, wie ich das nie zuvor erlebt hatte!

Sie hielt mir die zwei Sträuße hin: »Da wird sich Ihr Vater aber freuen.« Pause. »Und Sie hoffentlich auch. Macht zusammen 56.«

»Die Blumen werden mich täglich an Sie erinnern. Ich möchte so gerne mehr von Ihnen…«

In diesem Moment wurde ich durch eine Frau unterbrochen, die ich vorher nicht wahrgenommen hatte. Ob sie auch etwas kriegen könne, sie habe es nämlich eilig. Ich erschrak, mein Gestammel war nur für dieses zarte Wesen gedacht und nicht für andere Ohren! Ich zahlte schnell und gab ein (fürchte ich) zu hohes Trinkgeld, denn sie wackelte ungläubig mit dem Kopf. Abschließend lächelte sie mir noch kurz zu, schon halb abgewandt, und kümmerte sich dann um die Frau.

Auf dem Heimweg war ich noch immer von dieser Begegnung berührt. Ich wünschte mir mehr von dieser Frau, mehr von ihren

Blicken, ihrer Stimme, ihrem Lächeln. Etwas an ihr hatte mich aufgewühlt, tief drinnen. Eigentlich lächerlich, nach so einer kurzen Begegnung. »Ich glaub, ich spinn«, sagte ich mir. Dass ich von einem einmaligen Zusammentreffen derart beeindruckt sein sollte, das konnte doch gar nicht sein. Und dann hoffte ich plötzlich, dass sie keinen Freund hat. Total unwahrscheinlich bei so einer Frau! Trotzdem …

Es war etwas in diesen Augen, besser gesagt in ihrem Blick, das mich faszinierte, nein, mehr noch, das etwas in mir schmelzen ließ. Eine tief vergrabene Sehnsucht erwachen ließ. Nach Nähe. Zu dieser Frau. Mir fiel wieder ein, was mir mal ein japanischer Besucher im *Brunnen* erklärt hatte. Über das Lächeln!

»In Japan lächeln wir mit den Augen! Nicht wie ihr Europäer mit dem Mund. Alle Emotionen drücken wir fast ausschließlich durch unsere Augen aus. Der Mund und seine Bewegungen sind unwichtig. Wir lesen in den Augen, was unser Gegenüber ausdrücken will.«

Ich habe später herausgefunden, wie sehr es stimmt, was er gesagt hatte. Selbst die japanischen Emoticons in E-Mails zeigen immer einen geraden Mund, nie einen lächelnd gekrümmten. Hingegen gibt es unzählige Augenstellungen ihrer »Smileys«. Für westliche Menschen sind sie erst nur schwer zu verstehen. Aber mich inspirierte das sehr! Man kann also in den Augen lesen! Und wenn andere das können, dann wollte ich es auch lernen!

Nach dem Gespräch mit dem Japaner hatte ich mich eine Zeit lang intensiv auf die Beobachtung von Augen konzentriert! Ausschließlich dort suchte ich nach dem Ausdruck von Freude, Leid, Zorn, Trauer oder anderen Emotionen der Menschen, mit denen ich zu tun hatte. Ohne auf den Mund zu achten! Das fällt anfangs schwer. Man muss dabei viel mehr in die Person reinschauen, darf sich nicht von den Lippen täuschen lassen. Allzu viele Menschen tragen in der Öffentlichkeit ein scheinbar freundliches Lächeln zur Schau, ohne dass ihnen danach ist. Und manch ärgerlicher Gesichtsausdruck soll häufig nur die Unsicherheit oder Angst verbergen, die sich in den Augen zeigt, wenn man darin lesen kann.

Wir müssen unseren Blick schärfen, um auch die versteckten Dinge dieser Welt sehen zu können, wenn wir nicht ständig hintergangen und betrogen werden wollen. Es kann jedoch passieren, dass uns dann der Blick einer Frau verzaubert …

Am nächsten Montag zog es mich erneut hin zum Markt. Ein innerer Drang trieb mich unnachgiebig an. Vergeblich. An der Stelle war ein anderer Stand. Auch mit Blumen, allerdings anderen Frauen. Fremde. Ich hätte mich gerne nach ihr erkundigt, traute mich aber nicht. Was hätte ich schon fragen sollen? Ich wusste ja nicht mal ihren Namen. Auch an den folgenden Tagen versuchte ich mein Glück. Sie blieb verschwunden.

Am nächsten Freitag jedoch war sie wieder da. Ich sah sie schon zwischen den anderen Ständen hindurch. Wobei ich erst nicht ganz sicher war, ob sie es tatsächlich war. Sie trug nämlich einen braunen, breitkrempigen Männerhut, der sie anders wirken ließ. Bestimmter, unnahbarer. Als ich mich dem Stand näherte, beugte sie sich gerade über einen Holztrog voller farbenprächtiger Blumen. Dieses Mal trug sie enge schwarze Jeans und einen bunten Ringelpulli. Schließlich kam ich nah genug, dass ich die Feinheiten ihres Gesichts erkennen konnte. Sie sah genauso süß aus wie das letzte Mal, oder vielleicht sogar noch mehr. Ich spürte plötzlich meinen Herzschlag.

Anhand der Art, wie sie mich ansah, war mir klar, dass sie mich wiedererkannte. Da erschien es kurz wieder, nur im Ansatz, dieses fast unmerkliche kleine Lächeln, das von den Augenwinkeln ausging und ihr ganzes Gesicht erstrahlen ließ. Ob sie das allen schenkte? Oder vielleicht nur mir? Ich wollte lieber Letzteres glauben. Es war viel los am Markt, trotzdem war ich gerade der einzige Kunde an ihrem Stand. Das machte mich mutig:

»Ihre Blumen in meiner Vase sind immer noch schön! Sie haben täglich frisches Wasser gekriegt. Und dabei habe ich an Sie gedacht.«

Sie schaute mir in die Augen. Ganz leicht hoben sich ihre Brauen, sonst keine sichtbare Reaktion. Das Kompliment machte sie offensichtlich nicht verlegen.

»Also, Florian, so heißen Sie doch! Meine Blumen sind grundsätzlich frisch! Andere verkaufe ich nicht.« Ihre Stimme klang kindlich forsch. Mein Herz machte einen Satz. Sie erinnerte sich an unser letztes Gespräch, wusste sogar noch meinen Namen. Sie taxierte mich unauffällig und sagte dann wie nebenbei:

»Aber länger als eine Woche halten sie leider trotzdem nicht. Wollen Sie wieder einen Strauß? Hat sich Ihr Vater gefreut?«

»Ich habe Vater erzählt, dass ich die Blumen bei einer wunderschönen Frau gekauft habe. Natürlich haben sie ihm gefallen.«

In Wirklichkeit hatte er sie nur kurz angeschaut und weggelegt. Nicht mal in eine Vase gesteckt. Bestimmt hätte er lieber eine Flasche Schnaps gehabt. Aber das sagte ich ihr natürlich nicht.

»Sie machen schon wieder Komplimente! Tun Sie das bei jeder Frau?« Sie drehte sich zur Seite, ohne mich aus den Augen zu lassen: »Die Dahlien hier, so schöne kriegen Sie in ganz Salzburg nicht. Hab ich heute früh im Garten geschnitten! Und hier, die Chrysanthemen ...«

Hinter und neben dem Stand gab es mehrere Tröge mit Blumen, deren Blüten in allen Farben leuchteten. Diese Blumen zusammen mit einer solchen Frau. Gibt es etwas Herrlicheres auf dieser Welt?

»Ich möchte den schönsten Strauß, den Sie zusammenstellen können.«

»Wie groß? Und welche Blumen sollen da rein?«

»Normal groß. Schön muss er sein, wunderschön. Ich verlasse mich da ganz auf Ihren Geschmack.«

Ich sah ein bisschen zur Seite: »Der Strauß ist für eine Frau – in die ich verliebt bin. Und sie soll immer an mich denken, wenn sie die Blumen ansieht.«

»Ja dann ...«, ich hörte leider keinen Ton des Bedauerns, »dann nehmen wir mal ein paar Dahlien, Astern und ... ein paar Inkalilien vielleicht noch dazu! – Nein! Lieber doch ein paar Anemonen zur Auflockerung. Ach, lassen Sie mich nur machen. Was darf er denn kosten?«

»Ist egal. Hauptsache, er berührt das Herz einer Frau.«

»Das sollte kein Problem sein. Jede Frau liebt Blumen. Machen Sie sich deshalb mal gar keine Sorgen! – So, so, ein Liebesstrauß ...«

Zwischen ihren Händen leuchtete es in allen Farben. Riesige Blüten, umwoben und eingerahmt von zarten, in alle Richtungen strebende Blumenköpfchen. Eine Farbenpracht. Und dennoch nicht wuchtig, sondern von einer gewissen Zartheit. Sie arrangierte, schnitt, steckte, schnitt wieder, steckte um, und schließlich hielt sie mir einen wunderschönen Strauß entgegen.

»Ist es so recht?«

»Ist der schön! Sie sind eine Künstlerin. Was kriegen Sie?«

»Hmm, ich gebe Ihnen den für 30 Euro.« Kurze Pause. »Weil Sie so nett sind. Außerdem sind Sie ja praktisch schon Stammgast.« Dazu ein breites Lächeln, diesmal.

Ich konnte den Blick nicht von ihr abwenden und hoffte, dass ich sie nicht wie ein Trottel anstarrte. Sie hingegen sah mich ruhig an. Eine Spur nachdenklich, hatte ich den Eindruck. Und liebevoll – davon war ich tief innerlich überzeugt! Ich kramte nach meinem Geld und legte einen Zwanziger, einen Zehner und einen Fünfer auf den schmalen Holztresen des Blumenstandes.

»Stimmt so.«

»Oh, danke! Papier oder Cellophan?«

»Lassen Sie sie einfach so, wie sie sind. Ohne alles.«

»Wenigstens ein bisschen Papier unten rum, damit sie besser geschützt sind und nicht gleich austrocknen!«

Sie wickelte weißes Blumenpapier, das sie kurz in Wasser getaucht hatte, um die Stiele. Hielt mir den Strauß mit einem breiten Lächeln entgegen.

»Sie haben mich nicht richtig verstanden, den Strauß nehme ICH NICHT MIT. Der ist nicht für mich, der bleibt bei Ihnen.«

Ich nickte leicht auffordernd mit dem Kopf, und langsam verstand sie. Ihre Wangen verfärbten sich rötlich, sie schüttelte energisch den Kopf.

»Nein, das geht nicht! Gar nicht! Das kann ich nicht annehmen. Ich bin ja auch gar nicht frei.«

»Dann warte ich, bis Sie wieder frei sind.« Idiotischer Satz, dachte ich.

»Na ja, ich fürchte, da müssen Sie lange warten! Ich glaube, das lohnt nicht!«

Ich wusste nicht mehr weiter. DER Schock. Wie hatte ich denken können, dass eine solche Frau nicht fest gebunden ist! Ich wurde verlegen. Auch sie sagte nichts, schaute mich nur an, mit diesen großen Augen. Ich konnte ihren Blick nicht deuten und suchte angestrengt nach etwas Witzigem, um aus der peinlichen Situation zu entkommen.

»Das Warten an sich wäre nicht das Problem – sofern das Ergebnis das gewünschte ist«, druckste ich heraus.

»Ich habe immer festgestellt, dass sich Männer ganz schlecht zum Warten eignen.«

Das klang fast ein bisschen schnippisch. Oh je. Das Gespräch brachte mich keinen Zentimeter weiter. Ich fühlte mich überhaupt nicht in der Stimmung für hinreißende Schlagfertigkeiten. Charme war noch nie meine Stärke! Versteckt sich immer, wenn ich ihn mal dringend brauche!

»Also diese Blumen hier sind jedenfalls für Sie. Und Sie müssen sie mit heim nehmen und ab und zu an mich denken, wenn Sie sie anschauen«, antwortete ich, fast schon ein bisschen trotzig.

Sie schien jetzt doch ein wenig verlegen und sagte leise: »Sie werden es nicht glauben. Ich habe tatsächlich fast nie Blumen in der Vase. Ab und zu im Winter. Meine Blumen sind ja überall um mich herum …«

Ich blickte in dieses Gesicht, das mir bereits so vertraut war. Mit meinen Händen machte ich unklare Bewegungen, wusste nicht weiter. Sie schien in mir nach etwas zu forschen, schaute mich ruhig und unbewegt an. Was sollte ich bloß machen? Meine Gedanken purzelten durcheinander, es formte sich nichts, was hier der Renner gewesen wäre. Die Pause unseres Gespräches wurde langsam unangenehm. Sie nahm mir die Entscheidung ab:

»Ich nehme normalerweise keine Geschenke an. Aber ich will auch keine lange Diskussion führen. Ich behalte den Strauß. Und wenn Sie das nächste Mal kommen, dann kriegen Sie einen von mir!« Sie runzelte ihre Stirn, stemmte ihre Hände in die Hüften. Es wirkte fast so, als hätte sie das widerwillig gesagt.

Ich muss noch ein Gebinde für eine Kundin herrichten«, sie schaute auf die Uhr, »die jeden Augenblick kommen wird.«

»Dann darf ich Sie wohl nicht länger aufhalten! Ich freu mich schon darauf, Sie bald wiederzusehen. An welchen Tagen sind Sie denn immer hier?«

»Donnerstags, freitags und samstags.«

Zum Abschluss noch einmal das winzige Lächeln. Es machte mir Mut. Ihre Augen glänzten mich an. Freundlich! Zärtlich? Ich wollte mir nichts einbilden. Trotzdem verstand ich sie so, dass sie mich zugleich auslud und andererseits auch wieder einlud. Sie sei nicht frei, sagte sie. Aber ihre Augen erzählten mir etwas anderes! Das war schon mal nicht so schlecht. Es hätte schlimmer ausgehen können. Man darf im Leben, wie bereits gesagt, immer nur auf die Augen sehen!

»Also dann, bis zum nächsten Mal.« Ich schenkte ihr mein schönstes Lächeln, drehte mich um und ging. Als ich zurückschaute, war sie mit ihren Blumen beschäftigt. Sie sah mir nicht mal nach. Und ich hatte erst recht keine Blumen, zum mit nach Hause nehmen.

Meine Samstageinkäufe mache ich meist in Nonntal in einem Bioladen. Aber genauso gut konnte ich das alles am Markt besorgen, fand ich und machte mich auf den Weg. Direkt beim Blumenstand ist ein Reformhaus. Das lässt sich doch wunderbar kombinieren, dachte ich mir!

Ich hoffte, sie würde es nicht aufdringlich finden – dass ich bereits am nächsten Tag wieder aufkreuze. Falls sie etwas Derartiges gesagt hätte, gab es eine gute Ausrede: Ich selber hatte ja noch immer keine Blumen! Für mich und mein Wochenende. Die Stadt war wieder gestopft voll mit Touristen. Wie immer.

Es standen Kundinnen am Blumenstand. Ich ging erst mal einkaufen. Dann trieb ich mich in der Nähe rum – um zu warten, bis der Stand endlich leer wurde. Sie hatte einen braunen Strickpullover an, in den dezente rote Blumenmuster eingearbeitet waren. Er hörte ein gutes Stück oberhalb ihrer Knie auf. Sah fast schon wie ein Strickkleid aus. Möglicherweise war es genau das, ein super kurzes Kleid. Ich bin nicht so der Spezialist in Damenmode. Dazu trug sie leuchtend grüne Strumpfhosen. Lange, schlanke Beine in hohen weißen Leinensneakers. Dieses Grün war ganz schön mutig.

Also nicht nur Folklore und so… Ich beobachtete sie eine Weile aus der Entfernung. Ging dann ins Reformhaus.

Als ich mit einem prallvollen Sackerl rauskam, standen noch immer vier Leute an den Blumentrögen und warteten. Mich verließ der Mut. Heute war es ungünstig. Auch wollte ich nicht aufdringlich sein. Ein solcher Eindruck wäre nicht gerade förderlich gewesen. Ich ging, ohne dass sie mich gesehen hatte.

Der nächste Freitag war ein herrlicher Tag. Schon der Tag davor war einer dieser wunderschönen Spätsommertage. Ein Wetter, das im Herbst speziell in dieser Stadt zu finden ist. Wenn die warmen Winde aus dem Süden die letzten Male vor dem Winter über das Gebirge streifen und den Himmel so typisch in das strahlende Blau verfärben, das an manchen Stellen wie von einem übermütigen Maler mit feinen weichen Strichen durchsetzt wird. Föhnwolken, die nicht nur die Haut, sondern auch die Herzen wärmen. Tagsüber angenehm warm, die Abende jedoch schon ziemlich frisch. Und die Nächte bereits winterlich kalt.

Ich ging gleich in der Früh zum Markt. Vielleicht ist da noch nicht so viel los, hoffte ich. Mein Herz machte wieder einen Sprung, als ich sie bereits von Weitem erkannte. Ihre schwarzen Haare wehten wie ein sanfter Schleier, als sie sich über einen Trog beugte. Heute hatte sie ein schwarzes kurzes Trägerkleidchen an, darunter ein helles T-Shirt und dazu ein leichtes, transparentes Jäckchen. Die langen Beine steckten wieder in den hohen weißen Sneakers. Diesmal trug sie knallrote Söckchen. So ein schöner Anblick am Morgen! Der Tag konnte beginnen…

»Hallo! Ist das nicht ein herrlicher Tag? Ich bin hier, weil ich das Wochenende nicht ohne Ihre Blumen verbringen möchte!«

Sie lächelte. Unbefangen, wie ich meinte. Gott sei Dank. Ich wollte sie ja nicht unter Druck setzen und lästig sein. Kurz darauf bildete sich eine kleine senkrechte Falte in der Mitte ihrer Stirn und sie sagte in gespieltem Beschwerdeton: »Da sind Sie ja schon wiiieeeder, Florian. Sie wollen also den versprochenen Strauß abholen. Na dann…«

Sie drehte sich zu ihren Trögen und zog eine tief dunkelrote Dahlie mit einer riesengroßen Blüte heraus.

»Die schönste für Sie …« Danach zog sie noch zwei Ästchen, die über und über mit zarten Blüten in Rot, Rosa und Weiß bedeckt waren, aus einem Trog, der etwas weiter hinten stand. Unglaublich schön.

»Was sind das für Blumen?«

»Bougainvillea! Ich habe einen Händler, der sie aus Spanien importiert. So schöne wachsen bei uns nicht.«

Dieser Strauß wurde nicht üppig, wie der letzte, sondern ganz zart. Die Dahlie, die Bougainvillea und dazu noch Ästchen mit mir unbekannten transparenten, weißen Blüten. Dazwischen flocht sie dünne Stiele mit kleinen grünen Blättern. Ein kleines Kunstwerk! Extra für mich zusammengestellt von diesem zauberhaften Wesen.

»Den nehme ich aber sicher nicht umsonst von Ihnen, bitte lassen Sie mich bezahlen.« Ich nahm dreißig Euro aus meiner Brieftasche.

»Nein«, sagte sie bestimmt, »versprochen ist versprochen. Wenn Sie den Strauß nicht annehmen, dann beleidigen Sie mich.« Sie hielt bei diesen Worten den Kopf wieder etwas schräg, ähnlich wie ich das bereits beim letzten Mal an ihr bemerkt hatte. Schließlich sah sie mich wieder mit diesem versteckten Lächeln an. Ihren Gesichtsausdruck konnte ich nur als Einladung zu mehr verstehen.

»Dann möchte ich Sie ausführen. Vielleicht zu Kaffee und Kuchen?«

»Das geht nicht. Sagte ich nicht schon einmal, dass ich nicht frei bin?«

Ich forschte in ihren Augen. Ich sah da keine Ablehnung. Solch ein Strahlen ist niemals eine Zurückweisung, empfand ich.

»Ein unschuldiges Treffen von zwei jungen Leuten, die beide mit Blumen zu tun haben, das kann doch nicht verboten sein!«

»Ach, Sie haben auch mit Blumen zu tun?«

»Ja, sagte ich doch schon, ich hab sie in meinem Namen. Unauslöschlich. Ich bin der unschuldige Namensträger dieses Geschenkes der Natur!«

»So unschuldig sehen Sie aber nicht aus! Blumenträger – im Namen! Nein, nein! Nehmen Sie Ihren Strauß und …« Sie sprach nicht weiter, das »Verschwinden Sie« wollte sie wohl nicht aussprechen.

»Wenn ich schon keine Chance auf mehr habe, wenigstens ein bisschen Zeit sollten Sie mir schenken.«

Jetzt kamen zwei Frauen und schauten interessiert die Blumen in den Trögen an.

»Kundschaft! Ich muss mich um die Frauen kümmern. Hier, Ihre Blumen.«

Das kam ziemlich barsch.

Ich war enttäuscht. Hatte mein Pulver verschossen. Wobei ich fand, dass ich das heute viel lockerer gelöst hatte als letztes Mal. Trotzdem, null Erfolg! Die Geldbörse rutschte mir aus der Hand, als ich sie in die enge Jeans stecken wollte. Sie fiel unter den Tresen. Ich bückte mich, und als ich unter die Holzkonstruktion schaute, da blickten mir die vertrauten dunklen Augen entgegen. Sie hatte sich ebenfalls zum Boden gebeugt, um die Brieftasche aufzuheben. Wir mussten beide lachen, als wir uns so unvermutet unter ihrer Theke anschauten. Dieses Lachen löste die vorherige Beklemmung völlig auf. Was für ein Glück, dieses Missgeschick!

Ich erwischte die Börse vor ihr und richtete mich rasch auf.

»Schade, ich hätte mich so gefreut …«, sagte ich mit einer Stimme, die traurig klingen sollte.

Sie betrachtete mich, die kleine Falte auf ihrer Stirn war auch wieder da! Hoffentlich war sie nicht ungehalten. Vielleicht war ich doch zu aufdringlich?

Sie wandte den Kopf zu den Kundinnen. Ich musste mich wohl verabschieden und gehen. Da drehte sie sich zu mir und sagte, fast sachlich:

»Sie können mich morgen abholen, wenn der Markt zumacht, so gegen halb vier. Wenn Sie Zeit haben.« Und hinterher, mit einem kleinen Blitzen in den Augen: »Wie schon gesagt: Versprechen Sie sich nicht zu viel! Ich möchte noch mal darauf hinweisen, dass ich gebunden bin.«

Dass die zwei Frauen das mithören konnten, schien sie überhaupt nicht zu interessieren.

Bevor sie sich zu den Kundinnen umwandte, schenkte sie mir einen letzten Blick. Und da tauchte es wieder auf, dieses Lächeln, das in ihren Augen anfing und dann langsam über ihre Bäckchen wanderte. Den Mund fast nicht erreichte. Fast nicht.

Ich war kurz vor drei da. Es war schon ziemlich ruhig am Markt. Nur noch vereinzelte Kunden, da und dort. Als ich kam, sagte sie nur:

»Da bist du also! Ich bin Mara. Wir sagen ›Du‹ zueinander, o.k.?«

»Gerne! Meinen Namen kennst du ja schon.«

Sie lächelte mich wortlos an und band sich eine Schürze um, »zum Abbauen«. Sie deutete auf ihre Tröge:

»Fast alles verkauft. Das war ein richtig guter Tag! Magst du mir beim Einpacken helfen? Gemeinsam sind wir schneller. Wenn wir uns beeilen, dann haben wir danach ganz viel Zeit zum Reden.« Während sie das sagte, tauchte wieder der Schimmer ihres Lächelns auf. Von diesem Moment an schwebte ich auf Wolken.

Mara hatte einen Klein-Lkw, nicht gerade neu, aber ein beachtliches Gerät. Großer Ford Transit. Den muss man in dieser engen Stadt erst mal fahren können! Respekt! Wir packten die Tröge in den Laderaum. Der Stand ließ sich einfach auseinandernehmen. Innerhalb kürzester Zeit war alles verstaut.

»Ich darf den Transporter bis zum Abend hier stehen lassen, dann muss er weg. Wo wollen wir hingehen? Am liebsten zur Salzach, heute ist so ein herrlicher Tag. Aber vorher möchte ich dringend noch eine Kleinigkeit essen.« Sie lächelte mich herzlich an. Da war nichts Fremdes mehr zwischen uns. »Meine Füße sind sooo müde vom Stehen! Und was essen muss ich auch! Ich zieh mich schnell um, so können wir ja nicht weggehen.«

Sie verschwand im Transit. Ich hätte sie auch so genommen, wie sie war! Kurze Zeit später kam sie in einem roten ärmellosen Kleid heraus. Es schmiegte sich eng an ihren schlanken Körper und endete, wie bei ihr üblich, weit oberhalb ihrer Knie. Die Sneakers ohne sichtbare Söckchen heute. Süß! Über dem Arm trug sie zusammengefaltet eine dunkle Jacke. Die langen schwarzen

Haare hatte sie zu einem Schwänzchen zusammengebunden, nicht stramm, sondern ganz locker. Sie sah hinreißend aus. Hatte sie immer Kleider zum Wechseln mit?

Wir gingen in die *Blaue Gans*. Mir fiel auf, dass sie nur wenige Zentimeter kleiner war als ich. Und ich bin mit 184 nicht gerade ein Zwerg. Sie aß einen großen Salatteller, dazu ein Weckerl. Ich kriegte nichts runter, trank nur ein Glas Saft. Kein Alkohol. – Ihre Nähe berauschte mich schon genug. Und alles, was sie sagte, hinterließ einen gesättigten Widerhall in mir.

Anschließend spazierten wir den Kai entlang, rauf bis Nonntal, dann auf der anderen Seite zurück. Immer weiter. Die Luft war angenehm lau, der Himmel bilderbuchblau. Fast wolkenlos. Nur hinter der Festung, da war er leicht gesprenkelt mit kleinen weißen Federwölkchen. Die Kastanienbäume am Kai leuchteten in vollen Herbstfarben, und die Salzach floss den Himmel reflektierend neben uns her. Salzburg ist eine Stadt für Verliebte – zumindest wenn das Wetter schön ist! Es schien mir an diesem Tag so, als wären auch alle anderen glücklich, die uns über den Weg liefen. Wenn man sich kennenlernt, gibt es unendlich viel, was man sich zu sagen hat. Und Mara erzählte aus ihrem Leben, als wären wir uns bereits seit langer Zeit vertraut.

Sie hat seit nicht ganz drei Jahren eine feste Beziehung mit einem Mann, aber sie wohnen nicht zusammen. Er heißt Werner. Als sie ihn kennenlernte, lebte er mit seiner damals fünfjährigen Tochter alleine. Seine Frau, Claudia, hatte ihn verlassen, als das Mädchen vier Jahre alt war. Claudia war schwer depressiv. Anfangs dachte Werner, sie sei launisch. Mit der Schwangerschaft jedoch fingen zum ersten Mal intensive Phasen von Ängsten und Zweifeln an. Und blieben auch nach der Geburt. Selbstzweifel bis hin zu massiven Schrei- und Tränenausbrüchen. Wenn ihr Zustand besonders schlimm war, dann verließ sie die Wohnung, sobald er heimkam. Trieb sich irgendwo herum, war manchmal sogar über Nacht verschwunden. Und wenn sie zurückkam, war sie verstockt, sprach nur das Nötigste. An manchen Tagen schrie sie ständig, war so aggressiv, dass Werner sogar die Kleine vor ihr beschützen musste. Die ganze Familie litt, am meisten das Kind. Es muss für alle furchtbar gewesen sein.

Trotz ihrer psychischen Probleme war Claudia eine schöne, attraktive Frau. Irgendwann lernte sie bei ihren Ausreißern einen Amerikaner kennen, der ihr den Hof machte. Ein Geschäftsmann, der in den USA mit Antiquitäten handelte und hier seine Einkäufe tätigte. Ted, so hieß er, verliebte sich hoffnungslos in Claudia. Er blieb mehrere Wochen, in denen er konstant um sie warb. Nahm sie schließlich mit nach Amerika, nach New Jersey.

Werner willigte ein. Was blieb ihm anderes übrig? Das Zusammenleben war für die ganze Familie ohnehin nur noch eine Qual. Anna Lena behielt er bei sich. Die Mutter machte keine Anstalten, das Kind nach Amerika mitzunehmen. Nachdem sie abgereist waren, meldete sie sich kaum noch. Anna Lena wollte – vor allem in den ersten Wochen nach der Trennung – ständig bei ihrer Mama anrufen, ihre Stimme hören. Die Telefonate waren unbefriedigend! Lieblos, zäh. Anna Lena ging es schlecht, sie wurde launisch und war niedergeschlagen. Nach einiger Zeit wurden die Anrufe seltener, und schließlich telefonierten die beiden nur noch zu Anlässen wie Weihnachten und Geburtstagen. Anna Lena wurde schwierig, oft unerträglich. Sie nässte auch wieder ein.

»Mittlerweile bin ich die eigentliche Mutter für sie geworden! Muss mich täglich um sie kümmern. Wenn ich nicht zu Hause bin, telefonieren wir. Sie ist gerne bei mir am Stand, wenn ich am Markt bin. Am Freitagnachmittag fast immer, Samstag nach der Schule auch oft. Du hattest gestern Glück, dass sie nicht da war. Wer weiß, wie unsere Begegnung sonst gelaufen wäre.« Während sie aus ihrem Leben erzählte, wanderten ihre Augen immer wieder über die uns umgebende Landschaft. Es strahlte etwas Unbeschwertes, Glückliches aus ihrem Blick. Ich genoss die Nähe dieser Frau.

»Wie hast du Werner kennengelernt?«

Mara erzählte, dass sie nach einer geräumigen Geldtasche für den Markt gesucht hatte. In der Judengasse gab es ein Geschäft, wo im Schaufenster Kellnerbrieftaschen ausgestellt lagen. Es war sein

Laden. Werner hatte sie schon zuvor am Markt gesehen, sagte er. Und bereits da habe sie ihm sehr gefallen. Dass sie in seinen Laden gekommen sei, das könne man nur als einen Wink des Schicksals bezeichnen, hat er ihr gleich erzählt. Seit dieser Begegnung besuchte er sie regelmäßig an ihrem Stand, und irgendwann waren sie eben zusammen.

Er hat eine große Wohnung in Parsch. Mara sagte, sie übernachte nur an den Wochenenden und Feiertagen dort. Während der Woche sei sie überwiegend in ihrer Gärtnerei in Adnet. Sie habe dort ein Gewächshaus und eine kleine Gartenanlage, mit Beeten für ihre Blumen. Dazu ein winziges Häuschen mit nur zwei Zimmern und einem Bad. Da sie im Gewächshaus eine Ecke für ihr Büro nutzen könne, reiche der Platz. Sie sei dort glücklich und wolle nirgendwo anders wohnen. Für eine Person sei es ideal.

Die Gärtnerei hatte sie von einer kleinen Erbschaft angezahlt. Beide Eltern sind früh gestorben. Der Vater als sie 18 war! Ein schlimmer Schock in ihrem Leben, sie hatte ihn so gern gehabt. Die Mutter starb dann fünf Jahre später. Wohl aus Kummer, glaubte sie. Mara hatte mit dem Kauf viel riskiert und sich hoch verschuldet. Dank der Einnahmen vom Markt kam sie mittlerweile jedoch sehr gut klar. Die Schulden waren seit einer Weile abbezahlt. Das einzige Problem sei, dass die Gärtnerei so abgeschieden liege.

Als Mara von Werner und Anna Lena erzählte, wurde ich innerlich unruhig. Es hörte sich so endgültig an. Alle Positionen schienen besetzt. Ich sorgte mich, je mehr ich hörte. Bis sie dann ihre Schritte kurz verlangsamte, auf den Boden schaute, an ihrer Jacke zupfte und sagte:

»Ich bin nicht glücklich mit Werner! Schon eine Weile nicht mehr! Anna Lena jedoch braucht mich! – Er ist schon ein guter Mann, auch lieb eigentlich. Bloß …«

»Was stimmt nicht bei euch?«

»Ich möchte da lieber nicht drüber sprechen, lass uns über was anderes reden. Du hast noch fast nichts von dir erzählt.« Sie lächelte mich von der Seite an und ich spürte, wie die Angst langsam aus meinen Knochen wich. Erst später berichtete sie mir, dass sie seine körperliche Nähe nur schwer ertrug. Am Anfang war da zwar eine gewisse Anziehung gewesen. Weil er Mara umschwärmte und verwöhnte. Da war er oft auch charmant und großherzig. Aber je länger sie zusammen waren, desto unwohler fühlte sie sich. Werner wirkte zunehmend sperrig. Klobig. Besitzergreifend. Verhielt sich aggressiv oder war beleidigt, wenn sich seine Ansprüche nicht erfüllen ließen. Entweder hatte er sich geändert, oder Mara. Zwischen den beiden passte es nicht mehr.

Ich sehe sie förmlich noch vor mir, wie sie den Blick auf den Boden senkte und stockend sagte, dass sie ihn nicht mehr riechen mochte, das sei das Schlimmste. Am Boden lagen vereinzelt Kastanien. Nachzügler. Ich kickte eine vor mir her. Bis Mara sie erwischte und gekonnt in weitem Bogen die Böschung runter schoss. Was für eine Frau!

Sie sah mich von der Seite an: »Weißt du, dass du mir gleich aufgefallen bist? Deine langen braunen Locken, auch Dein winziges Bärtchen unter der Lippe. Wie du redest, wie du dich bewegst. Dazu deine sanften hellbraunen Augen. Die ziehen mich an, magisch! Du warst mir von Anfang an sympathisch. Ich hatte zwar ein bisschen Sorge wegen deiner Komplimente… Es kommen ja fast täglich Männer, die mich anmachen. Aber ich habe irgendwie gespürt, dass du anders bist. Ernsthaft. Nicht aufdringlich– und sehr charmant. Ich habe das Gefühl, dass du keiner von denen bist, die nur auf ein schnelles Abenteuer aus sind.« Pause! Ihre Augen strahlten mich an. Ich war im siebten Himmel. »Oder irre ich mich?«

»Nein! Natürlich! Gar nicht!« Ich wusste nicht, was ich darauf antworten sollte. Sie plapperte schon weiter, merkte meine Unsicherheit nicht.

»Andererseits suche ich ja keine Bekanntschaft! Ich habe genug Beziehungssorgen am Hals. Als du dann am nächsten Freitag kamst, wollte ich dir gleich sagen, dass es keinen Sinn hat. Aber ich habe das nicht geschafft, zumindest nicht so deutlich, wie ich wollte. Ich habe ständig überlegt, wie ich dir das so beibringen kann, dass es nicht weh tut.«

Wieder streifte mich ihr liebevoller Blick.

»Jedoch gestern, als wir uns beide gebückt haben, als ich in deine traurigen Augen schaute, dazu deine offenen Schuhbänder sah, da ist etwas in mir gekippt. In diesem Augenblick sind mir alle Vorsätze weggeschwommen. Du wirktest auf mich wie jemand, den man in die Arme nehmen und nicht mehr hergeben möchte. Am liebsten hätte ich dich auf der Stelle ... nein, das sage ich nicht!«

Wenn das jetzt keine Liebeserklärung war! Ihre Direktheit verschlug mir schier den Atem!

»Was hättest du am liebsten auf der Stelle...?«

»Ich sag das nicht, keine Chance! – Es ist etwas Gutes!«

Ich griff nach ihrer Hand.

»Darf ich?«

»Wenn es dabei bleibt, schon.«

Von da an gab ich ihre Hand nicht mehr her. Sie drückte meine Finger und lächelte mich an. Ein unbestimmtes Gefühl hielt mich davor zurück, sie in meine Arme zu nehmen und an mich zu pressen, sie zu küssen.

Es war unglaublich. Selbst das unschuldige Halten einer Hand kann einen Menschen so sehr glücklich machen. Ich hätte meine Gefühle niemals so direkt ausdrücken können wie sie! Ich empfand dieses Zusammensein als schicksalhaft. Es sind doch oft nur scheinbar belanglose Winzigkeiten, die den weiteren Lauf des Lebens bestimmen! DAS sind für mich die großen Geheimnisse: diese scheinbaren Zufälle. Runtergefallene Geldbörse, offene Schuhbänder, der richtige Tag ... Auf diese Frau hatte ich gewartet, seit es mich gab! Dass wir hier zusammen waren, konnte niemals bloß einem Zufall entspringen.

Wir haben uns dann auf ein Bänkchen gesetzt und schauten über die Salzach rüber nach Mülln, diesen kleinen, grünen Hügel am Ende des Mönchsberges. Die schlichten alten Häuser, dazwischen der schmucklose Kirchturm. Wie aus einem Bilderbuch unserer Kindheit. Es war ein friedliches Bild. Die Sonne stand schon tief und würde bald hinter den Bergen verschwinden. Noch sandte sie die letzten warmen Strahlen des Tages, vielleicht sogar des ganzen

Jahres. Der Herbst zeigte sich von seiner schönsten Seite. Alle Farben weich und gedämpft – und neben mir diese Frau, deren Nähe mich berauschte wie eine Droge.

Es war nicht nur ihr makelloses Aussehen, das spürte ich in diesem Augenblick zum ersten Mal: Es war diese besondere Ausstrahlung, die mich bis ins Innerste entzündete. Maras Schönheit ist der äußere Ausdruck ihrer Persönlichkeit! Das wurde mir in diesem Augenblick absolut klar. Ich drückte mich vorsichtig an ihre Seite, rückte so nah ich konnte, ohne dass es zu auffällig wurde – und atmete ihre Nähe. Sie war von einer natürlichen Einfachheit, wie ich das bisher nicht kennengelernt hatte. Sie und ihre Blumen waren für mich wie eine selbstverständliche Einheit. Ich wünschte, ich hätte diesen Augenblick in mir verewigen können. Ihr ganzes Wesen drückte etwas Weiches, Liebevolles aus. Unkompliziert, ungekünstelt! Ungeküsst? Sie sah mir plötzlich direkt in die Augen.

»Jetzt habe ich die ganze Zeit nur von mir geredet. Ich will genauso viel von dir wissen!«

»Oh je, das dauert dann den ganzen Abend! Und die Nacht, und vielleicht auch morgen!« Ich holte tief Luft, zuckte leicht mit den Schultern. »Nein, es ist umgekehrt. Mein Leben ist leider total uninteressant, da gibt es gar nichts Aufregendes. Ich habe keine großen Ziele, keine Pflichten, keine Leidenschaft. Ich denke, meinem Leben fehlt der Sinn. Jemand, der an mich glaubt, der mich braucht. Vielleicht sogar eine Familie.«

Ich erzählte ihr, dass ich seit einigen Jahren alleine lebe. Davor hatte ich eine feste Beziehung mit Monika. Wir hatten beide unsere Wohnungen, mal wohnte sie bei mir, mal ich bei ihr. Sie arbeitete als Arzthelferin, jedoch machte die Arbeit sie zunehmend unzufrieden. Bis sie herausfand, dass sie studieren wollte, damit sie nicht den Rest ihres Lebens im Vorzimmer eines Arztes sitzen musste. In Krems gebe es einen speziellen medizinischen Studiengang. Ein Masterstudium, mit dem sie später ganz viel anfangen könne. Sie wollte eigentlich »nur während der Woche hin zum Studieren«. Wir würden natürlich weiterhin zusammenbleiben. »Nichts kann uns trennen«, versprach sie.

»Anfangs hatten wir uns noch an allen Wochenenden getroffen, aber langsam wurden die Besuche seltener. Und dann kam die Mitteilung, dass es ihr leidtue. Sie habe jemanden kennengelernt. Wen wundert's! Bald löste sie ihre Wohnung auf. Das war vor mehr als drei Jahren. Seither bin ich keine feste Bindung mehr eingegangen. Hatte nur kurze Affären.«

Mara streichelte fast unmerklich über meine Hand. Es fühlte sich beruhigend an, liebevoll.

»Warum? Wolltest du keine richtige Beziehung?«

»Ich habe nach ihr keine Frau getroffen, mit der ich mir vorstellen hätte können, mein Leben zu verbringen! Möglicherweise bin ich zu anspruchsvoll! Wobei …« Ich sah ihr von der Seite her in die Augen und fragte mich, ob das nicht endlich der Zeitpunkt war, sie zu küssen. Ich traute mich noch immer nicht!

»Ich habe wieder Hoffnung, wenn du das gemeint hast.«

Ihre Antwort war ein liebevoller Blick. »Vielleicht ich auch, wer weiß«, meinte sie nachdenklich. »Ich hatte vor Werner auch eine unglückliche Beziehung. Ja, stimmt schon. Es ist wirklich schwer, den Richtigen zu finden. Liebe, die auch über die Jahre nicht schwindet, scheint leider die Ausnahme zu sein.«

»Meinst du, wir könnten uns lieben? So richtig? Dauerhaft?«

»Ach komm! Lass uns einfach den Augenblick genießen! Wenn wir darüber nachdenken, dann vertreiben wir den Zauber. Erzähl noch mehr von dir. Was arbeitest du?« In ihrem Gesicht fand ich ein versonnenes Lächeln. Dann lehnte sie ihren Kopf an meine Schulter. Ich legte sanft meinen Arm um sie.

»Ist nicht wirklich interessant. Genauso wie der Rest von mir! Nach meiner Schulzeit in der HTL machte ich im Krankenhaus meinen Zivildienst. Danach ging ich an die Uni Wien. Mathematik. Nur ein Semester. War für mich zu schwer. Ich zog wieder zu meinen Eltern nach Salzburg, entschied mich für Soziologie. Mit dem Magister kann ich jetzt trotzdem nichts Rechtes anfangen. Ich habe eine Zeitlang nach einem passenden Job gesucht, aber nichts gefunden, was mich interessieren und wo man mich nehmen würde.

Im *Brunnen*, einem Lokal, wo ich öfter mal war, lernte ich dann Gunnar kennen, den IT-Chef der SIGRA. Wir fachsimpelten über Hardware. Er erzählte, sie hätten enormen Stress. Zu wenig Personal! Von der Zentrale in der Schweiz bekämen sie nicht ausreichend Planstellen bewilligt! Jedoch Fremdkosten, die könnten sie absetzen. Dafür gebe es ein Budget. Er hatte die Idee, dass ich freiberuflich für sie arbeiten, die Rechner konfigurieren und in Stand halten könnte.

Das war der Beginn meiner kleinen Firma. Ich machte mich mit einem PC-Reparaturgeschäft selbständig. Zuerst von zuhause aus, später habe ich ein Geschäft eingerichtet. In der Pfeiffergasse. Sonja, eine Bekannte, die Inhaberin vom *Brunnen*, hatte mich auf das kleine Geschäftslokal aufmerksam gemacht. Ich nannte es *PC-Klinik Salzburg*. Da bastle ich auf Bestellung Rechner zusammen, mache Reparaturen, installiere VoIP-Telefonanlagen, deale mit vertragsfreien Handys. Selbst Satellitenschüsseln installiere ich – ist auch eine Nische. Alles nichts Großes! Dennoch, ich kann mittlerweile gut davon leben. Mein Geschäft ist nur stundenweise geöffnet. So bleibt genug Zeit für unsere eigentliche Arbeit. Denn viele Reparaturen erledigen wir direkt bei den Kunden. Alleine würde ich das nicht mehr schaffen. Ich habe einen Studenten, Harry, und einen HTL-Absolventen, Moritz, die regelmäßig bei mir mitarbeiten. Wie ich schon sagte, mein Leben ist ziemlich uninteressant!«

Meine Worte klangen holprig. Ich bin nicht der große Erzähler. Sie aber hörte mir zu, als wäre ich ihr Held in einer spannenden Geschichte! Ihre Mimik spiegelte Liebe, Liebe und nochmal Liebe. Ich wusste vorher gar nicht, dass ich so viel am Stück reden konnte …

Ich spüre, wie die eisige Kälte in mein Gesicht schneidet, trotz Maske und Brille. Die Hände fühlen sich an wie Eisblöcke. Meine Finger lassen sich kaum noch bewegen. Ich bremse abrupt, gerade rechtzeitig. Beinahe hätte ich den Radarkasten übersehen, der gleich nach dem Ortsschild *Salzburg* aufgestellt ist. Dann gebe ich wieder Gas. Kein Fahrzeug weit und breit. Es scheint fast so, als würde sich bald das erste Grau zeigen. Links taucht dunkel am Himmel die Festung auf. Sie wirkt düster, gefährlich, befremdlich, wenn sie nur so spärlich beleuchtet ist. Sie ist Teil meines Lebens, vertrauter Anblick, immer präsent. Ziel ungezählter Liebeswanderungen mit den Prinzessinnen meiner jeweiligen Obsession. Heute Zeugin meiner Tragik!

Ich begleitete Mara, als es dunkel wurde, zurück zu ihrem Transporter. Drückte mich so nah wie möglich an sie, atmete ihre Nähe ein – in alle meine Poren. Hielt ihre Hand. Wie etwas Kostbares. Salzburg strahlte und prahlte mit seiner Schönheit. Kirchtürme in goldenem Dämmerlicht, die Festung bereits hell leuchtend über den Dächern und Türmchen der Altstadt. Darunter die Salzach in tiefem Dunkelblau. An ihren Ufern der Kai, geleitet vom Schein der Lampen zwischen den Kastanienbäumen. Eigentlich wollte ich Mara noch zum Abendessen einladen, aber sie war müde nach dem langen Tag.

Ich weiß noch, wie ich sie zum Abschied küssen wollte und mich erneut nicht traute, als wir vor ihrem Lkw angelangt waren. Wegen diesem Werner und ihrem »wenn es dabei bleibt«. Sie jedoch legte ruhig ihre Arme um meinen Hals, lächelte direkt in meine Augen und begann mich leidenschaftlich zu küssen. Ich war im siebten Himmel. Wir standen lange aneinandergepresst, küssten und streichelten uns. Jetzt konnte ich endlich meine Nase in ihr vergraben, ihren Duft tief einatmen. Ein Geruch von Sonne, Erde, Vertrautheit. Erst als ich meine Hände unter ihr Kleid schob, drückte sie mich heftig atmend von sich weg. Lachte und schüttelte den Kopf.

»Geht leider nicht. Ich würde ja gerne, aber wir machen uns nur unglücklich.«

Ich schaute in ihre Augen, wie das wohl gemeint war. Ich sah nichts als Liebe!

»Wann sehen wir uns wieder?«

Sie überlegte, sah mich sinnend an.

Dann öffnete sie ihre Umhängetasche und zog eine Visitenkarte heraus.

Mara Angelika Hauser, Gärtnerei, Adnet – lese ich kurz. Auch die Nummer von ihrem Mobiltelefon steht drauf!

»Ruf mich kommende Woche an, aber bitte nur tagsüber. Am Dienstag könnte es passen.« Pause. »Und bitte versprich mir eines: Spiel nicht mit mir, ich kann sowas nicht.«

Ich drückte sie an mich und küsste sie noch einmal. Ganz zart.

»Ich werde dir niemals weh tun, das verspreche ich.«

Mara hatte bereits die Tür des Transit geöffnet, drehte sich noch mal zu mir um:

»Sag mir noch was Schönes. Etwas, das ich von dir mit nach Hause nehmen kann.«

Ich überlegte. Was könnte das sein? Meine unbeholfenen Worte konnte sie nicht meinen. Da tauchte aus meinem Unterbewusstsein die erste Strophe eines Liedes auf, das ich als Jugendlicher gehört hatte. Ich kann nicht singen, darum habe ich es leise gesprochen:

»Und wenn man zündet ein Feuerlein an,
so fährt der Rauch als oben an,
so hoch, so hoch, bis ans Firmament,
und will man suchen der Lieb ein End,
ein End kann keiner finden.«

Auf dem Heimweg fühlte ich mich schwerelos, wie schwebend. Ich ließ das Zusammensein mit Mara an meinem inneren Auge vorbeiziehen. So ein Geschenk! Ein Schicksalsgeschenk! War es doch einzig dieses »Zeitfenster», das alles ermöglicht hatte. Wäre ich zu einem anderen Zeitpunkt gekommen, dann wäre Anna Lena am Stand gewesen. »Eine Frau mit einer Tochter»hätte ich ganz sicher nicht für mein Werben auserkoren. Was für ein Glück…

Danach ging es rasch. Unaufhaltsam. Bereits am Dienstag landeten wir bei mir im Bett, konnten unserer Anziehung nicht länger widerstehen. Es war wie selbstverständlich. Werner schien nicht mehr zu existieren. Das intime Zusammensein mit ihr war intensiv, erfüllend, wie ich es mit keiner Frau zuvor erlebt hatte. Es gab keine Fragen, keine Tabus, es gab nur uns und unser gegenseitiges Entdecken, Fühlen, Schmecken, Verstehen. Mara war leidenschaftlich, bedingungslos. Wir liebten uns mit jeder Faser. Und niemals war es so, dass wir voneinander genug kriegten.

In all den Monaten unserer Beziehung sah ich sie ein einziges Mal geschminkt. Dezent, ein Hauch von Lippenstift, zarter Lidschatten. Für mich gab es an ihr nichts, was verschönert hätte werden müssen. Sie hatte sich für ein Konzert schön gemacht. Es war in den ersten Wochen unseres Zusammenseins. Einer der wenigen Abende, an denen sie mit mir ausging. Kurzes schwarzes Kleid, bunter gestrickter Umhang. Zierliche dunkle Lackschuhe mit kleinen Absätzen. Sie sagte, sie vertrage Stöckelschuhe nicht so gut, weil sie tagsüber so viel auf den Beinen sei. Jedoch zum Ausgehen gehörten wenigstens kleine Absätze, meinte sie.

»Jazz and the City.« Andreas Schaerer und Lucas Niggli. Ein Gesangsgenie und ein Schlagzeuger. Ähnlich virtuos wie Bobby McFerrin, fast sogar noch vielseitiger. An einem Donnerstagabend im Herbst 2013.

Sie war niemals zuvor in einem Jazzkonzert gewesen. Ich hatte Angst, ob ihr diese Musik gefallen würde. Sie mochte zwar meine CDs hören, aber live? Es war ein voller Erfolg. Die Darbietung begeisterte sie total. Sie raunte mir inmitten eines Stückes ins Ohr, dass wir noch in ganz viele Konzerte gehen müssten. Dabei sah sie so strahlend aus. Neben uns saß ein älteres Paar, das uns beobachtete. Ich hatte dabei das Gefühl, dass die alten Leute wohl dachten, wir wären glücklich verliebt. Es war leider das einzige Konzert, das wir gemeinsam besuchten. Als ich sie ein Jahr später wieder einlud, da hatte sie gerade üblen Stress mit Werner.

Mara weiß, dass sie schön ist – keine Frage. Eitel oder stolz habe ich sie dennoch nie erlebt. Parfum? Fast nie. Manchmal meinte ich einen zarten Blumenduft in ihrer Nähe zu erahnen, eine Anmutung von Veilchen. Dann vergrub ich meine Nase in ihr und konnte nicht genug davon bekommen.

Es gab Wochen – vor allem anfangs –, da trafen wir uns mehrere Tage hintereinander. Ich verbrachte damals auch häufig die Nacht bei ihr in Adnet. Sie besuchte mich regelmäßig mittags in meiner Wohnung in der Chiemseegasse. Das alte Gebäude und meine Zimmer begeisterten sie. Ich erzählte ihr, dass es Dokumente gibt, die belegen, dass das Haus schon im 15. Jahrhundert erbaut wurde.

Der erste Besitzer war tatsächlich noch ein echter Ritter!

Es ist etwas Erhabenes, Ehrfürchtiges, was der Besucher bei den ersten Schritten durch die alte, schwere Haustür erfühlen kann. Die Stiegen in dem Haus sind eine Rarität. Die Treppen in dem verwinkelten Stiegenhaus sind steil und schmal, nur so breit, dass man seitlich gerade mal einen Arm vollständig ausstrecken kann! Auf solchen Stufen geht man nicht nebeneinander, sondern hintereinander! Das massive, dunkel verfärbte Holz lässt erkennen, dass sie ihre Dienste schon seit erdenklicher Zeit verrichten. Die weiß gekalkten Wände wölben sich unregelmäßig, sind an einigen Stellen über einen Meter breit.

Beim Betreten meiner Wohnung schließlich sind fast alle Besucher erst einmal sprachlos: Solche »Gemächer« findet man sonst nur noch in Burgen, alten Klöstern und anderen letzten Zeugen der Vergangenheit.

Gleich rechts neben dem Eingang steht ein riesiger, alter gemauerter Steinofen, der wohl noch original aus dem 17. Jahrhundert stammt. Ein Schmuckstück aus wuchtigen, schweren Steinen, grober weißer Verputz, die Oberseite komplett mit einer massiven, hellen Natursteinplatte abgedeckt!

Flur gibt es keinen, die Räume sind durch niedrige Türen miteinander verbunden. Sie sind hell, denn neben dem beschriebenen Ausguck befinden sich eine Reihe anderer Fenster, die sehr groß sind, viel Licht und Sonne einlassen! Die Räume sind hell, denn es gibt eine Reihe großer Fenster mit ausladenden Fensterbänken. Sie stammen wohl aus der letzten Erneuerung, bei der auch ein mit Naturstein gefliestes modernes Bad und eine zierliche Holzküche eingebaut wurden.

Die Türstöcke sind sicher ebenfalls hunderte Jahre alt! Von Rissen durchzogenes Holz in warmem Braun. Hart wie Stein. Ich wollte mal einen Nagel einschlagen, um etwas daran aufzuhängen. Ging nicht. Und Bohren kam selbstverständlich nicht in Frage. Die Durchgänge sind nur zwischen 170 und 180 Zentimeter hoch, so dass sich große Leute wie ich bücken müssen beim Durchgehen. Man gewöhnt sich schnell daran, wenn man hier wohnt. Ich hoffe, ich bekomme keinen Buckel vom ständigen Kopfeinziehen.

Im Lauf der Jahre habe ich Holzmöbel angeschafft. Der größte Schmuck ist meine Essgruppe: eine kleine, schmale Holzbank, davor der wuchtige Holztisch, seitlich drei Stühle mit gedrechselter Lehne. Alles weit über hundert Jahre alt.

Das letzte Zimmer mit der niedrigen Decke ist so klein und zierlich, dass mein großes Futonbett es fast ausfüllt. Fensterlos. Man fühlt sich ein bisschen wie in einer Höhle! Die rauen Wände sind auch hier weiß gekalkt. Mara stupste mich beim ersten Besuch an und sagte, dass sie nachts oft »traumhappert« sei. Wenn sie bei mir übernachte, dann habe sie Angst, beim Weg aufs Klo mit ihrem Kopf gegen die oberen Türrahmen zu rennen. Hier könne man ohnehin nur antike Liebe machen! Dabei lachte sie vergnügt und ausgelassen. Natürlich fragte ich, was sie mit antiker Liebe meine. Da zog sie mich auf den Futon und flüsterte, sie werde mir das zeigen.

Damals sprach sie noch davon, dass sie Werner verlassen wolle, aber noch Zeit brauche. Auch wegen Anna Lena. Werner hat jedoch bald gemerkt, »dass da was läuft«, wie Mara sagte. Erst war er zornig, dann traurig, und schließlich kämpfte er um sie. Anfangs, indem er ihr »alle Wünsche von den Lippen ablas«, wie sie erzählte. Danach kam die Zeit des Jammerns und der Kontrolle.

Nach einem halben Jahr gab es die erste Phase, in der Mara »eine Pause brauchte, weil sie die Geheimnistuerei gegenüber Werner nicht mehr ertrug«. Drei lange Wochen. Ich war verzweifelt, rief täglich bei ihr an. Außer am Wochenende, da war auch das nicht möglich. Ich warb um ihre Liebe, mit all meiner Kraft. Bis sie meinem Drängen nachgab, mich wieder nach Adnet einlud. Weil auch sie es nicht mehr aushielt ohne mich, wie sie weinend am Telefon sagte. Und dann war es genau so schön wie immer. Nein, stimmt nicht. Es war noch intensiver. Unsere hoffnungslose Liebe verzehrte uns.

Die Phasen wiederholten sich. Stürmische Liebe und wochenlange Abstinenz wechselten sich ab. Schließlich und vor allem gab es einen einzigen, dennoch scheinbar unüberwindbaren Widerstand, warum sie nicht bei mir sein konnte: Ihr schlechtes Gewissen, es fraß sie auf!

Für mich bedeutete das Zusammensein mit Mara, dass ich alle Wochenenden grundsätzlich alleine verbringen musste. Feiertage wie Weihnachten und Ostern sowieso. Allzu oft, wenn das Wetter hässlich war und ich nicht viel nach draußen kam, fühlte ich mich verloren und einsam. Verlassen.

Freunde, die ich besuchen könnte, gibt es nur wenige. Mit Ausnahme von Charly haben die alle Familie, und ihre Freizeit ist verplant. Charly kenne ich schon seit unserer Schulzeit in der HTL. Bea, seine Freundin, möchte ihn am Wochenende alleine für sich haben. Denn während der Woche verbringt er seine ganze Zeit vor dem Computer. Er ist ständig in Kontakt mit der halben Welt. Einer digitalen Welt! Häufig, wenn ich ihn besuche, bricht unser Gespräch »mal kurz« ab, weil er gerade auf eine wichtige Nachricht wartet und sein Handy blinkt.

Zwei Mal hatte ich andere Frauen. Kurze Episoden – Touristinnen, die ich im *Brunnen* kennenlernte. Diese Affären konnten das Loch in meinem Herzen nicht füllen. Im Gegenteil, sie steigerten meine Sehnsucht nach Mara. Nach ihrer Nähe, ihrer Liebe.

Letzte Weihnachten schließlich war der Tiefpunkt. Wir telefonierten zwar, aber ihre Stimme zu hören reichte nicht mehr aus, die Einsamkeit zu vertreiben. Da habe ich endgültig den Entschluss gefasst, dass es so nicht weitergeht.

Ich bin 34 Jahre alt, meine Existenz besteht nur aus Augenblicken mit Mara. Der Rest ist unbedeutend und perspektivlos. Ich kann und will diesen Zustand auf Dauer nicht ertragen. Ich benötige eine feste Basis: eine Frau, die mein Leben teilen mag. Und ihres mit mir! Vielleicht möchte ich auch Kinder. Mit der richtigen Frau könnte ich mir das schon vorstellen. Unerfüllte Liebe und Sehnsucht, die fressen einen Menschen auf. Zerstören ihn. Am Heiligen Abend hab ich ihr ein langes Mail geschrieben. Dass wir unser Zusammensein klären müssen, verbindlich, dauerhaft. Ich werde im Neuen Jahr nicht so weitermachen! Ich brauche eine Frau, die mit mir lebt. Ich habe das Alleinsein satt. Mara muss sich entscheiden!

Wir haben uns dann Anfang Jänner getroffen. Sie hat geweint und mich um ein paar Tage Zeit gebeten. Sie verstehe mich so gut!

Sie habe gewusst, dass das eines Tages so kommen wird. Sie wolle mich nicht verlieren. Sie werde mir eine Antwort geben, bald. Danach haben wir uns wieder geliebt, verzweifelt, wie rasend.

Danach wieder eine Pause, die immer länger wurde. Telefonate. Kein Ergebnis. Ende Februar ein Mail von ihr: Sie stehe knapp vor einer Entscheidung, sie werde mir ausführlich schreiben. Und vorgestern ihr Anruf: Sie habe das mit dem Schreiben nicht hingekriegt, ich solle kommen.

Mein Bauch war angespannt wie eine Trommel, vor dem Treffen. Eine innere Faust quetschte mein Herz zusammen. Hoffnung, dass die Entscheidung für mich fallen würde, hatte ich nicht. Aber Angst! Vor dem Ende der Beziehung. Und Angst vor dem Zusammensein. Im Wissen, dass es möglicherweise das letzte Mal ist. Dennoch: Ich hatte mir vielmals klargemacht, dass es keinen anderen Ausweg gibt. Ganz oder gar nicht! Ich muss da durch ... Der Schmerz einer Trennung kann nicht schlimmer sein als das andauernde Leid des Nicht-zusammen-sein-Könnens. Der nicht endenden unerfüllten Sehnsucht.

Mara stand am Fenster. Hatte dort offensichtlich schon auf mich gewartet. Sie trug ihre schwarzen Jeans und den viel zu großen blauen Strickpullover mit dem hohen Rollkragen. Gut zum Verstecken. Ihre traurigen Augen konnte sie dennoch nicht vor mir verbergen. Den Tisch hatte sie schön vorbereitet. Vollkornbrot, frisches Baguette, Käseplatte. Wasser und Wein. Dazwischen leuchteten die Kerzen auf dem alten Ständer. Ich kaute auf einem Stück Brot herum. Der Bissen schien im Hals festzustecken, wollte nicht runterrutschen.

Mara hatte die Entscheidung getroffen: Sie könne Anna Lena nicht im Stich lassen. Das hat sie gleich beim Essen gesagt. Sie liebe mich, aber wir hätten diese Beziehung nie anfangen dürfen. Es gebe für uns keine gemeinsame Zukunft! Sie sagte das und bemühte sich, mich dabei anzulächeln. Doch dann flossen erst eine und dann noch eine und dann ganz viele Tränen aus ihren Augen. Sie sah mich trotzdem unverwandt an, sagte kein Wort. Was gab es dem hinzuzufügen? Ich habe sie in die Arme genommen. Wir versuchten vergeblich, uns all das zu erklären, was wir selbst nicht verstehen, weil wir es nicht ändern können. Irgendwann haben wir uns ins Bett gestürzt und geliebt wie Ertrinkende. Dann wieder über alles geredet, und uns wieder geliebt, und wieder geredet. Bis alles gesagt war. Nicht einmal gesagt, vielmals gesagt– ergebnislos, sinnlos, hoffnungslos.

»Ich kann Anna Lena nicht verlassen, das würde ihr Leben zerstören! Lieber zerstöre ich meines!«

Und:

»Ich liebe dieses Kind wie mein eigenes. Sie hat ihre Mutter verloren. Wenn sie auch noch mich verliert, dann wird sie wieder krank. Das kann ich ihr nicht antun!«

Diese Sätze haben sich in mir eingebrannt. Von Werner sprach sie gar nicht. Als hätte das mit ihm gar nichts zu tun!

Dass sie auch mein Leben zerstört, das habe ich ihr nicht gesagt. Sie litt schon genug. Irgendwann gingen uns die Worte aus, danach jeglicher Mut, etwas zu tun oder zu lassen. Wir wussten beide, es war das letzte Mal. Auch Schluss mit Telefon. Keine Mails. Schluss mit Sehen, Hören, Schmecken, Fühlen! Schluss, endgültig! Die Müdigkeit überfiel uns, aber wer verschläft schon die letzten gemeinsamen Minuten? Bis ich aufstand, mich anzog und zur Tür ging.

So, jetzt über die Nonntaler Brücke und dann zurück über die Staatsbrücke, anschließend den Rudolfskai runter. Roller abstellen in der Stief-Gasse. Dort, an der Uni, finde ich immer einen Parkplatz. Dann noch die wenigen Meter in meine Dachwohnung.

Um spätestens zehn muss ich ins Restaurant *»Zum Brunnen«*. Dummerweise habe ich Sonja versprochen, dass ich dort bis Mittag aushelfe. Ich bin mit ihr befreundet, wir hatten jedoch nie ein Verhältnis. Wir waren zwar miteinander im Bett, haben dabei aber festgestellt, dass wir uns als Liebespaar nicht eignen. Stattdessen bzw. umso mehr als Freunde! Das war das Beste, was uns passieren konnte. Wir können über alles reden, uns alles erzählen, füreinander da sein. Sonja wechselt ihre Partner ziemlich häufig, ich bleibe. Ich trinke bei ihr morgens meinen Kaffee, esse dazu ein Croissant. Abends gehe ich auch fast immer zum Essen hin. Wenn Bedarf ist und ich es einrichten kann, dann helfe ich beim Kellnern. Und wenn es brennt, auch in der Küche. Dieses Lokal ist sozusagen mein Zweitwohnsitz.

Bis neun Uhr kriege ich gerade noch vier Stunden Schlaf. Am Nachmittag muss ich in die Versicherung, einen Rechner konfigurieren. Na ja, wenigstens wird mich das auf andere Gedanken bringen. Ich bin todmüde und fühle mich unendlich traurig. Wenn ich weinen könnte, dann würde ich das liebend gerne tun. Ich erinnere mich an das letzte Mal, dass ich geweint habe, als fünfjähriges Kind. Mein Vater hat mich geschlagen. Wie so oft, aus nichtigem Grund. Es hat furchtbar weh getan. Ich habe geheult. Er hat gesagt, er werde mich so lange schlagen, bis ich zu Weinen aufhöre. Seit diesem Tag ist mein Leid nur noch trocken.

Wie fast immer, wachte ich auf, kurz bevor der Wecker klingelte. Ich hatte einen seltsamen, schlimmen Traum: Ich habe mit Mara eine Bergtour gemacht, bei der wir durch eine steile Wand mussten. Sie war hoch und fast senkrecht. Dennoch leicht zu klettern. Gute Griffe, regelmäßig Absätze, kein hoher Schwierigkeitsgrad. Wir kletterten frei, ohne Seil. Ich wollte vorausklettern und den sichersten Weg finden. Mara sollte folgen. Sie sollte dicht hinter mir bleiben und alles genauso machen wie ich. Als ich in der Mitte war und nach unten schaute, da war sie weg. Gerade noch war sie hinter mir gewesen! Ich sah sie nirgends und bekam furchtbare Angst. Ich fing an, so rasch wie möglich nach unten zu klettern. Da hörte ich von oben ihre Stimme. Ich solle raufkommen. Wo ich denn bliebe? Ich war plötzlich auf dem Plateau, und da war eine Frau. Eine andere, nicht Mara! Jedoch trug sie ihren braunen Hut. Ich kannte mich nicht aus. Sollte ich die echte Mara suchen? Oder war das hier die richtige, die sich verändert hatte? Und plötzlich wieder diese Angst, dass die richtige Mara abgestürzt war und irgendwo dort in der Tiefe lag. Das hier war die falsche. Da wachte ich auf.

Mara, du fehlst mir! Was soll ich bloß ohne dich machen? Tiefer Schmerz zerknüllt mir das Herz.

Ich dusche, wasche meine Haare und nehme mir noch eine Viertelstunde zum Meditieren. Ich habe mich so stark daran gewöhnt, den Tag damit zu beginnen. Dafür stehe ich meist rechtzeitig auf, so früh es auch sein mag. Heute reicht es nur für kurz. Wenigstens eine kleine Pause von meinen Gedanken brauche ich dennoch! Es ist so schwer, sie loszulassen. Ein paar Minuten, ohne an Mara zu denken. Mara. Denken. Bloß nicht!

Vor dem *Brunnen* sitzt ein älteres Ehepaar auf der Bank neben der Tür, trotz der Kälte. Sonja hat letzten Freitag bereits einige Tische und Stühle auf die Terrasse gestellt. Den kleinen Spring*brunnen* hat sie auch aufbauen lassen, jedoch noch nicht in Betrieb genommen. Die ersten schönen Frühlingstage sind angesagt. Es ist kaum wärmer als zehn Grad. Der Mann fragt, wann wir öffnen. Ich sage in ca. 20 Minuten.

»Wenn es ihnen kalt ist, dann dürfen sie sich reinsetzen! Bedienung aber erst ab zehn Uhr!«

Offensichtlich Deutsche. Touristen. Jetzt schon? Stimmt, es ist ja kurz vor Ostern!

Ich sperre auf. Ramos ist bereits in der Küche am Vorbereiten. Ich grüße ihn mit einer Handbewegung, er murmelt etwas Unverständliches. Er ist nie gesprächig, trotzdem sehr kooperativ. Ideal für die Zusammenarbeit. Er kümmert sich um die Speisen, ich um die Getränke und die Bedienung. Die Cimbali, das ist die Espressomaschine, muss aufgewärmt und gereinigt werden. Ich schaue auf die Uhr. Kaffee gibt es erst nach zehn Uhr, vorher keine richtige Betriebstemperatur. Und eben kein Geschmack. Mir fällt wieder Mara ein. Wie soll ich ohne sie leben? Ob sie gerade auch an mich denkt? Wie hält sie das aus? Vielleicht ruft sie heute an, oder morgen. Möglicherweise schreibt sie mir, dass es ohne mich nicht geht. Ich schrubbe noch die Theke, für mich ist sie nicht sauber genug. Die Stühle stehen auch nicht richtig. Ich stürze mich in die Arbeit.

Das Ehepaar kommt rein, sagt, dass es draußen kalt sei. Es folgt eine Gruppe, zwei Männer eine Frau – und ein riesiger Hund, eine Dogge. Jessas, so ein Viech! Ich sage ihnen, dass wir noch geschlossen hätten. Danach: »Sie können sich trotzdem setzen.«

»Es ist aber geöffnet«, sagt einer von ihnen. Minimaler Akzent, nicht zuzuordnen, wahrscheinlich Ex-Jugoslawien oder so. Schwarzhaarig, kurz geschorene Haare, gebräuntes Gesicht, Lederjacke vom Designer, teure Maßschuhe.

Der zweite Mann: Glatzkopf, Sonnenbrille, bullige Lederjacke der billigen Sorte, Joggingschuhe. Unsympathisch. Das Mädel kommt als Letzte rein, (zu) blond gefärbte Haare, stark geschminkt, Piercing an der Oberlippe und in der Wange, fummelt an ihrem Handy.

Grüßen können sie alle nicht.

Sie setzen sich an den Einsertisch vor dem Fenster. Die Dogge – es ist eine Sie, soweit ich das richtig erkennen kann – wird von dem Designertypen unter den Tisch geschoben. Sie trägt einen Beißkorb. Gut!

Die Deutschen haben sich in die Ecke gesetzt, beschäftigen sich mit einem Stadtplan und diskutieren laut auf Hochdeutsch. Die Tür geht schon wieder auf. Eine junge blonde Frau kommt rein, mit einem Mädchen an der Hand, vier bis sechs Jahre alt, würde ich schätzen. Warum denke ich gleich an Anna Lena? Die Frau sagt laut »Hallo«, setzt sich an den Nebentisch der Leute mit der Dogge, die sich mittlerweile in einer östlich klingenden Sprache unterhalten. Ihre Redensweise klingt so ähnlich wie die von Sonja, wenn sie mit ihren Verwandten telefoniert. Es ist mir ohnehin egal, woher die Leute kommen, solange sie sich hier anständig benehmen.

Es ist fünf vor zehn. Ich bin mit meinen Vorbereitungen fertig. Ich brauche dringend einen Espresso. Zu früh, die Maschine ist noch nicht so weit. Ich fühle mich, als hätte ich Fieber. Gehe schnell in die Küche, schiebe mir ein Croissant rein. Ich habe zwar keinen Appetit. Ist trotzdem besser so.

Danach nehme ich die Bestellungen auf. Beim Einsertisch empfängt mich ein Wall von Parfum. Nicht nur die Frau, auch die beiden Männer. Für mich stinkt jedes Parfum, wenn es zu üppig verwendet wird. Was hier der Fall ist. Dazu kommt noch die intensive Raucherausdünstung dieser Leute. Solche Geruchsbelästigungen halte ich nur begrenzt aus. Gehört für mich zu einem der schlimmsten Übel beim Kellnern. Dafür schlagen sie bei der Bestellung so richtig zu: zwei Schinkenplatten, dazu Gebäck, drei Gläser Prosecco, drei doppelte Espresso.

Der Deutsche bestellt Brötchen mit Butter und Marmelade. Seine Frau sagt: »Das heißt hier Semmeln, die verstehen dich ja sonst nicht.« Ich lächle freundlich, bei uns darf jeder so sein, wie er will. Die blonde Frau möchte einen Cappuccino und eine große Tasse Kakao für das Mädchen.

Ich arbeite schnell und konzentriert. Keine Gedanken an Mara (denke ich). Nachdem alle Tische ihre Bestellungen erhalten haben, bringe ich Wasser für die Dogge. Der Typ mit der Designerjacke, die mittlerweile über dem Stuhl hängt, zieht den Hund an der Leine unter dem Tisch raus, nimmt den Beißkorb ab. Ich streichle die Dogge am Hals, bücke mich und schiebe ihr die Wasserschüssel hin.

»Vorsicht, sie ist gefährlich! Rühren Sie sie besser nicht an.«

»Hunde mögen mich. Du tust mir nichts, stimmt's, Mädchen?« Ich kraule ihren Hals. Die Dogge streckt mir ihren riesigen Kopf entgegen, schnauft laut, wackelt mit dem Schwanz.

»Sie scheint Sie wirklich zu mögen, das ist selten.« Er hat einen harten Akzent, muss wohl schon länger in Österreich wohnen. Ich scheine in seiner Achtung plötzlich gestiegen zu sein, er sieht mich aufmerksam an.

»Ich mag sie, sie ist ein schönes Tier. Doggen sind zwar groß, aber friedlich– wenn sie nicht scharf gemacht werden.« Ich sehe ihn dabei eindringlich an. Er wird mich verstehen. Dann gehe ich zum Nebentisch.

Frage die blonde Mutter, ob ich der Kleinen was zum Malen bringen soll.

»Das ist lieb, nein danke. Ich habe selbst etwas eingesteckt. Gut, dass Sie mich erinnern.« Sie nimmt aus ihrem kleinen Lederrucksack Wachsmalstifte und Papierbögen raus. »Meine Tochter Rebecca malt sehr gerne. Schauen Sie …« Auf den mitgebrachten Bögen befinden sich schon angefangene Zeichnungen. Ein See mit einem Boot drauf, davor ein Haus mit grünen Bäumen. Ob Anna Lena auch so schön malen kann? Oder ob sie düster malt …?

»Eigentlich haben wir ja zu Hause schon gefrühstückt. Aber Ihre Croissants sehen so verführerisch aus! Bitte bringen Sie mir zwei Stück, eins für mich mit Butter, für Rebecca bitte ohne.«

Während des Gespräches betrachte ich die Frau genauer. Blonde lange Haare, leicht gewellt, wahrscheinlich natur. Sehr schlank, mittelgroß. Mit fallen ihre kleinen weißen Zähne auf, die wie Perlen in ihrem Mund sitzen. Schmales Gesicht mit vollen, roten Lippen. Attraktiv! Die Augen kann ich bei dem schräg einfallenden Licht vor dem Fenster nicht richtig erkennen. Grün? Sollte sie geschminkt sein, dann so, dass man es nicht merkt.

Mit dem Essen sind alle durch, ich räume bei den Deutschen ab. Ein Scheppern ertönt, dem Mädchen ist die Blechdose mit den Wachsmalstiften runtergefallen. Sie kriecht am Boden rum, sammelt sie ein. Die Mutter lässt sich nicht stören, tippt am Handy.

Plötzlich lautes Rumpeln. Ich sehe gerade noch, wie die Dogge unter dem Tisch einen Satz nach vorne macht, dabei gegen den Tisch prallt und nach dem Kind schnappt. Ein Glas fällt um. Die Dogge knurrt. Große Aufregung. Das Mädchen stößt einen schrillen Schrei aus.

Ich springe hin, nehme die Kleine auf den Arm, weg vom Hund. Zur Sicherheit. Gebissen hat er sie wohl nicht. Offensichtlich hat das Mädchen die Dogge aufgeschreckt, bei der Suche nach ihren Malstiften. Die Dogge starrt die Kleine an und knurrt, das Mädchen hat Tränen in den Augen. Gott sei Dank nichts Schlimmes. Der Mann mit dem Kurzhaarschnitt zerrt an der Leine, schimpft mit dem Tier. Schiebt es wieder unter den Tisch. Die Mutter nimmt mir die Kleine aus dem Arm, nickt mir dankbar zu und beruhigt das Mädchen.

Der Kurzhaarschnitt wendet sich an die Mutter: »Entschuldigen Sie, ist ja nichts passiert. Das Kind hat Hund angefasst, da ist erschrocken. Sie beißt keine Kinder! Trotzdem, Kinder dürfen fremde Hunde nicht anfassen!«

»Rebecca, beruhige dich. Es ist dir nichts geschehen«, sagt die Mutter und streicht der Kleinen tröstend übers Haar. Dann zu dem Mann: »Auf so einen großen Hund müssen Sie doch besser aufpassen!«

Ich trockne den Tisch ab, gebe der Blondgefärbten ein paar Krepptücher – sie ist ein bisschen nass geworden, nur Wasser. Alle beruhigen sich. Der Schwarzhaarige möchte die Rechnung. 67 Euro, nicht schlecht für drei Personen am Vormittag! Sein Handy klingelt, er redet laut und aufgeregt in der mir unbekannten Sprache. Steht auf, gibt mir 70 Euro, telefoniert konzentriert weiter. »Stimmt so.« Die beiden anderen stehen auch auf. Jetzt zieht er die Dogge unter dem Tisch hervor, während er erregt in sein Telefon spricht. Beißkorb hat sie noch immer keinen. Sie zerrt an der Leine, will nach draußen. Mit der Hand, um die mehrfach die Leine gewickelt ist, will er die Designerjacke vom Stuhl ziehen. Klar, der Stuhl fällt um! Wieder Getöse. Die Dogge knurrt. Ich stelle den Stuhl auf, sag der Dogge, sie solle das Maul halten. Die drei machen so viel Lärm wie ein Reisebus. Endlich sind alle weg. Ich kann mich des Gefühls nicht erwehren, dass das richtig zwielichtige Gestalten waren. Gut, dass sie weg sind. Die Gäste im Lokal scheinen ebenfalls aufzuatmen, die Atmosphäre wird deutlich entspannter.

Die Deutschen wollen zahlen. 30 Cent Trinkgeld. Genau so hatte ich die beiden eingeschätzt. Hab die Münzen am Tisch liegen gelassen. Als Zeichen. Groschen schenkt man, wenn man jemanden beleidigen will. Danach räume ich den Einsertisch ab, hier sieht es wild aus. Ich staple gerade die Teller auf meinem Arm, da sehe ich auf dem Boden etwas Rotes. Ich bücke mich. Eine Brieftasche? Nein, es ist nur ein lederner Taschenkalender. Auf der Rückseite ein separates Adressverzeichnis. Cartier! Ich stecke es in meine Jacke. Die Mutter winkt, will offensichtlich auch die Rechnung.

»Das war ja eine Aufregung. Auf so einen großen Hund muss man besser achten, meinen Sie nicht auch?«

»Ich denke, das waren unglückliche Umstände. Ihre Tochter hat sich ja schon wieder beruhigt.«

»Ja, Rebecca mag Tiere so gerne. Aber sie muss lernen, dass man fremde Hunde nicht anfassen darf. Da hatte der Mann schon recht. – Wir waren schon öfter hier im Lokal! Da haben wir Sie aber noch nie gesehen!« Sie sieht mich bei diesen Worten freundlich und interessiert an. Jetzt erkenne ich: Klare, hellgrüne Augen! Wow!

»Ich helfe hier nur ab und zu aus. Ein Stück die Straße runter ist mein Computergeschäft.«

»Das ist ja ein unglaublicher Zufall! Ihr Geschäft macht leider erst am Nachmittag auf, wie ich schon festgestellt habe! Ich brauche dringend Hilfe wegen meines Computers. Reparieren Sie auch?«

»Ich mache alles. Verkaufen, reparieren, konfigurieren … Übrigens, ich glaube nicht an Zufälle!« Lächle sie dabei freundlich an.

»Da haben Sie vielleicht recht, mit den Zufällen. Dass mein PC nicht mehr funktioniert, war der Hauptgrund, warum wir in die Stadt gefahren sind! Er ist seit Tagen kaputt. Ich weiß nicht, was er hat. Ich hätte nicht warten können, bis Sie aufsperren. Wollte nachher irgendwo einen neuen kaufen. Ohne Computer bin ich aufgeschmissen. Wobei, ein neuer nützt mir auch nur bedingt, weil ich die Daten vom alten brauche.«

Sie hat ihre Stirn in Falten gelegt, schaut zu mir hoch. Charmante Frau. Mit ihrem Redefluss kann ich nicht konkurrieren! Mir liegen mehr die kurzen Ansagen.

»Na ja, vielleicht kann man den Computer noch reparieren. Ist das auch ein Mac? Was ist kaputt?«

»Er macht nichts mehr, gar nichts! Keinen Piep! Das Kabel steckt fest drin, das habe ich geprüft! Und auch ein Ersatzkabel habe ich vergeblich probiert. – Nein, kein Mac, ist ein großer Computer, der am Boden steht. Mit Windows. Die Marke weiß ich nicht.«

»Können Sie den Rechner bei mir im Geschäft vorbeibringen, oder ist er zu schwer?«

»Ich kann das große Trumm unmöglich durch die Gegend schleppen! Wäre es vielleicht möglich, dass Sie zu uns kommen und ihn da reparieren? Ich zahle natürlich Ihre Fahrt. Wir wohnen allerdings in der Nähe von Seekirchen.«

»Grundsätzlich kann ich das schon einrichten. Soweit ich meinen Kalender im Kopf habe, könnte es Freitagnachmittag klappen. Für Anfahrt und Rückfahrt müsste ich zusammen 50 Euro nehmen. Das ist schon günstig für die Strecke. Dann pro Stunde 65.«

»Das ist kein Problem. Freitag passt perfekt. Karfreitag! Dann habe ich vielleicht zu Ostern meinen Computer wieder. Das wäre mein größtes Ostergeschenk. Ich bin Ihnen so dankbar, wenn Sie mir da helfen können. Wann würden Sie genau kommen?«

»Karfreitag? Ich habe ganz vergessen, dass am Wochenende Ostern ist. Soll ich wirklich trotzdem zu Ihnen rausfahren?«

»Ja, unbedingt. Sie sind meine Rettung, wenn Sie das hinkriegen!«

Ich habe inzwischen den Kalender auf meinem Handy geöffnet: »Ich könnte so gegen 14 Uhr bei Ihnen sein.«

Sie sieht mich freudestrahlend an. »Sie können sich gar nicht vorstellen, wie sehr ich mich freue, wenn Sie mir da helfen können. Ich gebe Ihnen meine Karte.« Sie kramt in ihrem kleinen Lederrucksack, zieht eine Visitenkarte raus.

»Hier, die Adresse auf der Vorderseite, die Rückseite ist unsere Wohnung in der Schweiz.«

Giulia Schläf, Musikerin. Interessant.

»Unser Haus ist leicht zu finden. Von Seekirchen unterhalb des Bahnhofs in Richtung See. Sie haben doch sicher ein Navi Ich freue mich, wenn Sie uns besuchen. Ich besorge einen Kuchen. So guten Kaffee wie hier haben wir jedoch leider nicht.«

Das Telefon hinter der Theke läutet. Geht jetzt nicht, sollen später anrufen.

Ich gebe ihr auch eine Karte von mir.

»Falls was dazwischenkommt, damit Sie mich erreichen können.«

»Danke, ich wollte auch gerade nach Ihrer Nummer fragen.« Sie betrachtet interessiert die Karte. »Florian! Schöner Name! Sie können Giulia zu mir sagen. Der PC ist so wichtig für mich. Auf dem Computer sind meine ganzen Fotos drauf, von den Konzerten. Auch Noten, die ich schwer wiederbeschaffen kann. Ich habe solche Angst, dass das alles verloren ist.«

»Mal sehen, was ich bei Ihrem PC retten kann! Wenn die Festplatte nicht hoffnungslos gecrasht ist … Nun, wir wollen mal nicht gleich vom Schlimmsten ausgehen.«

Es kommen immer mehr Leute. Ist schon Mittag? Ich schaue auf die Uhr, kurz vor zwölf. Die Zeit ist gerast. Meine Ablösung müsste auch schon hier sein, denke ich.

»Also, habt noch einen schönen Tag, ihr zwei!« Ich muss aufräumen, da sind schon die nächsten Gäste.

Als Giulia und Rebecca gehen, winken sie mir noch von der Tür zu.

Da hat jemand einen großen Schatz zuhause, mit den beiden!

Der erste halbe Tag n.M. ist schon mal überstanden. n.M. steht für »nach Mara«.

Das Telefon läutet wieder. Bestimmt eine Tischreservierung. Geht jetzt nicht. Sollen später anrufen.

Die Tür geht auf, Sonja kommt, im Schlepptau Gerti.

Sie umarmt mich. »Du bist ein Schatz, Flo! War viel los?«

»Nicht schlecht, knapp 100 Euro am Vormittag!«

»Komm, wir machen schnell die Kassa, dann kannst du los. Ich weiß ja, dass du es eilig hast. Sehen wir uns heute Abend noch?«, fragt Sonja, während sie das Geld in die Kasse legt.

»Kann ich noch nicht sagen. Ich denke, schon. Habe viel zu erzählen.«

»Ach jaaa! Du warst gestern bei deiner Mara. Ist alles gut gegangen? Wie geht es weiter mit euch?«

»Da geht leider gar nichts mehr. Berichte ich dir noch. Muss direkt los! Vorher heim und noch schnell umziehen. Ich schau am Abend noch mal rein. Dann können wir reden.«

Ich gebe Sonja ein Küsschen und rase los.

Sonja ist ein lebensfroher Mensch, sie sprüht vor Energie. Dazu sieht sie blendend aus. Nicht mein Frauentyp, aber die Männer rennen ihr nach. Knallroter Lippenstift, violetter Lidschatten, Rouge nicht zu knapp, schwarze Haare mit dunkelrot gefärbten Strähnen. Auf ihre Figur achtet sie sehr. Lange Beine, beachtlicher Busen, ausgeprägter Hintern. Lieber hungert sie, als dass sie ein halbes Kilo zunimmt. Mittlerweile ist sie auch schon 40. Das sieht man ihr aber keinesfalls an. Vor ein paar Wochen haben wir ihren Geburtstag gefeiert. Das erste Restaurant hatte sie noch gemeinsam mit ihrem Mann Zlatko eröffnet. In Gnigl, vor fast 20 Jahren. Ein paar Ecken entfernt von meinem Freund Charly. Und meinem

Elternhaus. Sie war trotz ihres jungen Alters eine toughe Frau, die den Laden schmiss. Zlatko konnte ihr nicht das Wasser reichen. Der scharwenzelte immer nur rum und machte sich wichtig. Beide sind aus Bosnien eingewandert. Ich ging oft zum Essen hin, solange ich bei meinen Eltern lebte. Das Restaurant lief gut, Sonja und ihr Mann verdienten prächtig.

Irgendwann hieß es plötzlich, das Lokal würde schließen. Sonja – die ich im Laufe der Zeit recht gut kennengelernt hatte – erzählte, dass Zlatko eine Affäre mit der Kellnerin hatte. Familienkrieg! Die Kellnerin musste gehen. Die nächste war noch schöner, und das Ergebnis das gleiche. Sonja hatte die Nase voll von ihrem Mann. Sie trennte sich. Er behielt das Restaurant, musste sie auszahlen. Wobei sie wohl mit ihrer bosnischen Verwandtschaft Druck auf ihn ausgeübt hat, so dass alles gut ausgegangen ist. Nach ihrem Weggang war die Qualität nicht mehr wie vorher. Ich ging nur noch selten hin.

Für das Lokal in der Pfeiffergasse wurde damals gerade ein neuer Pächter gesucht. Die Gegend hier ist eigentlich keine gute Lauflage. Sonja hat jedoch gleich erkannt, dass sich aus der Lokalität was machen lässt. Vor allem die Genehmigung für den großen Schanigarten hatte es ihr angetan. Mit der Abfindung ihres Mannes, einem Bankkredit und dem Zuschuss einer Brauerei startete sie durch. Mit Hilfe ihrer Verwandten wurde das Restaurant liebevoll und schön hergerichtet. Sie haben wochenlang geschuftet, alles neu gemacht. Am Rand des Gartens stellte Sonja viele Grünpflanzen auf und in die Mitte den »mobilen *Brunnen*«.

Glück hatte sie mit dem Koch, den sie fand. Ramos, Portugiese. Er ist zuverlässig, kreativ, treu und kocht fantastisch. Seine Vorspeisen waren von Anfang an ein Renner. Ich fuhr sogar öfter mal von Gnigl zum Essen hin. Eines Tages erzählte mir Sonja von der freien Wohnung in der Chiemseegasse. Sie war total begeistert von dem alten Gebäude mit den »antiken« Räumen. War ihr aber viel zu klein. Ich war gerade dabei, das Haus meiner Eltern zu verkaufen. Die Wohnung war ideal, 54 qm, unter dem Dach, Blick über Salzburg. Nur 540 Euro Miete warm, da vierter Stock und kein Lift.

So wurde ich Stammkunde bei Sonja. Und unsere Freundschaft wuchs.

Beim Umziehen entdecke ich den roten Kalender. Shit, vergessen. Stecke ihn in die Motorradjacke. Muss ich am Abend gleich ins Lokal mitbringen.

Die schweizerische SIGRA Versicherungsanstalt ist vor vier Jahren aus der Stadt raus nach Thalgau gezogen. Großes klimatisiertes Gebäude, sehr modern. Zentrale für Österreich. Gunnar ist mein Vorgesetzter. Er kommt aus Deutschland, lebt allerdings schon seit vielen Jahren in Salzburg. Wir verstehen uns bestens. Er macht für mich immer eine To-do-Liste, die ich den vorgegebenen Terminen entsprechend abarbeite. Maximal 15 Stunden pro Woche. Fehlende Ersatzteile bringe ich gleich mit. Insgesamt verdiene ich an den Teilen mehr als durch meine Arbeit. Sollte Matti, der Chef der SIGRA, meinen Vertrag mal nicht mehr verlängern, dann wird es finanziell eng. Dass alles so bleibt, dafür sorge ich mit großzügigen Geschenken.

Ich muss bei drei Rechnern Komponenten austauschen, bei zweien die Festplatte. Programme aufspielen, Daten übertragen, anschließend alles so installieren, dass die Leute an nächsten Tag gleich weiterarbeiten können. Ist zeitaufwändig. Solche Jobs lassen sie immer für mich. Da hat keiner Lust drauf. Mein Handyklingelt. Sonja!

»Hi.«

»Hallo Flo. Da ruft einer schon zum dritten Mal an, Ismail Heda oder so ähnlich. Er hat seinen Kalender verloren. Es ist angeblich wertvoll, er macht totalen Stress. Hast du was gefunden? Ich habe schon überall nachgeschaut, aber da ist nichts.«

»Ach je, der Kalender. Ja, ich habe ihn gefunden. Habe vergessen, ihn zur Kasse zu legen. Ich bringe ihn am Abend vorbei.«

»Da bin ich aber froh. Ich rufe ihn an und sag es ihm. Scheint ihm ja unglaublich wichtig zu sein. Hier ist gerade ganz viel los, ich muss Schluss machen. Ciao, Flo.«

Während die Software aufgespielt wird, habe ich ein wenig Zeit. Schaue mir den Kalender und das Adressbuch genauer an. In der

Mitte steckt ein Kugelschreiber. Teures Stück! Goldverzierungen. Echt? Tatsächlich! Am Ring und am Clip eine Punzierung, *585*! Der Kalender ist vollgeschrieben, das Adressbuch ebenfalls. Alles »ausländisch«. Dass es sowas noch gibt. Ist bei mir komplett in meinem Handy bzw. am Server. Der Kugelschreiber interessiert mich. Drehmechanik. Dezente Gravur. Ach ja, *Ismail Hajda*! Ich probiere aus, wie er in der Hand liegt. Schwer. Unten schaut nur eine schmale Mine raus. Dicker Kuli, dünne Mine? Ich drehe am Mechanismus. Lässt sich aufschrauben. Ja, tatsächlich, nur eine kleine Mine. Und oben: Ein USB-Stick im Kugelschreiber, nicht schlecht! Ich weiß, dass es Werbegeschenkkulis mit billigen Sticks gibt. Aber sowas Hochwertiges? Interessant!

Ich stecke ihn in meinen Arbeitsrechner. Sollte ich eigentlich nicht, ist reine Gewohnheit. Ist auch nie ganz ungefährlich, ein fremder Datenträger. Wer weiß, was drauf ist. Autoplay ist deaktiviert, da kann also nichts passieren, selbst wenn das Teil etwas Böses im Schilde führt. Nichts tut sich, der Datenträger ist verschlüsselt. Das Telefon klingelt. Sonja – schon wieder?

»Hi.«

»Hi, du, der Typ macht echt Stress, er will seinen Kalender noch heute Nachmittag. Ich habe seine Rufnummer. Magst du ihn anrufen und das mit ihm besprechen?«

»Mmmh, das passt mir gar nicht. Der soll auf seine Sachen besser aufpassen. Mir wird wohl nichts übrigbleiben. Sagst mir die Nummer?« Ich schreibe sie auf einen Zettel, will später zurückrufen. »Du, ich kümmere mich. Ciao.«

Um 17 Uhr bin ich fast fertig, da fällt mir wieder der Anruf bei dem Kalendertypen ein. Ismail. Ich wähle die Nummer, die ich aufgeschrieben habe.

Es meldet sich ein Mann in unverständlicher Sprache.

»Hallo, ich bin Florian Schwandner. Ich habe einen Kalender gefunden und soll mich melden.«

»Endlich, warum geht das nicht schneller? Ich habe schon paarmal gefragt, dass ich mein Adressbuch dringend brauche! Wo sind Sie? Sie müssen das sofort zu mir bringen!«

»Mooooment… Ich bin in der Arbeit und hatte vorher keine Zeit.«

»Ich habe Ihrer Chefin gesagt, Sie sollen sich sofort bei mir melden. Ich brauche das jetzt, dringend. Wo ist er?«

»Ich habe andere Dinge zu tun, als mich um Ihren Kalender zu kümmern. Der liegt bei mir zuhause, und ich bin bei einem Geschäftstermin auswärts.«

Ich lasse mich doch nicht unter Druck setzen. Dass ich den Kalender »zuhause habe«, ist mir spontan eingefallen.

»Ich brauche das Adressbuch, sofort! Wann sind Sie zuhause?«

»Ich habe hier noch ein paar Stunden zu arbeiten, und wenn ich fertig bin, dann fahre ich heim. Oder nicht. Den Kalender können Sie morgen im *Brunnen* abholen.«

»Ich kann nicht so lange warten, auf keinen Fall. Ich bezahle die Kosten. Bringen Sie das zu mir, schnell! Kreuzwegpromenade 84, in Parsch.«

»Nein, das geht überhaupt nicht! Wenn Ihr Kalender so wichtig ist, dann passen Sie halt besser darauf auf! Ich muss arbeiten, habe keine Zeit. Kommen Sie morgen ins Restaurant.«

Heftiges Schnaufen am anderen Ende, dann klicke ich das Gespräch weg. Statt dass er dankbar ist, pöbelt er rum. Da kommt er mir gerade richtig. Solche Typen habe ich gefressen!

Allmählich beginnt mich die Sache mit dem Adressbuch zu interessieren. Warum macht der Kerl so einen Wirbel? Da muss doch was dahinterstecken. Ich merke, dass ich bei diesen Gästen bereits am Tisch so ein merkwürdiges Gefühl hatte. Mit denen stimmt was nicht, die sind total negativ, uncool. Viel Geld, viel Zeit! Schlechte Ausstrahlung! Mich würde es ja schon reizen, zu wissen, was auf dem Stick ist. Ich rufe Charly an.

»Hi, wie geht's? Hast du einen Augenblick Zeit?«

»Für dich immer. Bei mir ist alles super. Und bei dir? Schon länger nichts gehört!«

»Du, es gibt einiges zu erzählen. Mehr später. Jetzt, ganz kurz: Ich habe da einen USB-Stick, für dessen Inhalt ich mich interessiere. Ist aber durch ein Passwort geschützt.«

»Hmm, wenn es TrueCrypt mit einem langen Passwort ist, dann

kann das schon ein Problem sein. Manche Programme sind einfach. Komm doch vorbei, wenn es dir wichtig ist. Ich schau mir das an.«

Anklopfsignal – anderer Anrufer. Vielleicht Mara?

»Ich komm in ca. 20 Minuten zu dir. Passt das? Muss auflegen, krieg grad einen Anruf!«

»Gut, bis gleich, ich freu mich, dass du wieder mal kommst.«

Ich schalte um auf das andere Gespräch.

»Ismail Hajda noch einmal. Wir haben telefoniert wegen meinem Kalender. Es tut mir leid, dass ich wieder stören muss! Ich brauche dringend. Da sind Informationen, die ich heute brauche! Wann sind Sie zuhause? Ich lasse den Kalender bei Ihnen abholen.« Seine Art, zu sprechen, ist merkwürdig: Eigentlich fast fehlerfreies Deutsch, aber die Worte klingen immer etwas abgehackt.

»Ich muss hier noch eine Reparatur fertig machen, bin frühestens gegen 22 Uhr zurück.«

»Nicht gut! Rufen Sie an, sobald Sie da sind. Ich schicke dann sofort Fahrer, der ist eine Viertelstunde später bei Ihnen. Wo soll er hinkommen?«

»Ich kann Ihnen den Kalender auch mit einem Taxi schicken. Müssen Sie halt bezahlen.«

»Nein, kein Taxi. Ich schicke meinen Fahrer Branko. Sie bekommen auch Finderlohn. Für die Umstände. Können wir das machen? Wo sind Sie zuhause?«

»Ich rufe an, wenn ich hier fertig bin. Danach hole ich Ihre Sachen und bringe sie in den *Brunnen*. Da kann Ihr Fahrer dann hinkommen. Ihr Geld können Sie behalten.«

»Sofort wenn Sie anrufen, kommt Branko. Zehn Minuten.«

»Gut, passt.«

»Vielen Dank, und entschuldigen Sie für die Störung.«

Na, jetzt ist er plötzlich umgänglich geworden. Rumkommandieren kann er seine eigenen Leute, mit mir klappt sowas nicht.

Ich packe alles zusammen und fahre zu Charly. Gnigl liegt auf dem Weg nach Salzburg, ist praktisch. Ich werde auf dem Weg zwei Pizzas besorgen, Charly hat immer Hunger.

»TrueCrypt, wie ich schon vermutet habe. Wird häufig eingesetzt, weil es nichts kostet. Was ist denn da drauf? Kann man nicht auf anderem Weg an die Daten kommen?«

Ich erzähle ihm die ganze Begebenheit. Charly meint, er mischt sich nicht gerne in die Angelegenheiten von anderen Leuten ein. Als IT-Sicherheitsexperte habe er sich einem ethischen Code verpflichtet. Er werde sich den Stick mal ansehen. Zumal er wisse, was für ein sensibles Gespür ich habe.

»Vor deinen speziellen Gefühlen habe ich schon immer Respekt gehabt. Ich selber habe sowas ja nicht. Bin gespannt, was dich dieses Mal antreibt! Vielleicht ist da ja was Interessantes! Ich mach erst mal ‚ne Kopie, und dann schauen wir weiter. Und wenn nichts gravierend Negatives auf dem Stick ist, dann vernichte ich die Daten gleich wieder. Einverstanden? Schließlich sind sie etwas Persönliches, Schützenswertes, selbst bei Unsympathlern«, sagt er.

»Klar«, sage ich, »hast eh recht. Ich hab im Moment auch andere Sorgen. Aber irgendwie hab ich bei dem Typen ein derart komisches Gefühl im Magen! Und wenn sich das bei mir meldet– das habe ich mir angewöhnt, wie du weißt–, schau ich genau hin. Es kostet ja nichts– außer deine Zeit. Als Gegenleistung habe ich dir schon mal was zu essen mitgebracht.«

Charly schlägt mir nie einen Wunsch ab. Und natürlich tue ich auch alles für ihn. So ist das bei besten Freunden.

Während wir die Pizza essen, kopiert er den Stick. Er ist schmaler geworden, finde ich. Er hat mal erzählt, dass er komplett auf das Essen vergisst, wenn er mitten in wichtigen Arbeiten steckt. Früher hatte er lange schwarze Haare, bis zu den Schultern. Er war noch nicht dreißig, da wurde es oberhalb seiner Stirn innerhalb weniger Wochen ganz licht. Er fand täglich größere Mengen Haare im Kamm. Bekam Angst, er sei krank. Zum Arzt ging er trotzdem nicht, es tat ja nichts weh. Dann kam die Glatze. Oben, die ganze Platte. Hinten und an den Seiten blieb alles wie vorher. Erst ließ er die Haarreste noch lang runterhängen. »Das sieht geschissen aus«, sagte ich ihm. Dann ließ er sich einen Bart wachsen und rasierte den Kopf. Jetzt hat er einen dunklen Haarflaum seitlich am Kopf und einen Urwald im Gesicht. Dazu der goldene Ohrring. Für ihn ein großer, für Bea, seine Freundin, ein kleiner. Statt Eheringen, sagte er. Gott sei Dank hat er Bea! Bevor sie mit ihm einkaufen ging, lief er rum wie ein Penner. Er hat keinerlei Sinn für Äußerlichkeiten. Dafür hat er ein Herz aus Gold.

Charly lässt dann ein Programm laufen, das Passwörter ausprobiert. Nach einigen Minuten stoppt er es, sagt, das Passwort sei wahrscheinlich länger. Dafür müsse er ein besseres Crack-Programm besorgen. Sowas hat er nicht auf seinen Rechnern. Wenn das Passwort über zehn Zeichen hat, dann dauert das Tage. Ab 20 ist gar nichts zu machen. Sein Job sei der Schutz von Daten, nicht das Cracken. Er habe einen Freund in Hamburg, Knut, Inhaber eines Unternehmens für IT Sicherheitsmanagement. Sie kennen sich von einer Veranstaltung beim Chaos Computer Club. Der habe mit sowas viel mehr Erfahrung. Vielleicht wäre es besser, er überlasse das gleich ihm.

Charly fotografiert dann auch gleich die Seiten des Kalenders und des Adressverzeichnisses mit seinem Handy. »Vielleicht braucht man das später noch, wenn wir was Interessantes finden sollten«, meint er. »Wenn schon spionieren, dann richtig!«

Typisch Charly. Ich hätte mir die Mühe wohl nicht gemacht, bei so vielen Seiten.

Ich erzähle ihm von meiner Trennung von Mara.

»Das kommt mir doch bekannt vor. Wir sollten die Frauen einfach abschaffen«, sagt er bedächtig nickend. Er und Bea haben sich auch schon zweimal getrennt. Seit sie nicht mehr bei ihm wohnt und die beiden sich gegenseitig besuchen, sei alles besser geworden. Bea hat sich davor regelmäßig aufgeregt, dass Charly keine Zeit für sie hat, immer nur vor dem PC sitzt. Wenn sie beide zusammen sind, hat er PC-Verbot. Da kann er dann nur mit dem Handy arbeiten.

Charly meint, dass das nicht sein darf, die Trennung von Mara. »Sie ist so eine tolle Frau! Du musst ihr ein Zeichen schicken, dass du auf sie wartest. Wie wär's mit Blumen?«, meint er grinsend. »Oder du lässt den Zufall spielen und triffst sie irgendwo... Du weißt doch, Zufälle gibt es nicht! Alles nur Konsequenzen von dem, was wir tun und glauben!« Jetzt ist er wieder bei seinem Lieblingsthema! »Unsere logischen Fähigkeiten haben wir noch nicht mal angefangen zu entwickeln. Die Quantenphysik stellt ohnehin alles in Frage, was die Menschheit bisher geglaubt hat. Das ganze Universum ist auf mathematischen Prinzipien aufgebaut: Mit der Rechenkapazität der Zukunft öffnen sich unvorstellbare Potentiale. Ich hab's: Du musst Signale aussenden, das ist es. So starke, dass Mara sie über ihr Unterbewusstsein empfängt!«

Charly feixt mich an, als wäre mein Problem bereits gelöst. Irgendwie nerven mich seine Theorien heute. Ich habe Sehnsucht nach Mara. Nicht in der Unendlichkeit, sondern hier und jetzt. Ich bräuchte jemanden, der mich einfach nur tröstet.

Charly ist wieder an einem seiner Rechner gelandet und schreibt rasend schnell auf seiner Tastatur. Gerade sei ihm was ganz Wichtiges eingefallen.

»Ist absolut dringend«, sagt er, während er in die Tasten haut.

»Ich muss weg«, sage ich.

»Ich melde mich, sobald ich mit dem Stick weitergekommen bin. Mach's gut, Flo, lass dich nicht unterkriegen.«

Ich kenne Charly seit der HTL. Wir waren unzertrennlich. Haben zusammen unsere ersten Joints geraucht, waren nächtelang in der Disco oder haben am PC gespielt. Charly hat schon damals alles mit dem Computer gemacht, was möglich war. Ich konnte nur ungläubig zuschauen. Am Rumschrauben oder Zusammenbauen von Hardware hatte er nie Freude. Er hatte lange vor allen anderen ein Modem und BTX – Vorläufer der heutigen Internetverbindung – und kommunizierte mit Leuten in der ganzen Welt. Als einer der Ersten ließ er sich einen ADSL-Breitbandanschluss legen. Sogar während der Ausbildung in der HTL war er häufig in Hamburg, da er Leute vom CCC, dem Chaos Computer Club, kennengelernt hatte. Verbrachte auch seine Ferien dort.

Gleich nach dem HTL-Abschluss ist er zu seinen Freunden nach Hamburg gezogen. Hat in einer IT-Firma gearbeitet und parallel ein Fernstudium zum zertifizierten Datensicherheitsexperten gemacht. Wenn er seine Eltern besuchte, haben wir uns natürlich getroffen. Hat erzählt, wie anders das Leben in Deutschland sei. Man habe dort viel mehr Möglichkeiten.

Als sein Vater vor einigen Jahren starb, kam er nach Salzburg. Wollte nach dem Begräbnis schnell alles für seine Mutter regeln und dann wieder zurück nach Hamburg. Er versuchte Frau Dorfgraber zu überreden, in eine Seniorenresidenz zu ziehen. Hatte schon was gefunden für sie. Aber sie weigerte sich vehement. Glücklich leben könne sie nur in ihrem Haus! Da möchte sie bleiben bis zum Tod! Einen alten Baum verpflanze man nicht, dann würde er eingehen! Charly war verzweifelt. Seine Mutter hatte keinen Führerschein, und in der Nähe gibt es keine Lebensmittelgeschäfte. Auch war sie bereits schlecht auf den Beinen! Wie sollte sie da alleine in so einem großen Haus leben können?

Das Problem löste sich dann ganz anders: Charly lernte bei einem Ikea-Einkauf Bea kennen. Sie stand hilflos mit einer Matratze vor ihrem Auto und bekam sie nicht rein. Er transportierte die Matratze in seinem Kombi. Als Dank lud sie ihn zum Essen ein, und von da an waren sie unzertrennlich. Er ließ das Haus seiner Eltern renovieren, baute im ersten Stock ein Büro für seine neue Firma ein und darüber eine sonnige, topmoderne Wohnung. Da seine Mutter auch schon Probleme mit dem Stiegensteigen hatte, ließ er das Erdgeschoss als barrierefreie separate Einheit herrichten. Damit sie sich in ihren letzten Jahren wohlfühlt, hat er einen großen Wintergarten mit Blick in den Garten angebaut. Mittags treffen die beiden sich dort oft und unterhalten sich. Seine Mutter soll nicht vereinsamen.

Seine Freunde in Deutschland hat er noch immer. Dort sind seine beruflichen Wurzeln, sagt er. Als Consultant für Datensicherheit hat er sich auch in Salzburg mittlerweile einen Namen gemacht, ist eine Koryphäe auf dem Gebiet. Die meisten Kundenanfragen muss er ablehnen, mangels Zeit.

Schon 21 Uhr vorbei, als ich zuhause ankomme. Ich fühle mich erschöpft, möchte ins Bett. Rufe Ismail an, dass er seinen Kalender abholen kann. Noch schnell runter und dann Schluss für heute. Keine Nachricht von Mara! Immerhin, den ersten Tag habe ich fast geschafft. Das ist wie ein Entzug! Nicht WIE…

Der *Brunnen* ist bummvoll. Ich stelle mich an die Theke. Sonja setzt sich auf den Hocker neben mich, haucht mir einen Kuss auf die Wange.

»Wie war dein Tag? Magst du ein Bier? Was zu essen?«

»Ein Zwickl, ein Krügerl bitte. Ausnahmsweise! Gegessen hab ich bereits. Pizza mit Charly. Ich halt dich nicht auf. Da hinten am Dreiertisch, die winken schon ganz ungeduldig.«

»Ja, wir setzen uns später zusammen. Bist du dann noch da?«

»Ich glaube nicht, ich bin heute einfach zu müde. Wir verschieben das besser.«

Sonja winkt kurz, ein freundliches Lächeln, weg ist sie.

Gerade als mein Bier da ist, öffnet sich die Tür und der Glatzkopf kommt rein. Die Sonnenbrille hat er auf die Stirn geschoben – ohne geht's wohl auch nachts nicht. Sieht bestimmt cooler aus … Ich biete ihm den Platz neben mir an.

»Wollen Sie ein Bier? Einen Wein?«, frage ich. Halte ihm den Kalender hin.

Er öffnet ihn, schaut offensichtlich, ob auch der Kugelschreiber da ist.

»Nein, nichts trinken, ich muss sofort zurück. Hier ihr Geld.«

Hält mir 100 Euro hin.

»Nein danke, ich habe Herrn Hajda schon gesagt, dass ich Ihr Geld nicht brauche.«

Er steckt den Schein zu einem kleinen Bündel zurück, das er offen aus der Hosentasche zieht. Ich hoffe, er behält ihn nicht für sich. Steht auf, gibt mir immerhin seine Hand zum Abschied. Feucht. Ich muss nachher gleich Hände waschen.

»Auf Wiedersehen.«

»Ciao.«

Ich trinke mein Bier aus, gehe. Eisiger Wind empfängt mich vor der Tür. Es riecht nach Schnee. Drei Tage vor Ostern. Da habe ich letzte Nacht Glück gehabt. Die Gedanken an Mara nehmen wieder Fahrt auf. Ob sie jetzt auch an mich denkt? Am liebsten würde ich ihr ein Mail schreiben. Dass wir einen Fehler gemacht haben.

Dass ich lieber einige wenige Nächte mit ihr zusammen bin als gar nicht. Dass ich mich nach ihrem Geruch sehne. Ihre Nähe spüren möchte.

Tag zwei n.M. Wache früh auf, fühle mich schlecht. Schon wieder wirre Träume gehabt. Kein erholsamer Schlaf. Der letzte Traum ist noch ganz nah: Mara hatte ein Kind, es war zur Hälfte von mir und zur Hälfte von Werner. Der Kopf des Kindes war von Werner. Der Rest des Buben von mir. Woher ich das wusste, ist mir nicht klar. Mara sagte, dass sie den Buben an Werner zurückgeben muss, das sei so ausgemacht. Für mich kam das überhaupt nicht in Frage. Ich drückte ihn an mich: »Ich habe dich bereits an ihn verloren, den Buben kriegt er nicht.« Da fing sie an zu weinen und sagte »Du liebst mich nicht, du hast mich nie geliebt. Sonst würdest du so etwas nicht sagen!« Was sollte das jetzt wieder bedeuten? Leider fehlt mir das Geschick, Träume zu verstehen. Ich muss loslassen …

Starker Schneeregen fegt gegen die Scheiben. Werde ich heute eben nicht laufen. Ich stürze mich in Arbeit, erledige alles, was in den vergangenen Wochen liegen geblieben ist. Die Buchhaltung – ich hasse sie – für Februar ist überfällig. Dann Teile bestellen, Rechner zusammenbauen, alles muss gemacht werden. Nur nicht denken, an …

Ach je, es ist Gründonnerstag! Ich sollte für Ostern einkaufen. Morgen komme ich nicht dazu. Blumen? Mara ist sicher wieder am Markt. Sie hat die schönsten Tulpen. Und Osterglocken. Richtig heißen die Narzissen, hat sie mich letztes Jahr noch aufgeklärt. Nein, dieses Ostern für mich keine Blumen!

Mittags gehe ich trotzdem laufen. Ich muss die quälenden Gedanken an Mara loswerden. Vor der Haustür mache ich ein paar Dehnungsübungen. Das Wetter ist grausig. Immerhin nieselt es nur mehr. Höchstens drei oder vier Grad. Die Hausfassaden glänzen in hellen und dunklen Grautönen. Um diese Jahreszeit sind hier in den kleinen Gässchen des Kaiviertels noch kaum Touristen unterwegs. Alles wirkt wie verlassen. Obwohl alle Gebäude hier historisch sind, strahlen sie keine Würde aus, wie zum Beispiel die Paläste in Venedig! Das liegt wohl daran, dass Salzburg zur

Zeit der Erbauung dieses Stadtviertels ein Erzbistum war, und die lustfeindliche Kargheit dieser Epoche drückt sich noch immer deutlich aus.

Familien mit Kindern gibt es in der Gegend hier gar keine. Wahrscheinlich weil es viel zu anstrengend wäre, in den verkehrsberuhigten Gassen täglich die Lebensmittel heranzuschleppen. Hier leben hauptsächlich alte Leute. Wie die Frau mit dem Kopftuch, die gerade gebückt vor meiner Haustür vorbeigeht. Gekleidet in Schwarz. Schwer aufgestützt auf ihren Stock.

Sollte ich alt werden, dann möchte ich nicht, dass mich das Schicksal derart sichtbar beugt. Gut, wer mag das schon? Trotzdem, ich habe große Achtung vor den Alten, die aufrecht, erhobenen Hauptes, zwar mit langsamen, aber bestimmten Schritten ihren Weg gehen. Die einen klaren Blick bewahrt haben. Auch wenn Furchen und Runzeln im Gesicht Zeugnis über tiefe Einschnitte in ihrem Leben ablegen.

Nur schnell eine kleine Runde, die Salzach runter bis zur Lehener Brücke und zurück. Plane ich. Ich laufe schließlich doch den Kapuzinerberg rauf. Die lange, steile Treppe am Anfang ist brutal. Ich keuche, dass mir fast die Lungen platzen. Vorbei an dem Haus, in dem Stefan Zweig gewohnt hat. Er wird viel zu wenig geehrt in Österreich! Besser weiter totschweigen, das große Unrecht, das dieses Land ihm angetan hat. Und so vielen anderen. Wir haben ja Mozart, unseren Stadtheiligen! Devisenbringer ohne Ende! Wer interessiert sich da für die übrigen, ehemals geschmähten Opfer dieser Stadt?

Nach den endlos langen Stufen meint man, das Schlimmste geschafft zu haben. Aber die Steigung nimmt auch danach kein Ende. Der Weg führt konstant bergauf, bis zum Franziskischlössl. Meine Beine werden schwer, das Atmen immer heftiger. Dieser Anstieg ist die Hölle. Keine Pause zum Ausruhen. Der Wald ist durchsät mit weiß leuchtenden Inseln: Schneereste. Meine Lunge schmerzt schon, mein Atem pfeift. Die Luft ist nasskalt, aber mir ist heiß. Überall zwischen den Bäumen verstreut stehen Leberblümchen, und am Wegesrand leuchten vereinzelt bereits die gelben Blüten der Kornelkirschen. Kurz vor dem Schlössl entdecke ich dann auf einer kleinen Lichtung ein grün-blaues Polster. Ich muss anhalten, das darf ich mir nicht entgehen lassen. Bücke mich, rieche an einer eng stehenden Gruppe Veilchen. Unglaublich, dieser Duft. Es gibt nichts Vergleichbares. Kein Parfum der Welt kommt da ran. Ein bisschen erinnert mich das an … NEIN!

Vom Schlössl geht es in Kurven quer durch den Wald wieder runter, steil bergab. Der Boden ist nass, glitschig. Ich nehme trotzdem Geschwindigkeit auf. »Federleicht springen, ihr Beine! Nicht ausrutschen!« Ist das schön! Wie schwerelos tanzen meine Füße den Weg hinunter. Ich liebe es, auf diesen schmalen, kurvigen Pfaden bergab zu laufen. Auf dem ganzen Weg kein einziger Mensch. Wenn ich hier verunglücke, dann findet mich vor morgen niemand. Die Hundehalter sind um diese Jahreszeit meist morgens im Wald. Und kein Mensch würde mich vermissen! Doch, Sonja. Charly! Aber eigentlich bin ich ganz allein auf dieser Welt. Warum bloß fühlt sich das so beschissen an?

Die steilen Stufen runter zur Steingasse, gleich zwei auf einmal, volle Konzentration – sonst Gutnacht. Das Laufen tut mir gut. Den Kai die Salzach entlang bläst eiskalter Wind in mein feuchtes Gesicht. Ich setze die Kapuze meiner Laufjacke auf. Meine Haare sind triefend nass. Eine Erkältung würde zu meiner Stimmung gerade noch fehlen… Wenn ich bei so einem Wetter aus dem Fenster schaue, möchte ich nicht raus! Jedoch dann, unterwegs, da genieße ich die Landschaft trotzdem. Jedes Mal aufs Neue, egal wie nass und kalt es ist. Es gibt in dieser Stadt so viel Natur! Nur ein paar Schritte entfernt vom Tourismus. Und stets hat sie etwas Tröstendes, Beruhigendes – etwas zu mir Gehörendes!

Kaum Leute, denen ich ausweichen muss. Die Müllner Kirche taucht links vor mir auf. Hier muss ich immer an Mara denken, an unseren ersten Tag. Heute denke ich nicht… Jetzt rüber, vorbei am Bräustübl und zurück über den Mönchsberg. Ich renne mir die Gedanken aus dem Kopf.

Zuhause dann duschen, Haare waschen. Ich schaue in den Spiegel. Meine Locken reichen mittlerweile bis auf die Schultern, die Haarbürste kommt nicht mehr richtig durch. Ich muss mal wieder zum Friseur. Ich rasiere mich mit dem Kurzhaarrasierer, kürzestmögliche Länge. Es bleibt nur ein winziger Flaum, so mag ich es am liebsten. Das kleine Bärtchen gleich unter der Unterlippe wird auf fünf Millimeter gekürzt. Ich betrachte mich eingehend: Nein, meinen Schmerz sieht man mir nicht an! Jetzt schnell im *Brunnen* einen doppelten Espresso und ein Croissant.

Danach Nachrichten checken: nichts von Mara. Sie hält das durch. Ich auch! Ich werde abends im Lokal mithelfen. Keine Zeit zum Nachdenken lassen, sonst bringt mich meine Sehnsucht um den Verstand. Davor ins Fitnessstudio! Das sollte sich zeitlich noch ausgehen.

Jedes Jahr freue ich mich auf den Frühling. Auf die ersten warmen Tage. Den Duft der Blüten. Wenn ich über die Stadtberge laufe, da erlebe ich so oft, wie sich die Natur schon von einem Tag auf den anderen ändert. Plötzlich ist das frische neue Grün da, wo sich vorher kahle Äste ineinander verzweigten. Und bald tauchen sie überall auf, die Blüten an den Sträuchern und Bäumen, die bunten Blumen, und schließlich auch die Schmetterlinge. Die beginnende Wärme, die auch die Herzen auftauen lässt. Es ist ein ganz besonderes Gefühl, das ich Jahr für Jahr herbeisehne. Bloß dieses Jahr, da wird es diesen Frühling für mich nicht geben!

Schon der dritte Tag n.M. Es ist noch immer nasskalt. Das Wetter entspricht meiner Stimmung. Ab morgen soll es besser werden – pünktlich zu Ostern. Ob sie auch an mich denkt? Werden wir uns jemals wiedersehen? Ich könnte natürlich zum Markt gehen. Heute ist Karfreitag. Da wird es bummvoll sein. Nur aus der Ferne schauen, wie sie ausschaut. Vielleicht läuft sie mir auch über den Weg, weil sie gerade etwas besorgen muss. Nein, kommt nicht in Frage. Ich werde einkaufen, aber nicht auf dem Markt.

Im Nonntal wuseln Trauben von Leuten. Ich wundere mich immer wieder, was die Touristen in dieser kleinen Stadt so ausdauernd beschäftigt! Mozarts Geburtshaus, Dom, Festung, Festspielhaus, Mirabellgarten. Das war's, was es hier zu sehen gibt. Schafft man alles locker in einem Tag. Die meisten Touris sind trotzdem tagelang hier. Bei den Festspielgästen kann ich das ja verstehen.

Aber das sind die Wenigsten. Was suchen die anderen hier? Stehen einem ständig im Weg! Im Sommer muss man um die Innenstadt einen Bogen machen, sonst kommt man keinen Schritt voran. Seit mit Handys fotografiert wird, ist es noch schlimmer geworden – falls das überhaupt möglich war. Selfie hier, Selfie dort. Ich habe diese Sucht nach der eigenen Selbstabbildung nie verstanden.

Die Leute knipsen alles: Gehsteige, Schaufenster, Ramsch, der vor den Geschäften ausgestellt ist, Bäume, Fahrradständer, Werbetafeln, Grabsteine am Friedhof. Letztere gehören zu den Objekten, die sich tatsächlich lohnen. Einer meiner Geheimtipps in Salzburg: der Petersfriedhof! Wunderschöne alte Gräber, »himmlische« Ruhe im innersten Kern der Stadt, selbst während der Festspielzeit! Apropos Geheimtipp: der Irrgarten an der Südwestseite des Mirabellgartens. Die wenigen Male, die ich mich als Stadtführer betätige, führen meine Wege unweigerlich dorthin. Jedenfalls im Sommer. Oberhalb der von den Touristen überlaufenen Barockgärten befindet sich das Heckenlabyrinth, in das sich kaum Leute verirren. Dort, am westlichen Ende, befinden sich gemütliche Sitzbänkchen. Schattig, unter großen Bäumen. Direkt schräg über der Fensterfront des Mozarteums gelegen, das sich an dieser Seite an den Mirabellgarten anschließt. Und wenn man zur richtigen Zeit kommt, dann hört man an warmen Tagen aus den geöffneten Fenstern die Musikschüler üben. Manchmal ertönen ganze Klavierkonzerte, untermalt von Bläsern aus einem anderen Fenster und Streichern aus den nächsten. Einer der wunderbarsten Plätze, die es gibt, zum Träumen, zum Lesen. Und natürlich für alle Verliebten.

Bei SIGRA wurden Ostergeschenke verteilt, ich habe auch ein kleines Nesterl gekriegt. Ob ich es Rebecca schenke? Nein, geht nicht. Geschenke bringt der Osterhase erst am Sonntag. Glauben Kinder in dem Alter heutzutage noch an sowas? Ich werde es bald wissen.

Der Lilienweg ist entsprechend Giulias Beschreibung leicht zu finden. Ich bin mit dem Caddy unterwegs, habe Werkzeug und Ersatzteile mit. Rechts am Ende entdecke ich eine Einfahrt. Ein kleines Schild mit der 2 vor einem großen umzäunten Grundstück.

Jessas, dieser riesige Glaspalast? Das ist eine Villa, kein Haus. Umgeben von einer Mauer aus wuchtigen Steinen, an denen Grünpflanzen hochranken. Der Mann von Giulia muss was Besonderes sein! Ein metallisch glänzendes Tor steht halb offen und lässt die Zufahrt frei. Es gibt zwei Stellplätze, wo ich meinen Caddy parke. Ich schnappe den Ersatzteilkoffer, sehe, wie Giulia aus dem Haus kommt und winkt.

Sie umarmt mich, als würden wir uns bereits gut kennen. Tut gut. Sie riecht frisch, jugendlich. Der Hauch eines blumig riechenden Parfums. Ein heller flauschiger Pullover mit einem V-Ausschnitt zeigt die Spitzen eines BH und den Ansatz ihrer Brüste. Dazu enge pinkfarbene Jeans. Die Haare hat sie mittels mehrerer Strähnen ineinandergeflochten, nur durch eine Nadel zusammengehalten. Wie Frauen das immer hinkriegen … So ungezwungen gefällt sie mir besser als gestylt wie zuletzt im *Brunnen*. Ihre grünen Augen sind mir zwar schon aufgefallen, aber dass sie so intensiv hellgrün sind! Unglaublich schön, diese Frau!

»Sie haben mich nicht im Stich gelassen, Florian. Sie glauben nicht, wie sehr mich das freut.«

»Versprochen ist versprochen!«

Jetzt taucht auch die Kleine hinter Giulia auf. Rebecca. Sie wirkt ein bisschen ängstlich, ist sich wohl nicht sicher, wie sie mir begegnen soll. Freund oder Feind? Sie trägt eine gelb leuchtende Hose. Dazu ein Jäckchen in gleicher Farbe, mit exotischem Muster. Ich vermute, kleine Mädchen mögen so kräftige Farben. Ihre Haare sind hinten zu einem nach oben stehenden Schwänzchen zusammengebunden. Hübsches Bild geben die beiden ab, denke ich.

»Mama, repariert der deinen Computer?«

»Deshalb bin ich hier. Hallo Rebecca, erinnerst du dich noch an mich?«

»Du bist der Ober, der mir den Kakao gebracht hat!«

»Er heißt Florian, magst du ihm nicht die Hand geben?«

Sie hält mir ihr kleines Händchen hin, dreht sich dabei etwas scheu zur Seite.

»Du brauchst keine Angst vor Florian zu haben, der ist ganz lieb.«

Ich ziehe an der Garderobe meine Schuhe aus. Es gibt Gästepantoffeln. Alles wirkt so, als wären die beiden alleine zuhause. Breiter Durchgang zum Wohnzimmer. Dahinter ein riesiger Raum, die eine Hälfte nach oben offen, darüber eine kuppelartige Verglasung. Blick direkt in die Wolken. Wunderschöner Echtholzboden – sieht aus wie alte, aufgearbeitete Dielen. Auf der rechten Seite führt eine Treppe zu einer Holzbalustrade hinauf. Überall Töpfe mit Grünpflanzen. Ein großes modernes Bild an der Wand bringt Farbe in den Raum. Und unterhalb der Balustrade ein schwarzer Flügel, Steinway. Bei »Schöner Wohnen« würde dieser Wohnbereich – Zimmer mag man das nicht nennen – locker fürs Titelbild reichen.

»Darf ich dir schon mal den Computer zeigen? Wir sagen doch lieber du zueinander oder?«

»Gerne!«

»Meine Wohnung und mein Büro sind im Anbau.« Sie geht auf einen hellen Flur zu, dessen Außenseite zum Garten hin aus einer großen getönten Glasfläche besteht, die von der Decke bis zum Boden reicht. Giulia hat einen leichten Gang, federnd, wie schwerelos. Die Spitzen ihrer Haare wippen bei jedem ihrer Schritte. »Der vordere Teil des Hauses wird von meinen Eltern bewohnt – wenn sie mal da sind. Rebecca und ich, wir wohnen hier im Anbau. Das Wohnzimmer benutzen wir trotzdem auch, vor allem weil hier der Flügel steht. Und wenn wir Gäste haben. Sonst auch mal zum Musikhören, da die Musikanlage dort viel besser ist als meine kleine.«

Der Gang führt zu einem separaten hinteren Trakt. Glas scheint hier das bevorzugte Baumaterial zu sein. Dazu wieder Holzdielen. Wir betreten einen fünfeckigen Raum. Zwei Seiten Fensterfront zum Garten öffnen einen herrlichen Blick ins Freie, entlang erster bereits blühender Sträucher bis zu der Steinmauer, die das Grundstück auch von dieser Seite eingrenzt. Praktisch uneinsichtig, alles. Ein prächtiges Panorama durch die riesigen Scheiben.

Im Raum befindet sich ein großer moderner Schreibtisch mit einem mehrfarbigen Bürostuhl. In der Mitte steht ein Notenständer, daneben ein Cello. An der Wand noch eine bunte Couch neben einem offenen Regal, in dem sich Bücher und Notenblätter stapeln. Hier würde ich auch gerne arbeiten!

»Mein Arbeitszimmer! Hier, seitlich vom Schreibtisch, da ist der Übeltäter! Ich bring dir schon mal was zu trinken. Wir haben Apfelsaft, Wasser, auch Bier oder Wein, falls du magst. Wir haben sogar eine Espressomaschine. Was trinkst du?«

»Am liebsten ein Glas Leitungswasser.«

»Brauchst du sonst noch was? Ich will dich nicht stören. Wenn du fertig bist, gibt es Kaffee und Kuchen.«

»Und Schlag«, sagt Rebecca, die gerade zur Tür reinkommt.

Der Rechner ist ein etwas älteres Modell. Ich schalte ein: nichts. Wenn sie Glück hat, dann ist nur das Netzteil kaputt. Ich schalte abwechselnd ein und aus. Der Lüfter springt nicht an. Glück gehabt, wahrscheinlich muss man nur das Netzteil austauschen. Nach einer halben Stunde bin ich fertig. Der Computer fährt brav hoch. Kleiner Schaden, große Wirkung! Ich brauche das Passwort von Giulia. Oder besser, sie soll es selbst eingeben. Ich rufe nach ihr.

»Er läuft!« Sie umarmt mich spontan. Ein feines Kribbeln in meinem Bauch. Einen kleinen Augenblick lang fühle ich mich wieder leicht und unbeschwert.

Giulia kontrolliert, ob alle Dateien da sind. Sie fragt, ob sie den PC besser gleich gegen einen neuen tauschen soll. Nicht nötig, sage ich, der kann noch jahrelang problemlos arbeiten. Ich empfehle ihr, die Fotos extern zu sichern, bzw. alles, was ihr wichtig ist. Am besten in der Cloud.

»Das war mir bisher zu kompliziert. Ich bin Musikerin, verstehe nicht viel von Technik! Magst du mir zeigen, wie das geht? Und dann so einrichten, dass das automatisch gespeichert wird? Vorher müssen wir jedoch den Kuchen essen, es ist schon halb vier. Rebecca drängelt schon die ganze Zeit.«

Giulia redet so schnell, dass ich gar nicht zum Antworten komme. Ihre grünen Augen ziehen meine Blicke wieder magisch an. Sie führt mich zurück ins Wohnzimmer.

Der große Esstisch im vorderen Wohnbereich ist mit hellem, zartem Geschirr gedeckt, dazu weiße Servietten. Es ist zwar ein dunkler Tag, trotzdem ist es hier dank der Glaskuppel angenehm hell. Ich entscheide mich für ein Stück Erdbeerkuchen.

»Magst du Kaffee?«

»Gerne. Bitte zwei kleine Portionen in einer Tasse! Dann ist er schön stark! Oder ist das zu anspruchsvoll? Dazu noch ein Glas Wasser, wenn es dir recht ist.«

Sie lacht. »Nein, sag nur, was du willst. Ich freue mich, wenn ich auch etwas für dich tun kann!«

Rebecca mampft bereits ihr halbes Stück Erdbeerkuchen, dann ein halbes Stück mit Schokoguss. Kuchenreste kleben auf ihrem Gesicht, die Hände sind verschmiert.

»Rebecca, kannst du nicht warten, bis wir alle so weit sind? Du isst wie ein kleines Kind. Geh dich waschen, igitt. Was wird Florian von dir denken?« Rebecca greift sich noch ein Stück Schokokuchen und läuft raus.

»Ich muss bei ihr so aufpassen, sie will immer nur Süßes. Gibt es aber nur einmal die Woche, am Sonntag. Oder wenn Besuch kommt. Ich achte darauf, dass es Vollkornkuchen ohne Zusatzstoffe ist.«

Sie macht eine Pause, zögert, sagt dann: »Übrigens hab ich mir überlegt, ob du nicht Lust auf einen kleinen Spaziergang hast. Hast du noch wichtige Termine heute?«

Heute? Was meint sie mit »heute«?

»Eigentlich nicht. Ausruhen! Die Woche war anstrengend. Ein bisschen rausgehen? Gerne. Zum See?«

Giulia scheint zu überlegen, spielt nervös mit ihrem Löffel.

»Ja, lass uns ein Stück den See entlanggehen, Richtung Campingplatz. Wir sind den ganzen Tag noch nicht draußen gewesen. Auf dem Weg ist ein Spielplatz, da kann Rebecca schaukeln oder klettern. Hat sie zwar auch zuhause, ist trotzdem eine Abwechslung für sie. So wie es aussieht, wird es demnächst nicht regnen. Und danach richtest du mir die Cloud ein, ja? Ich könnte derweil für uns was kochen und dich zum Abendessen einladen.« Sie sieht mich erwartungsvoll an, ihre Augen funkeln. Übermütig?

»Ja, gerne. Das Einrichten ist ganz simpel. Das machen wir am besten gemeinsam, damit du lernst, wie sowas geht.«

Die Gedanken kreisen durch meinen Kopf. Dass Giulia mich sympathisch findet, das habe ich schon gespürt. Bloß wie meint sie das, eine solche Einladung? Ich gehöre nicht zu ihren Kreisen. Wenn ich wenigstens Musiker wäre.

»Fisch isst du doch, oder? Wir haben auch Spargel, dazu Kartoffeln. Was magst du lieber? Am vergangenen Wochenende habe ich ganz frischen Fisch eingefroren – Karpfen aus dem Wallersee. Würdest du den mögen? Kaufe ich direkt bei einem Fischer. Ist nur einen halben Kilometer von uns entfernt. Im Sommer kann man dort auf einer urigen Seeterrasse sitzen und den Sonnenuntergang genießen. Und natürlich Fisch essen. Köstlich. Ich hab ihn gekauft, denn eigentlich wollten meine Eltern über Ostern hier sein. Sie hatten für Sonntag Konzertkarten. Der Oberarzt ist plötzlich krank geworden, und dann konnte mein Vater nicht weg.«

Die Sätze sprudeln bei dieser Frau wie ein Wasserfall. Dazu gestikuliert sie lebhaft, und sogar ihre Gesichtszüge sind ständig in Bewegung. Für jemanden wie mich ist sie ein Naturereignis!

»Frischen Fisch mag ich sehr. Auch Spargel passt hervorragend, ich esse beides gerne. Dein Vater ist Arzt?«

»Er hat eine Klinik für Reproduktionsmedizin in Interlaken.«

Bum! Da wundert mich nichts mehr.

»Reproduktionsmedizin? Ist das eine Klinik für Paare, die keine Kinder kriegen können?«

»Richtig! Du glaubst nicht, wie viele damit Probleme haben. Bei mir war es umgekehrt: Rebecca kam für meine Planungen eigentlich zu früh.«

»Und der Vater von Rebecca?«

»Ist Konzertveranstalter. Ich habe mich letzten Dezember von ihm getrennt. Aber weißt du was? Wir ziehen uns an, und dann können wir unterwegs weiterreden. Wo ist eigentlich Rebecca? Die wollte doch nur kurz Hände waschen.«

Sie eilt aus dem Zimmer. Ich stehe auf, schaue in den Garten. Üppige Terrasse, dahinter eine große Wiese, mehrere Obstbäume, mit Steinen umsäumte Beete, am Rand die Hecke. Alles sehr geschmackvoll. Links sehe ich noch eine Sandkiste, daneben eine Schaukel Ein Paradies.

Die beiden tauchen wieder auf.

»Rebecca, ziehst du dir bitte den Anorak und die Stiefel an. Am besten auch die Plastiküberziehhose. Dann wirst du nicht nass, wenn du schaukeln magst, oder auf den Klettergerüsten. Hast du was zum Überziehen mit, Florian?«

»Ich habe meinen Anorak immer im Auto, kein Problem.«

Die Asphaltierung des Lilienweges endet am Ende des Grundstücks. Dann geht ein mit Kies bestreuter Fußweg über eine Wiese schräg runter zum Seebad, wie mir Giulia erklärt.

»Ich lauf schon mal voraus zum Spielplatz«, ruft Rebecca fröhlich und rast los.

»Bitte pass auf, falls Autos kommen, sobald du beim Bad bist.« Giulia geht mit raschen Schritten neben mir her. »Ich mache mir hier immer Sorgen um Rebecca. Die Autofahrer sind viel rücksichtsloser als in der Schweiz. Geschwindigkeitskontrollen gibt es gar nicht, und verkehrsbehindernde Maßnahmen leider auch nicht.«

Wir sind ziemlich flott unterwegs. Rebecca ist schon weit vor uns. Giulia erzählt mir, dass der Vater von Rebecca, Georg, Inhaber einer großen Konzertagentur ist. Rebecca war nicht geplant, eher so etwas wie ein »Unfall«. Georg war trotzdem begeistert, als sie ihm sagte, dass sie ein Kind erwartet. Sie haben dann gleich geheiratet. Natürlich habe sie sich dazu entschieden, ihren Namen zu behalten. Als Künstlerin sei es nicht möglich, dass man heute so und morgen wieder anders heiße. Das war vor ungefähr sieben Jahren. In Bad Homburg bewohnten sie ein großes Haus. Georgs Firma ist in Frankfurt, 30 km entfernt. Als Konzertveranstalter musste er sehr viel reisen. Zuhause war er liebevoll und aufmerksam. Giulia war glücklich, alles schien so, wie sie es immer erträumt hatte. Nach einiger Zeit entdeckte sie jedoch, dass es eine andere Frau gab. In München. Keine flüchtige Romanze, ein festes Verhältnis. Sie bestand darauf, dass er es beendet, was er hoch und heilig versprach. Sie war verunsichert, hoffte, dass das ein »Ausrutscher« war, wie er ständig beteuerte.

Ein Jahr später, im letzten November, öffnete Giulia durch Zufall eine SMS auf seinem iPhone. Er hatte ihr das gleiche Modell geschenkt, deshalb hatte sie die Telefone verwechselt. Das Handy zeigte eine neue Nachricht an. Die Sperre war nicht eingeschaltet, da er gerade noch telefoniert hatte, bevor er kurz rausging. Giulia drückte nichtsahnend auf die SMS, und da schrieb eine *Ines* an ihren »Geliebten«, dass sein Sohn heute die ersten Runden mit dem Dreirad gefahren ist. Giulia dachte zuerst an eine falsche Nummer! Hat aus einem unbestimmten Gefühl heraus auf die Nummer geklickt und dort angerufen. Eine Frau begrüßte sie mit »Geliebter, wie schön dass du anrufst«. Nach einigem Hin und Her hat sie zugegeben, dass sie ein Verhältnis mit Georg hat. Bereits seit Jahren. Und einen zweieinhalb Jahre alten Sohn. Von ihm! Sie wohnt in Hannover. Georg bezahlt für beide Unterhalt. Giulia hat ihn noch am gleichen Tag vor die Tür gesetzt. Endgültig! Im Jänner dann die Scheidung.

Wieder einmal bin ich total überrascht, mit welcher Freizügigkeit mir eine Frau ihr Leben erzählt. Ich scheine jemand zu sein, der auf Frauen vertrauenserweckend wirkt! Auf dem Rückweg will sie mehr über mich wissen. Ich erzähle ihr von der Trennung von Mara. Dass ich noch mittendrin stecke.

Als ich den Namen Mara nenne, schaut mich Giulia überrascht an.

»Mara, wirklich Mara?«

»Ja, es hat mehrere Bedeutungen. Keine davon war ursächlicher Grund für die Namensgebung. Maras Eltern waren Bergbauern, im Pinzgau. Viele Mädchen heißen dort Maria. Ihre Mutter wollte einen Namen, der etwas Besonderes ist, aber nicht fremd klingt.«

»Weißt du, dass ein berühmtes Cello Mara heißt? Es ist von Stradivari. Mara ist eines seiner bekanntesten Instrumente! Stradivari hat nämlich allen seinen Instrumenten Namen gegeben! Heinrich Schiff hat früher darauf gespielt. Und jemand hat ein Buch darüber geschrieben. – Jetzt hast du noch gar nichts von dir erzählt!«

Sie lächelt versonnen. Der Wind spielt mit ihren Haaren, einzelne Strähnen streichen durch ihr Gesicht. Sie reicht mir nur bis knapp über die Schultern. Setzt ihre schlanken Beine locker und leicht auf den matschigen Boden. Ihre Haltung ist aufrecht, jedoch keinesfalls steif.

»Mein Leben ist gaaanz langweilig. Du weißt schon fast alles darüber.«

Wir sind am Spielplatz angelangt. Rebecca hat schon genug, möchte wieder nach Hause. Sie rast übermütig auf uns zu. Sie läuft zwischen uns, fasst unsere Hände, und wir müssen sie in die Luft werfen und dazu »Rebecca, flieg« rufen. Eigentlich ist sie dafür etwas zu groß und schwer, finde ich. Aber sie kann nicht genug davon bekommen. Wir gehen noch ein Stück den Seeweg entlang. Hier ist es aber so diesig, dass wir bald umkehren.

Als wir zurück sind, richten wir den Zugang zu Dropbox ein. Giulia will mich unbedingt für meine Arbeit bezahlen. Ich möchte nichts annehmen. Ich kann mich nicht zum Essen einladen lassen und gleichzeitig Geld für meine Hilfe nehmen! Auch wenn diese Frau hundertmal so viel wie ich besitzt. Schließlich erkläre ich mich einverstanden, dass sie das Netzteil bezahlt. Anschließend helfe ich in der Küche, Spargel schälen, Kartoffeln schälen.

Das Essen ist einfach und schmeckt sehr gut. Giulia hat für uns eine Flasche trockenen, würzigen Weißwein geöffnet, im Hintergrund Kammermusik. Klavier und Geige. Schumann, sagt sie. Wir albern mit Rebecca, die mit einzelnen Fasern des Spargels kämpft. Ich sag ihr, dass Erwachsene den Spargel so am liebsten haben. Da könne man so herrlich drauf kauen. Dass wir Spargel eigentlich nur wegen der Fasern mögen.

»Du lügst«, ruft sie ärgerlich. »Ich habe schon oft Spargel gegessen, aber nie hat das jemand gesagt!«

»Die Wahrheit finden wir am besten bei einem Spiel nach dem Essen heraus. Wer die Wahrheit sagt, den lässt das Schicksal gewinnen! Kennst du Knobeln? Schere, Stein, Papier?«

Kennt sie nicht. Sie schummelt dann beim Spiel. Sobald sie sieht, dass sie verliert, wechselt sie schnell die Handstellung. Das macht sie geschickt, und ich tue so, als ob ich das nicht merke. Und ihr Gewinn ist natürlich der Beweis, dass Erwachsene Spargel auch nur gut geschält mögen.

Giulia sagt, an normalen Tagen üben sie beide abends auf ihren Instrumenten. Rebecca spiele täglich ein bis zwei Stunden– für Giulia würde das bei Weitem nicht reichen. Wenn sie nicht regelmäßig ausdauernd spiele, dann verliere sie ihre Leichtigkeit. Das Wichtigste für Musiker sei, dass das Üben Freude macht. Bis die Töne aus den Fingern fließen, schwerelos, ohne jegliche spürbare Anstrengung. Ich frage, ob sie denn was für mich spielen wollen. Zuerst darf Rebecca vorspielen, auf ihrer Geige. Das klingt bereits unglaublich gut. Ich hätte niemals gedacht, dass ein sechsjähriges Kind so wohltönend und flüssig spielen kann. Giulia meint, dass Rebecca sehr begabt sei.

Danach muss sie ins Bett. Ich wünsche Rebecca eine gute Nacht. Während die beiden im Anbau verschwinden, checke ich mein Handy. Ist seit 14 Uhr im Flugmodus. Ich schalte es immer ab, wenn ich bei Kunden bin. Drei Anrufe von einer unbekannten Nummer, keiner von Mara. Ich schaue kurz in die Mails, nichts Wichtiges. Mara macht ernst!

Ich prüfe die abgehenden Telefonate: Die vorletzte Nummer, die ich angerufen habe, stimmt damit überein. Ismail. Was will der von mir? Flaues Gefühl in meinem Inneren! Er kann unmöglich wissen, dass wir seinen Stick kopiert haben. Ich gebe seine Daten in meine Kontakte ein, mag seine Anrufe zukünftig nicht unvorbereitet annehmen. Dann ruf ich an.

»Ismail Hajda!«

»Florian Schwandner! Ich hoffe, Sie haben Ihren Kalender zurückbekommen! Was kann ich für Sie tun?«

»Ach Sie sind es, Herr Schwandner. Ja, ich habe es bekommen. Ich war noch einmal in dem Lokal zum Frühstück. Ihre Chefin hat gesagt, dass Sie Computer reparieren. Ich suche dringend jemand, der für mich etwas repariert.« Shit, was hat Sonja ihm noch alles über mich erzählt? Wieder diese merkwürdige Sprache. Mir fällt auf, dass seine Stimme etwas Unangenehmes hat. Sie klingt schleimig, hat aber einen harten Akzent.

»Ja, ich repariere Computer. Nur Hardware. Wenn Sie Softwareprobleme haben, dann bin ich nicht der Richtige.« Ich spreche extra abweisend, möchte, dass er mich in Ruhe lässt.

»Wann können Sie zu mir kommen? Ich habe Reiseagentur. Kreuzwegpromenade 84, Parsch. Bei mir ist Computer kaputt. Brauche ich dringend.«

»Sie können Ihren Fahrer mit dem PC in mein Geschäft schicken. Dienstag bis Freitag, 15 Uhr bis 18 Uhr 30. Dann schaue ich mir das an.«

»Nein, ich möchte nicht aus dem Haus geben. Auch Passwort nicht.«

»Das Passwort brauche ich ohnehin nicht. Ich repariere nur den Computer, nicht die Programme.« Ist natürlich nicht richtig. Hört sich aber besser an, denke ich.

»Ja, mir ist trotzdem lieber, sie arbeiten bei mir. Ich bezahle Ihre Zeit, das ist kein Problem. Und da ist noch anderes Projekt, worum ich mit Ihnen reden möchte. Wann können Sie kommen?«

Meine Gedanken rasen. Was will der von mir?

»Ich bin Dienstag komplett ausgebucht, Mittwoch geht auch nicht. Donnerstagmittag, sind Sie da zu erreichen?«

»Vorher geht nicht? Ist eilig, ich zahle Zuschlag. Ich habe großes Unternehmen. Da könnten noch mehr Aufträge für Sie zukünftig sein.«

»Nein, vorher schaffe ich das auf keinen Fall. Wenn Sie wollen, dann komme ich Donnerstag, so gegen 13 Uhr. Kreuzwegpromenade, sagten Sie? Welche Hausnummer?«

»Nr. 84! Wenn nicht früher geht, dann also Donnerstagmittag. Ich verlasse mich auf Sie. Danke. Auf Wiedersehen.«

»Ciao, und schönen Abend.«

Ich habe überhaupt keine Lust, dahin zu gehen. Konnte wieder mal nicht Nein sagen. Ich schaue auf, weil ich ein Geräusch höre. Giulia steht in der Tür, betrachtet mich. Sie hat sich umgezogen. Schwarzer Hosenanzug, der ihre Figur betont, rotes T-Shirt. Mir fallen die schmalen Hüften auf, knackiger Po, dazu die langen Beine. Ich glaub, ich werd nervös. Die Frau ist die Verführung in Person.

»Du hast ja fast keinen Wein getrunken! Schmeckt er dir nicht? Magst du was zum Knabbern? Salzgebäck? Oder Pralinen! Ich habe noch welche aus der Schweiz.«

»Ich denke, ich bin schon ziemlich zufrieden. Ein bisschen wie im Paradies hier.«

Es wird ein langer Abend. Sie will alles über meine Trennung von Mara wissen. Ich hatte beim Spaziergang schon von Werner und Anna Lena erzählt.

»Sie war meine große Liebe. Aber wir waren nie lange genug zusammen, dass ich zur Ruhe kommen konnte. Kaum habe ich das Zusammensein genießen können und mich wohlgefühlt, da kam schon wieder der Bruch. Ich glaube, wenn Liebe sich nicht erfüllen kann, dann wird sie zur Obsession. Wie war das bei dir? Hattest du mit Georg ein erfülltes Zusammenleben?«

»Nicht so, wie ich mir das gewünscht habe. Am Anfang war alles wunderbar. Er war liebevoll, nahm sich viel Zeit für mich. Ich dachte, er sei der ideale Mann. Aber das ging nur ein paar Wochen. Dann kamen die langen Reisen. Ich war so vertrauensvoll – und so ahnungslos! Georg ist ein mieses Schwein! Ich verachte ihn«, meint sie.

Dann steht sie auf, spielt für mich auf ihrem Cello. Bach, die Cellosuiten, sagt sie. Noch nie hat jemand nur für mich gespielt. Ich schließe die Augen. Bloß nicht erwachen aus diesem Traum. Anschließend setzt sie sich ans Klavier. Eigentlich müsse sie jetzt bei Bach bleiben, sagt sie.

»Prélude und Fuge, c-Moll. Wenn du sie nicht hören magst, musst du es sagen!«

Spielt auswendig. Ich beobachte, wie sie, leicht vornübergebeugt, locker die Hände über die Tasten gleiten lässt. Die Töne schweben im Raum. Ein Reigen, der sanft mein Herz ergreift. Ich halte die Augen geschlossen. Mara kommt mir in den Sinn. Ich lasse sie wieder los. Hier ist eine Frau, die für mich Musik spielt. Nur für mich! Ich will es annehmen, dieses Geschenk! Auf meinen Armen bildet sich Gänsehaut. Und geht nicht mehr weg, solange Giulia spielt.

Danach setzt sie sich wieder neben mich. Schaut mich sinnend an.

»Ich glaube, ich mag dich! Ein bisschen zumindest.«

»Ich mag dich auch. Bestimmt.« Die Worte, die ich bräuchte, lassen sich nicht so einfach finden. »Du bist eine unglaublich attraktive Frau. Ich fühle mich angezogen von dir. Nur, bitte, hab noch ein wenig Geduld mit mir. Es ist, als ob meine Zuneigung zu dir mit der Trauer kämpft, die noch so frisch ist. Das fühlt sich an, als würde ich Mara betrügen, wenn ich mich in dich verliebe. Es ist vollkommen absurd. Ich bin ja eigentlich frei, muss mich jedoch erst daran gewöhnen.«

»Nimm dir alle Zeit der Welt. Deine Ernsthaftigkeit ist mir um vieles lieber als Versprechungen, die gelogen sind.«

Unser Gespräch entwickelt sich sehr angeregt. Durch unsere Trennungserlebnisse verstehen wir einander nur allzu gut. Wir können unsere Verluste nachempfinden. Die plötzliche Einsamkeit, da, wo kurz zuvor noch Liebe war – scheinbar war. Die unerfüllten Wünsche, die verlorenen Träume. Wir wissen, dass wir vorsichtig sein müssen, mit Gefühlen. Dass wir nichts versprechen wollen, dessen wir nicht sicher sind. Dass wir Zeit brauchen und nichts schnell gehen muss. Wir haben beide großes Verlangen nach Nähe und Zärtlichkeit, aber auch im gleichen Maße Angst vor Verletzungen. Wir haben kleine Pflänzchen gesetzt in unseren Herzen. Dass sie weiterwachsen werden, das können wir nur hoffen.

Für den Heimweg hat sie mir eine CD von sich mitgegeben. *Cellosonaten, Beethoven. Giulia Schläf Cello, Ivan Claß Piano.* Der Himmel zeigt am Horizont bereits ein erstes, zartes Licht. Die Hügel scheinen fast transparent zu sein. Sanfte, kaum erkennbare Farben, die Bäume leicht verschwommen, die Häuser haben weiche Konturen. Vielleicht gibt es morgen – heute, meine ich – besseres Wetter! Die Musik zieht mich in ihren Bann. Eine wunderbar kunstvolle Tonlandschaft, die sich mit meiner Umgebung verbindet und direkt ins Herz geht. Ich höre selten Klassik. Aber diese Klänge, die mich durch die im ersten Tageslicht fast mystisch schöne Natur begleiten, wandern in mein Innerstes. Ich drehe mein Radio so laut auf, dass die Töne mich ganz umfangen, während der Caddy gemächlich über die leere Landstraße rollt. Diese Musik kommt von einer Frau, die ich gerade noch im Arm gehalten habe. Heute Abend sehen wir uns wieder. Bis dahin muss ich mich neu sortieren. Muss nachfühlen, herausfinden, was da alles mit mir passiert.

Früher waren meine Träume häufig schön und intensiv. So, dass ich mich gar nicht davon trennen wollte. Diese Nacht wieder das Gegenteil: Kaum bin ich eingeschlafen, schrecke ich hoch. Ich hatte einen schlechten Traum. Konnte nicht weiterschlafen. Stattdessen dunkle Gedanken: Angst vor meiner Zukunft! Wollte ich dieses Jahr nicht mein Leben grundlegend stabilisieren? Alles läuft mir aus dem Ruder. Ich dachte früher immer, mein Leben sei fad. Da sei nichts los. Und jetzt: Umsturz! Diese Beziehung! Ist es überhaupt eine? Sie ist eine Prinzessin in ihrer Welt. Eine Welt, die für mich unerreichbar ist. Ich bin nur ein PC-Schrauber. Mara war das, was zu mir passt. Eine Gärtnerin. Ein einfaches Mädchen. – Aber auch die konnte ich nicht für mich gewinnen, nicht halten. – Welch enorme Gegensätze, diese beiden Frauen! Dann fällt mir auch noch Ismail ein. Was will der bloß von mir? Vielleicht hätten wir den Stick doch nicht kopieren dürfen? Von solchen Leuten muss man Abstand halten. So habe ich es mein ganzes Leben lang gehalten. Ich weiß nicht, was richtig ist. Den Gedanken der Nacht sollte man nie trauen, das habe ich doch früher schon gelernt. Oder? Ich werde meditieren, muss endlich Ruhe in meinen Kopf kriegen.

Am späten Morgen wache ich unruhig auf. Die paar Stunden Schlaf waren nicht die Erholung, die ich gebraucht hätte. Ich lese meine Mails. Nichts von Mara. Wie erwartet. Die Enttäuschung ist nicht mehr so groß wie gestern, merke ich. Soll ich tatsächlich am Abend zu Giulia? Noch könnte ich aussteigen. Etwas ist da noch unrund in mir. Ich weiß nicht, wo es herkommt. Liegt es nur daran, dass sich alles zu schnell entwickelt hat? Zur Unzeit? Oder eben gerade zur richtigen Zeit? Keine Gelegenheit zur Trauer. Ist das wirklich beginnende Liebe, die Giulia und mich verbindet? Oder wollen wir nur unsere Einsamkeit verdrängen? Ein One-Night-Stand, um zu vergessen, wäre überhaupt kein Problem. Mit einer Frau, die ich nicht wiedersehe. Aber eine neue Beziehung? Jetzt schon?

Die Erinnerung an gestern ist noch ganz frisch. Ihr Körper fühlte sich so fremd an. Klein, zierlich. Erotisch, ja, sehr. Ihr Anblick bezauberte mich. Ihr Geruch erregte mich, ihre Nähe hat mir gutgetan. Ich glaube, ich verhielt mich etwas unbeholfen, linkisch. Wie wenn man verbotenes, eingezäuntes Gebiet betritt und nicht weiß, wo man hintreten kann, ohne einzubrechen.

Wir sollten über diese Unsicherheit reden, heute Abend. Ich will nicht der Nächste sein, der sie verletzt. Andererseits: Die innere Unruhe in mir, vielleicht hat die gar nichts mit ihr zu tun? Kommt möglicherweise aus der Ismail-Ecke? Egal, etwas fühlt sich nicht stimmig an. Ich weiß nicht, woher das kommt.

Was mich vor allem interessiert, sind Infos über Ismail Hajda. Google liefert wie erwartet die Antwort. Seine Agentur heißt *ABA – Adria Booking Agency*, Sitz in Kotor, Montenegro, und – Salzburg. Er vermittelt Reisen und Hotels, überwiegend für Montenegro, Albanien, Kroatien, Slowenien. Auch Angebote aus Italien, hauptsächlich im Süden, entdecke ich.

Da fällt mir ein, dass ich Charly noch gar nichts von dem Reparaturtermin gesagt habe. Ich rufe bei ihm an. Er ist gerade aufgestanden. Ich erzähle ihm, dass Ismail mich unbedingt zu sich holen möchte, angeblich wegen einem kaputten PC. Kommenden Donnerstag. Ich sage Charly, dass es gut wäre, wenn ich dann schon wüsste, was auf dem Stick ist. Ergänze, dass ich lieber nichts mehr mit diesen Leuten zu tun haben möchte. Vielleicht sollte ich den Termin canceln? Charly meint, ich soll ganz cool bleiben, Knut ist an der Sache dran. Meldet sich, sobald es erste Ergebnisse gibt.

Giulia steht erwartungsvoll in der Tür. Sie trägt enge rote Jeans, dazu einen grauen Kaschmirpullover. Ihre Haare werden vorne von einem samtbezogenen schwarzen Haarreif aus dem Gesicht gehalten. Ich bin erneut hingerissen von ihrer Schönheit. Sie nimmt mich vorsichtig in den Arm, gibt mir einen kleinen Kuss. Giulia hat gekocht: Nudelauflauf mit viel Käse – echter Schweizer Käse, wie ich erfahre. Hausmannskost! Wann habe ich zuletzt so etwas gegessen? Ich fühle mich wie ein Pascha bei den beiden. Während des Essens albere ich mit Rebecca herum.

Nachdem Giulia Rebecca ins Bett gebracht hat, legt sie die CD auf, die ich ihr mitgebracht habe. Sol Gabetta und Hélène Grimaud, Cello und Klavier. Eine Empfehlung aus »meinem« Plattenladen, der sich nur 100 Meter von meinem Geschäft entfernt befindet. Giulia kennt Sol, sie haben vor vielen Jahren gemeinsam an einem Workshop teilgenommen und seither losen Kontakt.

»Sie ist eine wunderbare Musikerin. Da hast du wirklich ein gutes Händchen gehabt. Leider habe ich wenig Zeit, Musik zu hören. Darum lege ich mir für die Fahrten in die Schweiz immer alles zurecht, was ich unterwegs hören möchte oder muss. So kann ich die lange Strecke trotzdem genießen. Magst du ein Glas Wein? Wir haben gestern nicht ausgetrunken. Ich kann auch eine neue Flasche holen.« Sie zündet mehrere Kerzen an.

»Nur ein kleines Glas. Der Wein ist sehr gut. Aber eigentlich trinke ich kaum Alkohol. Jedoch einen Schluck zum Anstoßen mit dir, sehr gerne.«

Als sich Giulia neben mich setzt, versuche ich vorsichtig darüber zu sprechen, dass ich Angst habe vor einer Beziehung, einer zu schnellen festen Verbindung.

»Ich mache mir Sorgen, dass ich etwas falsch mache. Meine Gefühle fahren Achterbahn. Einerseits frisst noch immer die Trauer in mir und ich habe Sehnsucht nach Mara. Doch wenn ich bei dir bin, dir nahe bin, dann ist da gleichzeitig dieser Sog zu dir. Ich fühle, dass ich dich mag. Ich glaube, sehr! Du bist so attraktiv, dass ich dich am liebsten gleich ins nächste Bett zerren würde. Aber zuhause habe ich Zweifel an unserem Zusammensein, weiß nicht, ob meine Gefühle die nötige Tiefe haben. Ob es nicht bloß eine Flucht aus meiner Trauer ist. Und deshalb möchte ich dich bitten, dass du noch ein bisschen Geduld mit mir hast, mir Zeit lässt. Ich möchte, dass wir uns vorsichtig einander annähern, nichts überstürzen.«

»Ich freue mich, dass du das sagst. Ich spüre auch, dass zwischen uns eine Hemmung ist. Vielleicht kommt auch etwas von mir, wer weiß? Die Zeit, die wir brauchen, soll nicht unser Feind sein. Apropos Zeit: Ich muss am Dienstag in die Schweiz. Für diese

Reise muss ich noch sehr viel vorbereiten. Wir organisieren die nächste Tour mit meinem Schweizer Trio. Es sind nur ein paar Konzerte. Im Sommer, Ende Juli, Anfang August. In Zürich, Bern und eines in Bregenz, kurz vor Eröffnung der Festspiele. Außerdem muss ich mit meinem Agenten die Auftritte für das nächste Jahr planen. In den großen Häusern werden bereits jetzt die Termine erstellt. Ich habe also richtig volles Programm, kommende Woche. Freitagnachmittag sind wir wieder zurück. Und wenn du magst, dann kommst du am Abend zu uns heraus. Ich würde mich freuen.«

»Freitagabend wollte ich eben auch vorschlagen. Das passt perfekt.«

Sie erzählt mir dann noch mehr über ihre Musik. Und ihr aufregendes Leben. Konzerte in ausgebuchten Hallen vor großem Publikum. Anerkennung. Viele Menschen. Und Einsamkeit, danach im Hotel. »Als Berufsmusiker ist man sehr viel alleine. In fremden, unpersönlichen Hotelzimmern.«

Je später der Abend wird, desto unsicherer werde ich, wie ich mich ihr gegenüber verhalten soll. Giulia besitzt eine Leichtigkeit, die sich sogar in ihren Gesichtszügen wiederfindet. Sternförmig auseinanderlaufende, winzige, fröhliche Fältchen um ihre unverschämt grünen Augen. Ich möchte die Minuten des Zusammenseins als etwas Kostbares genießen. Wie nebenbei nimmt Giulia manchmal meine Hand. Ich mag das sehr, diese Nähe, die sich dabei aufbaut.

Vor der Verabschiedung habe ich ein bisschen Angst, da ich nicht weiß, wie ich mich verhalten soll. Ist mein Trennungsschmerz schon verflogen, sind meine Gefühle bereits freigegeben? Nein, da ist noch eine Hemmung, spüre ich. Trotzdem ist dann alles recht unkompliziert. Unsere Umarmung passiert ganz wie von selbst. Ein kleiner, zärtlicher Kuss. Da ist nichts Fremdes zwischen uns, eher sogar etwas wie selbstverständliche Vertrautheit. Eine Empfindung von angenehmer, wohliger Nähe. Es fühlt sich gut an, dass wir uns in ein paar Tagen wiedersehen werden. Noch vor kurzer Zeit hätte ich mir unmöglich vorstellen können, dass es auch für mich ein schönes Ostern werden könnte dieses Jahr.

Lautes Glockengeläut ertönt durch das geöffnete Fenster und holt mich aus einer Tiefschlafphase. Erst will ich weiterschlafen, aber da fällt mir auf, dass es die letzten Tage so unnatürlich ruhig war. Natürlich! Am Donnerstag vor Ostern fliegen die Glocken entsprechend der Kirchentradition nach Rom. Ostern kommen sie zurück. Und heute, am Ostersonntag, am Anfang der Gottesdienste – oder am Schluss, so genau weiß ich das nicht, ich gehe da ja nicht hin –, lassen sie ihr volles Geläut erklingen. Ich springe aus dem Bett. Ich darf das nicht versäumen. Salzburg ist eine »Kirchenstadt«. Auf engstem Raum finden sich alleine hier in der Altstadt acht stattliche alte Kirchen. Und alle verfügen über eine ganze Reihe verschieden großer Glocken, von denen an »normalen« Tagen nur drei oder vier geläutet werden. Meist die kleineren. Alleine der Dom beherbergt sieben großartige Glocken, habe ich noch in der Schule gelernt. Und nur an den großen Festtagen, da ertönen sie alle.

Genau in diesem Augenblick läuten also in Salzburg auf engstem Raum um die 50 dieser mächtigen Glocken, abwechselnd und teilweise auch gleichzeitig, und versetzen ihre Umgebung in ein Meer aus Tönen. Ich denke, dass nicht einmal Rom damit konkurrieren kann. Zuerst beginnen die kleinen – noch relativ zart –, dann stimmen die größeren mit ein, und zuletzt die ganz großen, die nur an den hohen Feiertagen geläutet werden und mit ihren tiefen Tönen die Klangkaskade vervollständigen. Ich erinnere mich, dass bei den ersten Glockenschlägen immer Schwärme von Tauben in die Luft fliegen. Das kann ich von hier leider nicht sehen, da müsste ich schnell auf den Residenzplatz. Dort kann man beobachten, wie sie aufgeschreckt von den Glockenschlägen, an die sie eigentlich längst gewöhnt sein müssten, ihre Kreise ziehen. Und wie sich ihre Flugbahnen mit den mächtigen Klängen verweben. Auf mich wirkt das immer wie ein Aufbruch zu etwas Unbekanntem, Feierlichem. Am liebsten würde ich mich schnell anziehen und hinauslaufen. Aber dann versäume ich zu viel. Ich setze mich auf die breite Bank zwischen die weit geöffneten Fensterflügel und lasse mich in den Klängen treiben. Das Tonvolumen dieser riesig großen Klangkörper ist überwältigend. Die schweren Schläge lassen die Luft vibrieren, so stark, dass ich das bis hierher spüre. Alles vermischt sich zu einem Konzert, das sämtliche anderen Geräusche überlagert. Irgendwann merke ich, dass ich die Augen geschlossen habe, um mich voll und ganz hingeben zu können. Ein Konzert vom Himmel! Was für ein Geschenk. Ich gehe ja nie in die Kirche. Jedoch das Glockengeläut an den hohen Feiertagen, das erfüllt mich immer wieder mit einer Art Feierlichkeit.

Während des Läutens wird mir klar, dass weiterhin Trauer in mir ist. Mara fehlt mir. Aber ich spüre auch, wie sehr mir Giulias Zuneigung geholfen hat, den Schmerz und die Einsamkeit zu vertreiben, die mich ansonsten überwältigt hätten. Ich mache mich im Bad frisch, danach rufe ich Giulia an. Sage ihr, dass es schön war gestern Abend. Dass ich sie vermisse. Und als gerade in der Stadt alle Glocken geläutet wurden, dass ich da gewünscht hatte, sie wäre hier bei mir gewesen und hätte das miterleben können.

Sie ist anfänglich ganz still am anderen Ende des Telefons, dann antwortet sie, dass sie gerührt ist. Sie habe gerade an mich gedacht und sich gefragt, ob ich ihr gegenüber auch etwas empfinde. Dass sie sich daran freut, wie sich ein zartes Band zwischen uns entwickelt. Dass das für sie ein neues, kostbares Erlebnis ist. Viel spannender als der schnelle Sprung in eine Beziehung. Wir freuen uns auf Freitag.

Ich gehe ins Geschäft und mache die Planung für die kommende Woche. Ich durchsuche meine Mails: nichts von Mara. Es gibt von Donnerstag noch ein paar Kundenanfragen zu bearbeiten, danach will ich raus. Das Wetter ist einigermaßen brauchbar. Für Ostern deutlich zu kühl, dazu stark bewölkt, aber trocken. Durch die Kälte ist auf meiner Laufstrecke so gut wie niemand unterwegs. Nur die Salzach entlang ist reger Betrieb. Ostersonntagspaziergang?

Am zweiten Feiertag gehe ich erneut laufen, gleich in der Früh. Ich habe ja sonst nichts zu tun. Es ist kühl und nieselig, kein richtiger Regen. Gut für die große Runde. Danach gehe ich auf die Homepage meines Fitnessstudios. Gestern war zu, aber jetzt ist wieder geöffnet. Ich mache dort meist eine Dreiviertelstunde konzentriertes Krafttraining, Ausdauertraining kann ich mir dank meiner Bergläufe sparen. Dann schaue ich bei den Capoeiristas, ob die heute was unternehmen. Super, die treffen sich um 14 Uhr in der Sporthalle in Maxglan. Wenn das Wetter passt, dann findet die Roda auf einer nahegelegenen Grünfläche statt. Also, mein Tagesprogramm steht. Schnell ein kleines Frühstück im *Brunnen*, dann noch ein bisschen Training im Studio und anschließend Capoeira. Um spätestens 17 Uhr möchte ich wieder zurück sein. Ist alles anstrengend, aber hoffentlich hilft es mir, nicht allzu viel zu denken.

Einige Jahre, nachdem ich mit Taekwondo aufgehört hatte, entdeckte ich Capoeira. Es ist viel spielerischer als die anderen Kampfsportarten, mehr Tanz als Kampf. Das Training immer in der Gruppe, mit Musik. Vor allem keine ekligen Typen. Im Verteidigungsfall ist Capoeira manchmal vorteilhaft, da die meisten die Bewegungsmuster nicht kennen und sich dadurch leichter austricksen lassen.

Bevor ich mich auf den Weg mache, checke ich wieder meine Mails. Ich weiß, das ist krankhaft, aber ich kann mich nicht dagegen wehren. Nichts von Mara! Die Chancen schmelzen, dass da jemals noch was kommt. Ein Teil von mir will das nicht akzeptieren. Ich überlege, was wir tun würden, wenn wir uns irgendwo zufällig über den Weg laufen. Es kann jederzeit passieren in dieser kleinen Stadt, dass wir plötzlich voreinander stehen. Wie würden wir reagieren? Ich mag nicht darüber nachdenken.

Heute habe ich mich total ausgepowert beim Capoeira. Gerade als ich mich restlos erschöpft fühle und ausruhen möchte, zieht mich Elena, eine junge Frau mit blonden Zöpfen, in die Horda. Ich habe vorher schon beobachtet, dass sie richtig gut ist. Ein schlankes, durchtrainiertes Mädchen mit spitzbübischem Gesicht und toller Figur. Wir spielen ein bisschen zum Kennenlernen. Sie ist zwar kleiner und zierlicher als ich, aber äußerst gewandt. Genau in dem Moment, als ich mich nach vorne auf meine Hände fallen lassen will, um zu einem Meia-Lua de Compasso anzusetzen, trifft sie mich am oberen Nasenbein. Ich war in der Vorwärtsbewegung und schaffte es nicht mehr, ihrem blitzschnell geführten Tritt auszuweichen. Es hat zwar schön laut gekracht, aber es ist nichts gebrochen, wie ich sorgfältig ertaste. Hoffentlich kriege ich keinen blutunterlaufenen Höcker im Gesicht.

Elena umarmt mich bestürzt und entschuldigt sich. Ich sage ihr, dass es meine Unachtsamkeit war. Ich müsste öfter trainieren, um mit ihr mithalten zu können. Natürlich nimmt sie die Schuld auf sich. Es tut ihr furchtbar leid. Sie bietet mir mit einem kleinen Lächeln an, dass sie sich gerne um mich kümmern kann, was mein Training anbelangt. Ich lehne mit dem Argument ab, dass mir das in vielerlei Hinsicht zu gefährlich sei.

Dass ich gegen eine junge Frau verloren habe, gibt mir zu denken. Ich war früher reaktionsschneller, konnte immer allen Schlägen ausweichen. Zwar bin ich im Capoeira nicht besonders geübt, aber ich muss trotzdem meine Lehren daraus ziehen. Wenn es jemals ernst werden sollte, dann reicht das nicht, was ich heute gezeigt habe.

»Du siehst müde aus«, meint Sonja mit fragendem Blick, »ist alles in Ordnung bei dir?« Ich berichte von der Trennung. Sonja erzählt, wie schwer die erste Zeit war, nachdem sie ihren Mann verlassen hatte. Trotz seiner Betrügereien hatte sie ihn noch immer geliebt. Ich frage, wie lange es bei ihr gedauert hat mit dem Trennungsschmerz. Sie lacht. »Drei Stunden. Nein, im Ernst: Wenn ich an die schönen Erlebnisse mit ihm denke, dann fehlt er mir sogar jetzt noch. Aber der Rest, nein danke. Ich hatte so eine Wut auf den Kerl, da war kein Platz für Trauer. Und ich habe mich sofort in das Restaurantprojekt gestürzt. Arbeit ist das beste zum Auskurieren. Glaub mir das. Magst du morgen noch einmal helfen? Wir sind eh ganz knapp mit Personal.« Sie lacht ihr rollendes Lachen, nimmt mich in den Arm. »Vielleicht willst du dich ja mit mir trösten? Ich bin gerade frei.«

Ich weiß, dass das nur scherzhaft gemeint ist. Das ist das Schöne zwischen uns, es gibt fast nie Missverständnisse. Ich hauche einen Kuss seitlich an den Rand ihres Mundes. »Ich habe eine Frau kennengelernt. Da könnte sich etwas anbahnen. Ist aber noch zu früh, um darüber zu berichten. Ich halte dich auf dem Laufenden.«

Heute Morgen arbeite ich gleich alle offenen Aufträge ab. Ist nicht viel, am ersten Tag nach Ostern. Danach gehe ich noch einmal ins Fitnessstudio. Wie ich mir dachte: total leer. Mir tun alle Muskeln noch von gestern weh. Das war wieder mal fällig. Die Schwellung auf der Nase ist fast nicht mehr zu erkennen, sehe ich im Garderobenspiegel. Anschließend ab in den *Brunnen*. Ich schaufle jede Minute mit Tätigkeiten zu, damit ich nicht zum Denken an Mara komme.

Mittwoch früh laufe ich die große Runde, dann ins Geschäft. Es gibt nicht genügend Arbeit für den ganzen Tag. Ich brauche dringend neue Kunden. Das Wetter ist auch heute kalt, regnerisch und grausig. 8 Grad! Für das Wochenende ist jedoch Wetterwechsel angesagt. Frühsommerwetter, 15 bis 20 Grad. Ich kann es kaum glauben. Vielleicht sollte ich mich mal bei Giulia melden. Ich rufe an. Sie freut sich, dass ich an sie denke. Sie hätte mich auch gerne angerufen, aber sie wollte mir die gewünschte Pause lassen. Sie erzählt, dass sich in der Schweiz für sie alles sehr erfreulich entwickelt.

Die Phasen, in denen ich mich normal fühle, nehmen zu. Das Handy meldet sich. So spät, 20 Uhr! Kundschaft? Nein, Charly! Auf den hab ich ganz vergessen.

»Hi, Charly. Wie sieht's aus, schon Ergebnisse?«

»Ja, ganz schlechte. Deshalb rufe ich an. Du musst so rasch wie möglich kommen. Am besten gleich. Auf jeden Fall noch heute Abend!«

»Hm, du machst es aber spannend. Ich wollte gerade im *Brunnen* aushelfen …«

»Geht nicht. Dein Gefühl hat sich wieder mal als richtig herausgestellt. Ich möchte am Telefon nicht drüber sprechen, das musst du selbst sehen. Es ist schlimmer, als wir uns das jemals hätten vorstellen können.«

»Ich komme. Bin in einer halben Stunde da. Jessas, ich muss ja morgen zu dem Typen.«

Am Hauseingang begegne ich Charlys Mutter.

»Ja Florian, dich habe ich aber schon lange nicht mehr gesehen bei uns.«

»Frau Dorfgraber, wie geht es Ihnen denn? Ich freu mich, Sie zu sehen. Sind Sie bei guter Gesundheit?«

Ich gehe auf die alte, gebückte Frau in dem blau geblümten Kittel zu, umarme sie, gebe ihr einen kleinen Kuss. Mein Gott, ist sie alt geworden! Ihr Gesicht ist noch faltiger und runzliger geworden als früher. Aber die kleinen Bäckchen sind rot, und ihre Stimme ist ganz klar. Wir kennen uns schon seit dem ersten Jahr in der HTL. Immer wenn ich damals Charly besucht habe, dann hat sie für uns Brote geschmiert und einen Krug mit selbstgemachter Limonade gebracht. Wir haben damals oft nächtelang in Charlys Zimmer am Computer gespielt, waren wohl auch ziemlich laut. Aber ich habe von dieser Frau nie ein böses Wort gehört. Ich erinnere mich an ihre Worte, als wären sie von eben: »Ach ihr jungen Leute sollt doch Freude am Leben haben. Wir hatten so vieles nicht. Ihr macht das schon alles richtig.« Ich habe sie immer gemocht. Sie ist so freimütig, so ungezwungen. So anders als meine arme Mutter, die ständig von meinem Vater beherrscht und gedemütigt wurde.

Charlys Vater war bald nach dem Krieg gestorben. Wurde mit 17 eingezogen. Ein halbes Jahr später kam er schwer verwundet zurück. Knapp vor Kriegsende. Er hat sich zwar wieder erholt, und ein paar schöne Jahre hatten die Eltern noch. Aber die Krankheit war nicht besiegt. Sechs Jahre nach seiner Rückkehr wurde er schwer krank und starb. Ich habe nie so genau nachgefragt, woran. Krankheiten brauchen Namen, der Tod nicht!

Ich drücke Frau Dorfgraber noch einmal herzlich an mich, bevor ich die Stiegen rauf zu Charly gehe. »Ich muss mit Charly an etwas ganz Wichtigem arbeiten und mich beeilen. Er wartet schon.«

»Braucht ihr etwas zu trinken? Zum Essen kann ich leider nichts anbieten, ich koche ja nicht mehr. Ich bekomme ja seit ein paar Jahren mein Essen geliefert.«

»Ich hab bereits gegessen. Vielen Dank. Und schönen Abend noch.«

Charly dreht sich kaum um, als ich reinkomme. »Das musst du dir anschauen: Dein montenegrinischer Freund steckt knochentief im Geschäft mit Pornografie der übelsten Art. Setz dich und schau dir das an!«

Charly sitzt vor einem seiner drei Bildschirme. Alle sind an. Ich schnappe mir einen Stuhl.

»Also Kurzbericht: Das Passwort ist elfstellig, mit Sonderzeichen: ›Ismail-1980‹. Knut hat es mit Hilfe eines Rainbow Table entschlüsselt. Ich habe mir schon so einiges angeschaut. Habe zuerst nichts gefunden, was auffällig ist. PDFs von Häusern an Stränden, dazu Preise. Ganz normal bei einem Reisebüro, denke ich.«

Charly fährt mit der Maus über verschiedene Dateien, ohne sie anzuklicken. »Hier: alles fremdsprachige Dokumente. Da kann ich im Moment nichts dazu sagen. Müssten wir jemandem schicken, der das Zeug versteht. – Exceltabellen mit Namen und Beträgen, möglicherweise auch gänzlich harmlos. Vielleicht aber auch nicht! Möglich, dass wir später mehr rausfinden.

Zum Schluss habe ich nach gelöschten Dateien gesucht und alles wiederhergestellt, was ging. Und da hat es dann geklingelt: drei Videodateien. Ich habe noch nie so etwas Übles gesehen! Ich zeige sie dir. Aber ich warne, schwerstverdaulich, obwohl es nur kurze Ausschnitte sind.«

Charly klickt auf eine AVI-Datei. In der Sequenz, die jetzt beginnt, sieht man zunächst ein nacktes Baby, dunkle Hautfarbe, jedoch nicht schwarz. Das Baby, geschätzt noch kein halbes Jahr alt, schreit heftig. Es liegt auf dem Rücken. Zoom: Es ist ein Mädchen. Dann Kameraschwenk zu einem schwarz maskierten nackten Mann. Bodybuilding-Muskeln, mit großem, erigierten Penis. Zoom auf den Penis. Der Mann mit der Gesichtsmaske beugt sich über das kleine Wesen, greift nach ihm. Es schreit heftig, strampelt mit Armen und Beinen. Ich will mich gerade zur Seite drehen und Charly sagen, dass ich das nicht mehr sehen kann. Da legt sich ein Schriftbalken über das Fenster:

8,5 min. livestream.
If you want to watch click at the store-logo

Eine Faust wühlt in meinen Innereien. Ich zittere vor Zorn und Abscheu. »Das gibt es doch nicht! Das ist das Abartigste, was ich jemals gesehen habe! Ich hätte nie gedacht, dass Menschen Geld dafür bezahlen, der Vergewaltigung eines Babys zuzusehen. Jemand, der bei so etwas Lust empfindet, gehört aus unserer Gesellschaft für immer entfernt«, sage ich zu Charly.

»Als ich das zum ersten Mal gesehen habe, habe ich es erst gar nicht verstanden«, antwortet er. »Ich habe nicht mal die geringste Ahnung, wie so etwas gehen soll, ein Baby zu vergewaltigen. So ein kleines Wesen, das stirbt doch, wenn ihm so eine Bestie das antut. Oder nicht? Das ist derart abartig, so kaputt kann ein Mensch doch gar nicht sein.«

»Ich habe von so etwas auch noch nie gehört«, antworte ich. »Das passt nicht in mein Denken, dass Leute etwas so Schreckliches tun. Und dass es jemand übers Herz bringt, sich sowas anzusehen. Das sind keine Menschen, das ist der schlimmste Abschaum, den man sich vorstellen kann!«

»Es gibt noch zwei weitere. Willst du schauen?«

»Nein, bloß nicht. Das eine reicht. Diese dreckigen Schweine! Was ist auf den anderen?«

»Auf dem zweiten geht es um ein Kind, drei bis sechs Jahre alt, so genau kenne ich mich da nicht aus. Ein Bub. Ähnlich wie das, was du gerade gesehen hast.

Und beim dritten Video gehen drei nackte, maskierte Männer auf eine mit Ledergurten um Hals, Arme und Beine an eine Pritsche gefesselte Frau los. Dunkler Teint, keine Europäerin! Gott sei Dank stoppt der Stream jeweils nach rund zehn Sekunden. Bereits diese kurze Zeit ist unerträglich. Man kann sich ja denken, was folgen wird.«

»Mein Gott, ist das furchtbar!« Ich hole Luft, um das zu verdauen.

»Genau darum wollte ich, dass du so schnell wie möglich kommst. Wir müssen was unternehmen.«

»Zur Polizei gehen?«

»Nein, ich hab intensiv darüber nachgedacht. Du müsstest dann als Zeuge vor Gericht aussagen. Solange wir keine weiteren Beweise haben, winden die sich raus. Wie willst du belegen, dass die Daten von Ismails Stick sind? Und danach geht es dir an den Kragen. Sie würden dich finden und in Streifen schneiden. Du könntest nur noch auswandern, nach Grönland oder in den Dschungel. Und dieses Dreckspack macht woanders mit den Grausamkeiten weiter.«

»Aber was können wir dagegen machen? Wir können es doch nicht alleine mit denen aufnehmen.«

»Knut muss uns helfen. Er hat dem BKA schon mehrmals geholfen, hat also guten Kontakt zu den Bullen. Er möchte die aber noch nicht einschalten, dazu sei das zu dünn, das Material. Ich deponiere heute Nacht noch alle Daten von dem Stick in der Cloud, und er kümmert sich darum. Vielleicht finden wir noch mehr heraus. Wir müssen dieses Pack stoppen, koste es, was es wolle.«

»Aber wenn er einen Draht zur Polizei hat, warum geht er nicht gleich zu denen?«

»Knut sagt, wir müssen vorher unbedingt mehr über diese Leute herausfinden. Wir sollen Material besorgen, die Auswertungen macht er. Er hat genug Unterstützung, wenn es nötig sein sollte. Ich habe übrigens schon die Homepage gefunden, von der der Stream kommt: *nolimits.me.* Aber für den Zugang braucht man ein Passwort. Ich kann es nicht knacken. Knut auch nicht. Zumindest nicht, ohne dass die das mitkriegen. Denn falls das Profis sind, dann checken sie es wenn jemand auf Ihrem Server rum hackt, kriegen Panik und ziehen auf eine andere Plattform um. Das klappt so nicht! Du bist doch morgen bei dem Typ, oder?«

»Ich soll bei ihm einen PC reparieren.«

»Hast du gesagt, ja. Hört sich schräg an, dass sie sich deswegen ausgerechnet an dich wenden. Zuerst habe ich noch überlegt, ob du vielleicht über einen präparierten USB-Stick einen Trojaner auf den PC spielen könntest. Geht eigentlich ruck, zuck. Bringt aber nichts, wenn es der falsche Rechner ist. Außerdem ist es absolut riskant. Die haben bestimmt einiges an Computern. Wenn, dann müssen wir auf den Hauptrechner von dem Typ. Die wissen, dass du ihren USB und das Adressbuch gehabt hast. Das könnte also auch eine Falle sein, bei der sie ausspionieren, ob du gefährlich für sie bist beziehungsweise ob du was über sie herausgefunden hast. Das würde auch das plötzliche Interesse an dir erklären. Vielleicht scannen die alles, was du dort machst! Oder nehmen es mit Kameras auf. Wir dürfen da keinen einzigen Fehler begehen!«

»Shit. Aber was sollen wir machen?«

»Erst mal gehst du hin und schaust, was sie wollen. Du musst die Connection zu diesem Ismail ausbauen. Bestimmt ergibt sich dann später eine Möglichkeit. Wir haben die Kontakte aus seinem Adressbuch. Da könnten wir von einem seiner Kontakte eine Mail faken, einen Trojaner einbauen und an ihn schicken. Wäre aber möglich, dass er das rauskriegt. Ist echt riskant. Irgendwas fällt uns ein. Oder du fängst was mit seiner Braut an.«

»Ganz sicher nicht mit diesem Schminkkoffer. Wenn das überhaupt seine Frau ist. Ich weiß nicht im Geringsten, wie das gehen soll: diesem Drecksack treu und brav in die Augen schauen und dabei wissen, in welche brutalen Perversionen er verwickelt ist.«

»Du musst das ausblenden und absolut cool auftreten. Alles hängt davon ab! Rauch vorher was, damit du entspannt bist. Nein, ist natürlich Quatsch. Du musst voll konzentriert sein, dich innerlich programmieren! Immer freundlich lächeln. Weil du weißt, dass wir die Schweine zur Strecke bringen werden.«

»Ich war leider noch nie ein guter Schauspieler …«

»Ich habe über diesen Hajda bereits Erkundigungen eingeholt. Hab da einen Bekannten in Dubrovnik, Montenegro ist direkt nebenan. Das ist wie Salzburg und Berchtesgaden. Er hat gesagt, es gebe eine ganze Sippe von Hajdas, die mafiamäßig unterwegs sind. Sie seien berüchtigt. Ein Familienclan, der seit Generationen seine Finger in dubiosen Geschäften stecken hat. Wenn Ismail zu denen gehört, dann haben wir es mit einer Organisation zu tun, die gefürchtet ist für ihre Grausamkeit.«

»Und du willst, dass ich da hingehe?«

»Du hast gar keine Wahl! Wir müssen herausfinden, was sie von dir wollen und ob sie nicht eh schon hinter dir her sind. Den USB-Stick sollten sie eigentlich für sicher halten, den knackt so schnell keiner. Wenn, dann könnten ihnen der Kalender und das Adressbuch Sorgen machen! Und was da drin zu finden ist, das wissen wir noch gar nicht.«

»Wie soll das gehen, dass ich dort was ausspioniere? Ich seh da schwarz. Aber hingehen muss ich wohl, da rettet mich nichts …«

»Du bist doch sonst so kreativ. Lass dir was einfallen. Komm, wir schauen noch mal alle Dateien durch, möglicherweise entdecken wir noch was.«

Wir öffnen alle Dateien, auch die Anhänge. Aber es ist nichts dabei, womit wir was anfangen können. Wir verstehen die Sprache nicht, manchmal nicht mal die Schrift, in der die Dokumente abgefasst sind. Könnte kyrillisch sein… Alles Daten, die uns derzeit absolut nichts sagen. Vielleicht zu einem späteren Zeitpunkt, wenn wir mehr wissen. Charly will weitersuchen.. Der nächste Kunde müsse halt ein bisschen warten.

Auf dem Heimweg merke ich, dass ich durchgeschwitzt bin. Mein T-Shirt fühlt sich unter den Armen tropfnass an. Mein Mund ist trocken. Ich muss die Bilder aus dem Kopf kriegen. Wie können Menschen so grausam sein? Ein unschuldiges Baby quälen! Das sind Bestien. Wo bin ich da reingeraten? Ich muss meinen Kopf klar kriegen. Erst Mara, jetzt das.

Mein »Gefühl« war also wieder mal richtig gewesen. Ich hatte schon früh diese »Ahnungen«. Bei Prüfungen in der Schule wusste ich immer einige Sekunden, bevor mein Name genannt wurde, dass ich drankam. Manchmal habe ich Charly, der mein Sitznachbar war, kurz angestoßen, wenn ich merkte, dass ich gleich aufgerufen werde. Er war schwer beeindruckt, dass das immer stimmte. Ich hörte förmlich schon das »Schwandner«, bevor es ertönte. Am schlimmsten drückte sich dieses »Gefühl« in der Verbindung zu meiner Mutter aus. Wenn sich Vater mal wieder schwer besoffen hatte – normal betrunken war Dauerzustand – und auf sie losging. Dann übertrug sich das auf mich. Dann stiegen beunruhigende Gefühle in mir hoch. In der Schule, beim Training oder bei einem Freund, ich wurde manchmal total nervös. Empfand ein Ziehen im Magenbereich, einen hohlen Druck. Es zog mich förmlich nach Hause, ich konnte mich auf nichts anderes mehr konzentrieren. Beim Nachhausekommen schlug mir an solchen Tagen ein Wall aus Angst und Aggression entgegen. In seinem besoffenen Zustand schlug Vater meine Mutter regelmäßig. Sie saß dann heulend auf dem Sofa, ein paarmal auch blutverschmiert. Einmal hat sie sich in ihrem Wäschezimmer eingesperrt. Da hat er die Tür eingeschlagen und geschrien, dass in seinem Haus keine Tür vor ihm versperrt wird. Er werde sich das von uns »Scheißgesindel« nicht gefallen lassen. In der Arbeit war er häufig krankgeschrieben. Ging nicht aufs Amt, wo er arbeitete. Trieb sich herum. Und wenn er heimkam, dann wurde es für Mutter und mich besonders schlimm. Das ging jahrelang so. Dass er nicht rausgeschmissen wurde aus seinem Job, das verstehe ich nach wie vor nicht. Wobei – er war beamtet. Bauamt. Da muss man wahrscheinlich den Chef umbringen, dass man fliegt. Ich habe keine gute Meinung von Ämtern und den Leuten, die da arbeiten!

Als ich gerade 13 war und vom Taekwondo nach Hause wollte, befiel mich auf dem Heimweg wieder diese Vorahnung, fast schon panisch stark. Ich raste heim. Sobald ich ins Wohnzimmer kam, ging er auf mich los. Mutter saß zusammengekrümmt am Esstisch.

»Du dreckiger Nichtsnutz, treibst dich rum, anstatt zu lernen. Dir werd ich Manieren beibringen.«

Meine Mutter schrie: »Bitte, lass ihn in Ruh. Er kann doch nichts dafür.«

Sie hatte ein mit roten Flecken übersätes Taschentuch in der Hand, blutete aus der Nase. Die Augen waren verquollen. Mutter wirkte wie ein kleines, armseliges Bündel. Sie tat mir so leid. Vater schlug mir ins Gesicht.

»Wo bist du so lange gewesen, du solltest…« Er holte zum Schlag aus. Zum ersten Mal wehrte ich ihn ab. Schaute in diese Säuferfratze. Darin war nichts Vertrautes mehr, das war nicht mehr mein Vater! Mich ergriff eine rasende Wut, die alle Schranken durchbrach. Jetzt sollte Schluss sein. Endgültig. Ich griff mit der linken Hand nach seinem Hals, quetschte meine Finger in diese vom Saufen aufgequollenen Hautfalten. Er war damals noch ein Stück größer als ich. Mit der Rechten begann ich ihn abzuwatschen. Links, rechts, links, rechts, links, rechts. Mit meiner ganzen Kraft. Dabei schob ich ihn vor mir her. Durch den Flur, zur Haustür. Ich öffnete, ohrfeigte ihn weiter. Dann stieß ich ihn raus. Er fiel die Stufen vor unserem Haus runter, krachte schwer auf den Boden. Stierte mich fassungslos von unten her an.

»Du besoffenes Schwein, wenn du Mutter noch einmal anrührst, dann schlag ich dich so, dass du nie wieder eine Hand gegen uns hebst. Du rührst sie nie wieder an!« Ich schmiss die Tür hinter mir zu, nahm Mutter in die Arme. »Ich werde dich von jetzt an beschützen! Wenn er dir noch mal etwas tut, dann wird er das bereuen.«

Von diesem Tag an war Schluss mit Schlagen. Und die Zeit meiner Kindheit war vorbei. Nicht äußerlich. Innerlich. Etwas war zerbrochen. Diese Unbeschwertheit, die nur Kinder haben dürfen, es gab sie nicht mehr. Ich hatte leider nur wenig davon abbekommen, zu schwer lastete Vater auf unserer kleinen Familie. Kurze Zeit später erfuhr ich, dass Mutter Krebs hatte. Darmkrebs. Die Aggression meines Vaters hatte untilgbare Spuren in diesem schmalen Körper hinterlassen. Sie ertrug ihr Krebsleiden mehr als zehn Jahre lang, mit Höhen und Tiefen. Hätte ich doch schon früher den Mut gehabt und Vater die Grenzen aufgezeigt…

Ich werde mich auch weiterhin um ihn kümmern. Aber bei jedem Besuch wird er meine Verachtung spüren. Wenn ich ihm Blumen bringe, dann sollen sie ihn an Mutters Grab erinnern. Er weiß das!

Die gleiche Wut wie damals rast wieder durch meine Zellen. Folterknechte, die sich am Schmerz hilfloser, unschuldiger Kreaturen aufgeilen. Babys, Kleinkinder und Frauen, die ebenfalls noch fast Kinder sind. Qualen zur Steigerung der Lust abartiger Perverser! Sollte ich je einen von diesen Maskierten in meine Finger kriegen, dann würde der sich nie wieder an jemandem vergreifen. Wie verkommen muss ein Mensch sein, dass er das Leid hilfloser Kinder zu seiner Befriedigung braucht? Ich begreife das nicht. Haben solche Leute nicht auch Familie? Ich wusste zwar, dass es schlimme Sexpraktiken gibt. Aber wer mag über sowas schon nachdenken? Es gibt Berichte in Zeitungen, Gott sei Dank ohne Details. Man verdrängt das. Aus Hilflosigkeit. Man hört ja nur davon, kennt dieses widerwärtige Pack nicht. Aber dieses Mal ist es anders. Wir

werden diese Verbrecher zur Strecke bringen. Nichts wird mich aufhalten, ich schwöre, nichts wird mich aufhalten!
In dieser Nacht finde ich wieder keine Ruhe. Das Leid dieser armen Menschen lässt mich nicht los. Es raubt mir die Ruhe, lässt meine Gedanken rotieren. Aber was können wir gegen diese fürchterlichen Schandtaten tun? Damit ihnen ihre Lust vergeht. Für immer, endgültig!

Werde ich meinen Abscheu verbergen können, wenn ich morgen nach Aigen rausfahre? Diese Leute sollen grausam sein, sagt Charly. Gut, dann ist es an der Zeit, dass sie aus dem Verkehr gezogen werden! Sie schrecken vor nichts zurück! O.k., wir werden uns zu wehren wissen! Mein Hass auf diese barbarische Unmenschlichkeit schreit danach, so schnell wie möglich zu handeln. Ich habe die Möglichkeit bekommen, etwas dagegen zu tun. Vielleicht ist das meine Aufgabe. Ich dachte oft, mein Leben sei langweilig und sinnlos. Das war vielleicht ein Fehler…

Kreuzwegpromenade! Ich kann mich nicht daran erinnern, jemals hier gewesen zu sein. An anderen noblen Ecken in Parsch schon, aber nicht in dieser Straße. Nach wenigen Häusern, an denen ich vorbeifahre, ist mir klar: Hier residiert der Salzburger Geldadel. Riesige Parkgrundstücke, teilweise mit hohen Mauern. Hausnummer 84, fast am Ende. Ich fahre an dem großen, gusseisernen Tor vorbei, parke ein kurzes Stück dahinter. Nehme den Ersatzteilkoffer. Videokameras an beiden Torpfosten. Wie erwartet: überwacht! Ich läute. Es summt, ich bin im Garten. Sagt man zu so etwas noch Garten, oder ist das schon ein Park? Ich gehe auf den Haupteingang zu. Große Flächen mit struppigem Gras, am Rand Sträucher. Sieht alles nicht übermäßig gepflegt aus. Der Typ muss gestopft sein mit Geld, bei so einem riesigen Gebäude mitten in der Stadt! Bestimmt schon um die hundert Jahre alt. Der asphaltierte Weg endet an einer schweren zweiflügeligen Haustür, die sich gerade öffnet.

Ismail kommt mir mit einem scheinbar freundlichen Lächeln entgegen:

»Sie sind mein Retter! Dass Sie ehrlich waren und alles zurückgegeben haben! Dann haben Sie nicht einmal Finderlohn angenommen. Da bin ich in Ihrer Schuld! So etwas nehmen wir sehr ernst, wo ich herkomme. Darum habe ich gedacht, dass ich Ihnen Aufträge geben werde. Kommen Sie herein!«

»Das ist aber nett von Ihnen.« Ich lächle ihm mitten ins Gesicht. Er riecht nach irgendeinem Duftwasser. Viel zu intensiv. Ich muss mich auf was anderes konzentrieren, sonst spürt er gleich meine Abneigung. Jetzt will ich diese Augen sehen, die so viel Schmerz ertragen können. Das Lächeln hört am Mund auf. Der Blick ist eiskalt.

Als wir durch die Türflügel treten, rast die Dogge mit hochaufgerichtetem Schwanz auf mich zu. Sie rennt mich fast um. Ich drehe mich locker zur Seite und kraule sie am Hals.

»Jana! Lass den Mann in Ruhe.«

Er zerrt die Dogge am Halsband zurück.

»Kommen Sie mit ins Büro. Ich zeige Ihnen PC, der kaputt ist.« Wir gehen durch ein mindestens 80 qm großes Wohnzimmer. Eichenparkett, Stuckdecke, alte Möbel – wahrscheinlich Antiquitäten. Mehrere Perserteppiche, wuchtige Sitzgarnitur aus dunklem Leder. Alles teuer, alles nicht mein Geschmack. Ismail bleibt am Couchtisch stehen, nimmt eine edle schwarze Flasche in die Hand. Die Luft ist trotz des riesigen Raumes verraucht und abgestanden.

»Trinken wir Begrüßungstrunk! Der beste Zwetschgenschnaps in Montenegro. Von meinem Großvater. Ist über 30 Jahre alt! Den gebe ich nur für meine Freunde.« Er lächelt schon wieder, hält mir dann ein bis oben volles Schnapsglas hin. »Ich bin Ihnen sehr dankbar, Florian. Ich darf Sie doch so nennen? Auf Ihr Wohl. Nennen Sie mich bitte bei Vorname: Ismail.«

Dieses Lächeln ist mir unheimlich! Wir stoßen an. Ismail kippt sein Glas mit einem Schwung runter. Wird mir nichts übrig bleiben. »Auf Ihres. Dankeschön. Ich heiße Florian.« Ich nippe erst, dann leere ich das Glas in einem Zug, lächle ihn mit ruhigen Gesichtszügen an. Die Spannung ist scheinbar aus meinem Körper gewichen. Ich fühle mich locker. Er kann mich nicht täuschen. Der verborgene Kampf ist eröffnet. Wenn wir miteinander Krieg führen, dann brauche ich eine Antwort auf jeden Angriff. Ein breites Lächeln für jede Täuschung. Und was sonst noch alles nötig sein wird …

»Geben Sie mir bitte Ihr Glas. Bei uns sagt man, dass man Freund niemals nur ein Glas anbieten darf. Das ist gegen Gastfreundschaft.« Während dieser überfreundlich gesprochenen Worte taxiert mich sein lauernder Blick.

Ich hebe leicht meine rechte Hand. Abwehrend.

»Nein, auf keinen Fall. Freundschaft und Alkohol sind bei mir nicht kompatibel. Sie müssen bitte dafür Verständnis haben. Mein Vater hat mit seiner Trunksucht unsere Familie zerstört. Alkohol gilt in meinem Leben nicht als Zeichen für Freundschaft. Ich danke Ihnen aber vielmals für das eine Glas. Der Schnaps ist wirklich ausgezeichnet.« In Sachen Alkohol gibt es bei mir keine Kompromisse. Außerdem bestimme ich die Spielregeln, wann immer das möglich ist. Anders habe ich gegen diese Leute von vorneherein nicht die Spur einer Chance.

Er runzelt erst irritiert die Stirn, dann entspannt er sich, zwingt sich zu einem Lächeln. Er zündet eine Zigarette an. »Kommen Sie mit in Büro. Dort ist kaputter Rechner. Die CDs funktionieren nicht mehr. Ich kann nicht kopieren. Und nicht aufspielen.«

Wir gehen ins Nebenzimmer, die Dogge bleibt nah bei uns. Das Büro ist ebenfalls überdimensioniert. In diesem Haus scheint alles groß zu sein. Ein wuchtiger Schreibtisch, daneben ein kleinerer, beide aus dunkelbraunem massiven Holz. Dazu schwere Ledersessel. Zusätzlich am Raumende noch eine kleine Korbsitzgruppe auf dem obligaten Perserteppich. Durch die breite Terrassentür kommt viel Licht. Angenehm. Draußen scheint die Sonne. Sie möge diesem Tag ihren Segen geben!

Ich habe in meinem Koffer immer die wichtigsten Ersatzteile. Laufwerke gehen häufiger mal kaputt. Wohl eine der Sollbruchstellen. Der Computer ist an, der Austausch Routine. Ismail arbeitet inzwischen an seinem anderen Rechner. Ich beobachte ihn während meiner Arbeit aus den Augenwinkeln. Er hat ein rotes kurzärmeliges T-Shirt an, V-Ausschnitt, schwere goldene Halskette. Muskulöser Körper. Sein kantiger Kopf strahlt Härte aus, oder sogar Brutalität. Aber vielleicht interpretiere ich das Letztere auch nur, weil ich über ihn Bescheid weiß. Er erweckt den Eindruck, als würde er konzentriert arbeiten. Großer LCD-Bildschirm! Sieht recht professionell aus. Das Laufwerk ist schnell getauscht. »Wollen Sie testen? Ich bin fertig. Es sollte alles funktionieren.«

»Bitte prüfen Sie für mich. Ich habe noch anderes Projekt, über das ich mit Ihnen reden will: Ich habe gelesen, Sie machen auch Einbau von Satellitenanlagen. Ich habe schon eine. Aber ich möchte statt Fernseher Projektor und Leinwand. Können Sie sowas auch? Kommen Sie mit, ich zeige Ihnen.«

Er führt mich zurück ins Wohnzimmer. Die Dogge wieder im Schlepptau.

»Wir möchten gerne auf Couch sitzen, oder auf Sesseln, und TV schauen. Aber auf großes Bild, nicht so klein.« Er zeigt auf einen Bildschirm, der auf dem Bänkchen nah beim Tisch steht. Ich schätze, 55 Zoll. Reicht wohl nicht. »Wir möchten da oben«, er zeigt ungefähr in die Mitte des Raums, »Leinwand aufhängen. Und Projektor über Couch befestigen.«

»Haben Sie das Gerät und die Leinwand schon?«

»Nein, das möchte ich bei Ihnen kaufen. Und dazu brauche ich Ihren Rat, vom Fachmann.«

»Wie groß soll das Bild denn sein? Davon hängt die Stärke des Projektors ab, den wir brauchen.«

»Bild soll richtig groß sein, wie in kleines Kino! Leinwand soll elektrisch kommen von Decke. Habe ich bei Bekannten gesehen! Und Beamer, der keine lauten Geräusche macht.«

»Das sollte kein Problem sein.«

»Haben Sie so etwas schon einmal gemacht?«

»Ja, schon öfter. Zuletzt in Aigen. Allerdings nicht mit einer elektrischen Leinwand, sondern einer, die man an einer Schnur runterzieht. Die Räume hier sind sehr hoch, da empfiehlt sich natürlich eine mit Fernbedienung. Dazu würde ich auch einen Deckenlift für den Beamer nehmen. Da kann er bei Nichtbenutzung hochgefahren werden. Es darf Sie halt nicht stören, dass die Leinwand direkt hinter der schönen Stuckrosette befestigt wird.«

»Nein, das macht nichts. Gutes Bild ist wichtiger. Ich sehe, Sie kennen sich aus. So jemand habe ich gesucht. Wie lange dauert das?«

»Ich denke, ich kann Ihnen bis in einer Woche die Angebote und Preise zusammenstellen. Nachdem Sie sich entschieden haben, dauert es noch ca. fünf Tage, bis die Sachen geliefert werden. In drei bis vier Wochen könnte alles fertig sein.«

»Das passt!« Er sieht mich sinnend an: »Was brauchen Sie noch? Vorauszahlung? Sie bekommen auch noch Geld von heute. Am besten machen wir das ohne Rechnung, oder?« Schon wieder dieser lauernde Blick! Seine Augen verstecken sich förmlich hinter den zu Schlitzen zusammengekniffenen Lidern.

»Vorauszahlung brauche ich erst zur Bestellung, danke. Und die Rechnung: Das Laufwerk kostet 40, dazu Anfahrt und Einbau«, ich schaue auf die Uhr, »zusammen 160 Euro.«

»Nein, das ist viel zu wenig. Sie sind schon zwei Stunden hier. Dazu Autofahrt. Ich gebe Ihnen 200.«

»Ich mache für meine Kunden immer die bestmöglichen Preise. Trotzdem sollten Sie ein Gegenoffert einholen, für den Beamer und die Leinwand.«

»Nein, nein. Sie sind doch mein Freund. Da habe ich Vertrauen. Ich freue mich, dass Sie für mich arbeiten. Ich bin auch noch in Ihrer Schuld!«, sagt er zum zweiten Mal. Zweideutig, fällt mir dazu ein! Will er mir etwas sagen? Auch das Freund-Gerede geht mir mächtig auf den Keks. Das ist wie bei den Straßenhändlern in Istanbul. Die reden einen auch mit »lieber Freund« an. Je mehr Freund, desto größer ist dort der Beschiss, habe ich feststellen müssen. Aber das funktioniert nicht bei mir. Denn seine wahren Gefühle kann ich in seinen Augen lesen. Und die starren mich an wie eine Schlange das Karnickel.

»Sie sind mir nichts schuldig, ganz sicher nicht. Ich schicke Ihnen die Angebote, sobald diese fertig sind. Und sobald Sie sich entschieden haben, besorge ich alles, und wir vereinbaren einen Einbautermin.«

»Sehr gut. Aber jetzt müssen Sie noch mit mir trinken. Zum Abschluss.«

»Sie trinken einen Schnaps. Und ich noch ein Glas Leitungswasser. Sehr gerne.«

Auf dem Rückweg entspanne ich mich. Spüre, dass meine

Schultern total verkrampft sind, meine Kiefer auch. Ich hoffe, ich habe keine Fehler gemacht. Augenblicklich fällt mir nichts auf, was ich hätte besser machen müssen.

Ich versuche, den Gesprächsverlauf zu analysieren. Hinter seiner Freundlichkeit lag etwas Verstecktes, vielleicht sogar Lauerndes! Ich kriege es nicht genau zu fassen. Ich wollte mich so neutral wie möglich verhalten. Ist mir das gelungen? Was bezweckt er damit, dass ich für ihn arbeiten soll? Dankbarkeit, sagt er! Hält er mich für so blöd, das zu glauben? Ich finde keinen Ansatzpunkt, der mich weiterbringt.

Mich ekelt vor diesem Kerl. Ich frage mich, ob das auch so wäre, wenn ich nicht wüsste, mit welchen Schweinereien er sein Geld verdient. Ich denke, schon. Bereits im *Brunnen* haben mich diese Leute innerlich abgestoßen. Die Abneigung ist gegenseitig, da bin ich ziemlich sicher. Er tarnt das sehr gut. Durch den Fund seines Kalenders bin ich zu seinem Gegner geworden, dieser Gedanke taucht plötzlich in mir auf. Aber warum? Was verbirgt sich in dem Kalender? Geheimnisse? Oder ist das Wertvolle das Adressverzeichnis?

Dieser Mann ist gefährlich, daran besteht nicht der geringste Zweifel. Mit Leuten aus diesem Milieu habe ich noch nie zu tun gehabt, mit ihren Spielregeln kenne ich mich nicht aus. Sicher ist: Wenn er etwas rauskriegt, dann wird er mich aus dem Weg schaffen! Mit allen Mitteln. Wir müssen verdammt aufpassen, dass nichts schiefgeht. Andererseits: Mit seinem Verhalten liefert er uns exakt die Möglichkeiten, nach denen wir gesucht haben. Jeder macht Fehler! Die Gelegenheit für das Einschleusen des Trojaners habe ich also. Ich rufe Charly an.

Er sagt, er habe schon gewartet auf meinen Anruf! Nach allem, was er über diese Leute herausgefunden hat, traut er ihnen das Allerschlimmste zu. Gut, dass ich mich melde. Auch bei ihm gehe gut was weiter, mehr dazu das nächste Mal persönlich. Knut und einer seiner Mitarbeiter wollen am Nachmittag und heute Nacht das bisher vorliegende Material noch einmal detailliert durchchecken. Sie melden sich, sobald sie was finden.

Auch Knut habe erwähnt, dass ich höllisch aufpassen soll. Organisierte Kriminalität, da müsse ich mit allem rechnen. Knut sei fest davon überzeugt, dass Ismail mich nicht ohne Hintergedanken zu sich holt. Die Computerreparatur sei ganz sicher ein Vorwand. Seit heute würden sie mein Auto kennen. Ich solle öfter mal darauf achten, ob ich verfolgt werde. Es sei sogar möglich, dass sie eine Wanze im Auto versteckt haben, während ich im Haus war. Die gebe es laut Knut für ein paar Euro im Versandhandel zu kaufen. In deren Gewerbe könnten sie sich Sorglosigkeit nicht leisten. Charly sagt, ihm sei es unter diesen Umständen am liebsten, wenn ich nur noch mit dem Roller zu ihm käme. Der sei sicherer, denn von dem wüssten die wahrscheinlich nichts. Mit dem sei ich auch nicht zu verfolgen, so wie ich fahre. Außerdem soll ich Sushi mitbringen, wenn ich morgen komme. Er brauche mal wieder was Gescheites zum Essen. Ich sage ihm zum Schluss, dass sich der Besuch für uns gelohnt habe. Mehr dazu morgen.

Ich halte bei einem Spielzeuggeschäft und kaufe ein Krocketspiel. Das ist ideal für den großen Garten. Und danach Pralinen für Giulia. Nur eine kleine, aber exklusive Packung. Ich überlege, wem ich sonst noch was schenken sollte. Schließlich war ja gerade erst Ostern, und niemand hat was gekriegt von mir.

Am späteren Nachmittag ruft Giulia an. Sie wollte mich nur kurz fragen, ob ich das Restaurant Winkler in Neumarkt kenne. Dort gebe es den absolut besten Fisch, außerdem Schnecken. Auch der Rest sei großartig. Rebecca esse immer zwei Portionen Pfannkuchen, die seien einzigartig. Müsse ich auch probieren. Wenn ich einverstanden bin, dann reserviert sie Freitag für 19 Uhr am Abend drei Plätze. Natürlich bin ich einverstanden. Ich sage ihr, dass ich mich auf sie und Rebecca freue. Giulia antwortet mit warmer, leiser Stimme: »Ich mich auch.«

Nachdem ich die restlichen Arbeiten im Geschäft erledigt habe, gehe ich direkt rüber in den *Brunnen*. Sonja ist da. Sie trägt einen dunkelblauen hautengen Hosenanzug, dazu eine roséfarbene Bluse. Die Haare hat sie buschig zusammengebunden. Sie wirkt richtig jugendlich.

»Sonja, du siehst wieder einmal blendend aus! Ich glaube, wir zwei sollten über eine intensivere Beziehung nachdenken.«

»Ach du«, sie rollt ihre braunen Augen. »Ich möchte aber keine von deinen vielen Frauen sein! Jetzt, wo Mara weg ist, machst du wahrscheinlich die Frauenwelt unsicher. Weißt du was? Bestell was zu essen und zu trinken, und dann gehen wir zu mir ins Büro und unterhalten uns. Ein Stündchen kann ich mir gut freinehmen. Im Moment ist es ruhig hier. Gerti und Mario schaffen das auch ohne mich.«

Ich erzähle von Giulia. Sonja sagt, jede Frau müsse glücklich sein, mich zum Freund zu haben. Auch sie hat eine neue Bekanntschaft gemacht. Ein sehr gut aussehender Typ. Aber sie ist noch im Zweifel, ob das nicht ein Bazi ist. Für ein paar Nächte sei er jedenfalls schon geeignet, meint sie mit einem Augenzwinkern. Morgen Abend wird sie ihn vernaschen. Dabei macht sie einen Schmollmund.

Von Ismail sage ich ihr vorerst nichts. Sonja würde sicher ein großes Thema daraus machen, wie ich sie kenne. Und es hat keinen Sinn, sie auch noch hineinzuziehen. Wobei, vielleicht brauche ich ihre Hilfe. Ich steh mit Charly allein da, gegen eine ganze Organisation. Niemand kann derzeit sagen, wie sich das alles entwickelt!

Am Abend vor dem Ins-Bett-Gehen fällt Mara wieder in meine Gegenwart ein. Und da ist gleich auch dieses Ziehen in der Bauchgegend. Ich sehe plötzlich ihr Bild vor meinen Augen, und fast fühlt es sich so an, als wäre sie hier. Passiert das, weil ich müde bin, unkonzentriert? Weil ich sie nicht mehr aus meinen Gedanken herausdrängen kann? Mir ist auch fast so, als würde ich ihren Geruch vernehmen– einen Hauch aus weiter Entfernung einatmen. Gerüche sind bei mir sehr eng mit dem Erlebten verknüpft. Bei Düften, die ich aus der Kindheit kenne, fallen mir immer sofort die dazu gehörenden Ereignisse ein. Ein Teil von mir will offensichtlich noch immer nicht wahrhaben, dass sie mich nicht mehr braucht. Auf mich verzichten kann. Warum bloß komme ich nicht los? Trotz Giulia!

Die Angst der Frauen und Kinder steigert sich zur Unerträglichkeit. In Kürze werden die Männer wiederkommen, neue Opfer auswählen und für ihre Quälereien mitnehmen. Zwei in Burka gehüllte Frauen haben sich am Boden unter dem Fenster eng aneinandergekuschelt, eine andere kniet auf ihrer Matratze und betet laut jammernd, unterbrochen von Weinkrämpfen. Niemand tröstet sie, denn es geht allen gleich.

Sema ist mit den Kindern nach draußen in den kleinen Außenbereich gegangen und hat sich dort auf die alte, morsche Bank gesetzt. Hier im Freien bleiben sie wenigstens von der quälenden Auswahl verschont. Und wenn die Männer in den Hof kommen, dann weiß Sema, dass es entweder sie oder eines der Kinder erwischt. Rana, die Dreijährige, sitzt auf ihrem Schoß, Sema redet beruhigend auf sie ein. Ranas Mutter wurde letzte Woche zur „Sonderbehandlung“ ausgewählt. Wie fast alle anderen kam sie nicht mehr zurück. Seither kümmert Sema sich so gut es geht um die Kleine. Die Peiniger kennen auch bei Kindern und Säuglingen keine Gnade. Das Mädchen wurde bisher zweimal mitgenommen. Beide Male wurde sie bei der Rückkehr von den Männern schrill und durchdringend schreiend durch die Tür getragen und auf ihre Matratze geworfen. Sie hat sich äußerlich zwar jedes Mal wieder einigermaßen erholt, aber ihr Inneres wurde komplett zerbrochen. Das Kind ist verstört, kriegt in unbestimmten Abständen Heulkrämpfe, schläft keine Nacht durch. Nur Sema kann sie einigermaßen beruhigen, in ihren Armen macht sie manchmal einen normalen Eindruck. Sobald aber männliche Stimmen vor der Tür zu hören sind und das schwere Schloss geöffnet wird, verfällt sie in kreischendes Geschrei, das noch lange anhält, nachdem die Männer wieder weg sind.

Die Wärter wissen schon von vorneherein, wen sie auswählen werden, gehen gezielt auf ihre Opfer zu. Da in allen Räumen, selbst auf der Toilette, im Bad und in dem kleinen Außenbereich, Kameras installiert sind, sind sie immer über alles informiert. Vermutlich bleibt deshalb auch nachts ein Teil der Lampen an, die von ihnen ferngesteuert werden. Dies hier ist ein für ihre verbrecherischen Zwecke eingerichteter Kerker, aus dem es kein Entkommen gibt.

Der fünfjährige Omar wirft Steine über den Stacheldraht an der hohen Steinmauer, welche die kleine Rasenfläche begrenzt. Wenn er auf der anderen Seite scheppernd irgendeinen Gegenstand trifft, dann schreit er heiser auf. Es gibt kein Spielzeug für Kinder, sie müssen sich mit sich selbst beschäftigen. „Es wäre so gut, wenn sie Ablenkung hätten von ihren Ängsten", denkt Sema. Aber das Schicksal und die Gefühle der Gefangenen interessieren ihre Peiniger nicht. Omar ist mit der „Lieferung" vorletzte Woche eingetroffen, wurde erst einmal ausgewählt, vorgestern. Er war vollkommen verstört, als er zurückkam. Lief in den Außenbereich und begann mit dem Steinewerfen. Er hat seither kaum Nahrung zu sich genommen, ist apathisch und spricht mit niemandem. Seine Mutter wurde das erste Mal bereits zwei Tage nach ihrer Ankunft ausgewählt. Sie hat seither den Verstand verloren, liegt nur noch verkrümmt auf ihrer Matratze und gibt unartikulierte Laute von sich. Als sie vor drei Tagen erneut ausgewählt wurde, trottete sie ergeben auf die Männer zu und brabbelte Unverständliches. Es ist, als ob sie nicht nur ihren Verstand, sondern auch jegliches Gefühl verloren hätte. Nicht einmal auf Omar reagiert sie. Obwohl der kleine Bub immer wieder verzweifelt an ihr rüttelt, auf sie einredet, ihr Gesicht streichelt. Nichts hilft. Sie lebt in einer fernen Welt und nichts, was um sie herum und mit ihr passiert, interessiert sie.

Und dann ist da noch Zahra, die Zehnjährige. Sie kratzt gerade mit einem Stock Linien in den trockenen Boden, wirre Muster, nichts, was augenscheinlich einen Sinn ergibt. Ihr Körper ist schief und verkrampft, die Schultern sind hochgezogen, die Augen blicken verstört und unruhig. Zahra kam mit der Lieferung vor nicht ganz vier Wochen, sie wurde auf der Flucht aus Syrien von ihrer Mutter getrennt. Manchmal spricht sie davon, dass ihre Mutter kommen und sie holen wird. Sema widerspricht ihr nicht, denn alle hier brauchen einen Funken Hoffnung, egal wie unrealistisch sie ist. Mindestens einmal pro Woche nehmen die Männer auch sie mit. Nach dem ersten Mal hat Zahra sich nachts an Sema gepresst und weinend gestammelt, dass sie nicht mehr leben möchte. Sema solle sie töten, während sie schläft. Zahra hat gebettelt und gefleht, dass Sema sie von den Männern erlöst. Aber Sema kann ihr diesen Wunsch nicht erfüllen, obwohl auch sie sich täglich mit Gedanken an Selbstmord beschäftigt. Doch ein Kind zu töten, dazu ist sie nicht fähig.

Jetzt hört sie die Männerstimmen aus dem Gartenzimmer. Sema spürt, dass sie am ganzen Körper zu zittern anfängt. Sie presst Rana an sich und betet, dass sie dieses Mal verschont bleiben. Zahra läuft auf sie zu und umschlingt ihre Hüfte, versteckt ihr Gesicht in Semas Schoß. Omar versucht, sich seitlich in dem kleinen Gebüsch zu verstecken. Lautes Gekreische ertönt jetzt von drinnen, darauf ein dumpfes Klatschen. Sema zuckt zusammen; sie weiß, was das bedeutet. Dann hört sie nur noch verzweifeltes Winseln. Semas ganzer Körper bebt vor Angst und Verzweiflung. Sie presst die Kinder an sich. Ein erneuter Aufschrei ertönt, dann ersticktes Weinen. Sema spürt, dass sie sich die Lippen blutig gebissen hat in dem Bemühen, ihre Angst zu unterdrücken. Sie und die Kinder sind verschont geblieben. Aber nicht mal dieser Umstand bringt Erleichterung. Zu nah ist schon der nächste Tag, mit den nächsten Opfern. Manchmal hat sie das Gefühl, dass ihre Angst um die Kinder größer ist als die Angst davor, selbst gequält zu werden. Doch immer, wenn es sie erwischt, dann ist es die Hölle. Wann wird Allah sie endlich erlösen?

Charlys Bildschirme sind wieder alle an. Diesmal sind es vier. Ich würde wahnsinnig werden.

»Stell das Essen schon mal auf den Tisch. Du musst dir das unbedingt sofort anschauen. Knut hat sich stundenlang mit den Dateien von Ismail herumgeschlagen. Er und sein Gehilfe, Hennes. Der lernt bei ihm, ist noch jung, 18. Hennes hat laut Knut Zeit, sich da reinzuarbeiten.«

Ich hol mir einen Sessel. Er öffnet gerade eine Tabelle.

»Sie haben jemanden, dem man hundertprozentig vertrauen kann, der die albanischen Texte – stimmt, albanisch, nicht montenegrinisch – übersetzen kann. Die haben einen Volltreffer gelandet: Eine der Exceltabellen scheint eine Kundendatei zu sein.«

Er zieht die Kästchen mit den Überschriften auf.

»War gekennzeichnet als Backup-Datei. Hier, in Spalte 2, sind 1.229 Namen, alles natürlich Nicknames. Und hier: Spalte 4, *Bebe*, das heißt Baby, *Vajz* heißt Mädchen, *Njeri homo* steht wohl für schwule Männer, hier: *Djali*, das sind Jungen. Dazu gibt es noch andere Bezeichnungen, die auf die Vorlieben der Kunden hinzuweisen scheinen. Perversion in Tabellenform! Wir kennen noch nicht alle Bezüge.«

Er öffnet die zweite Tabelle. Geht mit dem Cursor auf die Kopfleiste und wandert auf die fünfte Tabellenreihe.

»Die Namensliste ist teilweise identisch mit der ersten, das haben wir gecheckt. Die Spalten beginnen mit 150101, dann 150102 und so weiter. Datumsangaben seit 2015. Jeder Tag eine Spalte. Die Datei ist enorm umfangreich. Hier stehen Beträge zwischen 90 und 390, und dann schau, hier – einzelne sogar 690. Ich nehme an, das sind Euro. So wie es aussieht, gibt es täglich unterschiedliche Streams, in die sich die Leute einkaufen können. Wir haben für Jänner eine Monatssumme gebildet, hier: 516.170. Da, die Februarsumme, 486.117, März 576.450. Es scheint eine Backup-Datei von Ismail zu sein. Wofür sie die brauchen, wissen wir nicht mit Bestimmtheit. Knut vermutet, dass die finanziellen Transaktionen von jemand anderem verwaltet werden als der Zugang zur Homepage. Es könnte so ablaufen, dass Ismail die Konten beaufsichtigt und die Zahlungen auswertet. Er erstellt dann Listen, die er an die Verwaltung der Streams weitergibt. Und die verschicken die Zugangspasswörter. So wie es aussieht, haben wir es mit einer ziemlich großen Organisation zu tun, Profis in Sachen Verbrechen und Grausamkeit. Wir spielen hier in einer Liga, da ist unser Leben keinen Cent wert. Sollten die checken, dass wir sie ausspionieren, dann brennt der Hut! Dann fackeln die uns ab!«

»Ich frage mich, ob es nicht höchste Zeit ist, die Polizei einzuschalten.«

»Knut hat gesagt, dass er sich darum kümmern wird, sobald wir den Einstieg geschafft haben. Das Wichtigste sei erst einmal, dass wir in ihre Rechner reinkommen. Danach können wir die Verantwortung ans BKA oder sonst wen abgeben. Du meintest doch gestern, du hättest eine Lösung für unser Problem – oder war das was anderes?«

»Richtig! Du sagtest doch, dazu brauchst du einen Link, den Ismail anklickt. Richtig?«

»Stimmt! Wir können die Inhalte mittels Inlineframe fälschen und mit einem komplett neuen Virus präparieren. Besser gesagt einem Trojan Downloader aus Russland, den Knut vor einiger Zeit entschlüsselt hat. Wird derzeit noch von keinem Virenscanner erkannt!«

»Ich soll Ismail einen Beamer mit Leinwand besorgen. Dafür muss er ja eine professionelle Auswahl von mir kriegen, mit Links zu Testberichten und Auswertungen. Verstehe ich das richtig, dass ihr den Trojaner in den Link einer real existierenden Internetseite einbauen könnt?«

»Genau! Technisch ist das überhaupt kein Problem. Sie müssten Vollprofis sein, um das zu checken. Wenn du mir den Link einer Originalseite schickst, bauen wir diese nach und setzen den Trojaner rein. Dafür braucht Knut maximal zwei Tage. Sobald Ismail drauf klickt, installiert er unseren Zugang. Und sind wir erst mal auf seinem Rechner, dann tauschen wir die Links wieder gegen die Originalseiten aus. So dass keine einzige Spur mehr vorhanden ist, die verrät, wie wir den PC gekapert haben. Lass uns was futtern. Ich hoffe, die sind frisch, deine Sushi!«

Beim Essen erzähle ich ihm, dass Ismail für mich völlig undurchschaubar ist. Wenn ich nur an ihn denke, dann zieht sich gleich alles in mir zusammen. Ich kann nicht verstehen, aus welchem Grund er mich verdächtigt. Er ist hinter mir her, das spüre ich, da gibt es gar keinen Zweifel. Aber warum? Was haben wir noch nicht entdeckt? Er kann doch unmöglich wissen, dass wir seinen Stick geknackt haben. Und selbst wenn, er hat die verdächtigen Dateien gelöscht.

»Ismail denkt, du bist ein Profi für Computer. Zumal er sicher keiner ist. Sonst hätte er nicht stümperhaft solche Dateien mit sich herumgeschleppt. Möglicherweise birgt auch der Kalender noch weitere Geheimnisse«, meint Charly und stopft sich den Mund voll.

»Übrigens, magst du ein Bier? Oder was anderes? Ich weiß ja, dass du tagsüber keinen Alkohol trinkst, aber… nimm dir, was du brauchst.«

Er zeigt auf den Kühlschrank.

»Kann sein dass er sich auch nicht zu hundert Prozent sicher ist, ob er alle verdächtigen Dateien gelöscht hat«, sagt Charly mit vollem Mundkauend. »Man übersieht schnell irgendwas! Leute wie er sind wahrscheinlich grundsätzlich misstrauisch, sonst wären sie schon weg vom Fenster.«

»Ich spüre, dass der Typ sich mit mir beschäftigt. Deshalb habe ich Angst, dass er etwas plant, um mich in eine Falle zu locken. Aber was? Und was kann ich dagegen tun? Das Gute ist, dass ich wenigstens für keine Familie sorgen, dass ich nur um mein eigenes Leben Angst haben muss.«

»Du hast einen Vogel, du spinnst! Dir wird gar nichts passieren. Wenn wir erst mal den Link gebastelt haben und auf seinem Rechner sind, ist für uns der Deal gelaufen. Anschließend ist das der Job der Bullen, wir ziehen uns dann raus. Bis dahin müssen wir eben fehlerfrei arbeiten. Und cool bleiben vor allem. Apropos fehlerfrei. Fahr mit deinem Auto sobald wie möglich auf eine Hebebühne und schau, ob du am Unterboden was findest. Oder in den Radkästen. Such überall. Vielleicht haben die dir gestern was reingesetzt. Es gibt GPS-Spotter, die mit starken Magneten unten am Auto angebracht werden und deinen Standort funken. Am besten, du findest eine Hebebühne, um danach zu suchen. Aber bis jetzt hast du keinen von denen ans Auto gelassen, oder?«

»Nein, ich habe den Caddy sogar draußen vor dem Grundstück abgestellt.«

»Das nützt nur insofern, als sie nicht lange am Auto rumfummeln hätten können, wenn sie da was befestigen. Ist also leicht zu finden, wenn sie was versteckt haben.«

»Ich werde das am Montag prüfen. Heute bin ich eh mit dem Roller unterwegs. Und wenn ich was finde, dann lasse ich es dort. Sonst werden sie noch misstrauischer. Ich passe ab sofort eben auf alles auf: meine Umgebung, Verfolger, alles. Am schlimmsten wäre es, arglos ins Messer zu laufen.

Übrigens, stell dir vor: Gestern hat mir eine Kleine beim Capoeira voll einen Tritt auf die Nase gelandet. Sieht man noch was?« Ich tippe auf mein oberes Nasenbein. Charly schüttelt breit grinsend den Kopf.

»Ich glaube, ich sollte mehr trainieren. Wobei ich gegen solche Leute eh keine Chance habe …«

Wir setzen uns wieder vor den Rechner, aber weder in der Backuptabelle noch bei anderen Dateien finden wir Verwertbares. Wir verabreden, dass ich bis spätestens übermorgen Abend, also Sonntag, die fertige Projektor- und Leinwandaufstellung an ihn sende. Da ich nicht sonderlich viel von Beamern verstehe, möchte ich mich in das Thema noch reinarbeiten. Brauche dafür ausreichend Zeit. Es muss ein professionelles Angebot werden, mit dem von mir empfohlenen Topmodell.

Es ist schon halb fünf. Auf geht's nach Seekirchen. Vor Giulias Haus steht ein großer weißer BMW. Wenn ihre Eltern kämen, hätte sie das gesagt. Es muss wohl ihr eigenes Auto sein. Von so einer Luxuskarosse kann ich nur träumen. Die Haustüre geht auf, Rebecca stürmt heraus, Giulia steht erwartungsvoll im Rahmen. Sie hat einen engen roten Pullover an, helle Jeans. Es bläst ein ziemlich starker Wind hier draußen. Ihre blonden Haare wehen durch die Luft, ein geflochtenes rotes Band hält sie aus ihrem Gesicht. Ich bemerke, wie gut mir ihr Anblick tut. Es ist schön, erwartet zu werden.

»Hallo, ihr zwei!«

»Weißt du, dass ich noch nie mit einem Motorroller gefahren bin? Du musst unbedingt mit mir eine Runde drehen, wenn wir Zeit haben.«

Sie nimmt mich vorsichtig in den Arm und flüstert mir ins Ohr:

»Ich freue mich sehr, dass du da bist.«

»Ich hab mich auch auf dich gefreut!«

»Ich will mit dem Roller fahren, Florian. Darf ich? Fährst du mit mir?« Rebecca zieht an meiner Jacke.

»Du siehst ja wieder hübsch aus, Rebecca. Klar, wenn deine Mama es erlaubt, dann fahren wir morgen mal auf der Straße, die zum See runtergeht, eine Runde. Bloß, du brauchst dazu einen Helm. Hast du sowas?«

»Nicht morgen, gleich! Ich habe einen Helm. Soll ich ihn holen?«

»Morgen, ich muss jetzt erst mal ankommen. Außerdem müssen wir deine Mama um Erlaubnis fragen. Sonst geht das nicht.«

»Mama, darf ich? Ich darf doch, bitte, bitte, bitte!«

»Wenn Florian morgen noch da ist– worüber ich mich sehr

freuen würde–, dann darfst du vorsichtig mit ihm eine Runde fahren.«

Sie dreht sich zu mir, ein freudiges Lächeln auf dem Gesicht. »Habe ich das richtig verstanden, du bleibst über Nacht?«

»Wenn ich darf. Du hast doch bestimmt ein Gästebett in diesem riesigen Haus«, sage ich mit einem kleinen Lächeln. »Ich hatte leider eine schwierige Woche. Es geht mir nicht so besonders gut.«

»Ohhh, das musst du mir aber erzählen.« Giulias vorher so freudige Gesichtszüge weichen einer Stirnfalte, und ein Schatten überzieht ihre Miene.

»Eigentlich will ich dich damit nicht belasten.« Und ich sollte auch nicht darüber sprechen, fällt mir ein. Jetzt ist es zu spät.

»Doch, alles was dich bedrückt, möchte ich wissen. – Und natürlich haben wir ein breites Gästebett für dich«, sagt sie mit einem schelmischen Blick. »Aber wichtig ist, dass du mir von deinen Problemen berichtest. Vielleicht kann ich helfen. Wenn du noch nicht drüber sprechen willst, dann eben später, wenn Rebecca im Bett ist, ja?«

»Ich weiß noch nicht, vielleicht zerstört das dann den ganzen Abend …«

Giulia umarmt mich und flüstert: »Ich hab mir gewünscht, dass du bleibst. Deine Sorgen werden nichts kaputt machen. Ich verspreche es. Was hast du in dem langen Sack da? Doch nicht etwa eine Angel?«

»Nein. Das ist ein Krocketspiel. Habe ich für Rebecca und uns alle mitgebracht. Kennst du das?«

»Für mich!« Rebecca reißt mir die Tasche aus der Hand, öffnet den Reißverschluss. Zieht alles raus, die Schläger, die Metallbügel, durch die man den Ball schlagen muss, die Kugeln. Wirft die Sachen auf den Boden. »Wie macht man das?«

»Du bist unhöflich, Rebecca, zuerst musst du dich bei Florian bedanken. Außerdem, man reißt jemand seine Geschenke nicht aus den Händen, sondern wartet, bis man sie übergeben bekommt.«

»Danke, danke, danke«, Rebecca stürzt zu mir, umarmt mich kurz von unten, dreht sich um zu dem Spiel.

»Spielen wir jetzt?«

Seehotel Winkler: ein wunderschönes Restaurant mit Blick auf den See. Ich entscheide mich für eine Reinanke aus dem Wallersee, vom Grill. Giulia ebenso. Rebecca bestellt Palatschinken, die seien hier ihre Lieblingsspeise. Meine Sorge wegen Gräten ist unbegründet, der große Fisch wird direkt am Tisch entgrätet von der jungen Kellnerin, die uns bedient. Als Beilage nur ein paar kleine Kartoffeln, dazu ein großer Salatteller. Dezent gewürzt, schneeweißes festes Fleisch ohne Gräten. Giulia erzählt von ihrer Tourplanung. Dass die Proben fantastisch waren. Sie hätten leider so wenig Zeit, miteinander zu üben, sie und die beiden anderen, die Geigerin und der Bratschist. Vor den Auftritten in der Schweiz sei eine Woche für die Proben geplant. Jeder Einzelne könne die Stücke dann natürlich bereits perfekt, aber das Zusammenspiel, die Einsätze, die richtigen Tempi, das muss intensiv geübt werden. Wir schauen uns an, lassen unsere Blicke ineinander versinken. Lange Augenblicke. Nur unterbrochen durch Rebeccas Fragen: Ob ich über Nacht bleibe. Ob wir morgen gleich in der Früh Krocket spielen. Ob wir danach mit dem Roller fahren. Ob sie noch eine Palatschinke kriegt. Ob sie zuhause noch ein Stück von der Puppenkiste anschauen darf.

Wenn ich es mir aussuchen könnte, dann wäre ich gerne ein Mädchen in Rebeccas Alter. Das Leben scheint nur Schönes bereitzuhalten, ist eine einzige Attraktion von früh bis spät. Was natürlich nicht stimmt, denn die Kleine muss üben, während andere vor ihren Computerspielen sitzen. Ich erlebe halt immer nur die schöne Zeit mit den beiden.

Und genau in diesem Moment fallen mir die Aufnahmen ein. Es gibt noch eine andere Wirklichkeit. Kinder, die genauso alt sind. Die sich auf kein Morgen freuen. Die Angst haben müssen vor jedem neuen Augenblick, in dem sie in die nächste Qual gerissen werden. Deren Leben eine Kette unendlichen Leids ist. Kinder, die für Geld gemartert werden. Von Bestien in Menschengestalt. Für das kranke Lustempfinden anonymer perverser Schweine. Solche, die vielleicht auch hier in diesem Restaurant sitzen könnten, unentdeckt, unerkannt. Denen man nicht ansieht, wofür sie ihr

Geld ausgeben: für ihre kranke Gier. Lust an der Folter kleiner Kinder und junger Frauen. Ich wünsche mir aus tiefstem Herzen, dass wir ihnen die Maske der Anonymität von ihren verlogenen Gesichtern reißen. Dass sie mit ihrem eigenen Leben bezahlen müssen. Dafür will und werde ich alles riskieren. Auch wenn ich Angst habe …

Wenigstens für einen Abend, für eine Nacht, möchte ich die Erinnerung abschalten. Das ist vielleicht ein Grund dafür, dass ich bei Giulia übernachten möchte. Es ist schwer, ein normales Leben zu führen mit solchem Wissen! Wie kann ich weiterleben, als wäre nichts?

Nachdem wir Rebecca ins Bett gebracht haben, drückt mich Giulia an sich. Ich spüre ihre Erregung. Ich ziehe sanft ihr Kinn hoch und küsse sie auf den Mund. Drücke sie so fest an mich, dass ich alle Teile ihres Körpers fühle. Fühle ihre Wärme, schnuppere ihren feinen Duft. Giulia zieht mich in ihr Schlafzimmer. Geht dann aber ins Bad.

»Ich mache mich ein bisschen frisch.«

Ich folge ihr mit meinen Blicken, sehe eine große, ovale Badewanne. Die sollte doch eigentlich für uns beide reichen. Zumindest für den Anfang, denke ich. Ich sage ihr das.

»Ich wollte das auch schon vorschlagen. Habe mich dann nicht getraut.«

Wir ziehen uns gegenseitig aus. Erst langsam, dann fast rasend. Streicheln uns, während das Wasser in einem dicken Strahl in die Wanne läuft. Tauchen dann ein in die kuschelige Wärme dieser großen Wanne. Berühren uns, zart. Genießen diesen neuen, fremden Körper, der noch so wenig vertraut ist. Und entdeckt werden will! Es erfüllt mich mit Lust, dass sie auf meine Berührungen sofort reagiert, mit kleinen Schreien, die sie wegen Rebecca dämpft. Ihre kleinen festen Brüste pressen sich an mich. Ich streichle sie sanft, küsse die zarten Brustwarzen. Dann übersät sie mich mit Küssen, am ganzen Körper. Ich presse mich an sie. Spüre ihre nasse Haut an meiner, ihre Hände, die mich wohlig liebkosen. Überall. Zärtlich. Ihre Zunge, mit der sie über meine empfindlichsten Stellen streicht. Wir verlassen dann die Wanne, wickeln uns gegenseitig in Badetücher und wechseln in ihr breites Bett. Ich möchte in ihr versinken, mit ihr verschmelzen. Möchte jeden Zentimeter ihrer Haut erkunden. Sie spüren. Erst außen, bis wir es nicht mehr aushalten, dann innen. Ich sage etwas Zärtliches zu ihr, während ich sie streichle. Plötzlich wird sie steif wie ein Brett, schiebt mich zur Seite. Ich erschrecke. Was ist schiefgelaufen?

»Das kannst du nicht mit mir machen, dafür bin ich mir zu schade!«

»Um Gottes willen, was habe ich falsch gemacht?«, sage ich und sehe sie zutiefst erschrocken an.

»*Ich möchte gerne in dir versinken, Mara,* hast du mir grad ins Ohr geflüstert. Mit so einem Mann kann ich nichts anfangen, der an eine andere denkt, während er zärtlich zu mir ist«, sagt sie mit erstickter Stimme.

Ich spüre, wie mein Gesicht zu brennen anfängt. Ich schäme mich.

»Aber ich habe ganz bestimmt nicht sie im Sinn gehabt. Nur den Namen verwechselt. Ich habe nur an dich gedacht!«

»Es reicht schon, wenn du in einem solchen Augenblick *nur* den Namen verwechselst«, sagt Giulia frustriert. »Ich hab' jetzt jegliche Lust verloren. Tut mir leid. Ich glaube, das ist alles noch zu früh für uns …«

Ich entschuldige mich bei ihr und sage ihr, dass ich mich schäme. Das wollte ich nicht. Vielleicht brauchen wir mehr Geduld miteinander.

»Außerdem habe ich gerade so riesige Sorgen, dass ich deshalb total durcheinander bin«, druckse ich jetzt raus. Giulia will wissen, was mich so betrübt. Wir huschen leise ins Wohnzimmer, um Rebecca nicht zu wecken, die nebenan schläft. Setzen uns auf die Couch, trinken ein Glas kühlen Weißwein, knabbern Salzgebäck. Zu den leisen Klängen eines Klaviertrios von Schubert, das Giulia auflegt. Ich erzähle ihr von dem USB-Stick. Die ganze Geschichte. Ich wollte sie eigentlich nicht da hineinziehen. Aber bestimmt versteht sie dann besser, warum ich so durcheinander bin. Ich hätte es auf Dauer ohnehin nicht verbergen können.

Giulia weint, als sie das Ausmaß meiner Entdeckung begreift. Sagt mit belegter Stimme, dass ihr all das Böse in dieser Welt Angst mache. Dass sie manchmal fürchtet, die Gewalt, die es um uns herum gibt, nicht aushalten zu können. Sie mag deshalb auch kaum Nachrichten hören oder sehen. Die Musik sei eine schützende Insel für sie, ohne die sie nicht sein könne. »Diese Welt könnte so schön sein! Das, was du berichtet hast, macht mir fürchterliche Angst. Dass es Unmenschen gibt, die nicht mal vor Babys und Kindern haltmachen in ihrer Grausamkeit. Kinder sind Kinder, egal woher sie stammen! Sie sind so rein, so unschuldig. Sie sind der Reichtum jeder Familie! Und jeder Gesellschaft! Ich werde alles tun, um dir zu helfen. Versprich mir, dass du vorsichtig bist. Dass dir nie jemand folgt, wenn du zu uns kommst. Wenn Rebecca etwas zustoßen sollte, dann wäre mein Leben für immer zerstört. Verstehst du das?«

»Ja, ich achte auf jede Kleinigkeit. Ich bin äußerst besorgt. Ich würde es merken, wenn man mir nachfährt. Wenn ich zukünftig zu euch komme, dann stelle ich mein Fahrzeug ein paar Straßen entfernt ab. Willst du das denn überhaupt noch, nach dem, was vorhin geschehen ist?«

»Ich mag dich trotzdem, das ist es nicht! Aber ich glaube, ich habe dich zu sehr unter Druck gesetzt. Ich bin immer viel zu schnell. Wir sollten das Thema Sex erst mal ruhen lassen und schauen, wie sich das zwischen uns entwickelt. Ich freue mich auch, wenn es nicht so nah ist. Vielleicht darfst du zukünftig auch wieder kuscheln. Aber mehr nicht…«, sagt sie schließlich versöhnlich.

Obwohl wir nur knapp drei Stunden Schlaf bekommen, fühle ich mich nach dem Aufwachen frisch. Rebecca ist zu uns ins Bett geschlüpft. Sie singt leise. Hat ein Buch mitgebracht, aus dem sie einzelne Worte Buchstabe für Buchstabe entziffert. Es ist schön, so geweckt zu werden. Danach spiele ich mit der Kleinen schon mal eine Runde Krocket, während Giulia für uns Frühstück macht. Der Rasen ist noch feucht, der Himmel leicht bewölkt. Aber die Sonne schenkt schon ein bisschen Wärme. Von allen Seiten ertönt Vogelgezwitscher. Das Leben könnte ein Paradies sein.

Obwohl wir alle liebevoll miteinander umgehen, herrscht den ganzen Tag über eine getrübte Stimmung. Ich habe Sorge, dass das die Konsequenz von gestern Nacht ist. Beim Rollerfahren, zu dem ich die beiden abwechselnd einlade, haben beide viel Spaß. Ich fahre ein paar enge Kurven, »reite« über Bodenwellen. Fahre mit Giulia ein Stück so schnell, dass der Wind zu pfeifen anfängt und sie sich fest an mich klammert. Mit Rebecca fahre ich langsam, obwohl sie ständig »schneller, schneller, schneller« bettelt.

Am Nachmittag fragt Giulia, ob ich damit einverstanden bin, wenn sie und Rebecca auf ihren Instrumenten üben. Das müsse trotz allem sein. Ich sage ihr, dass mir das sehr gelegen kommt, denn auch mir würde eine Pause guttun. Ich suche mir einen ruhigen Platz, um zu meditieren. Fühle, dass viel von meiner Stabilität und inneren Ausgeglichenheit verloren gegangen ist, im Trubel der letzten Tage.

Rebecca taucht nach einer Stunde schon wieder auf, sucht nach mir. Gerade als sich meine Gedanken so weit verlangsamt haben, dass sich eine angenehme Ruhe in mir ausbreitet. Schade, ein bisschen länger hätte sie ruhig noch üben können …

Wir spielen noch eine Runde Krocket und albern herum. Das Abendessen kochen wir alle drei gemeinsam. Als Rebecca im Bett ist, setzen wir uns ins Wohnzimmer.

Giulia nimmt meine Hand und schaut mich mit ernstem Blick an. »Du musst entschuldigen, dass ich ein wenig einsilbig bin. Das liegt nicht an gestern Nacht, falls du das denkst. Aber dieser Kinder- und Frauenschänder, Ismail, sagst du, heißt er, macht mich total fertig. Du kennst mich noch nicht so gut. Mein ganzes Wesen ist auf Verständigung, auf Miteinander, auf Hilfsbereitschaft ausgerichtet. Dass es irgendwo Leute gibt, die Kindern so etwas antun, das lässt mich nicht mehr ruhen. Und die Frauen tun mir genauso leid! Man hört zwar immer wieder mal in den Medien davon. Aber dass es so weit geht! Im Detail denkt man über so etwas nicht nach, weil es unerträglich ist! Die Opfer solchen Missbrauchs sind für ihr restliches Leben zerstört – sofern sie überhaupt eines haben.«

»Das ist genau mein Empfinden. Ich habe dir deshalb schon bei meiner Ankunft gesagt, dass es mir nicht besonders gut geht. Das alles zerrt an meinen Nerven. Das Zusammensein mit euch hat mich für ein paar schöne Augenblicke aus diesem Terror herausgerissen. Ich fühle mich seit Tagen wie ein ausgehöhlter Baum. Es gibt mich, aber meine Substanz ist zutiefst angegriffen. Am liebsten würde ich die ganze Welt zusammenschreien, dass wir so etwas nicht zulassen dürfen. Kein Tier kann jemals so grausam sein wie der Mensch. Aber erst müssen wir alle, die dazugehören, finden und enttarnen. Ich möchte die Gesichter dieser Schweine ans Licht zerren. Sowohl die Täter als auch die Konsumenten. Denn ohne Konsumenten gäbe es diese Grausamkeiten nicht.«

Giulia schaut mich ernst von der Seite her an, runzelt ihre Stirn: »Ich sagte dir gestern bereits, dass ich gerne helfen möchte. Ich habe mir überlegt, dass es vielleicht gut wäre, wenn du das, was du mir erzählt hast, mit einem Anwalt besprichst. Deine Erkenntnisse bei ihm deponierst. Damit du wenigstens rechtlich abgesichert bist. Meine Familie hat einen guten, renommierten Anwalt. Vater braucht öfter mal kompetente Rechtsberatung. Ich kann gerne einen Termin für dich vereinbaren. Mit dem Anwalt solltest du alles besprechen, was du herausgefunden hast und zukünftig herausfindest. Zu deiner Sicherheit. Stell dir vor, die Polizei findet bei euch solche Aufnahmen!«

Ich überlege. In diese Richtung habe ich noch gar nicht gedacht. Es stimmt. Wir sind zwar noch ganz am Anfang, aber Charly und ich sind völlig alleine, brauchen vielleicht noch jede mögliche Art von Unterstützung. Dieser Vorschlag macht in doppelter Hinsicht Sinn: als Absicherung gegen die Polizei, sollten wir der in die Quere kommen, aber auch, wenn Ismail etwas gegen uns unternimmt. Ich weiß zwar nicht genau, wie, aber ich habe das Gefühl, dass es gut ist, wenn man jemand um Rat fragen kann.

»Die Idee ist gut! Aber euer Anwalt ist sicher nicht hier in Salzburg, oder?«

»Hier geht es um dein Leben! Ist dir eigentlich klar, dass du in großer Gefahr bist? Du brauchst jemand, der dich zuverlässig schützen kann. Nicht einen beliebigen Anwalt, sondern einen, der auch große Hebel in Bewegung setzen kann, wenn nötig. Dr.

Büchler hat einen ausgezeichneten Ruf und enorm viel Einfluss. Er arbeitet hier in Salzburg mit einer der renommiertesten österreichischen Kanzleien zusammen. Sollte es Probleme geben, er wird sie lösen. Und wegen des Zeitaufwandes – der ist überschaubar. Wenn du über Frankfurt fliegst, dann schaffst du Hin- und Rückflug an einem Tag. Die Anwalts- und auch die Reisekosten übernehme ich.«

»Das nehme ich auf gar keinen Fall an! Wie kommst du dazu?«

»Ich will etwas dazu beitragen, diesen gequälten Menschen zu helfen. Ich kann doch nicht von all dem wissen und so tun, als würde mich das nichts angehen! Ich darf doch wohl etwas tun, um dich bei dieser Geschichte zu unterstützen.«

»Ja, schon, aber so arm bin ich dann ja auch wieder nicht. Ich kann mir das auch selbst leisten, wenn ich von der Notwendigkeit überzeugt bin. Und je mehr ich darüber nachdenke … Ja, eine Rechtsberatung wäre dringend nötig. Deine Idee ist hervorragend!«

Ich kann das nicht annehmen, das ist viel zu groß … Aber Giulia ist wild entschlossen, ihren Beitrag zu leisten. Sie würde es als Zurückweisung sehen, wenn ich ihre Hilfe ausschlage. Ich mache schließlich den Vorschlag, dass ich die Reisekosten bezahle und dass Giulia die Kosten des Anwalts übernimmt.

»Gut, so machen wir's. Es kann ja auch sein, dass Dr. Büchler gar nichts nimmt für seine Hilfe. Wir kennen ihn sehr gut und sehr lange. Wenn er erfährt, worum es geht, dann will er vielleicht gar kein Geld. Wobei, Anwälte und Geld – das ist schon ein eigenes Kapitel! Wenn du einen guten Anwalt hast, dann fühle ich mich gleich ein bisschen besser, was deine Sicherheit anbelangt. Am liebsten würde ich dich nicht mehr wegfahren lassen. Denn hier draußen suchen sie dich nicht.«

Die Zeit mit den beiden hat mir gutgetan. Die fröhliche Lebendigkeit, die Rebecca versprüht, steckt an, hat mich ein wenig befreit von den düsteren Gedanken. Ich hätte niemals gedacht, dass es so schön ist, an der Welt eines so jungen Kindes teilhaben zu dürfen. Aber die Beziehung zu Giulia macht mir weiter zu schaffen. Wir brauchen noch mehr Zeit.

Wir haben uns darauf geeinigt, dass wir nächste Woche telefonieren. Vielleicht könne ich ja zum Wochenende wiederkommen, wenn ich mag, sagte sie noch.

Nach dem Aufwachen bemerke ich im Bad, dass alles ziemlich verdreckt ist. Wann habe ich das letzte Mal geputzt? Ich fange an, das Waschbecken und das Klo zu putzen, dann hole ich noch den Staubsauger und schließlich höre ich erst auf, als alles wieder sauber ist. Klare Gedanken bedürfen einer klaren Umgebung. Ich muss den Blick irgendwo ruhen lassen können, ohne dass ich auf Staub oder Schmutz schaue.

Nachdem ich mich mit einem Baguette und Kaffee versorgt habe, setze ich mich an den Rechner und recherchiere mehrere Stunden im Netz. Ich hätte niemals gedacht, dass es derart viele Projektoren gibt! Ich suche nach guten Testergebnissen und erarbeite danach eine Tabelle mit Entscheidungskriterien. Schließlich empfehle ich zwei sehr gute Modelle von unterschiedlichen Herstellern. Wenn ich mit meiner Einschätzung richtigliege, kommt für Ismail ausschließlich das Beste in Frage. Alles in allem muss er dafür rund 8.000 hinlegen. Einschließlich Leinwand und Zubehör. Aber das sollte er sich locker leisten können. Und zu dem Topmodell von Sony gibt es den ausführlichen Test einer Fachzeitschrift zum Herunterladen. Dort muss Charly den Trojaner einbauen. Und wenn er nicht auf diese Empfehlung klickt? Ich besorge auch für die zwei nächsten Geräte Testberichte. Sicher ist sicher!

Um 21 Uhr bin ich fertig. Nichts mehr mit Laufen. Wie gut, dass ich mir den ganzen Tag dafür reserviert habe. Ich habe vor einer Stunde im *Brunnen* angerufen, dass mir die Küche ein Essen zurückstellen soll. Bevor ich rübergehe, schicke ich das Mail mit den Anhängen an Charly, telefoniere kurz mit ihm. Von seiner Seite aus nichts Neues. Er will sich alles noch diese Nacht anschauen und mit Knut wegen der Programmierung skypen.

Sonja ist heute Abend nicht da. Nur Gerti und Mario und eine Aushilfe, die ich nicht kenne. Ich bin froh, dass ich mit niemand mehr sprechen muss. Ich brauche Ruhe.

Als ich endlich im Bett liege, fühle ich mich viel zu wach zum Schlafen. Ich denke darüber nach, dass ich schon unzählige Male in diesem Bett gelegen bin. Mit so vielen unterschiedlichen Sorgen und Problemen, die mich beschäftigt haben. Sie alle sind Vergangenheit. Dafür gibt es neue Herausforderungen, die übermächtig erscheinen. Und mir die nötige Ruhe rauben. Im Schlaf sind alle Menschen gleich! Egal wie reich oder arm, wie krank oder gesund, wie mächtig oder ausgeliefert, wie alleine oder mit anderen verbunden. Der beginnende Schlaf löst uns von allem, meist sogar von dem, was uns quält. Wir warten darauf, dass er kommt und uns holt. Wie eine Jungfrau, die sich einem Mann ausliefert. Für die Dauer seines Wirkens sind wir unserer Rollen entledigt. Dürfen unbeschwert rasten, sofern uns die Gedanken nicht zurückholen und der Ruhe berauben. Nur wenn uns Albträume heimsuchen, dann wird selbst der Schlaf zur Last.

Doch im Gegensatz dazu, wer kennt sie nicht, die schönen Träume, von denen man sich nicht mehr trennen mag? Die vielleicht sogar schöner und intensiver sind als unser reales Leben. Das Gute an Träumen ist, dass wir keinen Einfluss darauf haben. Hier gibt es keine Rassenunterschiede, keine VIPs, und selbst eingefleischte Opportunisten können sich keine Vorteile verschaffen. Für die Zeit unserer Vereinigung mit dem Schlaf sind wir nur noch Mensch. Ohne Individualität! Fast wie beim Meditieren, wo die Erfahrung erst dann beginnt, wenn die Identität endet! Erst beim Aufwachen nehmen wir unsere normale Existenz wieder ein. Wäre es nicht klüger, wir würden jeden Morgen unsere Rollen hinterfragen, in die wir so bereitwillig schlüpfen?

Bei der Tankstelle in der Alpenstraße finde ich eine freie Hebebühne. Habe dem Tankwart gesagt, dass ich den Unterboden kontrollieren möchte. Ich hätte unterwegs einen lauten Schlag von dort gehört. Gott sei Dank wird er im Shop gebraucht. Denn davor ist er nicht von meiner Seite gewichen und hat nach dem ersten Blick unter den Caddy genervt: »Da ist alles in Ordnung. Kein Schaden. Das war nur ein Stein, den Sie da gehört haben. Sie können das Auto wieder runternehmen von der Bühne.«

Ich schaue in alle von außen zugänglichen Hohlräume. Viel ist da nicht an Möglichkeiten, ist alles gut verkleidet. Hinter den Stoßstangen, in den Radausbuchtungen. Nichts! Ich bin erleichtert. Vielleicht sehen wir das alles zu schwarz. Bilden uns ein, die Ganoven wären cleverer, als sie es tatsächlich sind. Man kann sich auch irgendwo hineinsteigern …

Zurück in meinem Geschäft finde ich am Rechner eine Nachricht von Giulia. Sie schickt mir die Telefonnummer von Dr. Büchler. Er ist nur heute Vormittag in seinem Büro, danach ist er bis Freitag unterwegs. Ich soll also möglichst rasch anrufen. Ich beantworte noch ein paar andere Mails, dann gehe ich rüber zum *Brunnen*. Setze mich in eine ruhige Ecke in den Schanigarten. Hier ist niemand, die Leute sitzen alle drinnen. Das Wetter ist noch nicht zum draußen Sitzen geeignet. Zu kühl, zu wolkig, zu windig.

Ich wähle die Nummer. Wie vermutet spricht er breites »Schwyzerdütsch«. Ist sehr freundlich. Sagt, er habe meinen Anruf bereits erwartet. Bietet mir an, dass ich ihn am kommenden Samstag in seiner Kanzlei besuche, ausnahmsweise. Normalerweise würde er nicht am Wochenende arbeiten. Das sei der frühestmögliche Termin. Und die darauffolgende Woche sei schon sehr, sehr voll. Ich sage zu unter der Voraussetzung, dass ich noch einen Platz im Flieger kriege. Bedanke mich und verabschiede mich sehr erleichtert.

Ich gehe rein und setze mich an die Theke. Nachdem ich eine Schüssel Salat und ein ganzes Baguette verschlungen habe, setze ich mich wieder nach draußen. Ich muss jetzt alleine sein, möchte ungestört durchatmen. Genieße trotz der Kühle die frische Luft.

Der Platz hier atmet schon Frühling. Die erwachende Natur in diesen Wochen weckt in mir immer ein Gefühl von Aufbruch. Sehnsucht nach dem Sommer, in dem es mich zu jeder nur möglichen Gelegenheit hinauszieht in den Schanigarten, an die Uferböschung der Salzach und in die Berge. Dieses Jahr wieder allein? Ich spüre, dass mir trotz Giulia noch immer die Euphorie fehlt, die sonst in diesen Tagen in mir erwacht.

Freie Plätze gibt es nur noch via Frankfurt. Hin- und Rückflug etwas über 600 Euro. Ich buche trotzdem und schicke eine Bestätigung an Dr. Büchler. Analysiere meine Situation noch einmal, so gut es geht. Bis ich Mittwoch die Trojaner kriege, sollte alles ruhig bleiben. Dann wird sich entscheiden, in welche Richtung es weitergeht. Ob wir die Jäger sein werden oder die Gejagten, oder beides. Ich werde trotz des nicht vorhandenen oder gefundenen Senders am Auto alle nur denkbaren Sicherheitsvorkehrungen treffen. Werde telefonisch nur das Nötigste besprechen, und wenn, dann ohne Namen. Keine Inhalte, aus denen Schlussfolgerungen gezogen werden können. Vielleicht ist das vollkommen unnötig und übertrieben, aber mein inneres Gefühl sendet weiterhin Warnsignale. Obwohl derzeit keine konkrete Bedrohung zu erkennen ist. Alles nur Einbildung?

Am Nachmittag bespreche ich mit Harry und Moritz die Arbeitspläne für die kommenden Wochen. Ich habe Glück, dass beide genug Zeitreserven haben und ich mich die nächste Zeit weitestgehend aus dem Geschäft zurückziehen kann. Erledigt, passt! Schnell noch abarbeiten, was ich nicht delegieren kann.

Der Morgen graut bereits, als ich endlich aus dem Laden komme. Mein Rücken schmerzt. Stundenlanges Sitzen vor dem Bildschirm vertrage ich nicht. Charly ist da gesundheitlich besser ausgerüstet, obwohl er keinerlei Sport betreibt. Ich muss etwas tun, damit es mir gut geht. Hatte nicht mal Zeit, essen zu gehen, habe mir was bringen lassen. Ich stelle den Wecker meines Handys auf 10 Uhr 30. Fünf Stunden Schlaf müssen reichen. Jetzt, kurz vorm Einschlafen, verliere ich wieder die Kontrolle über meine Gedanken. Ich bin müde, lasst mich in Ruhe! Mara taucht auf. Wie es ihr wohl geht? Ob sie mich noch liebt? Ich schiebe alle Erinnerungen an sie rigoros weg. Plötzlich fällt mir auch noch Ismail ein! Nein danke!

Noch bevor der Wecker klingelt, wache ich auf. Neun Uhr. Draußen ist herrlich blauer Himmel. Ich meditiere, gehe danach laufen. Eine Runde über den Mönchsberg sollte sich ausgehen. Als ich den steilen Weg an der Festung vorbeilaufe, empfängt mich die schönste Frühlingsvegetation. Da muss einem das Herz aufgehen. Es gibt Flecken, da ist die Luft geschwängert vom Blütenduft. Was für ein verschwenderisches Geschenk unserer Natur!

Ich rufe Giulia an. Berichte ihr, dass ich am Samstag zu Dr. Büchler fliege. Giulia erzählt dann, dass sie einen Anruf von einem Pianisten bekommen hat, mit dem sie schon immer spielen wollte. Die beiden haben sich vor Jahren kennengelernt und festgestellt, dass sie musikalisch sehr viele Gemeinsamkeiten haben. Sie haben die Telefonnummern ausgetauscht, aber weiter hat sich bisher nichts ergeben. Bis heute Morgen. Er hat ihr am Telefon erzählt, dass seine Konzertpartnerin ausgefallen ist. Sie ist krank geworden und fällt einige Zeit aus. Jetzt gibt es drei ausgebuchte Konzerte in der Schweiz, in der zweiten Maiwoche. Die Arpeggione von Schubert. Dazu Cellosonaten von Brahms und Beethoven. Matteo, so heißt der Pianist, fragte, ob Giulia diese Stücke in ihrem Repertoire hat. Was für eine Frage! Giulia hat sofort zugesagt. Das sei genau die Woche, wo ihre Eltern nach Salzburg kommen. Dann könnten die sich um Rebecca kümmern. Matteo sei ein Ausnahmekönner. Was sie an seinem Spiel so liebt, ist seine Intensität, seine Tiefe. Er spiele zauberhaft, sie bewundere ihn. Ich höre in ihrer Stimme, wie sehr sie sich darüber freut, mit ihm auftreten zu können.

Gerade als ich mich am Abend auf den Weg in den *Brunnen* mache, läutet mein Handy. Charly! Knut hat ihm die »infizierten« Links geschickt. Charly hat sie dann getestet. Alles perfekt, ich kann mein Offert fertig machen. Ob ich noch kommen will, oder ob er mir die Links schicken soll? Knut hat den Trojaner gesplittet und in zwei Dateien eingebaut. Teil eins beim Projektor, der zweite Teil beim Link für die Leinwand. Jeweils bei den ersten zwei Empfehlungen. Das Splitten sei die sicherste Methode, Spyware einzuschleusen und die Virenscanner auszutricksen.

Ich sage Charly, dass er meinen Dank an Knut weitergeben soll. Er soll mir schon mal alles schicken. Ich werde mich gleich an den Rechner setzen und testen, ob meine Scanner drauf reagieren. Wenn alles okay ist, wovon ich überzeugt bin, mache ich das Angebot noch heute Nacht fertig.

Ich schrecke hoch. War es ein Geräusch oder ein schlechter Traum? Etwas hat mich aus dem Schlaf gerissen. Es ist drei Uhr früh, vor einer Stunde bin ich ins Bett. Ich war todmüde. Das

Angebot sieht völlig professionell aus. Und ist es auch. Kein Grund, Angst zu haben– sage ich mir, als ich die Verkrampfung in meinen Innereien wahrnehme. Ich überprüfe morgen alles noch einmal, nur zur Sicherheit. Trotzdem, ich habe Sorge, dass etwas schiefgeht. Dass ich in einen Krieg mit diesen Leuten gerate. Gibt es etwas, das wir übersehen haben? Ich habe nicht die Spur einer Chance, wenn sie mich zum Feind machen! Was zum Teufel will Ismail von mir? Dieser Projektor ist doch nicht der Grund, warum er mich zu sich geholt hat! Aber was ist es dann? Alles in mir brodelt. Der Schlaf holt mich nicht ab. Ich setze mich hin zum Meditieren. Es fällt mir schon schwer genug, ruhig zu sitzen. Nur mühsam schaffe ich es, mich zu konzentrieren. Es dauert lange, bis die ersehnte Beruhigung eintritt.

Der erste Gedanke beim Aufwachen: Ismail! Ich bin hellwach. Es ist 9 Uhr 30. Immerhin fünf Stunden Schlaf. Ich setze mich an den Rechner, prüfe die Mail noch einmal.

Ich drücke auf *Senden*. Die letzte Entscheidung ist gefallen! Ich hasse es, auf wichtige Ereignisse warten zu müssen. Und weil das so ist, habe ich diverse Ablenkungsstrategien entwickelt. Heute werde ich erst einmal zwei Stunden laufen. Bereits der erste Atemzug riecht und schmeckt nach Frühling. Dieser unbeschreibliche Geruch, der jedes Jahr alle Sinne neu erweckt. Unten am Salzachkai tragen die Bäume bereits üppiges, frisches Laub. Die Luft ist noch kühl, aber die Sonne wärmt bereits spürbar. Diese Stimmung lässt meinen Atem wieder frei fließen, meine Beine mich wie schwerelos durch das vielfarbige Grün tragen.

Nach dem Duschen und Haarewaschen fühle ich mich frisch und entspannt. Jetzt habe ich mir ein gediegenes Mittagsfrühstück verdient!

Sonja ist nicht da. Ich rufe sie an und frage, ob sie mich am Nachmittag brauchen kann. Sie sagt, das passe super, dann könne sie mal ein paar Stunden frei machen. Ich entdecke noch zwei Mails, die ich schnell noch im Büro bearbeite, weil sie mir am Handy zu aufwändig sind. Danach ziehe ich mein schwarzes Kellnerjäckchen an und gehe in den *Brunnen*. Es tut gut, unter Menschen zu sein, deren scheinbar einziges Bedürfnis es ist, etwas zu essen und zu trinken zu bekommen.

Bevor das Abendgeschäft so richtig losgeht, kommt Sonja. Wir setzen uns kurz in ihr Büro. Viel Zeit bleibt nicht. Sonja ist total glücklich mit ihrem neuen Freund. Claudio. Ein Italiener, der schon seit vielen Jahren in Salzburg lebt. Er besitzt ein Immobilienbüro. Sie will ihn mir vorstellen. Sie ist aufgedreht, überschäumend. So wie immer, wenn sie frisch verliebt ist. Nimmt mich zwischenzeitlich in den Arm, sagt, wie glücklich sie ist. Ich würde ihr so sehr wünschen, dass sie einen Mann findet, der ihr gewachsen ist. Sich nicht unterbuttern lässt von ihrer Power. Ich habe schon zu oft erlebt, dass ihre Liebe rasch wieder abkühlt. Sobald sie das Gefühl hat, er sei ein Weichei.

Gegen 22 Uhr 30, das Restaurant leert sich langsam, ruft Charly an. Ich erschrecke. Gehe schnell raus ins Büro.

»Hi, gibt es Neuigkeiten?«

»Definitiv! Du musst sofort kommen!«

Ich verabschiede mich von Sonja, die am Tisch mit ihrem Claudio turtelt. Er scheint ein netter Kerl zu sein. Im Lokal sind nur noch wenige Gäste. Die Küche ist schon seit einer halben Stunde geschlossen. Den Rest soll Gerti alleine machen.

Vorsichtshalber drehe ich eine kleine Runde um den Block, achte genau darauf, ob mir jemand folgt. Nein. Dann gehe ich zum Roller und sehe nach, ob mir was auffällt, das da nicht hingehört. Nichts. Also los. Das kann eine lange Nacht werden! Wie gut, dass ich schon gegessen habe. Wobei, eine Kleinigkeit könnte ich noch brauchen, wenn es heute spät wird. Hole bei einer Tankstelle eine Packung Kekse. Höre unterwegs im Helmradio die neuesten Nachrichten: Die IS-Terroristen haben wieder mehrere Dörfer eingenommen. Boko Haram hat in Nigeria schon wieder ein Dorf angegriffen, Frauen und Kinder verschleppt. Mein Gott, diese furchtbaren Nachrichten nehmen kein Ende. Und ich muss mich ebenfalls mit Vergewaltigungen beschäftigen.

»Ich bin auf seinem PC, habe gleich als Erstes die Links zu deinen Angeboten gegen die Originale ausgetauscht. Es gibt keine Spur mehr zurück zu dir! Anschließend habe ich den Rest der von

Knut vorbereiteten Spyware draufgespielt. Es reicht ja nicht, dass wir auf seinem Rechner sind. Wir wollen alles dokumentieren, was er da macht. Die von ihm angeklickten Seiten werden alle im Verlauf gespeichert. Sämtliche Eingaben, die er irgendwo macht, sind für uns wichtig und werden aufgezeichnet. So können wir alle seine Passwörter auslesen und speichern. Es gibt jetzt jede Menge Arbeit, wir müssen das ganze Material auswerten.«

»Gott sei Dank. Mir fällt ein Felsen vom Buckel.«

»Ich hätte nie gedacht, dass er so schnell reagiert …«

»Ich hatte ehrlich gesagt große Zweifel, ob er überhaupt auf irgendwas klickt. Hast du die volle Kontrolle über seinen PC?«

»Wenn ich will, ja! Aber das Einzige, was wir vorerst machen werden, ist Kopieren. So viel wie möglich. Allerdings …«

»Was meinst du?«

»Na ja, wir haben dafür noch keinen Plan. Und noch keinen Anlass. Aber wir können von seinem Rechner aus natürlich auch Mails in seinem Namen verschicken!«

»Wozu? Dann würden wir uns doch outen, oder?«

»Ich sage doch, wir haben noch keinen Plan. Aber es könnte Sinn machen, gegen Ende der ganzen Aktion den Usern dieser ekelhaften Pornoportale eine freundliche Nachricht zu schicken. Mit einem Download für neues Material. Und darauf einer Malware, die einen ganz bestimmten Zweck erfüllen wird: die persönlichen Daten der Besitzer an uns zu liefern. Nicht um ihre Konten leerzuräumen – wie das sonst der Fall ist –, sondern um sie vor Gericht zu bringen.«

»Das wäre der Hammer. Aber wäre das nicht strafbar?«

»Was meinst du, was das ist, was wir hier tun? Das ist hoch kriminell!« Charly macht eine wegwerfende Handbewegung.

»Obwohl wir das nur machen, um Vergewaltiger und Kinderschänder zu erwischen?«

»Nur die Polizei darf das. Und auch die kriegen Probleme, wenn sie so was ohne richterlichen Beschluss machen. Das ist ja der Grund, warum die Bullen immer wieder mal Knuts Hilfe beanspruchen …«

»Da habe ich überhaupt nicht drüber nachgedacht.«

»Knut hat da klare Regeln. Er hilft nur, wenn Menschen in Gefahr sind. Wenn die Bullen Autoschieber oder Bankräuber oder Ähnliches suchen, dann brauchen sie nicht bei ihm anzuklopfen.«

Gedanken rasen durch meinen Kopf. Wir sind also nicht nur »die Guten«, sondern wir müssen auch noch vor denen Angst haben, deren Hilfe wir brauchen und denen wir helfen: der Polizei.

»Ohne Risiko geht eben manchmal gar nichts! Wenn wir darauf warten, dass die Bullen die Netzkriminalität in den Griff kriegen, dann werden wir alt. Knut hat, als er noch jung war, ziemlich wüste Aktionen durchgezogen und einige üble Sachen aufgedeckt.«

»Na dann hoffe ich bloß, dass du und er auch Pläne gemacht habt, wie ihr unseren Hintern retten könnt, im Fall der Fälle.«

Charly lächelt freundlich. Stößt mich seitlich mit dem Ellenbogen an.

»Das Leben ist schön und gefährlich, vom ersten Tag bis zum letzten. Man kann ständig Angst haben, oder man vertraut auf seine Fähigkeiten! Schau her«, er deutet auf die vielen Ordner, die auf dem Desktop verteilt sind, »es gibt massenhaft zu tun. Ich habe auch schon ein zweites Outlook angelegt. Da ich sein Mailbox-Passwort habe, hole ich mir die alten Mails direkt vom Server. Und alles, was noch kommt, synchronisiere ich, natürlich nur in meine Richtung.«

Ich setze mich neben ihn und schaue mir den Bildschirm an. Outlook, Internet Explorer – und jede Menge Ordner.

»Ist das Ismails Desktop?«

»Ja, original. Und auf dem zweiten hier ist all das, was ich schon kopiert habe. In ein paar Tagen sollten beide gleich ausschauen.«

»Können wir auf seinem PC arbeiten, solange wir wollen?«

»Nein, nur bis er ihn runterfährt. Es wäre zu riskant, ihn wieder hochzufahren. Wenn der Lüfter angeht, er die Festplatte hört oder das Licht vorne aufleuchtet, ist die Sache gelaufen. Ich werde auf seinem Computer immer nur dann aktiv, wenn er in Betrieb ist. Ich habe natürlich gleich geprüft, ob er Anti-Malware hat. Hat er! Wie vermutet, Kaspersky.«

»Und wenn das nächste Update unseren Trojaner erkennt?«

»Wir kriegen topaktuell alle Infos von Kaspersky. Müssen eben schnell sein, wenn sie ein entsprechendes Update bringen. Auf dem Originalbildschirm kannst du übrigens sehen, was er auf seinem PC gerade macht. Bevor du kamst, hat er sich intensiv mit deinen Beamern beschäftigt. Vor allem mit dem Sony. Du hattest ihn richtig eingeschätzt. Das ist super gelaufen.«

»Und er kann nicht merken, dass wir von seinem Computer Dateien runterladen?«

»Nein, sonst würde ein Trojaner ja keinen Sinn machen! Problematisch wäre es, wenn sein Upload-Volumen begrenzt wäre. Dann würde er an der Rechnung erkennen, dass wir gigantische Datenmengen abzapfen. Er hat A1, unbegrenzter Up- und Download, habe ich bereits gecheckt. Ich muss nur pausieren, während er große Dateien hoch- oder runterlädt. Da könnte er eventuell merken, dass keine Performance mehr da ist. Und misstrauisch werden.«

»Ein bisschen unheimlich ist mir das schon, dass da ohne mein Wissen jemand auf meinem Rechner sein kann und alles beobachtet, was ich mache.«

»Ja. Die Software heißt nicht umsonst Spy-Software. Spy erinnert mich immer an Spider. Ich finde, Spionieren hat etwas Spinnenmäßiges. Weißt du, was Spinnen machen? Es genügt, dass sich ein Insekt an einem einzigen ihrer unzähligen Fäden verhakt. Dann kommen sie und spinnen das Insekt blitzschnell ein. Injizieren durch ihren Stachel ein Gift, an dem die gefangenen Insekten grässlich langsam sterben. Sie sind gelähmt, aber sie leben. Wenn du so ein Tier beobachtest, dann bewegt sich manchmal noch ein Fühler oder ein Bein. Sie sind eingeschnürt und müssen qualvoll ausharren bis zu ihrem Tod. Bis die Spinne Nahrung braucht. Dann saugt sie ihre Beute aus. Langsam. Bei jedem Hunger ein bisschen, wenn es ein großes Insekt ist. Bis sie leergesaugt und tot sind. Ich denke, so müssen wir es auch machen.«

»Grausig.

Und Sex dürfen die Männchen auch keinen haben, dann werden sie anschließend vom Weibchen gefressen, habe ich gelernt.«

»Da kommt wohl das Sprichwort her, jemand zum Fressen gern zu haben«, grinst Charly. »Was ich mal gehört habe, ist aber auch, dass die weiblichen Spinnen bei einigen Arten von ihren eigenen Jungtieren gefressen werden. Vielleicht ist das die späte Rache für das Fressen der Männchen, ein Ausgleich der Natur sozusagen. Aber komm jetzt, wir haben viel zu arbeiten.«

Am liebsten würde ich mich weiter über alles andere in der Welt unterhalten, nur damit ich mich nicht wieder mit diesen widerlichen Kinderschändern beschäftigen muss. Es nützt nichts. Charly hat schon losgelegt. Wir finden mehrere Ordner, auf denen png-Dateien gespeichert sind. Charly öffnet die ersten. Nacktfotos von Frauen, bei einigen Abbildungen nur der Intimbereich, in starker Vergrößerung. Diese Aufnahmen haben für uns keine Bedeutung, die sind nicht schlimm. Dann finden wir in einem Ordner Sadomaso-Fotos. Widerlich! Charly lädt zwei, drei runter. Zu Dokumentationszwecken. Strafbar sind die wohl ebenfalls nicht. Aber so gut kennen wir uns beide in der Juristerei nicht aus. Dann finden wir in einem Ordner jede Menge Kinderfotos. Mädchen, Buben, nackt, in verschiedenen Posen. Ich kann mir nicht vorstellen, dass es Männer gibt, die von so was aufgegeilt werden. Charly lädt trotzdem alles runter.

Plötzlich finden wir in einem weiteren Ordner Fotos, die eindeutig Vergewaltigungen von Kindern darstellen. Auch hier wieder fast alle mit etwas dunklerer Hautfarbe, nur zwei mit weißer. Charly klickt auf meinen Wunsch immer sofort weiter. Ich möchte nicht, dass sich die Bilder in unser Gedächtnis fressen und irgendwann wieder hochkommen. Ich möchte diese Details nicht sehen. Das würde mich noch mehr mit Ekel und Hass aufladen.

Dann kommen Ordner mit flv-Dateien. Auch einige mp4. Wir sind bei den Videos gelandet. Öffnen die erste Datei, schauen nur den Anfang an. Das ist ganz offensichtlich megahartes Material! Mein Gott, ein armes kleines Mädchen. Gequält von einem maskierten Schwein. Ich fange zu zittern an. Ein dunkler Kloß von Hass durchströmt mich. Ich würde am liebsten sofort zu Ismail fahren und ihn fürchterlich verprügeln, während ich ihm seine eigenen Videos vorführe. Wie kann jemand mit so etwas sein Geld verdienen? Das Herunterladen dauert endlos. Zwischendurch schaue ich Charly an, sein Blick ist starr, sein Mund zusammengepresst. Irgendwann fährt Ismail seinen Rechner runter. Schluss für heute. Charly hat ein Programm, das sich melden wird, sobald er wieder an seinem PC arbeitet.

Das Material reicht sicher für zig Jahre Zuchthaus! Ich merke, dass ich wieder nassgeschwitzt bin. Charly ist blass. Meine Emotionen habe ich bei der Aktion irgendwann ausgeschaltet. Ich wusste gar nicht, dass ich das kann. Aber jetzt kommt alles wieder ins Bewusstsein zurück. So muss das bei Versicherungsagenten sein, die Fotos von schweren Unfällen bearbeiten. Bei Rettungssanitätern, die Unfallopfer bergen. Oder bei Ärzten, die fremden Menschen den Bauch aufschneiden oder die Schädeldecke öffnen. Sie alle können das nur, weil sie ihr Bewusstsein einzig auf ihre Arbeit konzentrieren. Und meine Aufgabe ist es, unbeteiligt anzuschauen, wie auf Fotos und Filmen Frauen, Kinder und Babys geschändet werden. Als fühlender Mensch darf ich nicht anwesend sein. Sonst könnte ich das nicht verkraften. Aber jetzt, jetzt kommt es wieder hoch in mir. Die Empörung. Der Ekel! Eine unbeschreibliche Wut auf Leute, die so etwas produzieren. Gegen Geld, viel Geld, bezahlt von einem grausigen Pack, das fremdes Leid für die eigene Lusterfüllung braucht. Sie werden dafür bluten, das schwöre ich mir. Ich sage Charly, dass die Zeit gekommen ist, dass wir die Dateien an die Polizei übergeben.

Charly hat mit Knut besprochen, dass wir uns sofort melden, wenn wir etwas herausgefunden haben. Selbst wenn es vier Uhr morgens ist. Gut vorhergesehen! Es ist halb vier. Wir brauchen nicht lange zu warten, Knut meldet sich sofort. Die beiden telefonieren kurz. Dann höre ich Charly sagen, dass wir miteinander skypen. Damit auch ich am Gespräch teilhaben kann. Und Knut und ich uns kennenlernen.

»Moin, Moin. Ihr zwei seht ja müde aus, so früh am Tage!«

Ich hatte keine bildliche Vorstellung von Knut, bin beim ersten Anblick überrascht. Ein fast alltägliches Gesicht, schmaler Kopf, blond, Kurzhaarschnitt. Hamburger Dialekt. Habe ich schon einige Zeit nicht mehr gehört. Und er bringt auch um diese Zeit und in dieser Situation noch ein Lächeln zustande.

»Guten Morgen. Gut – das ist er tatsächlich! Wir sind auf Ismails Rechner. Und fündig geworden sind wir auch schon.« Charly berichtet ausführlich, was wir bisher erreicht haben.

»Gratulation! Dann leg mir bitte alles, was du runtergeladen hast, schon mal auf meinen Server. Wie geht es bei euch weiter?«

Charly schaut mich an, ich nicke ihm zu.

»Ich möchte als Nächstes so viele Mails wie möglich runterziehen, sobald er den PC wieder hochfährt. Die meisten Dokumente sind in Sprachen, die ich nicht kenne. Ich schick dir einfach alles zum Auswerten. Die deutschsprachigen Mails arbeite ich mit Flo durch, einverstanden?«

»Was schätzt du, wie viele Daten das sein werden, die du mir schickst?«

»Ich hab bereits tausende runtergeladen!«

»Da reicht ein Übersetzer nicht. Ich werde wohl noch einen zweiten organisieren müssen. Was macht er im Internet? Hast du die Passwörter?«

»Bis jetzt war er noch bei keiner Bank, hat sich noch nirgends eingeloggt. Aber ich zeichne alles auf.«

»Ich habe gehört, du hast gute Kontakte zum BKA«, sage ich zu Knut.

»Ja. Ich habe bereits vor zwei Tagen mit Klaus telefoniert und ihm gesagt, dass ich in Kürze seine Hilfe brauchen werde. Klaus Wagner ist Referatsleiter in der Abteilung IT beim BKA. Unser Problem fällt zwar nicht in seinen Tätigkeitsbereich, aber er wird uns sicher weiterhelfen.«

»Könntest du ihn vielleicht noch heute anrufen? Ich mach mir bereits ziemliche Sorgen.«

»Ich schlaf erst noch ein paar Stunden, und dann ruf ich ihn an. Vorher schau ich mir euer Material durch, damit ich seine Fragen beantworten kann. Hast du meine Telefonnummer, Florian? Wenn nicht, lass sie dir von Charly geben. Du kannst mich jederzeit anrufen, wenn es Probleme gibt.«

»Das ist gut, danke. Ich bin zwar kein ängstlicher Typ, aber die Geschichte ist eine Nummer zu groß für mich. Ich bin froh, wenn sich die Polizei darum kümmert.«

»Du bist ja nicht allein! Das ist unser gemeinsames Projekt! Aber du hast natürlich direkt mit diesen Leuten zu tun. Du musst absolut vorsichtig sein! Diese Leute sind brandgefährlich! Ich kümmere mich darum, dass das BKA so schnell wie möglich eingeschaltet wird. Eigentlich wäre die österreichische Polizei zuständig, wenn ich mich nicht täusche. Aber besser ist es, wenn man jemand persönlich kennt. Vernünftige Leute wie Klaus muss man dort mit der Lupe suchen. Klaus soll uns erst mal beraten. Jetzt lasst uns Schluss machen. Oder habt ihr noch was Wichtiges? Ich bin saumüde. Ich denke, ihr zwei auch.«

Wir verabschieden uns. Charly meint dann, ich könne auch bei ihm schlafen, wenn ich zu müde zum Heimfahren bin. Ich fahre lieber zu mir nach Hause. Ich muss frische Sachen anziehen, brauche meine Umgebung um alles zu verarbeiten.

In der Nacht bin ich mehrmals hochgeschreckt, hatte davor sehr intensiv geträumt. Im ersten Traum lebte ich mit Mara in einer Wohnung in einem scheinbar unendlich großen Haus. Wir hatten mehrere Kinder, alle dunkelhäutig. Und es wohnten noch ganz viele weitere Personen in diesem Haus, das über unzählige Wohnungen verfügte. Überall um uns herum wuselte es von Leuten. Mara kam völlig aufgelöst zu mir und sagte, einige unserer Kinder seien weg, wir müssten sie suchen. Ich war verzweifelt. Die Welt außerhalb des Hauses war so unübersichtlich, ich kannte mich da nicht aus, traute mich nicht ins Freie. Mara sagte, dann mache sie sich eben alleine auf den Weg. Auf mich könne sie sich nicht verlassen. Ich wollte gerade sagen »Warte doch, sie werden sicher irgendwo hier im Haus sein«, da wachte ich auf. Ich konnte den Traum nicht deuten. Bin dann schnell wieder eingeschlafen.

Ich erinnere mich auch noch an einen der nächsten Träume, aus denen ich aufschreckte. Ich war darin ein Kind und wurde von Räubern verfolgt. Hatte panische Angst. Ich versteckte mich hinter einem großen Baum. Aber die Männer näherten sich unaufhörlich, ich hörte bereits deutlich ihre Stimmen. Und da fiel mir ein, dass ich doch ein unglaublich guter Kletterer bin. Also kletterte ich auf der Rückseite des Baumes hoch, ganz weit hoch. Als ich runterschaute, war da nur noch ein grüner Blätterwald. Ich war für alle unsichtbar. Fühlte mich schon herrlich sicher. Doch plötzlich fiel mir ein, dass meine Kinder noch unten sind. Ich war wieder ein Erwachsener und hatte selber Kinder, die noch unten waren! Ich musste wieder runter. Hatte riesige Angst, dass ich zu spät komme. Dass ich ihnen nicht mehr helfen kann gegen die maskierten Männer. Ich musste ihnen helfen!

Ob mir meine Träume wohl etwas sagen wollen, über mich und meine Situation? Oder ist das alles nur eine Aufarbeitung im Gehirn? Quasi das Aufräumen im Aktenschrank der Gedanken und Eindrücke? Vielleicht ist der Baum ein Symbol für irgendetwas. Die Männer mit Gesichtsmasken braucht mir niemand zu erklären, die verfolgen mich auch real. Ich schicke Charly eine SMS und schreibe ihm, dass ich wach bin. Jetzt erst mal laufen gehen, und wenn er mich danach braucht, dann komme ich wieder raus zu ihm.

Als ich zurückkomme, finde ich seine Antwort. Ich soll zwei Pizzas mitbringen. Für ihn eine mit Mozzarella und Tomaten.

Natürlich sitzt er an seinen Bildschirmen. Sagt, er habe bereits jede Menge Daten runtergeladen. »Ismail ist seit kurz nach neun auf seinem PC! Ich möchte keine Zeit vergeuden. Gelegenheiten muss man nutzen, solange sie noch heiß sind.« Charly wirkt recht entspannt.

»Wie ich sehe, lässt du dich stimmungstechnisch nicht runterziehen von dem Müll, den du dir da reinziehen musst.«

»Ich habe letzte Nacht erst nicht so gut geschlafen. Dann habe ich mir klargemacht, dass es diese schlimmen Vorkommnisse überall auf der Welt gibt. Immer. Überall. Man hat das halt nicht in seinem Bewusstsein, das ist es. Man schaltet solche Informationen aus, weil man nicht damit leben könnte. Aber wir tun was dagegen! Und wir sind nicht weit weg von unserem Ziel. Lass uns was essen, ich habe noch nicht mal gefrühstückt.«

»Du bist ein Wahnsinniger! Da kann ich nicht mithalten. Ach, ich wollte dir doch von dem Anwalt erzählen: Ich möchte einem Schweizer Anwalt, den mir Giulia vermittelt hat, Kenntnis über diese Vorgänge geben. Damit wir juristische Unterstützung kriegen, wenn wir sie brauchen. Ich fliege Samstag nach Zürich.

Treffe dort diesen Dr. Büchler. Laut Giulia ist er ein Spitzentyp. Ich möchte mit ihm alle wichtigen Details besprechen. Er soll über alles Bescheid wissen, falls wir plötzlich rechtliche Hilfe brauchen. Hast du Fragen, die ich ihm stellen soll?«

Charly reibt sich nachdenklich die Nase. »Ich dachte bisher eigentlich nicht, dass wir so jemand brauchen. Klaus sollte uns doch den Rücken frei halten. Andererseits hat deine Giulia vielleicht recht! Wenn etwas schiefläuft, dann sind wir dran.«

Ismail lässt seinen Computer online, ohne daran zu arbeiten. Wir räumen jede Menge Dateien ab und sichten sie, so gut das in der Geschwindigkeit geht. Wir machen dann eine kurze Pause, um die Sushi zu essen, die vor einer halben Stunde gebracht wurden. Ich bin erschöpft, müde. Nach so vielen Stunden vor dem Bildschirm kriege ich immer Konditionsprobleme. Wir sind noch nicht ganz mit dem Essen fertig, da ruft Knut an. Die beiden telefonieren kurz, besprechen, dass es gleich via Skype weitergehen wird.

Neben Knut sitzt ein Mann. Alltäglicher Typ, schüttere blonde Haare auf einem rundlichen Kopf. Er schaut freundlich.

»Ich möchte von euch gerne detailliert hören, was ihr da gerade anstellt in Salzburg. Ich muss vorausschicken, dass das Gespräch aufgezeichnet wird.«

Charly nickt mir auffordernd zu. Da komme ich wohl nicht drum herum. Ich erzähle die ganze Geschichte vom gefundenen USB-Stick bis zum Einstieg in Ismails PC, in knappen, emotionslosen Sätzen. Klaus hört zu, stellt keine Zwischenfragen.

»Ist euch eigentlich klar, dass ihr gerade inmitten mehrerer schwerer Straftaten steckt? Euch beide meine ich! Ich bin dazu verpflichtet, euch darauf hinzuweisen, dass euer Tun höchstgradig unrechtmäßig ist. Als Privatperson habt ihr keinerlei Rechte, eine fremde Person zu überwachen oder gar zu verfolgen – und noch dazu mit Methoden, die unter Strafe stehen.«

»Moment! Wir verfolgen niemand. Wir besorgen nur Informationen über Verbrechen. Die allerdings so schlimm sind, dass jeder Tag, an dem nichts dagegen getan wird, furchtbares Leid über hilflose Kreaturen bringt. Und diese Informationen stellen wir euch zur Verfügung. Mehr haben wir nicht getan!«

»Die Gründe spielen dabei überhaupt keine Rolle. Es könnte einen Nachbar geben, der vermutet, dass ihr im Garten Marihuana anbaut. Er stellt eine Überwachungskamera auf und filmt jeden, der zu euch ins Haus kommt. Andere Leute fotografieren mutmaßliche Schwarzarbeiter auf fremden Baustellen.«

»Ich denke, dass es einen Unterschied macht, ob ich versuche, Informationen zu einem Schwerstverbrechen zu beschaffen – bei dem Menschen täglich schlimmsten Qualen ausgesetzt sind –, oder ob ich einen Kiffer verfolge.« Ich schaue unauffällig zu Charly rüber. Wie kommt Klaus gerade auf Marihuana? Wo doch Charly jedes Jahr in einer uneinsichtigen sonnigen Ecke seines Gartens einen schönen Strauch anpflanzt.

»Es darf trotzdem nicht sein, dass Privatpersonen Strafverfolger spielen! Warum seid ihr eigentlich nicht gleich zur Kripo in Salzburg gegangen?«

»Wir haben nicht allzu viel Vertrauen in unsere Behörden. Es gibt bei uns Vorfälle, die glaubt man nicht. Da werden zum Beispiel Tierschützer, die nichts Strafbares gemacht haben, monatelang überwacht. Anschließend wegen Bildung einer kriminellen Vereinigung angeklagt und monatelang bis zur Verhandlung ins Gefängnis gesperrt. Und das, obwohl während der Überwachung keinerlei Beweise gegen sie gefunden wurden. Oder euer deutscher Protestierer beim Opernball, den sie eingebuchtet haben. Ein junger Student, der sich noch nie etwas hat zuschulden kommen lassen. Den haben sie zu einer Gefängnisstrafe verurteilt, obwohl die Beweise konstruiert waren und von allen Fachleuten als nicht zutreffend qualifiziert wurden.«

»Ich werde hier keinen Kommentar zu den Strafverfolgungsbehörden eines anderen Landes abgeben! Wir kennen die von dir erwähnten Fälle natürlich auch und diskutieren darüber. Aber das sollte kein Hindernis sein, die Behörden einzuschalten, wenn es um die Aufklärung solcher Verbrechen geht. Wenn ich das richtig beurteile, ist es jetzt ohnehin zu spät, eure Straftaten zu verhindern. Also beschäftigen wir uns mal mit dem, was ihr herausgefunden habt.«

Knut grinste die letzten Minuten. Die Ansprache von Klaus scheint ihn zu amüsieren. Er zwinkert uns kurz beruhigend zu.

Ich finde das alles gar nicht lustig, möchte am liebsten sagen, dass wir nicht an Zusammenarbeit interessiert sind. Charly schaut mich kurz an, übernimmt dann die Antwort.

»Na ja, ihr solltet aber froh sein über das, was wir hier machen. Ich bin mir nicht sicher, ob ihr das gleiche Ergebnis zustande gebracht hättet!«

»Auch wenn eure Gründe möglicherweise ehrenwert sind, das ändert nichts an der Rechtssituation. Auch wir dürfen Abhöraktionen nur nach vorheriger richterlicher Prüfung und Anordnung durchführen.« Er nickt bestätigend zu seinen eigenen Worten. Fährt dann fort: »Wenn wir uns also über die Eckdaten dieses Gespräches klar sind, dann können wir uns über weitere Details unterhalten«, sagt Klaus und lächelt. »Zunächst muss behördlicherseits die Zuständigkeit für diesen Fall geklärt werden. Durch den Wohnsitz dieses Ismail Hajda wäre eigentlich das österreichische BKA zuständig. Es steht jedoch zu vermuten, dass die ursächlichen Verbrechen nicht in Salzburg, sondern wahrscheinlich in einem anderen Land stattfinden. Eure Ermittlungsarbeit«, er schaut kurz Knut an, »findet bisher zu großen Teilen hier in Hamburg statt! Es ist also durchaus möglich, dass die Abteilung IK beim BKA in Wiesbaden mit diesem Fall betraut wird. IK steht für Internationale Koordinierung.« Er trinkt aus einem vor ihm stehenden Glas einen Schluck Wasser, lehnt sich in seinem Stuhl zurück. Er wirkt, als hätte er die unangenehmen Dinge besprochen und relaxe etwas. Dann spricht er in entspanntem Tonfall weiter.

»Was ihr vor allem wissen müsst, ist, dass ich zukünftig nicht für euch zuständig sein werde. Ich kümmere mich darum, dass die Untersuchung rasch von den zuständigen Stellen aufgenommen wird. An der Untersuchung werden sicher auch die Europol und die Abteilung SO, schwere organisierte Kriminalität, beteiligt. Wer die Leitung übernehmen wird, wird sich zeigen. Und da sich diese Straftaten auch im Internet abspielen, wird wohl ein größerer Teil der Aufklärungsarbeit an die Abteilung IT delegiert werden.

Und da komme dann ich wieder ins Spiel! Ich mag mir noch gar nicht ausmalen, wie die Kommunikation mit den montenegrinischen Behörden funktioniert. Und weil vor allem du, Florian, von diesem Ismail ins Visier genommen wurdest, ist auch ein gewisser Zeitdruck vorhanden. Abgesehen von den Verbrechen, die sich täglich wiederholen und von denen eine größere Anzahl von Frauen und Kindern betroffen sind. Untersuchungen auf internationaler Ebene, vor allem, wenn es um organisierte Kriminalität geht, dauern normalerweise Monate, wenn nicht gar Jahre. Aber diese Zeit haben wir nicht!« Klaus trinkt noch einen Schluck und redet dann weiter.

»Bis auf Weiteres berichtet ihr an mich! Knut hat mir eure Mailadressen weitergeleitet. Ich schicke euch im Anschluss an dieses Telefonat meine Kontaktdaten, unter denen ihr mich erreichen könnt. Für Notfälle auch meine private Telefonnummer. Ihr müsst meine Daten sofort nach Erhalt anonymisieren. Mit irgendeiner Berufsbezeichnung wie Arzt oder Steuerberater oder sonst was. Danach löscht ihr meine Nachrichten. Komplett! Und, ganz wichtig: Bis sich der zuständige Beamte mit euch in Verbindung setzt, möchte ich über alle weiteren Aktionen, die ihr plant, unterrichtet werden. Im Voraus! Ohne mein Okay läuft nichts mehr, damit das klar ist. Weitere Straftaten können nicht mehr toleriert werden.«

Charly schaut mich kurz an, ergreift dann das Wort: »Wie du schon weißt, laden wir zurzeit alle verdächtigen Dateien von Ismails Rechner runter. Wir haben schon einen großen Teil hier gespeichert. Die deutschsprachigen werten wir hier in Salzburg aus, alles Fremdsprachige geht an Knut. Das ist der größte Brocken. Und Flo muss einen Projektor bei Ismail einbauen.«

»Ich habe mit Knut schon besprochen, dass er mir so rasch wie möglich das komplette Material schickt. Sollte ja kein Problem sein. Von euch möchte ich, dass alles, ich betone alles, an uns weitergeleitet wird. Wir entscheiden selbst, was wichtig ist und was nicht! Jeder weitere Kontakt mit Ismail Hajda muss vorher mit mir abgesprochen werden. Deine Sicherheit, Florian, sehe ich in Gefahr. Ihr habt euch mit Kreisen eingelassen, die ein paar Nummern zu groß für euch sind! Gehe kein zusätzliches Risiko ein, indem du dort herumschnüffelst! Das ist nicht deine Aufgabe. Und wie schon einleitend gesagt, ich kann dich nicht schützen.« Klaus hebt abwehrend die Hände. Dann richtet er seinen Zeigefinger auf mich: »Achte auf deine eigene Sicherheit, sei vorsichtig in allem, was du tust. Alles, was dir ungewöhnlich erscheint, kann gefährlich sein und du solltest es mit uns besprechen. Führe keine Telefonate zu diesem Thema an Orten, wo jemand zuhören kann.« Er wirkt sehr ernst, spricht nachdrücklich. Die letzte Aussage unterstreicht er dadurch, dass er wieder beschwörend die Hand hebt.

»Wenn ihr seht, dass ich euch anrufen will, dann gilt Folgendes: Gibt es potentielle Zuhörer, dann sagt, ihr seid in einer Besprechung. Und ruft so schnell wie möglich von einem sicheren Ort zurück. Sonst noch Fragen?«

»Nein, mir reicht's für heute«, sage ich relativ unfreundlich.

Wir verabschieden uns.

Der Gesprächsverlauf ist mir zunehmend sauer aufgestoßen. »Eigentlich behandelt der uns, als wären wir die Bösen.«

Charly winkt ab. »Nimm das nicht so ernst. Das Gespräch ist aufgezeichnet worden. Knut hat mir schon vorher gesagt, dass so etwas passieren wird. Die Bullen sichern sich immer grundsätzlich in alle Richtungen ab. Es war mir klar, dass wir von denen keinen Orden kriegen. Eigentlich können wir froh sein, wenn wir da still und heimlich wieder rauskommen.«

»Auf dich werden sie nicht verzichten können. Es sei denn, du überträgst den Zugang zum Rechner an Knut oder Klaus.«

»Knut macht ohnehin schon das meiste. Aber wir sollten uns aus der Geschichte nicht ganz verabschieden. Wenn wir den Zugang an die übergeben und sie bauen Mist, dann sind wir dran. Vor allem du. Ich werde die Kontrolle über den Rechnerzugang nicht aus der Hand geben. Denn unser Hintern ist in Gefahr! Und wir werten alles aus, was uns interessant erscheint.«

Wir wühlen uns mit neuer Energie durch das heruntergeladene Material. Charly checkt die Mails, ich kümmere mich um die Dateien. Kurz vor zwölf ruft Knut noch einmal an und sagt, er soll uns von Klaus grüßen. Was der beim Skypen gesagt hat, das entsprach seinen Vorschriften und war nicht persönlich gemeint. Ansonsten sei Klaus dankbar für das, was wir bisher herausgefunden haben. Er könne sich vorstellen, dass das eine »ganz große Kiste« wird, und er werde uns nach Kräften helfen.

Um fünf Uhr früh mache ich Schluss. Es gibt viele Ordner mit Bilddateien, die ich dem Belastungsmaterial zugeordnet habe. Nirgends habe ich die Inhalte länger als ein paar Sekunden angesehen, jeweils nach den ersten Bildern gestoppt. Auch bei wenigen Blicken in das Material war zu erkennen, dass das Ausmaß der Verbrechen gigantisch ist. Das sind nicht nur ein paar Vergewaltigungen! Es gibt unzählige Opfer! Frauen, Mädchen, Buben, Babys. Vereinzelt auch Männer. Sogar Aufnahmen mit einem großen schwarzen Hund. Ich wusste nicht mal, dass ein Tier so was überhaupt macht. Die Videos werden offensichtlich immer in den gleichen Räumlichkeiten gedreht. Was beweist, dass hier kein Handel und Tausch betrieben wird, sondern fabrikmäßige Produktion. Mir ist regelrecht schlecht. Das war wie ein Ausflug in ein Horrorkabinett im Prater, den ich als Kind erlebt habe. Mit dem Unterschied, dass hier alles echt ist.

Charly ist bei den Mails im Posteingang bis Oktober 2014 gekommen. Er berichtet, dass es viel Kommunikation mit einem anderen Hajda gibt. Miro Hajda. Leider alles in Fremdsprache. Dann gibt es viele Mails mit einem Italiener. Auf Deutsch, damit muss er sich auch noch intensiver beschäftigen. Es könne sehr gut sein, dass es da um zwielichtige Geschäfte geht. Denn es handle sich um hohe Eurobeträge.

Am interessantesten sei die Wiederherstellung der endgültig gelöschten Mails und Dateien. Denn Ismail leere fast jeden Abend seinen Papierkorb. Charly meint, das mache nur jemand, der paranoid und übervorsichtig ist. Um solche Dateien wiederherstellen zu können, muss er schon recht intensiv am Rechner arbeiten. So was geht nur, wenn der Computer unbeaufsichtigt ist. Jetzt sind wir ohnehin voll ausgelastet. Wir machen Schluss. Charlys Augen haben dunkle Ringe, und ich vermute, dass ich nicht besser aussehe.

Er sagt, dass er mit Bea am Wochenende eine Kurzreise machen wird. Bea sei sauer, weil er zu wenig für sie da ist. Zum Trost hat er von Freitag auf Sonntag Zimmer in der Spa-Therme in Kaprun gebucht. Da seien sie ungestört und hätten wieder mal Zeit füreinander. Morgen um 16 Uhr geht's los. Am Sonntagabend, wenn sie zurück sind, will er aber weitermachen.

Bevor ich heimfahre, prüfe ich noch mal meine Mails. Eine Nachricht von Ismail. Ich soll ihn anrufen. Er hat noch ein paar Fragen, bevor er bei mir bestellt.

Lauter Lärm raubt mir den Schlaf. Wer zum Teufel macht solchen Krach mitten in der Nacht? Es ist schon hell! Ich fühle mich so, als wäre ich gerade erst eingeschlafen. Erholung fühlt sich anders an. Blechernes Scheppern. Wahrscheinlich die Müllabfuhr. Stimmt, es ist Freitag. Da kommen sie immer und machen diesen enormen Lärm. Ich habe wie ein Stein geschlafen. Nicht einmal an Träume kann ich mich erinnern.

Heute treffe ich Giulia. Hoffentlich geht das gut. Ich sehne mich nach der Nähe einer Frau, aber ich habe Angst, dass ich mich wieder verheddere. Von meinem Bett aus sehe ich im Wohnzimmer hellen Sonnenschein. Wenigstens eine Runde Laufen muss drin sein, damit ich die Schwere aus den Knochen kriege. Ich sollte auch noch ein Geschenk für Giulia und Rebecca kaufen. Blumen kommen nicht in Frage. Ich werde noch eine CD besorgen. Und für Rebecca wieder was Süßes. Ich würde auch gerne wieder mal ins Fitnessstudio, aber das geht sich zeitlich nicht aus. Capoeira ebenfalls nicht.

Es sieht nach einem schönen Wochenende aus, zumindest wettertechnisch. Die Luft ist frühlingshaft warm. Ich schätze, es hat schon über 15 Grad. Blauer Himmel mit vereinzelten, kleinen Wölkchen. Ich wähle meine Strecke wieder so, dass ich möglichst viel von den wärmenden Sonnenstrahlen abkriege. Laufe runter zum Kai. Das Vogelgezwitscher übertönt hier sogar den Verkehrslärm. Ich sehe Amseln, die geschäftig herumhüpfen, Zweige aufpicken. Bauen die etwa schon ihre Nester? Das ist ja wie im Frühling, denke ich. *Es ist* Frühling! Die Jahreszeit, die ich immer so sehr herbeisehne nach den kalten, dunklen Wintermonaten.

Aber dieses Jahr sind meine Frühlingsgefühle überlagert – von Ängsten und Verlustgefühlen. Das helle freundliche Licht nach der dunklen Jahreszeit erzeugt nicht mehr die Leichtigkeit, die ich früher immer erleben durfte. Mein Leben wird nur noch von Problemen beherrscht! Der Verlust von Mara! Bereits beim kleinsten Gedanken an sie spüre ich dieses Ziehen in meinem Bauch. Wie lange dauert es wohl noch, bis ich eine Erinnerung zulassen kann, die nicht mehr schmerzt? Die mich schmerzfrei zurückblicken lässt auf eine schöne und intensive Liebe. Dauert das Wochen? Monate? Giulia mit ihrer Tochter, das macht alles ein bisschen erträglicher. Aber nicht einfacher. Egal, im Augenblick ist mein Liebesleben nur noch Randthema. Oder sollte es sein.

War das wirklich klug von mir, dass ich wieder mal meinen Intuitionen gefolgt bin und mir diese üble Sache an den Hals gehängt habe? Und überhaupt! Hat sich das Schicksal in meiner Person nicht den Falschen ausgesucht, um Verbrecher zu jagen? Ich merke, wie wenig ich in den letzten Tagen zum Nachsinnen, zum Zurechtrücken, zum Verstehen gekommen bin. Dazu, einen Sinn zu finden in diesem Chaos. So viele Jahre habe ich in dem Gefühl gelebt, ein uninteressantes, langweiliges Dasein zu führen. Und jetzt hat sich alles auf den Kopf gestellt. Ich habe kaum noch Luft zum Atmen. Jede Sekunde ist verplant. War das mein Wunsch, letzte Weihnachten? Ich hoffe, nicht.

Das Bergauflaufen strengt mich wieder so stark an, dass es endlich meine Gedanken wegbläst. Bis ich nur noch meinen Atem, meine Laufschritte und schließlich die Umgebung wahrnehme. So ist das mit den Gedanken: Sie rauben die Wahrnehmung all des Schönen, das uns ebenso umgibt wie Dummheit, Egoismus, Gier und Grausamkeit. Die kraftvoll erwachende Natur. Die verschiedenen Grünfärbungen der Bäume, Sträucher und Wiesen. Grünes Strahlen in so vielen Nuancen, alles so stimmig miteinander verwoben. Als ob ich das zum ersten Mal sehen würde. Die vielfarbigen Blüten, die sich überall auszubreiten beginnen, ziehen meine Blicke magisch an. Nie sonst im Jahr leuchten die Farben so intensiv. Und dennoch so unendlich zart. So präsent. Keine menschliche Fantasie könnte jemals eine derartige Schönheit erdenken.

Am Kapuzinerberg war ich noch zu sehr in meinen Gedanken, aber hier, die Stufen rauf in Mülln, da tauche ich wieder ein in diese friedlich sprießende Grünoase, die sich so nah über der lärmenden, stinkenden Stadt ausdehnt. Bereit, jeden aufzunehmen.

Sie kostet nichts, diese verschwenderische Natur. Nur Zeit. Wer weiß, irgendwann verlangen die Beamten von uns Nutzungsgebühren. Wenn es ums Kassieren geht, da sind sie Weltmeister, unsere Politiker. Als Kind habe ich noch auf der Festung gespielt. Jetzt muss man Eintritt zahlen. Und zwar kräftig. Seither war ich kein einziges Mal mehr ganz oben. Ich weiche der Festung aus. Aus Trotz!

Als Buben waren wir viel zwischen den Ruinen unterwegs, die sich noch an verschiedenen Stellen des Berges abseits der Wege finden lassen. Haben außer- und innerhalb der Festungsmauern alles erforscht, was es zu entdecken gab. Auf dem an die Festung angrenzenden Mönchsberg haben wir sogar zwei, drei Zugänge zu unterirdischen Stollen entdeckt. Wahrscheinlich Fluchtwege von und zur Festung bei Belagerung. Waren alle zugemauert. Leider. Wir waren überzeugt, dass es da noch große Geheimnisse gibt, die unentdeckt sind. Es fühlt sich herrlich an, über so alltägliche Dinge zu sinnieren …

Nach dem Duschen fühle ich mich wieder wie neu. Äußerlich. Ich muss Ismail anrufen, auch wenn sich alles in mir sträubt.

»Florian, da sind Sie. Ich habe mich schon gefragt, warum Sie nicht zurückrufen!«

Shit, denke ich. Der Kerl klebt an mir!

»Es tut mir wirklich leid, dass ich mich noch nicht melden konnte. Doch im Frühjahr ist immer so viel zu tun. Bei den meisten Kunden muss alles sofort passieren. Aber jetzt bin ich für Sie da! Sie schrieben, Sie hätten noch ein paar Fragen?« Ups, denke ich, da hab ich aber arg dahergeschwafelt.

»Ich frage Sie, ob ihr Nummer eins Projektor besser ist als die billigeren. Das ist nämlich wirklich viel Geld!«

»Dieses Gerät bietet echtes Kinoerlebnis in Profiqualität für zuhause! Mit der 4K-Technologie hat es eine Bildschärfe, die alle anderen weit in den Schatten stellt. Keine Verzerrungen! Super

Tonqualität.« Hört sich echt professionell an, was ich da sage, denke ich.

»Haben Sie das Gerät schon gesehen, wie es spielt?«

»Auf einer Messe im Winter«, lüge ich. »Da hab ich mir gedacht, wenn ich jemals einen Beamer haben möchte, dann so einen!«

»Ich möchte möglichst ein großes Bild, wie ich gesagt habe. Ist das Gerät dafür richtig?«

»Absolut. In Ihrem Wohnzimmer kann die Leinwand bis zu fünf Meter entfernt vom Projektor befestigt werden. Dann haben Sie ein riesig großes Bild, 3,5 mal zwei Meter oder sogar noch größer. Die meisten Leinwände im Heimkinosektor sind viel kleiner.«

»Sie kennen sich aus. Gut«, sagt er mit einem merkwürdigen Unterton.

Er stellt noch ein paar Fragen zur Befestigung der Halterung und der Leinwand. Dann fragt er, ob er auch den Computer anschließen kann. Ich antworte ihm, dass das Gerät zwei HDMI-Eingänge hat und dass ich seinen Computer gleich mit anschließen kann. Ich könnte vor Freude in die Luft springen, denn so können wir dafür sorgen, dass der Computer angeschaltet ist, während ich den Einbau mache! Und wenn Ismail weg ist, kann Charly an die gelöschten Dateien.

Danach rufe ich gleich Charly an. Frage ihn, ob er auf mich verzichten kann. Ich muss ja die Dinge besorgen, für die Ismail sich entschieden hat. Charly meint, er sei früh aufgestanden und habe schon das Wichtigste abgearbeitet. Um 16 Uhr komme Bea, und dann geht's auf nach Kaprun. So langsam ahne er erste Zusammenhänge.

»Welche Zusammenhänge?«

Das könne er mir nur persönlich zeigen. Jedenfalls hat er heute Morgen bereits das komplette Material an Knut geschickt. Der wollte es dann direkt an Klaus weitergeleiten. Charly möchte, dass ich bis spätestens 15 Uhr bei ihm bin. Damit wir uns vor dem Wochenende noch kurz abstimmen können. Ich antworte, dass ich das sicher schaffen werde. Ich werde sofort losfahren, sobald die Bestellungen raus sind.

Ich muss wohl den Caddy nehmen. Mit dem Roller würde ich

zwar die Parkgebühren am Flughafen sparen, aber dazu bräuchte ich andere Kleidung. Ich ziehe meine frisch gewaschene schwarze Cordjeans an, ein graues Hemd und einen roten Pullover. Schlüpfe in mein »gutes« Jackett, für den Anwalt morgen. Meine beste »Geschäftskleidung«. Es ist kurz nach zwei Uhr. Ich sehe mich sorgfältig um, als ich aus dem Lokal trete. Nichts Auffälliges. Gehe dann in den Plattenladen, der erfreulicherweise geöffnet ist.

Auf dem Weg zum Caddy mache ich zur Sicherheit noch einen Umweg, gehe mit schnellen Schritten den Kajetanerplatz runter, schiebe mich rasch durch eine Gruppe chinesischer Touristen. Dann auf dem kürzesten Weg in die Schanzlgasse. Drücke mich dort in einen Hauseingang. So kann ich am besten beobachten, ob mir jemand gefolgt ist. Außer einer älteren Frau mit Einkaufstasche sehe ich niemand. Gut, der Verfolgungswahn ist schon mal unbegründet. Zumindest so schizophren bin ich noch nicht, dass ich eine Frau mit Stock verdächtigen würde.

In der Garage schaue ich noch mal unter den Caddy, so gut das geht, ohne mich schmutzig zu machen. Nichts zu finden, was da nicht hingehört. Ich fahre dann noch bei Gelb über zwei Ampeln, keiner folgt mir. Sicherheitshalber stelle ich den Caddy nicht vor Charlies Haus und gehe die letzten paar Hundert Meter zu ihm zu Fuß. Sollte ich vielleicht auch bei Giulia so machen. Denn wenn doch ein Sender befestigt sein sollte, dann können etwaige Verfolger mein genaues Ziel trotzdem nicht herausfinden. Gerade als ich in sein Haus gehen will, klingelt das Handy. Giulia!

»Hallo, mein Lieber!« Ein angenehmes Gefühl, ihre Stimme zu hören. »Ich möchte dich nicht stören, wir sehen uns doch heute, oder?«

»Ja, klar. Ich denke dass ich so zwischen halb fünf und fünf bei euch sein werde.«

»Gut. Das freut mich. Ich wollte eigentlich nur kurz fragen, ob ich wieder einen Tisch beim Winkler bestellen soll. Du weißt schon, das Fischrestaurant. Ich bin nicht zum Einkaufen gekommen, sonst hätte ich was gekocht.«

»Das war sehr gut dort, wir können gerne wieder hingehen. Ich freue mich auf euch. Muss schnell noch zu Charly, weil der gleich wegmuss. In die Therme nach Kaprun. Warst du da schon mal? Das wäre auch für uns und Rebecca schön.«

»Warum nicht, lass uns das mal machen. Nach den Konzerten in der Schweiz. Vorher habe ich unmöglich Zeit. Für den gemeinsamen Auftritt mit Matteo muss ich noch ganz viel üben. Aber ich will dich nicht aufhalten, wir sehen uns ja gleich.«

Ich läute bei Charly oben und hoffe, dass mir Frau Dorfgraber nicht über den Weg läuft. Ich kann sie nicht so kurz abfertigen. Es ist schon halb drei. Die Tür summt und ich rase die Treppen rauf.

»Du hast dich ja rausgeputzt für deine Giulia! Du musst sie mir unbedingt bald mal vorstellen.«

»Blödsinn! Ich fliege doch morgen nach Zürich zum Anwalt. Er muss ja nicht gleich auf den ersten Blick erkennen, dass ich ein sozial gefährdeter Computerschrauber bin.«

»Du meinst also, du kannst mit einem teuren Sakko gehobene Klasse vortäuschen? Bei manchen Leuten hilft auch die Kleidung nichts. Dir sieht doch jeder deine Drogenvergangenheit und deine radikalen Ideen an!«

»Das kommt nur von meinem schlechten Umgang. Ich fürchte, ich muss mir zukünftig meine Freunde sorgfältiger aussuchen.«

»Komm«, er stößt mir seinen Ellbogen schon wieder in die Rippen, »wir haben wenig Zeit! Nach allem, was ich bisher herausgefunden habe, läuft der Support für die deutschsprachigen User über Ismail. Ich habe ein entsprechendes Mail entdeckt, in dem er einem neuen Mitglied dieses Scheißvereins ein Login-Passwort schickt, das er vorher von seinem Bruder Miro gekriegt hat. Er wickelt solche Kommunikation über einen Shell-Account in der Ukraine ab. Da kommen wir schon mal gar nicht ran, auch Knut nicht.

Die Verwaltung der Plattformen und der Accounts machen sie in Montenegro. Wie neue, zahlende User gefunden werden, darüber habe ich noch keine Kenntnis. Die einschlägigen Kreise werden wohl wissen, wo man im Darknet exakt nach so was suchen kann. Knut hat noch herausgefunden, dass es wahrscheinlich separate Zugangsberechtigungen zu den Liveübertragungen gibt. Also zusätzlich zu den Login-Daten. Das heißt, die kosten immer extra, zusätzlich zur Mitgliedschaft. Es gibt Streams mit unterschiedlichen Schwerpunkten. Den Zugang zu verborgenen Sites im Internet kriegen die Leute direkt vom System. Ich vermute, dass sie dort ihre Kreditkartendaten eingeben müssen. Und für Übertragungen im Darknet zahlen sie natürlich mit Bitcoins. So würden sich auch die Beträge mit den vielen Kommastellen erklären, die ich in den Listen entdeckt habe. Ich hatte vorher gehofft, es gäbe eine Passwortliste, bei der ich mich bedienen kann. Ist nicht! Was bedeutet, dass wir da nicht reinkommen. Außer wir finden noch das Masterpasswort. Diesbezüglich habe ich im Adressbuch gesucht, aber nichts entdeckt, was mir weiterhilft. Ich könnte mir vorstellen, dass die Profis vom BKA da erfolgreicher sind als ich.«

»Sag: Magst du mir mal schnell den Unterschied zwischen Darknet bzw. Dark Web und Deep Web erklären?«

»Ich bin, wie gesagt, nicht der Profi für so was. Im Deep Web gibt es Angebote, die von den normalen Suchmaschinen wie Google nicht gefunden werden können. Weil eben die IP-Adresse unterdrückt oder auch geändert wurde. Das meiste davon ist nicht kriminell, sondern halt nicht für die Öffentlichkeit gedacht. Im Darknet – Dark Web ist nur eine weitere Bezeichnung dafür – sind alle Sites ohne Impressum und ohne ersichtliche IP-Adresse. Das sind alles Onion-Sites. Onion heißt Zwiebel. Weil sich unter jeder Schale eine weitere befindet. Die IP-Adresse wird von mehreren Servern geändert, so dass der Ursprung nicht zurückzuverfolgen ist. Und um alles noch komplizierter zu machen: Nicht alle User unterscheiden zwischen Darknet und Deep Web, was bedeutet, dass das Darknet oft auch als Deep Web bezeichnet wird. Reicht dir das?«

»Ja, mir schwirrt der Kopf. Ich wollte nur so ungefähr wissen, worum es da geht. Und du hast ja wenig Zeit, also möchte ich das Thema nicht vertiefen. Aber eines interessiert mich noch schnell: Kann man denn die Zahlungen nicht zurückverfolgen?«

»Wenn an eine Bank überwiesen wird, dann könnten die Behörden mit richterlichem Beschluss da rankommen. Deshalb wird im Darknet nicht mit Euro oder Dollar bezahlt, sondern mit Bitcoins. Schon gehört?«

»Ja, schon, aber ich habe mich nicht näher damit beschäftigt.«

»Die Bitcoins kaufst du ganz normal und legal mit der Kreditkarte oder Online-Bezahldiensten. Dann speicherst du diese in einer elektronischen Geldbörse, Wallet. Hinterlegt bei einem Dienstleister, der die Bitcoins für dich mit Passwörtern verwaltet, so dass die Spur niemals zu dir zurückverfolgt werden kann. Und beim Escrow-Konto erfolgt die Auszahlung erfolgt erst, nachdem die Ware bei dir eingetroffen ist und durch dich die Zahlung freigegeben wurde. Wie du siehst, hier funktioniert ein Geschäftsmodell, das nur darauf ausgerichtet ist, dass sich die Beteiligten niemals persönlich begegnen oder voneinander wissen. Was für die Polizei bedeutet, dass sie praktisch kaum eine Chance hat, jemand zu erwischen.«

»Wahnsinn. Ich habe von all dem überhaupt keine Ahnung gehabt. Ich bin zwar nicht sicher, ob ich alles richtig verstanden habe, aber ich möchte eh nichts mit diesen Dingen zu tun haben. Hast du sonst noch was entdeckt?«

»Ja. Ich habe herausgefunden, dass Ismails Clan Konten in Liechtenstein und in der Schweiz hat. Und bei der Salzburger Sparkasse. Die Verwaltung läuft über Ismail. Ich zeichne alle Computereingaben auf, da holen wir uns die Zugangsdaten, sobald er auf diese Konten zugreift. Die Salzburger habe ich bereits. Von dort hat er 7.000 Euro an dich für den Beamer überwiesen. Auf dem Konto sind 243.000 Euro. Das ist wohl das offizielle Firmenkonto. Die anderen Konten schauen wir uns an, sobald wir die Login-Daten ausgeforscht haben. Die Liechtensteiner Bank hat sogar eine Filiale in Salzburg. Praktisch für Ismail! Wie du siehst, lohnt sich in Salzburg eine eigene Filiale für all die reichen Geldschieber, die sich hier rumtreiben.«

»Das ist ja irre, was du schon alles gecheckt hast. Da habe ich richtig ein schlechtes Gewissen, weil ich noch so wenig beigetragen habe.

»Ach was! Den Überblick haben wir ja jetzt. Ob wir die restlichen Details ein paar Tage früher oder später wissen, ist doch egal. Außerdem warst du nicht untätig, du hast dich um Ismail gekümmert.«

»Wenn du alle Zugangsdaten hast, dann könntest du die Konten leerräumen und als Multimillionär auf die Fidschis auswandern. Die würden ja nicht mal zur Polizei und das dort anzeigen, schätze ich.«

»Es gibt aber sicher Abbuchungslimits. Dazu fehlen mir ohnehin, wie du weißt, die kriminellen Energien. Würde dich so was reizen?«

»An diesem Geld klebt so viel Leid. Ich würde keinen Cent anrühren. Deren Geld zu vernichten macht viel mehr Freude! Und vom Ergebnis her machen wir das hoffentlich bald!«

»Wie geht's weiter?«

»Ich kriege bis Donnerstag nächste Woche alles geliefert. Habe Ismail noch schnell eine Nachricht geschickt, dass ich ihm den 28. für den Einbau anbieten kann. Zehn Uhr. Er hat gleich geantwortet, dass es für ihn passt und dass die Anzahlung schon überwiesen ist. So, lass mal sehen …«

Wir setzen uns vor Charlys Bildschirm und er zeigt mir die Dokumente, von denen er gesprochen hat. Dazu ein Mail, wo der Geschäftsführer der Liechtensteiner Bankfiliale einen Besprechungstermin mit Ismail bestätigt. Charly öffnet eine Exceltabelle.

»Das hier musst du dir anschauen! Diese Liste hat 513 Namen. Die Beträge variieren von 350 bis 550. Ich nehme wieder an, das sind Euro.«

»Woher weißt du, dass die Beträge nicht eh in Bitcoins sind?«

»Der Preis für ein Bitcoin bewegt sich um die 540 Euro derzeit. Und deshalb gibt es immer auch Kommabeträge. Der Kurs ändert sich ständig, aber ich habe heute nicht mehr die Zeit, dir das ganze System zu erklären. Hat sich Klaus noch bei dir gemeldet?«

»Nein. Ich hoffe, er lässt mich in Ruhe. Hast du schon was von Knut gehört? Haben die noch was rausgefunden?«

»Wir haben am Morgen kurz telefoniert. Die Übersetzungen dauern, das ist leider alles nicht so einfach. Er meint, bis Mitte nächster Woche weiß er mehr.«

In diesem Moment hören wir Schritte die Treppe heraufkommen. Bea! Ich habe sie schon seit Wochen nicht mehr gesehen.

Sie stürmt durch die Tür. Wie immer ein richtiges Energiebündel! Lange dunkelblonde Locken, freundliches ovales Gesicht, blaue Augen. Kämpft immer gegen ihr Gewicht. Nimmt das aber nicht so verbissen, wie sie sagt. Muss sie auch nicht. Sie ist ein liebenswertes Mädel und sieht gut aus. Lebensfroh und immer positiv. Egal was passiert. Selbst wenn sie verärgert ist, nach kurzer Zeit ist sie wieder versöhnlich. Und kuschelig. Genau das Richtige für Charly. Sie stürzt sich erst mal auf Charly, umarmt und küsst ihn, und dann wirft sie sich mir um den Hals.

»Du hast Charly ja in was Schönes reingeritten! Ich meine das natürlich nicht böse. Ich bin froh, dass ihr euch darum kümmert. Ich helfe euch auch gerne, wenn ihr mich braucht. Aber Charly ist immer so knausrig mit seinen Informationen.«

Sie sieht mich prüfend an. »Dafür, dass dich Mara auf den Topf gesetzt hat, schaust du aber gar nicht leidend aus! Und was habe ich da gehört? Du hast dich bereits getröstet? Ein bisschen mehr trauern hättest du ruhig dürfen! Sie ist so eine Liebe, die Mara. So was findest du so schnell nicht wieder. Ich hab sie getroffen vor zwei Tagen: am Hanuschplatz. Zufällig. Leider war ich in Eile, war schon zu spät dran, hatte überhaupt keine Zeit. Sie sieht gar nicht gut aus, finde ich. Also wenn du mich fragst: Es geht ihr nicht gut! Sie sah immer so blühend aus. Aber vielleicht bilde ich mir das auch ein. Wir wollen nächste Woche telefonieren und uns verabreden. Ich wollte sie eh schon anrufen, hatte aber letzte Zeit selber so viel zu tun.« Sie redet so schnell, dass ich Mühe habe, alles zu verstehen und zu verarbeiten.

Ein Stich fährt mir in meine Eingeweide. Mara! Es geht ihr nicht gut! »Was hat sie gesagt?«

»Gar nichts Persönliches. Sie sagte, wir müssten in Ruhe reden, nicht so auf die Schnelle. Fand ich auch. Warte, bis ich sie getroffen habe. Dann erzähle ich dir mehr. Zumindest das, was ich darf. Du weißt ja, wir Frauen halten zusammen. Wie weit seid ihr mit diesen Vergewaltigern?«

Charly erzählt ihr das Wichtigste, ohne Details. »Ich glaube, für uns ist das alles bald abgeschlossen. Das übernimmt dann Knut. Und die deutsche Polizei.« Ich verstehe. Bloß nicht weiter beunruhigen. Bea ist sensibel und macht sich schnell Sorgen. In mir ist alles aufgewühlt. Mara geht es nicht gut. Was kann ich machen? Ich kann sie doch nicht anrufen. Oder doch?

»Es ist ja schon nach vier! Wir fahren mindestens eineinhalb Stunden. Ich muss noch packen. Wir müssen uns beeilen.« Charly steht auf und geht ins Nebenzimmer, wo er bereits einen offenen Koffer liegen hat.

Ich verabschiede mich von den beiden, wünsche ihnen ein tolles Wochenende. In mir brodelt es. Ich hatte in letzter Zeit alle Gedanken an Mara verdrängt. Was hätten sie mir auch genützt? Aber jetzt würde ich sie am liebsten anrufen. Erst muss ich mich beruhigen. So kann ich nicht zu Giulia. Die merkt sofort, dass ich wieder festhänge.

»Du hättest ruhig ein bisschen länger trauern können!« Bea hat ja recht. Andererseits müsste ich darauf antworten, dass ich länger als ein Jahr getrauert habe. Bevor wir uns getrennt haben. Außerdem, Giulia habe nicht ich ausgesucht. Die ist aufgetaucht und ich habe ihr nicht widerstehen können. Das wäre absurd gewesen. Ich war frei, bin frei. Und eine Frau wie Giulia kennenzulernen und nicht zu mögen, das ist unmöglich. Da habe ich mir gar nichts vorzuwerfen, sage ich mir. Bloß so richtig beruhigen tut mich das nicht. Ein Teil von mir glaubt meiner Argumentation nicht. Mein Bauch ist trotzdem verkrampft, mein Hals eng. Ich muss los. Verabschiede mich ziemlich rasch von den beiden. Wünsche ihnen eine schöne Zeit in Kaprun.

Rebecca stürmt auf mich zu und schlingt die Arme um meinen Bauch. »Spielst du mit mir Krocket?«

»Rebecca! Zuerst *begrüßt* man die Besucher! Man fällt auch nicht gleich über sie her, sondern lässt sie erst mal herein.« Giulia umarmt mich. Schaut mir in die Augen und gibt mir einen flüchtigen Kuss auf den Mund. »Sie fragt schon alle zehn Minuten, wann du kommst.«

»Geht's euch gut? Was gibt es Neues?«

Giulia hat die Arme in die Seiten gestemmt und sieht mich ernst an. »Als Erstes musst du mir eine Frage beantworten: Du fliegst ja morgen zu Dr. Büchler, bleibst du trotzdem heute Nacht?«

Ich denke, dass der Unterschied zwischen Mutter und Tochter nicht sehr groß ist, was überfallartige Begrüßungen anbelangt.

»Meinst du, dass das gut für uns wäre?«, frage ich zurück

»Lass uns am Abend darüber reden, nicht jetzt. Wenn Rebecca im Bett ist.«

Das klingt ja richtig drohend. Giulia hat das auch nicht allzu freundlich gesagt.

Rebecca hat im Garten schon die Krocket-Tore gesteckt. Sie mampft ein Stück Erdbeertorte und fragt mit kuchendicken Bäckchen, ob ich schon fertig bin. Wieder einmal ist es die Unbeschwertheit dieses Kindes, die meine Sorgen erst einmal wegbläst. Seitdem ich die beiden kenne, lerne ich, dass Kinder zwar Verpflichtung sind – wie ich das bisher immer dachte –, jedoch viel mehr als das sind sie eine Bereicherung des eigenen Lebens.

»Erzähl, wie war deine Woche?« Wir sitzen mit einem kleinen Respektabstand nebeneinander auf der Couch. Giulia hat eine Flasche Zweigelt geöffnet, aber ich habe im Restaurant schon ein Glas Wein getrunken. Nippe nur höflichkeitshalber am Glas.

»Ich bin ziemlich geschafft. Meine Woche war echt stressig.« Ich erzähle ihr in knappen Sätzen das Nötigste. Erwähne aber nicht, dass Klaus uns mehr oder weniger als Kriminelle bezeichnet hat. Ich muss Giulia nicht noch mehr beunruhigen. »Ich möchte gar nicht mehr so viel von dieser ganzen Geschichte reden. Morgen bin ich bei Dr. Büchler und hoffe, dass er uns helfen kann. Auf jeden Fall gibt mir das Gespräch morgen Aufschluss über die Rechtssituation, zumal ich mich da überhaupt nicht auskenne.«

»Wie ich Dr. Büchler kenne, hat er sich bereits in die Thematik eingelesen. Auf Basis dessen, was er bisher weiß. Er ist da äußerst gewissenhaft.«

Giulia scheint nun aber aufgewühlt zu sein. Sieht mir auch nicht in die Augen, als sie weiterspricht. »Ich habe über uns nachgedacht. Ich glaube, dass du erst mit deiner Mara wirklich Schluss machen musst, bevor du eine neue Beziehung zu einer Frau anfängst.«

Giulia macht eine Pause, schaut auf den Boden. Sie ist ein Stück von mir weggerückt. Ich habe mit diesem Vorwurf nicht gerechnet. Fühle mich einerseits angegriffen und möchte widersprechen, andererseits trifft sie exakt mein schlechtes Gewissen. Ich schaue sie direkt an. So verunsichert habe ich sie noch nicht erlebt. Giulia tut mir leid. Ich fühle mich schuldig. »Es stimmt. Ich habe dir gegenüber auch oft ein schlechtes Gewissen. Dass das zu wenig ist, was ich dir gebe. Vielleicht sind meine Gefühle wirklich nicht stark genug. Es tut mir sehr leid, falls das so ist.«

Giulia zuckt zusammen. »Genau das habe ich befürchtet. Dass du ausweichst.«

»Ich weiche nicht aus! Mir tut das alles leid. Ich habe dich doch gerne, ich freue mich auch auf dich und Rebecca.«

»Aber davon sprichst du nie. Wenn du kommst, dann habe ich oft den Eindruck, als ob du mich gar nicht richtig anschaust. Ich mache mich extra schön für dich, aber du sagst nicht, ob ich dir gefalle oder nicht!« Giulia sagt das trotzig. Sie trinkt das Weinglas in einem Zug leer, obwohl es noch ziemlich voll war.

Ich lasse den Kopf sinken. Sie hat recht. Ich habe noch nie einer Frau gesagt, dass sie schön ist. Dass mir ihre Kleider gefallen. Irgendwie kann ich das nicht. Ich weiß nicht, warum. »Weißt du, ich kann dir genau sagen, welche Hose, welchen Pullover du anhattest, als ich dich beim ersten Mal besucht habe. Du sahst hinreißend aus. Wie immer. Auch das rote Haarband hat mir gefallen. Ich bewundere deine Schönheit jedes Mal aufs Neue, wenn wir uns treffen. Du trägst immer schöne Sachen. Manchmal auch verführerische … Es gibt eigentlich nichts, was ich an dir nicht bewundere. Aber ich würde das alles nicht einfach so sagen können. Ich finde, so was hört sich banal an. Man mag doch eine Frau nicht nur wegen ihrer Schönheit, oder?«

»Mein Gott!« Giulia dreht ihre Augen an die Decke. »Was bist du bloß für ein Mann? Aber es stimmt, auch das ist ein Grund, warum ich dich mag. Du machst einer Frau nicht schöne Augen, indem du ihr was vorsäuselst. Jedenfalls meinst du wohl, das müsse ich alles selber rausfinden. Oder?«

Sie rollt das schweizerische »Oodrr« so liebenswert, dass ich sie am liebsten in den Arm nehmen würde. »Es tut mir leid, dass ich so bin, wie ich bin. Meinst du, du hältst das noch weiter aus mit mir?«

»Mir wird wohl nichts anderes übrig bleiben. Aber für die nächste Zeit schlage ich vor, dass wir auf Sex verzichten. Bis wir beide sicher sind, ob wir uns lieben. Mögen tu ich dich trotzdem, das hat damit nichts zu tun. Einverstanden?«

»Ja. Wenn du meinst. Ich mag dich ja, wie gesagt, auch. Willst du mich denn unter diesen Umständen überhaupt so häufig sehen wie bisher?«, frage ich etwas verunsichert.

»Warum nicht?«, sagt sie keck. Und mich beschleicht das Gefühl, dass sie mit mir spielt. Ich bin dieser Frau einfach nicht gewachsen.

»Soll ich denn heute Nacht noch bleiben oder lieber heimfahren?«

»Du kannst bleiben, wenn du magst. Du bist ja trotzdem eine angenehme Gesellschaft«, sagt sie schelmisch.

»Aber ich sollte spätestens um fünf aufstehen, und ich fürchte, dass ich euch dann wecke!«

»Auf meinen Konzertreisen muss ich häufig so früh los. Falls ich früh wach werde, stehe ich immer gleich auf und spiele eine oder zwei Stunden. Im Sommer liebe ich es ohnehin, manchmal schon um diese Zeit aufzustehen und zu üben. Ich bin dann hellwach. Fühle mich neu, unbelastet von Ereignissen. Beobachte manchmal, wie die Strahlen der aufsteigenden Sonne mehr und mehr mein Zimmer erhellen. Mit diesem warmen Gelb, das hier in den Bergen oft den Sonnenaufgang vergoldet. Ich kann manchmal sogar richtig spüren, dass auch in mir die gleiche belebende Energie aufsteigt. Und die lasse ich dann durch mich hindurch in mein Cello fließen. Schade, dass du kein Instrument spielst! – Ich wollte dich schon immer fragen, was das ist, was du da morgens machst. Hast du das Meditieren irgendwo gelernt?«

»Hm, das ist eine längere Geschichte …«

»Ja und? So spät ist es doch noch nicht. Erzähl einfach!«

»Also, wo fange ich an? Als ich in Wien mit dem Studium begann und in einer WG wohnte, da fühlte ich mich zum ersten Mal in meinem Leben frei und selbstbestimmt. Ist wahrscheinlich bei vielen so. Aber ich war auch zum ersten Mal mit fremden Menschen eng zusammen. Und da passierte es häufiger, dass ich gegenüber meinen Mitbewohnern – vier junge Männer – Aggressionen empfand. Wenn sie Besuch hatten und sich laut mit Alkohol vergnügten. Ich ärgerte mich über den Lärm, den sie machten, über ihre Oberflächlichkeit. Ich habe das natürlich nicht gezeigt. Dieser übermütige Krach! Ich empfand das fast, als würde der Lärm Schmerzen in mir verursachen. Ich hatte Lust, sie anzuschreien, weil ich ihr Verhalten als roh und übergriffig empfand. Es war total unlogisch und ungerecht, das wusste ich, denn meine Mitbewohner waren umgängliche, freundliche Leute. Auch hilfsbereit. Ich habe mich immer so gut wie irgend möglich beherrscht. Aber ich fürchte, sie haben mich als launisch und komisch wahrgenommen. Ich glaube, ich bin nach jenem Semester deshalb auch ausgezogen. Unabhängig davon, dass ich das Mathe-Studium abbrach, weil es nichts für mich war. Außerdem wollte ich wieder zu meinen Eltern ziehen, weil es meiner Mutter schlecht ging. Ich konnte sie doch nicht krank bei meinem Vater lassen. Alleine. Damals habe ich in der WG zum ersten Mal gespürt, dass mit mir etwas nicht in Ordnung ist. Dass mein Sozialverhalten gestört ist. Ich wollte das reparieren.«

»Und dann hast du in Salzburg Soziologie studiert, wie du mir erzählt hast!«

»Ja. Dadurch musste ich allerdings wieder Vater ertragen. Mutter hatte einen schweren Rückfall in ihre Krebskrankheit. Sechs Jahre zuvor hatten sie ihr die Brüste entfernt. Danach ging es ein paar Jahre gut. Und plötzlich entdeckten die Ärzte wieder Metastasen. Sie musste wieder zur Chemo. Hat sich tapfer gegen ihre Krankheit gewehrt! Versuchte trotz allem, sich nichts anmerken zu lassen. Positiv zu bleiben. Ich glaube, sie hätte sich von Vater trennen müssen, dann hätte sie vielleicht eine Chance gehabt. Aber daran war kein Denken. Sie fühlte sich doch verantwortlich für ihn.

Ich bin froh, dass ich die letzten Jahre noch mit ihr erleben durfte. Mutter hat uns so wenig wie möglich ihre Krankheit fühlen lassen. Doch auch ihr zurückgezogenes Leiden hat mich deprimiert. Als sie dann starb, war klar, dass mein Vater nicht mehr alleine in dem Haus sein konnte. Er war ein Wrack. Wir lebten dort noch ein paar Monate gemeinsam. Es war für uns beide unangenehm. Gingen uns aus dem Weg, so gut es ging. Ich habe ihn dann endlich in einem Seniorenheim unterbringen können. Fast überall, wo ich angefragt habe, gab es eine Absage, sobald ich erwähnte, dass Vater ein Alkoholproblem hat. Ich durfte das nicht verschweigen, zumal in den Unterlagen regelmäßig darauf hingewiesen wurde, dass falsche Auskünfte zur fristlosen Kündigung des Vertrages führen können. Geholfen hat wieder mal, dass er leitender Beamter war. Beamte und Politiker genießen in Österreich Sonderrechte.

Nach Vaters Umzug habe ich nur noch kurz in dem Haus gewohnt. Vater wollte, dass ich es schnellstmöglich verkaufe. Den größten Anteil vom Verkaufserlös hat er gekriegt. Ihm gehörte schon vorher die Hälfte des Hauses, obwohl es eigentlich meine Mutter von ihren Eltern geerbt hatte. Ich bekam aus dem Nachlass nur das Pflichtteil meiner Mutter. Den Anteil meines Vaters habe ich auf sein Konto eingezahlt. Ich kann nur hoffen, dass er es noch nicht komplett vernichtet hat. Ins Seniorenheim eingeschmuggelter Alkohol ist teuer. Aber sie halten ihn da unter ganz guter Kontrolle, denke ich. Die Leiterin hat ihn schon ein paarmal ermahnt, dass er rausfliegt, wenn er sich nicht bessert. Mir hat sie vertraulich gesagt, dass sie ihn ›bis zum Schluss‹ behalten, wenn es irgend geht. Einen Entzug würde er sicher nicht mehr schaffen. Seine Leber ist kaputt, anderes auch.«

»Es muss schlimm sein, wenn die Kindheit und Jugend durch einen solchen Vater zerstört wird«, sagt Giulia ernst. »Ich hatte viel Glück mit meinen Eltern. Vater war zwar oft weg, hatte lange Dienste in der Klinik, auch an Wochenenden. Aber wenn er zuhause war, dann war es immer harmonisch. Wir haben viel zusammen unternommen. Mutter hat nur halbtags gearbeitet, und eine Hilfe hatten wir im Haushalt auch. Ich weiß, dass ich dafür dankbar sein muss. Viele Menschen gibt es nicht, die ein so geschütztes Umfeld haben dürfen! Ich bewundere dich, dass du dein Schicksal bisher so gut bewältigt hast.«

»Ich glaube, das Soziologiestudium half mir damals sehr. Ich habe mich auf Friedens- und Konfliktforschung spezialisiert und dabei auch sehr vieles aus meiner Kindheit abarbeiten können.«

»Friedensforschung? Hast du dich da auch mit gewaltfreier Kommunikation beschäftigt?«

»Ja, recht intensiv sogar. Marshall Rosenberg. Aber im praktischen Leben habe ich das nicht umsetzen können. Ich empfand die Verhaltensratschläge als zu technisch und konstruiert. Jedenfalls für mich. Einige Inhalte habe ich jedoch verinnerlicht und versuche sie im täglichen Leben umzusetzen.«

Giulia hört mir stirnrunzelnd zu. Und aufmerksam.

»Seit meiner Kindheit hatte ich Kampfsport geübt. Das gab mir Halt, stärkte mein angeschlagenes Selbstbewusstsein. Erst durch mein Studium wurde mir klar, dass ich im Training unterbewusst immer gegen meinen Vater gekämpft hatte. Die Härte, die ich manchmal in meine Schläge legte, die galt immer ihm.

Als mir meine Einschränkungen immer deutlicher bewusst wurden, habe ich nach etwas gesucht, das mir Ausgeglichenheit – vielleicht auch Verzeihen – bringen könnte. Mit Religion und Esoterik hatte ich nie viel am Hut. Das ist für mich alles nicht glaubwürdig. Bist du religiös?«

»Ich glaube, dass es über uns einen Gott gibt. Unabhängig von meiner Erziehung, die gemäßigt katholisch war. Als Kind habe ich mich auch in der Kirche noch wohlgefühlt. Daran erinnere ich mich manchmal. Jetzt nicht mehr, außer bei Konzerten. Ich kann mit den Ritualen nichts mehr anfangen.«

»Ich bin auch überzeugt, dass es eine höhere Energie gibt. Ich mag das nicht Gott nennen, der Begriff ist zu überladen mit den verschiedenen Vorstellungen. Und ganz sicher mag ich dem auch keine Form geben. Am ehesten einen Ausdruck: Wenn ich meine Meditationsübungen mache, dann spüre ich einen winzigen Bruchteil dieser Energie in mir. Sie ist es, die mich leben lässt. Alter weiser Mann, Himmel und Hölle nach dem Tod, das ist für mich alles vollkommen absurd. Überhaupt, dass Gott immer als Mann gesehen wird. Der dann zuerst den Mann und danach die Frau erschuf. Was für ein Schwachsinn! Daraus leiten unzählige Idioten die Vorherrschaft der Männer ab!«

Giulia nickt. Verstehend? Zustimmend? Wartet, dass ich weiterrede.

»Ich habe mich mal eine Zeit lang mit Buddhismus beschäftigt. Es gab in Salzburg eine Gruppe, die ich ein paar Wochen lang besuchte. Die haben mir Meditationsübungen gezeigt. Aber ich konnte die Konzentration immer nur kurze Augenblicke aufrechterhalten. Das brachte mich nicht weiter. Ist schon viele Jahre her.

Zufällig bin ich später auf einen Artikel über Veranstaltungen gestoßen, die erfolgreich in Gefängnissen eingesetzt werden und bei den Insassen erstaunlich positive Veränderungen verursacht haben. Peace Education Program nennt sich das. Es wurde so spannend beschrieben, dass ich versucht habe, mehr darüber herauszufinden. Auf einer Internetseite konnte man DVDs bestellen. Was ich sah und hörte, gefiel mir. Schließlich ließ ich mir im Rahmen einer Veranstaltung die Techniken dieser Meditation zeigen. Na ja. Und seither versuche ich, das zu praktizieren.«

»Und was fühlst du da in dir?« Giulia wirkt interessiert, also berichte ich weiter. Obwohl ich für meine Verhältnisse viel zu viel geredet habe.

»Vor allem innere Ruhe! Wenn ich mich gut genug konzentriere, dann mache ich die Erfahrung von Leben pur! Wie es durch mich fließt. Ein Gefühl des inneren Friedens, wie man das sonst nicht erleben kann. Ich merke, dass sich im Laufe der Zeit dadurch meine Negativität abgebaut hat. Die ja ursprünglich der Grund war, warum ich an mir arbeiten wollte. Ich weiß nicht, ob ich das richtig erklären konnte. Kannst du was damit anfangen?«

»Es klingt jedenfalls interessant! Und dir scheint es ganz offensichtlich geholfen zu haben. Ich glaube, dass ich in meiner Musik Ähnliches erlebe wie das, was du beschreibst. Leider viel zu selten. Es wäre schön, wenn ich das auch ohne Instrument erfahren könnte. Was mich interessiert: Wie macht man das? Kannst du mir das beibringen?«

»Leider nicht. Ich bin kein Lehrer, bestenfalls Lernender. Aber es ist ganz einfach: Du schaust dir ein paar DVDs an, auf denen das erklärt wird. Die Inhalte sind richtig spannend, weil der Sprecher viel Weises zum Leben sagt. Sachen, die man sonst nirgends hört.

Nicht trocken, sondern meist sehr unterhaltsam. Du müsstest halt ein paar Stunden Zeit aufbringen ...« Ich schaue Giulia an. Sie wirkt nachdenklich.

»Weißt du, so ein bisschen was von dem, was du beim Meditieren erfährst, erlebe ich ja in meiner Musik. Bei der Musik ist es aber so, dass derartige Erlebnisse Sternstunden sind. Man muss unendlich viel üben, bis diese Leichtigkeit entsteht, bei der man in der Musik schweben kann. Bis die Spieltechnik so selbstverständlich und leicht wird, als würde die Musik von selbst entstehen. Die Spieltechnik ist dann nur noch die Brücke zum Erleben der Musik. Ich habe Auftritte erlebt, ganz wenige, da hat die Musik mich gespielt. Statt umgekehrt. Zusätzlich hatte ich eine intensive Erfahrung von Liebe zum Publikum. Das Schönste, was ich in meinem Leben erleben durfte. Außer der Geburt von Rebecca! Aber solche Erlebnisse sind leider viel zu selten. Also, ich würde schon gerne mehr darüber wissen. Andererseits, solange Rebecca so klein ist und ich mich alleine um sie kümmern muss, so lange habe ich nicht mal eine Viertelstunde am Tag, die übrig ist. Trotzdem interessiert mich das Thema. Wir nehmen uns demnächst die Zeit und du spielst mir so eine DVD vor, ja?«

»Gut, sag mir einfach Bescheid, sobald du Lust dazu hast. Weil du von Liebe gesprochen hast: Die empfinde ich auch, wenn ich in diese Stille eintauchen kann. So gesehen haben wir da etwas gemeinsam.«

Ich schaue auf die Uhr, es ist schon halb eins. »Was hältst du davon, dass wir uns langsam zurückziehen? Viel Zeit zum Schlafen bleibt uns nicht mehr. Möchtest du wirklich, dass ich bleibe?«

»Lass uns einfach ein bisschen kuscheln, im Bett. Darauf habe ich Lust. Und du versprichst mir, dass du mich ansonsten in Ruhe lässt, ja?«

Das Taxi hält vor einem stattlichen Gebäude. Jahrhundertwende, bestens gepflegt. Ich habe während der Fahrt immer wieder Blicke auf den Zürichsee und die Alpen erhaschen können. Das ist ja eine traumhaft schöne Kulisse, die sie hier haben. Fast wie im Salzkammergut, nur haben wir da keine so großen Städte. Ein sonniger, fast wolkenloser Tag! Ich sehe sogar schon Leute in Shorts. Bevor ich zurückfliege, muss ich wenigstens ein bisschen was von dieser Stadt sehen. Ich habe am Flughafen in Frankfurt noch Schweizer Franken eingewechselt. War gut, denn der Taxler hätte keine Euro genommen, wie er auf meine entsprechende Frage antwortete. Ich läute an der riesigen Haustüre. Nach kurzer Zeit ertönt eine Stimme aus dem Lautsprecher und fragt, wer da ist. Ich nenne meinen Namen und höre, dass ich in den vierten Stock fahren soll.

Gegenüber dem Lift sehe ich eine geöffnete Tür, in der ein älterer, freundlich lächelnder Mann schon auf mich wartet. Höchstens 1,70 groß, schätze ich. Spärliche Resthaare, Brille, grauer Kinnbart. Freundlicher Blick. Dazu Businesshose, braunes Sakko, blaues Hemd mit offenem Kragen.

»Grüezi, Herr Schwandner! Sind Sie gut hergekommen? Kommen Sie doch herein.« Angenehme Stimme. Er schüttelt mir herzlich die Hand. »Darf ich Ihnen etwas zu trinken anbieten?«

Ich werde durch ein Vorzimmer geführt, in dem zwei Schreibtische stehen, die wohl während der Woche besetzt sind. Wie auch bei Giulia und fast allen anderen Schweizern, ich liebe diesen singenden Dialekt. Mit den lustig-komischen »falschen« Betonungen.

»Das Taxi hat mich ohne Umwege hergebracht. Der Flug über die Alpen war sehr beeindruckend. Die Sonne stand noch tief über den schneebedeckten Bergen. Die Strahlen haben das Weiß in rosige Töne getaucht. Darunter in den Tälern schon das frische Grün. Unsere Länder sind wirklich unvergleichlich schön!« Warum bloß halte ich derartige Reden? Ist vielleicht ein Überbleibsel von gestern Abend.

»Wem sagen Sie das? Ich freue mich auch immer, wenn ich mit dem Flugzeug bei schönem Wetter über die Berge fliege. Wollen Sie einen Kaffee?«

»Kaffee hatte ich schon im Flugzeug. Ich hab mir sogar einen Espresso gegen Aufpreis geleistet. Das Zeug aus der Kanne im Flieger mag ich nicht so gerne. – Ein Glas Leitungswasser wäre sehr nett.«

»Ja, da haben Sie recht. Zu viel Kaffee ist auch nicht gesund. Wie in Salzburg gibt es in Zürich ebenfalls gutes Wasser aus der

Leitung. Hier ist es weniger kalkhaltig. Nehmen Sie doch bitte Platz.« Er führt mich durch eine breite Glastür in ein großes Büro, das an zwei Seiten jeweils zwei große Fenster aufweist. Die hohe Decke ist üppig mit Stuck verziert. Mehrere Grünpflanzen verbreiten eine gemütliche Atmosphäre. Das Büro wird von einem großen Schreibtisch dominiert, vor dem zwei Besucherstühle stehen. Echtholz. Auch die Sessel. Alles gediegen, aber unauffällig. Wuchtig ist nur das massive Regal, das vollgestopft mit Büchern hinter dem Schreibtisch an der Wand steht.

Vor den seitlichen Fenstern gibt es einen Besprechungstisch mit vier Stühlen. Dr. Büchler bittet mich, hier Platz zu nehmen.

»Machen Sie es sich gemütlich. Ich besorge uns nur schnell die Getränke.« Er verschwindet durch eine Glastür, hinter der es offenbar eine kleine Küche gibt. Ich finde, er wirkt fast ein bisschen zurückhaltend, keinesfalls wichtigtuerisch oder überheblich. Wie die meisten Schweizer, die ich kennengelernt habe. Protz liegt ihnen fern, auch wenn sie noch so reich sein sollten. Aber gediegen darf es schon sein! Denn billig ist in einer solchen Kanzlei nicht drin. Außer dem Glas Wasser, das er gerade in einem glänzenden, geschliffenen Glas vor mich hinstellt.

»So. Erzählen Sie mal, ganz von Anfang.«

Ich berichte von dem Frühstück, bei dem ich den Kalender gefunden habe. Als ich erzähle, dass ich mit Charly den Stick kopiert habe, schüttelt er bedenklich den Kopf, sagt aber nichts. Nickt mir aufmunternd zu, als ich eine kurze Pause mache und ihn fragend anschaue. Ich erzähle dann so exakt und ausführlich wie möglich, was wir bis jetzt herausgefunden haben. Berichte auch über das Telefonat mit Klaus. Er macht sich zwischendrin Notizen, unterbricht mich aber an keiner Stelle.

»Da befinden Sie sich in keiner einfachen Situation!« Dr. Büchler nickt bedächtig, schaut auf seine Notizen. »Rein rechtlich haben Sie sich strafbar gemacht, das sollten Sie wissen. Ob es aber deshalb jemals zu einem gerichtlichen Verfahren kommt, das können wir noch nicht wissen. Sie sollten sich jedoch darüber im Klaren sein, dass so etwas passieren könnte. Aber machen Sie sich deswegen keine unnötigen Gedanken, die Gefahr ist gering. Und wenn, dann werden wir ihr schon gebührend begegnen!« Es blitzt in seinen Augen, so als würde er gleich zu Lächeln anfangen. Er wirkt bei diesem Gesprächspunkt keinesfalls ernst oder besorgt. Das macht es mir leicht.

»Das war mir anfangs überhaupt nicht klar. Erst durch das Gespräch mit dem deutschen Kriminalbeamten ist mir bewusst geworden, dass wir etwas Strafbares gemacht haben könnten. Aber ich würde das jederzeit wieder machen. Egal wie die Sache ausgeht.«

»Ja, das habe ich mir schon gedacht, dass Sie so etwas sagen werden«, sagt er in seinem musikalischen Schwyzerdütsch. »Das ehrt Sie, und so eine Haltung müssen wir auch unterstützen. Ich wollte Ihnen das gleich zum Anfang des Gespräches sagen: Die Familie Schläf möchte die Kosten für meine Rechtshilfe übernehmen. Aber das ist in diesem Fall nicht nötig. Diese Beratung mache ich kostenlos. Und wenn es zu einem gerichtlichen Verfahren kommen sollte– was wir mit allen Mitteln verhindern wollen–, dann teile ich mir die Kosten mit der Familie Schläf. Sie sollen nicht auch noch zusätzliche Ausgaben haben. Das, was Sie hier schildern, ist so schlimm, da müssen wir alle zusammenhalten, um das zu Ende zu bringen.«

Das Lächeln in seinen Augenwinkeln ist weg. Sein Blick ist ernst geworden. Bei den letzten Worten hat er sich in seinem Sessel aufgerichtet zum Zeichen, dass er aktiv daran beteiligt ist.

Ich bin zutiefst gerührt. So etwas habe ich nicht erwartet! Diese Leute kennen mich doch gar nicht! Dennoch unterstützen sie mich in großzügigstem Umfang. »Ich möchte Ihnen von ganzem Herzen dafür danken. Ich habe das nicht erwartet. Wenn Giulia mich nicht dazu gedrängt hätte, dann hätte ich das wohl alles alleine vorangetrieben. Es fühlt sich jedoch wirklich gut an, dass ich so wichtige und wertvolle Unterstützung bekomme.« Nicht Anwalt, sondern Mensch!

»Dann wollen wir auch gleich Nägel mit Köpfen machen. Ich habe eine Vertretungsvollmacht vorbereitet, die Sie am besten gleich unterschreiben. Damit können ich und mein Korrespondenzanzwalt in Salzburg, Dr. Steinhaus von der Kanzlei Steinhaus & Partner, alles Nötige für Sie erledigen. Falls wir das müssen. Die Telefonnummer von Herrn Dr. Steinhaus finden Sie auf Ihrer Kopie. Wenn erforderlich, können Sie dort jederzeit anrufen. Er weiß Bescheid.

Dr. Steinhaus hat sehr gute Beziehungen zu den Salzburger Behörden, falls das nötig sein sollte. Ich empfehle meinen Klienten immer, die Telefonnummer ihres Anwalts im Handy zu speichern. Unter Notruf oder unter Rechtsanwalt, nicht nur unter dem Namen. Im Bedarfsfall sind Betroffene oft so verwirrt, dass ihnen die Namen nicht einfallen. Und keine Polizei erlaubt Ihnen, minutenlang Ihr Mobiltelefon zu durchsuchen.«

Ich unterschreibe und bedanke mich noch einmal für diese großzügige Hilfe. Da mein Namensgedächtnis ziemlich mangelhaft ist, trage ich beide Nummern auch tatsächlich unter Notruf und Rechtsanwalt ein. Jetzt habe ich gleich zwei Anwälte!

Dr. Büchler trinkt einen Schluck aus seinem Glas. Er wirkt etwas gehemmt bei seinen folgenden Worten. »Ich habe mich vor Ihrem Besuch auch mit der Situation des organisierten Verbrechens beschäftigt. Bisher hatte ich keine Mandanten aus diesem Milieu. Strafrecht ist nicht mein übliches Tätigkeitsfeld. Obwohl ich im Rahmen meiner Ausbildung ein paar Monate in einer auf Strafsachen spezialisierten Kanzlei hospitiert habe und dort einiges an Wissen sammeln durfte. Das war natürlich spannender als das, was ich hier mache. Sie sollten wissen, dass ich Ihren Kontakt zu diesem Herrn Ismail Hajda als sehr problematisch einschätze. Diese Leute würden Sie womöglich sogar töten, wenn sie erfahren, was Sie da ausgeforscht haben! Solche Mafiosi können keine Zeugen gebrauchen, die sie für ihre Taten ins Gefängnis bringen.«

Er schaut mich besorgt über seine Brille hinweg an: »Was auch immer passiert: Ihre Kontakte zur Kripo in Deutschland dürfen Sie unter keinen Umständen jemandem aus diesem Kreis mitteilen! Sollten Sie von Herrn Hajda oder jemand anderem bedroht werden, dann können Sie sagen, dass Sie Material gesammelt haben, welches komplett bei mir hinterlegt ist. Sie können auch behaupten, dass Sie das als Sicherheit für Ihr Leben bei mir deponiert haben.«

»Und was sage ich, warum ich das alles herausgefunden habe?«

»So, wie es gewesen ist. Zufällig! Sie dürften natürlich nur die Erkenntnisse dieses USB-Sticks zur Sprache bringen. Keinesfalls dass Sie den ganzen Computer gekapert haben. Oder könnte er Ihnen das unter Umständen nachweisen?«

»Nein, ich denke, nicht. Er merkt auf keinen Fall, dass wir Zugang zu seinem PC haben. Eigentlich hätte er ja keinerlei Grund, mir gegenüber misstrauisch zu sein.«

»Ja. Schon. Aber sein Verhalten ist doch – vorsichtig ausgedrückt – etwas merkwürdig. Dass er diesen Kontakt erzwingt, obwohl er Sie vor dieser Begegnung in Ihrem Lokal gar nicht kannte.«

»Stimmt schon. Aber ich kann nicht glauben, dass er von unseren Tätigkeiten weiß.«

»Als Anwalt gewöhnt man sich leider bald ab, irgendetwas zu glauben! Wir sind es gewöhnt, alles Menschenmögliche zu unternehmen und mit allem zu rechnen, um unsere Mandanten zu schützen. Nehmen Sie meine Worte also bitte als reine Vorsichtsmaßnahme. Wir können derzeit nicht ermessen, warum dieser Herr Hajda sich plötzlich so sehr für Sie interessiert. Zufall? Oder steckt mehr dahinter? Welchen Grund könnte er haben, Sie plötzlich so dringend engagieren zu wollen?« Er macht eine kurze Pause, trinkt einen Schluck Wasser.

»Einen funktionierenden Computer, eine Homepage, einen Fernseher, all das hatte er auch ohne Sie schon! Warum möchte er also plötzlich, dass Sie für ihn arbeiten? Sobald wir diese Frage beantworten können, sind wir sehr viel weiter.« Er lehnt sich in seinem Ledersessel zurück. Die Arme liegen locker und entspannt auf dem Schreibtisch. Zu so einer Ruhe bin ich mit meinem ganzen Meditieren nicht in der Lage … Er räuspert sich.

»Dann ist da noch die deutsche Kripo. Sobald sich einer der leitenden Ermittlungsbeamten bei Ihnen meldet, sagen Sie ihm, dass Sie keine Aussage machen und auch keine Dokumente mehr zur Verfügung stellen, solange Ihnen nicht Zeugenschutz garantiert wird. Sie dürfen sich auf keinen Fall weiterhin selbst belasten, solange Ihnen nicht Straffreiheit garantiert wird! Noch wichtiger ist allerdings, dass Ihre Daten an keine andere Behörde weitergegeben werden dürfen und auch beim BKA unter strengstem Verschluss bleiben. Vor allem die Weitergabe an ausländische Behörden ist problematisch, da können Sie nie wissen, was damit passiert. Ist das für Sie nachvollziehbar?«

Ich denke kurz nach. Fühle mich ein bisschen wie bei einem Besuch in einem fremden Land, das ich zum ersten Mal betrete. An all diese Dinge hätte ich keinen Gedanken verschwendet ohne Giulia oder Dr. Büchler.

»Ich glaube, Sie haben recht mit dem, was Sie sagen. Mir war das alles nicht in dieser Deutlichkeit bewusst. Ich muss auch Charly Dorfgraber, meinen Freund – ich weiß nicht ob ich seinen Namen schon nannte –, instruieren, dass wir uns zukünftig besser absichern. Was machen wir, wenn die uns nicht in dieses Zeugenschutzprogramm aufnehmen wollen?«

»Dann übernehme ich das. Ich werde dort den nötigen Druck ausüben. Ich vermute, dass Europol eingeschaltet wird und die Akten zu diesem Fall europaweit genutzt werden. Leider haben Sie bereits telefonisch ausgesagt, und damit sind Sie möglicherweise – wie es heißt – aktenkundig geworden. Wurden Sie vor dem Telefonat darauf hingewiesen, dass diese Aussage gegen Sie verwendet werden kann?«

»Nein, nur dass das Gespräch aufgezeichnet wird.«

»Das ist sehr gut! Wir können diese Aussage also wirksam anfechten, falls das nötig sein sollte. Weiters muss ich Sie natürlich dazu auffordern, dass Sie das Abhören bzw. das Stehlen der Daten von Herrn Hajda so schnell wie möglich beenden. Lassen Sie das lieber die Polizei machen. Das ist deren Aufgabe. Und sollten Sie zukünftig erneut befragt werden – ohne dass Sie zuvor als Zeuge geschützt wurden –, dann bestehen Sie auf eine persönliche Einvernahme in Anwesenheit Ihres Anwalts. Haben Sie das alles verstanden?«

»Ja, ich bin ein bisschen erschrocken, wie gefährlich sich das alles anhört. Andererseits sind wir mit den Nachforschungen noch nicht fertig. Wir wollen eigentlich schon gerne mehr über die Organisation wissen. Auch interessiert uns brennend, wie sie an die Frauen und Kinder kommen. Und schließlich würden wir gerne diejenigen entlarven, die für solche Verbrechen zu ihrer perversen Befriedigung bezahlen. Zumal wir über die Möglichkeiten dazu verfügen. Also auf das Abhören können wir leider noch nicht verzichten …«

»Das ist Ihre jugendliche Unvernunft!« Er lächelt mich freundlich an. »Wobei Sie ja ganz so jung auch nicht mehr sind! Ich verstehe, dass Sie diese schlimmen Vorgänge verhindern wollen. Aber das ist sehr gefährlich. Auf jeden Fall müssen Sie ab sofort sehr vorsichtig sein, ich kann Ihnen das gar nicht dringlich genug sagen. Allerdings: Ich möchte Ihnen keine Angst machen. Ich sage immer: Angst muss nur der haben, der nicht vorsichtig genug war! Am besten halten Sie mich über alle weiteren Schritte auf dem Laufenden. Entweder telefonisch, wenn es dringend ist, oder Sie schreiben an meine persönliche E-Mail-Adresse.«

Er schaut auf die Uhr. »Wann müssen Sie wieder zurück? Fliegen Sie über Frankfurt?«

»Ja. Der Rückflug geht um 19 Uhr, ich bin dann so gegen 22 Uhr in Salzburg. Es bleiben mir also noch ein paar Stunden, um Zürich anzuschauen. Es ist ein schöner Frühlingstag. Ich werde es genießen, mal ein paar Stunden keine Verpflichtung zu haben.«

»Das ist gut. Dann haben Sie keine Eile. Darf ich Sie zum Essen in einem Restaurant am Zürichsee einladen?«

»Gerne. Unter der Voraussetzung, dass ich die Rechnung bezahlen darf. Es genügt schon, dass Sie mir Ihre Zeit opfern.«

Dr. Büchler fährt gemächlich durch die Stadt. Wir fahren am Rand der Altstadt entlang, die ich »unbedingt besichtigen muss«. Da könne ich vom Restaurant am See ganz einfach hinkommen. Zuerst solle ich das Limmatquai entlangwandern und dann beim Rathaus abbiegend das Niederdorf besuchen. Dort ist zwar tagsüber noch nicht so viel los. Aber viel Betrieb am Abend. Er sei nachts jedoch schon lange nicht mehr dort gewesen, dafür fehle ihm die Zeit. Und die Notwendigkeit, meint er. Aber man sollte es gesehen haben, wenn man in Zürich ist. Und auf dem Rückweg müsse ich mir unbedingt die Fraumünsterkirche anschauen, den Kreuzgang und die herrlichen Fenster von Marc Chagall. Dazu müsse ich nur beim Helmhaus die Limmat überqueren. Zwei Stunden würden für so einen Rundgang vollkommen ausreichen.

Ein elegant gekleideter Kellner bringt die Speisekarten. Ich unterdrücke das spontane Verlangen, diese sofort wieder zurückzugeben. Die Preise können doch nicht ernst gemeint sein! Ich beherrsche mich und blättere souverän weiter zwischen den Seiten. Für eine Suppe 15 Euro, ein großer Salat für 18 Euro, eine Portion Fisch fast 50 Euro. Mit Getränken also pro Person bald 100 Euro. In was für einer Welt bin ich hier gelandet? Besser nicht darüber nachdenken! Wie über alles andere. Mein Leben entgleitet mir ohnehin immer mehr. Wird nur noch von den Umständen und anderen handelnden Personen bestimmt! Ich schaue zu und bin beeindruckt!

Es ist 22 Uhr 45, als ich in mein Auto am Flughafen steige. Der Flieger hatte sich verspätet. Ich rufe Giulia an und berichte ihr kurz das Wichtigste.

»Sag mal, wir haben gestern nicht mehr darüber gesprochen, wann wir uns wiedersehen. Was habt ihr denn so geplant?« Die Frage ist mir gerade noch so eingefallen. Ich weiß nicht, ob mich Giulia heute noch erwartet hat oder nicht.

»Du könntest natürlich noch zu uns rauskommen. Obwohl es schon recht spät ist. Oder du kommst morgen Nachmittag zu uns. Rebecca würde sich bestimmt freuen.«

»Ich bin schon sehr, sehr müde. Und Kaffee darf ich keinen mehr trinken, sonst springt mein Herz in Stücke. Wenn du magst, dann komme ich so gegen 13 Uhr. Einverstanden?«

»Hört sich gut an. Schlaf schön und erhol dich! Ich freue mich, wenn du morgen kommst.«

»Gut. Ich freu mich auch. Schlaf gut, ciao.«

Rebecca hat es wieder geschafft, mich mit ihrer Fröhlichkeit auf andere Gedanken zu bringen. Den ganzen Nachmittag hindurch hat sie neue Ideen und Spiele ersonnen. Giulia und ich haben uns bereitwillig darauf eingelassen. Zuerst haben wir eine Runde Krocket gespielt und uns in die warme Sonne gesetzt. Danach sind wir mit den Fahrrädern um den See gefahren, haben einen Spielplatz aufgesucht, Enten gefüttert. Das Wetter war so schön, dass wir gar nicht mehr ins Haus wollten.

Jetzt hat Giulia Rebecca zum Üben geschickt. Das sei gut für sie, da komme sie wieder runter auf eine normale Geschwindigkeit. Wir kochen inzwischen gemeinsam das Abendessen. Rösti, verschiedene Gemüse. Als Dessert gibt es Eis aus der Kühltruhe. Beim Abwaschen klingelt mein Handy: Charly ist zurück. Ob ich noch komme. Ich bespreche mich kurz mit Giulia, ob sie damit einverstanden ist. Ich glaube, sie ist deswegen nicht unglücklich. Sie muss noch ein paar schwierige Stellen üben, die sie nicht zufriedenstellend hinkriegt. Sie sei noch längst nicht so weit, dass sie auftreten kann. Macht sich Sorgen, dass sie beim Konzert mit Matteo versagt. Wir verabreden, dass wir uns zum nächsten Wochenende wieder treffen. Wann genau, das überlässt sie mir.

Charly sieht frisch und erholt aus. Er fährt die Rechner hoch, krempelt sich die Ärmel nach oben. Ganz offensichtlich ist er voller Tatendrang. Ich habe ihm gleich nach meiner Ankunft das Wichtigste von meinem Besuch bei Dr. Büchler mitgeteilt. Er findet es gut, dass wir für unsere eigene Sicherheit jetzt also auch ein Backup haben. Hinsichtlich des Zeugenschutzprogramms äußert er Zweifel, ob wir das durchbringen. Aber gescheit sei es auf jeden Fall.

Er deutet mit einer leichten Kopfbewegung auf den Bildschirm. »Ich habe mir Gedanken gemacht, wie wir unsere Suche optimieren können. In so einem Bad, da sitzt man ständig irgendwo rum, im Liegestuhl oder in der Sauna. Da hat man endlich viel Zeit zum Nachdenken.«

»Ich dachte, du wolltest dich mal intensiv um Bea kümmern?«

»Wir hatten eh eine schöne Zeit zusammen. Bea hat es richtig gut gefallen. Du solltest da unbedingt auch mal ein Wochenende verbringen. Oder fahre während der Woche hin, da ist weniger los. Deine Freundin arbeitet doch eh nicht.«

»Du bist gut. Ich glaube, die übt zehn Stunden pro Tag an ihrem Cello. Und das reicht ihr nicht. Aber was hast du denn herausgefunden?«

»Bevor wir den riesigen Berg an Mails und Dateien angehen, sollten wir uns klar darüber sein, was genau wir herausfinden wollen. Ich schlage vor, dass wir – erstens – gezielt nach Leuten suchen, die mit Ismail zusammenarbeiten. Zweitens nach Listen von Usern. Und drittens – da schwimmen wir noch total in trübem Gewässer: Wo kommen die Frauen und Kinder her?«

»Du hast recht, lass uns mit dieser Priorität weitersuchen. Material, das Ismail belastet, davon haben wir reichlich. Ich habe in eine ähnliche Richtung gedacht. Wieder mal.«

»Gut, dann lass uns loslegen. Wann, sagtest du, machst du bei ihm den Einbau? Dienstag in einer Woche?«

»Ja. Am 28. Warum?«

»Ich hoffe, dass wir die fehlenden Infos spätestens dann kriegen werden.«

Um vier Uhr früh kann ich nicht mehr. Charly meint, er komme gut voran, auch wenn er nichts gefunden hat, das ihn wirklich umschmeißt. Dieses Mal nehme ich sein Angebot an und übernachte in seinem Gästebett. Als ich kurz nach neun aus der Dusche komme, sitzt er schon wieder am Rechner und meint: »Ich habe mich eh zwei Stunden hingelegt. Aber ich bin schon das ganze Wochenende nur herumgelegen…« Er klappert in die Tasten. Schiebt Dateien mit der Maus rum.

»Was ist mit Frühstück?«

»Hmmm. Wäre nicht schlecht. Bloß hab ich nichts im Haus. Magst du ein paar Semmeln und Weckerl holen? Ein bisschen Käse. Oder Marmelade. Am besten beides.«

»Mach ich. Ich brauch eh ein bisschen Bewegung.«

Nach dem Frühstück schaue ich erst noch mal in meine Mails. Eine Nachricht von Matti. Das bedeutet sicher nichts Gutes. Er schreibt, dass er mich dringend noch diese Woche sprechen möchte. Shit. Das Letzte, was ich jetzt brauchen kann, sind Troubles mit der SIGRA. Ich rufe an, werde zu ihm durchgestellt.

»Hallo Florian. Gut, dass du gleich zurückrufst. Ich habe leider schlechte Nachrichten für dich. Aber am besten besprechen wir das persönlich. Wann kannst du kommen?«

»Am Nachmittag, 17 Uhr. Aber sag mal ganz kurz: Worum geht es?«

»Das machen wir lieber mündlich. Nur so viel: Wir haben einen neuen Einkaufsleiter. Aus der Schweiz. Den Rest kannst du dir fast schon denken …«

Mist. Wenn ich den Job bei der Versicherung nicht mehr habe, dann kann ich meinen Laden zusperren.

Wenn alle Stricke reißen, dann könnte ich ja auch gerne für ihn arbeiten, ist Charlys spontane Reaktion. Aber es ist uns beiden klar, dass ich ihm nicht von großem Nutzen sein kann. Dafür fehlt mir ganz klar die Kompetenz. Erfreulicherweise habe ich ein paar Rücklagen. Aber wie und womit soll ich zukünftig mein Geld verdienen, wenn mein Betrieb eingeht?

Das Durchsuchen der Dateien wird zur Qual. Das Einzige, was ich wirklich wissen möchte, ist, ob Matti den ganzen Vertrag auflöst. Oder nur einen Teil. Vielleicht wird mein Job dort nur reduziert? Kurz vor 16 Uhr machen wir Schluss. Mit Ismail sind wir allmählich durch. Die deutschen Bullen sollen den Rest übernehmen. Ich habe alle Adressdateien in eine Tabelle reingespielt. Dann habe ich über einen Abgleich die Dubletten rausgelöscht. Es bleiben nach dem Abgleich 2.254 Mail-Accounts. Charly fragt, ob da auch Reisebürodaten enthalten sein können. Das schließe ich aus, da keine Adressen mit echten Namen drin sind. Alles Pseudonyme. Ein Sammelsurium unsinniger Bezeichnungen, von *ABA19i60a* bis *Zumzug196*. Charly will am Abend Knut anrufen und fragen, ob das BKA inzwischen was Neues weiß. Wenn ja, dann gibt er mir Bescheid.

Kurz bevor ich aus der Tür bin, wünscht mir Charly noch alles Gute bei der SIGRA. Ich soll ihn anrufen, wie es dort weitergeht. Er kenne so viele Leute, die jemand wie mich brauchen können. Ich soll mir überhaupt keine Sorgen machen.

Aber so easy ist das nicht! Die SIGRA kann ich unmöglich kurzfristig ersetzen. Betriebswirtschaftlich war und ist mir dieses

Risiko immer klar gewesen: von einem Kunden derart abhängig zu sein! Aber wie hätte ich das ändern sollen? Die Computerbranche leidet Not, ist längst kein Wachstumsmarkt mehr. Mit Reparaturen und Ersatzteilen kann man sich nur schwer über Wasser halten. Dazu sind die Betriebskosten in Österreich viel zu hoch. Als Kleinunternehmer ist man hier immer der Dumme.

Matti bietet mir einen Kaffee an. Meine Gedanken rasen bereits im Dreieck, ein Kaffee würde mich umbringen. Ich bitte um ein Glas Leitungswasser.

»Ich will dich nicht lange auf die Folter spannen. Wir haben vor vier Wochen einen neuen ›Leiter Gesamteinkauf‹ aus der Schweiz bekommen. Günther Tschäpper, Prokurist. Er stellt derzeit alles bei uns auf den Kopf. Er kam letzte Woche zu mir und hat gesagt, wir sollen deinen Vertrag auflösen. Alles läuft nur noch über den Zentraleinkauf und Fremddienstleistungen müssen alle gekündigt werden! Es tut mir von ganzem Herzen leid, dir das alles sagen zu müssen. Aber es handelt sich hier um eine Konzernvorgabe, der ich mich nicht verweigern darf.«

»Ich habe schon nach unserem Telefonat mit dem Schlimmsten gerechnet. Das trifft mich ehrlich gesagt ziemlich hart«, antworte ich deprimiert.

»Das dachte ich mir. Ich kann dir gar nicht sagen, wie leid uns das allen hier tut. Natürlich darfst du bei allen Ausschreibungen teilnehmen. Du wirst garantiert dazu eingeladen, deine Angebote abzugeben.«

»Na ja, aber große Chancen habe ich dann wohl nicht.«

»Ich denke doch. Das betrifft vor allem die große Hardware-Ausschreibung, die noch diese Woche rausgeht. Kurz dazu: Wir ersetzen innerhalb der nächsten Wochen sämtliche älteren Bildschirme durch LCDs. Auch erneuern wir alle PCs, die älter als sechs Jahre sind. Das Gesamtvolumen beträgt rund 110.000 Euro. Und da Gunnar darauf besteht, dass die Computer unseren Vorgaben entsprechend vom Anbieter konfiguriert werden, solltest du laut seiner Meinung die besten Chancen auf den Zuschlag haben. Am besten besprichst du dich mit ihm, sobald dir Günther die Ausschreibungsunterlagen zugeschickt hat.«

Das Gespräch fühlt sich an wie in der Sauna. Bloß dass der Aufguss weit über 100 Grad heiß ist.

»Ach Matti. Ich weiß das sehr zu schätzen, was du die ganzen Jahre für mich getan hast. Du solltest wissen, dass ich dir sehr dankbar bin.« Die Worte kommen nur stockend. Die Angst vor einer ungewissen Zukunft schnürt meine Brust zusammen. Jedoch habe ich in meinem Leben gelernt, dass ein Verlust niemals dazu führen darf, die Wertschätzung zu verlieren. Ich bin Matti und Gunnar weiterhin zu Dank verpflichtet, auch wenn es jetzt erst mal Richtung Abgrund geht. Ohne die beiden hätte ich mein Geschäft niemals so erfolgreich aufbauen und führen können! Das Gespräch stockt und wir verabschieden uns. Wir sind beide etwas verlegen. Matti sagt noch, dass diese Art von Gesprächen das Schlimmste an seinem Job ist. Er wünscht mir alles Gute.

Diesen Abend brauche ich eine Pause. Von allem! Diesen Rückschlag muss ich erst verdauen und verkraften. Hat sich denn die ganze Welt gegen mich verschworen? Ich werde heimfahren und eine große Runde laufen. In meiner jetzigen Stimmung renne ich auch bei Nacht über meine Hausberge.

Das Laufen bringt dieses Mal gar nichts. Ich fühle mich restlos verzweifelt. Ich könnte heulen – wenn ich denn wenigstens dazu in der Lage wäre. So ein Beschiss. Reicht es nicht, dass Mara weg ist? Und dass ich mich tagtäglich mit diesen Kriminellen rumschlagen muss! Was soll ich ohne meine Arbeit machen?

Ich merke, dass es zwischenzeitlich so dunkel geworden ist, dass ich den Weg zwischen den Bäumen nur noch undeutlich sehe. Ich muss mich konzentrieren, dass ich nicht über Unebenheiten oder Steine stolpere. Ich fühle mich müde. Ausgebrannt. Ich werde mich nachher noch frisch machen und in den *Brunnen* gehen. Sonja hat immer gute Ideen.

»Hi. Heute ist ein rabenschwarzer Tag. Ich brauche Trost!«

»Ist dir was passiert?« Sonjas Stimme klingt so erschrocken, dass es mir schon leidtut, sie wieder mit meinen Problemen zu belästigen.

»Die SIGRA hat mich gekündigt. Ist fast genauso schlimm. Im

Augenblick bricht scheinbar mein ganzes Leben zusammen. Aber ich will dich nicht damit belasten.«

»Blödsinn. Du brauchst dich nie bei mir zu entschuldigen, wenn du Hilfe brauchst. Erzähl mal ganz konkret, was passiert ist.«

Ich erzähle ihr in Kürze vom Gespräch mit Matti. Erkläre ihr, wie groß der Verlust für mein Geschäft ist.

»Wenn ich das richtig einschätze, dann war das dein mit Abstand größter Kunde. Den Verlust kannst du nicht auffangen, oder?«

»Nein. Keine Chance. Ich muss wieder komplett neu anfangen.«

»Das hört sich zwar schlimm an, muss es aber nicht sein. Ich denke mir oft: Wenn ich den *Brunnen* nicht hätte, dann würde ich einen Eissalon aufmachen. Das wär vielleicht doch auch was für dich! Du kennst ja die Gastronomie.«

»Na ja. Aber von Eis verstehe ich so gar nichts …«

»Ich habe die Werbebroschüre noch zuhause liegen. Meisterausbildung innerhalb weniger Wochen! Ich bringe sie dir morgen mit. Ist ein cleveres Konzept. Es gibt in Salzburgs Zentrum noch immer viel zu wenig Eisdielen. Obwohl man dabei sehr gut verdient. Bei den Scharen von Touris.«

Warum sollte ich nicht etwas komplett anderes machen? Aber ein Eissalon bedeutet acht Monate rund um die Uhr schuften. Keine Zeit zum Laufen, Capoeira oder sonst was. Zu Giulia raus käme ich da fast gar nicht mehr. Aber es wäre eine Möglichkeit.

Ramos bringt mir einen Riesenteller mit Kräuternudeln und gemischtem Salat. Dazu ein Bier. Ich kriege jetzt doch Appetit, unterhalte mich mit beiden Backen kauend weiter.

»Ich werde mir das in Ruhe überlegen. Vielleicht fällt mir noch was anderes ein, das näher an meinem bisherigen Beruf ist.«

»Sag mal … Du hast doch vor einigen Jahren bei jemandem ausgeholfen, der irgendwas mit Computern von Ärzten gemacht hat. Gibt es den noch?«

»Stimmt! Wie hieß der noch? Herbert! Der hat mir damals sogar angeboten, dass ich bei ihm einsteige. Wer weiß, ob der jemand dafür gefunden hat. Ich habe seine Nummer sicher noch in meinen Kontakten.«

»Siehst du. Du musst nur ein bisschen nachdenken. Dann fällt dir bestimmt noch mehr ein. Was du gar nicht darfst, ist den Kopf hängen lassen.«

Sie nimmt mich fürsorglich in den Arm. Sonja ist ein Geschenk des Himmels.

»Wie geht es dir mit deiner Musikerfreundin? Ist das schon wieder zu Ende?«

»Nein. Gar nicht. Ich sehe sie regelmäßig. Sie und ihre Tochter. Sind beide total lieb. Wobei es sein kann, dass sie ab Herbst wieder in die Schweiz ziehen, weil Rebecca in die Schule kommt.«

»Das wäre aber schade.« Sie schaut mich sinnend an. »Und hast du wieder mal was von Mara gehört? Die hatte ich wirklich gerne. Ich wollte sie schon an ihrem Blumenstand besuchen. Aber sie war nicht da.«

»Wirklich? Sie ist immer nur donnerstags, freitags und samstags dort. Wann hast du sie besuchen wollen?«

»Ich glaube, es war Mittwoch. Ich brauchte Blumen. Meine Freundin Charlotte ist im Krankenhaus. Gott sei Dank nichts Ernstes.«

In diesem Augenblick klingelt mein Handy. Charly. Ich kann keine weiteren schlechten Nachrichten brauchen. Charly teilt mir jedoch nur mit, dass wir morgen Abend um 19 Uhr einen Skype-Termin mit Klaus haben. Und mit noch jemandem, der zukünftig die Ermittlungen leiten wird. Ich sage ihm, dass ich rechtzeitig da sein werde.

Sonja hat wieder mal ganz weit die Ohren gespitzt und fragt, worum es da ging. Ich bin zu unaufmerksam und sage so nebenbei, dass ich in einer üblen Sache stecke, die momentan meine ganze Zeit auffrisst. Das hätte ich nicht tun dürfen!!! Sonja geht auf das Thema los wie eine Rakete.

»Ich habe mir doch gedacht, dass da was im Busch ist und du nicht nur wegen deinem Kunden so deprimiert bist. Also heraus mit der ganzen Geschichte. Du kannst doch nicht hinter meinem Rücken irgendwelche Sachen machen!«

Sonja fixiert mich. Ich komme da nicht mehr raus. Ich Trottel. War das nötig? Wie konnte ich so blöd sein und unüberlegt was daherplappern? Ich erzähle ihr ohne große Ausschmückungen die wesentlichsten Fakten. Sonja wird zunehmend erregt, greift nach meiner Hand, presst sie.

»Um Gottes willen! So etwas Übles. Warum hast du mir nicht längst davon erzählt? Du kannst das doch nicht alleine machen. Weißt du, worauf du dich da eingelassen hast?«

Sie ist ganz aus dem Häuschen. Ich muss sie beruhigen.

»Ich denke, dass das alles morgen so ziemlich ausgestanden ist. Das übernimmt dann die Polizei aus Deutschland, hoffe ich. Ich muss nur noch den Beamer einbauen nächste Woche.«

»Das glaubst aber auch nur du! Mit solchen Leuten ist nicht zu spaßen. Die haben im Jugoslawienkrieg das dazu gelernt, was sie vorher noch nicht konnten. Ich habe mir damals gleich gedacht, bei den Anrufen von diesem Kerl, dass da was nicht stimmt. Der war unglaublich aggressiv am Telefon. Das ist ja schrecklich, was du erzählt hast. Du hast dich mit ganz gefährlichen Leuten eingelassen, ist dir das klar? Und, absolut richtig von dir und Charly, wir müssen etwas dagegen unternehmen. Ab jetzt hältst du mich über alles auf dem Laufenden!«

Das habe ich befürchtet. So lieb Sonja ist, sie mischt sich in alles ein. »Erst mal sollte alles erledigt sein. Übrigens: Ismail hat gesagt, er sei am nächsten Tag noch mal hier gewesen und habe nach mir gefragt. Stimmt das?«

»Ja. Ich erinnere mich genau. Die goldene Uhr und sein Seidenjackett. Der Typ war mir so was von unsympathisch. Ich kenne diese Sorte noch aus Bosnien. Wir haben immer Angst vor denen gehabt!«

An die goldene Uhr kann ich mich nicht erinnern. Ich achte nicht so sehr auf so was. »Aber seither ist er nicht mehr hier gewesen? War er damals alleine oder war jemand dabei?«

»Ich habe ihn hier nicht mehr gesehen. Aber ich bin ja auch nicht oft da morgens. Abends habe ich ihn hier noch nie gesehen. Ich erinnere mich, es war damals noch ein Glatzkopf dabei. Auch so ein grässlicher Kerl!«

»Er hat ihn mal seinen Fahrer genannt. Macht eher den Eindruck als wäre es der Leibwächter.«

»Und wie geht es weiter? Ich hoffe, die werden in Kürze alle verhaftet.«

»Ich auch. Beweismaterial gibt es bereits genug.«

In diesem Augenblick geht die Tür auf und Claudio kommt rein. Die beiden küssen sich überschwänglich. Ich schaue Sonja dann intensiv an und schüttele leicht den Kopf. Ich hoffe, sie versteht, dass das letzte Thema absolut unter uns bleiben muss. Sie nickt mir mit einem kleinen Lächeln leicht zu. Claudio schaut irritiert, aber er fragt nicht. Ich verabschiede mich von den beiden. Sage, ich war schon länger nicht mehr daheim. Muss schauen, ob noch alles da ist.

Montenegro

Sema führt eine Tagesliste mit Notizen, seit sie in dem Gefängnis angekommen ist. Dadurch kann sie das Verhalten der Männer besser einschätzen, kann sich vorbereiten auf das, was passiert. Täglich werden mindestens zwei Frauen ausgewählt, oder eine Frau und ein Kind. Einer der Männer hat eine lange, schwere Holzkeule, vermutlich für ein unbekanntes Spiel, mit der er auf die jeweiligen Opfer zeigt. Wenn sie nicht sofort aufstehen und zu den zwei an der Tür wartenden Männern gehen, dann drischt er mit der Keule auf Arme oder Beine der Betroffenen, manchmal auch auf die Schulter. Ob die Frauen und Kinder schreien, weinen oder sich tot stellen, das macht keinen Unterschied. Wenn die Keule sie ein- oder zweimal mit voller Wucht getroffen hat, spätestens dann ergeben sich alle in ihr Schicksal.

Alle sieben Tage wird anschließend noch eine Frau ausgewählt und mitgenommen, nachdem rund zwei Stunden später die misshandelten Opfer zurückgebracht worden sind. Wer dann ausgewählt wird, kommt meist nicht mehr zurück! Diese Frauen oder Kinder werden vor laufenden Kameras zu Tode gequält, das hat Sema herausgefunden. Ein einziges Mal hat eine überlebt, Alima. Nur deshalb weiß Sema, wie furchtbar es diesen Opfern ergeht. Alima wurde besinnungslos zu ihrer Matratze geschleift, aber sie lebte noch. Ihr waren sämtliche vorderen Zähne ausgeschlagen worden, ihr Mund war eine blutige Masse. Auch ihr Bauch und ihre

Beine waren blutdurchnässt. Die Verletzungen waren so schlimm, dass sie nach kurzen Aufwachphasen rasch wieder zurück in ihre Bewusstlosigkeit verfiel. So blieb sie wenigstens von diesen Schmerzen verschont. Der Blutverlust oder innere Verletzungen haben schließlich dazu geführt, dass sie am nächsten Tag starb.

Boban, der junge Mann, der regelmäßig kommt und alle hier medizinisch so gut wie möglich betreut, hat Sema Verhaltensratschläge gegeben. Ihre einzige Chance, zu überleben, sei, wenn sie bei den Übertragungen gute Quoten erziele. Dazu müsse sie trotz aller Erniedrigungen und Qualen, die ihr zugefügt werden, so tun, als hätte sie Freude daran, als empfände sie Lust bei den ihr zugefügten Grausamkeiten. Dies würde die Zuschauer erregen und dann würden sie gute Quoten abgeben, was eine Garantie für weitere „sanfte Behandlungen" sei. Hingegen: Je mehr die Vergewaltigten jammern und schreien, desto besser würden sie sich als Opfer für sadistische Quälereien eignen, die für die Ausgewählten schrecklich enden. Für spezielle Live-Übertragungen gebe es eine besondere Auswahl an Zuschauern, die enorme Summen dafür bezahlen. Deshalb solle Sema ihre Schmerzen und ihr Leid so gut wie irgend möglich unterdrücken, nur so könne sie am Leben bleiben.

Boban verständigt sich in holprigem, dürftigem Englisch, und da Sema derzeit die einzige Frau ist, die gut Englisch spricht, klärt er immer mit ihr alles Nötige ab: Wie die Frauen mit den Verletzungen umgehen sollen, damit sie schneller heilen, wann geputzt werden muss, und andere Anweisungen, die er weitergibt. Die Frauen und Kinder müssen schließlich für die nächsten „Behandlungen" wieder möglichst schnell in einigermaßen gutem Zustand sein.

Heute ist der siebte Strich wieder voll. Die anderen Frauen wissen nichts von dieser Liste, und Sema sagt ihnen auch nicht, was sie herausgefunden hat. Es reicht, dass sie weiß, dass heute wieder die „Sonderbehandlung" fällig ist. Gestern kam eine neue „Lieferung", darunter eine junge Syrerin mit einem Baby. Die Frau ist gerade mal siebzehn Jahre, ihre Tochter vier Monate alt. Ideale Opfer für diese Bestien. Der Säugling, der mit Semas Schiff kam, hat nicht lange überlebt. Ebenso wie die arme Mutter. Sema würde die junge Syrerin mit ihrem Baby am liebsten in die Arme nehmen und beschützen. Gerade wenn die Frauen neu kommen, dann tun sie Sema besonders leid, weil sie noch so ahnungslos sind. Umso schlimmer sind dann das Erkennen, die Verzweiflung, sobald ihnen ihre neue Situation bewusst wird. Aber Sema kann ihr nicht helfen, genau so wenig wie sich selbst und allen anderen hier. Wenigstens um die Kinder kann sie sich kümmern. Sema sammelt sie jetzt ein und geht mit ihnen nach draußen. Es sind mittlerweile vier. Ein achtjähriger Bub, Nadim, ist gestern auch dazugekommen. Er war alleine ohne Eltern geflüchtet. Seine Familie hatte gehofft, dass er als Flüchtling anerkannt wird und sie nachholen darf. Nadim weiß noch nicht, warum sie hier gefangen gehalten werden. Niemand möchte ihm das erklären, obwohl er ständig fragt. Auch Sema fühlt sich dazu nicht in der Lage. Sie spürt eine Welle der Hoffnungslosigkeit in sich. Die Kraft, durchzuhalten, ist nahezu völlig aufgezehrt durch einen Sog aus Angst und Verzweiflung.

Anfangs hat sie die Männer inbrünstig gehasst für das, was sie ihnen allen antun. Aber dieser Hass ist zunehmend der Resignation gewichen, in dem Maß, in dem sie gesehen hat, dass diese Männer kein Mitleid haben, keine Gefühle, keine Menschlichkeit. Sema und die anderen sind wie Kühe oder Hühner für sie, die zum Schlachten transportiert werden. Die Tiere wehren sich gegen den bevorstehenden Tod, ihr Leid ist furchtbar wie ihr Leben davor. Aber für die Schlachter existieren sie nicht als Lebewesen. Sie sind nur Ware, wie die Frauen und Kinder hier auch. Menschen können so grausam sein!

Sema ist jetzt 49 Tage hier, hat überlebt. Aber lange wird sie es nicht mehr schaffen. Manchmal wacht sie nachts bei jeder Bewegung auf, weil ihr Körper übersät ist mit schmerzenden Stellen. Oder weil eines der Kinder, die bei ihr auf der Matratze schlafen, gegen eine ihrer vielen Wunden drückt. Und wenn sie dann nicht schlafen kann, plagen sie Gewissensbisse, weil sie sich bei den Vergewaltigungen verstellt, so tut, als würde ihr das gefallen. Sie fühlt sich deswegen oft wie eine Verräterin an den anderen gefangenen Frauen. Nur die Sorge um die Kinder hält sie davor zurück, sich umzubringen. Keine der anderen Frauen scheint das Schicksal der Kinder zu kümmern, alle sind nur mit sich und ihrem Leid beschäftigt. Sema beugt ihren Kopf. Beten ist das Einzige, was sie tun kann, auch wenn es bisher nichts genützt hat. „Allmächtiger Allah! Was habe ich angestellt, dass ich hier in der Dschahannam, der Hölle auf

Erden, gelandet bin? Wann werde ich endlich den ersehnten Weg zurück finden? Ich kann nicht mehr! Hab Mitleid und erlöse mich."

Die Sonne scheint durch das Fenster. Es ist acht Uhr. Ich habe unruhig geschlafen. Vor dem Aufwachen hatte ich wieder einen Traum mit Mara. Ich war bei ihr am Blumenstand. Jedoch war der Stand leer, keine Blumen. Es gab nicht mal Blumenkübel. Sie stand hinter ihrer Holztheke und hielt einen großen Blumenstrauß in den Händen. Ich wusste nicht, ob der für mich gedacht war. Sie stand einfach nur so da und schaute unbestimmt. Ich stand ihr gegenüber, verunsichert, wusste nicht, was ich sagen oder machen sollte. Es war beklemmend. Keiner von uns sagte ein Wort. Ich war richtig erleichtert, als ich aufwachte und alles nur ein Traum war. Ich frage mich, was das bedeuten könnte. Spüre, dass Gedanken an Mara noch immer eine offene Wunde in meinem Inneren berühren.

Ich werde eine Runde laufen, maximal eine Stunde, und dann gleich nach dem Duschen diesen Herbert anrufen.

»Herbert Langer. Softwaremed. Guten Morgen.«

Ich stelle mich vor. Er erkennt mich sofort wieder und begrüßt mich überschwänglich. Wie sehr er sich freue, wieder von mir zu hören. Ich spreche ihn direkt darauf an, dass sich bei mir möglicherweise berufliche Änderungen ergeben und ich nach neuen Perspektiven suche. Es ist kurze Zeit so ruhig am anderen Ende, dass ich denke, das Gespräch ist unterbrochen.

Habe ich ihn mit meiner Nachricht überfallen? Er antwortet mit leicht zögerlicher Stimme, dass ein persönliches Gespräch durchaus Sinn machen könnte. Ich bin wie elektrisiert. Er fragt, ob ich nicht am Mittag zu ihm ins Geschäft kommen möchte. Oder besser, wir treffen uns zum Mittagessen. Da könne man doch am besten miteinander reden. Wir vereinbaren, dass wir uns um 12 Uhr 30 im Restaurant *Zur Riede* treffen. Ist gleich hinter dem Neutor, da kann ich zu Fuß hin.

Mir schwirrt der Kopf. Könnte sich da eine Möglichkeit auftun?

Herbert ist dick geworden! Ich hatte ihn als leicht übergewichtig in Erinnerung. Er hat zwischenzeitlich aber nochmal kräftig zugelegt. Im Gesicht hat er rötliche Flecken. Das sieht nicht gerade kerngesund aus. Obenrum zeigen sich erste kahle Stellen. Aber seine blauen Augen blicken wach wie zuletzt. Er begrüßt mich mit einem herzlichen, aber feuchten Händedruck. Ich wische meine Hand unbemerkt an der Hose ab.

Wir bekommen die Speisekarte. Alle Mittagsmenüs reine Fleischküche. Auch sonst kaum Vegetarisches auf der Karte. Wachteleier! Ich habe gelesen, dass Wachteln sogar noch brutaler gezüchtet werden als Hühner. Im *Brunnen* führen wir sie deswegen gar nicht. Denn es gibt kaum Lieferanten, die diese Vögel artgerecht halten. Dieses Restaurant ist mir unsympathisch. Hier gehe ich nicht mehr her.

Nach einem kurzen Smalltalk, wie es so geht und so, kommt Herbert gleich zum Thema. Er hat vor vier Monaten einen Mitarbeiter eingestellt. Es ist bereits der dritte innerhalb der letzten zwei Jahre. Auch dieser sei unzuverlässig. Wie die anderen davor! Die Ärzte würden sich darüber beschweren, dass er unfreundlich und schlampig ist.

Ich sage ihm, dass eine Beschäftigung als Angestellter für mich nicht in Frage käme. »Du hast doch vor drei Jahren nach einem Geschäftspartner gesucht. Damals hast du mir ein Angebot gemacht. Hat sich das Thema für dich inzwischen erledigt?«

Seine linke Lippe zuckt ein bisschen, seine Augen werden unruhig. Ja, auch darüber könnten wir reden. Das sei dann aber ganz was anderes! Wobei er mir gleich »klar und deutlich sagen muss«, dass die Firma inzwischen im Wert gewachsen sei und bei einer Beteiligung aktuell mindestens 70.000 Euro fällig würden. Seine Augen blicken starr. Ich kann das nicht recht deuten.

»Ich kann das Geld aufbringen. Das ist nicht das Problem«

Er saugt hörbar die Luft durch seine gespitzten Lippen ein. »Ja, dann wird es aber interessant. Was willst du wissen?«

»Nun ja. Ich müsste als Erstes die Bilanzen sehen. Dann müssten wir über die Inhalte meiner Tätigkeit sprechen. Und natürlich auch über Perspektiven.«

Er antwortet, dass es dem Geschäft sehr gut gehe. Im Vorjahr habe er einen schönen Gewinn von etwas mehr als 10.000 gemacht.

Dieses Jahr stiegen die Umsätze weiter. Und mit einem Partner, da könne man doch viel mehr bewegen.

»Und wie könnte meine Mitarbeit aussehen?«

»Nun ja. Darüber muss ich erst noch nachdenken. Aber spontan könnte ich mir vorstellen, dass wir den Techniker kündigen und dass du als Erstes seinen Job machst. Gemeinsam könnten wir den Betrieb groß machen. Du bist ein Profi wie ich!«

So schlecht hört sich das alles nicht an. Ich sage ihm, dass ich das gerne erst mal sacken lassen möchte und wir uns vielleicht in ein oder zwei Tagen wieder treffen sollten. Am besten in seinem Büro. Mit Bilanzen. Wir bestellen die Rechnung und verabschieden uns. Vereinbaren dann gleich einen Termin für Donnerstag, zehn Uhr.

Mir schwirrt der Kopf. Das ist doch unfassbar. Vor drei Tagen noch hätte ich geschworen, dass ich noch über ganz viele Jahre mein Geschäft weiterführen werde. Gute Arbeit, guter Verdienst, was sollte ich da ändern wollen? Und jetzt unterhalte ich mich über einen komplett neuen Beruf. Und möglicherweise die Beteiligung an einem fremden Unternehmen. Ich muss herausfinden, ob der Laden auch wirklich vernünftig läuft. Bevor ich einen großen Teil meiner Rücklagen in so etwas einbringe! Auch die Eissalon-Idee hat ja durchaus ihren Reiz. Eine allzu schnelle Entscheidung möchte ich noch nicht fällen.

Ich gehe erst gar nicht nach Hause, sondern direkt in mein Geschäft. In Kürze habe ich die schlimme Aufgabe, meinen Mitarbeitern mitzuteilen, dass im Sommer Schluss ist. Geld für Gehälter ist bald nicht mehr da!

Das Gespräch mit Harry und Moritz über ihre bevorstehende Entlassung verläuft wie erwartet. Beide hatten nicht damit gerechnet. Harry meint allerdings gleich, für ihn sei das kein Problem. Er plane ohnehin für die Zeit nach seinem Studium eine Auszeit. Aber Moritz ist ganz still. Ich kann förmlich zusehen, wie sein Kopf nach unten sinkt. Ich erzähle den beiden anschließend von der Ausschreibung, dass ich mir da gute Chancen ausrechne. Und falls wir den Zuschlag kriegen, dann bekommt jeder eine Extrazahlung von 500 Euro, wenn wir das Projekt erfolgreich erledigen. Das ist dann auch eine Art Abschiedsprämie für die gute Zusammenarbeit. Harry muss gleich los zu einem Termin. Moritz sitzt ziemlich geknickt an seinem Schreibtisch und stochert auf seiner Tastatur herum. Ich gehe zu ihm, lege meine Hand auf seine Schulter.

»Wenn es irgendwie geht, dann werde ich mich weiter um dich kümmern. Ich weiß noch nicht, wie. Aber es wird uns schon was einfallen. Lass den Kopf nicht hängen!«

Er schaut mich an, nickt. Er hatte mir vor zwei Jahren bei seiner Bewerbung seine Situation geschildert. Seine Mutter hatte nur einen schlecht bezahlten Job als Aushilfe in einer Bäckerei, sein Vater war vor fünf Jahren an Krebs gestorben. Da er schon zuvor lange krank war, bekommt sie nur eine winzige Rente. Sie wohnen in einer kleinen Gemeindebauwohnung in Maxglan. Die Mutter ist auf seinen Verdienst angewiesen. Wenn das was wird mit der Arztsoftware, vielleicht brauchen wir ja dort auch eine Aushilfe. Und später einen guten Mitarbeiter.

Bevor ich zu Charly rausfahre, checke ich erneut den Caddy in der Garage durch. Ich habe schon extra einen Fetzen im Auto liegen, auf den ich mich knien bzw. abstützen kann, wenn ich überall nachschaue. Nichts Auffälliges.

Ich fahre einen kleinen Umweg und hole im *Fingerlos* ein Tablett Kuchen und Torte. Für Charly, Frau Dorfgraber und mich. Die Sachen hier schmecken, als wären sie geradewegs aus dem Himmel angeliefert worden. Meist kaufe ich viel zu viel. Aber wenn es einem mal nicht so gut geht, dann sollte man jede Möglichkeit nutzen, sich und anderen etwas Gutes zu tun.

Wie beim letzten Mal stelle ich mein Auto beim alten Restaurant von Sonja ab, das jetzt *Bei Zlatko* heißt. Sieht ziemlich leer aus! Na ja, hoffentlich wird es abends voller. Von dort sind es nur drei Querstraßen. Ich habe alles gut im Blick. Keine Verfolger!

Charlys Mutter ist gerührt vor Freude. Sie sagt, das Essen, das sie täglich kriegt, schmecke eigentlich immer gleich. Egal was in der Aluverpackung drin ist. Sie möchte mich auch gleich zum Kaffee einladen. Aber ich muss rauf zu Charly. Es ist schon nach halb sieben. Charly stürzt sich auf die Sahnetorten. Mir sind die mit Obst lieber. Göttlich. Charly meint, dass er rund und fett wäre, wenn er in der Nähe des Fingerlos wohnen würde. Auch er hat sich in der Zwischenzeit nicht mehr mit Ismail beschäftigt. Nur mal geschaut, ob das funktioniert mit der automatischen Speicherung. Charly weiß gar nicht, wann er das alles abarbeiten soll. Vielleicht nur einmal grob durchforsten. Ich erzähle ihm von meinen neuen Plänen. Er nickt zustimmend.

»Ich wusste doch, dass du noch viel mehr aus deinem Leben machen kannst, als diesen kleinen Reparaturshop zu führen. Du hast so viele Fähigkeiten! Du bist technisch vielseitig, kannst auch gut organisieren. Und strukturiert denken. Du muss nur das Richtige finden!«

In diesem Augenblick kommt der Skype-Anruf rein.

Dieses Mal sitzen wir gleich drei Personen gegenüber. Klaus stellt uns Kriminaldirektor Henning Burgmüller vor, von der IKPO, der ab sofort die Ermittlungen leiten wird. Er ist ein drahtiger, hagerer Typ, der freundlich in die Kamera schaut und sich auch gleich zu Wort meldet.

»Nachdem ihr alle per Du seid, schlage ich das auch für mich vor. Ich bin Henning. Gebürtiger Hamburger, lebe und arbeite aber in Wiesbaden bei der IKPO Interpol, Zentralstelle für Kinderpornografie. Da Montenegro kein Mitglied von Europol ist, wurde uns die Zuständigkeit übertragen. Obwohl noch andere Abteilungen involviert sind, laufen die Untersuchungen über uns und werden von uns koordiniert.«

Charly und ich stellen uns kurz vor. Die Atmosphäre scheint locker zu sein. Kein Hinweis darauf, dass das Gespräch aufgezeichnet wird, keine Rechtsbelehrung.

Ich spreche in Richtung Mikro:

»Also, ihr habt inzwischen das komplette Material von uns gekriegt. Aber jetzt haben wir folgendes Problem: Ich war zwischenzeitlich bei meinem Anwalt, und der hat mich davon überzeugt, dass wir ohne Zeugenschutzzusage niemals irgendwelche Aussagen hätten machen dürfen. Wie sieht es damit aus?«

Henning und Klaus schauen sich kurz an, Knut nickt zustimmend. Klaus übernimmt.

»Der Anwalt wäre aus unserer Sicht nicht nötig gewesen. Der Staatsanwalt hat den Sachverhalt geprüft und mir heute Nachmittag bestätigt, dass ihr vollen Zeugenschutz erhaltet. Den schriftlichen Bescheid kriegt ihr gleich im Anschluss. Legt den elektronisch ab, am besten auf einem separaten Account. Wir haben bereits eure Namen aus allen Ermittlungsakten genommen. Nur die leitenden Ermittler beim BKA kennen eure Identität, und natürlich der Staatsanwalt.«

Mir fällt ein Stein vom Herzen. Ich spüre, wie eine schwere Last wegfällt. Charly und ich antworten beide fast gleichzeitig und bedanken uns.

Henning beugt sich vor zum Mikro: »Was unsere Erkenntnisse anbelangt, so werden wir euch ausschließlich über das informieren, was ihr unbedingt wissen müsst. Also nur so viel: Wir haben es mit einer kriminellen Vereinigung zu tun, die mafiöse Ausmaße hat. Internationale organisierte Kriminalität! Wir haben weitere Websites entdeckt, die von diesen Herren betrieben werden. Eine schrecklicher als die andere! Dazu eine Filesharingplattform, die in der Ukraine betrieben wird, sowie mehrere IRC-Channels. Überall gibt es über gesicherte Zugänge harte Pornografie. Gewaltpornos schlimmsten Ausmaßes: Vergewaltigungen von Frauen, Schändung von Kindern und Babys, sadistische Praktiken bis zur Todesfolge, dazu auch noch Tierpornografie. Die lassen nichts aus! Habt ihr dazu noch Fragen?«

Ich bin wie erschlagen. Im Prinzip haben wir das zwar gewusst. Aber das alles komprimiert als trockene Bestätigung zu erhalten, ist schon hart. Charly meldet sich zu Wort.

»Wir wissen das alles schon! Das Einzige, was uns interessiert, ist, dass diese perversen Schweine aus dem Verkehr gezogen werden. Ganz schnell. Wisst ihr schon, wie sie an die Frauen und Kinder kommen? Meiner Einschätzung nach werden die Opfer gefangen gehalten. Anders sind die Aufnahmen nicht zu erklären. Die Räumlichkeiten sind auf allen Aufnahmen identisch.«

Henning nickt zustimmend. »Du hast recht. Auch unsere Vermutungen gehen in diese Richtung. Jedoch kennen wir noch längst nicht alle Details. Unser Sondereinsatzteam recherchiert rund um die Uhr und wertet alles aus. Die Aufzeichnungen aus dem Adressbuch und dem Kalender sehen übrigens ebenfalls sehr vielversprechend aus! Wir erwarten uns da noch einiges an Aufschlüssen.«

Charly schüttelt leicht den Kopf. Nicht ablehnend, sondern seine Bedenken ausdrückend bezüglich des eben Gehörten. »Ich habe ganz stark die Befürchtung, dass die Hautfarbe der Frauen und Kinder ein Hinweis auf ihre mögliche Verschleppung ist. Es handelt sich bei den Aufnahmen, die ich gesehen habe, zu großen Teilen um Menschen arabischer Herkunft. Ich bin ziemlich sicher, dass nicht nur die Kinder, sondern auch die Frauen unter Zwang handeln. Und wer dieser Tage Nachrichten hört bzw. sieht, der weiß, wie viele Hunderttausend dieser Volksgruppe zurzeit auf der Flucht sind.«

»Du hast wahrscheinlich recht!« Henning blickt starr in die Kamera, streicht sich mit der rechten Hand über die Stirn, als würde er Schweiß wegwischen. »Unsere Untersuchungen gehen exakt in diese Richtung. Aber das sollte nicht euer Problem sein. Es reicht, wenn sich unsere Spezialisten darum kümmern. Mit Ausnahme der Daten von dem Rechner dieses Ismail Hajda, die brauchen wir weiterhin.«

Das habe ich befürchtet. Wir machen die Drecksarbeit, und die Informationen behalten die Bullen für sich. So was kotzt mich eigentlich an. Aber es geht hier nicht um mich, sonst würde ich schon längst hinschmeißen. Ich wende mich an Henning:

»Wie du bestimmt weißt, bin ich in einer Woche bei Ismail und baue einen Beamer ein. Bei der Gelegenheit möchte Charly sämtliche gelöschten Daten vom PC runterziehen, auch die gelöschten Mails, soweit das geht.«

»Ich hätte das eigentlich schon längst machen können«, unterbricht mich Charly, »aber wenn ich so intensiv im PC wühle, dann könnte Ismail das merken. Ich kann das nur machen, wenn ich sicher sein kann, dass niemand in der Nähe ist. Deshalb haben wir das für den Zeitpunkt geplant, wenn Florian den Projektor einbaut. Er schickt mir eine Nachricht, sobald der Rechner frei ist, und eine Warnung, sobald Ismail wieder auftaucht.«

Henning streckt sein Kinn vor und sagt mit nachdrücklicher Betonung:

»Ich kann euch keine offizielle Einwilligung geben, dass ihr weitere Risiken eingeht! Außerdem lehnt der Staatsanwalt jede weitere Einmischung von euch ab. Ich befürchte, dass es da rechtliche Grenzen gibt. Und sollten eure Aktionen auffliegen, dann kann ich euch nicht schützen!«

Er zieht sein Kinn ein und blickt schräg nach unten. »Andererseits …«, er ringt scheinbar nach den richtigen Worten, »Ich denke, da sprechen wir demnächst noch drüber. Am besten persönlich.«

Mir drängt sich das Gefühl auf, dass es massive rechtliche Probleme gibt und dass der Staatsanwalt nicht alles weiß, was wir hier machen. Was meint er mit persönlich? Wir sprechen doch persönlich!? Auch Charly ist das Gerede von Henning zu unbestimmt, denn er sagt herausfordernd:

»Ich lade weiterhin täglich die Aktivitäten dieses Herrn runter. Da gibt es noch massenhaft Material, das ihr nicht habt! Was ist damit?«

»Ja, richtig. Darüber wollte ich noch mit euch sprechen.« Henning richtet sich auf und wechselt Blicke mit Klaus und Knut. »Wir lassen das alles vorerst aufrecht. Ich komme nächsten Mittwoch, also morgen in einer Woche, nach Salzburg. Dann sprechen wir über alles. Könnt ihr euch ein paar Stunden für mich Zeit nehmen?«

Bum! Charly und ich schauen uns an. Was will er von uns? Wir nicken beide. Das lässt sich einrichten.

»Bis dahin schickt ihr immer sofort das Material, an das ihr rankommt, direkt an mich. Meine Adresse maile ich euch im Anschluss an dieses Telefonat. Wie es weitergeht, besprechen wir, wie schon gesagt, persönlich. Und dann haben wir auch ausreichend Zeit, alle noch offenen Fragen zu klären.«

»Kann mich nächste Woche einer von euch vom Flughafen in Salzburg abholen? Die Maschine aus Frankfurt landet um 09 Uhr 45.«

Das war keine Antwort auf meine Frage. Auch o.k. Ich schaue auf meinen Terminkalender im Handy. »Das kann ich machen. Wann musst du wieder zurück.«?«

»Ich habe nach Mittag noch einen anderen Termin in Salzburg. Von dort aus nehme ich dann ein Taxi.«

Charly räuspert sich. »Falls du unser Material sehen willst, ist es wohl am gescheitesten, ihr kommt vom Flughafen aus direkt zu mir. Hier können wir ungestört reden.«

»Darum wollte ich bitten. Dann wäre das also auch geklärt.«

Es gibt nicht mehr viel zu sagen und wir verabschieden uns. Ich bin erst mal erleichtert. Zeugenschutz, keine Vorwürfe mehr, keine Panikmache. Charly hingegen ist beunruhigt. Ihm gefällt es überhaupt nicht, dass Henning nur »um den heißen Brei herumgeredet« hat. Wir sind uns einig, dass wir ihn nächste Woche so lange löchern, bis er mit allem rausrückt.

Der Kuchen schmeckt mir nicht mehr. Ich spreche Charly noch auf seine Vermutung zur Herkunft der Frauen und Kinder an. Denkt er, dass es sich um syrische oder nordafrikanische Flüchtlinge handelt?

»Aufgrund der Hautfarbe drängt sich das förmlich auf. Und ich kann mir vorstellen, dass solche Menschen leichte Beute sind.« Charly blickt mich düster an. Tag für Tag verfolgt mich dieses Leid und macht mich wahnsinnig! Wenn ich mir vorstelle, wie schlimm für eine Frau bereits eine ›ganz normale‹ Vergewaltigung sein muss. Hier passieren Qualen, die jenseits menschlicher Vorstellungskraft liegen. Ich mag nicht mehr daran denken. Nur an die Dinge, die ich beeinflussen kann. Wenn Henning nächste Woche kommt, dann muss er uns versprechen, dass sofort dagegen vorgegangen wird. Nicht irgendwann. Das zugefügte grausame Leid spielt sich schließlich weiterhin täglich ab, und ich leide massiv unter diesem Wissen. Das Leiden der anderen ist so lange auch meines, bis ich weiß, dass diese Kinder und Frauen aus den Klauen dieser Bestien befreit sind.

Ich verabschiede mich ziemlich rasch von Charly, brauche ein bisschen Abstand von all dem.

Ob Giulia schon schläft? Ich würde gerne noch mit jemandem reden. Sie ist noch wach und, nein, ich störe sie nicht. Ich erzähle ihr von meiner Kündigung und dass sich bereits eine neue Möglichkeit ergeben hat. Giulia hört aufmerksam zu. »Du tust mir echt leid, dass dir jetzt auch noch so was passiert. Das mit diesem Herbert hört sich zwar erst mal nicht schlecht an. Aber bei so etwas ist auch immer eine gehörige Portion Risiko dabei.

Wir haben bisher nicht darüber gesprochen, aber auch ich muss mich entscheiden, wo Rebecca zukünftig zur Schule gehen wird. Je länger ich über den richtigen Wohnort nachdenke, desto sicherer bin ich, dass eigentlich nur die Schweiz in Frage kommt. Nur bei meinen Eltern ist Rebecca gut aufgehoben, wenn ich auf Konzertreisen gehe. Und ich kann nicht warten, bis sie so groß ist, dass ich sie alleine lassen kann. Bis dahin wäre meine Karriere längst zu Ende. Außerdem will ich finanziell auf keinen Fall von meinen Eltern abhängig sein.«

»Wenn ihr wieder in der Schweiz wohnt, hast du dann nicht Angst, dass deine Eltern Rebecca falsch erziehen, wie du erzählt hast?«

»Ein kleines bisschen schon. Jedoch haben sie wohl zwischenzeitlich begriffen, was für mich und Rebecca wichtig ist. Aber lass uns lieber über deine beruflichen Pläne reden. Ich bin schon ganz gespannt.«

»Ich habe dir schon so ziemlich alles berichtet. Ich werde bis zum nächsten Treffen am Donnerstag alle Fragen auflisten, die mir eine Entscheidung erleichtern sollen.«

»Weißt du, ich hab mir schon mal darüber Gedanken gemacht, ob du nicht vielleicht in die Schweiz mitkommen könntest. Bisher dachte ich, dein Geschäft würde so etwas nicht zulassen. Aber jetzt? Ich weiß, dass Vater zwei Mitarbeiter hat, die sich um die EDV in der Klinik kümmern. Einer von ihnen hat dort vor vielen Jahren alles aufgebaut, als meine Familie die Mehrheitsanteile gekauft hat. Er müsste schon gut über sechzig sein. Vater sucht bereits seit einer Weile nach Ersatz. Und da du dich bereits mit Computern für Ärzte beschäftigt hast, da könnte so etwas doch geradezu ideal für dich passen!«

Mit so einer Überlegung habe ich gar nicht gerechnet. Ich bin hier fest verwurzelt! Kann mir überhaupt nicht vorstellen, Salzburg dauerhaft zu verlassen. Wo könnte es jemals so schön sein wie hier? Außerdem, ich kenne die Eltern nicht. Andererseits, ich kann Netzwerke verlegen, und auch die sonstige Technik in einer Klinik sollte mich vor keine großen Herausforderungen stellen. Schwierig!

»Ausschließen will ich zurzeit gar nichts! So viel ist sicher. Es wäre aber schon ein großer Zufall, wenn deine Eltern gerade jetzt jemand wie mich brauchen.«

Das macht mir Angst. Es geht zu schnell für mich. »Ich glaube, mir ist es lieber, wenn du noch ein kleines bisschen wartest. Ich möchte deine Eltern zuerst kennenlernen. Wer weiß, ob sie mich mögen. Sie kommen ja eh bald nach Salzburg.«

»Bei Vater habe ich da wenig Sorge. Er ist ein ähnlicher Charakter wie du. Sachlich, ruhig, unaufgeregt. Auch seine soziale und politische Einstellung sollten dir keine Probleme bereiten. Mama ist schwieriger. Sie ist ziemlich emotional, aber ein sehr lieber Mensch. Manche Leute mag sie auf Anhieb nicht, und dann bleibt sie auch bei späteren Kontakten sehr distanziert. Sie sagt, sie habe ein Bauchgefühl, auf das sie sich immer verlassen kann. Und meist liegt sie richtig. Ich könnte mir vorstellen, dass sie dich mag. Wundern würde es mich nicht, denn ich denke, du kommst bei Frauen generell gut an.«

»Ich glaube, du täuschst dich in mir. Ich hatte eigentlich nicht sehr viele Verhältnisse.«

»Na ja, es kommt darauf an, was frau sucht! Du bist nicht unbedingt ein Draufgänger! Kein Mann den man sich für wilde Nächte aussuchen würde. Aber du siehst absolut süß aus! Hat dir das noch keine gesagt? Deine dunklen Locken, treu blickende Augen, sinnlicher Mund. Dazu sportlich. Und dann bist du auch noch reflektiert! Ich fürchte, du weißt gar nicht, wie attraktiv du bist!«

Ein anderer Anrufer klopft an.

»Wartest du bitte einen ganz kleinen Moment, ich bin gleich wieder da.«

»Nur kurz, Charly, ich telefoniere gerade.«

»Bestimmt mit deiner Giulia! Ich wollte dir nur kurz berichten, dass Knut angerufen hat. Henning ist voll und ganz auf unserer Seite. Er hat sich gemeinsam mit Klaus mächtig reingehängt, dass wir den Zeugenschutz gekriegt haben. Sagt Knut. Und dann habe ich noch einen Knaller, deswegen rufe ich eigentlich an: Ich habe inzwischen die Kontodaten der Liechtensteiner Bank. Ismail hat vorhin von dort 11.000 Euro nach Italien überwiesen. Auf seinem Konto sind – halte dich bitte fest – 5,6 Millionen Euro!«

Ich schnaufe laut. »Wahnsinn.«

»Und jetzt pass auf«, sagt Charly, »ich habe Schriftverkehr gefunden für die Überweisung nach Italien. Im Posteingang. Ein Typ namens Giorgio. Er hat am Samstag Fotos einer sogenannten Reisegruppe, sechs arabisch aussehende Frauen und drei Kinder, an Ismail geschickt. Ismail hat die Fotos mehrfach geöffnet und wohl intensiv geprüft. Kurz darauf hat er geantwortet, dass er die Gäste gerne in seinem Hotel beherbergen möchte. Hat direkt danach den Betrag nach Italien überwiesen. Die Kontodaten haben wir natürlich auch. Giorgio Pocco heißt der Kontoinhaber. Ich glaube, wir haben damit die Herkunft der Opfer aufgedeckt. Die Mails hat Ismail später wieder von seinem Rechner gelöscht. Er ist unglaublich vorsichtig. Was allerdings auch bedeutet, dass wir bei den gelöschten Dateien noch jede Menge Material finden werden.«

»Wahnsinn, Charly. Ich gratuliere dir. Ich glaube, du hast deinen Beruf verfehlt.«

»Ich halte dich nicht länger auf. Du kannst allmählich relaxen. Bald sind wir aus der Scheiße raus und die Verbrecher sitzen im Häfen. Hoffentlich für immer. Mach's gut, ciao.«

Ich erzähle Giulia kurz den Inhalt des Telefonats. Giulia hat sich überlegt, dass ein Wegzug aus Salzburg zu meiner Sicherheit ganz wesentlich wäre! Selbst wenn die Vergewaltigerbande gefasst wäre, man könne nie wissen, ob nicht doch noch jemand übrig ist, der dann Rache nehmen möchte.

Ich versuche sie zu beruhigen. »Mach dir keine Gedanken wegen mir! Die wissen doch nicht, dass wir der Polizei geholfen haben. Bald ist ohnehin alles überstanden, denke ich.«

»Ich hoffe so sehr für diese armen Menschen, dass das bald der Fall sein wird. Ich habe noch über Ismail nachgedacht: Du hast gesagt, dass du es komisch findest, dass Ismail wie eine Klette an dir hängt. Ich bin sicher, er verdächtigt dich. Bestimmt hat er auch schon mit anderen darüber gesprochen. Und wenn in Kürze alles auffliegt, dann ist es doch gut möglich, dass die glauben, du warst daran beteiligt.«

»Ja, schon. Könnte sein. Aber was sollte ich dagegen machen?«

»Du, lass uns darüber reden, wenn wir uns wieder treffen. Es ist schon halb zwölf. Ich wollte eigentlich schon im Bett sein. Wir sehen uns ja am Wochenende wieder, dabei bleibt es doch, oder?«

Trotz all der Aufregung endlich wieder eine Nacht, in der ich ruhig und tief geschlafen habe. Ich denke, das habe ich gebraucht. Ich schaue kurz in meine Mails, ob was Wichtiges dabei ist. Die Ausschreibung ist da! Ich öffne sie.

85 Computer, 190 Monitore, 30 Zoll oder größer, hochauflösend. Dazu Zubehör, Softwareinstallation, Rücknahme der Altgeräte!

Nicht schlecht! Wie ich das von Gunnar gewöhnt bin, gibt es dazu eine exakte Beschreibung der technischen Anforderungen. Abgabetermin Dienstag kommender Woche. Das ist nicht viel Zeit! Ich muss also auf jeden Fall heute noch meine Anfragen an die Lieferanten rausschicken. Für so ein großes Offert ist so eine kurze Zeitspanne bis zur Abgabe eine Frechheit! Ob er auch allen anderen die Unterlagen so spät übermittelt hat?

Es kostet mich fast sieben Stunden, eine Liste aller in Frage kommenden Lieferanten zusammenzustellen und meine Anfragen rauszuschicken. Mir schwirrt der Kopf. Ich schau auf dem Weg in den *Brunnen* noch mal kurz in meinen Laden. Moritz ist noch da. Er arbeitet an einem wichtigen Auftrag, sagt er. Außerdem möchte er mit mir dringend in Ruhe reden. Er hätte da eine Idee. Ich frage ihn, ob das noch ein bisschen warten kann. Er meint, es wäre gut, wenn ich mir bald die Zeit nehmen könnte.

»Spätestens nächste Woche geht sich das bestimmt aus«, beruhige ich ihn. Ich habe ohnehin nichts, womit ich ihn trösten kann. Ich denke, das ist der Grund, warum ich dem Gespräch so ausweiche.

Sonja kommt gleich auf mich zu und umarmt mich.

»Ich bin schon so neugierig! Du glaubst nicht, wie viele Sorgen ich mir wegen dir gemacht habe! Gut, dass du vorbeikommst! Am besten bestellst du dir erst mal was zu essen, ich komme gleich anschließend zu dir. Es ist schon ziemlich viel los hier. Die meisten Tische sind vorreserviert. Also bis gleich.«

Sie eilt an Tisch 5, wo eine Gruppe junger Leute schon ungeduldig mit der Bestellung wartet. Ich gehe in die Küche und lasse mir was zusammenstellen. Hab seit dem Frühstück nichts gegessen. Muss aufpassen, dass ich nicht zu dünn werde.

Ich bin mit dem Salatteller noch nicht fertig, da kommt schon der Auflauf. Ja spinnt der Ramos denn? So ein Riesenteller? Aber es duftet verführerisch. Und so schmeckt es auch. Nach den ersten Bissen ist Sonja schon da.

Sie gibt mir von der Seite her einen flüchtigen Kuss. »Gibt es schon was Neues in deiner Sache? Ich kann gar nicht mehr ruhig schlafen, seit du mir das alles erzählt hast! Und dein Job? Hast du mit dem Arzttypen schon gesprochen?«

Bevor ich runterschlucke und was sagen kann, redet sie schon weiter.

»Wir können hier nicht so gut reden.« Sie sieht sich kurz um. »Erzähl trotzdem kurz, was jetzt Sache ist.«

»Ich möchte erst mal lieber gar nichts sagen. Zu viele Leute, die mithören könnten.«

»Dann nimm deine Teller und dein Bier und komm schnell mit in mein Büro. Ich muss wissen, was los ist.«

Im Büro erzähle ich ihr in grober Zusammenfassung den letzten Stand:

»Wir sind im Zeugenschutzprogramm! Die Frauen und Kinder sind Flüchtlinge aus Afrika, die von Italien aus verschickt werden. Henning, der Zuständige von der Polizei, kommt nächste Woche und besucht uns!« Ich halte mich bewusst kurz, will Sonja nicht zu sehr reinziehen in das Thema.

Sie wirkt betroffen. Hält ihre Hände vor das Gesicht, als müsse sie sich schützen. Sie sagt, das bedeute wohl, dass die Flucht dieser ohnehin schon Ärmsten aller Armen also in der »lebendigen Hölle« ende. Etwas Schrecklicheres könne Menschen nicht passieren. An die Kleinen mag sie gar nicht denken, sonst dreht sie durch. Fragt, ob ich mir vorstellen könne, wie es für eine Frau sein muss, nackt vor einer Kamera vergewaltigt zu werden! »Die sterben täglich tausend Tode. Sind physisch und psychisch für immer zerstört! Selbst wenn sie je wieder freikommen sollten, was vielleicht von diesen furchtbaren Unmenschen ohnehin nicht geplant ist.«

Sonja hat Tränen in den Augen und fasst mich an der Hand. »Solche Schweine, die so etwas machen, die dürfen nicht ins Gefängnis, wenn man sie erwischt. Die müssen bei lebendigem Leib in irgendeinem Loch verrotten!«

Sie lässt mich gar nicht zu Wort kommen, ihr Gesicht ist gerötet. »Ich wache nachts auf und denke an diese armen Kreaturen. Sie tun mir so leid. Sie müssen dringend befreit werden! Ich bin so froh, Flo, dass du und Charly euch darum kümmert. Ich würde so etwas auch jederzeit tun. Was immer du in dieser Sache brauchst, ich helfe mit. Und wenn die Frauen und Kinder befreit werden, dann werde ich versuchen, für sie Hilfe zu organisieren, das habe ich mir fest vorgenommen.«

Ich erzähle Sonja nichts mehr von meinem Gespräch mit Herbert. Das ist im Vergleich zu belanglos. Sie muss ohnehin wieder raus zum Bedienen. Sagt, ich soll mich sofort melden, sobald ich Neues weiß. Ich esse noch fertig und beeile mich, nach Hause zu kommen. Ich brauche eine Pause. Vielleicht noch ein, zwei Stunden lesen. Oder fernsehen, falls es etwas Gescheites gibt. Einfach abschalten. Ich will nicht mehr denken.

Zuhause fällt mir ein, dass ich Sonja nicht mal nach ihrem neuen Freund gefragt habe. An seinen Namen erinnere ich mich im

Augenblick nicht. Irgendwas Italienisches! Ich hoffe, sie sieht mir das nach. Am Handy sehe ich, dass Rückfragen zu meinen Aussendungen gekommen sind. Ich fahre den Rechner hoch, damit ich das gleich noch bearbeiten kann, wenn was Wichtiges dabei ist.

Der Verkaufsdirektor von Dell aus Deutschland. Ich soll ihn morgen früh anrufen, er ist ab neun im Büro. Interessant! Ein Herr Peters von Lenovo möchte mich morgen Vormittag anrufen. Noch weitere Rückfragen von anderen Herstellern. Das geht ja flott. Mach ich alles morgen. Für heute reicht's mir. Dazwischen die üblichen Werbemails. Die schmeiße ich gleich raus. Ein Mail von Mara, eine von Toshiba … Was? Das kann doch nicht sein!

mara@blumenadnet.at ***20:16***
Magst du noch mit mir reden?

Das ist doch nicht wahr! Ich schaue noch einmal auf den Betreff. Nein, keine Täuschung. Etwas in meinem Inneren fängt zu zittern an. Ich starre auf das Mail. Mara! »Magst du noch mit mir reden?« Ich traue mich gar nicht draufzuklicken. Was bedeutet das? Mein Gott. Ich habe so lange gewartet auf eine Nachricht von ihr. Aber jetzt ist es zu spät! Was will sie von mir. Ich muss es wissen. Klicke drauf.

Ich weiß, dass wir unseren Kontakt für immer abgebrochen haben. Magst du trotzdem noch mit mir reden?

Mara

Mir flimmert es vor den Augen. In mir vibriert alles. Nicht nur in mir, stelle ich fest. Mara! Der Name dröhnt in meinem Kopf. Ich habe das bisher so gut geschafft. Ich habe die Trennung fast schon überwunden. Mara! Was willst du von mir? – Womöglich geht es ihr schlecht! – Vielleicht braucht sie Hilfe. – Was soll ich bloß machen?

Schluss mit der Panik. Ruhig denken. Ich schaue wie gebannt auf die Nachricht. Sie verändert sich nicht. Das Beste wäre, ich würde antworten, dass ich mich lieber an unsere Abmachung halten würde, aber ich weiß und weiter im Schweigen bliebe. Ich denke diese Worte und weiß gleichzeitig mit allen meinen Sinnen, dass ich das niemals schreiben kann. Dass diese Antwort überhaupt nicht in Frage kommt. Aber was dann? Ich schreibe stattdessen:

Ja!

Sollte ich es dabei belassen? Nein, das hört sich nicht gut an. Aber was schreibe ich dazu?

»Ja. Wie geht es dir?«

Das wäre schon mal der Betreff. Und was weiter? Ich überlege verzweifelt, aber es fällt mir nichts ein, was ich nicht sofort wieder verwerfe.

»Ich habe eine Freundin. Ich wollte nur, dass du das schon mal weißt.«

Ich lösche das schnell, bevor ich es aus Versehen wegschicke.

Ich gebe auf. Mir fällt nichts Passendes ein. Schicke nur den ausgefüllten Betreff ab.

Und jetzt? Geh ich am besten eine Runde die Salzach entlang, damit ich nicht wie ein hypnotisiertes Kaninchen vor dem Monitor sitze und auf Antwort warte. Der Gedanke ist gut, aber mein Körper will sich nicht vom Bildschirm wegbewegen. Sie macht bestimmt längst was anderes. Ich schaue noch die restlichen Mails durch. Aber ich verstehe ihren Sinn nicht mehr richtig. Alles, was da steht, ist so unwichtig.

Ich bräuchte noch Übersichtstabellen, in die ich alle angefragten Unternehmen eintrage, und anschließend die Preise und Konditionen. Separate Tabellen für Bildschirme und PC. Ich öffne Excel.

»Ich bin so froh, dass du antwortest.« **21:14**

Ich starre auf den Bildschirm. Sie antwortet. Sie muss davor gesessen haben, sonst hätte sie nicht so schnell reagiert. Ich klicke auf das Mail.

Es geht mir leider gerade nicht so besonders. In meinem Leben hat sich alles geändert. Schreib aber lieber, wie es dir geht.

Liebe Grüße
Mara

Also das ist der Grund! Sie braucht meine Hilfe. Warum geht es ihr nicht gut? Was hat sich geändert? Ich traue mich gar nicht zu denken, dass sie vielleicht nicht mehr mit Werner zusammen sein könnte. Das wäre Wunschdenken! Wunschdenken? Blödsinn, was soll das? Ich bin mit Giulia zusammen! Ich brauche keine Wünsche mehr in Bezug auf Mara. Doch. Dass es ihr gut geht. Vielleicht ist etwas mit ihrer Gesundheit? Mit ihrem Blumenstand? Vielleicht wurde der gekündigt? Ich muss etwas antworten, aber was?

Liebe Mara
Wird sofort wieder gelöscht. Spinne ich jetzt schon ganz? Wo kommt denn das her? Also:

Auch bei mir ist so viel passiert, dass ich es kaum aushalten kann.
Wird wieder gelöscht. Was soll das Gejammere?

Auch bei mir ist viel passiert.
So viel, dass ich nicht zum Luftholen komme. Mein Job ist so gut wie weg. Und auch in anderen Bereichen bin ich am Rotieren. Aber schreib lieber, warum es dir nicht gut geht! Dein Blumenstand? Anna Lena? Deine Gesundheit?

Florian

Ich schaue auf das, was ich geschrieben habe. Ich weiß nicht, ob das gut ist, richtig ist. Es tauchen jedoch keine weiteren Gedanken auf. Keine Worte. Nur ein rasendes Drängen, alles zu wissen. ALLES! Über Mara! Ich klicke auf »Senden«.

Ob sie weiterhin vor dem Bildschirm sitzt? Blöde Frage. Natürlich! Ich warte auf Antwort. Springe schnell auf, schaue, ob im Kühlschrank noch ein Bier ist. Nein. Aber ich habe eine Flasche

Weißwein gekühlt. Ich öffne sie ganz schnell, gieße mir ein Glas ein. Rase zurück zum Monitor.
Noch keine Antwort. Habe ich noch irgendwo Kekse? Oder Salzstangen? Ich brauche irgendwas zum Wein! Ich muss etwas kauen! Etwas schmecken.

Ich lebe wieder allein! **21:22**

Ich kann wieder nicht glauben, was meine Augen lesen. Klicke sofort darauf.

Ich weiß, dass die Trennung von dir nicht richtig war. Ich habe mich zwei Wochen nach unserem letzten Zusammensein von Werner getrennt. Endgültig. Für immer. Anna Lena wird jedes zweite Wochenende bei mir verbringen. Das ist eine gute Lösung für alle.

Es ist schlimm, dass du deinen Job verloren hast. Du Armer. Was wirst du jetzt machen?

Liebe Grüße
Mara

Ich trinke das Weinglas aus. Was schreibt sie da? Warum hat sie Werner verlassen? Warum schreibt sie, dass die Trennung von mir ein Fehler war? Was meint sie damit? Was bezweckt sie überhaupt mit dem Schreiben? Was soll ich antworten? Dass ich nicht mehr alleine lebe?

Sie fragt nicht danach, also werde ich das nicht schreiben! Aber was dann? Dass ich in einem Kriminalfall stecke und mit der deutschen Kriminalpolizei zusammenarbeite? Sie würde denken, dass ich durchgeknallt bin. Ich starre auf ihre Zeilen. Verdammt, hätte ich nur was zum Knabbern. Ich kann doch nicht schon das nächste Glas Wein trinken. Die Minuten verrinnen. Es formen sich keine Worte.

Ich habe morgen ein Jobgespräch
Bei dem es um eine Firmenbeteiligung für Arztsoftware geht. Ich weiß

nicht, ob das noch zu unserer Zeit war, als ich schon einmal dort ausgeholfen habe.

Was heißt hier »unserer Zeit«? Egal, ich muss irgendwas schreiben! Weiter …

Ich habe morgen ein Jobgespräch

Bei dem es um eine Firmenbeteiligung für Arztsoftware geht. Ich weiß nicht, ob das noch zu unserer Zeit war, als ich mal dort ausgeholfen habe. Das könnte eine Chance sein.

Warum hast du Werner verlassen? Es ging doch sicher nicht von ihm aus! Oder?

Liebe Grüße
Florian

Ich hole mir einen Krug Wasser. Und gieße noch einen kleinen Schluck Wein nach. Nur für den Geschmack. Was kommt als Nächstes? Eigentlich wäre es viel besser, wir würden telefonieren. Aber da bekäme ich auch kein Wort raus. Außerdem, ich weiß nicht, was passieren würde, wenn ich ihre Stimme höre. Diese Stimme, die ich immer so sehr geliebt habe …

Ich wünsche dir alles Gute für morgen ***21:39***

Das muss gewesen sein, bevor wir uns kennengelernt haben. Du fragst nach Werner?

Ich wusste schon bei unserer Trennung, dass ich einen Fehler mache. Aber es war wie ein innerer Zwang. Als du dann weg warst, ging es mir sehr schlecht. Ich verlor vollkommen die Freude an meinem Leben. Ich konnte nicht länger mit jemand zusammenleben, den ich nicht liebe. Ich war schließlich bereit die Konsequenzen zu ziehen. Endgültig! Verbindlich! Ich habe diese Tage viel mit Anna Lena gesprochen und ihr klargemacht, dass ich sie sehr, sehr lieb habe. Aber mit ihrem Vater nicht glücklich bin. Es war schwer für sie, das zu verstehen. Sie ist doch noch so klein. Aber wichtig für sie war zu wissen, dass sie weiter mein liebstes Kind sein würde. Dass ich nicht sie verlasse, sondern Werner. Ich habe ihr versprochen, dass sie jedes zweite Wochenende bei mir in Adnet sein darf. Und natürlich jederzeit am Blumenstand. Zwei Wochen nach unserer Trennung bin ich dann ausgezogen. Habe den Kontakt vollständig abgebrochen. Endgültig und für immer. Wir telefonieren nur noch, um die Besuche von Anna Lena zu planen.

Was ist bei dir sonst noch passiert? Mir kommt es vor, als hätte ich dich eine Ewigkeit nicht mehr gesehen.

Liebe Grüße
Mara

Sie hat ihn tatsächlich verlassen! Und lebt allein. Warum verdammt hat sie mich nicht gleich angerufen, als sie wusste, dass sie mit Werner unglücklich ist? Oder wenigstens, als sie den Beschluss gefasst hat, ihn zu verlassen? Es hätte sich alles anders entwickeln können zwischen mir und Giulia. Aber jetzt ist es zu spät! Bei diesem Gedanken, dass es zu spät ist, verkrampft sich mein Inneres. Ich trinke einen Schluck Wein, vielleicht hilft das. Sie fragt, was sonst noch bei mir passiert ist. Von der Pornogeschichte schreibe ich bestimmt nicht! Aber ich müsste von Giulia schreiben.

»Ich habe eine Frau kennengelernt, die ich liebe.«

Das kann ich nicht schreiben. Aber es ist die Wahrheit! Oder nicht? Ich lasse »die ich liebe« weg. Einfach nur diesen Satz im Betreff. Ich kann das nicht verheimlichen! Und was schreibe ich dazu?

Ich habe eine Frau kennengelernt

Sie hat auch eine Tochter.

Florian

Was wird als Nächstes passieren? Ich starre auf den Bildschirm. Die Antwort ist schon da!

Das habe ich befürchtet **21:48**

Ich habe nichts anderes verdient!

Mara

Scheiße, Scheiße, Scheiße! Was mache ich jetzt?

Ich will trotzdem weiter mit dir reden bzw. schreiben!
Ich war und bin dir nicht böse. Du hast dich monatelang gequält, das weiß ich. Nur das Beste gewollt. Und ob das mit Giulia bleibend ist, das ist gar nicht sicher.

Nein, das streiche ich wieder. Nur:

Ich will trotzdem mit dir reden! **21:54**
Ich war und bin dir nicht böse. Du darfst dir keine Vorwürfe machen. Du hast es doch nur gut gemeint.

Florian

Wie heißt sie? Bist du fest mit ihr zusammen? **21:56**

Nur der Betreff. Kein Text.

Sie heißt Giulia. **21:59**
Es ist alles sehr kompliziert. Ich glaube, ich mag sie. Doch, bestimmt mag ich sie! Aber anders als dich.

Florian

Ich hatte so sehr gehofft, dass du noch frei bist! **22:03**
Aber dich trifft daran keine Schuld. Ich glaube es ist besser, wenn wir den Kontakt damit wieder beenden.

Alles Gute, werde glücklich mit Giulia
Mara

Während ich die Nachricht öffne und lese, fängt mein ganzer Körper zu rebellieren an. Die Krämpfe in meinen Gedärmen breiten sich bis in meinen Kopf aus. Nein! Es darf so nicht enden! Mein Gott, ich liebe sie doch noch immer. Ich habe nie aufgehört sie zu lieben. Ich werde sie immer lieben.

Bitte höre nicht auf zu schreiben **22:06**

Ich weiß im Augenblick nicht, wo oben und unten ist, alles dreht sich. Aber schreib weiter. Irgendwas, nur schreib.

Florian

Ich warte auf Antwort. Sie kommt nicht! Wenn sie nicht bald antwortet, dann rufe ich sie an. Alles in mir brodelt. Was mach ich denn bloß? Ich kann doch Giulia nicht verleugnen! Die liebe ich doch auch. Oder nicht? Doch, ganz bestimmt. Anders! Aber auch. Aber nicht so, wie ich Mara geliebt habe.
So, wie ich Mara liebe!

Es hat doch keinen Sinn! **22:11**

Ich habe es vermasselt. Es ist nie wieder gutzumachen.

Alles Liebe
Deine Mara

»Deine Mara!« Die Buchstaben tanzen vor meinen Augen.

Ich möchte dich sehen **22:13**

Lass uns über alles reden. Du kennst die vielen Details nicht. Und auch nicht die vielen Katastrophen, die sonst noch in meinem Leben passiert sind; und noch andauern. Ich weiß im Augenblick nur eines: Ich möchte dich wiedersehen. Und das Schreiben ist für mich zu schwierig, merke ich. Wenn ich dich anschauen kann, dann fallen mir die Worte sicher leichter!

Dein Florian

Was ich auf keinen Fall möchte **22:17**

ist, dass wir wieder anfangen uns zu quälen. Dieses Mal ist es umgekehrt. Du bist mit einer anderen Frau zusammen. Und ich möchte nicht, dass sie das Gleiche durchmacht, was ich dir zugemutet habe. Ich glaube auch nicht, dass ich es aushalten würde, dich unter diesen Umständen wiederzusehen.

Mara

Ich halte es nicht aus **22:20**

dir zu schreiben und dich NICHT anschauen zu können. Ich habe dieses Gefühl so lange unterdrückt. Ich kann nicht mehr. Ich muss dich sehen. Ich mag nicht mehr schreiben. Ich mag mit dir persönlich reden.

Dein Florian

Lange Pause. Sie antwortet nicht! Habe ich vielleicht zu viel verlangt? Ich lese das noch mal. Hmmm. Hört sich gar nicht gut an, das alles! Setze ich sie womöglich wieder unter Druck? Vielleicht sollte ich noch was anderes schreiben? Aber was?

Also gut. Wann hast du Zeit? **22:29**

Morgen 14 Uhr? In der Blauen Gans? **22:30**

Ja, treffen wir uns dort **22:33**

Schlaf gut.

Deine Mara

Schlaf auch gut **22:34**

Dein Florian

Alles um mich herum dreht sich. Was ist passiert? Ich kann das alles nicht glauben! Wenn es nicht schwarz auf weiß hier stünde. Was mache ich bloß? Und überhaupt. Was sage ich Giulia? Ich drehe durch. Ich weiß nur, dass ich beide liebe. Aber die Liebe zu Mara, die ist wie ein Sog! Dem ich nichts entgegenzusetzen habe. Arme Giulia!

Ich wasche mich, putze meine Zähne so lange, bis die ganze Zahnpasta in meinem Mund verbraucht ist. Gehe ins Bett. Meine Gedanken sind wirr. Ich kann nicht schlafen. Ich versuche meine Meditationsübungen zu machen. Aber jetzt geht da gar nichts. Nur rasende Gedanken. Was mache ich mit Giulia? Was mit Mara? Was mit mir selbst? Wäre es hell, würde ich laufen gehen. Aber ich mag nicht mehr raus. Draußen ist es kalt. Feucht. Dunkel. Die Salzach entlang könnte ich trotzdem laufen. Nein, das schaff ich nicht. Ich will noch mal die Mails lesen. Ich stehe auf, schaue auf den Bildschirm. Ich habe ihn angelassen, falls noch eine weitere Nachricht kommt. Es ist jetzt null Uhr zwölf. Ich lese alles von oben bis unten noch einmal. Und wieder. Fühle mich alleine und verloren.

Meine Finger schreiben wie von selbst:

Ich kann nicht schlafen ***00:22***

Könnte ich nur deine Stimme hören!

Dein Florian

Wenn du meine Stimme hören willst, dann musst du anrufen
00.24

Ich kann erst gar nicht glauben, dass da plötzlich eine Antwort steht! Ich soll sie anrufen! Ich werde schlagartig nervös. Mein Kopf flirrt. Mein Magen scheint Kreise zu drehen. Was soll ich mit ihr sprechen? Ich nehme das Handy. Habe die Nummer von Mara noch immer bei den Favoriten. Ich konnte das nicht löschen! Mein Gott, was soll ich bloß sagen? Ohne dass ich das bewusst steuere, hat mein Finger schon auf »Anrufen« gedrückt.

»Hallo Flo.« Ihre Stimme ist noch immer so zart, wie ich sie in Erinnerung habe. Ich könnte schmelzen. Wie sehr habe ich sie vermisst!

»Wenn du wüsstest, wie sehr ich deine Stimme vermisst habe.«

»Ich die deine auch. Es tut so gut, dich zu hören.«

Ich höre, dass sie weint.

»Wie hast du so schnell reagiert, hattest du deinen PC noch an?« Meine Stimme klingt wie ein Reibeisen.

»Ich konnte nicht schlafen und habe auf den Bildschirm gestarrt. Schon seit einiger Zeit…«

Ihre Stimme klingt zerbrechlich. Ich weiß nicht, was ich als Nächstes sagen soll.

»Ich habe Angst davor, was passiert, wenn wir uns morgen treffen.« Meine Stimme stockt. »Du kannst dir gar nicht vorstellen, wie sehr ich dich vermisst habe!«

»Es gab keinen Tag, an dem ich nicht an dich gedacht habe! Keine Nacht, in der ich nicht von dir geträumt habe! Das sollst du wissen. Trotzdem: Wenn du mit deiner Giulia glücklich bist, dann ist es besser, wenn wir uns nie wiedersehen!«

Ich schlucke. Mein Mund ist trocken. »Giulia hat mich gerettet. Aber die Beziehung zu ihr ist anders. Die Liebe zu dir war wie ein Rausch. Ein Wunschtraum, der sich nie erfüllt hat. Ich war süchtig nach dir, und diese Sucht wurde niemals gestillt. Ich glaube nicht, dass ich jemals eine Frau mehr geliebt habe als dich!«

»Ich war so unendlich dumm!« Ihre Stimme klingt wie zerbrechendes Porzellan. »Ich hatte diesen tiefen inneren Zwang, Anna Lena nicht verletzen zu dürfen. Dem habe ich alles untergeordnet. Aber es ist im Zusammenleben nicht möglich, selbst unglücklich zu sein, um andere glücklich machen zu wollen.« Ihre Stimme wird immer fester, bestimmter. »Ich hatte panische Angst davor, ihr weh zu tun! Und diese Angst hat mich getrieben, hat mich blind gemacht. Alle haben darunter leiden müssen, du am meisten. Letztlich auch Werner, der gespürt hat, dass ich ihn nicht liebe. Weil ich mich ihm gegenüber nicht ehrlich ausgedrückt habe, hat er ständig weiter um meine Liebe gekämpft. Und gelitten. Sein Kampf wurde jedoch immer übler. Anfangs hat er mich mit Zuneigung und Geschenken überhäuft. Ich konnte mich kaum erwehren. Danach, als er damit nicht zum Erfolg kam, hat er mich brutal unter Druck gesetzt mit Anna Lena. Ich bin untergegangen in dieser Belastung. Je mehr Abstand ich gewinne, umso deutlicher kann ich diese Zusammenhänge erkennen. Aber für uns beide kommt das zu spät!« Ihre Stimme wird ruhiger. Sie betont die einzelnen Worte des Schlusssatzes mit Nachdruck.

Ich räuspere mich. »Ich habe das eigentlich immer so ähnlich gesehen, wie du es eben geschildert hast. Aber ich konnte dir das wohl nicht vermitteln. Ich hatte mir genau diese Entscheidung herbeigesehnt. Nur Einfluss auf dich, den hatte ich leider nicht!«

»Nein, den hattest du nicht. Das stimmt! Ich fühlte mich auch von dir bedrängt! Obwohl mich alles zu dir hinzog, quälte mich dieses Drängen von dir. Denn es forderte etwas von mir, was ich zu dieser Zeit nicht erfüllen konnte. Ich war noch nicht dazu bereit, auf mein Herz zu hören! Ich spürte nur den Druck, von allen Seiten. Und wollte ausweichen, wollte da raus. Ich glaube, ich musste mich erst von euch allen befreien, um wieder klar sehen zu können. Meine Bedürfnisse, meine Wünsche, mein Herz.«

»Und jetzt bist du befreit?«

»Nein! Oder besser: ja. Von dem, was mich damals bedrängte.«

»Und wieso das Nein?«

Pause.

»Darüber möchte ich nicht sprechen.«

Ich weiß wieder mal nicht weiter in unserem Gespräch. Ich spüre, dass ich all das Gehörte noch gar nicht richtig verstehe. Nicht einordnen kann.

»Warum hast du mir geschrieben?«

Schweigen. Ich höre sie schlucken.

»Auch darüber möchte ich nicht reden.« Sie putzt sich die Nase. »Aber du hast natürlich das Recht auf eine Antwort!« Wieder eine Pause, ich höre sie atmen. »Ich wollte wissen, ob du noch frei bist.«

»Und? Wenn ich frei gewesen wäre?«

»Das zählt nicht mehr. Es ist meine Schuld, dass ich mich nicht früher bei dir gemeldet habe.« Sie stockt wieder, ich höre erneut ihr Atmen. Nach einer kurzen Pause: »Wie ich schon sagte, wünsche ich dir, dass du mit dieser Giulia glücklich wirst.«

»Warum hast du dich nicht früher bei mir gemeldet? Wenigstens zu dem Zeitpunkt, als du bei Werner ausgezogen bist?«

Sie setzt an, etwas zu sagen. »Weil …« Dann klingt es, als ob sie mit etwas am Tisch hantiert. Eine Tasse oder so ähnlich. Dann, nach einer kleinen Weile: »Ich habe mich so geschämt. Ich hatte eine Vereinbarung mit dir getroffen. Ich hatte Angst, sie zu brechen. Ich habe gehofft, dass mir die Zeit helfen wird. Der Zufall! Ich weiß nicht …«

So eine Scheiße! So ein Mist! Vor zwei Wochen wäre alles noch viel leichter gewesen. Ich muss nachdenken, muss mich zurechtfinden. »Weißt du, lass mir ein kleines bisschen Zeit. Einen Tag oder so. Ich muss nachdenken.« Dabei spüre ich, wie sich mein Innerstes vor Sehnsucht nach ihr verzehrt. Meine Eingeweide kribbeln vor

Verlangen. Am liebsten würde ich auf den Roller springen und zu ihr rasen. Aber nein, ich werde nichts davon tun. Ich muss meine Beziehung mit Giulia klären!

Mara sagt nichts. Wartet auf mehr von mir.

»Wenn ich frei gewesen wäre«, ich höre, wie unsicher meine Stimme klingt, »wenn ich frei gewesen wäre, was wäre dann gewesen?«

Sie sagt kein Wort. Ich höre sie atmen.

»Ich hätte dich gefragt, ob du mich noch magst.« Die Worte kommen stockend, aber gesprochen mit einer so lieben Stimme, dass ich fast zerschmelze.

Ich muss schlucken. Mein Hals ist eng. Mein Mund ist trocken. Wo ist mein Wein? Ich trinke schnell einen großen Schluck.

»Lass mir bitte ein bisschen Zeit. Ich möchte das alles verarbeiten. Und ich möchte mich auch erst mit dir treffen, wenn ich mich frei für dich fühle.«

»Was wirst du jetzt tun?«

»Nachdenken. Wie ich sagte: Morgen Vormittag habe ich das wichtige Gespräch wegen der Beteiligung an der Softwarefirma. Ich hoffe, ich bin klar genug im Kopf, um nichts Falsches zu machen. Und dann …«

Ich möchte schon sagen: Dann spreche ich mit Giulia. Denn das werde ich sicher müssen. Aber was bespreche ich mit ihr? Dass ich sie verlasse? Kann ich das überhaupt? Wie furchtbar! Das hat sie nicht verdient.

»Und dann?«

Ich zögere. Ich kann nicht antworten. Ich würde mich damit in einen freien Fall begeben, empfinde ich. Aber ich muss eine Frage stellen, die alles andere überragt. Von ihrer Antwort hängt alles Weitere ab, was ich machen werde!

»Wenn ich vollkommen frei wäre– würdest du mit mir leben wollen? So richtig, ohne Einschränkungen?«

»Ja. Am liebsten für immer!« Ihre Antwort kommt mit klarer Stimme. Ohne zu zögern.

Es fühlt sich an, als ob der Boden unter meinen Füßen wankt. Was hätte ich für diesen Satz noch vor Wochen gegeben! Alles, was ich besitze. Und noch viel mehr! »Lass mir die Zeit. Bitte! Ich werde mich bei dir melden. Bald!«

»Ja. Natürlich! Du meldest dich, wenn du nachgedacht hast«, antwortet sie mit leiser Stimme. Ich finde wieder mal keine passenden Worte mehr. Ich möchte ihr sagen, wie sehr ich sie liebe. Aber das geht nicht.

»Schlaf gut.«

»Ja, du auch. Schlaf gut.«

Wir wissen beide, dass wir nicht gut schlafen werden. Und wir warten darauf, dass der andere auflegt. Ich höre sie atmen. Ich warte. Höre ihrem Atmen zu. Bis sie nach einigen Minuten das Gespräch beendet.

In meinem Kopf dreht sich alles. Mara möchte mit mir zusammenleben. »Am liebsten für immer«, hat sie gesagt. Wortwörtlich! Selbst in besten Zeiten hätte ich nicht gewagt, davon zu träumen.

Aber was mache ich mit Giulia? Ich werde mich von ihr trennen müssen! Schon der Gedanke versetzt mich in Gewissensqualen. Will ich das? Ihr so etwas sagen zu müssen, lässt mich innerlich zu einem Klumpen verkrampfen. Keine Frau in meinem Leben war so vorbehaltlos liebevoll zu mir! Keine? Nicht mal Mara? Mara hat mich geliebt, aber diese Liebe immer in Frage gestellt.

Giulia wird in die Schweiz ziehen. Möchte mich mitnehmen. Würde mir möglicherweise sogar einen Job bei ihrem Vater besorgen! Habe ich das jemals so richtig als realistisch eingeschätzt? Nein! Das war ein Gedankenspiel. Aber ich habe niemals ernsthaft daran geglaubt! Das spüre ich ganz deutlich. Als bequeme Lösung meiner Probleme habe ich mir ihre heile Welt gewünscht, ja. Aber in Wirklichkeit? Zu viele Unbekannte in einer einzigen Formel! Dieser Traum hätte sich niemals erfüllt! Die Unterschiede zwischen unseren Lebensmodellen sind immens. Ich hätte mich total abhängig gemacht von ihr. So eine Beziehung hätte auf Dauer niemals funktioniert!

All diese Überlegungen bringen mich zu einer einzigen Schlussfolgerung. Ich muss mich genauso ehrlich, wie Mara sich ihrer

Situation gestellt hat, auch der meinen stellen! Ich bin außerstande, Mara zurückzuweisen! Ich werde Giulia morgen früh anrufen und sie um ein dringendes persönliches Gespräch bitten. Und werde ihr dann die schreckliche Wahrheit sagen müssen. Dass ich sie zwar mag und dass die Zeit mir ihr schön war, aber meine Liebe einer anderen gehört.

Keine Chance, einzuschlafen, ich bin hellwach. Am liebsten wäre mir, die Sonne würde schon durch die Fenster scheinen und ich könnte den Tag beginnen. Es wäre sinnlos, mich ins Bett zu legen. Ich setze mich an meinen Rechner, verdränge alle Gedanken an Mara und Giulia, arbeite an der Ausschreibung.

Und jetzt? Was könnte ich noch tun? Ich spüre, wie meine Gedanken nur darauf lauern, dass ich wieder an Mara denke. Dass ich mich frage, ob ich ihr wirklich glauben kann. Wie wohl Giulia reagieren wird? Ich habe panische Angst davor, ihr weh zu tun. Besser an etwas anderes denken! Mara. Wie schön wäre es, ihre Haut an der meinen zu spüren. Ihren Geruch einzuatmen. Ihre Stimme ganz nah an meinem Ohr zu hören. Von ihr gestreichelt zu werden. Ihr meine Liebe zu zeigen.

Ich habe tatsächlich noch drei Stunden geschlafen. Es ist kurz nach acht. Ich dusche, wasche meine Haare, rasiere mich. Halb neun. Die beste Zeit, Giulia anzurufen.

»Florian, mit deinem Anruf habe ich jetzt aber gar nicht gerechnet. Gerade habe ich Rebecca im Kindergarten abgeliefert. Ist etwas? Warum rufst du an?« Ihre Stimme klingt besorgt.

»Ich muss dringend mit dir reden. Wann hättest du Zeit?« Ich habe sie nicht mal begrüßt, fällt mir zu meiner Bestürzung auf.

»Ist etwas passiert? Mit Ismail?« Sie stockt kurz und sagt dann mit gepresster Stimme: »Ich weiß! Das, was ich immer befürchtet habe. Hat sie sich gemeldet?«

Ich bin perplex. Woher weiß sie das?

»Bitte lass uns persönlich reden. Ich möchte das nicht am Telefon besprechen.«

»Also stimmt es! Mara hat sich bei dir gemeldet.« Ihre Worte kommen schnell, gehetzt. »Das habe ich von Anfang an befürchtet.

Wenn sie dich wiederhaben will, was willst du dann noch von mir?«

»Giulia! Bitte. Bist du gleich noch zu Hause? Ich komme so schnell wie möglich raus zu dir. Lass uns sprechen.«

»Wenn du nur kommen möchtest, um mir zu sagen, dass es zwischen uns aus ist, dann kannst du dir das sparen.«

»Giulia! Bist du zuhause? Ich kann in einer halben Stunde da sein. Bitte lass uns miteinander reden.«

»Was gibt es da noch zu reden? Wenn du mich nicht mehr magst, dann will ich dich auch nicht mehr sehen.«

»Giulia, bitte! Ich mag dich, ich werde dich immer mögen. Bitte lass uns sprechen.«

»Gut, dann komm. Aber gleich! Es ist eh schon egal. Der Tag ist ruiniert. Mein Gott!«

Sie legt auf.

Ich fühle mich furchtbar. Wie ein Mörder, der gerade von der Polizei erwischt wird. Ich muss sofort raus zu ihr. Ich muss sie irgendwie trösten. Was für ein Blödsinn, wird mir klar. Da gibt es nichts zu trösten! Trotzdem, ich kann mich nicht einfach verdrücken. Ich bin ihr so viel schuldig. Und ich habe sie gern. Das spüre ich. Wie kann ich das jemals wieder gutmachen, was ich ihr da antue?

Ich nehme meinen Helm, rase runter zum Roller. Drehe mich um, schaue, ob mir jemand folgt. Die Straße ist leer. Da fällt mir ein, ich habe ja heute den Termin mit Herbert. Um wie viel Uhr? Ich schaue nach. Zehn Uhr. Das geht sich nicht aus mit Giulia. Nein, ich darf sie nicht warten lassen. Ich schalte mein Bluetooth im Helm ein. Werde Herbert gleich von unterwegs anrufen. Werde sagen, dass ich etwas später komme. Spätestens Mittag.

Ich rase über die Nonntaler Brücke. Dichter Verkehr staut sich durch die Bürglsteinstraße. Kolonne! Ich überhole die nur im Schritttempo fahrenden Autos rechts, muss abrupt bremsen, weil jemand bis zum Gehsteig raus gefahren ist. Schiebe mich hinter ihm zur Fahrbahnmitte durch. Die entgegenkommenden Fahrzeuge lassen mir kaum Platz. Nützt nichts. Der Gegenverkehr muss ausweichen! Ich habe es eilig, es brennt! Günther rufe ich am besten von der Autobahn aus an. Das würde meine Aufmerksamkeit jetzt zu sehr ablenken. Ich muss auf jedes Detail der Fahrzeuge achten, zwischen denen ich mich mit fast 50 durchquetsche. Ich darf dann halt gleich auf der Autobahn nicht schneller als 80 fahren, sonst versteht mich Herbert über das Helm-Mikro nicht.

»Softwaremed, Herbert Langer!«

»Hallo Herbert. Hier ist Florian. Du, ich habe einen Notfall. Ich kann erst später kommen. Ist das ein Problem?«

»Ich habe den ganzen Vormittag für dich frei gehalten.« Seine Stimme klingt vorwurfsvoll.

»Es tut mir fürchterlich leid. Wie ich schon sagte, ein absoluter Notfall. Ich komme spätestens mittags zu dir, vielleicht auch schon früher. Wir haben dann bestimmt noch genug Zeit.«

Herbert stöhnt. »Also gut. Ich kann daran wohl eh nichts ändern! Aber spätestens zu Mittag musst du da sein.« Kurze Pause. »Ich bin den Rest der Woche mit Terminen voll.«

»Das schaffe ich sicher. Hoffentlich. Ich melde mich, sobald ich von meinem Termin in Seekirchen zurückfahre. Einverstanden?«

Ich parke den Roller wieder ein paar Straßen entfernt von Giulias Haus. Es hätte mir mit Sicherheit niemand folgen können, bei dieser Fahrt. Aber ich habe die Honda nicht detailliert auf Sender kontrollieren können. Ein Stückchen zu Fuß tut mir sicher gut. Die Angst vor dem kommenden Gespräch quetscht meinen leeren Magen zusammen.

Das Tor ist weit offen. Der BMW steht vor der Abfahrt zur Tiefgarage. Ich schalte mein Handy in den Flugmodus. Nicht dass auch noch jemand anruft! Bevor ich läuten kann, öffnet Giulia. Sie sieht zerrupft aus. So habe ich sie noch nie gesehen. Ich möchte sie kurz an mich drücken. Sie stößt mich zurück.

»Komm rein und sag, was du zu sagen hast!«

Ich hab mir den Empfang nicht gerade rosig vorgestellt, aber so schlimm …

»Giulia. Bitte lass uns in Ruhe über alles reden. Das, was ich am wenigsten möchte, ist dir weh zu tun.«

»Aber das tust du!« Sie stampft mit ihrem rechten Fuß auf.

Dann geht sie voraus ins Wohnzimmer, setzt sich an den Tisch. Ich hole mir ein Glas lauwarmes Wasser. Vielleicht beruhigt das meinen Magen.

»Giulia. Ich habe dich gern, das musst du mir glauben! Auch Rebecca. Es tut mir schrecklich leid, dass ich euch so enttäusche.«

Giulia schaut mich zornig an. Oder ist es traurig? Oder beides?

»Sie hat dich also angerufen und dir wieder mal erzählt, dass sie nicht ohne dich leben kann. So ist es doch, oder?«

Ich stocke. Das ist wie im Verhör mit meinem Vater. Und entsprechend fühle ich mich.

»Nicht ganz so. Sie hat ihren Freund verlassen, sich endgültig von ihm getrennt.«

»Und du hast nichts Besseres zu tun, als gleich hinter ihrem Rock herzulaufen!«

»Wir haben nur telefoniert. Sie hat mich angerufen.« Ich muss ja nicht gleich die ganze Geschichte erzählen.

»Und das bedeutet, dass du jetzt mit mir Schluss machen möchtest. Oder musst! Damit sie dich wieder nimmt.«

Ich habe noch nie eine Frau so wütend gesehen. Da ist überhaupt keine Chance, etwas Richtiges zu sagen. Ich suche verzweifelt nach einem Ausweg. Ich fühle mich schuldig und elend. »Ich möchte, dass wir Freunde bleiben!«

»Ich glaube nicht, dass ich dich hier draußen noch einmal sehen möchte. Ich muss diese Enttäuschung erst mal verdauen. Und was hast du mir sonst noch zu sagen?«

Ich rutsche auf meinem Stuhl herum.

»Ich möchte dir sagen, dass es mir total leidtut. Dass ich dich weiterhin gernhabe. Dass die Zeit mit dir sehr schön war.«

»Ach bitte! Erspar dir und mir dieses Gesülze. Am besten ist, wir sehen und hören uns nie wieder.« Sie schüttelt ihren Kopf, dass die Haare fliegen. Ihre grünen, weit geöffneten Augen fixieren mich. Funkeln! Ich sehe den Schmerz darin schimmern.

»Ich hoffe nicht, dass das für immer so bleibt! Aber ich kann dich verstehen, dass du so reagierst.«

»Kommt jetzt die Verständnismasche? Hast du das gelernt in

deiner Ausbildung zur gewaltfreien Kommunikation?« Sie zieht die Augen drohend zusammen, wird erregter. Wütend!

»Nein! Ich meine das ehrlich. Aber ich weiß nicht mehr weiter. Ich fühle mich wie jemand, der etwas Schreckliches angestellt hat! Bitte, lass uns Freunde bleiben!« Mehr kriege ich nicht raus. Ich schaue auf den Boden. Beobachte das feine Teppichmuster. Auch Giulia sagt nichts. Wir schweigen beide. Als ich dann wieder aufschaue, sehe ich in ihren Augen eine Spur von Tränen. Ich würde sie so gerne trösten, sie in den Arm nehmen und sagen: »Alles wird wieder gut.« Aber nichts davon würde sie zulassen. Sie wischt sich mit dem Ärmel die Augen, schaut mich an und sagt:

»Ich werde da schon drüber hinwegkommen. Aber eines will ich noch von dir: Ich möchte mit dieser Mara telefonieren. Ich muss wissen, was das für eine Frau ist! Gibst du mir ihre Telefonnummer?«

Das trifft mich auf dem ganz falschen Fuß. Darf ich das überhaupt? Bloß, was bleibt mir übrig? Ich kann mich dem wohl nicht verweigern. Nehme mein Handy, öffne die Kontakte. So ein Blödsinn. Natürlich weiß ich ihre Nummer auswendig, von vorne oder rückwärts. Ich sage sie Giulia, die sie in ihrem Handy speichert.

»Ich weiß nicht, ob das eine gute Idee ist, dass du sie anrufst. Sie hat keine Ahnung, dass ich bei dir bin und mit dir über alles rede. Wir haben gestern nur kurz telefoniert.«

»Nur kurz telefoniert! Aber es hat gereicht, dass du ihr sofort wieder hinterherläufst! Bestimmt habt ihr darüber gesprochen, dass sie dich nicht mit mir teilen möchte.«

»Nein, das haben wir nicht.«

»Mich kriegst du für eine Dreieckbeziehung nicht! Das kannst du dir abschminken, wenn du das mit Freundschaft gemeint hast.«

»Das hab ich doch überhaupt nicht so gemeint…«

»Was hast du dann gemeint?«

Ich schaue wieder auf den Teppich.

»Ich habe gemeint, dass wir vielleicht trotz allem Freunde bleiben können. Mara war meine große Liebe. Ich kann doch auch nichts dafür…«

»Ja, das habe ich gemerkt. Schon bei unseren ersten Treffen. Da hast du keinen Zweifel dran gelassen. Ich habe nur darauf gewartet, dass sie dich wieder einfängt.« Sie klingt verbittert. Steht auf, holt sich ein Glas Wasser. Mir fällt kein vernünftiger Satz ein, den ich ihr entgegnen könnte. Ich presse meinen Mund zusammen, schaue auf den Boden.

Giulia dreht sich um, sagt im Gehen: »Ich möchte nicht mehr länger mit dir sprechen. Möchte nichts mehr von dir hören und sehen! Verstanden?« Sie dreht sich wieder zögerlich um zu mir, scheint zu überlegen. Schaut mich anklagend an. Sagt nichts.

»Es tut mir leid. So leid!« Ich lasse den Kopf hängen. Ich weiß, dass es für Giulia keinen Trost gibt. Vielleicht sollte ich noch was zu ihren Umzugsplänen sagen, dass zwischen uns ja alles ohnehin sehr vage war. Nein, bloß nicht so tun, als wäre sie an allem schuld.

»Bitte verschwinde, und zwar sofort!« Sie dreht sich endgültig um, geht in Richtung ihres Büros. Es bleibt mir nichts anderes übrig, als auch aufzustehen und in Richtung Haustür zu gehen. Was sage ich noch zum Abschied? Nichts! Sie hat die Tür schon hinter sich zugeworfen, würde es ohnehin nicht mehr hören.

Eine tiefe Wehmut erfüllt mich. Da ist zwar Erleichterung, dass ich das hinter mich gebracht habe. Aber insgesamt fühle ich mich total beschissen. Auf dem Weg zum Tor drehe ich mich noch einmal um, lasse das Haus und den Garten noch einmal auf mich wirken. Ich war gerne hier! – Mir wird aber auch bewusst, dass ich mich zu keiner Zeit in dieser Villa so richtig zuhause gefühlt habe. Ich war Gast! Gern gesehener Besucher. Ich hatte aber niemals den Eindruck, wirklich hierher zu gehören.

Der Besuch hat nicht mal zwanzig Minuten gedauert. Da komme ich gar nicht so viel zu spät zu Herbert, wenn ich sofort starte! Nein. Ich werde runter zum See fahren. Wenigstens eine Viertelstunde am Wasser entlanggehen. Ich muss mich beruhigen. Möchte diesen Abschied noch auf mich wirken lassen. Ich würde Giulia so gerne schreiben, ihr für alles danken, was sie für mich getan hat. Vielleicht eine SMS? Nein, es würde sie nur noch mehr aufregen. Warum ist das Leben bloß manchmal so schwierig? Es ist alles meine Schuld! Ich hätte noch keine Beziehung anfangen sollen. So was kommt dann dabei heraus!

Leichte Nebelschwaden hängen über dem See. Tiefe Wolken umhüllen die Berge. Es kann jeden Augenblick zu schütten anfangen. Ich habe nicht mal meine Regenjacke mit. Das kann ja böse enden auf dem Roller! Jedenfalls ist es das perfekte Wetter für diese unglückliche Trennung! Passt nahtlos zu meiner Stimmung. Ich kann mich im Augenblick nicht mal darüber freuen, dass sich Mara wieder gemeldet hat. Ob ich ihr von diesem Gespräch berichte? Ich muss ihr sagen, dass ich Giulia ihre Nummer gegeben habe. Na ja. So eilig wird es damit schon nicht sein. Giulia wird sicher nicht gleich bei Mara anrufen. Vielleicht überlegt sie sich das auch noch anders. Was sollte sie schon sagen?

Da fällt mir Dr. Büchler ein. Ich werde ihm ein Mail schreiben. Dass ich alle Kosten, die er mir verrechnen möchte, selbst tragen werde. Ich kann doch nicht erwarten, dass Giulia oder ihre Eltern weiter für mich bezahlen, oder? Eine innere Stimme sagt mir, ich solle lieber erst mal gar nichts in diese Richtung machen. Das könnte ganz falsch verstanden werden. Vielleicht kann ich ihr später mal schreiben? Berichten, wie es weitergegangen ist mit Ismail. Das ist eine gute Idee! So kann ich den Kontakt halten! Sie war bereit, mir zu helfen, und ich schließe sie nicht aus. Wenn ich ihr nach einiger Zeit maile, wie sich die Dinge entwickelt haben, dann kann ich fragen, was Giulia in Bezug auf Dr. Büchler möchte! Ich denke, das ist eine gute Lösung. Ich will auf keinen Fall Öl ins Feuer gießen. Es fängt zu tröpfeln an. Ich laufe zu meinem Roller.

Herbert hat schon alle Unterlagen auf seinem Tisch ausgebreitet. Bilanzen 2014 und 2013, letzter Kontoauszug. Dazu hat er Tabellen mit der Umsatzentwicklung der letzten drei Jahre ausgedruckt. Ich schau mir die Zahlen an. Nicht schlecht auf den ersten Blick. Allerdings fast kein Gewinn bei so viel Umsatz! Ein ziehender Schmerz rumort in meinem Bauch. Ich müsste dringend was essen.

»Worauf führst du euer Wachstum zurück? Nur auf die schönen Augen deiner Verkäuferin?«

Herbert hält einen Vortrag über die herausragende Qualität der Facharztmodule. Trotz der Wichtigkeit dieses Themas fliegen seine Worte an mir vorbei. Ich verstehe nur »Bahnhof«. Ich reiße mich zusammen. »Ich habe mir Folgendes überlegt«, sage ich zu Herbert und beobachte, wie er wohl reagieren wird. »Ich möchte dir vorschlagen, dass ich vier Wochen zur Probe einsteige. Mit dir und dem Techniker zusammenarbeite. 30 Stunden die Woche, mehr kann ich nicht, neben meinen anderen Verpflichtungen. Danach entscheiden wir, ob wir zusammenpassen.«

Herbert zieht den Kopf ein, wischt mit dem Handrücken Schweißtropfen von seiner Stirn. Er hat doch nicht erwartet, ich würde gleich mit Feuer und Flamme unterschreiben?

»Wenn du das möchtest, dann probieren wir das mal aus.«, sagt er nach kurzem Zögern, während er die Papierstapel am Tisch geometrisch ausrichtet.

»Ich möchte dich aber auch etwas ganz Persönliches fragen, bevor ich mich entscheide: Der Betrieb läuft doch sehr gut. Wofür brauchst du da fremdes Kapital?« Mein Magen schmerzt zwischenzeitlich so stark, dass ich am liebsten stöhnen würde.

Herbert zieht erneut den Kopf zwischen die Schultern. Er erinnert mich dabei ein bisschen an eine Schildkröte. Jetzt wird mir auch klar, dass es sein Verhalten ist, das mich am meisten verunsichert. Was ist los mit ihm?

»Das ist eine persönliche Sache. Aber nachdem das ohnehin der ganze Betrieb weiß …« Er schiebt wieder Stapel auf dem Tisch herum. »Das ist so: Letztes Jahr hat sich meine Frau von mir scheiden lassen. Weil … Ich hatte ein Verhältnis mit einer Frau, und das hat dann meine Familie zerstört. Wir mussten das Haus kurzfristig verkaufen, und dabei habe ich viel Geld verloren. Meine Frau bekommt monatlich mehr als die Hälfte dessen, was ich verdiene. Für sie und die beiden Kinder. Ich bin finanziell ziemlich am Ende.« Er senkt den Blick, schaut auf den Tisch. »Aber wenn Softwaremed sich weiter gut entwickelt und ich meine Schulden zahlen kann, dann komme ich schon wieder raus aus dem Dreck!«

Die Tür geht auf, eine Frau mit braunen hochgesteckten Haaren, stark geschminkt, stürmt herein. »Hallo, da seid ihr ja. Sie sind wahrscheinlich Florian? Herbert hat mir schon erzählt von Ihrem Interesse an unserer Firma. Ich bin Sabine.« Sie hält mir ihre schmale Hand zum Gruß hin. Lange, weiß lackierte Fingernägel. Ich gebe ihr vorsichtig meine Hand. Habe immer Angst, dass ich solche Nägel mit einer ungeschickten Handbewegung abbreche. Anschließend streicht sie Herbert kurz über seinen Kopf. Damit hat sich also auch die Frage nach dem Verhältnis geklärt. Sie hat ein nettes Gesicht, schmales Kinn, ausdrucksvolle Augen. Zu stark geschminkt. Aber viel Farbe im Gesicht bin ich ja von Sonja schon gewöhnt. Offensichtlich scheint sie bei den Ärzten gut damit anzukommen. Auch zu viel Parfum! Überschreitet bereits die Grenze zur Aufdringlichkeit! Ich hoffe, ich muss nicht allzu viel in ihrer unmittelbaren Nähe sein. Spontan beschleicht mich ein ungutes Gefühl, wenn ich darüber nachdenke, dass die beiden als Paar diesen Betrieb führen.

»Das bedeutet, wir können Erich erst kündigen, sobald wir sicher sind, dass du bei uns einsteigst! Wann willst du anfangen?«, nimmt Herbert das Gespräch wieder auf. Die beiden starren mich erwartungsvoll an.

»Nächste Woche habe ich noch jede Menge Termine. Der 1. Mai ist ein Freitag. Ich würde vorschlagen: Montag, 4. Mai. 8 Uhr 30.«

»Passt!«

Sabine und er wollen bis dahin ein Einschulungsprogramm für mich vorbereiten. Ich verabschiede mich ziemlich schnell. Die Ausschreibung wartet. Außerdem schmerzt es in der Bauchgegend so schlimm, dass ich sofort in eine Apotheke möchte. Ich fürchte, der Stress der letzten Zeit war zu viel für mich.

In der Apotheke schalte ich mein Handy wieder ein. Sieben Anrufe in Abwesenheit! Die Apothekerin sagt, meine Beschwerden hören sich nach Magengeschwür oder Zwölffingerdarm an. Dafür würde sie mir am liebsten Pantip oder einen anderen Säureblocker geben. Aber die seien verschreibungspflichtig. Ich solle am besten gleich zum Arzt, eine Magenspiegelung sei wahrscheinlich sinnvoll. Als Soforthilfe könnte ich es inzwischen mit Lutschtabletten versuchen. Ich drücke ihr meine Sorge aus, dass die bei einem Geschwür sicher nicht helfen. Überrede sie dazu, mir Pantip zu geben. Verspreche, dass ich das Rezept bis Freitag nachbringe. Die erste Tablette schlucke ich gleich in der Apotheke, mit einem Glas

Wasser, das mir die Apothekerin gebracht hat. Eine nette Frau, sehr gut aussehend. Aber davon will ich jetzt schon gar nichts wissen. Ich gehe schnell noch in eine Bäckerei und hole mir eine Salzbrezel, die ich runterwürge. Es müsste in meinem Büro noch irgendwo einen Kräutertee geben, den mir mal eine Kundin geschenkt hat. Einen Wasserkocher haben wir dort auch.

Bis zum Abend nehme ich noch mal mit allen Anbietern Kontakt auf. Außer den beiden kleineren Herstellern, die gestern schon mitgeteilt haben, dass sie diese Menge innerhalb der kurzen Zeit nicht anbieten können, sind alle äußerst interessiert. Sagen aber unisono, dass der Zeitrahmen nur zu schaffen sei, wenn spätestens nächste Woche die verbindliche Bestellung kommt.

Um 17 Uhr bringt ein Paketdienst zwei riesige Pakete. Eilzustellung. Der Beamer und die Leinwand. Ich packe die Sachen schnell aus, schaue, ob alles unbeschädigt ist. Ausschreibung und Ismail! Das wird ein Wahnsinnsstress! Bei den Gedanken daran spüre ich wieder das schmerzhafte Ziehen im Magen. Ein bisschen besser ist es geworden, ich muss durchhalten. Ich gehe rüber in meine Wohnung. Mir reicht's für heute. Ich fühle mich verschwitzt und hungrig. Giulia hat sich nicht mehr gemeldet. Hoffentlich leidet sie nicht allzu sehr.

Ich mache mich in der Dusche frisch. Ziehe meine beste Jeans und ein schönes Sweatshirt an. In meinem Hinterkopf entsteht ein Plan, dem ich nicht widerstehen kann. Ich werde zu Mara rausfahren. Wozu noch telefonieren? Ich muss sie sehen. Möchte persönlich mit ihr reden. Und was ich sonst noch alles möchte, da will ich lieber gar nicht darüber nachdenken. Arme Giulia! Was macht sie wohl gerade? Es krampft mir das Herz zusammen, wenn ich an die Tränen in ihren Augen denke. Das hat sie nicht verdient. Sie hätte mit jemandem wie mir nichts anfangen dürfen. Meine wirkliche Liebe hat doch immer nur Mara gehört! Wie sehr, das weiß ich seit gestern Abend wieder. Ich muss raus zu ihr. Ich sollte ihr was mitbringen. Eine Flasche guten Bio-Wein habe ich noch, Blumen gehen ja nicht.

Ich muss vorher eine Kleinigkeit essen! Vielleicht geht dann auch das Magendrücken weg, das wieder stärker wird. Vielleicht eine Suppe? Wenn ich in den *Brunnen* gehe, komme ich nicht rechtzeitig weg! Ich will keine Zeit verlieren. Werde mir unterwegs eine große Portion Pommes holen. Das muss reichen! Ich zieh die dicke Motorradjacke an. Springe die Treppenstufen nach unten. Es wird schon dunkel. Die Luft ist feucht, der Himmel schwer wolkenverhangen. Das sieht massiv nach Regen aus. Das wird leider nichts mit dem Roller.

Ich lasse den Caddy in Adnet vor dem Gemeindeamt stehen. Von da aus sind es gut zehn Minuten zu Fuß. Es nieselt. Ich schnappe mir die Regenjacke vom Rücksitz, setze die Kapuze auf, nehme die Weinflasche. Im Ort ist nur wenig los. Sind wohl gerade alle beim Abendessen. Die Pommes haben mich hungrig gemacht. Dafür ist der Magen deutlich besser. Vielleicht hat Mara noch ein Stück Brot. Wie wird sie reagieren? Ich hoffe, sie ist überhaupt daheim. Wenn sie nicht da ist, was mache ich dann? Dann spaziere ich noch eine Runde durch den Regen, vielleicht runter nach Waidach ins Restaurant. Nass bin ich eh schon.

Hinter der Kurve sehe ich ihr Häuschen schon, es ist hell erleuchtet. Meine Nervosität steigt. Wie wird sie reagieren? Wird sie sich freuen? Mein Herz pocht. Es regnet kräftiger. Die letzten Meter gehe ich ganz schnell, läute kurz. Keine Reaktion! Ich versuche die Türklinke: Es ist nicht abgesperrt! Die Haustür führt direkt ins Wohnzimmer. Ich kann Mara nirgends sehen. Rufe ihren Namen. Jetzt höre ich den Fön. Sie ist im Bad. Ich stelle kurz die Flasche ab, ziehe die nassen Schuhe aus, hänge die Jacke an die kleine Garderobe. Alles tropft. Gehe langsam ganz rein. Der Tisch ist schön gedeckt: weiße Tischdecke, zwei Gedecke mit je zwei Gläsern; eine Flasche Wein, die neben einer vollen Wasserkaraffe steht. Am Herd sehe ich einen großen, dampfenden Topf. Mara erwartet Besuch! Ich erschrecke. Das ist dann aber ein wirklich unglücklicher Zeitpunkt! Ich hätte vorher anrufen sollen! Wen empfängt sie heute noch? Anscheinend hat sie gerade ihre Haare gewaschen! Ich kriege ein flaues Gefühl im Magen. Ich Trottel habe gedacht, ich könnte einfach so vorbeikommen! Wenn gleich Besuch kommt, wie stehe ich dann da?! Urpeinlich wäre das! Welcher Gast? Doch nicht etwa Werner, der sie besucht? Gibt es sonst noch gute Bekannte in ihrem Leben? Ich werde total unsicher. Eile zur Garderobe, nehme meine Jacke, schlüpfe in die Schuhe. Nur schnell bei der Tür raus, bevor der erwartete Besuch kommt. Es schüttet. Ich werde waschelnass sein, bis ich bei meinem Auto bin. Ist mir egal. Was mache ich? Ich werde sie vom Caddy aus anrufen. Nein, besser aus einem Restaurant. Ich fange an zu laufen. Mein Handy klingelt. Das passt mir gar nicht! Wenn ich es aus der Tasche hole, wird es nass. Ich bin eh gleich da. Schaue trotzdem kurz, wer es ist. Mara! Ich schiebe das Handy an mein Ohr unter die Kapuze.

»Ja! Hallo Mara!«

»Florian! Du, ich hoffe, ich störe dich nicht gerade. Ich wollte dich nur sicherheitshalber fragen, ob du gerade bei mir warst? Irgendjemand war da, hat eine Flasche Wein auf den Boden gestellt, aber ich habe ihn oder sie nicht gesehen.«

Ich stottere. »Ja, ich war das. Aber dann habe ich gesehen, dass du wohl Besuch erwartest, und bin schnell wieder raus.«

»Du Dummkopf! Komm sofort zurück. Wo bist du?«

»Kurz vor Adnet. Aber ich will auf keinen Fall stören. Ich hätte vorher anrufen sollen!«

»Ja, das wäre nicht schlecht gewesen! Und jetzt drehst du bitte sofort um und kommst wieder her zu mir! Du hast hier vorhin alles nass gemacht. Das musst du aufwischen.« Ich höre sie kichern. »Wie ich sehe, regnet es ziemlich stark. Wo hast du denn dein Auto? Oder bist du gar mit dem Roller da?«

»Das ist eine längere Geschichte! Gut, dann komm ich gleich zurück! Aber was ist mit deinem Besuch?«

»Der ist schon da!«

Ich bin nicht sicher, ob ich die letzten Worte richtig verstanden habe.

»Du, ich versteh dich ganz schlecht bei dem Regen. Ich lege auf, bin in zwei Minuten da.«

Ich sehe schon auf die Entfernung, dass sie die Tür öffnet. Sie winkt mir zu. Es sieht fast so aus, als würde sie hüpfen.

Sie zieht mich bei der Tür rein, macht hinter mir zu. Steht dann vor mir und schaut mir direkt in die Augen. Ich möchte den Anorak ausziehen, von dem es stark tropft, da schlingt sie ihre Arme um meinen Hals und drückt sich ganz fest an mich.

»Diesen Augenblick habe ich so sehr herbeigesehnt. Du kannst dir das gar nicht vorstellen!«

Mara küsst mich leidenschaftlich. Ich versuche trotzdem, aus dem Anorak rauszukommen, denn ich merke, dass sie ganz nass geworden ist. Sie zieht mir die Regenjacke aus, hängt sie an einen Haken. Wischt schnell mit einem Fetzen, der dort schon liegt, das Wasser weg. Schaut mich dabei ununterbrochen an. Ich kann auch nicht wegschauen. Ich möchte sie so schnell wie möglich wieder in den Arm nehmen. Sie ist einen Tick runder geworden im Gesicht. Das steht ihr gut. Ich hatte schon gefürchtet, sie wäre durch den Stress der letzten Wochen noch schmaler geworden.

Wir drücken uns aneinander und erkunden uns. Mit der Zunge, mit den Lippen, mit der Nase, mit den Händen. Ich spüre, wie Mara sich mit ihrer ganzen Kraft an mich presst. Wir streicheln uns. Küssen uns. Streicheln uns … War sie das oder war ich das? Einer von uns beiden hat eben wohlig geseufzt. Sie zieht mich plötzlich an den Tisch.

»Du hast doch bestimmt Hunger? Es gibt eine frische, gute Gemüsesuppe, dazu Toskanabrot, Butter und Käse. Und natürlich Wein. Sag nicht, du hast schon gegessen!«

»Du hast für mich gedeckt? Woher wusstest du, dass ich komme?«

»Ich habe gestern Abend schon befürchtet, du würdest noch zu mir rausfahren. Obwohl es mitten in der Nacht war. Dir trau ich alles zu! Und da du dich den ganzen Tag nicht gemeldet hast, war ich sicher, dass du am Abend noch kommst! Ich kenne dich doch.«

Ich kriege Gänsehaut, so sehr freue ich mich. Ich bin daheim bei Mara! Angekommen!

»Ich habe Pommes auf dem Weg gegessen, weil ich so hungrig war. Ich bin etwas angeschlagen, hatte so viel Stress die letzten Wochen.«

»Und daran war ich schuld, oder?« Sie rührt mit dem Schöpfer in der Suppe, probiert einen Schluck. »Ist fertig!«

»Du warst für mich natürlich die alleinige Schuldige! Wenn man verlassen wird, dann braucht man so jemand! – Aber nein, es sind noch so viele andere Sachen passiert.«

»Ich weiß schon, Giulia …«

Sie bringt die Suppe zum Tisch und füllt die Schüsseln. »Die Suppe wird dir ganz bestimmt guttun. Da ist meine ganze Liebe drin. Mitgekocht!«

Ich esse mit einer Hand. Die Linke greift schräg über den Tisch nach ihrer freien Hand. Ich muss sie spüren. Fühlen, dass Mara echt ist. Ich werde sie nie wieder hergeben.

Es wird ein langer Abend. Nach dem Essen landen wir im Bett. Unsere Leidenschaft kennt keine Grenzen. Mara verschlingt mich, ich ertrinke in ihr. Ganz am Anfang zögere ich noch. Habe Bedenken, ob ich so kurz nach Giulia meine Liebe unbefangen mit ihr teilen kann. Die Zurückhaltung löst sich in Luft auf. Mara nimmt mich mit wie ein Sturm ein Blatt. Ich spüre auch den Unterschied zu den Gefühlen, die ich Giulia entgegengebracht habe. Giulia habe ich gemocht, Mara jedoch liebe ich mit jeder Faser meines Körpers!

Nach der ersten Eruption unserer Empfindungen drängt es uns, all das herauszulassen, was wir uns zu erzählen haben. Ich kann nicht oft genug von ihr hören, dass wir ab sofort fest und endgültig zusammen sein werden. Dass wir unser zukünftiges Leben gemeinsam planen wollen. Jetzt und immer.

Irgendwann, es ist schon spät, erzähle ich ihr schließlich auch von Ismail. Sie wird ganz stumm, drängt sich an mich und lässt mich reden. Bis ich alles erzählt habe.

»Mein Gott, Flo, das ist ja furchtbar! Ich bin stolz auf dich, dass ihr etwas für diese verlorenen, schutzlosen Menschen tut, du und Charly.« Sie schlingt die Arme um meinen Hals, drückt ihr Gesicht an meine Brust. »Aber was du erzählt hast, macht mir auch schreckliche Angst. Um dich. Um uns beide. Und das, wo unser Glück gerade erst so richtig anzufangen scheint. Ich mache mir riesige Sorgen, hoffentlich geht das alles gut aus.«

Ich beruhige sie. Im Augenblick fühle ich mich stark. Ich hätte viel mehr Vertrauen haben sollen in mein Schicksal! Ich wechsle schnell das Thema. Erzähle ihr noch von meinen Plänen mit Herbert, während ich ihre Nähe mit allen Sinnen ausschöpfe.

»In einer Woche fange ich probeweise bei ihm an. Es wird nicht einfach für mich. Ich muss mich dort wohl an eine festere Arbeitszeit halten, als ich das gewöhnt bin.« Ich ziehe Mara wieder fest an mich und spüre, dass sie schwer geworden ist. Sie ist während meines letzten Berichts eingeschlafen. Ich schaue auf die Uhr. 3 Uhr 27. Jessas! Ich muss in spätestens sechs Stunden an meiner Ausschreibung sitzen. Mara bewegt sich, schlägt die Augen auf.

»Ich muss kurz eingenickt sein. Verzeih mir ...«

»Du, wir müssen schlafen. Musst du morgen nicht auf den Markt?«

»Ja, muss ich. Ich habe den Lkw schon fertig. Normalerweise schneide ich die Schnittblumen aus meinem Gewächshaus noch frisch am Morgen. Aber heute, besser gesagt gestern, habe ich schon alles fertig gemacht. Ich muss allerspätestens um halb acht los. Lass uns noch ein paar Stunden schlafen. Aber ganz nah, ich muss dich spüren. Die ganze Nacht. Sonst wache ich sofort wieder auf.«

Mara küsst mich vorsichtig auf meine Augen. »Du, ich muss los. Ich habe dir was zum Frühstück auf den Tisch gestellt. Und den Hausschlüssel hingelegt. Sehen wir uns am Abend?«

Ich habe so tief und fest geschlafen wie schon lange nicht. Ich schaue auf die Uhr. Es ist kurz nach halb acht. »Natürlich komme ich! Vielleicht schaue ich auch kurz bei dir am Stand vorbei. Ich muss dringend Blumen kaufen für eine wunderschöne Frau, in die ich über alles verliebt bin.«

»Das würde mich freuen, wenn du vorbeischaust. Um 14 Uhr habe ich aber einen Termin, ich weiß nicht, wie lange der dauert. Ich erzähle dir am Abend mehr davon. Ab Mittag ist eine Hilfe am Stand, Jandra. Ich bilde sie gerade aus, damit sie mich zukünftig öfter vertreten kann. Am späteren Nachmittag kommt auch Anna Lena. Wenn du gegen fünf kommst, dann kann ich euch vorstellen. Anna Lena kommt ja nächste Woche wieder her. Wie wir das regeln, müssen wir noch besprechen. Aber jetzt muss ich los. Ich hoffe, das Wetter wird heute noch besser. Regen am Markt ist gar nicht angenehm, trotz großem Schirm. So, mein Lieber, bis später.« Sie bückt sich zu mir runter und schmiegt sich noch einmal ganz dicht an mich. Dann springt sie auf und rast bei der Tür raus. Ich schwimme in tiefem Glücksgefühl. Aber nur kurz. Ich muss so schnell wie möglich ins Büro. Es ist Freitag, die meisten Lieferanten erreiche ich nur bis zum frühen Nachmittag. Ich spüre schon wieder ein schmerzhaftes Ziehen im Magen. Ich nehme noch eine Tablette.

Auf der Fahrt muss ich an Giulia denken. Ob ich ihr schreibe? Aber was? Ich fühle mich weiterhin schuldig. Auch Rebecca möchte ich nicht enttäuschen. Ich kann doch nicht ohne ein Wort von der Bildfläche verschwinden. Ich habe die Kleine richtig lieb gewonnen. Was mach ich bloß? Ich spreche am Abend mal mit Mara darüber, was sie dazu meint.

Am frühen Nachmittag habe ich alle Angebote ausgewertet. Die Spanne ist riesig. Das Handy klingelt. Wahrscheinlich noch ein Angebot für die SIGRA. Nein, es ist Charly. Bei dem habe ich mich auch schon eine Weile nicht mehr gemeldet.

»Hi Charly, wie geht's?«

»Mir geht's gut, Flo! Aber du kriegst Probleme, wie es aussieht! Du musst so schnell wie möglich kommen!«

»Ich bin tierisch im Stress! Stell dir vor: Ich bin seit gestern wieder mit Mara zusammen! Ich erzähl dir alles, sobald ich Zeit habe. Was meinst du mit Problemen? Ich habe genug davon, mir reicht's!«

»Du hast Probleme, von denen du noch nichts weißt! Neue Probleme! Wir müssen das persönlich besprechen! Komm so schnell, wie es geht! Unbedingt! Aber dass du mit Mara wieder zusammen bist, das ist der Hammer, Alter. Erinnerst du dich? Ich habe es dir prophezeit. Ich bin schon gespannt, was du erzählst. Gib Gas!«

Ich hole unterwegs zwei Pizzen ab, die ich vor der Abfahrt telefonisch bestellt habe. Sollte Charly keine mögen, was ich mir nicht vorstellen kann, dann esse ich beide. Den Caddy stelle ich wieder bei Zlatko ab. Rufe schnell noch Mara an, sage ihr, dass ich leider nicht zum Stand kommen kann. Ich werde am Abend alles erzählen.

Ich rase die Treppe rauf. »Hi Charly. Weißt du, dass ich meine ganzen Pläne umgeschmissen habe wegen deinem Anruf? Ich hoffe, es ist wirklich dringend.« Ich lege meine Hand auf seine Schulter. Er dreht sich nur kurz um, deutet auf den Bildschirm:

»Schau dir dieses Mail hier an. Hat Ismail in der Früh geschrieben!«

Bitte dringend um deinen Anruf *08:50*

Ich kann dich seit gestern am Telefon nicht erreichen. Wann hattet ihr den Zugriff auf Florian Schwandner geplant? Ich möchte, dass ihr mit eurer Aktion noch wartet. Ich habe eine bessere Idee, wie wir ihn erledigen können. Ruf mich bitte dringend zurück.
Ismail

Das Mail ist an konrad.leibl@polizei.gv.at adressiert.

»Was soll denn das?« Ich schaue Charly an.

»Ich fürchte, wir haben die Bande unterschätzt. Ich habe die Nachricht sofort an Henning weitergeleitet. Vielleicht kann der was damit anfangen. Er hat sich noch nicht gemeldet. Offensichtlich läuft da was gegen dich! Und das scheint nichts Gutes zu sein …«

»So eine Sauerei! Ich habe gehofft, dass das alles abflaut. Ich komme nicht mehr zum Durchatmen. Was will der von mir? Wir sind es doch, die ihn am Arsch haben! Am liebsten würde ich den Termin nächsten Mittwoch canceln. Ich verstehe ja überhaupt nicht, was dieser Mafioso mit unserer Polizei zu tun hat! Was wollen die von mir? Ich habe niemand was getan. Das bedeutet nichts Gutes! So ein Glück, dass du die Mail gefunden hast.«

»Ja, das war knapp! Echtes Glück! Wobei, in Deutschland hätten sie das ohnehin ausgelesen. Allerdings: Wer weiß, wann …« Charly deutet auf einen Berg Papier, der sich am hinteren Rand seines

Schreibtisches auftürmt. »Schau mal, ich komme nicht mehr zu meiner Arbeit! Aber diese Mail, die Polizei-Adresse ist mir gleich aufgefallen, hat mich neugierig gemacht. Dann habe ich deinen Namen gesehen. Das war kein Zufall, das war meine Intuition!« Er grinst mich an. Und dieses blöde Grinsen hilft mir wieder aus der Schockstarre zu kommen. Charly deutet auf den Bildschirm neben sich. »Danach habe ich natürlich sofort nach weiteren Mails von diesem Leibl gesucht. Im Papierkorb bin ich dann auf diese hier gestoßen. Warte, ich zeige sie dir.«

Charly hat das Mail mit einem Kennzeichen zum Auffinden versehen. Öffnet es mit dem nächsten Klick.

Deine Anfrage 15.04.2015

Wir haben hier bezüglich dieses Florian Schwandner keine aktuellen Informationen. Sei also beruhigt, ich finde schon eine passende Lösung. Ruf mich heute Abend nach 18 Uhr an.

Konrad

»Wenn ich das richtig verstehe, dann kennen die beiden sich wohl ziemlich gut. Und seit mindestens zwei Wochen wollen sie mich ›erledigen‹! Aber sag, was könnte das für ein Zugriff sein, den die bei mir durchführen wollen?«

»Keine Ahnung! Ich habe keine weiteren Nachrichten dieses Polizisten gefunden. Es hört sich alles nicht gut an. Abgesehen davon, dass sie irgendwas von dir wollen, schließe ich daraus aber auch, dass Ismail wegen dir noch stärker beunruhigt zu sein scheint, als wir das bisher dachten. Er muss einen schweren Verdacht gegen dich hegen.«

Ich schaue noch mal auf die Mails, dann zu Charly, der gerade wieder am Bildschirm scrollt. »Es sieht also ganz stark danach aus, dass ich mit den Bullen hier in Kürze Scherereien kriegen werde! Dieser Konrad Leibl steckt mit Ismail unter einer Decke! Ich glaub, ich spinn! Wie gut, dass wir den Rechner gekapert haben. Ansonsten wäre ich total ahnungslos. Aber was mache ich jetzt, verdammt noch mal?«

»Am besten wäre es, du würdest abtauchen. Sonst musst da ab sofort mit allem rechnen! Auf jeden Fall musst du so schnell wie möglich mit dem Anwalt telefonieren. Ich würd da nicht mehr bis Montag warten.«

Es durchzuckt mich. Ich hab gerade noch einen Gedanken:

»Die deutschen Bullen müssten doch längst mit den österreichischen Kontakt aufgenommen haben. Wir wissen leider nicht, welcher Abteilung Konrad Leibl angehört und wo der Fall bearbeitet wird. Jetzt brennt der Hut! Mein Gott! Hast du schon nach diesem Leibl gegoogelt?« Eine dunkle Angst zieht mir die Gedärme zusammen. Es wird jetzt ernst. Bitter ernst.

»Klar! Aber nur eine Meldung gefunden, dass er irgendeine Auszeichnung gekriegt hat. Oberstleutnant Konrad Leibl, für 20 Jahre im Dienst oder so. Da stand nicht mal, für welche Abteilung er arbeitet.«

Ich fühle kalten Schweiß auf meiner Stirn. »Weißt du was? Wir müssen sofort Henning anrufen. Oder Klaus. Wen wir zuerst erreichen.«

»Ja, genau deshalb wollte ich, dass du kommst. Ich rufe über VoIP an, das ist das Sicherste … falls sie auch mich schon auf dem Radar haben.«

Henning meldet sich sofort. Gott sei Dank.

»Passt mal auf. Ich habe wenig Zeit. Das ist in der Tat sehr ernst, was ihr da herausgefunden habt. Lasst mir Zeit, das gründlich zu recherchieren. Bis auf Weiteres kommunizieren wir nur noch über Charly! Wenn die österreichische Polizei einen Zugriff auf Florian plant, dann könnte es auch sein, dass er bereits observiert wird. Für Telefonüberwachung ist ein Beschluss des Staatsanwaltes erforderlich, den gibt es nicht ohne schwerwiegende Gründe. Ist nicht sehr wahrscheinlich. Aber ausschließen möchte ich nach meiner jetzigen Kenntnis gar nichts. Sollte dein Handy abgehört werden, rein theoretisch, Florian, dann können die Überwacher auch deinen jeweiligen Standort feststellen. Und damit auch, mit wem du Kontakt hast. Ist dir das klar? Deshalb, als reine Sicherheitsmaßnahme: Handy ab sofort immer ausschalten, wenn du zu Charly fährst.

Viel mehr kann ich dir zum jetzigen Zeitpunkt leider nicht helfen! Ansonsten bist du weiterhin auf dich alleine gestellt. Ich bin nächste Woche bei euch. Vielleicht wissen wir dann schon mehr. Mach dir nicht allzu viele Sorgen wegen der Sache! Es ist mir deutlich lieber, die hängen dir irgendeine Straftat an, als dass Hajda etwas gegen dich unternimmt! Das wäre die schlechtere Variante.«

»Sag, könnte das mit euren Ermittlungen zusammenhängen? Wobei, der Skypeanruf mit Klaus war am 21. April, also erst, nachdem sich Ismail bei diesem Leibl nach mir erkundigt hat. Und ich wüsste auch gerne, was für eine Straftat die mir anhängen könnten!«

»Ich kann zurzeit auch nur Vermutungen anstellen. Vielleicht spielen sie dir kriminelle Inhalte auf deine Computer oder legen dir eine Leiche in den Keller. Ich kann nur vermuten, genau wie ihr. Aber …«, Henning räuspert sich, »… in einem Punkt kann ich euch schon mal beruhigen: Es ist absolut unwahrscheinlich, dass in normalen Kreisen der Salzburger Polizei Kenntnis von diesem Fall existiert. Bisher gab es nur Gespräche auf allerhöchster Ebene. Unsere Ermittlungen verlaufen unter höchster Geheimhaltungsstufe. Da ist noch nichts nach unten durchgegeben worden, garantiert nicht! Alles Weitere besprechen wir am Mittwoch, wenn ich komme. Sollte ich vorher noch etwas herausfinden, das euch betrifft, dann gebe ich Bescheid. Bis dahin tauche möglichst ab, Florian. Und: Äußerste Vorsicht bei deinem Besuch bei Ismail! Lass keinen Zweifel daran, dass deine Mitarbeiter wissen, wo du bist.« Hennings Stimme wird ziemlich scharf. »Mach deine Arbeit, sonst nichts. Und wenn es wichtig ist, immer sofort bei mir anrufen. Ich muss über alles informiert sein. Wie schon gesagt, weder über dein Handy noch dein Festnetz, Florian. Dann tschüss, ihr zwei!«

Das Telefonat mit Henning hat mich kein bisschen beruhigt. Meine ganze Euphorie über das Zusammensein mit Mara ist weg. Sie hat mich wieder in den Klauen, die von mir verdrängte beschissene Situation, in der ich mich befinde. Ich muss vor allem höllisch aufpassen, dass weder Mara noch Giulia in irgendwas reingezogen werden.

Charly brummelt was in der Richtung, dass wir mit Henning einen guten Typen erwischt haben. Dann wechselt er das Thema und sagt:

»Erinnerst du dich noch? Ich habe dir prophezeit, dass Mara dich liebt und dass zwischen euch nicht dauerhaft Schluss ist. Ich kenn mich mit so was eben aus! Was machst du eigentlich mit deiner anderen großen Liebe?«

»Da ist Funkstille. Die Trennung war furchtbar. Ist sie auch jetzt noch. Ich überlege gerade, ob ich sie nicht über die neueste Entwicklung informieren sollte. Wenn mein Handy überwacht wurde, dann kennen sie auch Giulia.«

»Was willst du ihr sagen? Dass sie die Türen absperren muss und ihre Tochter nicht mehr rauslassen darf? Dann flippt sie aus! Ich kenne doch die Frauen! Das kannst du dir sparen. Ismail ist sicher nur hinter dir her. Und mir, wenn sie unsere Zusammenarbeit checken. Wenn du bei deiner Ex nicht mehr aufkreuzt, dann sollte sie vor denen auch ihre Ruhe haben.«

»Ich kann das nur hoffen.« Ich wünschte, Charly hat recht. »Aber wie kommunizieren wir zwei in Zukunft?«

»Ich empfehle dir, dass du dir sofort ein neues Handy besorgst. Und eine zweite SIM-Karte. Eine Prepaid-Karte. Wir telefonieren auf keinen Fall mehr über deine jetzige Nummer! Auch nicht über dein jetziges Gerät! Denn auch die Gerätekennung wird übertragen. Für Gespräche mit Leuten, die du schützen möchtest, besorgst du dir so schnell wie möglich ein neues. Und wenn du zu mir, Mara oder Giulia fährst, dann musst du dein altes Handy ausschalten! Du darfst auch keine Rufumleitung machen, der Provider würde ihnen diese Verbindung sofort zuspielen. Kein Datenaustausch zwischen den beiden Handys, klar?«

»Ich hab genug gebrauchte Handys in meinem Laden. Wertkarte kauf ich mir gleich auf dem Rückweg beim Hofer. Was mir noch Gedanken macht, ist, dass ich außerhalb der Geschäftszeiten für meine Kunden dann nicht mehr erreichbar bin.«

»Du sprichst einfach auf das Band, dass du gerade unterwegs bist und wichtige Mitteilungen per Mail erhalten möchtest. Ist eh die viel bessere Kommunikation. Am besten, du drehst das Ding ab und bist für niemanden mehr erreichbar. Dann hast du diese Idioten trockengelegt, falls sie tatsächlich auf diese Weise hinter dir herschnüffeln!«

In meinem Kopf braust ein Orkan! Jetzt sind also mindestens zwei Verfolger hinter mir her. Ich dachte immer, wir verfolgen die! Aber in Wirklichkeit bin ich der Gejagte! Das ist doch total absurd. Was mache ich bloß?

Ich frage Charly: »Hast du nicht Angst, dass sie vielleicht auch bereits hinter dir her sein könnten?«

»Wenn du so fragst… Wenn sie bisher dein Handy überwacht haben, dann kennen sie auch mich. Aber wir haben am Telefon Gott sei Dank nichts besprochen, was auf unsere Tätigkeit hinweist. Natürlich weiß man nicht, was die sich in ihren kranken Hirnen so zusammenreimen. Wenn sie sauber im Kopf wären, dann würden die dich ja in Ruhe lassen.« Er kratzt sich am Kopf. »Andererseits – die können mich alle mal. Ich habe nicht die geringste Lust, mir wegen diesem Pack tagtäglich Sorgen zu machen. Sollten sie jemals hier aufkreuzen, dann werde ich schauen, wie ich damit klarkomme. Es wird wirklich allerhöchste Zeit, dass diesem Gesindel das Handwerk gelegt wird. Und falls da sogar welche von den österreichischen Bullen mit drinstecken, dann ist der Sumpf größer, als ich eh schon befürchtet habe. Ich bin froh, dass du diesen Anwalt aufgetan hast. Dann kriegt der eben Arbeit. Das war ein guter Tipp von deiner Giulia.«

Vielleicht hat Charly recht. Wir müssen trotz dieser Bedrohung auch noch ein Leben führen können, das diesen Namen verdient. Ich werde halt noch vorsichtiger sein – wenn das überhaupt geht. Trotzdem, wo soll ich mich verstecken? Ich kann doch nicht meinen Laden dichtmachen.

»Charly, was hältst du von der Idee, den Caddy und den Roller auf versteckte Sender hin checken zu lassen? In der Wohnung können sie nicht gewesen sein, das hätte ich gemerkt. In meinem Haus sind die Stiegen derart alt, da knarrt und ballert jede einzelne

Stufe. Niemand kommt da ungehört zu mir rauf. Frau Sailer, die unter mir wohnt, fragt mich immer über die Besucher aus, die sie durch ihren Spion gesehen hat und noch nicht kennt. Die Frau ist schon um die achtzig und hat nichts anderes zu tun, als über ihre schlechte Gesundheit zu jammern und ihre Umgebung zu überwachen. Gut, dass Giulia nie bei mir war. Sonst würde sie täglich nach ihr fragen. Nach Mara fragt sie noch immer! Warum die nicht mehr kommt. Du warst ja nur einmal bei mir, zur Einweihung. Erinnerst du dich noch an das Haus?«

»Ja, klar. Das coole Treppenhaus und deine Oldtimerwohnung. Ich mag diese uralten Häuser total. Aber deine Nachbarin habe ich nicht gesehen. Die hast du mir vorenthalten!«

Er wackelt nachdenklich mit dem Kopf. Haut dann in seine Tastatur. »Wegen deinem Auto und dem Roller. Ich kenne in Salzburg keinen Laden, wo du Wanzendetektoren kriegst. Kriegst du aber alles übers Internet.«

Charly findet einen Onlineshop für Wanzen. Da müsste ich rund 600 Euro für ein halbwegs brauchbares Suchgerät ausgeben. Wir entdecken danach eine Detektei in Salzburg, die Wanzensuche anbietet. Ich werde morgen gleich einen Termin vereinbaren.

Apropos neues Handy. Ich muss los, sonst wird es zu spät. Es ist schon fast sechs Uhr. Ich rufe mit Charlys Handy Mara an und sage ihr, dass etwas Außergewöhnliches passiert ist und ich frühestens um acht Uhr da sein kann. Außerdem dass ich furchtbar in Eile bin und ihr später alles erzählen werde.

Mara reagiert besorgt, vor allem, weil ich nicht vom eigenen Gerät aus angerufen habe. Aber ich beruhige sie, dass ich später alles erklären werde. Sie hat eingekauft und wird schon mal das Abendessen zubereiten, wenn sie heimkommt! Ich spüre, wie bei ihren Worten ein warmes Gefühl durch meinen Bauch strömt. So etwas brauche ich jetzt so sehr: Liebe und Trost. Jemanden, der sich um mich sorgt. Ich kann nicht immer nur stark sein.

Mara eilt auf mich zu und umarmt mich stürmisch.

»Ich hatte solche Angst. Schon in der Nacht bin ich aufgewacht.

Da ist mir erst so richtig klar geworden, was du gestern erzählt hast. Das ist alles so furchtbar. Menschen, die hilflosen Frauen und Kindern so etwas antun, die sind das Schlimmste, was es gibt. Wenn sie es auf dich abgesehen haben, dann muss ich Tag und Nacht Angst haben um dich!« Sie küsst mich immer wieder und lässt mich gar nicht mehr los.

»Na ja, ich pass schon auf. Wenn sie mir was antun hätten wollen, dann hätten sie genügend Gelegenheit dazu gehabt. Würde mir etwas passieren, dann gäbe es intensive Untersuchungen. Das kann nicht in ihrem Sinn sein. Nein, die wollen wohl, dass die Bullen das für sie erledigen.« Ich erzähle ihr, dass Charly in dieser Richtung etwas gefunden hat. Davon, dass sie mich »erledigen« wollen, sage ich lieber nichts.

»Ich hoffe, dass du recht hast. Vor der Polizei habe ich nicht so viel Angst. Aber komm, das Essen wird bereits kalt. Ich habe uns was richtig Gutes gekocht! Mit italienischem Käse vom Markt überbackene Kartoffelscheiben, verfeinert mit echtem Rahm. Dazu ganz frischer Büffelmozzarella mit Tomaten und Basilikum. Magst du das?«

»Hmmm, sehr gut! Schon als ich reingekommen bin, hat es so köstlich gerochen. So gutes Essen habe ich im *Brunnen* nie gekriegt!«

»Ich bin so froh, für uns kochen zu können. Ich habe früher immer nur am Wochenende gekocht, wenn ich bei Werner und Anna Lena war. Nur für mich alleine zu kochen, dafür war und ist mir die Zeit zu schade. Aber jetzt lohnt es sich!« Sie streichelt kurz ihren Bauch und schickt mir einen lieben Blick. Holt vom Herd eine große Kasserolle und stellt sie auf den Tisch, wo bereits in einer flachen weißen Porzellanschüssel der Mozzarella wartet. Mit vielen Blättern Basilikum, Tomatenscheiben und noch anderen Kräutern bedeckt, dazu mit Öl beträufelt. Neben dem Olivenöl steht eine Flasche Weißwein auf dem Tisch. Warum aber nur ein Glas?

»Wenn du keinen Wein trinkst, mag ich auch nicht«, sage ich zu ihr, als sie sich hinsetzt.

»Ein Glas musst du schon trinken. Sonst ist das ja keine Feier!

Ich trinke gerne einen Schluck bei dir mit. Ich vertrage Wein zurzeit nicht so gut«, sagt sie und lächelt mich strahlend an.

Das Essen schmeckt köstlich. Ich frage Mara, welche Kräuter sie verwendet hat. Sie lächelt stolz. »Koriander, Basilikum, Rosmarin und noch ein paar andere Kräuter, habe ich alles im Gewächshaus. Du musst dir das mal von mir zeigen lassen. Und in ein paar Wochen sogar im Garten. Da sind sie noch würziger.«

Nach meinem zweiten Teller nimmt sie meine Hand und schaut mich ernst an:

»Ich muss dir erzählen, wen ich am Nachmittag getroffen habe.« Sie sieht mich aufmerksam an.

»Ich habe Giulia getroffen.«

Das trifft mich total auf dem falschen Fuß.

»Ja warum denn das?« Ich verschlucke mich. Huste. »Warum hast du nichts gesagt gestern? Oder habt ihr das am Vormittag ausgemacht?«

»Nein, sie hat mich bereits gestern angerufen. Aber sie hat mich gebeten, dass ich dir vorher nichts sage. Nachher habe sie nichts dagegen. Sie war recht unsicher.«

»Das war das Treffen, von dem du gesprochen hast?«

»Ja. Giulia! Wir waren zusammen in der Blauen Gans. Zuerst waren wir beide ziemlich unsicher. Aber dann haben wir uns immer besser verstanden und wollten gar nicht mehr aufhören, uns alles zu erzählen. Sie ist eine ganz wunderbare Frau. Ich verstehe gut, dass du sie gemocht hast.«

»Trotzdem ist das schon seltsam. Dass sie sich sofort nach unserer Trennung mit dir trifft«, finde ich.

»Ja, ich hatte erst auch ein komisches Gefühl. Aber ich konnte doch nicht sagen, dass ich sie nicht sehen mag! Ich war überrascht, dass sie meine Telefonnummer hatte.«

»Sie hat danach gefragt, als ich ihr bei der letzten Begegnung von unserem erneuten Kontakt erzählte. Ich war bereits so voller Schuldgefühle, dass ich mich diesem Wunsch nicht widersetzen konnte.«

»War eh gut«, meint Mara mit dem Anflug eines Lächelns. »Wir sollten unbedingt mal in ein Konzert von Giulia gehen. Ich würde gerne hören, wie sie spielt. Du sagst, sie ist richtig berühmt. Oder?« Dann sieht sie mich schräg an und wirft den Kopf zurück, so dass ihre Haare wie eine dunkle Welle nach hinten fliegen. »Ich glaube, Giulia und ich, wir mögen uns! Stell dir vor, zum Schluss hat sie gesagt, dass ihr die Trennung von dir viel leichter fällt, jetzt, nachdem sie mich kennengelernt hat. Das ist doch gut, oder?«

»Hmm, ja, schon, sicher. Aber was soll ich darunter verstehen, dass ihr zwei euch mögt?«

Mara gluckst vor Lachen. »Da mach dir mal keine Sorgen! Wobei ...«, sie neigt ihren Kopf schräg zur Seite, »... ich habe die Liebe mit einer anderen Frau noch nie ausprobiert. Da fehlt mir wohl noch was! Ich könnte mir schon vorstellen, dass sich Giulias Nähe gut anfühlt.« Sie amüsiert sich sichtlich darüber, dass mich dieses Thema verunsichert.

»Ich will dich aber nicht mit Giulia teilen!« In dieser Richtung habe ich ja noch nie nachgedacht ...

Mara lächelt schelmisch. »Ach du Dummerchen. Ich liebe dich. Und ich weiß, dass wir zwei Frauen andere Sorgen haben. Das war doch ganz anders gemeint.«

So allmählich würde ich lieber über etwas anderes reden als über Giulia. Als ob das so einfach wäre für mich. Ich bin bei dem Thema ziemlich befangen. Aber Mara redet unbekümmert weiter.

»Stell dir vor. Dieser Matteo, mit dem sie auftreten wird, auf den freut sie sich bereits sehr. Das muss wirklich spannend sein, in so großen Konzertsälen aufzutreten.«

Mara ist noch nicht fertig mit Giulia, wie es scheint.

»Wollen wir aufräumen?«

Sie stockt. Dann beginnt sie, mit leicht belustigtem Blick die Teller einzusammeln.

»Ja. Und danach setzen wir uns auf die Couch. Ich möchte noch etwas mit dir besprechen.«

»Noch etwas? Mir ist noch schwindlig von vorhin ...«

Mara wäscht ab. Ich trockne ab. Muss immer wieder fragen, wo die Sachen hingehören. Danach setzen wir uns auf ihre kleine rote Couch. Ich trinke noch ein ganz kleines Gläschen von dem

Chardonnay. Mara holt eine Kanne Kräutertee und zwei kleine Tassen. Und ein Schälchen mit gesalzenen Nüssen.

»Ich möchte mit dir darüber reden, wie wir zukünftig wohnen wollen. Für zwei Personen ist es hier zu eng. Und jedes zweite Wochenende kommt Anna Lena, da wird es auch noch ganz unruhig.«

Ich erschrecke. Was ist jetzt das schon wieder? Also doch keine so enge Beziehung, wie wir das besprochen haben?

»Na ja«, ich zögere ein bisschen und suche nach Worten, »das stimmt schon, dass es hier eng ist. Aber lieber eng mit dir, statt viel Platz alleine zu Hause.«

»Du hast mich falsch verstanden«, sie gibt mir einen kleinen Kuss und drückt meine Hand, »wir brauchen mehr Platz, wenn wir zusammenleben wollen!«

Ich fühle eine Welle der Erleichterung. Das Glück ist noch so kurz und das Vertrauen darin muss erst wachsen. Ich habe noch immer Angst, dass sich alles in Kürze in ein Hirngespinst auflöst.

»Meinst du, wir müssen nach was Größerem suchen? Wir beide? Zusammen?« Meine Worte kommen stockend.

»Nun, das ist so: Ich habe schon vor einiger Zeit überlegt, hier zu bauen. Die zwei kleinen Zimmer in diesem Zwergenhaus reichen nicht. Ich brauche mehr Platz. Vor allem ein gescheites Büro. Im Winter ist es im Gewächshaus brutal kalt, und im Sommer viel zu warm. Das Büro ist dann immer eine Qual.« Mara hebt hilflos ihre Hände. Sie hat alles hier so schön gemacht. Aber es stimmt. Eine Wohnküche, ein Schlafzimmer, eine Abstellkammer, Bad und Klo. Das ist alles. Für zwei Personen wird es auf Dauer eng werden.

Mara streicht sich eine Haarsträhne aus dem Gesicht und redet weiter: »Es gab bereits beim Kauf eine Baugenehmigung für ein großes Einfamilienhaus. Damals fehlte mir das Geld dazu. Letzten Herbst habe ich mit einem Architekten aus Adnet, der häufig bei mir Blumen kauft, gesprochen und ihn gefragt, ob ich mit der alten Genehmigung auch ein anderes Haus bauen kann als das darin genannte. Ein kleineres. Er hat sich alle Unterlagen besorgt. Mit dem Ergebnis, dass ich hier draußen jederzeit eine Bewilligung für jedes Einfamilienhaus kriege, das ich mir aussuche. Solange es in die Landschaft passt.« Mara macht eine kleine Pause, sieht mich dann fragend an: »Die Frage ist halt, ob du zu mir ziehen möchtest. Ich muss in der Nähe meiner Pflanzen wohnen!«

»Damit habe ich überhaupt nicht gerechnet! Ich komme mit der Geschwindigkeit, in der sich alles plötzlich entwickelt, nicht mehr mit. Natürlich möchte ich mit dir leben! Mein intensivster Wunsch, seit ich dich kenne! Auch hier draußen, wenn es sein muss. Aber wieso passiert das alles jetzt so plötzlich?«

»Weil ich mich endlich, nach so vielen Jahren, dazu entschlossen habe, mein Leben radikal neu zu ordnen. Schluss mit Kompromissen und Einschränkungen. Jahrelang habe ich versucht, mich mit Werner und Anna Lena zu arrangieren. Durch die Liebe zu dir ist mir klar geworden, dass ich Werner eigentlich nie richtig geliebt habe. Ich mochte ihn, und er hat mich verwöhnt. Aber von ganzem Herzen leidenschaftlich zu lieben, das erlebe ich erst, seit ich dich kenne.«

Beim letzten Satz nickt sie bestätigend mit dem Kopf. Trinkt einen Schluck.

»Vieles wurde mir erst durch den Schmerz unserer Trennung klar, in den Tagen des Nachdenkens. Es war, als ob ein Schleier von meinem Gesicht weggezogen wurde. Plötzlich konnte ich alles erkennen und verstehen. – Komm, Liebster. Lassen wir bitte dieses Thema ruhen. Ich habe alles Wichtige gesagt. Wenn du willst, können wir später noch mal darüber reden. Aber jetzt mag ich nicht mehr. Ich habe mich bereits viel zu lange gequält damit.« Sie strafft sich, ein Lächeln bildet sich und breitet sich über ihr Gesicht aus: »Weißt du eigentlich, dass ich noch nie in meinem Leben mit einem Mann so glücklich war wie mit dir? Lass uns über das Hausprojekt sprechen. Was hältst du davon?«

»Was würde so was kosten?« Auch ich atme durch.

»Der Architekt hat mir einen Baumeister hier in Adnet empfohlen, der handwerklich ausgezeichnet sein soll. Ich würde einen sehr guten Preis von ihm bekommen, da ich jetzt ›eine vom Ort‹ sei.«

»Hast du mit dem auch schon gesprochen?«

»Ja! Stell dir vor, wir können morgen Nachmittag bei Herrn Längwieser, so heißt der Baumeister, vorbeikommen. Er richtet uns dann Pläne und Fotos von in Frage kommenden Häusern her.«

Mara erzählt mir begeistert von ihren Ideen und schwelgt den Rest des Abends in Träumen von unserem neuen Haus. Ich bringe es nicht fertig, ihr von Konrad Leibl zu erzählen. Nicht jetzt, wo sie so viel Hoffnung schöpft. Sie muss nicht wissen, wie groß die Gefahr ist, in der ich schwebe. Unser Glück ist leider viel fragiler, als sie das zurzeit weiß.

Im Bett, als uns beiden schon die Augen zufallen, fragt Mara noch mit zarter Stimme, ob ich Montagfrüh um neun Uhr zu einem Termin nach Hallein mitkommen kann.

»Es dauert nur eine Viertelstunde. Es ist eine Überraschung! Kannst du das einrichten?«

Eigentlich bin ich Montag im Totalstress mit der Ausschreibung. Aber eine Viertelstunde sollte sich trotzdem ausgehen, wenn sie so lieb fragt.

»Was ist das? Hat das mit dem Haus zu tun?«

»Ja! Das hat mit unserem Haus zu tun!«

Es ist so wohltuend, diese Nähe zu spüren, ihren Atem zu hören. Zu wissen, dass unsere Liebe etwas ganz Besonderes, Kostbares ist. Während Mara bereits ruhig und tief schläft, finden all die Gedanken in mein Bewusstsein, die zu denken mir der Tag nicht die Zeit oder die Gelegenheit gegeben hat.

Ich werde Ärger mit der Polizei kriegen! Bloß, was können sie mir anhaben? Andererseits ist es fast schon wieder beruhigend für mich, zu wissen, dass Ismail sich der Polizei bedient, um mir nachzustellen. Das ist mir bedeutend lieber, als wenn er mir irgendwelche Kämpfer aus dem Jugoslawienkrieg auf den Hals hetzt. Das war meine größte Sorge. Ich habe mal irgendwo gelesen, dass Leute dieser Herkunft bei den deutschen Sicherheitsdiensten sehr gefragt sind. Aufgrund ihrer Effektivität und Brutalität. Trotzdem, richtig trösten kann es mich nicht, dass ich vom Beelzebub statt vom Teufel verfolgt werde. Ich werde morgen Vormittag versuchen, Dr. Büchler zu erreichen. Er muss über alles Bescheid wissen. Dabei fällt mir – ich merke gerade, dass der Schlaf mich endlich mitnehmen will – Giulia ein. Mir wird klar, dass ich sie beharrlich aus meinen Gedanken fernhalte. Es hilft mir, dass die zwei Frauen sich gut verstehen. Vielleicht kann ihr Kontakt auch irgendwann mich einbeziehen. Vielleicht kann ich zu einer ganz normalen Freundschaft mit Giulia finden. Das wäre so schön. Ob Mara ihr berichtet hat, dass ich von Rebecca gesprochen habe? Dass ich die Freundschaft mit diesem unbeschwerten Mädchen nicht so mir nichts, dir nichts aus meinem Leben streichen möchte? Es muss schlimm sein für ein Kind, wenn alle Männer, die es mag, immer wieder plötzlich verschwinden.

Ich habe nicht gehört, wie Mara aufgestanden ist. Sie muss unglaublich leise gewesen sein. So lieb! Nach dem Aufwachen habe ich mir endlich wieder ausreichend Zeit für meine Meditationsübungen genommen. Jetzt geht es ans Laufen. Echter Luxus, einen Tag so beginnen zu dürfen.

Ein herrlicher Frühlingstag mit leichtem Föhn. Die Wiesen vor Maras Haus leuchten in frischem, neuem Grün. Das Tennengebirge und der Untersberg scheinen zum Greifen nah. Würden die Touristen in Salzburg wissen, wie schön es hier ist, dann wäre es vorbei mit der Ruhe in Adnet. Gerade läuten die Glocken vom nahen Kirchturm. Ich suche eine Strecke, auf der ich die Wärme genießen kann. Der Wald mit den urigen Steinbrüchen ist zwar von der Steigung der Wege her attraktiv, aber ich lechze nach Sonne! Ich laufe eine große Runde, zuerst finde ich noch ungepflasterte Wege, dann nur noch Straßen. Die Strecke ist lauftechnisch nicht ideal, da muss ich für die Zukunft was Geeigneteres suchen. Nach einer Stunde bin ich bereits zurück und dusche ausgiebig.

Mara hat gesagt, ich kann gerne von ihrem Computer aus arbeiten. Passwort bräuchte ich keines einzugeben. Ich muss sie dringend darüber aufklären, welchen Schaden jemand anrichten kann, wenn er bei ihr einbricht und den Computer ausforscht. Ich logge mich auf meinem Server ein und arbeite die unbearbeiteten Mails ab.

Um ein Uhr fahre ich in die Stadt. Ich möchte noch am Markt einkaufen und Mara zum Schluss beim Standabbau helfen. Zuerst schnell nach Hause. Putzen ist dringend angesagt! Ich sauge schnell alles durch, putze Klo und Bad. Dann packe ich in meine große Reisetasche mehrere T-Shirts, Hosen und Wäsche.

Als ich mich dem Stand nähere, tauchen wieder diese schönen Erinnerungen auf. An unser Kennenlernen. Mein Herz schlägt sofort spürbar, als ich sie hinter ihrem Stand sehe. Sie ist sommerlich gekleidet, bedient gerade. Ein kleines rundliches Mädchen neben ihr wickelt einen großen Strauß Blumen in Papier. Das ist also Anna Lena. Dunkelbraune lange Locken, pausbäckiges Gesicht. Ein Stückchen kleiner als Rebecca, schätze ich, obwohl sie älter ist. Ich begrüße die beiden mit einem freundlichen Lächeln, stelle mich wartend hinter zwei Kundinnen. Mara schenkt mir ein liebevolles Lächeln. Anna Lena hat mich noch nicht wahrgenommen. Als auch die zweite Kundin bedient worden ist, umarmt mich Mara kurz und sagt Anna Lena, wer ich bin. Die Kleine hält mir scheu ihre Hand hin, mit gesenktem Blick.

»Hallo Anna Lena. Das freut mich wirklich sehr, dass ich dich kennenlernen darf. Ich habe schon viel von dir gehört«, sage ich ihr mit meinem schönsten Lächeln.

Anna Lena schaut Mara an, dann wieder mich. Ihre ganze Haltung drückt Ablehnung aus. Oder Unsicherheit. Lässt sich schwer einschätzen. Sie dreht sich abrupt zu Mara und sagt, dass sie zu ihrem Papa möchte.

Mara streicht ihr über den Kopf. »Schade. Ich dachte, du könntest Florian vielleicht ein bisschen besser kennenlernen.« Anna Lena schüttelt den Kopf. Ihr Blick ist auf den Boden gerichtet.

»Vielleicht mag sie mit mir am Markt hier einkaufen gehen? Ich wollte dich eh fragen, was wir für das Wochenende noch brauchen«, sage ich.

»Magst du nicht mit Florian noch am Markt einkaufen?«, fragt Mara Anna Lena.

Das Mädchen schüttelt wieder ihren zu Boden gesenkten Kopf. »Ich muss zu meinem Papa.«

Mara nimmt sie noch mal in den Arm und gibt ihr einen Kuss auf die Stirn. »Ich hab mich sehr gefreut, dass du da warst. Wenn du nächste Woche kommst und uns besuchst, sollen wir dann einen Ausflug zusammen machen, wir drei? Florian wohnt ja jetzt auch bei uns.«

»Ich weiß nicht. Wohin willst du einen Ausflug machen?«

»Du darfst dir was aussuchen! Vielleicht nach Hellbrunn, in den Tierpark?«

»Da war ich schon. Ich möchte zu Papa.« Sie nimmt eine kleine Tasche, die hinter dem Stand lag, und läuft los.

»Sie braucht ein bisschen Zeit. Das ist alles etwas viel für sie. Aber sie wird sich an dich gewöhnen und wird dich gernhaben, so wie du bist.«

Mara strahlt Zuversicht und gute Laune aus. Sie hat ein derart sonniges Wesen. In der Zwischenzeit haben sich schon wieder zwei Kundinnen eingefunden, die prüfend die Blumentröge mustern.

»Du, sag schnell: Was soll ich einkaufen?«

»Ich hab eine Liste. Ich wollte eh schon losgehen, aber es war so viel los hier. Schau: Fast alles verkauft! Wenn die ersten warmen Frühlingstage da sind, dann wollen alle Leute Blumen haben.« Sie gibt mir einen gefalteten weißen Zettel. »Ich fürchte, du wirst gar nicht wissen, wo du das alles kriegst.« Sie beschreibt mir kurz, an welchen Ständen ich das beste Obst und Gemüse kriege. Ich soll dort überall einen schönen Gruß von Mara ausrichten, dann kriege ich ganz sicher gute Sachen.

Mit drei riesig vollen Plastiksackerln komme ich zurück. Ich fürchte, ich habe für mindestens eine Woche eingekauft. Mara schaut belustigt. »Da warst du aber fleißig! Ich bin schon gespannt, mit was du uns verwöhnen wirst. Ich habe nur noch Restblumen, kann eigentlich zumachen! Die Leute sollen sich daran gewöhnen, rechtzeitig zu kommen.«

Mara fährt den großen Lkw geschickt und zügig durch die kleinen Gassen. Lädt mich bei meinem Auto ab. Ich fahre bis Adnet hinter ihr her, parke wieder bei der Post.

Unterwegs habe ich konzentriert darauf geachtet, ob uns jemand folgt. Eigentlich ist das schon feste Gewohnheit. Wenn Verfolger, wie das in Filmen gezeigt wird, die Fahrzeuge wechseln, dann hat man wenig Chancen, sie zu erkennen. Aber es bog kein Fahrzeug hinter uns auf die Autobahn, und auch bei der Abfahrt fuhr niemand hinter uns runter. Diese Sorge scheint erst mal unbegründet.

Mara fährt vor das Gewächshaus. »Ich habe den ganzen Tag fast nichts gegessen. Wenn du mich den Transit ausladen lässt, dann könntest du inzwischen was zu essen herrichten. Ja?«

»Wollen wir das nicht umgekehrt machen? Ich kann doch die Sachen aus dem Auto laden.«

»Wir müssen das ein paarmal zusammen machen, bis du weißt, wie alles geht. Bei mir hat alles eine feste Ordnung, sonst finde ich nichts wieder. Beim nächsten Mal zeig ich dir alles. Jetzt allerdings tust du mir den größten Gefallen, wenn du ganz schnell einen Tee kochst und die Lebensmittel einräumst. Und was zum Essen herrichtest. Ich sterbe vor Hunger.«

Herr Längwieser, der Baumeister, führt uns zu einem großen Tisch in seinem Arbeitszimmer. Sein Haus ist von außen sehr schlicht. Nichts Besonders. Der in dieser Gegend übliche Baustil. Innen jedoch ist alles sehr modern und hochwertig. Die Räume sind groß und hell und machen einen sehr gemütlichen Eindruck. So was werden wir uns nicht leisten können! Er hat mehrere Entwürfe vorbereitet. Das wird nicht einfach. Von einem Haus, das er in Krispl gebaut hat, sind sowohl Mara als auch ich auf Anhieb begeistert. Es hat an der Vorderseite große Glasfronten, ein schräges Kupferdach, ist modern, aber nicht avantgardistisch. Das Haus hat eine L-Form und eine große Terrasse. Herr Längwieser bezeichnet es als Gartenhofhaus. Einschließlich Wärmepumpenheizung und Solarkollektoren bis zu 250.000 Euro, je nach Ausstattung. Wir packen die Unterlagen ein, wollen uns zuhause näher damit beschäftigen.

Das erste Wochenende nur mit Mara. Was hätte ich früher dafür gegeben, das erleben zu dürfen. Und jetzt ist es fast schon Normalität. Fast. Im Zusammensein mit ihr verdränge ich Ismail und seine Opfer. Ich will alles Schlimme vergessen, denn ich kann nicht auf Dauer darüber nachgrübeln, dass vielleicht schon im nächsten Augenblick jemand über mich herfällt.

Den ganzen Sonntag beraten wir über »unser Haus«. Mit Maras Rücklagen und meinen Ersparnissen bräuchten wir nur einen kleinen Kredit aufzunehmen, um uns diesen Traum zu erfüllen! Wir brüten über den Plänen, schauen im Internet Haustypen mit Preisen an, träumen vom gemeinsamen Heim. Bei einem langen Spaziergang durch das Adneter Moos kringeln wir uns förmlich darüber, wie vollkommen verrückt unsere Partnerschaft ist. Da sind wir eineinhalb Jahre »wahnsinnig« ineinander verliebt, ohne dass wir je länger als einen Tag am Stück zusammen waren. Schließlich trennen wir uns endgültig. Und plötzlich planen wir einen gemeinsamen Hausbau. Innerhalb einer Woche nach unserem Wiedersehen. So als ob das das Natürlichste auf der Welt wäre. Ist es nicht herrlich, so verrückt zu sein?

Kurz vor neun Uhr fahren wir in Hallein ins Parkhaus. Ich bin gespannt, was das für eine Überraschung sein soll. Mara nimmt meine Hand, und wir gehen die Dorrekstraße runter. Sie zieht mich in ein Haus, an dem mehrere Arztschilder hängen. Arzt? Im ersten Stock halten wir vor der Tür von Frau Dr. Weiser, Ärztin für Frauenheilkunde und Geburtshilfe. Schon beim Hauseingang tauchte eine Ahnung in mir auf, die jetzt Gewissheit erhält. Ich Trottel! Mara bekommt ein Kind! Da hätte ich doch früher schon drauf kommen können. Aber wie? Warum? Die Sprechstundenhilfe grüßt Mara freundlich.

»Guten Morgen, Frau Hauser. Das ist ja schön, dass Sie Ihren Freund gleich mitgebracht haben. Nehmen Sie noch kurz Platz. Sie kommen gleich dran.«

Mara zieht mich in ein kleines Wartezimmer, in dem bereits eine Frau mit einem kleinen Mädchen wartet. Ich schaue sie an und flüstere.

»Warum hast du mir nichts gesagt?«

»Pssst. Warte noch einen kleinen Augenblick. Gleich wissen wir es.«

»Du bekommst ein Baby! Das ist es doch!« Ich wage hier drinnen nicht zu fragen, von wem es ist.

»So warte doch! Sei nicht so ungeduldig.« Sie strahlt über das ganze Gesicht. Ich bin völlig irritiert! Am liebsten würde ich noch einmal mit ihr rausgehen, damit sie mir alles erklärt. Aber Mara sitzt ruhig lächelnd auf ihrem Platz und drückt meine Hand. Ich hole mein Handy, schaue die Mails durch. Aber nicht so richtig. Ich sehe, da sind fast zehn ungeöffnete Mails, aber ich lese die Inhalte nicht. Meine Gedanken rotieren. Wann hatte ich zum Abschied mit Mara geschlafen? Das muss so vor circa zwei Monaten gewesen sein. Das könnte passen. Ich rechne nach. Nein, das sind nur etwas mehr als fünf Wochen. Es ist so viel passiert, dass es mir wie eine Ewigkeit vorkommt. Ein Kind kann unmöglich von mir sein. Trotzdem meint sie wohl, ich müsste mich darüber freuen. Oder ist es etwas anderes? Warum macht diese Frau bloß so ein Geheimnis daraus?

»Frau Hauser bitte ins Sprechzimmer«, ertönt eine freundliche Stimme durch den Lautsprecher. Die Frau mit dem kleinen Kind schaut ärgerlich. Sie war doch vor uns da! Ist mir zwar peinlich, dass wir vor ihr drankommen, aber ich muss ganz schnell wissen, was hier abgeht.

»Grüß Sie Gott, Frau Hauser. Das ist ja wunderbar, dass Sie den Vater gleich mitgebracht haben!« Frau Dr. Weiser gibt uns beiden die Hand und lässt uns vor ihrem Schreibtisch Platz nehmen. Sie lächelt freundlich. Ich spüre, dass mir die Röte ins Gesicht schießt. Peinlich.

»Sie haben also den Befund schon! Ist es ganz sicher?«

»Ja, der Bluttest ist positiv. Entsprechend Ihren Angaben zur letzten Periode sollten Sie in der achten Schwangerschaftswoche sein. Der errechnete Geburtstermin ist so um den 20.12. Könnte ein Christkind werden!« Alles klar! Dann bin ich allerdings nicht der Vater! Mara sieht mich glücklich an. Nimmt meine Hand. Ich kenne mich gerade überhaupt nicht aus! Meint sie, ich solle mich trotzdem freuen?

»Ich bin so aufgeregt. Ich bin ja sooo glücklich! Wie geht es denn jetzt weiter mit uns und dem Baby?«

Maras Blick trifft mich wieder. Ein Ausdruck voller Zärtlichkeit. Ich kann ihr einfach nicht böse sein. Immerhin. Sie möchte das Baby mit mir aufziehen.

Die Ärztin erklärt ihr ruhig, dass »wir« ab der neunten Woche eine Ultraschalluntersuchung machen können. Sie empfiehlt aber, bis zur zwölften Woche zu warten, wenn sie keine außergewöhnlichen Probleme hat. Bei Beschwerden soll Mara sofort anrufen. Mara möchte wissen, ob sie sich schonen muss oder ob sie besonders auf irgendwelche Dinge achten muss.

»Sie sind ja Nichtraucher, soweit ich weiß. Das passt. Alkohol sollten Sie strikt meiden. Ich rate meinen Patientinnen auch von Kaffee und anderen koffeinhaltigen Lebensmitteln ab. Am besten hören Sie auf Ihren Körper, was der ihnen selber sagt. Schwere körperliche Anstrengungen sollten Sie auf jeden Fall vermeiden. Wie geht es Ihnen denn zurzeit? Haben Sie Probleme mit Übelkeit?«

»Manchmal ein bisschen. Hauptsächlich morgens. Ansonsten geht es ausgezeichnet. Ab und zu habe ich das Gefühl, meine Brüste würden spannen. Und von der Schmierblutung vor einer Woche hatte ich ja letzten Donnerstag berichtet, als Sie mir das Blut abgenommen haben.«

»Ja. Die Nidationsblutung. Ist ganz normal. Seither haben Sie aber keine Blutung mehr gehabt, hoffe ich.«

»Nein. Sonst ist alles wunderbar. Ich bin ein bisschen mehr müde, als sonst.«

»Ja, ja. Das ist ganz normal. Ich habe Ihnen letztes Mal meine Broschüre mitgegeben: Da sollte so ziemlich alles drin stehen, was Sie an Fragen haben können. Vor allem auf Ihre Ernährung sollten Sie stark achten. Aber das steht ja alles in meinem Ratgeber.«

Sie sieht uns freundlich an.

»Sonst noch Fragen?«

»Soll ich mich schon für die Ultraschalluntersuchung anmelden?«

»Warum nicht. Absagen oder verschieben können Sie ja immer noch, wenn etwas dazwischenkommt. Den Termin sollten Sie gleich mit Frau Gruber machen, wenn Sie gehen.« Sie sieht jetzt mich an: »Haben Sie noch Fragen? Väter wollen doch meist ganz viel wissen! Oft mehr als die werdenden Mütter.« Dann folgt ein helles, perlendes Lachen. Hoffentlich nicht deshalb, weil ich wieder eine deutliche Wärme in meinem Gesicht spüre.

»Nein, erst mal nicht, glaube ich.« Ich schaue Mara an. »Oder hast du noch Fragen?«

Mara lächelt freundlich. »Nein, bei mir ist alles klar!«

Wir verabschieden uns, und Mara macht einen Termin für den 28. Mai, gleich um neun Uhr. Als wir die Treppen runtergehen, hält sie ganz fest meine Hand und lächelt mich an.

»Freust du dich?«

»Na ja, schon. Aber das Kind ist doch von Werner. Hast du es ihm auch schon gesagt?« Meine Stimme stockt ein bisschen. Was sagt ein Mann in so einem Fall?

»Du Dummer. Das ist UNSER Kind. Mit Werner habe ich das letzte Mal vor Monaten geschlafen. Danach nicht mehr. Wie kommst du darauf?«

»Aber achte Woche. Das geht nicht. Ich habe nachgerechnet. Der Abend, als wir uns getrennt haben. Das ist knapp fünf Wochen her.« Mein Gesicht fühlt sich noch immer heiß an, ich bin aufgeregt.

»Ja, eben! Die Schwangerschaftswochen werden ja nicht von der Empfängnis, sondern vom letzten Tag der Regel an gezählt.« Wir sind am Bürgersteig, und es kommen uns Leute entgegen. Mir ist das Thema peinlich. Es könnte jemand zuhören.

»Gehen wir ein Stück zur Salzach runter und reden dort weiter?«

Dem Kai in Hallein fehlt leider das malerische Ambiente von Salzburg. Aber im Frühling ist es auch hier schön. Mara drückt meine Hand ganz fest, ihre dunklen Augen scheinen heute wieder riesig groß zu sein. Sie klärt mich dann darüber auf, dass bei unserem Zusammensein am 31. März – sie weiß natürlich das exakte Datum – bereits 24 Tage nach ihrer letzten Regelblutung vergangen waren. Sie war sicher, es könne nichts mehr passieren. Die Pille hatte sie Ende November abgesetzt, weil ihr die Nebenwirkungen zu unangenehm wurden..

»Weißt du, ich wollte an diesem Abend eigentlich alles andere, als mit dir schlafen. Als du mich dann mit deiner ganzen Liebe umworben hast, da ist mein Widerstand zusammengebrochen. Ich bedachte jedoch nicht, dass das Absetzen der Pille eben auch Zyklusschwankungen nach sich ziehen kann.« Sie runzelt ihre Brauen leicht, hat ihren Blick jedoch unverwandt auf mich gerichtet.

»Ich hätte trotzdem nicht so unvorsichtig sein dürfen. An diesem Abend war ich nicht zurechnungsfähig! Du kannst dir gar nicht vorstellen, wie ich innerlich gezittert habe, als ich dich aufgeben musste.«

»Und seit wann weiß du, dass du ein Baby bekommen wirst?«

»Ganz sicher erst seit jetzt. Aber ich hatte bereits zehn Tage nach diesem speziellen Abend mit dir körperliche Gefühle, die ich an mir noch nicht kannte. Zuerst dachte ich, das komme von meinem emotionalen Stress. Aber ein paar Tage später war ich sicher, dass sich etwas ändert in mir. Zumal auch die Regel nicht einsetzte. Als Frau spürt man, dass der Körper sich umstellt. Ich habe also in der Apotheke einen Test besorgt, und der war positiv. Bloß sind diese Schnelltests nicht hundertprozentig sicher, deshalb war ich letzten Donnerstag bei Frau Dr. Weiser und habe den Bluttest machen lassen, dessen Ergebnis wir eben bekommen haben.«

»Dann bin ich also ganz sicher der Papa! Besser gesagt, der werdende!« Ich kann mir noch nicht richtig vorstellen, was das bedeutet. Eine Lawine von Verpflichtungen, das steht fest. Wie wird das mit einem Kind, mein Leben?

»Heißt das, dass du dich nur deshalb bei mir wieder gemeldet hast?« Diese Schlussfolgerung drängt sich ja förmlich auf. Mara schaut mich liebevoll an, drückt wieder meine Hand.

»Ich habe dir doch schon gesagt, dass mir – in dem Augenblick, als du mein Haus verlassen hast – klar wurde, dass ich dich niemals hätte gehen lassen dürfen. Und die Tage danach habe ich dich so sehr vermisst, das kannst du dir überhaupt nicht vorstellen. Seit ich Werner verlassen habe, dachte ich ständig darüber nach, wie ich den Kontakt zu dir wieder herstellen könnte. Ich traute mich nicht, dir zu schreiben. Und anrufen schon gar nicht. Na ja, aber nach dem positiven Test aus der Apotheke, da konnte ich nicht länger warten.« Sie streicht sich eine dicke Haarsträhne aus dem Gesicht.

Mir schwirrt der Kopf. Ich schaue auf die Uhr. Es ist gleich zehn Uhr. Mein Gott, ich muss los. Mara hat meinen Blick bemerkt.

»Ja, du musst in dein Büro. Ich weiß.« Sie zieht mich am Ärmel und wir gehen schnellen Schrittes zurück zu den Autos. »Ich hoffe, du bist nicht böse, dass ich dich unvorbereitet mitgenommen und vorher nichts gesagt habe. Ich wollte ganz sicher sein, dass es stimmt mit unserem Baby!«

Ich zögere einen Augenblick, fühle in mich hinein. Da ist Freude! Kein Zweifel.

»Nein, natürlich bin ich nicht böse. Ich muss das jedoch erst verarbeiten. Du kennst mich ja. Ich bin sicher, dass ich mich freuen werde auf unsere Familie. Mit Kind!« Ich sehe sie an. Ja, das werde ich! Ich nehme sie in die Arme und küsse sie zärtlich. Meine Gedanken kommen in Schwung: »Außerdem muss ich ab sofort auf dich aufpassen. Du, wir müssen am Abend darüber reden, wie du in Zukunft auf den Markt kommst! Die schweren Tröge, die darfst du nicht mehr tragen. Hat Frau Dr. Weiser extra gesagt.«

Mara wischt über ihre Augen. Sie hat doch nicht etwa geweint?

»Du kannst gar nicht ermessen, wie glücklich ich bin über das, was du gerade gesagt hast. Ich hatte solche Angst, dass du mir Vorwürfe machst. Dass ich besser aufpassen hätte müssen…« Sie wischt erneut über ihre Augen. »Ich hätte mich schon längst für dich entscheiden sollen. Ich bin so dumm.« Sie putzt sich die Nase. »Wenn du am Abend heimkommst, dann gibt es ein kleines Fest. Für uns beide. Wir feiern, dass wir nie wieder alleine sein müssen. Und vor allem, dass wir bald zu dritt sein werden!«

Dabei greift sie unmerklich nach ihrem Bauch, der noch immer so wunderbar schlank ist. Oder ist da schon ein kleiner Ansatz? Ich muss das heute Abend ganz genau kontrollieren, bei unserer Feier.

Gerade als ich das Offert für die SIGRA losgeschickt habe und mir was zu essen holen will, kommt Moritz. Shit, der wollte ja dringend mit mir reden. Am besten nehme ich mir jetzt gleich die Zeit. Er kommt mit dem Vorschlag raus, dass er mein Geschäft übernehmen möchte, sobald ich aufhöre. Sein Gesicht ist vor Aufregung leicht gerötet, als er mit gesetzten Worten sein Angebot unterbreitet. Er habe sich das ganz genau überlegt und durchgerechnet und biete mir an, dass er für das Inventar 3.000 Euro bezahlt. Alle laufenden Kosten übernimmt er ab Übergabe. Was ich davon halte.

»Traust du dir das wirklich zu?«

»Auf jeden Fall. Ich habe alles durchgerechnet. Zusätzlich habe ich sehr gute Ideen, wie ich das Geschäft ankurbeln kann.«

»Hört sich nicht schlecht an! Aber bei mir ist alles noch recht unsicher. Ein bisschen Zeit brauche ich noch. Sollte ich aber tatsächlich aufhören, und dafür spricht im Moment sehr viel, dann kannst du hier weitermachen, so wie du das vorgeschlagen hast.«

»Supi!« Moritz wirkt total erleichtert. »Da bin ich dir riesig dankbar, wenn das klappt.

In diesem Augenblick klopft jemand an die Tür. Wir haben noch geschlossen. Ich schau trotzdem, wer es ist. Sonja! Kaum dass ich die Tür aufsperre, stürmt sie rein.

»Weißt du, welche Sorgen ich mir schon gemacht habe? Zuerst erzählst du mir die ganzen schlimmen Geschichten, und dann tauchst du ab!« Sonja umarmt mich. Ich ziehe sie nach hinten zu meinem Schreibtisch und sage zu Moritz: »Ich denke, wir waren ohnehin erst mal durch mit unserem Gespräch, oder?«

Moritz nickt freundlich und sagt bereits im Gehen: »Das Wichtigste haben wir wohl besprochen. Sag mir Bescheid, wenn es konkret wird. Ich warte so lange!«

Ich erzähle Sonja von meiner »Wiedervereinigung« mit Mara. Und den Rest. Als ich beim Baby ankomme, tippt sie sich an die Stirn: »Sag mal, was ist eigentlich mit dir los? Hast du Flöhe gefressen? Kaum lässt man dich ein paar Tage alleine, schon passieren die unglaublichsten Sachen.« Dann schaut sie sich nach Moritz um, senkt ihre Stimme, so dass er sie nicht hören kann. »Und die Kinderschänder? Was ist damit? Weißt du, dass ich nachts davon träume?«

Beruhigung ist angesagt! Ich erzähle ihr, dass die deutsche Polizei gute Fortschritte macht, dass wir Zeugenschutz gekriegt haben und dass ich hoffe, dass alles in nicht allzu ferner Zeit abgeschlossen ist. Die schlimmste Nachricht, dass die Polizei etwas gegen mich plant, verschweige ich.

»Mein Gott, das hört sich ja alles furchtbar ernst an. Natürlich behalte ich das alles für mich. Spreche da auch mit Claudio nicht drüber. Er kennt dich eh noch kaum. Das mit dem Zeugenschutzprogramm hast du mir ja schon beim letzten Mal berichtet!«

Sie sieht mich ernst an. »Sag, hast du keine Angst mehr, dass dir Ismail etwas tun könnte?« Sonjas Besorgnis ist wohl nicht so leicht abzuschütteln. Sie sieht wieder mal blendend aus, fällt mir auf, trotz ihrer Angst um mein Wohlergehen.

»Ach Sonja«, ich stehe auf und lege den Arm um ihre Schulter, »ich halte dich über alles auf dem Laufenden, mach dir keine Sorgen. Ich habe die letzten Tage leider so viel Arbeit verschlampt, die ich noch erledigen muss. Und am Abend muss ich pünktlich zu Mara. Sie möchte mit mir das Baby feiern. Ich weiß gar nicht, wie ich das alles rechtzeitig schaffen soll.«

Sonja steht auf.

»Ich bin froh, dass es dir so gut geht!« Sie umarmt mich kurz und rast auch schon los. Bei der Tür dreht sie sich noch einmal um und sagt, ich solle unbedingt zusammen mit Mara an einem der nächsten Tage zum Essen kommen. Wann wir kommen können? Ich schlage Freitag nach dem Markt vor. Unter der Voraussetzung, dass Mara mag. Wir brauchen ja nicht allzu lange zu bleiben.

Moritz kommt an meinen Schreibtisch und fragt wegen der Ausschreibung: Wie weit ich da bin. Er interessiert sich dafür, weil er in Zukunft so was vielleicht ja auch machen muss. Ich zeige ihm den Ordner mit den Offerten in meinem Outlook. Moritz hat, wie Harry auch, Zugang zu meinem Account und kann sich die Details gerne in Ruhe anschauen. Bevor er wieder nach vorne verschwindet, bitte ich Moritz, mir beim Check aller Komponenten zu helfen, die ich morgen an Ismail liefern werde. Projektor, Leinwand, Deckenlift, alles wird von uns noch einmal überprüft. Die Teile sind komplett. Funktionalität passt auch. Nach fast zwei Stunden, die das an Zeit gekostet hat, fühle ich mich ein bisschen beruhigter. Ich darf mir morgen keine Panne leisten, das könnte eine Katastrophe auslösen. Ich werde ganz alleine mit unzähligen Leuten in einem riesigen Haus sein, in dem die schlimmst vorstellbaren Verbrechen geplant und organisiert werden. Gräueltaten, bei denen Kinder und Frauen gequält und ums Leben gebracht werden. In dieser Umgebung zählt ein Leben nichts; meines schon gar nicht, wenn sie einen Verdacht gegen mich hegen. Ich werde es irgendwie schaffen müssen, meine Nervosität zu unterdrücken, die sich jetzt schon in meinen Eingeweiden herumwälzt. Ich darf keine Fehler machen, dann schaffe ich das morgen auch, versuche ich mich zu beruhigen!

Auf dem Weg in die Kreuzwegpromenade rufe ich noch kurz bei Charly an. Wir verabreden, dass ich eine SMS schicke, sobald Ismail voraussichtlich länger nicht in seinem Büro sein wird. Das Tor der Einfahrt steht weit offen. Ich fahre rein und halte vor dem Eingang. Die vielen Sachen möchte ich nicht so weit schleppen. Wenn er mir was antun will, dann könnten sie mein Auto leicht verschwinden lassen, fällt mir ein. Das Risiko muss ich eingehen, sonst brauche ich gar nicht herzukommen. Als ich aussteige, geht schon die große Haustür auf. Unmittelbar darauf stürzt die bellende Dogge heraus. Dahinter taucht Ismail auf, stellt sich in den Rahmen. Er hat also schon gewartet, denke ich.

Ich erwähne wie nebenbei, dass ich hoffentlich nichts vergessen habe. Wenn doch, dann sei es kein Problem, meine Mitarbeiter wüssten Bescheid und könnten mir das schnell herbringen. Ismail sieht mich bei diesen Worten merkwürdig an, seinen Gesichtsausdruck kann ich nicht deuten. Ich lege gleich los, Smalltalk mit diesem grausigen Typen halte ich heute nicht so gut aus. Ismail verzieht sich in sein Büro. Er arbeitet an seinem Computer und lässt die Tür offen, wie ich das erhofft hatte. Nach zwanzig Minuten kommt er raus. Er müsse einige Dinge erledigen. Ihn auf dem Gelände suchen zu wollen, habe wenig Sinn, zumal ich mich da nicht auskenne. Wenn ich was brauche, dann soll ich ihn anrufen. Das Handy habe er immer bei sich. Und das WC sei im Flur links neben der Haustür, falls ich das suchen würde. Sobald er weg ist, schicke ich eine SMS an Charly. »Viel Erfolg. Du kannst starten.« Danach gebe ich eine Warnung ein, lege sie in ›Entwürfe‹ ab. Dadurch kann ich sie mit einem einzigen Tastendruck losschicken, sobald Ismail wieder auftaucht. So hatten wir das vereinbart.

Dass ich – in welcher Form auch immer – die ganze Zeit unter Überwachung stehen würde, ist eh klar. Er wird erwarten, dass ich versuche, etwas auszuspionieren. Oder seinen Rechner zu manipulieren. Dann hoffen wir mal, dass er lange warten wird, damit Charly alle gelöschten Mails runterladen kann! Obwohl ich mit Bohren, Schrauben, Auspacken, Aufbauen, Befestigen, Kabelverlegen etc. ständig im ganzen Raum unterwegs bin, mache ich keinen Schritt in sein Büro. Ich arbeite konzentriert und schnell, mache keine Pause. Fünf Stunden später ist alles fertig montiert und verkabelt. Ich lege ein HDMI-Kabel für den Anschluss des PC bis zur Bürotür, wickle das Ende lose auf. Zum Schluss besehe ich mein Werk. Alles ordentlich, Kabel sauber befestigt. Da gibt es nichts zu meckern. Die Leinwand fährt mittels Fernbedienung fast geräuschlos rauf und runter. Jetzt noch den Projektor justieren und alles prüfen. Zu diesem Zweck hatte ich eine Blu-ray Disc eingesteckt. Einer meiner Lieblinge: »The Big Lebowski« von den Coen Brüdern. Sehr guter Sound, sehr gute Bildqualität. Ideal zum Testen!

Genau zur richtigen Zeit taucht Ismail auf. Ein kleines Stück hinter ihm die Blonde. Und schließlich noch der Typ mit der Glatze, dem ich den Kalender im *Brunnen* gab: Branko oder so ähnlich hieß er, glaube ich. Hat sich schnell herumgesprochen, dass ich fertig bin. Die Bildqualität – obwohl es im Raum ziemlich hell ist – ist überwältigend. Das bestätigen mir auch die Hinzugekommenen.

»Wow! Das ist ja super!«, ruft die Blonde und schmeißt sich auf das Sofa, auf dem noch jede Menge Verpackungsmüll liegt. Zündet sich eine Zigarette an. Genau das Gleiche macht Branko, der selbst hier drinnen eine Sonnenbrille auf seinem Kopf hat.

»Bild ist nicht schlecht«, meint Ismail und begutachtet die Installation. Er schaut sich alles genau an. Dann setzt er sich zu den beiden anderen auf die Couch.

»Ist das die größte Schärfe, oder geht noch besser?«, fragt Ismail.

Ich bin platt! Ein besseres Bild habe ich bei einem Beamer noch nicht gesehen.

»Wenn der Raum dunkler ist, dann kommen die Konturen

natürlich kräftiger raus. Die Schärfe ist eigentlich perfekt«, antworte ich.

Ismail brummt irgendwas. Schaut auf die Leinwand.

»Ton ist auch nicht gut!«

»Hab den Beamer an die Surround-Anlage angeschlossen. Der schlappe Ton liegt daran, dass die Boxen schwachbrüstig sind«, antworte ich genervt.

»So richtig zufrieden bin ich mit Musik hier nie. Aber war schon besser, glaube ich. Jetzt erklären Sie mir noch, wie alles funktioniert! Und kann ich auch Rechner anschließen? Es gibt gute Videostreams. Da möchte ich nicht verzichten.«

Ich kann mir schon denken, welche Streams das sind. Lasse mir nichts anmerken. »Sie brauchen nur das Kabel hier einzustecken.« Ich deute auf den Boden vor dem Rechner, wo das Kabel in einer kleinen Schlaufe endet.

»Gut! Dann können Sie fahren! Ach ja, Sie bekommen noch Geld«, schreit er gegen den Lärm aus den Lautsprechern an. Steht dann auf und zieht ein Bündel Geldscheine aus der Hosentasche. Ich gebe ihm die fertige Quittung.

»Für Einbau brauche ich keine Quittung, nur Geräte, habe ich nicht gesagt?«

»Hab ich vergessen. Brauchen Sie sonst noch was?«

»Können Sie Film hierlassen? Kenne ich noch nicht. Kaufe ich Ihnen ab!«

Ich antworte, dass er die Disc gratis haben kann. Der Zigarettenqualm legt sich breit auf meine Lungen. Ich spüre ein Kratzen im Hals. Sage, ich muss jetzt gehen.

Nach einem letzten Blick auf die Leinwand steht Ismail von der Couch auf, meint ich soll noch mal schnell mit ihm ins Büro, »ein Glas von gutem Schnaps« trinken. Anders würde er doch mit Freunden keine Geschäfte machen.

Im Büro stoßen wir an und kippen das Zeug in einem Zug runter. Ismail sagt, er wolle sich in Kürze mit neuen Aufträgen melden. Ich spüre, dass er nicht zufrieden ist. Am Projektor kann es nicht liegen. Etwa daran, dass er mich bei nichts erwischt hat, das seinen Verdacht rechtfertigt? Er bringt mich noch raus zum Auto. Bei der Verabschiedung kann ich deutlich in seinen Augen erkennen, dass darin etwas lauert. Ein Flackern, das mir Angst machen könnte.

Ich habe es geschafft. Alles ist gut gegangen. Dennoch spüre ich, dass die Beklemmung in meiner Brust, über die ich die letzten Stunden konzentriert hinweggesehen habe, noch immer da ist. Ist das Angst? Nein, tiefste Abscheu! Dazu das sichere Wissen, dass in dieser scheinbar unbeschwerten Gesellschaft das Grauen wohnt. Die Kenntnis, dass diese Bestien, ohne mit der Wimper zu zucken, Frauen und Kinder qualvoll leben und sterben lassen, um sich daran zu bereichern. Und nicht zuletzt, dass sie auch mich ›erledigen‹ wollen. Eine Schlangengrube fühlt sich wahrscheinlich gemütlicher an.

Als ich meine Wohnung betrete, riecht es auch hier ein bisschen wie in Parsch: etwas herb, nach Parfum. Auch nach kaltem Rauch. Ich werde gleich meine Sachen ausziehen, damit sie nicht alles vollstinken. Dieser Geruch erinnert mich an früher, als Vater von seinen Sauftouren heimkam. Er hat zwar selber nie geraucht. Wenigstens damit hat er uns verschont. Aber den Beislgeruch, den hat er noch Stunden nach der Rückkehr von seinen Touren verströmt. Der blieb im Raum hängen. Ich gehe ins Bad, werfe die komplette Kleidung in die Wäschetruhe. Dusche, wasche meine Haare. Wieder im Wohnzimmer stelle ich fest: Der Geruch ist noch immer da. Kam der etwa nicht von meiner Kleidung? Ich gehe durch die Zimmer. Kein Zweifel! Mein Magen zieht sich zusammen wie ein trockener Schwamm: Das waren nicht meine Kleider! Jemand war hier! Ich versuche herauszufinden, wo der Geruch genau herkommt. Ich finde, dass es beim Esstisch und beim Computer am stärksten riecht. Ich stecke meine Nase an die Tasten: Kein Zweifel, die Tastatur stinkt nach Rauchfingern und Parfum. Hier hat sich jemand versucht! Ich kriege eine Gänsehaut. Wenn die Bande hier Abhörgeräte oder Kameras versteckt hat, dann sehen die alles, was ich mache! Ich schaue mich unauffällig um. Habe wenig Hoffnung, dass ich eine winzige Kamera, die irgendwo in eine Ritze gesteckt wurde, finden kann. Ich wandere aufmerksam herum, suche. Bemühe mich, so natürlich wie möglich zu agieren. Fummle deshalb mit gesenktem Kopf gleichzeitig an meinem Handy herum. Mein Blick sucht so unauffällig wie möglich alle Spalten und Nischen ab. Nichts, was nicht passt. Ich kann hier nicht länger sein, ich muss so schnell wie möglich raus! Dieses ekelhafte Gefühl, beobachtet zu werden, schüttelt mich innerlich. Ich packe die wichtigsten Sachen in eine große Tasche.

Beim Abschließen untersuche ich von außen das Türschloss. Da sind frische Kratzer. Aber nur kleine. Das wäre mir nicht aufgefallen. Die Tür hat noch ein altes, einfaches Schloss. Habe immer gedacht, dass niemals ein Dieb hier raufkommt.

Ich gehe die Treppe runter, um Frau Sailer zu fragen, ob sie was gehört hat. Bevor ich läuten kann, öffnet sie die Tür. Wie jedes Mal, wenn ich sie aufsuche, muss ich erst mal die Luft anhalten, da der aus ihrer Wohnung kommende Gestank mir den Atem nimmt. Eine Mischung aus Mottenpulver, altem Parfum, Moder oder was weiß ich. Ekelhaft!

»Frau Sailer, ich möchte Sie nicht lange stören. Möchte nur fragen, ob Sie gehört haben, dass jemand in meiner Wohnung war, heute Vormittag. Bei mir ist eingebrochen worden.«

»Das ist ja schrecklich. In unserem Haus! Sie machen mir Angst. Ich bin doch ganz alleine hier, tagsüber! Die Mieter unter mir sind doch fast nie da. Was soll ich denn da machen?«

Sie ist aufgeregt, verängstigt, fuchtelt mit ihren Armen. Spricht undeutlich weiter: »Am Mittag waren zwei Männer oben. Ich dachte, Sie sind daheim!«

»Haben die keinen Krach gemacht?«

»Waren Sie denn nicht zu Hause? – Nein, mir ist nichts aufgefallen. Aber so gut höre ich nicht mehr. Nur die Treppen, die höre ich immer, wenn da jemand raufkommt. Als alte Frau muss ich vorsichtig sein, das verstehen Sie doch!«

»Ich war unterwegs und bin erst vorhin gekommen. Haben Sie mich nicht gehört? Wie lange waren die bei mir?«

»Doch, ich hab sie raufgehen sehen! Ich meine: gehört! Ein Einbruch in unserem Haus! Wie schrecklich! Da müssen Sie aber sofort zur Polizei und das melden. Ist denn was Wertvolles weggekommen?«

»Bis jetzt habe ich nichts entdeckt. Darum wollte ich ja wissen, wie lange die bei mir waren.«

Sie denkt angestrengt nach. »Also, die waren nach einer Viertelstunde wieder weg, würde ich sagen. Oder waren's zwanzig Minuten? Ich habe leider kein so gutes Zeitgefühl mehr.«

»Haben Sie die Männer durch Ihre Tür gesehen?«

»Ja! Schon! Die hatten nichts dabei, als sie herunterkamen. Ich glaube, es waren Ausländer. So dunkle Typen. Der eine hat direkt auf meine Tür geschaut. Ich hatte schon Angst, dass er mich entdeckt hat, im Türspion. Den würde ich jederzeit wiedererkennen. Gesichter vergesse ich nie! Er hatte eine Glatze, und ein scharf geschnittenes Gesicht. Einen Mund mit ganz schmalen Lippen. Der andere war verdeckt. Von dem habe ich fast nichts gesehen. Ich glaube, er hatte einen Schnurrbart. Und wenig Haare. Es tut mir wirklich leid, dass ich nicht gleich die Polizei angerufen habe. Ich konnte ja nicht ahnen, dass das Einbrecher waren. Aber da müssen Sie sofort zur Wachstube!«

»Machen Sie sich keine Gedanken deswegen. Die haben wohl nichts Wertvolles gefunden. Sollten die noch einmal wiederkommen, dann rufen Sie mich bitte gleich an. Aber ich fürchte, diesen Gefallen werden sie mir nicht tun. Haben Sie meine Telefonnummer noch?«

»Ja, die habe ich gut aufgehoben. Für alle Fälle. Als alte Frau braucht man schon mal Hilfe. Sie sind ja immer so freundlich und tragen mir die schweren Sachen rauf, wenn ich sie unten stehen lasse. Da wollte ich mich eh noch bei Ihnen bedanken.«

»Gar kein Problem. Ich muss mich aber jetzt beeilen und zur Polizei …«

Das funktioniert schon ganz automatisch, dass ich Taschen und Pakete, die unten im Flur stehen, mit nach oben nehme und ihr bringe. Wenn es spätabends ist, dann stelle ich sie einfach vor ihre Türe. Was mir ohnehin lieber ist. Dann hält sie mich nicht auf und ich brauche den grausigen Gestank nicht einzuatmen, der jedes Mal aus ihrer Tür kommt.

Ich gehe in mein Geschäft und rufe Dr. Büchler an. Er meldet sich sofort. Nachdem ich ihm alles geschildert habe, meint auch er, ich solle unbedingt zur Polizei gehen und das melden. Er kann nur kurz reden, ist in einer Besprechung.

»Ich wollte Sie darüber informieren, dass es zwischen Ismail Hajda und einem Salzburger Polizisten einen persönlichen Kontakt gibt. Die haben geschrieben, dass sie mich erledigen wollen. Leider jedoch nicht, wie.«

»Können Sie mir bitte Kopien schicken von dem Schriftverkehr? Das ist wichtig, für alle Fälle. Sie sollten sich irgendwo verstecken. Aber vorher müssen Sie den Einbruch melden. Ist in Ihrer Wohnung etwas weggekommen?«

»Nichts, was mir bisher aufgefallen wäre. Ich vermute, die haben versucht, meinen Computer zu manipulieren. Vielleicht haben sie Abhörgeräte versteckt. Bombe werden sie mir hoffentlich keine gelegt haben. Die würde dann die arme Frau unter mir treffen.«

»Gibt es sonst noch etwas Neues, seit Sie bei mir waren?«

Ich unterrichte ihn über die letzten Ereignisse. Von Giulia spricht er nicht. Ich auch nicht. Ob er Bescheid weiß? Zum Schluss ermahnt er mich erneut, zur Polizei zu gehen. Offensichtlich spürt er, dass ich das nicht vorhabe. Ich verabschiede mich und bedanke mich »sehr, sehr« für seine Unterstützung.

Auf dem Weg zum Roller überlege ich es mir dann doch noch. Es ist erst halb sechs, da könnte ich schnell noch beim Franz-Hinterholzer-Kai reinschauen und den Einbruch melden. Ich halte an einer Bäckerei, kaufe eine Brezel. Die muss bis zum Abendessen reichen. Ich brauche unbedingt was gegen den schalen Geschmack in meinem Mund.

Im Polizeirevier muss ich warten. Es wird gerade ein Besoffener vernommen, der beim Fisch-Krieg Leute belästigt hat. Nach einer Viertelstunde komme ich dran. Der Beamte fragt nach meinen Personalien und beginnt ein Formular auszufüllen. Auf seine Frage was weggekommen sei, antworte ich, dass ich bis jetzt nichts vermisse. Ob die Tür beschädigt sei. Nur ein paar Kratzer. Egal, er wird sich das gleich anschauen. Ich widerspreche, dass das nicht nötig sei. Er sieht mich mürrisch und misstrauisch an:

»Natürlich machen wir eine Tatortaufnahme und eventuelle Spurensicherung. Gibt es Zeugen?«

Ich sage nichts von Frau Sailer, sonst will er die auch noch einvernehmen. Wir fahren dann in seinem Polizeiauto direkt vor meine Wohnung. Ist das peinlich. Was werden die Leute denken? Wir gehen rauf. Er schaut sich alles an. Macht sogar Fotos von der Tür. Aber weil in den Räumen alles ordentlich aussieht, bricht er das Ganze schnell ab. Schüttelt mürrisch den Kopf. Fragt, ob ich mir das nicht alles eingebildet habe. Nach einem Einbruch sehe es nie so ordentlich aus! Beim Runtergehen höre ich hinter Frau Sailers Tür ein Rascheln. Im Revier schreibt er an seinem Protokoll weiter.

Auf dem Rückweg telefoniere ich mit Charly. Bei der Mitteilung, dass bei mir eingebrochen wurde, kommt erst nur ein Brummen vom anderen Ende. Dann: »Geht es also los!«

Wir besprechen, was zu tun ist. Charly findet, dass es »saugut ist«, dass wir morgen alles gleich mit Henning besprechen können. Danach berichtet er, dass er Ismails PC leergesaugt hat: »Ich habe insgesamt fast 30 Gigabyte runtergeholt. Gut, dass ich in Ruhe arbeiten konnte, während du dort warst. Um 13 Uhr war ich durch.«

Mara hat ein großes Blech mit Pizza gemacht. So dass es auch für morgen reicht, wie sie mit einem Schmunzeln meint. Ich sage ihr, dass das auf Dauer nicht geht, dass immer nur sie kocht. Übermorgen mache ich das! Ich werde frischen Fisch kaufen. War schon lange nicht mehr beim Fisch-Krieg. Wäge ab, ob ich ihr vom Einbruch erzählen soll. Aber Mara muss ja wissen, dass ich nicht in meine Wohnung kann. Nach meinem Bericht ist sie ziemlich verstört.

»Ich habe solche Angst um dich. Morgen, wenn der Polizist aus Deutschland kommt, sag ihm bitte, wir bekommen ein Baby und wollen, dass diese schrecklichen Leute so schnell wie möglich gefasst und eingesperrt werden.«

Ein Gedanke ist mir bereits am Morgen kurz durch den Kopf gegangen, der mich nicht mehr loslässt. Wenn das Allerschlimmste passiert und mich Ismail aus dem Weg räumt, dann steht Mara ganz allein da. Und mein Vater erbt alles, was ich besitze! Ich muss dringend ein Testament aufsetzen. Im Geschäft habe ich dazu nicht die Ruhe. Ich mache das am besten gleich nach dem Abendessen.

»Du, Mara. Wäre das schlimm, wenn ich mich noch eine halbe Stunde an deinen Schreibtisch setze? Ich muss noch was wegen der Ausschreibung checken.«

»Nein. Ich wollte mich eh noch um die Wäsche kümmern. Sag, wenn du fertig bist.«

Ich forsche kurz im Internet, was dazu nötig ist. Eine handgeschriebene Willenserklärung mit Unterschrift. Ich setze schnell auf, dass Mara meinen ganzen Besitz bekommt. Charly braucht nichts von mir, Sonja auch nicht. Dann mache ich ein Foto und schicke das Dokument an Charly mit der Bitte, es abzulegen. Falls mir was passieren sollte. Er wird mich für verrückt erklären, aber nur so kann ich ruhig schlafen. Das Original werde ich im Büro unter den Dokumenten ablegen. Dort wird man es finden, wenn es nötig sein sollte.

Den restlichen Abend beschäftigen wir uns mit unseren Hausplänen. Da gibt es so viel Schönes zum Träumen. Wir müssen unsere Gedanken auf etwas Positives lenken! Nicht dass wir ein ängstliches Baby kriegen …

Ich erkenne Henning sofort, als er in die Ankunftshalle kommt. Er ist locker gekleidet, Jeans, hellblaues Hemd mit offenem Kragen, Jackett, Businessrucksack. Wenn ich es nicht besser wüsste, dann würde ich ihn für einen Sportfunktionär oder einen Jungmanager halten. Mit meinen langen, schnellen Schritten kann er mühelos mithalten.

Auf dem Weg zu Charly halte ich beim Café Fingerlos, um etwas einzukaufen. Wir haben die ganze Strecke wenig geredet, da Henning meinte, alles Wichtige sollten wir lieber erst besprechen, wenn wir komplett sind. Er ist richtig begeistert von der Auswahl in der Vitrine. In bunten Farben glänzende, delikat aussehende Torten, Kuchen und Bäckereien lassen uns das Wasser im Mund zusammenlaufen. Ich informiere ihn, dass diese Köstlichkeiten nicht nur herrlich aussehen, sondern qualitativ das Beste sind, was man in ganz Österreich kriegen kann. Da können der Sacher und die anderen renommierten Tortenbäcker »einpacken«. Er bestellt ein Dutzend Stücke Torte und Kuchen und lässt sie »transportsicher« verpacken. Die seien für seine Töchter und seine Frau, sagt er bedeutungsvoll. Sie hätten ihm schon die Ohren vollgesungen, dass er unbedingt was Süßes aus Salzburg mitbringen muss. Als er die Rechnung bezahlt, gibt er sogar noch zwei Euro Trinkgeld. Respekt!

Für unser Meeting besorge ich ebenfalls eine Ladung Süßes. Außerdem möchte ich Mara am Abend etwas Besonderes mitbringen! Mit drei gut gefüllten Kartons steigen wir wieder ins Auto. Ich erzähle vom Wohnungseinbruch. Henning wirkt besorgt. Es sei das Sicherste für mich, wenn ich mich irgendwo verstecke. Ich antworte, dass ich bei meiner Freundin wohne. Das sei rund 20 Kilometer entfernt. Und dass ich meine Fahrzeuge nie vor ihrem Haus abstellen würde.

»Sehr gut. Mach das ruhig weiter so, bis wir mit unseren Erhebungen durch sind.«

Ich berichte ihm gleich auch noch, dass wir ein Baby bekommen und dass bald Schluss sein muss mit der psychischen Belastung.

»Ich muss dich enttäuschen, wenn du dir das erhofft hast. Wir sind noch lange nicht durch. Für einen finalen Zugriff ist es deutlich zu früh. In Fällen wie diesen wird meist sehr lange ermittelt, bevor die Täter festgesetzt werden.«

Charly hat bereits den Tisch gedeckt. Unglaublich, wie gut wir uns kennen. Er wusste, dass ich für alle was zum Essen mitbringe! Nach den ersten Bissen schwärmt Henning, dass diese Torten noch besser schmecken als die in Paris. Zum nächsten Stück, einer Maroni-Torte, kippt er den zweiten doppelten Espresso runter. Nach der »Draufgabe« eines Stücks schlichten Gugelhupf ist endlich auch sein Appetit gestillt. Es ist mir ein Rätsel, wie man bei einem derartigen Konsumverhalten so schlank sein kann.

Nach dem Kuchenessen sprechen wir Henning gleich auf die nötigen Konsequenzen des Einbruchs an. Er meint, das Wichtigste sei erst einmal, dass ich auf keinen Fall mehr von zuhause aus mit Charly telefoniere. Idealerweise sollte ich mich auch auf dem PC daheim nicht mehr einloggen. Ob ich Ersatz habe.

»Das ist nicht das Problem. Ich habe noch einen Laptop und einen Standrechner im Geschäft. Meine sämtlichen Daten liegen ohnehin auf dem Server. Nach allem, was passiert ist, möchte ich überhaupt nicht mehr in die Wohnung! Am liebsten nur noch hin und Sachen holen. Dabei habe ich meine Wohnung immer so gerne gehabt.«

»Das tut mir echt leid für dich«, sagt Henning in einem Ton, der sein Mitgefühl ausdrückt. Tut gut. »Gab es sonst noch Vorkommnisse, von denen ich nichts weiß?«

»Ich denke, von unserer Seite her gibt es nicht viel zu berichten. Oder, Charly, hast du noch was?«

Der schaut mich groß an, sagt nichts. Ich wende mich an Henning: »Mich interessiert natürlich vor allem, wie es jetzt in Deutschland weitergeht.«

Charly hebt beide Brauen an: »Die Details, die ich auf Ismails Rechner ausgegraben habe, während du bei ihm warst, interessieren dich gar nicht?«

Ich erschrecke. Bin ich schon so daneben, dass ich da gar nicht mehr dran gedacht habe?

»Ich weiß schon, du hattest genug eigene Probleme«, sagt er verständnisvoll. »Ich wollte nur kurz berichten, dass ich bei der ersten Sichtung des Materials auf nichts gestoßen bin, das mit Florian oder mit Leibl zu tun hat. Ich habe bereits einiges an gelöschten Daten wiederhergestellt!« Er schaut Henning an: »Interessant für eure Ermittlungen scheinen mir vor allem die wiederhergestellten Exceltabellen zu sein, in denen sich jede Menge Mailadressen befinden. Habe die schon heute Vormittag an dich weitergeleitet. Deine Leute werten das hoffentlich bald aus. Den Rest sichte ich noch und schicke dann alles ebenfalls nach Deutschland weiter.«

»Charly, du musst das nicht auswerten, das sagte ich doch bereits. Wir sind genügend Leute«, sagt Henning nachdrücklich.

»Ich möchte wenigstens noch mal konkret suchen, ob ich was

bezüglich Florian oder Leibl finde. Da möchte ich nicht darauf warten, bis ihr dazu kommt.«

Henning schüttelt den Kopf. Sagt aber nichts dazu.

»Wie weit seid ihr denn mittlerweile?«, fragt Charly.

»Unsere Spezialisten kommen gut voran! In dieser Hinsicht könnt ihr beruhigt sein.«

Wenigstens eine gute Nachricht. Charly scheint damit auch zufrieden zu sein, denn er nickt bedächtig. Ich trinke einen Schluck Wasser und sehe Henning erwartungsvoll an. Er ist an der Reihe.

»Nun!« Henning räuspert sich. »Ich sagte ja bereits, dass wir mitten in den Ermittlungen stecken. Selbstverständlich ist alles streng geheim, das brauche ich nicht jedes Mal neu zu erwähnen. Aber da ihr V-Personen seid, darf bzw. muss ich euch über alles informieren, was für euch wichtig ist. Ich werde einen kurzen Abriss unseres Kenntnisstandes geben!« Henning räuspert sich erneut, trinkt einen Schluck Wasser.

»Charly, könntest du mir vielleicht doch noch schnell einen großen Kaffee aus deiner Maschine rauslassen?«

Mir geht vor Staunen der Mund auf. Die Piefkes überraschen einen doch immer wieder.

»Du weißt schon, Henning, dass das ein starker österreichischer Espresso ist und kein deutscher Milchkaffee?«, fragt Charly grinsend.

»Keine Sorge. Ich habe zuhause auch so ein ähnliches Gerät! Nach dem guten Kuchen braucht mein Körper Koffein. Ich kann doch schlecht bei dir einen Mittagsschlaf machen, oder?«, meint Henning mit einem breiten Lächeln.

»Nun, wo war ich?«, sagt Henning, während er zwei Löffel Zucker in seinen dritten doppelten Espresso rührt. »Ach ja! Wir haben also, dank eurer Hilfe, innerhalb kürzester Zeit enorm viel herausgefunden! Dafür möchte ich euch danken. Es gibt übrigens die Möglichkeit einer Bezahlung. Auch Erstattung von Kosten. Muss beantragt werden! Wenn ihr das wollt…?«

»Als bezahlter V-Mann möchte ich sicher nicht arbeiten. Ich mache das aus Überzeugung oder gar nicht«, sagt Charly und schaut mich an. »Oder willst du da was dafür haben?«

Ich schüttle den Kopf. Auf diese Idee wäre ich nie gekommen.

»Womit wir wieder beim Thema wären. Ich werde euch einen Überblick geben«, sagt Henning, der bereits mehr als die Hälfte seines Kaffees geschluckt hat. Allmählich habe ich den Eindruck, dass es ihm schwerfällt, über das zu sprechen, was er in dieser Sache weiß. Er räuspert sich.

»Was wir sicher wissen ist also, dass es sich hier um schwerste organisierte Kriminalität handelt, die von den Familien Hajda geleitet wird. An der Spitze der Organisation sind Ismail Hajda und seine zwei Brüder. Weiters involviert sind ein Schwager und noch eine Reihe der Familie zugehöriger Personen. Dazu gibt es noch eine große Anzahl externer Beteiligter. Wir sind, wie gesagt, mit den Nachforschungen noch nicht am Ende. Inwieweit zum Beispiel der Vater aktiv beteiligt ist– wofür es Indizien gibt, aber keine Beweise–, konnten wir bisher noch nicht herausfinden. Der Familienclan hat– mindestens seit fünf Jahren– ein europaweites Netzwerk aus Menschenhandel sowie Verbrechen in Verbindung mit Pädophilie und anderem sexuellen Missbrauch aufgebaut. Wir sind ziemlich sicher, dass die im Web veröffentlichten Fotos und Live-Übertragungen in Montenegro produziert werden. Der Sitz der Verwaltung ist in Salzburg. Hier werden die gesamten Finanztransaktionen getätigt. Die zahlenden User sind über ganz Europa verstreut, teilweise auch in den USA. Es gibt neben den besprochenen Aktivitäten jede Menge weiterer Straftaten im Umfeld dieser mafiösen Vereinigung. Vieles davon im Darknet, was deutlich schwerer aufzuklären ist. Die von euch gelieferten Beweise haben uns einen Riesenschritt weitergebracht.« Henning macht eine Pause und beobachtet, wie diese Worte auf uns wirken. Das Gehörte ist nichts Neues. Bloß die Dimension war mir nicht so klar. Ich warte, was noch kommt.

»Dank eurer aktiven Mithilfe haben wir bereits enorm viel konkretes Belastungsmaterial erstellen können. Bei den Opfern der sexuellen Misshandlungen handelt es sich zum wohl überwiegenden Teil um Flüchtlinge.

Damit ihr versteht, wie sie an diese Opfer herankommen, gebe ich euch einen kurzen Bericht zur Situation: Wie vielfach in den Medien berichtet wird, stranden in Lampedusa, Sizilien und Kalabrien wöchentlich Tausende Flüchtlinge, von denen viele aus Furcht vor Tod und Verfolgung ihre Heimat verlassen mussten. Ein unerwartet hoher Prozentsatz der Ankommenden sind Frauen, Jugendliche und Kinder. Sie haben ausnahmslos eine lebensgefährliche Flucht auf überladenen, unsicheren Booten unter grauenvollsten Umständen hinter sich. Viele der Frauen wurden unterwegs bereits erpresst, ausgeraubt, vergewaltigt oder alles zusammen. In den islamischen Ländern sind sie abseits ihrer Wohnung Freiwild. Auch die männlichen Flüchtlinge schrecken vor Gewalt gegen diese Frauen häufig nicht zurück.

Gleich bei ihrer Ankunft in Italien erleben die Asylsuchenden einen weiteren, unerwarteten Schock: Unterkünfte existieren so gut wie keine. Unterstützungsleistungen der Regierung gibt es nur für Insassen der Lager, und dann auch nur bis zur Gewährung des Asylschutzes. Die wenigen Lager quellen längst über. Von den vielen Ankommenden kriegen nur die wenigsten einen Platz. Dann folgt das monatelange Warten auf die Anerkennung. Sofern überhaupt Papiere erstellt werden! Die italienische Bürokratie hat eklatante Probleme damit. Zu den Zuständen in den Lagern brauche ich nicht viel zu sagen, die kennt ihr sicher längst durch die Presseveröffentlichungen.

Die rechtliche Situation dort ist so, dass sie das Lager verlassen müssen, wenn die Flüchtlinge nach langen Wochen des quälenden Wartens endlich den Asylstatus gekriegt haben. Ab diesem Zeitpunkt haben sie zwar eine Arbeitserlaubnis, bekommen aber keinerlei Zuwendungen mehr. Wo sollen diese Menschen Arbeit oder Unterkunft und Essen finden? Viele verdingen sich unter sklavenähnlichen Bedingungen auf den großen Plantagen. Das kennen wir bereits aus Spanien. Dort florieren große Teile der Landwirtschaft auf dieser Basis. Da werden Löhne von ein bis zwei Euro pro Stunde bezahlt, für das Pflücken von Obst und Gemüse.

Und die Flüchtlinge werden in Massenunterkünfte gepfercht, für die ihnen ein Teil des verdienten Geldes wieder abgenommen wird.

In Italien beginnt mit Erteilung des Asylstatus das Elend also erst richtig. Große Mengen an Frauen und Kindern treiben sich aus besagten Gründen hilflos auf den Straßen der italienischen Städte herum. Vor allem im Süden. Sie haben weder Unterkunft, noch Geld für Nahrung. Die Situation ist die ideale Gelegenheit für Ganoven jeglicher Couleur.

Denn die betroffenen Frauen und Kinder fallen auf jedes Versprechen herein, auf jeden Funken Hoffnung! Das ist ihr endgültiges Verderben. Sie ahnen ja nicht, dass alles noch schlimmer kommen wird. Sie vertrauen den Verheißungen von Menschenhändlern, und anschließend verschwinden sie. Keiner erfährt jemals wieder von ihnen. Niemand interessiert sich für das Verschwinden dieser Flüchtlinge. Keine Behörde wird jemals nach ihnen suchen! Und auch ihre Angehörigen haben keine Stelle, bei der sie nachfragen können, wenn sich ihre Familienmitglieder nicht mehr melden.

Entsprechend uns vorliegender Dokumente sammelt die italienische Mafia im großen Stil für ihre Zwecke passende Frauen und Kinder ein und verkauft sie wie Sklaven. Als Arbeitssklaven, aber eben auch für jeden erdenklichen anderen Zweck. Unter anderem an den Hajda-Clan in Montenegro. Das ist ein leichtes, schnelles Geschäft. Die Nachfrage steigt mit dem Angebot. Es gibt sogar Hinweise darauf, dass Menschen entführt werden, um mit ihren Organen Handel zu treiben.«

Henning macht wieder eine Pause, nippt an seiner Tasse. »Die Frauen und Kinder werden unseren Erkenntnissen nach aus Bari in Italien mit einer Motoryacht, die den Hajdas gehört, nach Bar in Montenegro befördert. Von dort werden sie dann rund 50 km ins Landesinnere verfrachtet. Wir haben mittlerweile Kenntnis, an welchem Ort die Aufnahmen gemacht werden. Es handelt sich um ein großes Anwesen mit mehreren Gebäuden im montenegrinischen Hügelland, das wie eine Festung geschützt ist. Besitzer ist einer der Hajda-Brüder. Die Ankömmlinge werden dort eingesperrt und fortan für Sexfotos und Hardcore-Live-Übertragungen ›verwendet‹. Die in speziellen Foren gezeigten Vergewaltigungen und sadistischen Exzesse gehen unseren Erkenntnissen entsprechend so weit, dass es zu unbeabsichtigten oder gar inszenierten Tötungen an den Frauen, Kindern und Babys kommt. Nachschub gibt es genug.

Im letzten halben Jahr hat es mindestens vierzehn derartige ›Lieferungen‹ gegeben. Je schlimmer die Qual der Opfer, desto höher der Verdienst dieser Unmenschen! Was sie mit den Leichen der bei diesen Perversionen und Grausamkeiten zu Tode gekommenen Frauen und Kinder machen, haben wir noch nicht herausfinden können. Es wird wohl das komplette Gelände durchforscht werden müssen, sobald die Bande inhaftiert ist. Ein Zugriff kann ohnehin nur in Zusammenarbeit mit der montenegrinischen Polizei erfolgen. Und unsere Verbindungen in dieses Land sind noch nicht sehr erprobt, um das mal vorsichtig auszudrücken.« Henning macht wieder eine Pause und schaut uns mit einem fast schon resignierten Ausdruck an. Einen Augenblick sind wir alle ruhig. Diese Worte müssen erst sacken. Das ist alles so unglaublich. Wir haben das meiste bereits geahnt, aber jetzt wird es zur Tatsache. Wir sind hier in Europa, und um uns herum findet ein Grauen statt, von dem niemand etwas geahnt hat.

»Ja, wir haben mittlerweile wieder Sklavenhandel in Europa! Den schlimmsten, den es jemals gab. Denn es wird vergewaltigt, gequält, gefoltert, getötet. Die User können bei einigen Übertragungsformen sogar mitbestimmen, was den Opfern angetan wird. So ungefähr könnte man sich die Hölle vorstellen, aber diese Sachen passieren mitten in Europa! Das Leid dieser Leute lässt die Politik kalt. Denn es ist das Leid der Anderen! Jener Menschen, die von vielen angefeindet werden. Die nach Ansicht mancher ›ehrenwerter Bürger‹ kein Mitleid verdienen. Die schließlich auch von dem braunen Sumpf gejagt und verfolgt werden, wenn sie es in sichere Länder wie Deutschland, Österreich, Polen oder Ungarn schaffen.«

»Das ist so absolut furchtbar, da fehlen mir die Worte!« Ich wende mich aufgebracht an Henning. »Ihr könnt doch nicht zuschauen, wie Kinder und Frauen entführt und täglich gequält und vergewaltigt werden! Es muss doch sofort etwas passieren! Da zählt jeder Tag. Diese Grausamkeiten müssen sofort unterbunden werden!«

»Ich habe selber eine Frau und zwei süße Mädchen. Ich kann euch gar nicht sagen, wie sehr mir das Wissen um diese Geschehnisse zusetzt. Was hier passiert, gehört zum Schlimmsten, was ich in meinem Berufsleben kennengelernt habe. Und wir können das noch immer nicht abstellen, haben nicht die Voraussetzungen dazu! Denn wir sind – was Aktionen anbelangt – leider völlig abhängig. Von den Behörden in Montenegro und …«, er zieht seine Augenbrauen nach oben und sieht mich an, »auch denen in Österreich, in der Ukraine und anderen Ländern. Dazu kommt, dass die Untersuchungen so weit gediehen sein müssen, dass wir möglichst viele der Täter erwischen. Also auch diejenigen, für die das alles verbrochen wird: Menschen, die in Summe jährlich zig Millionen an Euro dafür bezahlen, dass sie ihre Lust am grausamen Leid dieser Frauen und Kinder befriedigen können! Leider ist das Darknet voll von solchen Missgeburten. Denn solange es Perverse gibt, die derartige Beträge für ihre abartige Lustbefriedigung ausgeben, so lange – fürchte ich – wird es auch solche Verbrechen geben. Wir müssen so viele wie irgend möglich aus dem Verkehr ziehen, wenn wir zuschlagen.«

Ich schaue zuerst Charly an, dann Henning: »Charly hat mir bereits im Groben erklärt, was das Dark Web ist. Es gibt Dinge, die haben mich bisher überhaupt nicht interessiert. Ich würde gerne ein bisschen besser verstehen, wie das alles funktioniert. Auch wie man da reinkommt.«

Charly antwortet mit einer wegwerfenden Handbewegung: »Zum Einstieg brauchst du nichts anderes als einen Browser, der deine Daten verschlüsselt. Der bekannteste ist der Tor-Browser, aber es gibt mittlerweile leistungsfähigere. Das sind kostenlose Tools, die jeder einfach und legal im Internet runterladen kann. Wenn du damit im Dark Web unterwegs bist, kannst du praktisch kaum zurückverfolgt werden. Denn innerhalb des Tor-Netzwerkes sind, wie ich dir schon einmal erklärt habe, sämtliche IP-Adressen verborgen. Du surfst unerkannt über einen Onion-Router. Suchst dir im ›Hidden-Wiki‹ oder in anderen Verzeichnissen aus, was dich interessiert. Es gibt mittlerweile auch schon Suchmaschinen, z.B. Grams. Du kannst Waffen oder gleich Killer kaufen, Drogen, es wird mit gestohlenen Kreditkarten und gefälschten Ausweispapieren gehandelt, und natürlich auch mit Pornografie. Es gibt alles, was verboten ist. Kapiert?«

»Schon. Aber als normaler Mensch ist man doch dort nie, oder?«

Henning seufzt: »Das Darknet ist der größte ›rechtsfreie‹ Raum der Welt! Es gibt sogar Nutzerzahlen, die vom Tor-Netzwerk veröffentlicht werden: Amerika liegt an der Spitze mit mehr als 350.000 täglichen Usern. In Deutschland liegen wir bei rund 200.000 Usern pro Tag, knapp hinter Russland. In der Zählung enthalten sind nur Leute, die mit einem Tor-Browser, also verschlüsselt, unterwegs sind. Und neben Tor gibt es noch weitere Verschlüsselungstools. Damit du eine Vorstellung hast, womit wir es da zu tun haben: Es gibt Plattformen, da wird über die schlimmsten Verbrechen ganz offen diskutiert. Grausamkeiten, die man sich nur schwer vorstellen kann. Kannibalismus, lebendige ›Sexpuppen‹, tödliche sexuelle Perversionen, alles, was sich kranke Gehirne nur ausdenken können, wird in geschlossenen Foren geplant und vermutlich auch ausgeführt. Es gibt Anbieter für Auftragsmord zu Preisen für umgerechnet wenige Tausend Euro. Hacker bieten für kleine Summen an, Mail Accounts zu knacken oder Zugang zu Rechnern zu verschaffen. Der Umfang dieser Hidden Services genannten Angebote ist unschätzbar groß! In den letzten Jahren hat sich das Dark Web auch zunehmend als Versammlungsort von politisch radikalen Gruppen entwickelt, die sich über VPNs weltweit vernetzt haben und hier ihre Anschläge planen.«

»Nun ja! Von der Anzahl der Tor-Browser auf Aktivitäten im Darknet zu schließen, wäre aber absolut falsch«, meint Charly. »Ich bin sicher, dass 90 bis 95 Prozent der Tor-Browser für absolut legale Nutzung eingesetzt werden! Meine Homepage verfügt über eine HTTPS-Verschlüsselung! Und meinen Kunden biete ich auch ein VPN-Netzwerk an. Edward Snowden hat sogar jedem dazu geraten, nur verschlüsselt zu surfen, um Missbrauch von Geheimdiensten und anderen von vorneherein zu unterbinden. Ich schätze, dass höchstens fünf bis zehn Prozent an illegalen Aktionen beteiligt sind. Und in Ländern wie China, Russland, Nordkorea oder dem Iran, neben vielen anderen, ist es die einzige Chance, die freie politische Meinung ungefährdet auszutauschen. Leider fehlt vielen dort das Knowhow, das man dazu braucht.«

»Ich will nicht darüber diskutieren, wozu jemand seine Aktivitäten verschlüsseln muss, wenn er nichts zu verbergen hat. Dann sitzen wir morgen noch hier«, antwortet Henning. »Aber auch bei fünf Prozent ungesetzlicher Aktivitäten sprechen wir alleine für Deutschland von 10.000 Leuten, die täglich dieses Werkzeug nutzen, um unerkannt ihre Verbrechen planen zu können! Und bitte vergiss nicht, wenn es um Abhörsicherheit geht, dass sowohl der IS als auch andere radikale Organisationen solche Möglichkeiten ausschöpfen!«

»Ich kann mir schon denken, dass für euch verborgene Identitäten mit der Vermutung jeglicher Art von Missbrauch einhergehen. Aber die Abwägung darf nicht immer zu Lasten der Persönlichkeitsrechte gehen. Und die werden durch Regierungen mehr und mehr eingeschränkt. Gerade das FBI versucht derzeit ganz massiv, die Tor-User zu deanonymisieren und damit unsere Rechte massiv zu beschneiden«, sagt Charly mit Nachdruck.

Ich bin nicht so fit in diesem Themenbereich und möchte die Diskussion am liebsten beenden. Wir haben wichtigere Probleme: »Aber wenn bekannt ist, dass in bestimmten Foren Verbrechen begangen werden, dann könnt ihr doch was dagegen machen! Oder nicht?«, werfe ich ein.

»Leider ist dieser Bereich noch immer vernachlässigtes Stiefkind der Strafverfolgung. Die Lahmlegung von Silk Road, einer Plattform für Drogenhandel, hat bereits 2013 für Schlagzeilen gesorgt und das Dark Web publik gemacht. Das FBI hat dann 2014 ein Netzwerk für Pornografie ausgehoben, und zwar, indem sie die Rechner des Anbieters gekapert und alle Anfragen über einen speziell dafür eingerichteten Server gehostet haben. Wie sie den Server übernehmen konnten, darüber gibt es unterschiedliche Spekulationen. Über die IP-Adressen konnte ein Teil der User ermittelt werden. Über Zahlungen, die nicht mit Bitcoins abgewickelt wurden, der Rest. Vermute ich. Damals wurden 1.300 User angezeigt. Und später wurde diese Aktion zu einem Präzedenzfall, der in den USA gerade juristisch ausgefochten wird. Denn die Angeklagten setzen sich mit Hilfe ihrer Anwälte gegen die Strafverfolgung mit dem Argument zur Wehr, das FBI habe illegal ermittelt und keine rechtliche Grundlage für diese Aktion gehabt. So ähnlich könnte es übrigens auch uns hier ergehen.«

»Aber wie viele Anbieter von kriminellen Dienstleistungen gibt es denn im Dark Web?«

»Schwer zu sagen. Man sagt, der Vergleich sei so wie ein Blick über das Meer: Das, was du oberhalb des Wassers siehst, ist das Internet, alles darunter das Deep- und das Dark Web. Und Letzteres ist ein gigantischer Alptraum des Grauens. Keine Behörde weltweit ist dazu in der Lage, die Unmenge an Straftaten zu recherchieren und zu verfolgen. Der beste Weg, Leute zu enttarnen, ist, dass man Server hackt. Oder die Ermittler schaffen es, den Usern Malware unterzuschieben. Beides ist schwer zu bewerkstelligen. Und wir als Polizeibehörde bräuchten dafür einen richterlichen Beschluss. Den kriegen wir nicht einfach so pauschal. Und danach bräuchten wir das Hundertfache an Personal zur Bearbeitung. Das ist illusorisch.« Henning trinkt einen Schluck Wasser. Er wirkt richtig deprimiert. Dann spricht er weiter:

»Ein gigantisches Problem im Darknet stellt für uns der Terrorismus dar. Nicht nur, dass sich Fanatiker dort Waffen und Bomben besorgen, um damit Anschläge zu verüben. Die Händler im Darknet interessieren sich nicht dafür, wer sie bezahlt und was er plant. Auch die Organisation des IS und anderer Terroristen findet dort statt: Die komplette Kommunikation des internationalen Terrorismus läuft mittlerweile über das Darknet. Und über abhörsichere Handykommunikation. Aber das ist eine andere Baustelle. Wie in einigen Medien zu lesen war, haben sich blutjunge IS-Terroristen ihre Waffen im Darknet besorgt. Hätte ein 14-Jähriger früher bei einem Waffenhändler im Kiez in St. Pauli einen Revolver mit so viel Munition kaufen wollen, dann hätte ihn dieser an den Ohren gezogen und ›heim zu Mami‹ geschickt. Aber im Darknet interessiert sich niemand für die Käufer, die bleiben unerkannt. Da kann sich sogar ein Achtjähriger Massenvernichtungswaffen besorgen, wenn er das Geld dafür hat. Wir haben derzeit keine Chance, das zu unterbinden. Wenn wir nicht bald Lösungen dafür finden, dann wird unsere Gesellschaft gigantischen Schaden nehmen!«

»Aber für die Terrorismusfahndung stellt ihr Hunderte oder gar Tausende von Mitarbeitern ab«, wirft Charly ein. »Ohne dass ich das kritisieren möchte! Aber diese Frauen und Kinder, um die es hier geht, sind absolut schutzlos. Keiner kümmert sich um ihr Schicksal!«

Henning nickt: »Für das Grauen im Darknet ist unsere Gesellschaft derzeit noch nahezu blind. Virtuelles Leid scheint für die meisten leider unwirklich zu sein. Dabei passieren diese Schändungen, Vergewaltigungen und Tötungen ganz real. Sie werden für Menschen ausgeführt, die anonym inmitten unserer Nachbarschaft leben und diese grausamen Straftaten finanzieren. Leute, die vermutlich am liebsten selber Frauen und Kinder schänden würden. Und nur, weil sie sich nicht trauen, bezahlen sie eben andere dafür. Solche Leute sind tickende Zeitbomben!«

»Da ist es dann gut, jemand wie Knut zu haben«, wirft Charly ein.

»Ja, es ist gut, dass es solche wie euch gibt! Bei vielen sogenannten normalen Kriminalfällen erhalten wir Mitteilungen durch die Bevölkerung. Sonst würden weit weniger Verbrechen aufgeklärt. Aber im Darknet, da sind Hinweise praktisch nicht vorhanden. Und wenn wir schließlich einen ganzen Ring ausheben, dann bekommen diese Leute häufig nur Bewährungsstrafen. Wenn überhaupt. Jeder kleine Drogendealer wird härter bestraft. Die Schuld liegt bei der Politik, die das Thema hartnäckig verweigert. Denn es gibt leider keine Öffentlichkeit, die Druck macht. Auch die Medien vernachlässigen diesen Bereich. Die Leute sehen ja täglich im TV die schlimmsten Sachen. Da sind Straftaten im Dark Web genauso unwirklich für sie wie die Toten einer Fernsehserie.«

»Wenn ich nicht gerade selber Zeuge wäre, was es dort gibt,

dann könnte ich mir derart grausige Sachen nicht mal vorstellen«, sage ich betroffen.

»Der Fall Dutroux ist in Sachen Kinderschändung der einzige, der die breite Öffentlichkeit bewegt hat. Nicht mal der wurde jemals zufriedenstellend aufgeklärt. Es ist ein offenes Geheimnis, dass neben der Familie Dutroux noch große Kreise an Beteiligten existiert haben müssen. Und damals gab es das Internet in der heutigen Form noch nicht. Wie ihr vielleicht auch gehört habt, ist die Frau von Dutroux nach nicht mal 16 Jahren Haft freigekommen und lebt jetzt, glaube ich, in einem Kloster in Belgien. Sie war nachweislich Mitwisserin der Schandtaten ihres Mannes. Hat zwei gekidnappte, mehrfach vergewaltigte und in ein winziges Verlies gesperrte Kinder mitleidslos verhungern lassen. Bei den vielen anderen toten Kindern konnte ihr eine Tatbeteiligung nicht bewiesen werden. Manchmal ist unser Job zum Verzweifeln.«

Henning wirkt resigniert: »Das Furchtbare daran ist, dass die Gefahr, die von solchen Menschen ausgeht, ständig wächst. Abartiger Sex ist im Internet und im Darknet mittlerweile weiter verbreitet als früher in allen Rotlichtbezirken dieser Erde. Fachleute sprechen längst von der neuen Krankheit ›Internet-Sexsucht‹. Ähnlich wie für die Spielsucht gibt es im Internet einen riesigen Markt für sexuelle Obsessionen. Je länger sich Betroffene dort bewegen, desto ›härter‹ müssen die Angebote werden, um sie zu befriedigen. Pädophilie, Sadismus, harter Sex, solche Perversionen kriegen einen immer größeren Anhängerkreis. Das unbegrenzte und praktisch risikofreie Angebot fördert die Nachfrage. Der Straßenstrich war im Vergleich Kleinkindkram!«

Henning wendet sich an mich:

»Florian, ich weiß, wie schlimm das für dich sein muss, dass du unter dieser ständigen Bedrohung leben musst. Wir würden dir gerne helfen, so gut wir können. Aber zum jetzigen Zeitpunkt darfst du von uns leider gar nichts erwarten. Zu diesem Oberstleutnant Leibl zum Beispiel kann ich dir keinerlei Auskunft geben. Das ist schwierigste Ermittlungsarbeit, furchtbar heikel. Wir müssen auf eure vollste Verschwiegenheit rechnen. Am besten vergesst ihr, dass ihr den Namen jemals gehört habt. Wenn hier Fehler passieren, dann kommt es zur Katastrophe. Und der erste davon Betroffene wärest du, Florian! Du sollst jedoch wissen, dass wir mit Hochdruck an diesem Fall arbeiten. Darum bin ich hergekommen.«

Henning gießt sich Wasser nach, trinkt wieder einen Schluck.

»Fazit: Mein Besuch hatte vor allem das Ziel, das Risiko zu minimieren, dass euch etwas passiert. Euch zu sensibilisieren für die Gefahren, die von diesen Leuten ausgehen. Und, unserem Kenntnisstand entsprechend, ist es leider nicht unwahrscheinlich, dass du abgehört wirst. Die Leute, mit denen ihr zu tun habt, kennen sich damit sehr gut aus. Einer der Mitarbeiter von Hajda hier in Salzburg war führendes Mitglied der UÇK im Jugoslawienkrieg. Wie wir herausgefunden haben, verfügt er über langjährige Erfahrung im paramilitärischen Bereich. Er ist bestens ausgebildet. Der UÇK werden vom Internationalen Strafgerichtshof Mord, Folter, Vergewaltigung und illegaler Organhandel vorgeworfen. Solchen Leuten ist alles zuzutrauen, die schrecken vor nichts zurück, wie ihr bereits herausgefunden habt.«

Das muss ich erst verdauen. Das könnte der Glatzkopf sein! Branko heißt er. Es würde mich nicht wundern, dass der im Krieg war. Das ist ein ganz harter Hund. Mein Gott. Ich bin in größerer Gefahr, als ich das wahrhaben möchte. Henning dreht sein Wasserglas, schaut zuerst auf den Tisch und dann mich bedauernd an. »Was ich euch abschließend sagen muss, kann ich nicht oft genug wiederholen: Solltet ihr mit der Polizei zu tun kriegen, dann dürft ihr auf keinen Fall etwas davon sagen oder andeuten, dass ihr mich kennt beziehungsweise mit der deutschen Polizei Kontakt habt. Unsere Verbindung ist absolut geheim! Eure Namen werden von uns strengstens geschützt. Bei uns geht nichts raus. Niemandem von den Polizeibehörden in Österreich oder sonst wo ist eure Existenz bekannt. Zumal wir derzeit nicht ausschließen können, dass Erkenntnisse aus Polizeiberichten direkt bei den Hajdas landen. Ob Montenegro oder Salzburg. Was das Bekanntwerden eurer Daten für euch bedeuten würde, möchte ich nicht mal andeuten! Ich und Klaus Wagner, wir sind, jetzt und in Zukunft, die Einzigen, die euch kennen und mit euch kommunizieren. Das ist enorm wichtig! Nur so können wir eure Sicherheit – ich wollte sagen ›garantieren‹ –, aber nicht mal das können wir.«

Ich atme tief durch. »O.k.! So weit klar, was die Polizei anbelangt. Aber ich verstehe ja das Grundsätzliche nicht. Warum, zum Teufel, glaubst du, sucht Ismail ständig den Kontakt mit mir? Von Beginn an? Und hinter dem Einbruch steckt er doch sicher auch. Oder meinst du, der Leibl zieht das alleine durch?«

»Verlässlich kann ich dir da leider wieder keine Antwort geben. Selbstverständlich haben wir uns diese Frage auch gestellt. Die einzig logische Erklärung scheint zu sein, dass Ismail Hajda glaubt, dass du ihm sein Adressbuch entwendet hast. Absichtlich. Dass er glaubt oder gar davon überzeugt ist, dass du in fremdem Auftrag gehandelt hast. Wenn du nicht für die Polizei arbeitest dann könnten sie denken, dass du für eine konkurrierende Verbrecherorganisation tätig bist. Unsere diesbezügliche Vermutung stützt sich auf das Mail von Oberstleutnant Leibl an Ismail Hajda, dass es hinsichtlich der Zielperson keine aktuellen Informationen gibt und kein Grund zur Sorge bestehe. Anders ist der Sinn nicht zu deuten.«

Charly und ich schauen uns an. Das könnte einen Sinn ergeben… Wobei…

»Aber das wäre doch an den Haaren herbeigezogen! Ich habe als Kellner gearbeitet. Ismail hat selbst den Stuhl umgeschmissen, auf dem die Jacke hing. Dabei war er durch das Telefonat abgelenkt und hat halt nicht bemerkt, dass sein Kalender rausfiel. Genau so war es.«

»Ja, für dich war es so. Aber während Ismail Hajda telefonierte, hat er möglicherweise gar nicht registriert, dass der umfallende Stuhl etwas mit dem Verlust seines Adressbuches zu tun hatte. Vielleicht erinnert er sich an diesen Vorfall nicht einmal. Hat ihn möglicherweise nicht einmal bewusst wahrgenommen. Wir erleben häufig in unseren Untersuchungen, wie selektiv die Wahrnehmung jedes Einzelnen ist. Und deshalb könnte er doch glauben, du habest ihm den Kalender aus der Jacke gezogen, als sie am Stuhl hing.«

»Aber warum sollte ich das? Ich kenne ihn doch gar nicht! Ich arbeite im *Brunnen* nur aushilfsweise.«

»Was ist aber, wenn er denkt, dass deine Tätigkeit in diesem Lokal inszeniert war? Nur zu diesem Zweck gesteuert? Vielleicht geht er öfter zum Frühstück hin. Hat dich dort vorher noch nie gesehen. Er ist doch gleich am nächsten Tag wieder hingegangen und hat mit der Inhaberin gesprochen, wie du erzählt hast. Hat dabei erfahren, dass du an diesem Tag ausgeholfen hast. Zusätzlich die Information bekommen, dass du kein Kellner, sondern ein Computerspezialist bist. Spätestens zu diesem Zeitpunkt haben bei ihm alle Alarmglocken geläutet. So könnte es doch auch gewesen sein, oder? – Wie lange hattet ihr den Kalender und den USB-Stick?«

»Den ganzen Tag, bis zum Abend. Ich habe ihm am Telefon gesagt, dass ich die Sachen zu Hause habe und auswärts arbeite, wenn ich mich richtig erinnere. Am Abend hat er alles wiedergekriegt.«

»Na ja. Du musst zugeben, dass das schon eine ungewöhnliche Konstellation ist. Da kann jemand, der permanent in Angst vor Verfolgung lebt, doch auf falsche Gedanken kommen! Deine auswärtige Tätigkeit bis zum späten Abend ist ganz sicher auch ungewöhnlich. Die Zeit hättest du gut dazu nutzen können, seinen Stick zu dechiffrieren und sein Adressbuch und den Kalender zu kopieren. Was du ja auch getan hast! Er befürchtet also möglicherweise, dass du ganz gezielt auf ihn angesetzt wurdest.«

So ist das also! Darum ist man Kriminalbeamter, dass man auf solche Ideen kommt! Unlogisch klingt es nicht. Auch Charly nickt bedächtig und schaut mich an. Das ist zumindest die beste Erklärung bisher. Und keine erfreuliche! Damit bin ich ein ernst zu nehmender Feind! Und als Gegner habe ich kriegserfahrene Profis. Ich bin kein ängstlicher Typ, aber so allmählich wird mir das zu viel. Was soll aus Mara werden, aus unserem Baby, wenn mich diese Leute erwischen? Und wenn sie mich foltern? Ich hasse Schmerzen!

Ich muss von diesem Thema weg. »Habt ihr das Adressbuch und den Kalender eigentlich schon ausgewertet?«

Henning zieht überrascht die Augenbrauen nach oben. »Haben wir da noch gar nicht drüber gesprochen? Das Adressbuch ist unser wichtigstes Dokument! Ein unermesslicher Schatz an Informationen. Es enthält alle Passwörter zu den Konten, Zugänge zu den Accounts im Web. Zwar verschlüsselt, aber denkbar leicht zu dechiffrieren. Dazu jede Menge von Kontaktpersonen, die wir niemals in dieser Vollständigkeit hätten recherchieren können. Dieses Adressbuch ist bei unseren Untersuchungen von unschätzbarem Wert. Es wundert mich überhaupt nicht, dass Hajda da mit Argusaugen drauf schaut. Ich denke, er kann es möglicherweise auch sich selbst gegenüber nicht zugeben, dass er einen Augenblick unachtsam war und diesen Verlust riskiert hat.«

Charly hatte also den richtigen Riecher. Ich nicke ihm anerkennend zu. Er feixt. Wir sind schon ein starkes Team! Und ich bin wie immer der Blöde.

»Und was, denkst du, kommt als Nächstes aus seiner Richtung?«, frage ich Henning.

»Da müsste ich Hellseher sein. Sein Kontakt zur Polizei hier beschränkt sich hoffentlich auf Oberstleutnant Leibl. Und der hat in den Akten keine Hinweise auf dich oder eine Strafverfolgung von diesem Hajda gefunden. Das hat aber nichts zu sagen. Wenn zum Beispiel Untersuchungen durch Europol bzw. Interpol angestellt werden, dann hat in solche Akten nicht jeder Polizeibeamte Einsicht. Wir haben ausgewählte Verbindungsbeamte in allen Mitgliedsländern, mit denen wir mehr oder weniger eng zusammenarbeiten. Das weiß natürlich auch der Leibl. Selbst mit besten Kontakten zur Polizei kann sich ein Krimineller in unseren zivilisierten Ländern nicht gegen jegliche polizeiliche Ermittlung schützen. Das ist schon ganz anderen zum Verhängnis geworden!

Wichtig scheint mir, dass Hajda nach wie vor in Betracht zieht, du würdest mit der Polizei zusammenarbeiten. Das ist sogar ein möglicher Schutz für dich. Seien wir also froh, dass er bisher in diese Richtung spekuliert.«

Henning trinkt einen Schluck Wasser. Für mich ist alles total unbefriedigend, was ich bisher erfahren habe. Meine Situation wird immer beschissener, zumindest was ich darüber erfahre. Ich merke, dass ich erregt bin. Mir ist heiß, ich spüre, dass mein T-Shirt am Rücken klebt. Henning schaut auf die Uhr. »Mein Gott. Es ist ja schon nach drei Uhr. Ich muss los! Kannst du mich mit in die Stadt nehmen und beim Hotel Sacher rauslassen, Florian? Oder müssen wir noch etwas Dringendes bereden?«

Charly und ich schauen uns an. Fragen habe ich noch und nöcher. Bloß Antworten kriege ich keine. Doch, eine Frage habe ich von Anfang an.

»Sag. Ganz schnell. Warum, meinst du, hat Ismail solche Sachen auf seinem Stick?«

»Da können wir ebenfalls nur mutmaßen. Eine logische Erklärung wäre, dass solche Dateien nicht sicher im Internet verschickt werden können. Wenn Leute also keinen Zugang zum Darknet haben, dann kann man Ihnen einen ›Teaser‹ vorspielen. Um sie zu weiteren Schritten zu animieren. Die von euch entdeckten Aufnahmen erfüllen sicher reine Werbezwecke. Wo und wie sie von den Hajdas eingesetzt werden, das können sie uns wohl nur selbst erklären. Vielleicht braucht er für seine Vorstellungen auch einen Beamer.«

Er schaut auf die Uhr. »Sonst noch was? Ich muss dringend los. Kannst du mich bringen?« Er schaut mich fragend an.

Ich würde am liebsten noch mal alles in Ruhe mit Charly diskutieren. Vielleicht sollte Henning besser ein Taxi nehmen? Andererseits bräuchte ich dringend ein kleines bisschen Zeit, um das alles zu verdauen. Nach Adnet zu fahren und noch eine Runde zu laufen, das würde mir guttun. »Charly, möchtest du was Dringendes mit mir bereden, oder können wir das in den nächsten Tagen noch?«, frage ich.

Charly schüttelt den Kopf. »Ich muss heute noch ein Angebot für einen wichtigen Kunden fertig machen. Das, was wir gehört haben, war nicht allzu rosig, was dich anbelangt. Lass uns darüber schlafen und dann telefonieren. Oder du kommst noch mal raus.«

»Ich melde mich!« Ich schaue Henning an. »Können wir?«

Henning verabschiedet sich herzlich von Charly. Beiden sehe ich an, dass es fast schon ein freundschaftliches Verhältnis ist, das sich zwischen uns gebildet hat. Unglaublich.

»Du hast deine Torten vergessen, Henning!«, ruft Charly, als wir schon die Treppe runtergehen.

Im Auto bedanke ich mich bei Henning. Es waren keine guten Informationen, die er überbracht hat. Aber ich bin ihm dankbar, dass er so offen war und die Situation nüchtern erklärt hat. Ich denke, dass es nicht selbstverständlich ist, dass er sich extra so viel Zeit für uns genommen hat. »Weißt du, ich habe mir Polizisten ganz anders vorgestellt.«

»Und wie?«

Wir fahren durch die Eberhard-Fugger-Straße. Der Verkehr ist noch recht überschaubar. Ziemlich selten um diese Tageszeit!

»Unfreundlich vor allem! Unpersönlich. Arrogant. So wie der Beamte gestern. Auf keinen Fall so ähnlich gepolt wie wir, würde ich sagen!«

»Es gibt bei uns natürlich auch ganz unterschiedliche Typen. Die ständige Beschäftigung mit der dunklen Seite der Gesellschaft macht uns, glaube ich, alle ziemlich hart. Nach außen. Aber wir haben Gefühle, wie jeder andere Mensch auch. Manche Kollegen verdrängen da viel. Das ist nicht gut. Der moderne Kriminalbeamte in Deutschland muss heutzutage sehr gut ausgebildet sein, braucht ein hohes Maß an Sozialkompetenz. Da wird viel mehr als früher darauf geachtet. Erfolgreiche Ermittlungsarbeit funktioniert nur mit sehr viel Sensibilität. Dazu kommen fachliche Anforderungen in den verschiedensten Bereichen. Dass wir bei der Verfolgung und dem Zugriff auf Rechtsbrecher auch knallhart agieren müssen und dafür ausgebildet werden, darf dem jedoch nicht widersprechen!«

»Hmm. Das ist schon interessant. Wer denkt darüber schon nach. Wir sehen, glaube ich, alle zu viele Krimis!« Es fällt mir schwer, mich aufs Gespräch zu konzentrieren. Die Informationen von vorhin drängen sich in meinem Kopf, wollen durchdacht werden. Ich fühle mich angespannt, nervös, wie selten zuvor.

»Ja. Zur Entspannung schaue ich schon auch mal Krimis im TV.

Ist manchmal richtig erheiternd, wie falsch da alles geschildert wird. Unsere Realität sieht anders aus. Besprechungen, Recherchen am Computer, Lesen von Berichten. Der Großteil unserer Zeit ist mühsame, zähe Schreibtischarbeit. Es gibt zwar auch Kollegen, die viel im Außendienst tätig sind. Aber das Gros von uns sitzt hinter Schreibtischen oder in Besprechungsräumen. Tag für Tag. Gute zwischenmenschliche Kontakte, wie mit euch beiden, sind bei uns rar.«

Während wir die Bürglsteinstraße entlangfahren, erzählt Henning, dass er gleich noch ein wichtiges Gespräch mit einem der führenden Kriminalbeamten in Salzburg hat. Streng vertraulich. Er wolle danach mit der letzten Maschine zurückfliegen. Es werde wohl spät werden, bis er wieder zuhause bei seiner Familie ist. Bei seinen Worten wird mir klar, dass Personen wie er das derzeitige Maß meiner Belastung tagtäglich ertragen müssen. Ich bin froh, dass ich keinen solchen Job habe!

Donnerstag. Ich muss ins Büro. Meine Buchhaltung für April ist fällig. Morgen ist der 1. Mai, Feiertag! Ich sollte alles, was noch offen ist, am besten gleich erledigen. Damit ich nächste Woche ruhigen Gewissens bei Softwaremed anfangen kann. Das Wochenende mit Anna Lena wird bestimmt auch stressig.

Bis zum frühen Nachmittag habe ich alles geschafft. Ich denke, dass jetzt ein guter Zeitpunkt wäre, meinen Rechner aus der Wohnung zu holen und im Geschäft zu untersuchen. Natürlich mit Tastatur und Maus. Aber vorher sollte ich dringend was essen. Das Telefon. Mara!

»Hallo Liebster, stell dir vor, wer gerade da war: Giulia und Rebecca sind kurz nach Mittag an den Stand gekommen. Giulia wollte Blumen kaufen, weil ja am Wochenende ihre Eltern da sind. Die Mädchen haben miteinander zu spielen angefangen. Sie haben mit Kreide die Straße hinter dem Stand mit Hüpfkästchen bemalt. Sie sind dann die ganze Zeit gehüpft und haben dazu gesungen. Rebecca wollte gar nicht mehr gehen. Und Anna Lena hat gebettelt, dass sie uns besuchen kommen darf. Giulia hat daraufhin gemeint, das sei gerade ihr Hauptproblem: Ihre Eltern haben für

Samstagabend, wenn sie in der Schweiz ist, Konzertkarten, und die Betreuerin, die öfter auf Rebecca schaut, kann nicht kommen. Sie ist auf der Geburtstagsparty ihrer besten Freundin. Ich habe ihr gesagt, dass grundsätzlich nichts dagegen spreche, dass Rebecca eine Nacht zu uns kommt. Wäre vielleicht schön für die Mädchen! Wollte dich aber natürlich vorher fragen.«

»Moment. Das geht mir jetzt zu schnell. Natürlich freue ich mich, Rebecca wiederzusehen. Ich habe kürzlich noch darüber nachgedacht, dass sie von mir enttäuscht sein wird. Aber wie habt ihr euch das vorgestellt?«

»Giulia ist eh weg. Wir könnten Rebecca abholen. Bei Anna Lena ist es immer gut, ein Programm zu haben. So ein Wochenende mit ihr alleine kann ganz schön anstrengend sein! Wenn sie jemanden zum Spielen hätte, wäre das auch für uns leichter, glaube ich.«

»Hmmm. Vielleicht kannst du alleine mit Anna Lena zum Abholen fahren?«

»Nein. Das wäre ja komisch. Da musst du schon mitkommen. Ihre Eltern würden denken, du versteckst dich. Giulia hat mir am Stand erzählt, dass Rebecca anfangs richtig beleidigt war, weil du nicht mehr kommst. Sie habe sogar darauf bestanden, dich mal zu besuchen! Giulia wusste erst überhaupt nicht, wie sie damit umgehen soll, hat sie gesagt. Aber das wäre doch eine gute Lösung, oder nicht?«

»Na ja. Aber eine Überwindung kostet mich das schon! Wir können ja Samstag rausfahren und schauen, ob die Mädchen sich auch dann noch so gut verstehen. Ich hatte auch schon ein bisschen Bammel, wie das wird, wenn wir das ganze Wochenende alleine mit Anna Lena sind. Vor allem, wenn sie sich mir gegenüber weiter so abweisend verhält.«

»Na also. Wir probieren das aus. Dann gebe ich Bescheid, dass wir kommen. Und dass wir Rebecca nur mit zu uns nehmen, wenn die Mädchen das beide wollen. Du, ich muss Schluss machen. Kundschaft! Bussi! Bis am Abend.«

»Florian! Dass du dich wieder mal sehen lässt!« Sonja kommt mir gleich an der Tür entgegen und umarmt mich freudig.

»Eigentlich wollte ich nur schnell was zu essen holen und gleich wieder los. Ich bin so im Stress! Aber ich könnte auch schnell hier eine Kleinigkeit zu mir nehmen und dir dabei die neuesten Nachrichten erzählen. Wenn du Zeit hast.«

»Da kommst du und willst schon wieder weg? Also ein bisschen Zeit müssen wir uns schon nehmen. Ich mache mir nämlich nach wie vor Gedanken, wie es in deiner Sache weitergeht. Komm mit ins Büro und lass dir was von Ramos bringen.«

Wir gehen in die Küche und ich bestelle einen Espresso, ein großes Glas Leitungswasser und ein Käsebaguette.

»Weißt du was, Sonja? Wir können auch gleich die Abrechnung machen. Ich glaube, ich habe noch Schulden bei dir!«

Wir haben miteinander vereinbart, dass ich die Getränke gratis kriege – zumal Sonja weiß, dass ich kaum Alkohol trinke –, und für die Speisen zahle ich die Hälfte der normalen Preise. Umgekehrt: Wenn ich im »*Brunnen*« mitarbeite, dann mache ich das für zehn Euro die Stunde. Wir meinen, dass das die fairste Lösung ist. So kommt keiner von uns in die blöde Situation, dass er dem anderen etwas schuldig sein könnte!

Während ich esse, macht Sonja die Abrechnung fertig. Sie ist aufgeregt. Erzählt, dass sie sich überlegt hat, dass auch sie etwas beitragen muss, jetzt, wo sie von den Vorkommnissen weiß. Sie hat eine erste, vage Idee, wie sie den Frauen und Kindern helfen könnte. Irgendwer müsse sich doch um diese Menschen kümmern, sobald sie aus den Klauen der Mafiosi befreit werden. Sonja wirkt aufgewühlt, begleitet ihre Worte mit lebhaften Gesten.

»Die brauchen neben einer Unterkunft und Verpflegung sicher auch medizinische und therapeutische Hilfe! Ich glaube nicht, dass sich die Behörden in Montenegro diesbezüglich engagieren. Im Gegenteil, ich kenne die Männer dort. Ich bin ja nicht mal 150 Kilometer entfernt aufgewachsen. Die schmeißen die Frauen so schnell wie möglich raus aus dem Land und stecken Kinder und Babys in eines ihrer berüchtigten Heime! Das wäre furchtbar. Ich möchte etwas organisieren! Habe noch Verwandte und Freunde in Bosnien. Das ist ja gleich nebenan. Wann, glaubst du, Florian, dass es so weit sein wird? Eigentlich müsste ich schon bald was vorbereiten, mit vielen Leuten sprechen. Aber du sagst, das darf ich nicht! Oder?«

»Sonja, du bist ein Schatz! Nein, bitte sag noch niemand etwas. Das könnte in die falschen Ohren kommen.« Ich habe noch nie darüber nachgedacht, wie es danach weitergeht für die Opfer. Schon richtig, ihre Überlegung! Das ist wieder ein typisches Beispiel, warum ich diese Frau so sehr mag. Sie hilft immer bereitwillig, wenn in ihrem Umfeld jemand in Not kommt. Unter ihrer robusten Schale verbirgt sich ein zartes, mitfühlendes Wesen. Und sie packt an, ist sich für nichts zu schade.

»Du könntest schon recht haben, dass da Hilfe gebraucht wird. Aber es ist sicher nicht einfach, so was zu organisieren. Und du glaubst, die werden dich da unten einfach machen lassen?«

»Ich habe natürlich einen Plan! Peter, ein guter Bekannter, ist Redakteur beim *Salzburger Abendblatt*. Er beschwert sich häufig, dass die meisten Sachen, über die er schreiben muss, trocken und langweilig sind. Er sei immer auf der Suche nach Skandalen, die man aufdecken kann. Den werde ich, wenn es so weit ist, kontaktieren und ihm anbieten, dass ich seiner Zeitung Berichte von da unten exklusiv zur Verfügung stelle. Im Gegenzug muss mir das *Abendblatt* bestätigen, dass ich für sie arbeite. Oder so ähnlich. Leider kann ich das jetzt noch nicht einfädeln.«

»Ich kenne mich mit so was nicht aus. Aber wo wir schon beim Thema sind: Da wird es wohl noch so einige Kracher geben, die rauskommen werden…« Ich mache eine bedeutsame Pause. »Ich dürfte zwar nicht darüber reden, aber die Sache ist noch schlimmer, als wir dachten. Es gibt sogar eine Verbindung zur Salzburger Polizei! Für mich ist das total übel. Das bedeutet nämlich, dass ich nicht nur vor der montenegrinischen Mafia Angst haben muss, sondern auch vor den Bullen.«

Ich erzähle ihr von den zwei E-Mails, durch die wir erfahren haben, dass die Polizei hinter mir her ist. Vielleicht ist es falsch, dass ich ihr das berichte. Zumal sie sich dann vielleicht noch mehr sorgt. Aber manchmal sind meine Worte schneller als meine Vernunft.

»Das ist ja furchtbar! Was willst du machen?« Sie greift nach meinem Arm, sieht mich erschrocken an.

»Henning, der deutsche Polizist, hat mir gesagt, dass ich im Moment gar nichts dagegen tun kann. Und sollte ich mit den Bullen hier zu tun haben, dann darf ich nicht mal erwähnen, dass ich Kontakte zur deutschen Polizei habe. Ich dachte gerade, es wäre vielleicht gut, wenn auch du davon weißt.«

Ich sehe, wie sich Sonjas Gesicht verdüstert. Ihre Augen sind ängstlich auf mich gerichtet. Ich muss sie schnell wenigstens ein bisschen beruhigen: »Aber ich bin sicher, in wenigen Wochen ist das alles durchgestanden. Mach dir nicht allzu viele Gedanken! Es wird schon nichts passieren.«

Ich lächle sie so fröhlich wie möglich an. »Ich habe eine gute Phase in meinem Leben. Es hat sich so viel zum Guten geändert. Ich brauche nur Geduld zu haben, dann lösen sich meine Probleme alle auf.«

Sie nimmt mir das nicht ab. Verzieht das Gesicht. Ihre Stirn ist gerunzelt. »Ich kann deinen Zweckoptimismus leider nicht teilen. Das wird ja immer schlimmer. Wie kannst du da so ruhig weiterleben? Ich hätte an deiner Stelle Angst, auf die Straße zu gehen! Bitte sag, wenn ich dir mit irgendwas helfen kann!« Sie wirkt bedrückt. Mir geht es auch nicht besser. Wir verabschieden uns mit einer tröstenden Umarmung. Zumindest empfinde ich sie so! Ich mache mich auf den Weg, um den Rechner, die Tastatur und die Maus ins Geschäft zu schleppen, um alles zu untersuchen.

An der Tür von Frau Sailer drücke ich mich ganz schnell vorbei, damit die mich nicht auch noch aufhält. Klappt leider nicht. Ich höre sie schon. Doch sie öffnet dieses Mal die Tür nicht. Gut!

Ich sprinte die letzten Stufen hoch. Die Tür ist nur angelehnt. Ich sehe zersplittertes Holz. Die Tür ist brutal aufgebrochen worden! Mein Gott! Warum hat mir Frau Sailer das nicht gleich gesagt? Eine Welle von Zorn rast durch meinen ganzen Körper. Das ist blanker Vandalismus. So eine Sauerei. Der schöne, alte Rahmen! Dabei macht ein solches Schloss jeder HTL-Schüler mit einem Schraubenzieher auf!

Ich rase ins vordere Zimmer und erblicke das blanke Chaos. Der

Esstisch ist umgeworfen. Meine Sachen sind auf dem Boden verstreut. Scherben vom Geschirr überall, die Schubladen sind offen, ebenso die Schranktüren. Auch im Arbeits- und Wohnbereich: alles verwüstet. Wut und Verzweiflung steigen in mir hoch. Diese Schweine! Ich gehe weiter nach hinten. Im Schlafkämmerchen haben sie meinen Futon aufgeschlitzt. Das war kein Einbruch, das war ein reiner Akt der Zerstörung. Oder soll das davon ablenken, dass sie mir was eingebaut haben? Was mache ich bloß? Ich muss sofort mit Dr. Büchler telefonieren. Aber der kann mir hier auch nicht helfen. Ich werde wohl wieder zur Polizei müssen. Meine halbe Einrichtung ist zerstört. Vielleicht kann mir Sonja eine Putzfrau besorgen. Das dauert unzählige Stunden, bis ich hier wieder Ordnung reinbringe. Ich muss runter zu Frau Sailer und fragen, was hier los war. Verstehe gar nicht, warum sie nicht gleich geöffnet hat.

Als ich bei ihr läute, tut sich erst mal gar nichts. Dann höre ich sie hinter der Tür.

»Frau Sailer, was ist denn los? Ich bin es! Warum melden Sie sich nicht?!«

»Die Polizei war bei Ihnen«, höre ich ihre verängstigte Stimme durch die Tür. »Ich musste mit nach oben kommen. Als Zeugin, weil Sie nicht da waren. »Mein Gott, die haben da so schlimm gewütet. Ich habe ihnen gesagt, dass sie das nicht dürfen, dass das überhaupt nicht in Ordnung ist. Aber sie haben die Sachen gefunden…«

»Die Polizei? Sachen? Ich dachte, das waren wieder Einbrecher! Was haben die gefunden, Frau Sailer?«

»Na, die Sachen halt. Zwei große weiße Säckchen mit Pulver drin. Da haben sie gesagt, das sei Rauschgift. Und dann noch die Pistole!«

Mir bleibt die Luft weg.

»Das darf doch gar nicht wahr sein! Sind Sie da sicher? Ich hatte noch nie Rauschgift.« Zumindest keine weißen Plastiksäckchen. Wenn die noch irgendwo einen Rest Gras gefunden hätten, das hätte ich verstanden. Sie öffnet die Tür, mit eingehängter Sicherheitskette. Die Frau wird doch nicht vor mir Angst haben? Der grauenvolle Geruch aus ihrer Wohnung strömt mir wieder entgegen.

»Frau Sailer, so was habe ich noch nie besessen! Und Pistole hatte ich mein ganzes Leben noch keine in der Hand. Hätte ich auch nie gewollt. Deshalb war ich beim Zivildienst.«

»Das haben sie aber alles bei Ihnen gefunden. Das Rauschgift unter Ihrer Matratze und die Pistole unter Ihrem Tisch.«

»Die lag unter meinem Tisch?«

»Nein. Die war dort festgeklebt.«

Ach du Scheiße! Das also war es! Ich Trottel. Warum bin ich da nicht drauf gekommen, dass die was bei mir versteckt haben bei dem ersten Einbruch? Vor lauter Angst, dass ich überwacht werde! Ich muss sofort mit Dr. Büchler telefonieren. Verdammt, was mache ich jetzt bloß?

»Danke, dass Sie mir das gesagt haben, Frau Sailer. Ich muss sofort mit meinem Anwalt telefonieren. Auf Wiederschaun.«

Ich hetze die Treppen wieder rauf. Überlege, welches Handy ich nehmen soll. Nehme das »offizielle«. Wenn ich zusätzlich auch noch beobachtet werden sollte, dann ist es eh wurscht. Wähle die Nummer von Dr. Büchler. Besetzt. Ich schaue mir noch mal die Verwüstung in den Räumen an. Überlege, wie ich das am schnellsten wieder in Stand gesetzt kriege. Ich rufe Sonja an. Erzähle ihr kurz, was sich hier abgespielt hat.

»Sag, hast du eine Frau, die hier sauber machen kann? Ich würde dir dann gleich den Schlüssel bringen. Muss gleich noch zur Polizei und …«

Plötzlich höre ich Stimmen! Da ist jemand in meiner Wohnung! Ich rase ins vordere Zimmer und werde sofort von zwei Männern angegriffen. Polizisten! Der vorderste stürzt auf mich zu, will mir den Arm auf den Rücken reißen. Mein Handy rutscht mir dabei aus der Hand. Ich kenne den Griff, blocke seinen zweiten Arm ab. Sehe, dass der Bulle dahinter mit einer Waffe auf mich zielt. Er schreit:

»Keine Bewegung, oder ich schieße!«

Mein Handy ist auf den Boden geknallt. Ich sacke in mich zusammen. Keine Chance! Bloß keine Gegenwehr, sonst machen sie mich fertig! Der vordere reißt mir beide Arme auf den Rücken. Stößt mich zu Boden. Ich spüre einen stechenden Schmerz in meiner Schulter. Er rammt mit Gewalt sein Knie zwischen meine Schulterblätter. Handschellen klicken. Seine Hände tasten an mir entlang, suchen nach Waffen.

»Also bewaffnet ist er nicht«, schreit er mir direkt ins Ohr.

Dann zerren mich zwei Männer hoch.

»Sie sind verhaftet! Leisten Sie keinen Widerstand!«

Sie reden auf mich ein. Ihre Worte machen keinen Sinn für mich. Ich höre »Kokain« und »Dealer« und dass sie mich endlich gekriegt haben. Der Schock lähmt meine Gedanken. Der heftige Schmerz in der Schulter, als der Kerl von hinten meine zusammengebundenen Arme hochreißt, lässt mich laut stöhnen. Er stößt mich vor sich her. Zum Ausgang, zur Treppe. An der Tür sehe ich einen dritten Mann ohne Uniform, der hier mit gezogener Pistole steht. Ich nehme im Bruchteil einer Sekunde auffallend buschige Augenbrauen wahr, während der Scheißkerl von Bulle meine Arme mit den Handschellen erneut nach oben reißt und mich zur Treppe dirigiert. Jede Stufe löst einen heftigen Schmerz in meinen Schultern aus, weil meine Arme dabei jedes Mal nach oben gerissen werden. Das Schwein da hinten renkt mir die Schultern aus!

Sie stoßen mich in einen Polizeitransporter. Der brutale Bulle nimmt neben mir Platz. Die anderen zwei vorne. Ich schaue den Kerl neben mir genauer an. Ein Bauernbub, gedrungene Figur, graubraune gewellte Haare, niedrige Stirn, wuchtiges Kinn. Einer von der Sorte, die zum Nikolaus als Krampus kleine Kinder jagt und verdrischt. Ich schätze ihn auf Mitte zwanzig.

»Ich möchte meinen Anwalt sprechen! Sofort!«

Er antwortet mit starkem Dialekt – Lungau? –, dass ich dazu früh genug Gelegenheit bekommen würde. Ein Anwalt würde mir sowieso nichts nützen! Der würde mir das Gefängnis nämlich auch nicht ersparen können! Dabei fixiert er mich mit verkniffenem

Blick. Meine Schultern schmerzen noch immer wie die Hölle! Was würde ich dafür geben, wenn ich mitten in diese widerliche Visage reinschlagen könnte? Nein, ich würde nicht! Wie war das noch mit der gewaltfreien Kommunikation?

»Was ich gerne wissen würde: Wie sind Sie so geworden, wie Sie sind?«, frage ich ihn von der Seite in bemüht sachlichem Ton.

»Wollen Sie mich beleidigen? Das wird Ihnen noch vergehen!« Sein Gesicht verzieht sich bedrohlich.

»Nein. Eben nicht. Ich will Sie nicht beleidigen. Aber ich frage mich, warum Sie mich unnötig quälen. Ich kenne Sie nicht, ich habe Ihnen nichts getan.«

»Bei Dealern soll man sich auch noch Samthandschuhe anziehen, oder was? So weit kommt es!«

»Ich weiß, dass Sie viel mit Leuten zu tun haben, die selber aggressiv sind. Aber dazu gehöre ich nicht. Ich bin unschuldig in etwas verwickelt worden und möchte von Ihnen wie ein Mensch behandelt werden«, gebe ich in heftigen Worten zurück. Der Beifahrer von vorne dreht sich um.

»Wenn er aufsässig wird, dann gib Bescheid. Dann ziehen wir andere Saiten auf.«

Mein Nachbar grunzt etwas, aber meine Worte haben bei ihm wohl ihre Wirkung nicht verfehlt.

Der Polizeiwagen fährt mit Blaulicht, aber ohne Horn. Leuchtend blaue Reflexe huschen durch das seitlich abgedunkelte Fahrzeug. Ich verliere die Orientierung. Wo bringen die mich hin? Ins Gefängnis? Die beiden Polizisten vorne reden miteinander. Ich kann nicht verstehen, ob über mich oder etwas anderes. Die Autos vor uns fahren zur Seite, damit mich die Bullen schneller meiner Bestimmung übergeben können. So ein irrer Aufwand für einen harmlosen Idioten wie mich! Die Fahrt führt wohl aus der Stadt raus. Aber wohin? Meine Gedanken sind wie ausgelöscht. Ich fühle mich in Trance, alles verschwimmt in meinem Kopf. Durch den schmalen Spalt der Frontscheibe sehe ich grüne Landschaft. Wenn es nach mir ginge, dann dürfte die Fahrt ewig dauern. Sitzen, nichts fühlen, nichts denken, alle Sinne blockieren. Atmen,

Schauen, sonst nichts. Jetzt sind wir auf der Autobahn gelandet, sehe ich! Wo zum Teufel bringen die mich hin? Nach wenigen Minuten fahren wir wieder ab, und dann geht es ganz schnell. Wir fahren durch ein Eisentor. Ich erkenne einen weißen, modernen Gebäudekomplex. Hier war ich noch nie. So sieht also ein neu gebautes Gefängnis aus. Gelesen habe ich ja schon davon: Das muss Puch-Urstein sein. Wurde vor zwei oder drei Jahren eröffnet.

Ich werde in eine Halle geführt, dann mehrere Flure entlang. Mein Bewacher öffnet eine Tür zu einem kleinen Raum, in dem hinter einem großen, rechteckigen Tisch ein dicker Mann in Polizeiunform sitzt. Er deutet auf den Stuhl vor dem Tisch, direkt ihm gegenüber. Spricht kein Wort! Seine Halbglatze glänzt im Licht des Fensters hinter ihm, auf seinen Schläfen sprießen spärliche dunkle Haare. Er schaut an mir vorbei zu meinem Peiniger, der schräg hinter mir auf einem Stuhl Platz genommen hat. Sagt ihm, dass er mir die Handschellen abnehmen soll.

Tut das gut! Ich bleibe stehen, massiere vorsichtig meine Schultern. Ausgerenkt ist Gott sei Dank nichts. Aber bei jeder Armbewegung ziehen Schmerzen durch das Schultergelenk bis zur Brust. Die Bänder sind überdehnt. Hoffentlich ist nichts gerissen.

»Setzen Sie sich! Was machen Sie da?«

»Der da«, ich zeige auf den Lungauer, der hinter mir neben der Tür auf einem Sessel Platz genommen hat, »hat mir die Arme so stark verdreht, dass alles höllisch schmerzt.« Ich massiere sanft meine Schultermuskeln.

»Hat er Widerstand geleistet?«

»Jawohl, Herr Chefinspektor. Er hat sich der Festnahme widersetzt!«

»So ein Blödsinn! Gar nichts habe ich!« Ich sehe den Polizisten erregt an.

»Er hat Sie also tätlich angegriffen?«, wiederholt der »Chefinspektor«.

»Nein, das nicht. Aber er hat mir die Hand weggeschlagen.«

»Also Widerstand gegen die Staatsgewalt. Ja, da kommt einiges zusammen bei diesem Früchtchen …«

»Das ist ja absurd. Wenn ich mich widersetzt hätte, dann wäre der da«, ich deute auf den Lungauer, »jetzt im Krankenhaus.«

»Ihre Frechheiten werden Sie sich hier drin schon abgewöhnen«, sagt der Chefinspektor, während er mich unfreundlich anstarrt. Das ist mal so ein richtiger Schleimling in Reinform, denke ich mir. Seine Augen weichen mir kurz aus, als ich ihn direkt anschaue. Dann fixiert er mich wieder mit seinem teigigen Blick. An diesem Kerl ist alles falsch. Vielleicht wird man so, wenn man den ganzen Tag mit dem Bodensatz der Gesellschaft zu tun hat. Aber so einen Job sucht man sich selber aus, da wird keiner dazu gezwungen. Er greift nach einer grauen Mappe, zieht mehrere Bögen Papier heraus, legt sie vor sich auf den Tisch.

»Herr Schwandner, Sie sind hiermit festgenommen wegen des Besitzes von 200g reinem Kokain sowie unerlaubtem Waffenbesitz! Gemäß § 164 StPO informiere ich Sie, dass Sie aufgrund der Anordnung der Staatsanwaltschaft in Untersuchungshaft eingewiesen werden. Ihnen wird der Besitz von Rauschgift im Straßenverkaufswert von mehr als 50.000 Euro zur Last gelegt. Dies begründet den Verdacht der Vorbereitung von Verbrechen des Suchtgifthandels und der Mitgliedschaft in einer kriminellen Vereinigung. Sie können sich zu diesen Anschuldigungen verteidigen, können aber auch die Aussage verweigern. Alles, was Sie hier aussagen, kann gegen Sie verwendet werden. Sie haben das Recht, einen Verteidiger zu konsultieren.« Er leiert das alles so schnell runter, dass ich kaum ein Wort verstehe. Dann zieht er aus einer Metallkiste, die auf seinem Schreibtisch steht, etwas heraus. Es sind zwei mit weißem Pulver prall gefüllte Zellophansäckchen, die er mir entgegenhält.

»Wir haben dieses Rauschgift bei der Hausdurchsuchung heute Morgen, 7 Uhr 15, in Ihrer Wohnung in der Chiemseegasse 9 unter Ihrer Matratze gefunden! Protokolliert von den Beamten Kaiser und Bosl sowie Ihrer Nachbarin Frau Sailer. Dazu wurde bei Ihnen, festgeklebt an der Unterseite des Küchentisches, eine Pistole gefunden, Marke Walther PPK 7,65, schussbereit befüllt mit sieben Patronen! Bis zur Vorführung vor einen Richter werden Sie hiermit inhaftiert!« Die Pistole liegt ebenfalls in seiner Kiste, wie ich sehe.

»Ich möchte einen Verteidiger konsultieren. Kann ich meinen Anwalt anrufen?«

»Sie haben das Recht, Ihren Anwalt beizuziehen. Und zwar erst dann, nachdem wir Ihre Personalien protokolliert haben.«

Anschließend fragt er nach Name, Anschrift, Staatsbürgerschaft, Beruf, Familienstand, ob ich Kinder habe, ob ich vorbestraft bin. Er tippt alles holprig in seine Tastatur, die dabei laut scheppert. Wahrscheinlich hat er jahrelang auf alten Schreibmaschinen herumgehackt. »Haben Sie einen Waffenschein?«

»Ich hatte noch nie eine Waffe in der Hand. Also brauche ich auch keinen Schein.«

Er zuckt nicht mit der Wimper, tippt das wohl so in sein Protokoll.

Dann lehnt er sich zurück und fragt mich, ob ich diesen Angaben noch etwas hinzuzufügen habe.

»Ich weiß nicht, was Sie damit meinen«, antworte ich. »Ich möchte sofort meinen Anwalt sprechen.«

»Beziehen Sie eine Rente? Haben Sie unversorgte Kinder?«

Sehe ich so aus, als ob ich eine Rente beziehen könnte? Das sind alles Vollidioten hier. Ich schüttle den Kopf.

»Also ›nein‹. Haben Sie ihm schon sein Handy abgenommen, Herr Inspektor?«

»Er wollte telefonieren. Ich hab's ihm abgenommen. Ein weiteres hatte er in seiner Tasche. Ich werde diese Sachen nachher zu seiner Habe geben.«

Habe! Was für ein idiotischer Ausdruck! Ich bin hier unter lauter Deppen gelandet. Der Lungauer hat bei seinen Worten mein Handy hochgehalten. Es blinkt. Wahrscheinlich Sonja, die mich zurückgerufen hat. Ohne Eingabe der PIN können sie jedenfalls mit beiden Geräten nichts anfangen.

Er gibt mir zwei Formblätter.

»Justizanstalt Salzburg. Hausordnung«, lese ich. Die wollen mich also tatsächlich einsperren.

»Ich habe aber das Recht ...«

Er lässt mich nicht einmal diesen Satz ausreden.

»Leute wie Sie haben ihre Rechte verwirkt! Das werden Sie bald begreifen! Wir erledigen jetzt mal die Formalitäten, dann geht es ab in Ihre Zelle. Innerhalb von 48 Stunden werden Sie einem Richter vorgeführt.«

Er zieht die Tastatur an sich heran.

»Wie sind Sie in den Besitz dieses Rauschgiftes gekommen?«

»Ich sage überhaupt nichts, ohne dass ich vorher meinen Anwalt gesprochen habe!«

»Dazu haben Sie zwar das Recht, aber vielleicht ist das nicht sehr klug von Ihnen. Bei der Menge Kokain! Nach unserer ersten Analyse 100 % rein. Also noch nicht für den Straßenverkauf verschnitten. Das beweist, dass Sie der organisierten Kriminalität zuzurechnen sind. Dazu illegaler Waffenbesitz. Da hilft Ihnen auch kein Anwalt mehr. Die U-Haft ist Ihnen erst mal sicher. Und bei der Verhandlung kriegen Sie unter Garantie einige Jährchen. Es sei denn …« Er sieht mich mit diesen unsteten Augen an. »Es sei denn, Sie kooperieren und reden. Wenn Sie uns Namen nennen, dann hätten Sie als Zeuge vielleicht Chancen auf Bewährung.«

»Ich habe nicht die geringste Ahnung, wie die Sachen zu mir gekommen sind!«, unterbreche ich ihn. Ich bin zornig. Ich brauche nichts zu sagen, bevor ich meinen Anwalt gesprochen habe. Warum lässt er mich nicht endlich telefonieren?

»So, so … Ja, dann sehe ich allerdings schwarz. Oder glauben Sie, das Rauschgift und die Pistole sind von selbst zu Ihnen gekommen?« Und kurz darauf ergänzt er mit einem selbstgefälligen Grinsen im Gesicht: »Sind Ihnen einfach so zugeflogen.«

»Ich kann mir das alles nicht erklären. Das muss mir jemand untergejubelt haben. Mehr kann ich dazu nicht sagen.«

Er lacht trocken und schaut den Lungauer hinter mir an. »Damit werden Sie nicht weit kommen, da müssen Sie sich schon was Besseres einfallen lassen. Also kommen Sie, packen Sie aus!« Er macht wieder eine Pause, dann: »Oder wollen Sie uns jemand nennen, der Sie derart hasst, dass er Ihnen solche Dinge unterschiebt?« Seine Augen huschen dabei unstet herum. Ich merke, dass ich nervös werde. Ich darf nichts sagen! Ich komme sonst von einer Hölle in die nächste. Aus dieser komme ich irgendwann raus! Aber aus der anderen…

»Ich kann mir das alles nicht erklären. Es gibt von meiner Seite aus nichts zu sagen. Ich möchte meinen Anwalt sprechen.«

»Na, kommen Sie! Wenn Sie nur ein kleines Rädchen sind, dann haben Sie nichts zu verlieren! Nur zu gewinnen. Es kann ein Jahr dauern bis zur Gerichtsverhandlung Das macht schon was aus, ob Sie diese Zeit im Gefängnis verbringen oder in Freiheit! Nennen Sie uns Ihre Auftraggeber.«

Ich merke, dass das ganze Gehabe nur Show ist. Eine billige Befragung mit primitiven Mitteln. Warum gibt es hier keine Leute wie Henning? Deeskalation ist angesagt. Ich muss mich beruhigen.

»Ich weiß, Sie machen nur Ihre Arbeit. Und dazu gehört, dass Sie mich befragen. Aber ich möchte so schnell wie möglich mit meinem Anwalt sprechen. Vorher sage ich nichts mehr. Das ist mein Recht. Und ich bitte Sie, das zu akzeptieren.« Ich fühle, dass meine Achselhöhlen schweißnass sind. Ich habe zwar gewusst, dass Ärger ins Haus steht, aber so schlimm habe ich es mir nicht vorgestellt. Ich brauche dringend einen Rechtsbeistand. Ich will nicht ins Gefängnis! Morgen kommt die Ausschreibung von der SIGRA. Wenn ich den Zuschlag kriege und im Gefängnis sitze, dann ist das mein Ruin!

»Gut. Dann notiere ich: ›Ich sage nichts, bevor ich meinen Anwalt gesprochen habe.‹ Sie können ihn jetzt anrufen. Schreiben Sie seinen Namen und seine Telefonnummer auf diesen Zettel.« Er schiebt mir ein Blatt und einen Kugelschreiber hin. »Der Kollege«, er deutet mit dem Kopf auf den Polizisten hinter mir, »wird für Sie die Nummer wählen.«

»Die Nummer ist in meinem Handy.«

»Das ist konfisziert. Sie können den Rechtsanwaltlichen Journaldienst anrufen, der gibt Ihnen dann die Nummer des Anwalts. Wie heißt er denn?«

»Ich brauche aber die Mobilnummer. Die habe ich in meinem Handy gespeichert. Unter Notruf. Der Name …« Alle Namen sind weg, mein Hirn ist wie ausgelöscht. Wie hieß der noch? Gestern wusste ich den Namen noch.

»Mir fällt der Name gerade nicht ein. Ich habe das unter Notruf in meinem Handy gespeichert.«

»Ha, ha, ha, der war gut!« Der Chefinspektor lacht belustigt. »Sie haben also schon damit gerechnet, dass wir Sie erwischen werden! Na ja. Ich will ja nicht so sein, obwohl ich das Recht hätte.« Er zieht mein Handy aus der Kiste. »Aber dafür möchte ich anschließend etwas von Ihnen hören, das uns weiterbringt. Vielleicht lasse ich Sie auch noch einen zweiten Anruf machen. Sie wollen doch bestimmt auch Ihre Freundin anrufen, oder?«

So ein Schwein! Wahrscheinlich habe ich auch das Recht zu zwei Anrufen. Ich kenne mich da nicht aus. Sage nichts. Gebe die PIN in mein Handy ein und suche nach der Nummer. Gott sei Dank habe ich sie unter Notruf gespeichert. Ah ja, Dr. Steinhaus! Ich und mein Namensgedächtnis. Ich drücke auf ›Wählen‹. Es klingelt. Niemand hebt ab. Shit, Shit, Shit.

Was mach ich, wenn der nicht abhebt?

»Steinhaus. Hallo?«

»Ich bin Florian Schwandner. Herr Dr. Büchler hat mir gesagt, ich kann Sie anrufen, wenn ich Hilfe brauchen sollte. Ich bin von der Polizei verhaftet worden. Können Sie mich hier herausholen?«

»Mal ganz langsam. Ja, ich kenne Ihren Namen und werde Ihnen helfen. Wo sind Sie, und wessen beschuldigt man Sie?«

»Ich bin in der Justizanstalt in Puch.« Ich schaue den Chefinspektor an. »Stimmt doch, oder?«

Er nickt.

»Bei einer Wohnungsdurchsuchung wurde in meiner Abwesenheit Kokain gefunden. Und eine Waffe. Wird behauptet! Ich habe …«

»Sagen Sie bitte nichts mehr, das reicht! Alle weiteren Informationen besorge ich mir selber. Wie viel Kokain wurde gefunden?«

»Die sagen, das sind 200 Gramm reines Kokain.«

»Hmmm. Das ist allerdings sehr ernst. Hören Sie gut zu: Sie unterschreiben nichts, machen keine Aussage. Ich kümmere mich um Sie. Soll ich jemanden benachrichtigen?«

Meine Gedanken rasen. Charly! Nein, das geht nicht. Dann haben sie ihn sofort auch am Wickel. Mara muss eigentlich unbedingt Bescheid wissen! Aber dann sind wir auch bei ihr nicht mehr sicher, wenn ich wieder rauskomme. Shit, Shit, Shit.

»Bitte rufen Sie Sonja an. Sonja Zlatko. Telefon 0664 46139510. Sie besitzt ein Restaurant in der Nähe meiner Wohnung. Sagen Sie ihr bitte, dass mich die Polizei verhaftet hat und dass sie sich dringend um meine Wohnung kümmern soll. Es wurde die Tür aufgebrochen, da kann jetzt jeder aus und ein gehen. Und in meinem Geschäft muss sie unbedingt meinen Mitarbeitern sagen, dass sie erst mal alles alleine regeln müssen. Sie soll sich bitte um alles kümmern. Sagen Sie ihr, dass ich leider sonst niemand habe, der mir helfen könnte. Haben Sie die Nummer? Ich wiederhole, 0664 46139510.« Gottseidank hat mich mein Zahlengedächtnis nicht im Stich gelassen!

»Habe ich notiert. Ich werde ihr alles genauso mitteilen, wie Sie das gewünscht haben. Dass sie vor allem auch Ihre Freunde benachrichtigen soll, glaube ich auch verstanden zu haben. Herr Schwandner, viel mehr kann ich im Augenblick nicht für Sie tun. Ich kann hier im Augenblick unmöglich weg. Ich werde mir so schnell wie möglich Ihre Akte besorgen und komme spätestens morgen zu Ihnen. Sie müssen innerhalb von 48 Stunden einem Richter vorgeführt werden, der entscheidet, ob Sie in Untersuchungshaft bleiben oder nicht. Bei diesem Gespräch muss ich dabei sein, sonst haben Sie bei diesen Beschuldigungen keine Chance, bis zur Verhandlung freizukommen. Bleiben Sie vor allem ruhig. Sagen Sie nichts, tun Sie nichts, was Ihnen zum Nachteil ausgelegt werden könnte! Ich werde alles in meiner Macht Befindliche tun, Ihnen zu helfen. Ja?«

»Ja, ist gut. Vielen Dank! Bitte helfen Sie mir! Sie kommen doch morgen sicher, oder?«

»Ja, machen Sie sich deshalb erst mal keine Sorgen!«

»Danke. Auf Wiedersehen.«

Ich bin ein kleines bisschen erleichtert. Ein Hoffnungsschimmer!

»So, dann haben Sie also niemanden, den oder die sie sonst noch verständigen wollen?«, fragt mich der Chefbulle mit fast schon kollegialem Tonfall.

»Nein. Mit meinen Mitarbeitern möchte ich im Augenblick lieber nicht sprechen. Ich weiß nicht, wie ich denen das erklären soll.«

»Ja, kann ich mir vorstellen. Aber ein gut aussehender junger Mann wie Sie hat doch bestimmt eine Freundin.«

»Die letzte hat mich leider vor einigen Monaten verlassen.«

»Dann ist es vielleicht nicht ganz so schwer für Sie, dass Sie jetzt erst mal längere Zeit eingesperrt werden! Noch haben Sie aber die Chance, dass ICH Ihnen helfe! In Ihrer Akte lese ich, dass Sie noch nicht vorbelastet sind. Da ließe sich schon noch was machen! Also, wenn Sie uns Informationen geben, dann helfe ich Ihnen, dass Sie schnell wieder aus der Untersuchungshaft rauskommen.«

»Morgen kommt mein Anwalt. Bis dahin möchte ich nichts sagen.«

»Na gut, wie Sie wollen. Dann bringen wir Sie schon mal in Ihre Zelle. Zum Eingewöhnen! Ha, ha! Falls Sie es sich noch anders überlegen, dann sagen Sie Bescheid. Sagen Sie dem Wärter, dass Sie mich sprechen wollen und eine Aussage machen möchten, dann helfe ich Ihnen. Anhand Ihrer bisherigen Aussagen hat der Richter keine andere Möglichkeit, als Sie bis zur Verhandlung einzusperren. Verstehen Sie endlich, wie ernst es um Sie steht! Überlegen Sie es sich. Reden Sie!«

»Ich bleibe dabei. Ich warte auf meinen Anwalt.«

Bei meinen letzten Worten hat er etwas ausgedruckt. Hält es mir hin.

»Lesen Sie das Protokoll durch und unterschreiben Sie es.«

Hinter mir scharrt ein Stuhl. Eine Hand greift nach meinem Arm. Zerrt mich hoch. Ich drehe mich um, sehe den Lungauer böse an. Ich unterschreibe und schiebe das Blatt wieder auf die andere Seite des Tisches zum Chefinspektor. Der wirft nur einen Blick drauf. Legt das Blatt in die graue Mappe und nickt dem Lungauer hinter mir zu. Der gleich wieder an meinem Oberarm reißt.

»Ich kann das schon alleine! Ich komme auch ohne Ihre Hilfe vom Stuhl hoch.«

In seinen Augen blinkt schon wieder der Hass. So ein dummer Trottel! Was habe ich ihm denn getan?

»Herr Bezirksinspektor. Bitte übergeben Sie Herrn Schwandner vorne einem der Beamten. Die sollen ihn zur ED bringen und danach in seine Zelle.«

Der Lungauer nimmt die Kiste mit meiner »Habe«, schnappt mit der anderen Hand nach meinem Oberarm und zieht mich aus der Tür. Den Flur entlang, bis fast zum Ende. Dann öffnet sich rechts ein großer Raum, in dem drei Schreibtische stehen. Ein uniformierter Beamter steht auf und sagt: »Mitkommen.« Und zum Lungauer: »Ah, gut. Sie haben seine Habe schon eingesammelt! Danke schön.«

Der Uniformierte führt mich durch einen Nebengang, klopft am Ende an eine Tür, schiebt mich vor sich rein. Mehrere Tische, eine Theke, ein Stativ mit Fotoapparat. Ich erfahre, dass sie hier Fotos machen und Fingerabdrücke von mir nehmen wollen. Ich fürchte, es hat keinen Sinn, sich dem zu widersetzen, lasse alles über mich ergehen. So weit ist es also mit mir gekommen! Am Ende der Prozedur kriege ich das nächste Infoblatt. Ich lese irgendwas von Datenschutz und stecke den Wisch zu den anderen Blättern.

Anschließend geleitet mich der Beamte mit gleichgültigem Gesichtsausdruck wieder durch mehrere Gänge. Bis wir in einen großen Raum kommen, mit einer Theke, dahinter viele Kästchen. Wie in einer riesigen Garderobe. Ein unfreundlich dreinblickender Uniformierter, der alt und grau ausschaut, verlangt meinen Ausweis. Ich habe nur den Führerschein, ziehe ihn aus meiner Brieftasche. Das reicht, meint er. Dann fordert er mich mürrisch auf, mich komplett auszuziehen. Meine Kleidung wird penibel durchsucht. Meine Brieftasche und die Schlüssel, die ich noch in den Hosentaschen hatte, wandern in ein Metallkistchen. Das Geld wird aus meiner Brieftasche herausgenommen und gezählt: 254,40 Euro. Mein Begleiter gibt ihm meine Handys. Für alle Sachen kriege ich eine Quittung, meine Kleidung kann ich wieder anziehen. Zum Schluss kriege ich Bettwäsche und zwei winzige Handtücher, dazu eine Plastikzahnbürste, eine Tube Zahnpasta und ein kleines Stück Seife. Und einen Plastikbecher für Getränke. Der alte Beamte brummt schwer verständlich, dass ich nach der Befragung durch den Richter Anstaltskleidung bekomme, falls ich hierbleibe. Dann erklärt er mir noch, dass ich erst mal in die geschlossene Station komme. Wenn ich mich gut benehme, dann werde ich wohl in einer Woche in die offene verlegt.

Danach werde ich durch einen langen Flur geführt, bis ans Ende, zu einer Liftkabine. Wir fahren nach oben. Beim Aussteigen öffnet sich vor uns ein riesiger Trakt, in der Mitte nach unten offen, an den Seiten lange Gänge. Durch große Fensterflächen in der Decke strahlt helles Tageslicht. Es gibt noch ein weiteres Geschoss unter uns, das identisch aussieht. Von den Gängen links und rechts gehen lauter graublaue Türen ab. Die Wände sind hell und freundlich, der Fußboden ist aus grünem PVC. Das ist also der Zellentrakt. Wir gehen ein gutes Stück nach hinten. Dann hält mein Begleiter an einer Tür mit einem runden Fensterchen drin. Er schließt auf, schiebt mich wortlos in die Zelle. Die Tür fällt hinter mir zu. Innen gibt es keine Klinke. Nur das Fensterchen. Und eine Art Gegensprechanlage an der Wand.

Ein stinkendes Gemisch aus Schweiß, Urin und anderen undefinierbaren Gerüchen empfängt mich. Ich möchte nach Luft ringen, zwinge mich jedoch gleich dazu, das gerade nicht zu tun. Denn dann würde dieser Gestank noch tiefer in meine Lungen eindringen! Mich schüttelt es. Kein Klo auf einer Autobahnraststätte stinkt so (und dort habe ich einiges erlebt). In meiner Zelle befindet sich gleich links ein leerer Einbauschrank, daran anschließend ein ebenfalls leerer Kühlschrank und eine an der Wand befestigte Arbeitsplatte, die wohl als Schreibtisch dient. Davor steht ein Holzstuhl. Rechts geht es in einen kleinen gefliesten Raum mit Klo und Waschbecken, aus dem der Gestank kommt. Hinter dieser Nasszelle gibt es ein metallenes Stockbett, auf dem oben und unten fleckige Matratzen liegen. Die Zelle ist also für zwei Gefangene konzipiert. Ich bin erleichtert, dass ich alleine bin. Zwei Personen in diesem engen Kabuff, das wäre für mich die Hölle. Der fremde Geruch eines Mannes, wahrscheinlich ungepflegt, seine Geräusche. Dummes Gerede. Vielleicht sogar Aggression. Das würde mich ziemlich schnell an den Rand den Wahnsinns treiben.

Ich will mich auf die untere Pritsche setzen, stoße dabei mit dem Kopf am oberen Bett an. Das geht nicht. Ich setze mich auf den harten, unbequemen Stuhl. Spüre, wie sehr meine Schultern noch schmerzen. Auch hier vorne stinkt es! Die Matratze hat dunkle Flecken. Blut? Urin? Oder hat jemand draufgekotzt? Wenigstens habe ich frisches Bettzeug. Alles hier drin graust mich. Es bleibt mir nichts übrig, ich muss mich darauf einlassen. Ich bin unschuldig hier, aber ich werde wieder rauskommen. Die Frage ist nur: Wann? Es ist wichtig, dass ich ganz ruhig und sachlich bleibe. Das ist zumindest mein Wunsch. Aber ich schaffe es nicht. Spüre, wie sich eine dunkle Welle aus Furcht und Fragen auf mich stürzt. Sosehr ich mich dagegen wehre, ich spüre, wie die Angst erst durch meinen Brustkorb strömt, dann durch meine Kehle nach oben steigt. Eine Kralle presst mein Gehirn zusammen.

Was ist, wenn der Anwalt mich nicht freikriegt? Wochen, gar Monate eingesperrt? Dann geht meine Firma kaputt. Unweigerlich. Und was wird aus Mara? Was aus unserem Baby? Panik breitet sich in allen Zellen meines Körpers aus. Ich muss mich beruhigen! Gaaanz normal denken! Ich starre zu dem vergitterten Fenster. Kein Griff daran. Durch das Milchglas kann ich verschwommen einen Innenhof erkennen. Gegenüber befindet sich eine hohe weiße Mauer, oben ein Stacheldraht. Wie im Kino. Dämmert es etwa schon? Wie spät ist es? Ich habe keine Uhr. Wozu auch? Ohne Handy bin ich normalerweise nirgends unterwegs. Aber das werde ich erst wieder kriegen, wenn ich in Freiheit bin.

Freiheit? Eingesperrt! Mein Gott! Mir wird klar, was das für mich bedeutet: Keine Sonne! Keine Blumen! Keine Vögel! Keine Rechte! Mara nicht mehr in den Armen halten dürfen! Nicht laufen können. Das halte ich nicht aus! Nicht einmal das essen dürfen, was für mich gut ist.

Aber ich habe Freunde! Die werden mich nicht im Stich lassen! Werden alles tun, dass ich wieder rauskomme! Mir ist klar, dass ich es theoretisch selbst in der Hand hätte, entlassen zu werden. Ich bräuchte dem schleimigen Chefinspektor nur zu sagen, dass ich V-Mann der deutschen Polizei bin. Ich könnte ihm die Daten von Henning und Klaus geben. Aber genau das bezwecken die doch. Deshalb haben sie mir das Zeug untergeschoben. Dann flöge alles auf, die Untersuchungen könnten nicht wie geplant abgeschlossen werden und Ismail und der ganze mafiöse Clan würden wissen, dass ich sie verpfiffen habe. Das wär's dann gewesen; danach wäre ich keine Minute meines Lebens mehr sicher! Auch Mara nicht. Auch unser Baby nicht! Ich brauche darüber gar nicht weiter nachzudenken. Hat sich erledigt. Aber unschuldig Monate eingesperrt sein?

Ich werde *w a h n s i n n i g!*

Die nächsten Stunden verbringe ich in düsteren Gedanken. Zwischendurch wird mir ein Tablett mit einer unangenehm riechenden Mahlzeit reingeschoben. Ich rühre davon nichts an. Später zeigt mir der Wärter, wie ich die Essensreste im Klo runterspüle und wo ich den leeren Teller neben der Tür abstelle, damit er ihn holen kann. Mein Bauch fühlt sich an, als ob ich Matsch drin hätte. Ich fülle den Plastikbecher am Waschbecken. Das Wasser schmeckt nach Urin! Und dazu auch nach Scheiße: Ich habe Durchfall bekommen. Obwohl ich kaum was gegessen habe. Ich weiß, dass ich ohne Essen eine ganze Weile durchhalte, ohne Trinken nicht. Ich zwinge mich, zu trinken, so viel wie möglich. Muss bei klarem Verstand bleiben, sonst habe ich gleich ganz verloren.

Hoffentlich hat der Anwalt Sonja auch wirklich angerufen. Ich muss darauf vertrauen. Sonst ist alles aus. Denn Sonja benachrichtigt dann Charly und der wieder Henning. Charly wird sicher Himmel und Hölle in Bewegung setzen. Und natürlich auch Mara anrufen. MARA! Die nächste Angstwelle durchspült mich. Was ist, wenn sich Mara so sehr grämt, dass das Kind Schaden nimmt? Mara ist eine starke Frau. Die schafft das, beruhige ich mich.

Solange ich in U-haft bleiben muss, ist auch die Hausplanung im Eimer! Aber das ist sie vielleicht eh schon! Wie sollten wir unter solchen Umständen ein Haus kaufen? Oder macht Mara sogar alleine weiter? Ohne dass ich bei ihr bin? Sollte ich morgen oder übermorgen wieder rauskommen, dann lassen sich die Hajdas und der Leibl womöglich was Neues einfallen, kommt mir in den Sinn! Der Oberstleutnant ist noch nicht aufgetaucht. Der zieht die Fäden wohl im Verborgenen. Und sollte mein Anwalt es schaffen und mich hier rausholen, dann bin ich noch lange nicht in Sicherheit! Dann geht es womöglich mit anderen Mitteln weiter! – Oder sehen sie dann ein, dass ich unschuldig bin? Worauf habe ich mich da bloß eingelassen?

Das Leid der Frauen und Kinder verblasst immer mehr. MEIN Leid frisst an mir. Ich fühle mich verloren wie noch nie zuvor in meinem Leben. Ich muss versuchen zu meditieren, werde jeden Gedanken wegschieben, egal wie sehr er drängt, muss den Platz in mir finden, an dem es ruhig ist. Das ist meine einzige Chance, wenn ich nicht durchdrehen will. Ich steige rauf zur oberen Pritsche. Setze mich an die Wand, nachdem ich mit spitzen Fingern das Bettlaken um die Matratze gewickelt habe. Die Bettdecke riecht unangenehm, und das ändert sich auch nicht, nachdem ich sie »frisch« bezogen habe. Aber vom Sitzen auf diesem unbequemen Stuhl und vom Auf-und-ab-Gehen habe ich allmählich Rückenschmerzen. Auch das Sitzen an der kalten Wand ist unbequem. Ich lege mich hin. Shit. Das Bett ist viel zu kurz. Wenn ich so hoch wie möglich mit dem Kopf rutsche, dann stoße ich trotzdem mit den Füßen an der Wand an. Ich mag diese Wand nicht berühren. Mich ekelt. Wer weiß, wie viele Schweißfüße hier schon drangestoßen sind. Ich rolle mich, so gut es geht, zusammen. Versuche die Stille in mir zu finden und die Gedanken zur Ruhe zu bringen.

»Herr Schwandner, Ihr Anwalt ist da!« Es reißt mich hoch. Die Zelle ist dunkel, nur ein Lichtstreifen fällt durch die geöffnete Tür, in der ein Uniformierter steht. Eine Welle der Erleichterung. Er lässt mich nicht im Stich, holt mich hier raus! Ich muss mich beherrschen, dass ich nicht zur Tür springe, sondern gehe. Der Uniformierte geleitet mich zu dem Zimmer, in dem ich schon verhört wurde. Durch die bereits geöffnete Tür sehe ich den Chefinspektor, neben dem ein hagerer Mann mit einer dunklen Hornbrille sitzt. Dunkle, buschige Augenbrauen, Uniform mit zwei Sternen. Spärliche Haare, Schnauzer. Das ist doch nie im Leben mein Anwalt! Auf den ersten Blick unsympathisch.

»Setzen Sie sich!«, sagt der Chefinspektor in unfreundlichem Ton. Seine Augen verraten nichts Gutes. »Wir haben Fragen an Sie, die keinen Aufschub dulden.«

»Wo ist denn mein Anwalt?«

»Ihr Anwalt? Was soll der hier mitten in der Nacht?« Der Chefinspektor sieht mich finster an. Deutet auf den Stuhl.

»Aber der Wärter hat doch gesagt, dass mein Anwalt da ist...«

»Blödsinn. Wie sollte er! Wahrscheinlich die Nachwirkung Ihrer Drogen!«

Ich spüre, wie eine Woge des Zorns alles in mir schüttelt. Das haben sie absichtlich so gemacht. Am liebsten würde ich den Kerl ohrfeigen. Der Bulle neben ihm würde darauf nur warten. Tiefe Falten wandern seitlich seiner Nase nach unten, dazu der altmodische Schnurrbart. Ich werde ihnen den Gefallen ganz sicher nicht tun, mich provozieren zu lassen. Werde ganz brav sein! Setze mich aufrecht auf den Stuhl, lege meine Hände in den Schoß. Damit sie nicht sehen, dass ich vor Wut zittere. Meinen ganzen Körper schüttelt es. Da ist nichts zu übersehen!

»Falls Sie mir weitere Fragen stellen wollen, dann können Sie sich das sparen. Ich rede mit Ihnen nur in Anwesenheit meines Anwalts.« Bei diesen Worten klingt meine Stimme total unsicher. Kein Wunder. Ich habe nichts gegessen, nur Wasser getrunken. Fühle mich schwach. Der Durchfall hat wenigstens aufgehört, sonst wäre ich in der Zelle nicht eingenickt. Mein Körper fühlt sich kraftlos an.

»Dann rufen Sie Ihren Anwalt doch an! Er kann gerne dazukommen. Wir warten so lange.« Ich sehe hinter ihm eine Uhr. Es ist 23.14 Uhr. Dieser Arsch!

»Sie wissen ganz genau, dass ich meinen Anwalt zu dieser Zeit nicht erreiche. Was soll das?« Die Wut verleiht mir wieder Sicherheit.

»Unsere Fragen dulden keinen Aufschub. Wenn Ihr Anwalt nicht kommen kann, dann müssen Sie eben ohne ihn antworten!«

»Ich habe bereits alles gesagt. Ich weiß nicht, wie die Sachen zu mir gekommen sind. Mehr habe ich nicht zu sagen.«

»Sie halten uns wohl für blöd!«, schreit der Chefinspektor plötzlich und zuckt mit dem Oberkörper vor. »Sie wollen uns erzählen, dass Ihnen jemand Rauschgift im Wert von weit mehr als 50.000 Euro und eine geladene Waffe einfach in die Wohnung legt, ohne dass Sie etwas davon merken?«

»Ja, das entspricht den Tatsachen. Ob Sie mir das glauben oder nicht!« Jetzt habe ich mich gefangen. Ich lasse mich nicht fertigmachen!

»Schauen Sie, wir tun doch auch nur unsere Arbeit. Wir sollten uns das Leben nicht gegenseitig schwer machen.« Der Schnurrbart sagt das mit ruhiger, wohltönender Stimme. Ein häufiges Phänomen, dass hässliche Menschen angenehme Stimmen entwickeln! Die beiden schauen mich auffordernd an. Sagen kein Wort. Ich bleibe auch erst mal ruhig. Noch immer Schweigen. Also gut, dann antworte ich halt:

»Ich mache es Ihnen nicht schwer! Die Situation ist aber nun mal so, dass ich absolut keine weiteren Angaben zu diesen Vorwürfen machen kann.« Ich will wenigstens ein bisschen die Stimmung verbessern. Vielleicht ist dann alles schneller vorbei.

»Sie können uns – und sich selber – schon mal damit helfen, dass Sie uns das Passwort Ihres Computers und die PINs Ihrer Handys geben. Dann brauchen unsere Spezialisten die Geräte nicht zu entschlüsseln. Wenn Sie wirklich unschuldig sein sollten, dann ist das immer der beste Beweis. Sollten wir da nichts Verdächtiges finden, dann entlastet Sie das erheblich. Also, wie ist das Passwort, wie lauten die PINs?«

Ich antworte nicht.

»Jetzt kommen Sie schon. Ihr Schweigen schadet Ihnen doch nur! Unsere Spezialisten finden es ohnehin heraus. Dauert dann eben länger. Also los! Sie wollen uns doch von Ihrer Unschuld überzeugen, oder nicht?«

»Das Passwort finden Ihre Spezialisten nie! Und die Handys kriegen Sie auch nicht entschlüsselt«, platzt es aus mir heraus. Die haben also den Rechner aus meiner Wohnung mitgenommen. Interessant. Wenn sie da Wanzen finden, was ist dann? Würden sie mir das sagen? Würde das in meiner Akte landen? Ich überlege. Mit Charly hatte ich keinen Schriftverkehr. Aber meine Mails mit Mara, die haben sie, falls ich ihnen mein Passwort gebe. Nein, kommt überhaupt nicht in Frage. »Nein. Das Passwort bekommen Sie nicht. Auch meine Telefonate gehen Sie nichts an. Ich denke,

Sie haben nicht das Recht, in meinem Privatleben zu schnüffeln. Ich bin unschuldig.«

»Na gut, dann finden wir es selber raus. Es wird jetzt sehr viel unangenehmer für Sie. Dafür werden wir schon sorgen. Denn das wird der Richter genauso wie wir sehen: Wer nichts zu verbergen hat, der hilft mit bei der Aufklärung! Ich rate Ihnen also gut, dass Sie auspacken. Das ist Ihre einzige Chance!«

Sollte ich vielleicht doch was von dem Einbruch einen Tag zuvor erzählen? Oder wissen sie das ohnehin? Aber ich habe in der Zelle den festen Vorsatz gefasst, dass ich mich mit dem Anwalt abstimme, bevor ich etwas erzähle. Ich kann nicht kontrollieren, was ich alles sage, wenn ich erst zu reden anfange. Dem Richter muss ich von dem Einbruch erzählen, dort zählt es, aber hier kann ich damit keinen Blumentopf gewinnen. Aber die Zukunft meines und Maras Lebens, die kann ich hier verlieren, wenn ich zu viel rede.

»Ich will Ihren Experten die Freude nicht nehmen, das Passwort und die PINs selber rauszufinden. Zumal ich weiterhin nicht die Absicht habe, Ihnen Einblick in mein Privatleben zu gewähren!«

»Na gut. Wir können auch anders!« Das Gesicht des Chefinspektors ist dunkelrot angelaufen. Er faucht mir diese Worte entgegen, während seine Augen mich aus den tiefen Tränensäcken heraus böse anfunkeln.

»Herr Kollege, bleiben Sie ruhig! Wir wollen doch diese Nacht alle noch schlafen und hier nicht bis morgen früh bleiben. Vielleicht überlegt Herr Schwandner sich das ja noch.« Die wohltönende Stimme wird von einem finsteren Blick überdeckt. Meine Gedanken purzeln durcheinander. Wäre nicht der Mailverkehr mit Mara, dann würde ich mein Passwort ja rausrücken. Da ist nichts drauf, was mir schaden könnte.

»Es tut mir leid. Mein Privatleben ist für Sie tabu! Wenn ich Ihnen sonst irgendwie helfen kann …«

Die beiden schauen sich an. Haben sich das wohl leichter vorgestellt.

»Wenn es also so wäre, wie Sie sagen, dass Ihnen die Drogen und die Waffen jemand untergeschoben hätte.« Der Schnurrbart bemüht sich, mich freundlich anzuschauen. »Dann müssten Sie uns doch sagen können, wer Sie derart hasst, so etwas zu tun. Die Drogen haben einen Marktwert von mehr als 50.000! Die Menschen in Salzburg, die zu so etwas Zugriff haben, kann man an einer Hand abzählen. Solange Sie uns keine weiteren Hinweise liefern, machen wir Sie alleine dafür verantwortlich. Haben Sie eine Ahnung, wie das ist, zehn oder zwanzig Jahre im Gefängnis? Wenn Sie wieder rauskommen, sind Sie ein alter Mann! Wollen Sie das?« Seine Stimme überschlägt sich fast bei den letzten Worten. »Sie müssen uns also schon Hinweise liefern, wenn wir Ihnen glauben sollen. Wer käme denn für Sie da in Frage?«

»Ich kann mir beim besten Willen niemanden vorstellen, dem ich so was zutraue. In solchen Kreisen verkehre ich nicht. Ich habe auch keine Feinde. Vielleicht handelt es sich nur um eine Verwechslung, Herr Oberstleutnant?« Ich jage einen Versuchsballon los. Ist er einer, oder nicht?

»Aha! Sie kennen sich also aus mit Dienstabzeichen! Das hat man selten.« Er richtet sich auf, ist sichtlich stolz auf seinen Rang. Dann verzieht er seine Mundwinkel zu einem Lächeln, der Oberstleutnant Leibl!

»Es gibt aber vielleicht doch jemanden! Aus Ihrem Kundenkreis, unter Ihren Bekannten? Hatten Sie mit jemandem Streit? Auseinandersetzungen? Wenn Sie wollen, dass wir Ihnen glauben, dann müssen Sie da schon mehr Informationen rausrücken!«

»Ich glaube nicht, dass es viele Menschen gibt, die so konfliktlos leben wie ich. Mir fällt da absolut niemand ein! Es kann sich meiner Meinung nach nur um eine Verwechslung handeln.«

»Der will es nicht anders! Der verscheißert uns! Raus mit der Wahrheit! Oder wir ziehen andere Saiten auf.« Der Chefinspektor kann sich nicht mehr beherrschen. Die Adern an seiner Schläfe pulsieren. Sein Gesicht ist rot.

»Und wenn Sie mich erschlagen. Ich weiß es nicht!«

»Gibt es jemanden, für den Sie arbeiten? Decken Sie jemanden? Haben Sie Angst? Kommen Sie, es lohnt sich nicht, Ihre Existenz dafür wegzuwerfen. Sie wandern die beste Zeit Ihres restlichen Lebens in den Knast. Für jemand anderen, wenn Sie unschuldig sind! Packen Sie aus!«, faucht der Schnauzbart, mit nicht mehr so angenehmer Stimme.

»Schauen Sie! Ich bin ein ganz einfacher Ladenbesitzer. Habe zwei Angestellte. Eine Waffe hatte ich noch nie im ganzen Leben in meiner Hand. Und mit Kokain habe ich ebenfalls nichts am Hut. Ich kann Ihnen absolut nicht erklären, wie diese Sachen in meine Wohnung gekommen sind.«

Die beiden sehen sich an. Der Schnauzbart nickt dem Chefbullen zu.

»Sie gehen am besten wieder in Ihre Zelle. Wir besprechen uns und holen Sie dann wieder rein. Das machen wir die ganze Nacht so weiter. Bis Sie reden!«

Er nickt zur Tür, wo der Uniformierte noch immer sitzt. Der führt mich wieder in meine Zelle. Ich lege mich auf meine Pritsche. Das kann ja eine schöne Nacht werden! Ich atme tief durch. Ich habe durchgehalten!

Ich lasse noch einmal das ganze Gespräch durch meinen Kopf gehen. Habe ich einen Fehler gemacht? Etwas gesagt, das ich nicht hätte sagen dürfen? Dr. Steinhaus meinte, ich solle gar nichts sagen. Das habe ich nicht geschafft. Aber ich habe mich nicht verraten! Und auch nichts für mich Belastendes gesagt. Allerdings habe ich herausgekriegt, dass der Leibl also doch persönlich in der Untersuchung mitmischt. Vielleicht ist das in Zukunft noch nützlich. Es beruhigt mich sogar ein bisschen. Das wird es später leichter machen, meine Unschuld zu beweisen. Aber wann wird das sein? Henning braucht noch Wochen, hat er gesagt.

Das Gespräch mit dem Richter wird nicht einfacher werden! Der wird mich dasselbe fragen. Und meine Antworten? Genauso dürftig wie vorhin. Aber nicht ganz: Ich muss dort von dem Einbruch erzählen. Vielleicht hilft das, meine Unschuld zu glaubhaft zu machen. Trotzdem, ein dunkler Gedanke macht sich in mir breit: Ich kann unter Umständen sagen, was ich will, und es wird nichts ändern! Ich werde so bald nicht wieder rauskommen! Mein Gott, mein ganzes Leben ist ruiniert. Mein Geschäft geht in der Zeit pleite. Ob Mara das mit ihrem Baby verkraften kann, steht in den Sternen. Ich verdiene nichts mehr, alle Kosten laufen weiter. Wenn ich zum Beispiel erst in einem halben Jahr aus der U-Haft rauskomme, dann ist inzwischen alles kaputt. Ich weiß, ich habe das alles schon durchdacht. Aber die Gedanken wiederholen sich. Kommen wieder. Setzen sich fest in meinem Kopf.

Nicht mal um meinen Vater kann ich mich kümmern, wenn was ist! Ich könnte heulen. Ich spüre, wie sich die Angst in meinen Nacken krallt. Monatelang eingesperrt auf engstem Raum. Bleibt man eigentlich die ganze Zeit in Einzelhaft? Oder wird man später mit jemand anderem in eine Zelle gesperrt? Vielleicht sogar mit mehreren zusammen? Ich weiß nicht, was schlimmer ist. Ein Bewohner, mit dem ich jeden Tag zusammen sein muss, der möglicherweise schnarcht, schlimmer noch, der stinkt, mit so einem zusammenzuwohnen? Oder keinen zum Reden zu haben. Außer sich selbst. Was angeblich das Schlimmste ist. Für mich, glaube ich, ist ein unangenehmer Mensch schlimmer, mit dem ich Tag und Nacht zusammenleben muss. Wer erklärt mir, wie hier drinnen alles funktioniert? Die Papierfetzen, die sie mir gegeben haben, auf denen stand diesbezüglich gar nichts. Außer dass wir keine Rechte haben. Dass wir hier drin arbeiten müssen, für 1,50 Euro die Stunde! Dass es Vergünstigungen gibt, wenn man sich gut benimmt.

Mir fällt gerade auf, dass bestimmt schon viel mehr als eine Stunde vergangen sein müsste, ohne dass sie mich geholt haben. Wann kommen sie? Oder wollten sie mich nur verarschen? Denn wozu sollte es gut sein, wenn sie die gleichen Fragen noch einmal stellen und sich die Nacht um die Ohren hauen? Ich kenne die Antwort. Um mich zu zermürben.

Ich schrecke hoch, weil im Flur Lärm ist. Jemand schimpft laut. Ein anderer brüllt: »Ruhe!« Wie spät ist es? Es ist dunkel, noch Nacht. Ich bin wieder wach. Habe vielleicht nur ein paar Minuten gedöst. Das Bett ist zu kurz und zu eng, mein ganz Körper ist verspannt und tut weh. Ich frage mich, was wohl gewesen wäre, wenn ich den Kalender einfach hinter die Theke gelegt und mich nicht weiter darum gekümmert hätte. Jemand hätte ihn dann dort gefunden und Ismail zurückgegeben. Mich hätte es in dem ganzen Ablauf nicht gegeben. Wäre dann alles gut? Oder nicht? Und was wäre gewesen, wenn ich den Stick nicht entdeckt und nichts über diese Verbrechen herausgefunden hätte?

Und plötzlich kommt ein ganz klarer Gedanke und wischt alles weg, was vorher war: Wenn ich den Stick nicht entdeckt hätte, dann wäre alles genauso passiert wie jetzt auch. Jedoch mit dem Unterschied, dass ich keine Ahnung gehabt hätte, warum mir das hier alles passiert. Alles wäre exakt so abgelaufen wie bisher! Ich aber hätte keinen Charly, der involviert ist, keinen Henning, keinen Anwalt. Nichts von all dem. Ich wäre vollkommen ahnungslos in eine Situation verstrickt, die ich nicht verstehe, nicht begreife! Die mich wahrscheinlich in den Wahnsinn getrieben hätte. Wenn Ismail tatsächlich glaubt, dass ich ihm den Kalender samt Anhang entwendet habe, dann hätte es mir wohl auch nichts genützt, wenn ich das alles noch am Nachmittag zu ihm gebracht hätte.

Allein meine Ahnung hat mich wieder mal gerettet! Dieses innere Empfinden, das sich im Laufe meines Lebens schon so oft gemeldet hat. Woher kommt es? Gibt es ein Unterbewusstsein, das Dinge erkennen kann, die im Verborgenen liegen? Kann unser Unterbewusstes vielleicht so etwas wie Warnungen in den denkenden Teil des Gehirns schleusen?

Oder hat sich gar das Schicksal meiner bedient? Mich ausgesucht, um diesem grausamen perversen Treiben ein Ende zu bereiten? Kann sein, dass alles, was passiert, nur eine Abfolge von Zufällen ist, dass ich einfach nur Pech hatte? Ich weiß es nicht. Aber irgendetwas in meinem Inneren tendiert zu der Überzeugung, dass da etwas in mir lebt, das mich schützen möchte. Kann ich meine Sinne vielleicht sogar schärfen, um dieser Ahnung näher zu kommen?

Eines ist mir zumindest absolut klar: Ich bin zwar als Folge der Geschehnisse im Gefängnis gelandet, aber ich komme wieder raus, früher oder später. Denn ich werde meine Unschuld beweisen können. Diese Möglichkeit hätte nicht existiert, wenn ich den Stick nicht entdeckt hätte! Unglaublich, aber wahr.

Erneut Getöse. Das Licht geht an. »Aufstehen!« Jemand trommelt an meine Tür. Ich versuche beim Fenster rauszuschauen. Es ist noch dunkel draußen. Vielleicht ein erster Morgenschimmer.

Geschirrklappern holt mich endgültig aus dem Dämmerzustand, in dem ich mich gerade wohlzufühlen begann. Sorgen fallen über mich her wie ein Mückenschwarm. Mein ganzes Dilemma ist in einem einzigen Moment wieder präsent. Die Tür wird aufgerissen und ein Frühstück reingestellt. Es muss also nach sechs Uhr sein. Der Wärter fragt nach meinem Plastikbecher. Füllt aus einer Kanne lauwarmes, leicht rötlich gefärbtes Wasser ein. Geschmackloser Tee, wie ich nach kurzem Nippen feststelle. Bevor er die Tür wieder schließen kann, frage ich, ob es auch Kaffee gibt. Wenn mir das lieber sei, ja! Aber der Becher muss leer sein. Also kippe ich das lauwarme Wasser schnell in mich rein. Das Getränk, das ich jetzt kriege, ist ein Gemisch aus Instantkaffee, Zucker und Wasser. Schmeckt zum Kotzen. Ich kippe es ins Waschbecken. Da trinke ich lieber Wasser. Auf dem Plastiktablett liegen drei trockene Brotscheiben mit einem Stück Butter und einer kleinen Packung Marmelade. Ich überwinde mich und esse das Brot, ohne Marmelade. Sie haben mich also nicht mehr zum Verhör geholt, letzte Nacht. Das war eine Finte, um mich zu zermürben. Obwohl ich kaum geschlafen habe, bin ich wieder hellwach. Meine Gedanken rasen. Was wird heute passieren? Der Anwalt wird sich melden. Hoffentlich kommt er ganz früh!

Die Zeit vergeht derart zäh, wie das nur möglich ist, wenn man eingesperrt ist und darauf wartet, wieder rauszukommen. Ich grüble und grüble. Werde hin- und hergerissen zwischen Hoffnung und Verzweiflung. Jeder Schritt, den ich vom Flur höre, lässt mich glauben, dass ich gleich geholt werde. Dass man mir sagt, dass mein Anwalt da ist. Aber es ereignet sich nichts. Die Ungeduld macht mich fast verrückt. Ich gehe die fünf Schritte, die mir die Zelle Platz lässt, rauf und runter. Rauf und runter. Mir wird schwindlig davon.

Ich setze mich an den leeren Schreibtisch, stütze den Kopf auf meinen Arm. Was wird aus der Ausschreibung? Hat Sonja Bescheid gekriegt? Die arme Mara! Wie geht es ihr wohl? Hoffentlich versucht sie nicht, mich hier drin zu erreichen. Das würde dazu führen, dass sie auch in den Fokus meiner Verfolger gerät! Vielleicht warten sie hier nur darauf, dass sich meine Freunde melden. Ich kann nur beten, dass der Anwalt mich rausholt. Wobei, da fällt mir ein, heute ist Freitag, der 1. Mai. Da arbeitet der doch gar nicht! Ich hatte aber gestern den Eindruck, dass er mich heute treffen wollte. Panik macht sich wieder in mir breit. Diese Ungewissheit raubt mir den letzten Nerv. Ich fühle mich verklebt und stinkig. Ich drücke den Sprechknopf neben der Tür. Eine Männerstimme meldet sich. Ich sage, ich möchte gerne duschen. Er lacht. »Duschen ist Dienstag und Samstag. Wir sind hier kein Hotel.« Dann bricht er das Gespräch ab, ohne ein weiteres Wort zu sprechen.

Das Mittagessen kommt. Pappige Nudeln mit Gulasch. Ich esse ein paar Nudeln. Die Zelle stinkt nach dem grausigen Fleisch. Ich spüle den Rest im Klo runter. Habe zwar Hunger, aber meine Gedanken sind viel, viel schlimmer. Warum passiert nichts? Der Anwalt hat versprochen, zu kommen. Wusste er nicht, dass heute Feiertag ist? Morgen ist Samstag, da arbeitet er sicher auch nicht. Ich muss aber doch zum Richter! Innerhalb von 48 Stunden, hat es geheißen. Die Minuten verrinnen so zäh, wie ich das noch nie erlebt habe. Ich renne den Raum wieder auf und ab. Halte es auf der Pritsche nicht mehr aus. Es muss schon Nachmittag sein. Dr. Steinhaus lässt mich im Stich! Was passiert, wenn er sich gar nicht mehr meldet? Dann muss ich alleine vor den Richter. Und habe keine Chance, wie er gesagt hat. War das wirklich erst gestern? Ich trommle an die Tür. Sage dem Bullen, der mich durch die Klappe böse anfaucht, dass ich meinen Anwalt sprechen will. Der nickt, macht dann die Klappe wieder zu. Ergebnis praktisch gleich null.

Wahrscheinlich ist gar kein Richter da. Verlängertes Wochenende. Was passiert dann? Muss ich gar bis Montag warten, bis sich jemand um mich kümmert? Ich bin nassgeschwitzt. Ich rieche an meinen Achseln. Ich stinke. Genauso schlimm wie diese Zelle. Der Geschmack in meinem Mund ist faulig. Ich würde so gerne duschen! Weg mit diesen Gedanken! Wenigstens waschen könnte ich mich, kommt mir zu Bewusstsein. Ich ziehe das verschwitzte Hemd aus und wasche mich so gut es geht an dem Waschbecken. Fühle mich ein bisschen frischer. Muss aber das stinkende Hemd wieder anziehen. Ich gehe erneut den Raum rauf, wieder runter. Zähle die Schritte. Eins, zwei drei, vier, fünf. Fünf, vier, drei, zwei, eins! Schluss mit Denken! Es gibt nichts mehr, worüber ich noch nicht nachgedacht hätte. Zehn Mal, hundert Mal. Fakt ist: Ich bin erledigt, meine Zukunft ruiniert! Schlimmer hätte es mich nicht erwischen können.

Dämmert es etwa schon? Nein, das war wohl nur eine dunkle Wolke. Ich läute wieder an der Sprechanlage. Eine Männerstimme beantwortet meine Frage nach meinem Anwalt und dem Richter knapp damit, dass ich wohl erst morgen vorgeführt werde. Innerhalb von 48 Stunden, das sei völlig ausreichend. Ich frage, ob Richter an Feiertagen überhaupt arbeiten würden. Das sei kein Problem, es gebe rund um die Uhr Journalrichter. Ich fordere den Mann auf, dass er meinen Anwalt kontaktiert und fragt, wann er kommt. Der wisse Bescheid, antwortet die Stimme in scharfem Ton, und er sei nicht der Telefondienst. Dies sei ein Gefängnis und kein Hotel. Ich soll endlich Ruhe geben.

Meine Gedanken rasen weiter. Der Anwalt hat am 1. Mai bestimmt andere Dinge zu tun, als sich um mich zu kümmern. Ich schreie in das Mikrofon, dass ich dann einen anderen Anwalt sprechen möchte. Jetzt, sofort! Vielleicht gibt es auch Journalanwälte. Der Mann antwortet mit scharfer Stimme, das würde nicht gehen. Ich hätte bereits einen Anwalt. Ich rufe laut und voll Wut, dass meine Rechte verletzt würden. Die Stimme fängt jetzt ebenfalls zu schreien an: Sie würden mich gleich verlässlich zur Ruhe zu bringen, wenn ich sie noch ein einziges Mal belästige. Die Verbindung wird einfach gekappt.

Ich beginne zu begreifen: Hier gelten die Bürgerrechte nicht mehr! Ich muss mich zur Ruhe zwingen, bis morgen durchhalten. Setze mich auf die Pritsche. Versuche zu meditieren. Schaffe es nicht, meine Gedanken loszulassen. Mein Kopf fängt an zu schmerzen, mein Magen verkrampft sich. Hunger! Unterzucker! Ich hole Wasser aus dem Hahn im Klo. Ich rieche auch faulig aus dem Mund, merke ich. Putze mir zum dritten Mal die Zähne mit der Plastikzahnbürste. Ich habe die Befürchtung, das bringt nichts. Wie eklig, wie furchtbar!

Meine Gedanken hören nicht auf zu kreisen. Im Gegenteil, sie drehen sich immer schneller. Ein Anwalt muss doch auch an Sonn- und Feiertagen für seine Klienten da sein! Da keimt ein neuer Gedanke auf, der mich erstarren lässt. Vielleicht, nein, bestimmt hat der Steinhaus inzwischen mit Dr. Büchler telefoniert! Und wenn der ihm gesagt hat, dass er mich nur im Auftrag seiner Mandantin beraten hat? Wenn er weiters gesagt hat, dass seine Mandantin zwischenzeitlich ihre Unterstützung zurückgezogen habe, weil ich es nicht wert sei, dass man was für mich tue? Dass mich Dr. Büchler gar nicht mehr vertrete? Was dann? Die logische Konsequenz daraus wäre doch, dass es auch für Dr. Steinhaus keinen Grund mehr gibt, etwas für mich zu tun. Strafrecht. Das ist ganz sicher nicht das Fachgebiet dieser Nobelkanzlei …

Ja, so kann es sein. Nein, so ist es! Aber dann brauche ich einen anderen Anwalt. Sofort! Bloß, wenn ich wieder an die Tür hämmere, dann tue ich ihnen den Gefallen, dass sie mich in die Klapse einliefern können. Vielleicht haben Sie hier drin auch eine Zelle mit Dunkelhaft für unangenehme Gefangene. Denen traue ich alles zu. Haben ja schließlich auch mit Schwerstverbrechern zu tun. Verdammt, gibt es denn niemand mehr, der mir hilft? Ohne Anwalt zum Richter? Und der sperrt mich unweigerlich die nächsten Monate ein. Ich beginne zu zittern. Wenn ich heulen könnte, dann würde ich das tun. Ein Ring aus Verzweiflung umkrampft mein Herz und meinen Kopf.

Das Abendessen wird gebracht. Das gibt's doch nicht. Es kann doch unmöglich schon Abend sein! Ich zwinge mich, die zwei Wurstbrote zu essen, obwohl mich ekelt. Als das Tablett wieder geholt wird, sage ich dem Uniformierten, dass ich dringend einen neuen Anwalt brauche. Der alte lässt mich im Stich. Das sei mein Recht. Er sagt, das soll ich morgen dem Richter erzählen. Ich frage, wie spät es ist und ob das etwa schon das Abendessen war.

»Ja, 16 Uhr, Abendessen.«

Bin ich froh, dass ich mich überwunden und diese ekligen Brote gegessen habe. Sonst würde mein Kopf vor Schmerzen noch platzen. Und was werde ich als Nächstes machen? Den ganzen Abend, die lange Nacht? Außer Grübeln.

Sobald ich telefonieren darf, werde ich als Erstes Henning anrufen. Er kann mich nicht hängen lassen! Ich merke, dass ich schon wieder die fünf Schritte das Zimmer rauf- und runterlaufe. Mir wird erneut schwindlig. Diese Zelle ist dafür zu klein. Ich setze mich auf die Pritsche. Ich muss meditieren, aufhören zu denken! Mein Kopf ist nicht mehr klar. Ich bin nicht mehr Herr meiner Gedanken. Wenn sie mich jetzt, oder in der Nacht, zum Verhör holen, wie kann ich da sicher sein, dass ich keine Fehler mache? Genau. Darauf spekulieren sie! Es muss furchtbar sein, tagelang verhört zu werden. Das verstehe ich jedenfalls jetzt schon: Man verliert im Gefängnis seine geistige Klarheit. Und dann redet man. Nein! Ich werde auf keinen Fall etwas verraten! Ich muss meine Gedanken zügeln. Konzentration nach innen. Meine einzige Chance! Der Richter ist für heute weg. Da brauche ich nicht mehr zu hoffen. Und mein Anwalt ist bestimmt auch schon im Wochenende. Ich muss den Wahnsinn in meinem Kopf endlich zur Ruhe bringen! Es klappt nicht. Ich spüre, wie eine dunkle Woge aus Verzweiflung und Resignation mein Innerstes auffüllt…

Die Tür geht auf. Was ist jetzt? Ich habe nicht randaliert! Der Uniformierte winkt. Sie holen mich also wieder zum Verhör. Er führt mich einen langen Gang runter. Dann fahren wir mit dem Lift nach unten, gehen in einen Seitengang. Hier sieht es nach Büroräumen aus. So ähnlich wie gestern. Vor einer Tür steht ein Mann in einem hellgrauen Anzug. Als er mich sieht, kommt er freundlich lächelnd auf mich zu.

»Steinhaus! Es tut mir schrecklich leid, dass es so lange gedauert hat! Bitte entschuldigen Sie!«

Ich könnte ihn umarmen und küssen! In Tränen der Freude ausbrechen!

»Herr Doktor. Was bin ich froh, Sie zu sehen. Ich habe mir schon solche Sorgen gemacht! Gott sei Dank sind Sie da!«

»Ja. Ich dachte mir schon, dass Sie es hier drin nicht leicht haben. Ich habe mir gestern noch Ihre Akten besorgt, und da war mir klar, dass ich noch viel Arbeit habe, bevor wir beide vor dem Richter erscheinen können.«

Bei diesen Worten lächelt er freundlich und legt mir den Arm auf die Schulter. Ich hoffe, er hat einen schlechten Geruchssinn. Ich stinke fürchterlich. Er zieht mich zur Seite, weg von dem Uniformierten, der noch hinter mir steht.

»Wenn wir da reingehen, dann sagen Sie bitte nur das Allernötigste. Ich darf eigentlich nur zuhören, während Sie befragt werden. Immer wenn Sie unsicher sind, ob Sie antworten sollen, dann sehen Sie mich an. Ich nicke Ihnen zu oder schüttle meinen Kopf. Klar?«

»Ja, gut. Habe ich denn Chancen, heute rauszukommen?«

Mein ganzer Körper, alle meine Sinne, alles schreit nach Ja!

»Ich möchte Ihnen nichts versprechen. Aber halten Sie den Kopf oben. Bleiben Sie bei allen Fragen ruhig und freundlich. Das ist ganz wichtig! Der Richter erfüllt nur seine Pflicht. Ich kenne ihn von anderen Fällen. Er ist ein besonnener Mann.« Er sieht mich prüfend an.

»Sind Sie so weit? Wollen wir reingehen?«

Ich nicke. Er klopft.

»Euer Ehren. Mein Mandant ist jetzt da. Dürfen wir reinkommen?«

»Ja, treten Sie ein!«

In der Mitte des Zimmers steht ein großer Tisch. Hinten zwei Stühle, vorne vier. Dr. Steinhaus setzt sich neben mich. Ich drehe meinen Stuhl ein kleines bisschen zur Seite, so dass ich ihn gut im Blick habe. Der Richter ist schon etwas älter, um die 50. Hat einen dunklen Haarkranz und eine randlose Brille. Er sieht mich forschend an.

»Ihr Name? Wohnhaft?«

»Mein Name ist Florian Schwandner. Wohnhaft Salzburg, Chiemseegasse 9.«

Meine Gedanken rasen durch den Kopf. Ich muss mich mit ganzer Kraft konzentrieren. Ich merke, dass ich zittere.

Der Richter sagt, dass ich gemäß Paragraph 28 ASMG des Besitzes von harten Drogen angeklagt bin, weiters der Vorbereitung des Verbrechens des Suchtgifthandels. Dazu unerlaubter Waffenbesitz und Munition. Was alles darauf schließen lasse, dass ich einer kriminellen Vereinigung angehöre. Sollte auf mich zutreffen, dass ich im Rahmen dieser Organisation führend tätig bin, was noch zu beweisen sei, dann entspreche das einem Strafmaß von zehn bis zwanzig Jahren. Er erläutert, dass die bei mir gefundenen 200 Gramm Reinsubstanz einer Konsummenge von rund einem Kilo Kokain entsprechen. Dass die Pistole geladen war. Dass diese Tatsachen Indizien schwerster Gesetzesvergehen seien. Und schließlich folgt wieder der Sermon, dass ich mich der Aussage enthalten kann. Die Worte tropfen an mir ab, als würde ich sie nicht verstehen. Ich fühle mich wie gelähmt.

»Haben Sie etwas zu Ihrer Verteidigung zu sagen?«

Mein Anwalt nickt mir freundlich zu.

»Ja. Das Gleiche, was ich den Polizisten bereits gesagt habe. Ich bin vollkommen unschuldig. Die Sachen sind mir untergeschoben worden.« Meine Stimme klingt brüchig und unsicher.

»Wenn das alles ist, was Ihnen dazu einfällt, dann werde ich nichts anderes tun können, als Sie bis zur Verhandlung in Untersuchungshaft zu nehmen!« Der Richter schaut mich verärgert an. »Sonst haben Sie mir nichts zu sagen?«

»Es entspricht der Wahrheit!« Ich schaue Dr. Steinhaus hilfesuchend an. Der Richter schüttelt den Kopf.

»Befragt werden hier Sie, nicht Ihr Anwalt!«

»Ich weiß, dass das angesichts der Vorwürfe unglaubwürdig klingt. Aber ich schwöre, ich hatte noch nie in meinem Leben mit Kokain oder gar Waffen zu tun.« Ich zucke dabei hilflos mit den Schultern.

Dr. Steinhaus wendet sich an den Richter. »Euer Ehren. Darf ich Ihnen zwei Schriftstücke übergeben?«

Er schiebt zwei Blatt Papier über den Tisch.

»Ich habe hier ein Protokoll, das ich vorhin vom Stadtpolizeikommando Franz-Hinterholzer-Kai ausgehändigt bekommen habe. Hier wird bestätigt, dass Herr Schwandner am Dienstag, 28.

April, 17 Uhr 30, einen Einbruch in seiner Wohnung angezeigt hat. Das war zwei Tage, bevor er festgenommen, und nicht einmal 48 Stunden, bevor das belastende Material bei ihm gefunden wurde. Herr Schwandner hat nichts als gestohlen vermeldet.«

Der Richter nimmt die Blätter. Schaut interessiert drauf.

»Das zweite Dokument ist eine Bestätigung der Hausbewohnerin Frau Margit Sailer, die unter dem Beschuldigten wohnt. Sie bezeugt in dem Schriftstück, dass Sie zwei mutmaßliche Einbrecher am 28. April gehört und auch gesehen hat. Sie ist bereit zu bezeugen, dass die Männer sich in der Wohnung des Beschuldigten aufgehalten haben und mindestens 15 Minuten dort gewesen sind. Sie hat auch Geräusche gehört, die wie das Schieben von Möbeln klangen. Dass die Wohnungstür aufgebrochen wurde, hat sie nicht gehört. Aber die war mit einem alten, einfachen Schloss gesichert, das von Profis im Handumdrehen und ohne Lärm geöffnet werden konnte.«

Der Richter schüttelt ungläubig den Kopf. Spricht mich mit gerunzelter Stirn an: »Und warum haben Sie von dem Einbruch nicht schon den ermittelnden Beamten berichtet?«

»Die haben mir nichts von dem, was ich gesagt habe, geglaubt, Herr Richter! Ich hatte nicht das Gefühl, dass ich irgendetwas hätte sagen können, das mir da geholfen hätte. Im Gegenteil. Ich wollte das lieber hier bei Ihnen vorbringen!«

Dr. Steinhaus nickt mir beifällig zu und ergreift das Wort.

»Euer Ehren, ich weiß, dass ich gemäß Paragraph 164 bei einer Vernehmung eigentlich nur zuhören dürfte. Ich weiß aber auch, wie unglaubwürdig es unter normalen Umständen ist, wenn Beschuldigte behaupten, dass die bei Ihnen gefundenen Beweise von Unbekannt untergeschoben sein sollen.« Er blickt den Richter bei diesen Worten fragend an. Es kommt kein Widerspruch. Der Richter scheint Dr. Steinhaus gegenüber sehr wohlwollend zu sein.

Also redet mein Anwalt weiter: »In diesem Fall spricht sehr viel dafür, dass Herr Schwandner tatsächlich die Wahrheit sagt. Denn es würde doch überhaupt keinen Sinn machen, die Polizei zur Beweissicherung in die eigene Wohnung zu holen, wenn da derartige Sachen gelagert sind. Drogendealer würden niemals einen Einbruch melden, bei dem nichts weggekommen ist, und die Polizei zu sich ins Haus holen. Dass das Kokain und die Pistole zwei Tage später bei Herrn Schwandner gefunden wurden, lässt vielmehr den Schluss zu, dass diese Sachen bewusst bei ihm platziert wurden. In dem Wissen, dass eine Hausdurchsuchung folgen würde, weil man entsprechende Hinweise an die Polizei weitergegeben hat!«

Die letzten Worte spricht Dr. Steinhaus überdeutlich aus, Wort für Wort. Ich zucke zusammen. Hoffentlich sagt er nichts von Henning. Ich sehe ihn fragend an. Er nickt beruhigend. Der Richter scheint nachzudenken.

Dr. Steinhaus unterbricht die Stille, die eingetreten ist: »Euer Ehren. Ich habe in den Akten einen nebulösen Hinweis gefunden, dass aus einschlägigen Kreisen Informationen an die Polizei gegeben wurden. Aus diesem Grund hat meines Wissens nach der Staatsanwalt die Hausdurchsuchung veranlasst. Obwohl Herr Schwandner zuvor gänzlich unbescholten war. Ich würde nur zu gerne wissen, welche Kreise das waren!«

Gute Strategie, denke ich mir. Dadurch ist der Ball nicht mehr bei uns. Ich atme auf. Der Richter sitzt über die Dokumente gebeugt, reibt nachdenklich mit der Hand über seine Schläfe. Nach einiger Zeit des Überlegens hebt er den Kopf und sieht abwechselnd mich und Dr. Steinhaus an:

»Die Ermittlungen wurden gemäß § 50 StPO vollkommen zu Recht durchgeführt. Es ist unerheblich, woher die Informationen für die Untersuchungen stammen. Der Staatsanwalt hat nach Auffinden des Suchtgiftes und der Waffe gemäß § 173, Absatz 2, die Anordnung auf Untersuchungshaft bis zur Gerichtsverhandlung gestellt. Gemäß dem zu erwartenden Strafmaß von über fünf Jahren völlig zu Recht!«

Er macht eine Pause und beobachtet die Wirkung seiner Worte. Ich bin der Verzweiflung nahe. Wenn ich das richtig verstanden habe, dann war das schon die Entscheidung! Er redet weiter: »Und jetzt zu Ihrem Argument der Unbescholtenheit: Es müsste jemand unglaublichen Hass gegenüber dem Beschuldigten haben, um eine derart große Menge Drogen zu diesem Zweck einzusetzen. Dazu über Möglichkeiten verfügen, die nur große kriminelle Banden haben: Kokain in Reinsubstanz in dieser Menge, Waffen, Munition. Es ergibt für mich absolut keinen Sinn, warum jemand, der unbescholten ist, in so etwas hineingezogen werden sollte.«

»Nun ja. Wenn jemand unbedingt will, dass Herr Schwandner ins Gefängnis kommt, dann schon! Es muss bei einem vorher absolut unbescholtenen Bürger ein entsprechend schweres Gesetzesvergehen konstruiert werden! Ich fürchte, er ist da im Visier einer sehr gefährlichen Bande, da gebe ich Ihnen schon recht.«

»Es ist doch völlig unglaubwürdig, dass jemand ohne die geringste Ahnung in so etwas hineingezogen wird. Herr Schwandner kann nicht völlig ahnungslos sein. Warum sollte jemand derart belastet werden, der nicht mit diesen Kreisen zu tun hat?«

Der Richter runzelt die Stirn. »Nein, das reicht mir nicht. Ich möchte den Ermittlungsbehörden die nötige Zeit geben, das alles zu recherchieren. Wenn der Beschuldigte auf freien Fuß kommt, dann besteht Verdunklungsgefahr! Angesichts des drohenden Strafmaßes auch Fluchtgefahr!«

Ich sacke in mich zusammen. Monatelang Gefängnis!

»Euer Ehren. Ich habe damit gerechnet, dass Sie den Paragraphen 173 beanspruchen werden, deshalb habe ich auch die Bilanzen der Firma von Herrn Schwandner besorgt und mitgebracht. 2012 und 2013. Der Beschuldigte hat in jahrelanger Arbeit ein erfolgreiches kleines Unternehmen aufgebaut: Seine Firma, die *PC-Klinik*, hat in den letzten beiden Jahren Gewinne gemacht, bei steigenden Umsätzen. 2013 waren es knapp über 12.000 Euro, 2014 immerhin schon 17.000. Trotz Geschäftsführergehalt und der Beschäftigung von zwei Mitarbeitern. Der Beschuldigte hatte also keinerlei Notwendigkeit, Geld durch Drogengeschäfte zu verdienen! So etwas passt überhaupt nicht zu seinem untadeligen Lebenslauf. Er ist zu keiner Zeit in dieser Richtung auffällig geworden. Wurde vollkommen unschuldig in eine Sache verwickelt, deren Zusammenhang wir leider noch nicht benennen können. Wenn ich Ihnen die Bilanzen übergeben darf …« Er legt zwei ordentlich zusammengeheftete Dokumente auf den Tisch.

»Dazu habe ich hier eine Bestätigung des Angestellten Moritz Wehrburger, dass die *PC-Klinik* gestern Abend den Zuschlag für eine Ausschreibung der SIGRA Versicherungsanstalt erhalten hat. Gesamtvolumen knapp über 100.000 Euro. Würde Herr Schwandner ins Gefängnis kommen, dann könnte er diesen Auftrag nicht bearbeiten und würde seinen wichtigsten Kunden verlieren. Das wäre der Ruin dieser kleinen Firma, und damit auch der von Herrn Schwandner. Aufgrund der sozialen Stellung des Beschuldigten sehe ich Fluchtgefahr nicht als gegeben an. Nein, eine Drogenkarriere passt keinesfalls zu dem tadellosen Leumund von Herrn Schwandner.«

Wahnsinn, wo hat er am Feiertag die Bestätigung von Moritz herbekommen? Unglaublich! Mir wird abwechselnd heiß und kalt. Ich müsste mich eigentlich freuen. Aber ich fühle nur Angst. Nackte Angst! Der Richter schaut sich alle Dokumente an. Dann wendet er sich an meinen Anwalt.

»Das sind nachvollziehbare Argumente, die Sie da auffahren, Herr Kollege!« Er nickt dem Anwalt anerkennend zu. »Aber was mir der Beschuldigte noch immer nicht erklären konnte, ist, warum ihn jemand so massiv verfolgen sollte. Er kann in dieser Beziehung doch unmöglich völlig ahnungslos sein. Da muss es doch wenigstens Vermutungen geben. Da muss doch im Vorweg etwas Außergewöhnliches passiert sein! Ich habe das Empfinden, dass er uns etwas verheimlicht!«

Er sieht mich auffordernd an. Ich schaue meinen Anwalt an. Der sieht den Richter mit einem Blick des Bedauerns an, öffnet wie beschwörend die Hände. »Euer Ehren! Auch darüber habe ich kurz mit meinem Mandanten sprechen können. Es gibt da einen schweren Verdacht, ja, das ist richtig. Aber mein Mandant möchte auf keinen Fall jemand Falschen beschuldigen und möglicher Strafverfolgung aussetzen. Er ist jedoch absolut sicher, dass er bis zum Verfahren Belege wird liefern können, die seine Unschuld beweisen. Geben Sie ihm bitte diese Chance! Bleibt er in Untersuchungshaft, dann hat er dazu keine Möglichkeiten.«

Was für ein tolles Argument. Wäre mir niemals eingefallen.

Der Richter wackelt bedächtig mit dem Kopf und scheint intensiv nachzudenken.

»Euer Ehren, lassen Sie mich noch hinzufügen, dass ich selten in meiner Laufbahn einen Mandanten hatte, von dessen Unschuld ich in so großem Umfang überzeugt war! Ich kann Ihnen versprechen, dass wir die wirklich Schuldigen bis zum Verfahren benennen können.« Mir wird warm ums Herz. Was für ein Glück, einen solchen Anwalt zu haben! In dem Zimmer ist es schlagartig ruhig. Niemand sagt mehr etwas. Der Richter schaut konzentriert auf das Material vor sich. Dr. Steinhaus lehnt sich zurück. Er wirkt ruhig und selbstsicher.

»Gut.« Der Richter schreibt mit einer Füllfeder etwas auf den Bogen, der vor ihm liegt.

»Das Gericht verfügt hiermit Folgendes: Herr Schwandner kommt unter Auflagen bis zur Verhandlung frei. Gemäß § 180 StPO wird die Stellung einer Kaution in Höhe von 20.000 Euro verlangt. Des Weiteren fordern wir von Herrn Schwandner das Gelöbnis, dass er bis zur Beendigung des Strafverfahrens weder fliehen wird noch sich verborgen hält und dass er sich ohne Genehmigung der Staatsanwaltschaft nicht über längere Zeit von seinem Aufenthaltsort entfernt. Dazu fordern wir das Gelöbnis, dass Herr Schwandner keinen Versuch unternimmt, die Untersuchungen zu behindern. Unter dieser Voraussetzung und sobald die Kaution gutgeschrieben ist, wird Herr Schwandner bis zur Gerichtsverhandlung auf freien Fuß gesetzt.«

Ich stammle: »Danke, Herr Richter. Ich gelobe alles, was Sie von mir gefordert haben.« Ich fühle mich so erleichtert wie noch nie in meinem Leben. Ich komme raus! Zwar nicht heute, aber bald. Wie mach ich das mit dem Geld, aus dem Gefängnis?

»Euer Ehren. Mein Mandant ist– wie unschwer zu erkennen ist– in nicht sehr gutem Zustand. Meine Kanzlei bürgt dafür, dass das Geld bis kommenden Dienstag hinterlegt wird. Ich bitte darum, dass er sofort freigelassen wird.«

»Bürgen Sie jetzt schon für Ihre Mandanten?«, fragt der Richter mit einem hintergründigen Lächeln. »Ich hoffe, Sie wollen dann nicht auch ins Gefängnis für ihn. – Gut, einverstanden!«

Er schiebt die Dokumente in einen Ordner und sagt:

»Auf Wiedersehen, meine Herren!«

Draußen auf dem Flur ergreife ich die Hand von Dr. Steinhaus: »Dass Sie das alles recherchiert und geschafft haben! Ich weiß überhaupt nicht, wie ich Ihnen danken soll.«

»Ja, das war ein schweres Stück Arbeit«, sagt er, während wir, begleitet von dem Uniformierten, den Flur entlanggehen. »Leider hat das auch meinen Terminplan ziemlich durcheinandergebracht. Wenn ich mehr Zeit hätte, würde ich auf Sie warten und Sie mitnehmen. Haben Sie Geld für ein Taxi?«

»Wenn mein Geld bei der Polizei nicht weggekommen ist, dann sollte das kein Problem sein.«

Der Uniformierte zuckt nicht mit der Wimper. Gespräche zwischen Mandant und Anwalt gehen ihn wohl nichts an.

»Machen Sie sich da keine Gedanken. So etwas passiert hier nicht.«

Der Flur endet in einem runden Raum, von dem aus der Lift und die Treppen abgehen. Dr. Steinhaus verabschiedet sich. »Sie müssen noch nach oben, ich zum Ausgang. Ich möchte Sie darum bitten, dass Sie mich Montagvormittag anrufen. Wir machen dann kurzfristig einen Termin, um das weitere Vorgehen zu besprechen. Mit Ihrer Freilassung haben wir noch nichts gewonnen, aber ruhen Sie sich erst einmal aus! – Sicher wird auch jemand sehnsüchtig auf Sie warten«, sagt er noch mit einem freundlichen Lächeln und geht dann die Treppe runter.

Eine halbe Stunde später stehe ich mit allen meinen Sachen auf dem Gehsteig vor dem Gefängnis. Es fängt bereits zu dämmern an. Ich schätze, dass es noch immer 16 Grad warm ist. Ich bin so erleichtert, ich könnte die ganze Welt umarmen, vor Freude weinen! Es hat nicht viel gefehlt, und der Rest des Frühlings hätte ohne mich stattgefunden. Nie ist einem bewusst, wie kostbar die Tage in Freiheit sind! Nur wenn sie genommen werden … Ich schalte mein Handy ein. Das neue! Rufe Mara an.

Sie meldet sich sofort. Ein zögerliches »Du? Bist du das wirklich?« lässt mich vor Erleichterung fast jubeln. Es fühlt sich alles noch so unwirklich an! Das Gefängnis hatte mich emotional derart tief in den Klauen, dass der plötzliche Wechsel wie ein Aufwachen aus einem Albtraum ist.

»Ja, Liebste. Ich bin wieder frei.«

Ich höre sie erleichtert aufatmen.

»Ich bin gerade beim Einräumen des Lkw. Morgen ist ja wieder Markt. Aber ich werde das unterbrechen und gleich losfahren, um dich abzuholen. Mein Gott, wie ich mich freue! Sag, wo bist du jetzt?«

»Mach dir keinen Stress. Ich nehme mir ein Taxi in die Chiemseegasse. Dusche schnell. Und dann komme ich.«

»Was willst du denn in deiner Wohnung? Komm doch bitte gleich raus zu mir. Du kannst dir nicht vorstellen, wie erleichtert ich bin. Ich kann es nicht erwarten, dich an mich zu drücken. Ich hatte solche Angst! Du kannst dich auch hier frisch machen! Jedes Mal, wenn du dort bist, passiert was Neues! Am liebsten wäre mir, du müsstest da gar nicht mehr hin.«

»Ich fahr trotzdem schnell hin, mach dir keine Sorgen! Ich brauche unbedingt frische Sachen. Ich hatte mit so was ja nicht gerechnet. – Wart mal kurz! Ich habe vorhin ein Taxi bestellt, das gerade kommt. Also: Ich beeile mich mit dem Duschen. Ich halte es kaum noch aus, bis ich wieder bei dir bin.«

»Grüß Gott. Bitte in die Chiemseegasse.«

Charly muss ich unbedingt auch gleich anrufen.

»Alter! Bist du wieder raus, oder haben sie dich noch immer am Wickel? Von wo rufst du an?«

»Ich bin im Taxi und fahre grad heim. Wollte nur kurz Bescheid geben.«

»Bin ich erleichtert, dass du wieder frei bist! Ich habe sofort mit Henning telefoniert, nachdem mich Sonja informiert hat. Der meinte allerdings, er könne zurzeit nichts für dich machen. Ich hab ihm kräftig Druck gemacht und gesagt, dass sie dich da drinnen nicht hängen lassen dürfen. Übrigens, sag, wie viel Koks haben sie denn bei dir gefunden? Details kenne ich nicht. Erzähl.«

»Sorry. Ich kann hier nicht ungestört reden. Ich erzähle dir alles, sobald wir uns wiedersehen. Es war allerdings enorm viel!«

»Henning meinte, dass du mit einem guten Anwalt rauskommen wirst. Und wenn nicht, dann müsstest du im schlimmsten Fall ein paar Wochen im Gefängnis bleiben. Da würde dir wenigstens nichts anderes passieren!«

»Der Komiker! Jeder Tag da drinnen ist wie ein Jahr. Aber lass uns das Gespräch kurz machen. Ich bin gleich zuhause und muss dringend duschen. Ist sonst noch was passiert?«

»Nein. Wir waren alle damit beschäftigt, dich rauszuholen. Seit mich Sonja angerufen hat, sind wir alle am Durchdrehen. So aufgeregt habe ich Sonja noch nie erlebt. Dr. Büchler habe ich natürlich auch angerufen und das Wenige erzählt, was ich wusste.«

»Und, was hat der gesagt?«

»Der war ganz cool. Hat gesagt, ich soll mich nicht aufregen. Dr. Steinhaus wird sich um alles kümmern. Wie bist du wieder rausgekommen?«

»Na ja, der Richter wollte mich einsperren! Aber der Steinhaus hat schiere Wunder vollbracht und ihn mit Material überschüttet. Eine entlastende Aussage von Frau Sailer– du weißt schon, die unter mir wohnt– war ganz wichtig. Aber ich kann nicht so gut reden, bin noch im Taxi. War sonst noch was?«

»Also, was diese Sache anbelangt, da gibt es nichts Neues. Das Material von Ismails Rechner ist bereits komplett in Deutschland. Es reicht, wenn du dich demnächst meldest. Versteck dich und lass es dir gut gehen. Ja?«

»Ja, du. Danke für alles! Schon gut, solche Freunde zu haben! Echt! Ich meld mich. Mach's gut!«

Die Alpenstraße ist ziemlich verstopft. Was ist denn da los? An einem Feiertag um diese Zeit. Der Fahrer antwortet auf meine diesbezügliche Frage, dass heute in Salzburg der Marathon war. Habe ich vergessen. Da bin ich doch auch schon mitgelaufen. Ich lotse den Fahrer durch die Friedensstraße rüber zur Nonntaler Hauptstraße. An deren Ende lasse ich ihn halten. Die letzten Schritte tun mir bestimmt gut.

»Macht 42 Euro.« Der Taxifahrer, ein rundlicher Typ, bestimmt schon an die 60, schaut mich misstrauisch an. Der hat alles mitgehört! Ist mir wurscht. Ich gebe ihm 45 und steige aus.

Mit ausholenden Schritten eile ich durch die Schanzlgasse. Fühlt sich das herrlich an. Ich hätte nie gedacht, dass Freiheit etwas so Schönes ist. Am liebsten würde ich laut singen. Die Haustür ist noch nicht versperrt. Ich rase die Stiegen rauf. Ein neues Schloss, ich komme mit meinem Schlüssel nicht in die Wohnung! Die Tür wurde auch ausgebessert. Am Feiertag? Das ist ja unglaublich! Das kann nur Sonja gewesen sein. Oder doch Mara? Das werde ich gleich wissen. Beim Runterlaufen öffnet Frau Sailer ihre Tür. Rauf war ich wohl so schnell, da habe ich nichts von ihr gehört.

»Da sind Sie ja wieder!« Sie erzählt mir, dass bei mir oben viel Betrieb war, den ganzen Tag.

»Hat die Polizei noch mal alles durchsucht?« »Nein«, sagt Frau Sailer, »die Frau Sonja, vom Lokal da unten, war hier und hat neue Schlösser einbauen lassen. Ich soll Ihnen sagen, dass Sie die Schlüssel bei ihr abholen können.« Sie schaut mich neugierig an. Traut sich aber wohl nicht, zu fragen.

Sonja! Dieser Goldschatz! Ich spüre, wie es warm um mein Herz wird. Ich bin nicht alleine mit meinen Problemen! Ich bedanke mich bei Frau Sailer für die Aussage gegenüber Dr. Steinhaus.

»So ein netter Mann! Und so vornehm! Das habe ich doch gerne gemacht. Es entspricht ja alles exakt der Wahrheit, was ich gesagt habe. Nie würde ich glauben, dass Sie ein Spitzbube sein sollen! Das müssen Sie schon wissen. Und dass die Polizei mich als Zeugin zu Ihnen raufgeholt hat, das war mir schon sehr peinlich. Das müssen Sie schon wissen.« Ich möchte sie unterbrechen, habe es eilig. Frau Sailer ist jedoch nicht zu stoppen:

»Aber sagen Sie, wo kommen denn die Sachen her? Das Rauschgift, das die Polizei bei Ihnen gefunden hat! Sie sind doch nicht süchtig, oder?«

Ja, ja, die Neugier! Alte Leute müssen immer alles wissen!

»Nein, ich bin natürlich nicht süchtig. Das war der Einbruch, ja, wo soll das Zeug sonst herkommen …«

»Und, weiß man, wer das war? Alles, was ich gesehen habe, habe ich ja dem Herrn Anwalt gesagt. Und dann sogar unterschrieben. Der eine Einbrecher war ganz sicher ein Ausländer, das erkennt man gleich! Den anderen konnte ich nicht so gut sehen. – Wissen Sie denn jetzt schon, warum man das mit Ihnen gemacht hat?«

»Nein, leider. Aber ich muss dringend weg, meine Schlüssel holen. Und duschen. Noch einmal herzlichen Dank für Ihre Hilfe. Und schönen Tag noch!«

Schon während meiner Worte sehe ich, wie sie Luft holt und noch etwas sagen will. Aber ich drehe mich um und rase die Treppe runter. Den Rest kann ich nicht mehr verstehen. Ich werde ihr zum Dank in den nächsten Tagen ein Geschenk vorbeibringen. Pralinen. Die mag sie. Habe ich ihr letzte Weihnachten auch geschenkt. Da hat mich doch die Neugier dieser Frau, die ihre Tage entweder am Fenster oder an der Tür ihrer Wohnung verbringt, aus dem Häfn gerettet! Daran sieht man wieder, im Leben ist doch alles für etwas gut!

Der *Brunnen* ist nur gering besucht. Trotz des schönen Wetters sind auch draußen nur wenige Tische belegt. Ich lehne mich an die Theke. Sonja kommt aus der Küche. Als sie mich sieht, stößt sie einen kleinen Schrei aus.

»Florian!« Sie stürzt auf mich zu, umarmt mich und drückt mich fest an sich. »Bin ich froh! Haben sie dich doch noch rausgelassen. Komm, wir gehen kurz nach hinten. Ich hab da deine neuen Schlüssel. Zum Reden hab ich leider keine Zeit, bin gerade ganz alleine. Gerti ist ausgefallen. Aber Nada und Mario kommen in Kürze. Am Abend wird's wieder voll. Erzähl: Wie ist es dir gegangen?«

Während sie redet, läuft sie vor mir her zu ihrem Büro.

»Beschissen! Ganz schön übel! Vor allem die Angst, dass sie mich nicht rauslassen! Aber jetzt ist alles gut! Das ist wahnsinnig lieb, dass du ein neues Schloss eingebaut hast. Du bist ein Schatz. Ich weiß gar nicht, wie ich dir danken kann …«

»Mach mal halblang! Das war doch das Mindeste, was ich machen konnte. Ich habe auch mit deinem Anwalt, dem Doktor Steinhaus, geredet. Hab ihm gesagt, dass er dich unmöglich im Gefängnis lassen darf. Du Armer! Sag, hatten wir uns nicht eh für heute Abend zum Essen verabredet? Mit Mara? Mein Gott, das ist schon so lange her.«

»Ich glaube, wir müssen die Einladung leider ausfallen lassen. Ich muss so viel mit Mara besprechen. Wollen wir das eine Woche verschieben?«

»Ja. Das passt mir auch besser. Freitag in einer Woche dann also. Ich muss gleich wieder raus, bedienen. Nur noch schnell: Mara hat mir berichtet, die haben bei dir 200 Gramm Kokain und eine Waffe gefunden! Wie habt ihr es geschafft, dass sie dich rausgelassen haben?«

»Der Richter wollte mich einsperren, ohne Wenn und Aber. Doch mein Anwalt, Dr. Steinhaus, hat so viel zu meiner Entlastung aufgefahren, dass ich nach einigem Kampf doch gegen Kaution rausgekommen bin: 20.000!«

Sie mustert mich. »Bum! Kannst du das Geld auftreiben? Brauchst du Hilfe?«

»Das krieg ich schon hin, danke!«

Sie rümpft ihre Nase, hält mir drei Schlüssel entgegen. Moderne Sicherheitsschlüssel.

»Was hat das gekostet? Ich zahle es am besten gleich.«

»Hier, die Rechnung für die Schlüssel und den Einbau. Ich wollte die Wohnung nicht offen lassen. Ich hoffe, das ist für dich o.k.! Ach, da fällt mir gerade noch ein, dass ich deinen Moritz angerufen und gesagt habe, dass du ein paar Tage dringend wegmusst und dass er dich vertreten soll. Er hat ganz komisch geklungen am Apparat. Hat mir wohl nicht so richtig geglaubt. Aber jetzt muss ich.« Sonja kneift mich in den Arm. »Näher komme ich erst mal nicht«, sagt sie und verzieht ihr Gesicht. Schenkt mir gleichzeitig einen lieben Blick.

Ich winke ihr zu, klemme das Geld in den Briefständer.

Heute werde ich nicht mehr aufräumen, denke ich, als ich die Treppen zum zweiten Mal nach oben rase. Ich weiß gar nicht, wie ich jemals Ordnung in dieses Chaos bringen kann. Ich frage mich, ob morgen die beiden Mädchen übers Wochenende zu uns kommen. Oder hat Mara das abgesagt?

Nach dem Öffnen der Tür erwartet mich eine Überraschung. Das gibt's doch gar nicht! Alles ist aufgeräumt. Es riecht nach Putzmittel. Ich gehe ins Wohnbüro, ins Schlafzimmer. Alles wie neu!

Sonja! Ich widerstehe dem Impuls, sofort wieder runterzulaufen und über sie herzufallen. Eine Woge der Dankbarkeit schwappt durch mein System. Womit hab ich das verdient?

Mara ruft an. Sie hat ihr Auto fertig gepackt, nur noch die Tröge muss sie einladen. Sie fragt, ob sie mich nicht doch lieber abholen soll in der Chiemseegasse. Dann brauche ich nicht den Roller zu nehmen oder das Auto, die vielleicht noch überwacht werden. Ich stimme zu. Ich sage ihr, dass sie noch schnell den schönsten Blumenstrauß zusammenstellen muss, den sie hat. Für Sonja. Erzähle ihr, dass meine komplette Wohnung geputzt und hergerichtet wurde. Mara weiß das schon. Die beiden Frauen hatten mehrfach miteinander telefoniert, erzählt sie mir kurz. Sonja hat ihre Putzfrau zu mir geschickt. Es könne sein, dass nicht alle Sachen genau da sind, wo sie hingehören.

Duschen, Haare waschen, neue Kleidung raussuchen. Kann es etwas Schöneres geben? Im Bad fällt mir wieder ein, dass ich vielleicht gerade gefilmt werde. Das ist mir jedoch egal. An Negatives mag ich nicht mehr denken.

Es riecht so gut nach Palatschinken, dass mir das Wasser im Mund zusammenläuft. Ich habe mich mit dem Laptop auf die Couch verzogen. Nachdem ich Mara endlos umarmt und geküsst habe, ist ab sofort das Wichtigste, die Türen zu meinen Daten zu verrammeln. Ich ändere alle Passworte. Überfliege noch kurz meinen Posteingang. Von Dr. Steinhaus habe ich noch keine Nachricht bezüglich der Kontonummer. Ich höre Geschirr klappern.

Nach dem Essen räume ich das Geschirr auf und wasche ab. Ich möchte, dass Mara am Tisch sitzen bleibt, während ich ihr erzähle, wie es mir ergangen ist. Es ist für mich einfacher, während der Beschreibung dessen, was ich die letzten zwei Tage gefühlt und erlebt habe, gleichzeitig etwas zu tun. Da ist noch zu viel Emotion.

Als ich fertig bin und mich zu Mara setze und mich an sie kuschle, erzählt sie mir, dass sie letzte Nacht zum ersten Mal in ihrem Leben richtige Angst hatte. Natürlich auch Sorgen, wie es mir geht im Gefängnis. Sie hier im Haus alleine! Ich beruhige sie. Weder Ismail noch die Polizei können wissen, dass ich abends immer hier draußen bei ihr bin. Niemand weiß etwas von ihr. Nur wir beide!

»Aber es ist so eine Empfindung. Die geht nicht weg! Auch wenn es noch so unlogisch scheint. Flo, ich habe Angst um uns! Diese Unmenschen sind zu allem fähig!«

»Wir müssen höchstens noch ein paar Wochen durchhalten. Dann ist alles überstanden.«

»Das glaube ich nicht«, sagt Mara mit unsicherer Stimme. »Wenn das so eine große Organisation ist, wie du sagst, dann wird die Polizei niemals alle erwischen. Irgendwer bleibt übrig. Und der will sich dann vielleicht an dir für alles rächen.«

Ich möchte antworten, dass das ganz sicher nicht so sein wird. Aber es geht nicht. Ich spüre, dass sie recht hat.

»Ich werde mit Henning darüber sprechen. Aber was können wir dagegen tun?«

Mara fängt zu weinen an. Ich nehme ihre Hände und drücke sie.

»Liebe Mara, das tut mir alles so furchtbar leid! Ich würde unsere Situation ändern, wenn ich könnte. Aber es gibt nichts, nichts, was ich machen kann!«

»Ich weiß. Ich mache dir doch überhaupt keine Vorwürfe!« Sie schaut mich mit tränenfeuchten Augen an. »Ich denke nach und denke nach und denke nach. Was wir machen können. Sag, was können wir bloß tun?«

»Ich werde versuchen, noch vorsichtiger zu sein. Ich gehe zukünftig so wenig wie möglich in meine Wohnung. Die nächsten drei Wochen bin ich hauptsächlich bei der Softwaremed, da sollte nichts passieren. In mein Geschäft muss ich demnächst auch nur noch wenig. So richtig eigentlich erst wieder, wenn die Rechner für die SIGRA ankommen. Da werden wir dann zu dritt arbeiten. Und es kann ja nicht mehr ewig dauern, bis sie die Bande hochnehmen.«

»Was meinst du wegen des Hauses? Sollen wir nicht lieber erst noch warten, bis alles überstanden ist? Ich habe ein komisches Gefühl, so zu tun, als wäre nichts geschehen! Bisher hatten wir immer die Hoffnung, dass das alles irgendwie an uns vorübergeht. Aber jetzt hängen sie dir die schlimmsten Sachen an. Ich habe solche Angst, dass das so weitergeht.«

»Ja schon, aber wie sollen wir zukünftig hier wohnen? Mit dem Baby ist es doch viel zu klein. Was hältst du davon, dass wir schon mal die Planung fertig machen? So dass wir nur noch mit der Unterschrift unter den Kaufvertrag warten?«

»Ich verstehe überhaupt nicht, dass du noch an solche Sachen denken kannst! Hast du denn gar keine Angst um dein Leben?« Mara ist jetzt richtig erregt, schaut mich vorwurfsvoll an. Was soll ich ihr darauf antworten?

»Ja, ich habe Angst! Aber wenn ich mich permanent damit beschäftige, dass etwas Schlimmes passieren wird, dann werde ich wahnsinnig. Wir müssen zumindest versuchen, trotzdem so normal wie möglich zu leben. Mir fliegt gerade meine Firma um die Ohren, ich muss mich doch auch darum kümmern.«

Meine Worte haben keinen sichtlichen Eindruck auf Mara gemacht. Sie sieht mich ernst an: »Wir müssen das alles im großen Zusammenhang sehen. Ich frage mich schon seit einer Weile, wie ich das mit der Gärtnerei machen soll, wenn unser Kind zur Welt gekommen ist. Vom Frühjahr bis spät in den Herbst arbeite ich im Durchschnitt um die 60 Stunden pro Woche. Mit einem Baby geht das nicht. Schon die letzten Wochen der Schwangerschaft werde ich ein solches Programm nicht durchhalten können. Ich fürchte, ich werde mein Geschäft verpachten müssen für ein paar Jahre. Ich schaffe das unmöglich mit den Pflanzen und dem Markt.«

Na wenigstens sind wir weg vom Thema der eigentlichen Bedrohung. »Ist es schwer, eine Gärtnerei zu vermieten oder zu verpachten?«

»Vielleicht ist es ja nur die Hormonumstellung, die mir so zu schaffen macht. Zu deiner Frage: Es gibt einen Gärtner in St. Johann im Pongau, Wilfried Oberhuber. Wir arbeiten schon seit mehreren Jahren zusammen. Ich verkaufe ihm regelmäßig Blumen aus meinem Gewächshaus, und er beliefert mich mit seinen Alpenblumen aus Freilandanbau. Er beneidet mich um die sonnige Lage hier und um meinen Stand am Universitätsplatz. Wilfried hat auf seinem Grundstück nicht den Platz für ein Gewächshaus, sagt er. Ich vermute, das stimmt nicht so ganz. Wahrscheinlich kann er sich die Investition nicht leisten. Im Freiland hat er wenig Sonne, da St. Johann, wie du weißt, mitten zwischen den Bergen liegt. Ich werde mal mit ihm telefonieren. Was hältst du davon?«

Ich merke, dass Mara schon länger drüber nachgedacht hat.

»Was könntest du da an Pacht bekommen?«

»Ich denke, so zwischen 1.000 und 2.000 Euro für die Gärtnerei! Das würde sich für Wilfried noch immer gut rechnen. Da ist ein schöner Verdienst möglich. Vor allem, wenn man viele selbst gezüchtete Blumen verkaufen kann. Ich denke, er würde ein solches Angebot annehmen, da er dann ja auch mein Gewächshaus nutzen kann.«

»Aber dann müssten wir das Haus ja gar nicht hier bauen«, sage ich nachdenklich.

»Doch! Denn unser Geld reicht nur, wenn wir bereits ein Grundstück haben. Und die Gärtnerei verkaufen, das kommt für mich nicht in Frage. Ich brauche doch später auch noch eine Arbeit!« Sie klingt da so bestimmt, da brauche ich nicht weiter drüber nachzudenken. »Aber wenn ich verpachte, dann kann ich den Stand wieder betreiben, sobald unser Kind – oder unsere Kinder«, die letzten Worte betont sie und strahlt mich mit ihren großen Augen an, »etwas größer sind. Den Marktstand werde ich nicht abgeben. Der ist wie ein Lottotreffer. Das ist ja das Gute an der Verpachtung. Wilfried müsste meinen Stand weiterbetreiben! Dadurch behalte ich alle Rechte.«

Dass Mara intelligent ist, wusste ich. Aber dass sie so praktisch denkt, das überrascht mich doch. Sie denkt um Jahre voraus! »Hmmm … Was soll ich da noch sagen? Du weißt ja eh schon alles über unsere Zukunft«, sage ich beeindruckt. Mara drückt fest meine Hand. »Aber jetzt was anderes: Morgen kommt Anna Lena zum Markt, und dann fahren wir nach Seekirchen. So haben wir das doch besprochen. Giulia ist dann schon weg. Ihre Eltern sollten bereits angekommen sein. Wir werden also am Wochenende nicht viel Zeit zum Nachdenken haben. Auch nicht, um mit dem Längwieser zu reden.«

»Einverstanden. Warten wir ab, wie sich alles entwickelt!«

Es war gut, endlich das Thema zu wechseln. Es gibt so viel Schöneres, womit wir unseren Abend verbringen können! Ich stecke meine Nase in Maras Bluse. Öffne einen Knopf nach dem anderen. »Ich muss mal schauen, ob man schon was sieht bei dir!«

»Nein«, sagt Mara und kichert leise, »man sieht noch nichts, glaube ich. Das ist noch zu früh. Aber du kannst gerne weitersuchen ...«

Ich bin bereits früh in meinem Geschäft. Die Sorge treibt mich, ob dort noch alles rundläuft. Moritz hat bereits alle Anfragen und Aufträge bearbeitet, sehe ich. Wahnsinn. Er ist gerade erst 22 Jahre alt! Der macht seinen Weg, da bin ich sicher. Bei der SIGRA hat er in meinem Auftrag für den Zuschlag gedankt und geschrieben, dass ich ein paar Tage im Ausland bin und er mich vertritt. Sehr gut!

Ich maile ihm, dass er einen super Job gemacht hat und dass ich ihm herzlich dafür danke. Und dass ich mich freue, wenn er ab Montag den Laden schmeißt. Wie besprochen. Gemeinsam mit Harry. Nur beim SIGRA-Job, da werde ich mich noch voll einklinken, schreibe ich als Letztes.

Ich denke nach, was ich noch dringend regeln muss, bevor ich mich am Nachmittag mit Mara in unser Privatleben stürze. Montag muss ich zum Anwalt, da kann ich nicht zu Softwaremed. Ich rufe Herbert an. Hoffentlich ist er nicht sauer, dass ich am Wochenende bei ihm anrufe. Er meldet sich sofort. Ich erzähle ihm, dass ich einen Großauftrag gekriegt habe. Mich am Montag darum kümmern muss, dass alles klappt.

»Im Juni hat es aber keinen Sinn, bei mir anzufangen. Vor dem Sommer ist so viel zu tun, da können wir uns unmöglich um deine Einarbeitung kümmern«, sagt Herbert patzig. Es hört sich an, als sei er beleidigt.

»Du, das tut mir echt leid mit der Verzögerung.. Aber ich könnte dir als Kompromiss anbieten, dass ich jede Woche mindestens drei Tage komme. Würde das passen?«

Herberts Stimme klingt zögerlich. Er wendet ein, dass die Zeit nicht reichen würde, damit ich mich mit der Software wirklich auskenne.

»Du hast schon recht. Alles werde ich dann sicher noch nicht wissen, aber erst mal geht es ja um das Grundsätzliche. Ich schlage dir Folgendes vor: Ich komme jeweils Dienstag bis Donnerstag. Bis

Pfingsten. – Dann sollte ich so fit sein, dass ich eine Entscheidung treffen kann.«

Seine Zustimmung erfolgt zögernd. Wir sehen uns Dienstag.

Montenegro

Gestern haben Sie Zahra geholt. In zwei Wochen wäre sie elf Jahre alt geworden. Als die Männer ihre Opfer zurückbrachten und anschließend nach draußen kamen, dachte Sema, jetzt ist es so weit. Sie stand schon auf. Aber der Wärter deutete mit seiner Keule auf Zahra. Sema schrie verzweifelt „Nein, nehmt mich", aber der Wärter schüttelte nur verständnislos den Kopf. Zahra hat sich rasch zur Seite gedreht und fast unmerklich ihre Hand zum Mund geführt. Genau so hatte Sema es mit ihr geübt, für den Fall, dass eine von ihnen zur „Sonderbehandlung" ausgewählt wird. Auf dem Weg zur Tür drehte sich Zarah ein letztes Mal um. Aus ihren Augen liefen Tränen, sie nickte Sema fast unmerklich zu und öffnete die Hand, zum Zeichen, dass sie die Tablette geschluckt hatte, die sie beide verborgen bereithielten. Die Tapferkeit dieses Mädchens raubte Sema den letzten Halt. Sie hatte das Gefühl, als würde ihr Herz in Teile gerissen. Die Verzweiflung, dass sie diesem armen Kind nicht helfen konnte, brachte sie fast um den Verstand. Dazu würgte sie an diesem Gefühl des absoluten Versagens, der eigenen Schuld an allem, was hier passierte. Sema schämte sich bis ins Tiefste ihres Wesens, dass sie bei ihren Behandlungen immer Lust heuchelte und sich dadurch vor ihrem Schicksal drückte. Ja, ihr Schicksal – wie das aller hier – war es, von diesen Männern grauenvoll umgebracht zu werden. Dass dieses unschuldige Mädchen jetzt gequält wurde, war Semas Schuld!

Und jetzt war auch endgültig klar, dass sie nicht mehr weiterleben konnte. Nur ihre Verantwortung für die Kinder hatte sie bisher zurückgehalten, Schluss zu machen. Aber dass jetzt die kleine Zarah zum Opfer dieser bestialischen Ermordung wurde, raubte Sema die letzte Zurückhaltung. Sie fasste den Entschluss, sich genau auf die gleiche Art zu töten, wie es eine der Frauen vor einer Woche gemacht hatte: mit den Fingernägeln die Pulsadern aufreißen, nachts auf der Matratze. Den Schmerz würde sie aushalten, der ist verschwindend im Vergleich zu dem, was die Peiniger ihnen täglich antun. Das Blut würde unter der Decke in der Matratze versickern, ohne dass jemand etwas merkt. Nur eine Nacht noch wollte sie warten, damit sie morgen in einem geeigneten Augenblick die ihr noch verbliebene Schmerztablette mit den dazugehörigen Erklärungen einer jungen Frau geben konnte, bei der Sema fürchtete, dass sie demnächst für die „Sonderbehandlung" ausgewählt würde.

Doch letzte Nacht hatte sie einen Traum, der so echt war, dass sie die Bilder noch immer vor ihren Augen sieht. Oder war es gar kein Traum, sondern eine wirkliche Erscheinung? Es gab da plötzlich einen Lichtschein, aus dem ihre Mutter trat, auf sie zuging und sie in die Arme nahm. Sema war hellwach, der Lichtschein war strahlend und ihre Mutter darin deutlich zu sehen. „Du musst durchhalten, nur noch ein bisschen musst du durchhalten", hörte sie die vertraute Stimme. Sema fühlte, wie eine große Ruhe in ihr aufstieg, die Angst, in der sie ständig schwebte, war völlig weg. Sie fragte: „Werden wir befreit? Wann werden wir befreit?" Aber ihre Mutter antwortete nicht, sah sie nur traurig an, und dann verblasste ihr Bild und das Licht verschwand. Wie einen leisen Nachhall hörte sie noch einmal die Worte „du musst durchhalten, nur noch ein bisschen".

Sema ist gleich am Morgen wieder mit den Kindern nach draußen gegangen. Das Weinen und das Jammern der Frauen drinnen ist unerträglich. Darf sie dem Traum oder der Erscheinung Glauben schenken? Das war so wirklich und so tröstend. Es muss ein Zeichen von Allah gewesen sein. Warum ist ihr die Mutter erschienen? Sie wird doch nicht gestorben sein? Eine tiefe Depression überfällt Sema. Sie wird den Selbstmord aufschieben. Aber sie spürt bereits in ihrem Unterbewusstsein, dass spätestens am Nachmittag nichts mehr von dieser Sicherheit übrig sein wird, wenn die Männer wiederkommen. Und in sechs Tagen wird sie wieder erleben müssen, wie jemand für die tödlichen Torturen ausgewählt wird. Sie erträgt das alles hier nicht mehr. Doch der Traum hat wieder einen Funken Hoffnung gebracht. Vielleicht hat Allah ihre Gebete erhört und ihre Mutter mit der Nachricht geschickt? Nur noch ein bisschen durchhalten. Warum sollte das nicht möglich sein, nach den vielen Tagen, die sie hier schon leidet? Sema senkt ihren Kopf Richtung Südost, zur Kaaba, die sich dort irgendwo befindet: „Allmächtiger Allah, danke, dass du mir diesen Traum geschenkt hast. Bitte finde wenigstens einen einzigen

Menschen, der mit uns Mitleid hat und für unsere Befreiung sorgt. Es muss doch auf dieser riesengroßen Welt irgendjemand geben, der diese schrecklichen Dinge sieht und nicht damit einverstanden ist, dass wir diese Höllenqualen erleiden müssen. Und bitte gib mir die Kraft, dass ich so lange ausharre."

Anna Lena sitzt schmollend auf dem Rücksitz meines Caddy. Mara hat den Kindersitz aus dem Lkw geholt. Ich habe am Morgen das Auto noch einmal gründlich nach einem Sender durchsucht und nichts gefunden. Wenn sie das Auto überwachen, dann werden sie nicht jede Adresse, wo ich für eine halbe Stunde hinfahre, untersuchen können, denke ich mir. Da sollte Seekirchen nicht das Thema sein. Nächste Woche lasse ich den Wagen professionell untersuchen, das nehme ich mir ganz fest vor.

Als Mara mit Anna Lena vom Markt kam, da hat mich die Kleine nicht mal gegrüßt. Obwohl ich sie freundlich angesprochen habe. Ob sie mir die Schuld dafür gibt, dass Mara ihren Vater verlassen hat? Wir fahren jetzt die Wiestaler Landesstraße über Ebenau zum Wallersee. Es ist eine der schönsten Straßen in unserer Umgebung. Wenig befahren. Herrliche Landschaft. Eingebettet zwischen den Bergen, kaum bebaut. Dazu dieser von Tourismus gänzlich unberührte Wiestalstausee. Ich würde am liebsten kurz stehen bleiben und diese herrliche Gegend betrachten und genießen. Mara und ich einigen uns darauf, dass wir das auf dem Rückweg machen. Wir sind schon spät dran. Die Eltern von Giulia wollen am Abend ins Konzert.

Als wir in den Lilienweg einbiegen und die Auffahrt zum Haus reinfahren, beobachte ich im Rückspiegel, wie Anna Lena staunend den Kopf ganz nah an das Fenster drückt. Mara stößt einen anerkennenden Pfiff aus.

»Du hast mir gar nicht erzählt, dass Giulia in einer so schönen Villa wohnt«, sagt sie vorwurfsvoll.

Ich parke und wir steigen alle aus. Ich hatte schon die ganze Fahrt eine merkwürdige Stimmung. Ich komme mit einer Freundin, die ein Kind von mir erwartet, zu den Eltern meiner Exfreundin! Das ist doch total verrückt. Aber das haben die beiden Frauen ausgeheckt. Ich bin nur das Opfer. Wie werden ihre Eltern reagieren? Die wissen doch sicher auch über alles Bescheid …

Die Haustür fliegt auf. Rebecca läuft auf mich zu.

»Florian!« Sie umschlingt meine Beine. Ich hebe sie hoch und schwenke sie durch die Luft. Ihre blonden Haare stecken in einer roten Haarschleife. Ein kleiner Stich fährt mir durch die Eingeweide, weil sie mich an ihre Mutter erinnert. Ich mag Giulia noch immer, glaube ich. Auf eine andere Art.

»Rebecca! Ich freue mich riesig, dich wiederzusehen.«

»Du musst gleich mit mir Krocket spielen! Ich habe schon alles vorbereitet!«

Rebecca nimmt mich so ausschließlich in Anspruch, dass ich anfangs gar nicht sehe, dass ihre Großeltern aus dem Haus gekommen sind. Mara geht schon auf die beiden zu. Anna Lena an der Hand.

Giulias Vater ist mittelgroß, relativ schlank. Kleiner Bauchansatz. Wirkt keinesfalls wie ein alter Mann. Er hat ein offenes Gesicht und ein leichtes Lächeln spielt darin, als er Mara die Hand schüttelt. Zurückgekämmte kräftige, silbrig graue Haare, die sich leicht in seinem Nacken kräuseln. Seine Frau ist ungefähr gleich groß wie er. Ihr ovales Gesicht hat zwar erste Falten, aber sie sieht noch richtig knackig aus. Blonde halblange Haare, volle Lippen. Fast so schlank wie ihre Tochter. Sie muss doch auch schon um die 50 sein, denke ich. Das sieht man ihr überhaupt nicht an. Ich gehe auf die beiden zu.

»Du musst gleich mit mir kommen, versprichst du das?«, quengelt Rebecca und zerrt an meinem linken Arm.

»Rebecca! Du bist ja ein Ungetüm. Der arme Florian– ich darf Sie doch so nennen– kommt ja nicht einmal zum Luftholen«, sagt die blonde Frau. »Ich bin Elena, die Mutter von Giulia.« Sie reicht mir mit einem freundlichen Lächeln ihre Hand entgegen. Ein zartes Goldkettchen an ihrem Arm gibt ein leises klingelndes Geräusch ab.

»Und ich bin Norbert, der stolze Großvater eines wunderbaren Enkelkindes«, begrüßt mich Giulias Vater. So ungezwungen habe ich mir die beiden nicht vorgestellt.

»Am besten kommt ihr erst mal zu uns rein. Es ist gerade die beste Zeit für Kaffee und Kuchen«, sagt Elena und macht eine einladende Bewegung mit ihrem Arm.

»Ich möchte aber mit Florian spielen. Er hat es mir versprochen!«, ruft Rebecca und zieht an meinem Arm.

»Und was ist mit dem Schokoladenkuchen? Dürfen wir den alleine essen? Außerdem hast du den ganzen Tag so viel von Anna Lena gesprochen. Und du hast sie nicht mal begrüßt. Bitte kümmere dich auch um sie«, sagt Norbert zu Rebecca.

»Schokokuchen! Mmmm. Magst du den auch so gerne, Anna Lena? Aber sofort nachher muss Florian mit uns spielen.«

Der große, runde Tisch ist bereits mit Tellern und Tassen gedeckt. Eine ganze Ladung Kuchenstücke liegt in der Mitte auf einem glitzernden Porzellantablett. Zwei Kannen, aus denen leichter Dampf steigt, stehen ebenfalls schon da. Die Mädchen werden auf die Stühle vor der Fensterfront dirigiert. Wir setzen uns schräg gegenüber. Es entwickelt sich ein lockeres Gespräch über den glücklichen Umstand, dass die beiden Mädchen fast gleich alt sind, über das herrliche Frühlingswetter und dass Giulia in der Früh in die Schweiz gereist ist und jetzt wohl schon mit Matteo probt.

Dann meldet sich Norbert zu Wort und dankt Mara und mir, dass wir Rebecca am Abend mit zu uns nehmen. Das Konzert in der Stiftskirche in Mattsee sei eine wunderbare, ganz seltene Kostbarkeit: Händels Messias, aufgeführt im Rahmen des Chorfestivals Salzburg. Ohne dieses Konzert hätten sie Rebecca in die Schweiz zu sich geholt. Zumal in der Klinik gerade so viel zu erledigen sei.

Die Mädchen mampfen beide zwei Stück Torte. Rebecca hat in Abwesenheit ihrer Mutter wohl niemanden, der sie bremst. Mit dem letzten Stück ihrer Schokotorte in der Hand springt sie vom Stuhl auf und zerrt an meinem Ärmel.

»Komm schon, Florian. Wir müssen zum Spielen!«

»Rebecca fragt schon seit dem Mittag, wann ihr kommt. Sie

scheint dich ja wirklich gernzuhaben, Florian«, sagt Elena. Ihre Augen blicken mich ungetrübt an. So wie es aussieht, habe ich wohl bereits ihre Sympathie gewonnen.

»Wir haben vier Schläger, Rebecca! Da kann noch jemand mitspielen. Was meinst du?«

»Ja, gut. Du und ich, wir spielen gegen Mara und Anna Lena.«

»Das ist eine gute Idee«, meint Elena. »Geht nur alle raus in den Garten. Es ist doch so ein schöner Tag!«

Beim letzten Tor der dritten Runde kommt Norbert zu uns.

»Elena hat gesagt, sie möchte auch mitspielen. Und ich würde sehr gerne etwas mit Florian besprechen. Sind die jungen Damen damit einverstanden, dass Elena statt Florian mitspielt?« Rebecca ist zuerst dagegen. Sie lässt sich aber mit dem Argument überreden, dass wir das Wochenende noch ganz viel Zeit zum Spielen haben. Wir könnten das Krocket doch auch mit nach Adnet nehmen.

Norbert begleitet mich zu dem Gartentisch auf der Terrasse. »Giulia hat mir erzählt, dass du – wir können doch Du zueinander sagen, einverstanden? – viel von Technik verstehst«, eröffnet Norbert das Gespräch, während er sich in seinem Gartensessel zurücklehnt und mich fragend anschaut.

»Na ja. Ich habe ein Geschäft für PC-Reparaturen, zusätzlich betreue ich einige Firmen.«

»Stimmt, das habe ich gehört! Hat dir Giulia erzählt, was ich und Elena beruflich machen?«

»Nicht so genau. Irgendetwas mit – wie heißt das noch –, also eine Klinik für Frauen die keine Kinder kriegen, oder so ähnlich.«

Norbert lacht. »Reproduktionsmedizin! So ganz stimmt das ja nicht, aber Giulia drückt es immer so aus. Sie ist ein bisschen kritisch gegenüber unserer Arbeit. Also, Elena und ich besitzen Anteile an einem Kinderwunschtherapeutikum und einer angeschlossenen Geburtsklinik in Interlaken. Wobei die Geburtsklinik gerade stark ausgebaut wird und zukünftig einen deutlich größeren Stellenwert bekommt. Was wir dort machen, ist bisher einzigartig! Wir bieten so eine Art Geburtshotel an: Der Klinik angeschlossen sind Apartments in verschiedenen Größen, in denen die jungen Familien vor und nach der Geburt völlig privat wohnen können. Jedoch mit einer perfekten Betreuung: Schwestern, Hebammen und Ärzte stehen wie bei einem Klinikaufenthalt für alle Belange zur Verfügung. Wir haben so viele Anfragen, dass wir Wartelisten führen müssen. Letztes Jahr hatten wir 650 Geburten, nächstes Jahr planen wir durch unseren Neubau mit rund 900 Geburten. Ich habe die ärztliche Leitung der zwei Institutionen, Elena macht die kaufmännische Geschäftsführung.«

Norbert spricht langsam und deutlich. Dass er in der Schweiz wohnt, hört man kaum. Seine Augen betrachten mich bei seinen Worten aufmerksam. Der Ausdruck ist offen und ehrlich. Ich fühle mich in seiner Gegenwart wohl.

»Der Grund, warum ich mit dir reden möchte, ist, dass wir seit vielen Monaten – inzwischen sind es schon fast Jahre – einen Nachfolger für unseren KIS-Verantwortlichen suchen. Pierre wird dieses Jahr 64, und er möchte seine Arbeit dringend reduzieren. Am liebsten würde er so bald wie möglich ganz aufhören. Aber das geht nicht. Es ist uns die gesamte Zeit nicht gelungen, jemanden zu finden, der diese Aufgabenstellung zuverlässig übernehmen kann. Der Gesuchte sollte sich sowohl mit Technik als auch mit Netzwerkadministration, dazu mit dem Internet auskennen. Nicht zuletzt auch eine Affinität für die bei uns eingesetzte Software entwickeln. Laut Giulia kennst du dich in allen diesen Bereichen aus. Stimmt das?«

Das hört sich ganz schön konkret an. Damit habe ich nicht gerechnet! Ich denke krampfhaft nach. KIS, Krankenhausinformationssystem. Ich habe schon mal darüber gelesen. Deckt Informationstechnologie und Kommunikation ab. Ist eine interessante Aufgabenstellung. Norbert erläutert mir, wie die Technik aufgebaut ist und fragt, ob ich mir so was zutrauen würde.

»Es kommt ganz auf die Topologie an. Wie kompliziert die ist. Die Grundlagen habe ich in meiner Elektrotechnikausbildung gelernt. Dazu kenne ich mich mit Arztsoftware ein bisschen aus, und netzwerktechnisch habe ich auch einige Erfahrung: Bestimmt kennst du die SIGRA, das ist ja auch ein Schweizer Unternehmen. Also, theoretisch könnte ich mich in eine solche Aufgabe rasch einarbeiten.« Ich räuspere mich. »Aber es ist so, dass Mara ein Baby erwartet. Sie hat hier eine Gärtnerei und ist fest gebunden. Wir denken gerade darüber nach, ein Haus zu bauen!«

»Ja. Ich kann mir schon denken, dass meine Frage an dich überraschend kommt. Aber wenn das stimmt, was Giulia uns erzählt hat, dann lebst du, und möglicherweise auch Mara, hier ziemlich gefährlich«, sagt er mit einem scheuen Lächeln. »Vielleicht wäre ein sicherer Ort in der Schweiz ja eine Alternative für euch beide?« Jetzt leuchten seine Augen begeistert oder – kann das sein? – belustigt. »Und jemanden, der unsere Grünanlagen pflegt und beaufsichtigt, könnten wir auch brauchen!«

Was um Gottes willen hat Giulia ihm über mich und Mara erzählt? Wie kommt sie dazu? Aus Salzburg weggehen, das kommt doch gar nicht in Frage! Wie sage ich ihm das am besten?

»Also, das ist schon ein Problem mit unserer Sicherheit hier. Trotzdem, an einen Umzug haben wir noch nie gedacht.«

»Vielleicht wollt ihr dennoch mal drüber nachdenken? Giulia hat mehrmals mit mir darüber gesprochen, wie gefährdet ihr hier in Salzburg seid. Selbst wenn diese Ganoven dingfest gemacht werden, die können nach ein paar Jahren wieder rauskommen! Wenn sie, wie Giulia glaubt, dich verdächtigen, dass du mit ihrer Verfolgung zu tun hast, dann werdet ihr hier noch lange gefährdet sein. Bei uns in der Schweiz hingegen wäret ihr absolut sicher. – Wenn du deine Adresse nicht in Salzburg ans Schwarze Brett hängst.«

Hätte Mara nicht gerade gestern von der Verpachtung geredet, dann würde ich glatt und höflich sagen, dass sich jede weitere Diskussion über dieses Thema erübrigt. Aber da sie die Gärtnerei ja ruhen lassen möchte …

»Ich werde mal mit Mara drüber reden«, sage ich nachdenklich. »Mal hören, was sie dazu sagt.«

»Was ich euch vorschlagen wollte, ist, dass ihr uns in der Schweiz besucht. Vielleicht in zwei Wochen? Wir übernehmen selbstverständlich die Kosten. Und wohnen könnt ihr bei uns in der Klinik.« Diese Worte kommen überlegt und bestimmt, und mir ist klar, dass das von Anfang an seine Absicht war.

»Ich muss noch nachdenken. Ich kann auch gar nicht einschätzen, ob ich fachlich genug qualifiziert bin und eine derartige Verantwortung übernehmen könnte. Warum glaubst du, dass ich der Richtige sein könnte?«

»Nun, ich glaube, du bist verantwortungsbewusster als die meisten Menschen, die ich kenne. Das, was du und dein Freund in dieser Verbrechensaufklärung leisten, das nötigt mir und meiner Frau allerhöchsten Respekt ab. Und alles, was dir fachlich noch fehlt, das könntest du innerhalb der nächste Monate von Pierre lernen. Denn dass du intelligent bist, das steht außer Zweifel.«

Mein Gesicht ist bei seinen letzten Worten wieder heiß geworden. Ich bin errötet. Ist das peinlich! Ich drehe den Kopf kurz zur Seite, damit das nicht so auffällt. Dann suche ich nach Worten.

»Also, wenn du dich da nicht täuschst! Du kennst mich ja überhaupt nicht. Und das mit Giulia. Nehmt ihr mir das denn nicht übel? Und überhaupt: Was würde Giulia dazu sagen?«

Norbert lacht laut und herzlich auf. Dann schaut er mich erschrocken an.

»Entschuldige, ich wollte dich nicht auslachen. Bitte versteh das nicht falsch. Es war doch sogar Giulias Idee. Warum sollte sie also etwas dagegen haben, dass du bei uns arbeitest? Aber ich verstehe bereits einiges besser, was sie über dich berichtet hat. Sie hat eine sehr gute Menschenkenntnis! Außerdem versteht sie sich mit Mara sehr gut. Nein, da gibt es ganz sicher keine Hindernisse. Giulia und ihre Männer, das ist schon eine besondere Geschichte seit ihrer Scheidung! Sie ist immer schnell entbrannt! Und welcher Mann kann ihr schon widerstehen, wenn sie ihren Charme spielen lässt? Leider verhalten sich nicht alle so anständig wie du …«

Diese Worte lösen gleich mehrere Verspannungen meiner Bauchmuskeln auf, spüre ich. Wenn ich richtig gehört habe, dann ist mir Giulia also nicht mehr böse. Immerhin scheint sie nicht schlecht über mich zu sprechen. Und dass Norbert einen so guten

Eindruck von mir hat, erfüllt mich ein kleines bisschen mit Stolz. Wobei ich Stolz gar nicht leiden mag.

»Also ich werde mit Mara sprechen. Ich denke, ich nehme das Angebot an, euch zu besuchen! Vorausgesetzt, Mara ist nicht total dagegen.«

»Das ist sie ganz sicher nicht«, sagt Norbert, wobei seine Augen fröhlich blinzeln.

Es gefällt mir, wie entspannt er mit diesem für ihn so wichtigen Thema umgeht.

»Aber jetzt sollten wir uns langsam für das Konzert vorbereiteten.« Mit diesen Worten steht er auf und ruft über den Rasen zu den Frauen und Kindern: »Wie weit seid ihr? Es ist schon halb fünf!«

»Wir haben nur noch wenige Tore, dann machen wir Schluss«, ruft Elena.

Kurz bevor wir uns verabschieden, bespreche ich mit Mara, dass es wohl zu spät wird, wenn wir zuhause noch kochen. Ich schlage vor, dass wir zum Winkler fahren. Mara und ich können den köstlichen Fisch essen, und die Kinder Pfannkuchen.

Norbert und Elena bieten an, dass sie Rebecca morgen Nachmittag bei uns abholen.

Beim Essen erzähle ich Mara von der Einladung in die Schweiz. Sie sagt, dass sie etwas Ähnliches erwartet hat. Beim Besuch am Stand hat Giulia anklingen lassen, dass ihr Vater dringend jemanden wie mich in seiner Klinik sucht. »Lass uns am Abend darüber reden, wenn die Mädchen schlafen«, sagt sie. Ich habe das Gefühl, sie scheint nicht abgeneigt zu sein.

Wir sind erst um halb neun in Adnet zurück. Das letzte Stück zum Haus gehen wir alle über die Wiese zu Fuß. Sicherheit bleibt Priorität. Die Mädchen denken nicht darüber nach. Für sie ist es eine weitere Gelegenheit, herumzutollen. Die beiden haben im Restaurant und auf der Fahrt ununterbrochen Quatsch gemacht. Sie verstehen sich bestens. Rebeccas Unbeschwertheit hat sich auf Anna Lena übertragen. Mara meint, dass sie Anna Lena selten so übermütig und ausgelassen erlebt hat.

Mara hat eine große Matratze, die sie im Schlafzimmer für die beiden Mädchen herrichtet. Es ist da drinnen so eng, dass man kaum einen freien Platz zum Durchqueren findet. Und es dauert dann noch fast zwei Stunden, bis die beiden Mädchen in ihrem provisorischen Bett liegen. Auch ich spüre die Müdigkeit. Der Tag war ganz schön anstrengend. Ich fürchte, nach diesem Wochenende bräuchte ich eigentlich eine Erholung. Andererseits haben uns die Kinder aus der bedrückenden Realität herausgerissen. Endlich haben wir Zeit, über die Einladung zu reden.

»Ja, wir sollten uns diese Klinik anschauen, Florian! Vielleicht ist das DIE Chance für dich! Das, was du von diesem Herbert und seiner Mitarbeiterin erzählt hast, ich glaube nicht, dass du zu den beiden passt. Aber du hast ja in den nächsten Wochen noch genug Zeit, herauszufinden, ob ich mich da täusche.«

»Also gut. Dann fahren wir am übernächsten Wochenende nach Interlaken.« Ich schaue mir in Google Maps die Strecke an. Mit dem Flugzeug müssten wir zweimal umsteigen, das scheidet aus. Die Strecke führt durch die schönsten Gegenden in der Schweiz. Interlaken liegt zwischen zwei Seen inmitten der Berge, gar nicht weit von der Eiger-Nordwand. Ich liebe die Berge! Ein Ausflug dahin, jetzt im schönsten Frühling, täte uns beiden gut.

»Hättest du Ersatz für den Markt, so dass wir schon am Donnerstag fahren können? Das ist Christi Himmelfahrt. Die Woche darauf muss ich für SIGRA die Rechner aufsetzen, da bin ich einige Zeit ziemlich beschäftigt.«

»Das wird schwer! Für den Stand hätte ich zwar eine Vertretung. Aber ich kann nicht am Mittwoch schon die Blumen für Freitag und Samstag einladen. Und wer fährt den Transit auf den Markt? Nein, das kriege ich alles nicht geregelt. Außerdem, wenn Donnerstag Feiertag ist, dann sind danach viele meiner Kunden weg. Und Touristen kaufen keine Schnittblumen. Wir machen einfach vier Tage Urlaub. Bis Sonntag. Wir zwei waren noch nie zusammen weg. Auch ich liebe die Berge. Ich freue mich, ich freue mich …«, sagt sie leise, zieht mich an sich und küsst mich.

Bereits als es hell wird, ist Schluss mit Schlafen. Ich fühle mich müde. Den ganzen Vormittag sind die Mädchen im Garten und im Gewächshaus unterwegs. Sie spielen so angeregt, dass wir ihr Lachen regelmäßig durch die weit geöffnete Tür wahrnehmen. Der Tag ist so herrlich schön. Heute ist leider nichts mit Laufen.

Nach dem Mittagessen muss ich mit den beiden Krocket spielen. Ich bemühe mich, dabei einen besseren Draht zu Anna Lena zu bekommen. Beim Spiel lässt ihre Abneigung etwas nach, finde ich. Vielleicht wird das ja noch …

Um 16 Uhr, fast auf die Minute genau wie vereinbart, tauchen Norbert und Elena bei uns auf. Sie bewundern die Gärtnerei und vor allem das Gewächshaus, in dem unzählige Blumen in allen Farben gezogen werden. Vor allem die kleine Abteilung, in der Mara Alpenblumen züchtet, hat es ihnen angetan: Adonisröschen, Küchenschellen, Glockenblumen, Diptam. Mara nennt die Namen und erklärt, dass diese Blumen sehr schwer zu ziehen sind. Sie habe Jahre gebraucht, das entsprechende Knowhow zu entwickeln. Norbert sagt, dass er gar nicht wusste, dass man diese Pflanzen sogar züchten kann. Er habe sich schon immer gewünscht, solche Blumen im Klinikpark blühen zu sehen. Alpenblumen, die man auch in der freien Natur findet. Die uniformen Beete mit Stiefmütterchen und Tagetes sei er total leid. »Aber solange ich keine kundige Gärtnerin habe«, sagt er dann beim Verlassen des Gewächshauses mit einem Seitenblick auf Mara, »gibt es eben nur Konfektionsware.«

Die Praxis von Dr. Steinhaus befindet sich in einem Bürogebäude zwischen der Hellbrunner Straße und dem Franz-Hinterholzer-Kai. Bürogebäude ist stark untertrieben, es ist ein Palast aus Glas und Stahl. Die Anwaltssozietät residiert auf den zwei obersten Etagen. Dr. Steinhaus informiert mich, dass in der Akte relativ wenig Material über mich vorliegt. Das einzig Belastende sei das Ergebnis der Hausdurchsuchung. Ich frage ihn, ob er weiß, dass ich im Zeugenschutzprogramm der deutschen Kripo bin. Ja, Dr. Büchler hat ihm das gesagt. Aber auch, dass nichts davon bekannt werden darf. Ich bin erleichtert. Er geht davon aus, dass die Verhandlung frühestens in sechs Monaten sein wird, und fragt, ob ich bis dahin die Hintergründe nennen darf. Ich antworte, dass ich das sehr stark hoffe, aber nichts Sicheres weiß. Dr. Steinhaus weist mich darauf hin, dass die Polizei mich möglicherweise überwachen wird. Zwar nicht rund um die Uhr, aber zeitweise sei das bei schweren Drogendelikten schon üblich. Damit müsse ich rechnen. Ich antworte ihm, dass ich bereits seit einiger Zeit von den Ganoven verfolgt werde, da kann mich dann die Polizei wenigstens schützen. Dann gibt er mir die Rechnung für seinen bisherigen Aufwand, verschlossen in einem edlen Kuvert. Er habe die Kosten so niedrig wie möglich angesetzt. Beim Weg zu meinem Roller öffne ich das Kuvert mit der Sorge, dass mich gleich der Schlag treffen wird. 1.200 Euro plus Mehrwertsteuer. Puh… Es hätte schlimmer sein können. Auf ins Geschäft.

Die Besprechung mit Harry und Moritz verläuft sehr konzentriert, so dass wir in einer halben Stunde durch sind. Moritz fragt natürlich, wo ich gewesen sei. Ich antworte ihm, dass es sich um eine familiäre Angelegenheit handelt, über die ich nicht sprechen möchte. Die mich leider auch in nächster Zeit sehr stark in Anspruch nehmen wird.

Anschließend recherchiere ich bei mehreren Detektivbüros, ob sie Abhörgeräte aufspüren können. Ich finde eines, das sich auf Forensik spezialisiert hat und mit modernsten Geräten arbeitet. Auto und Roller seien ziemlich gut zu ermitteln, sagt der Inhaber, der sogar einen Doktortitel hat. Er klärt mich auf, dass Abhörtechnik für Fahrzeuge heutzutage fast ausschließlich mit GPS-Technik eingesetzt wird. Die sei mit geeigneten Geräten sehr zuverlässig aufzuspüren. Wir vereinbaren gleich einen Termin für den Nachmittag. Ich werde zuerst mit dem Caddy rausfahren, danach mit dem Roller. Das wird zwar alles stressig, aber es geht nicht anders.

Als ich am Abend nach Hause komme, habe ich einen zufriedenstellenden Tag hinter mir. Die Detektei hat gründlich gesucht, aber es wurde nichts gefunden. Der ganze Verfolgungswahn war also unnötig. Trotzdem heißt das nicht, dass es auch so bleibt. Es kann sein, dass sie mit diesem Kokain »ihr Pulver verschossen« haben, aber genauso gut, dass sie mich heute oder morgen oder wann auch immer umbringen wollen. Ich kann nur so weitermachen wie bisher: Wachsam sein und trotzdem nicht die Lust am Leben verlieren!

Wir verbringen den Abend mit Diskussionen um unsere Zukunft. Ich habe beim Fisch-Krieg noch zwei große Forellen gekauft, die wir uns mit Bratkartoffeln und einer großen Salatschüssel haben schmecken lassen. Mara ist erleichtert, dass weder das Auto noch der Roller verwanzt sind. Ich habe den Roller sogar beim Haus abgestellt. Aber zukünftig lasse ich ihn wieder in Adnet. Sicher ist sicher. Mara erzählt mir dann, dass sie heute schon Wilfried, ihren Bekannten in Sankt Johann, angerufen und gefragt habe, ob er diese Woche zu ihr auf den Markt kommen möchte. Den Stand kenne er nämlich nur aus ihren Erzählungen. Sie hat ihm angekündigt, dass sie ihre Gärtnerei und den Stand verpachten möchte. Er war sofort Feuer und Flamme, erzählt sie aufgeregt. Am liebsten wäre er gleich losgefahren. Wie viel Pacht er zahlen müsse, war seine einzige Frage. Mara hat ihm geantwortet, da würden sie sicher eine gute Lösung finden. Das sieht schon mal gut aus!

Die ersten zwei Tage bei Softwaremed waren aufregend – und ernüchternd. Das ist schwere, anstrengende Arbeit. Beide Tage habe ich mit Erich, dem Techniker, verbracht. Ich war von morgens bis spätabends im Einsatz. Wir haben Rechner bei Ärzten installiert, Kabel verlegt, neue Module aufgespielt, was so anlag.

Heute bin ich mit Sabine unterwegs. Am Vormittag hatten wir bereits zwei Beratungstermine bei interessierten Ärzten. Sabine hat die Gespräche recht professionell geführt, das muss ich ihr zugestehen! Beide Besuche haben mit einem Auftrag geendet. Sie schaut mich auf dem Weg zum Auto stolz an und lobt sich selbst. »So gut verkaufen wie ich kann so schnell keiner. Du kannst mich ja öfter begleiten, damit du in dieser Richtung auch was lernst. Techniker sind massenhaft zu finden, wir aber brauchen Verkäufer.« Ich schlucke. Sie meint wohl mit anderen Worten, dass sie eigentlich jemanden wie mich gar nicht bräuchten. Das heißt, es geht ihnen nur um mein Geld.

Am Nachmittag haben wir einen Termin bei einem Augenarzt.

Es ist ein älterer Herr. Ein bisschen pedantisch, auf jeden Fall sehr gewissenhaft, stelle ich schnell fest. Er interessiert sich für eine Modulerweiterung. Zuerst verläuft alles ganz normal. Sabine hat auf ihrem Laptop alle Module und Anwendungen installiert und erklärt dem Arzt die Möglichkeiten, die er zukünftig haben könnte. Die Art, wie Sabine den Arzt behandelt, irritiert mich. Zeitweise macht es auf mich den Eindruck, als wolle sie mit ihm flirten. Sie rückt manchmal so nah an ihn heran, dass er einmal sogar irritiert zur Seite rutscht. Der Arzt kann sich nicht zum Kauf entscheiden, stellt ständig neue Fragen. Sabine wird immer drängender. Und zudringlicher. Gott, ist mir das peinlich. Wir sind schon fast drei Stunden bei ihm. Als der Arzt fragt, ob das neue Modul nicht nur die Ergebnisse, sondern auch die bei der Untersuchung gemachten Bilder speichern könne, antwortet Sabine mit einem Augenzwinkern: »Aber das ist doch selbstverständlich, Herr Doktor. Was glauben Sie, was unsere Gynäkologen sich am Abend zu Hause anschauen?«

Der Arzt wird erst leicht rot, dann schaut er unsicher auf seinen Schreibtisch. Mir ist das so unangenehm, dass ich uns gegenüber dem Arzt entschuldige: »Frau Gruber hat leider nicht gerade ihren besten Tag, sie meint das natürlich nicht so.«

Sabine läuft dunkelrot an. Sie dreht sich wütend zu mir um und ich denke, sie möchte mir am liebsten eine runterhauen. Danach wird sie sehr einsilbig. Der Arzt merkt, dass das Beratungsgespräch schiefläuft, und sagt, er wisse schon ziemlich gut Bescheid. Er werde sich in Kürze entscheiden und wieder melden.

Im Auto zündet sich Sabine als Erstes eine Zigarette an. Ich sage ihr, da müsse ich wohl aussteigen, den Rauch hielte ich keine Minute aus. Sie schmeißt vor Wut schnaufend die Zigarette aus dem Fenster und sagt mir, dass »der Vorfall da oben noch ein Nachspiel« habe. So etwas sei ihr noch nie passiert. Sie sei eine Spitzenverkäuferin, ich eine Null. Ich hätte vom Verkaufen überhaupt keine Ahnung. Dieser Kunde sei für immer zerstört. Sie könne sich nicht vorstellen, wie das wäre, wenn ich ihr zukünftig jeden Tag über den Weg laufen würde. Das sei »zum Speiben, mit so einem kastrierten Fetznschedl« wie mir. Wir fahren zurück zu den Geschäftsräumen. Es ist bereits 16 Uhr 30.

Als wir ins Büro kommen, schließt sich Sabine sofort mit Herbert in seinem Zimmer ein. Ich überlege, ob ich schon heimfahren soll. Warte dann aber noch, um mit Herbert zu besprechen, wie es nächste Woche weitergeht. Die aufgeregte Stimme von Sabine dringt durch die Tür, von Herbert nur ein dumpfes Gemurmel. Nach zehn Minuten kommen beide wieder raus. Sabine holt ihren Mantel von der Garderobe, rauscht, ohne mich eines Blickes zu würdigen, bei der Tür raus. Herbert fragt, ob ich noch Zeit für ein Gespräch habe. Dann wirft er mir vor, dass ich so nicht mit Sabine umgehen dürfe. Sie sei so sensibel. Und die Art, wie sie mit den Ärzten umgehe, die sei bestimmt richtig. Denn sonst würde sie nicht so erfolgreich verkaufen. Am besten wäre es, ich würde mich bei ihr entschuldigen.

»Ich denke mal drüber nach«, brumme ich. Streit bringt uns sicher auch nicht weiter, denke ich.

»Ihr werdet schon zusammenwachsen. Wenn jeder ein bisschen vorsichtig mit dem anderen ist, dann wird das schon klappen. Wer weiß, in ein paar Wochen seid ihr vielleicht beste Freunde«, meint er zum Abschluss. So richtig überzeugt klingt er nicht. Ich will weg. Werde über alles nachdenken. Verabschiede mich mit gerunzelter Stirn. Diesen Tag hatte ich mir anders vorgestellt.

Ich koche Abendessen. Gerade als ich die Kartoffel schäle, höre ich Maras Auto. Sie ist ziemlich müde. Sagt, so ein langer Tag von sechs Uhr morgens bis zum Abend, ohne Pause, setze ihr ziemlich zu. Ob das bereits etwas mit der Schwangerschaft zu tun habe? Dann umfasst sie meine Schultern und schaut mir in die Augen.

»Aber weißt du was? Ich habe eine wundervolle Nachricht! Wilfried war heute länger als eine Stunde bei mir am Markt. Er möchte mein Geschäft auf Pachtbasis übernehmen. Er besucht mich demnächst, dann machen wir das schriftlich.« Ich bin erleichtert und sage ihr, dass das fantastisch ist. Ich erzähle erst mal nichts von dem Vorfall mit Sabine. Ich darf sie nicht fortwährend mit meinen Problemen belasten! Unser Baby soll unbeschwert in ihrem Bauch wachsen dürfen. Es wird alles gut werden. Ich werde die Zähne zusammenbeißen und nächste Woche wieder zur Softwaremed gehen. Vielleicht löst sich alles auf. Man darf im Leben niemals gleich beim erstbesten Rückschlag aufgeben.

Ich bin gleich um neun Uhr bei der SIGRA. Die Atmosphäre war noch nie so verkrampft, wie ich sie heute erlebe. Die Unbeschwertheit von früher ist weg. Gunnar zeigt mir den Ablaufplan. Drei Tage lang werden wir die Rechner tauschen. Und parallel die Monitore. Gunnar wird mit seiner Mannschaft mithelfen. Das sei sein Geschenk für die gute, langjährige Zusammenarbeit, sagt er bedrückt.

Zurück im Caddy schalte ich wieder mein Handy ein. Vier Anrufe in Abwesenheit. Eine unbekannte Salzburger Nummer und drei Mal Sonja. Ich rufe sie sofort zurück.

»Mein Gott, bin ich froh, dass du dich meldest! Ich hatte solche Angst, es könnte dir etwas passiert sein. Wo bist du?«

»Ich war bei der SIGRA, darum hatte ich das Handy in den Flugmodus versetzt. Was ist denn los?«

»Wir haben Sirenen gehört. In der Chiemseegasse. Ich bin sofort raus. Drei Polizeiautos und ein Rettungswagen. Alle mit Blaulicht. Standen bei dir vor dem Haus! Ich hatte solche Angst, es könnte dir etwas zugestoßen sein. Habe den Polizisten vor dem Eingang gefragt. Der hat aber nicht mit mir reden wollen. Und ins Haus hat er mich auch nicht gelassen. Erst als ich gesagt habe, dass ich einen guten Freund habe, der hier wohnt, kam ein Beamter und hat mit mir geredet. Er sagte, eine Frau sei umgebracht worden. Im dritten Stock. Die Frau Sailer von unter dir. Das ist ja furchtbar. Ich zittere noch immer. Florian, ich habe solche Angst um dich.«

Mir fährt ein Schauer über den Rücken. Frau Sailer! Tot! Was bin ich doch für ein Idiot. Ich bin schuld! Sie haben diese alte Frau umgebracht, weil sie aussagte, dass sie die Männer gesehen hat, die bei mir waren. Ich hätte das vorhersehen müssen!

»Was ist, Florian, bist du noch da?«, schreit Sonja ins Telefon.

»Ja. Schon. Mir fehlen die Worte. Ich bin derart schockiert! Ich fühle mich schuldig! Ich hätte die Frau schützen müssen. Sie hat mir mit ihrer Aussage geholfen, und jetzt ist sie tot.«

»Denk doch so was nicht! Wie hättest du das machen sollen? Niemand konnte das ahnen. Und selbst wenn, du hättest doch unmöglich den ganzen Tag bei ihr sitzen und sie beschützen können! Nicht mal zur Polizei hättest du gehen können in deiner Situation. Nein. Diese Mafia ist schuld! Nicht du. Kannst du gleich zu mir kommen?«

»Ich muss mich erst fangen. So kann ich noch nicht fahren.«

»Fahr vorsichtig. Lass dir lieber Zeit. Wir können eh nichts mehr für sie tun … Also bis gleich!«

Eine Faust presst meinen Magen zusammen. Die arme Frau Sailer. Schrecken die vor überhaupt nichts zurück? Einen alten, wehrlosen Menschen umbringen! Am liebsten würde ich zu Ismail fahren und ihn zu Brei schlagen. Diese Schweine! Es kann so nicht weitergehen. Ich muss Henning anrufen. In diesem Augenblick klingelt das Handy.

»Oberstleutnant Leibl am Apparat. Herr Schwandner, wir müssen Sie dringend auffordern, sofort bei uns am Kommissariat zu erscheinen. Alpenstraße 88. Wenn Sie nicht unmittelbar kommen, dann schreiben wir Sie zur Fahndung aus.«

»Wie bitte? Was heißt hier zur Fahndung ausschreiben?« Blanke Wut pulst durch meine Adern. So eine Drecksau! »Ich bin etwas außerhalb der Stadt. Brauche eine gute halbe Stunde, bis ich bei Ihnen bin.«

»Beeilen Sie sich. Wenn Sie nicht bis 14 Uhr bei uns sind, dann lassen wir Sie suchen!«

Bevor ich langsam und vorsichtig losfahre, wähle ich die Nummer von Dr. Steinhaus. Gott sei Dank erreiche ich ihn. Meine Knie zittern so stark, dass ich fast nicht fahren kann. Dr. Steinhaus sagt, er sei in einer Besprechung. Er werde versuchen, so schnell wie möglich in die Alpenstraße zu kommen. Ich soll keine Aussage machen, bevor er da ist. Dann rufe ich Charly an. Sage ihm in knappen Worten, was passiert ist. So wie sich das anhört, werden sie das mir anhängen wollen. Charly muss unbedingt Henning Bescheid geben: Der Nächste, der dran glauben muss, werde ich sein. Worauf sollten sie jetzt noch warten? Die bringen uns alle um!

Ich bin schon auf der Nonntaler Brücke, als mir einfällt, dass Sonja auf meinen Rückruf wartet. Ich sage ihr, dass ich in wenigen Minuten bei der Polizei in der Alpenstraße sein muss, sonst wird nach mir gefahndet. Sie ist empört, sagt, ich dürfe da nicht hin, dann sperren sie mich wieder ein. Ich beende das Gespräch trotz ihrer Proteste nach kurzer Zeit, kann das jetzt nicht mit ihr diskutieren.

»Herr Schwandner. Das hat nicht lange gedauert, dass Sie wieder hier sitzen. Aber das wundert mich nicht. Nehmen Sie Platz!« Neben Leibl sitzt ein älterer Mann in einem schwarzen Talar, der mich aufmerksam mustert. Ist das ein Richter? Leibl fordert mich auf, ihnen gegenüber Platz zu nehmen.

»Sie werden verdächtigt, Ihre Nachbarin, Frau Sailer, kaltblütig ermordet zu haben. Ich mache Sie darauf aufmerksam, dass Sie gemäß Paragraph 164 StPO das Recht haben, dieser Vernehmung einen Verteidiger hinzuzuziehen. Sie sind dazu berechtigt, sich zur Sache zu äußern, um Ihre Unschuld zu beweisen. Sie können sich aber auch zuvor mit Ihrem Anwalt beraten. Gemäß Paragraph 59 ist dies jedoch wegen Verdunkelungsgefahr nur im Beisein eines Beamten möglich. Alle Aussagen, die Sie hier machen, können als Beweis gegen Sie Verwendung finden. Haben Sie das verstanden?« Diesmal hat Leibl die Ansprache gehalten; das scheint zu bedeuten, dass er diesmal das Verhör führt.

»Ja! Ich habe meinen Anwalt Dr. Steinhaus verständigt. Er wird so rasch wie möglich kommen.«

»Wollen Sie bereits vor seinem Eintreffen zu diesen Beschuldigungen Stellung nehmen?«

»Nein.«

»Gut, dann lassen wir Sie ins Nebenzimmer führen, wo Sie auf ihn warten können. Mobiltelefone, die Sie bei sich tragen, sind hier zu deponieren. Herr Wachtmeister«, er wendet sich an den Beamten, der an der Tür steht, »untersuchen Sie Herrn Schwandner und bringen Sie ihn in die Verwahrungszelle, bis sein Anwalt da ist.«

Dann wendet er sich noch einmal an mich: »Sollte Ihr Anwalt nicht innerhalb der nächsten dreißig Minuten eintreffen, werden Sie bis auf Weiteres inhaftiert.«

Ich bin so schockiert, dass mir schon wieder die Beine zittern. Gerade als mich der Beamte am Arm packt und aus dem Zimmer führt, kommt Dr. Steinhaus mit einem anderen Beamten den Flur entlang.

»Da komme ich gerade rechtzeitig! Wurden Sie bereits vernommen, Herr Schwandner?«

Ich gebe ihm die Hand. Er wirkt besorgt.

»Nein, wir wollten auf Sie warten.«

»Gut. Dann frage ich den ermittelnden Beamten, was gegen Sie vorliegt und ob ich mich mit Ihnen besprechen kann.« Er klopft an, geht ins Zimmer. Wir warten vor der Tür.

Dr. Steinhaus öffnet wieder, bleibt im Rahmen stehen: »Mordverdacht. Da darf ich mit Ihnen nur in Anwesenheit eines Beamten sprechen. Das können wir also auch gleich hier drinnen machen. Kommen Sie bitte wieder mit rein.«

Wir nehmen nebeneinander vor Leibl und dem Mann im Talar Platz. Leibl macht mich darauf aufmerksam, dass ich meine Antworten nicht mit Dr. Steinhaus abstimmen darf. Dass mein Anwalt mich nicht beraten, sondern nur still zuhören darf. Sollten wir uns nicht daran halten, wird Dr. Steinhaus sofort von der Befragung ausgeschlossen. Ich schaue ihn hilfesuchend an, er nickt beruhigend. Er sagt mir mit knappen Worten, dass ich nur Fragen beantworten soll, die mich nicht belasten. Wenn ich unsicher bin, soll ich lieber schweigen. Aber wenn es Dinge gibt, die meine Unschuld beweisen, dann soll ich diese nennen. Ich fühle mich etwas besser, seit er da ist.

Der Talarmensch sitzt abwartend zurückgelehnt auf seinem Stuhl. Leibl räuspert sich.

»Herr Schwandner: Dieses Gespräch wird aufgezeichnet und anschließend protokolliert. Ihre Personalien haben wir vor ein paar Tagen aufgenommen, das brauchen wir nicht noch einmal. Also: Ein Paketbote hat diesen Vormittag ein Päckchen an Frau Monika Sailer in der Chiemseegasse 9 zustellen wollen. Da die Tür nur angelehnt war, dachte er, die sei bereits für ihn geöffnet worden, und trat in die Wohnung ein. Er erblickte Frau Sailer, die leblos am

Boden lag. Im Bereich ihres Kopfes befand sich eine Menge Blut. Er hat sofort erkannt, dass Frau Sailer tot ist, und die Wohnung verlassen, ohne etwas anzurühren. Unsere Ermittler waren kurze Zeit später vor Ort, haben alles abgesichert. Wann waren Sie zuletzt in Ihrer Wohnung?«

»Das war«, ich überlege kurz, »am Freitag, 1. Mai. Ich bin direkt nach Freilassung aus der Untersuchungshaft in meine Wohnung gefahren und habe dort geduscht und frische Wäsche geholt. Eine halbe Stunde danach habe ich die Wohnung verlassen und war seither nicht mehr dort.«

»Wo haben Sie sich in der Zeit aufgehalten?«

»Das möchte ich aus den gleichen Gründen wie beim letzten Mal nicht beantworten. Ich möchte keine Privatpersonen in diese Sache hineinziehen, die damit nichts zu tun haben.«

»Dann haben Sie also kein Alibi!« Leibl nickt grimmig. »Wollen Sie sonst noch etwas zur Aufklärung beitragen?«, fragt er hämisch.

»Moment, ich möchte nicht sagen, dass ich grundsätzlich keine Auskunft gebe!« Mir ist bewusst, dass ich höllisch aufpassen muss. Auf jedes Wort, das ich sage.

»Ist denn bekannt, wie lange Frau Sailer schon tot ist?«

»Die Fragen stellen wir!«, sagt Leibl patzig. Dr. Steinhaus zieht einen Block aus seiner Tasche, macht sich Notizen.

»Ich möchte mit meiner Antwort ausdrücken, dass ich möglicherweise Auskunft gebe, wo ich war, wenn ich weiß, wann der Mord begangen wurde«, sage ich nachdrücklich und sehe, dass Dr. Steinhaus befriedigt nickt.

Leibl schüttelt den Kopf, als wolle er darauf nicht antworten. Dafür meldet sich erstmals der Talarmensch zu Wort: »Den exakten Todeszeitpunkt wissen wir erst nach der Obduktion. Sicher ist, dass Frau Sailer bereits mindestens 24 Stunden tot ist und dass der Mord mit größter Wahrscheinlichkeit gestern im Laufe des Tages begangen wurde. Sie war in der Früh noch bei ihrer Bank, hat Geld abgehoben und die Kontoauszüge mit nach Hause gebracht.«

Leibl schaut seinen Nachbarn unfreundlich an. So wie es aussieht, wollte er mir genau diese Auskunft nicht geben.

»Ich war gestern den ganzen Tag mit einer Mitarbeiterin der Firma Softwaremed unterwegs. Frau Sabine Gruber. Die kann bezeugen, dass ich mich um 8 Uhr 30 mit ihr getroffen habe und dann den ganzen Tag bis 16 Uhr 30 ohne Unterbrechung mit ihr unterwegs war. Wir haben Ärzte in Softwarefragen beraten. Danach hatte ich noch ein Gespräch mit dem Geschäftsführer der Firma Softwaremed, Herrn Herbert Langer. Ich war dort noch bis circa. 18 Uhr 30. Auch er kann das bezeugen.«

Dr. Steinhaus seufzt erleichtert auf.

»Das werden wir überprüfen. Können Sie uns die Telefonnummern der Herrschaften geben?«, fragt Leibl in unfreundlichem Ton. Ich nehme mein Handy, das noch auf dem Tisch liegt, und diktiere ihnen die Telefonnummern.

»Wir müssen auch wissen, wo Sie die Nacht davor und danach verbracht haben! Der Todeszeitpunkt ist noch nicht amtlich bestätigt.«

»Ich gebe weiterhin keine Auskünfte über mein Privatleben.« Ich schaue aus den Augenwinkeln zu Dr. Steinhaus. Der schaut unbeeindruckt vor sich auf den Tisch. Das scheint zu passen.

»Das können wir bei einem Mordfall nicht akzeptieren.«

»Aber wenn ich doch ein sicheres Alibi für den Tatzeitraum habe? Außerdem, warum sollte gerade ich Frau Sailer umbringen? Ich mochte die Frau. Ihr etwas anzutun, dafür hätte ich doch überhaupt keinen Grund. Im Gegenteil …«

»Frau Sailer wurde mit einem stumpfen Gegenstand von hinten erschlagen. Sie hat ihren Mörder bei der Tür eingelassen und ist ihm in ihr Wohnzimmer vorausgegangen. So etwas macht eine alte, misstrauische Frau doch nur, wenn sie die Person gut kennt, die zu ihr kommt. Es ist ausgeschlossen, dass sie einen Fremden bei sich hereinlässt und ihm den Rücken zudreht. Nein, zurzeit kommen nur Sie als Täter in Frage.« Leibl nickt zur Bestätigung seiner Worte. »Könnte es nicht so gewesen sein«, sagt er dann in lautem, scharfem Ton, »dass Frau Sailer ihre Aussage zurückzuziehen gedroht hat und dass Sie sie deswegen kaltblütig ermordet haben?«

»Warum sollte sie das? Ich habe den Einbruch doch bei der

Polizei gemeldet. Da gab es nichts zurückzuziehen! Das entsprach absolut den Tatsachen!«

»Genau diese Meldung macht Sie mehr als verdächtig: Warum melden Sie einen Einbruch, bei dem nichts wegkommt? Das macht kein normaler Mensch, wenn kein Schaden entstanden ist. Ich bin sicher, es gab gar keinen Einbruch. Den haben Sie selber vorgetäuscht. Und Frau Sailer hat Sie gedeckt!«

Ich möchte gerade antworten, dass mich Dr. Büchler förmlich dazu gezwungen hat, da fällt mir ein, dass sie mich dann löchern, warum ich wegen einer so banalen Sache meinen Anwalt in der Schweiz anrufe.

»Ich hatte nicht viel Zeit und konnte nicht feststellen, ob wirklich nichts fehlt. Es kam mir auch komisch vor, dass jemand bei mir einbricht und nichts mitnimmt. Ich dachte, vielleicht komme ich in Zukunft noch drauf, dass etwas fehlt oder beschädigt wurde. Dann ist es nötig, dass der Diebstahl gemeldet war.«

»Das klingt nicht gerade sehr überzeugend. Nichts von all dem, was Sie sagen, klingt überzeugend! Die bei Ihnen gefundenen Drogen gehören Ihnen nicht, die Waffe nicht, und eine Woche später wird Ihre Nachbarin ermordet. Und Sie wollen mit all dem nichts zu tun haben! Ich gebe Ihnen dringend den Rat, dass Sie endlich gestehen! So viel ›Unschuld‹ glaubt Ihnen kein Richter dieser Welt. Dieses Mal kommen Sie nicht raus aus der Untersuchungshaft. Vielleicht haben Sie den Mord in Auftrag gegeben? Oder sich ein falsches Alibi besorgt. Wir werden das alles aufklären, da können Sie sicher sein. Gestehen Sie endlich! Nennen Sie uns Ihre Auftraggeber, wenn Sie von jemand dazu angestiftet wurden! Noch bleibt Ihnen eine letzte Chance auf Strafminderung.« Leibl hat einen roten Kopf bekommen. Mir fallen die tiefen Ringe um seine Augen auf, die zusammen mit dem dunklen Schnurrbart sein Gesicht verdunkeln. Ein bisschen hat er Ähnlichkeit mit einem Totenschädel, kommt mir plötzlich in den Sinn.

»Ich habe alles gesagt, was es zu sagen gibt. Überprüfen Sie mein Alibi, und Sie werden feststellen, dass ich zu dem von Ihnen genannten Zeitraum unmöglich in der Chiemseegasse gewesen sein kann.«

»Dann sagen Sie mir doch, wer außer Ihnen ein Interesse am Tod dieser armen Frau hätte haben können«, blafft Leibl mich erneut an.

»Jeder hätte mehr Grund dazu gehabt als ich. Wir hatten nie Probleme miteinander. Die Vermieterin zum Beispiel, die profitiert mit jährlich vielen Tausend Euro, wenn sie die Wohnung an jemand anderen vermietet. Über 80 qm für gerade mal 100 Euro Miete! Frau Sailer hatte noch einen alten, unkündbaren Mietvertrag, der nicht mal die Kosten der Besitzerin deckt. Vielleicht sollten Sie die Wohnungsbesitzerin verhören!« Ich kann meine Aggression gegen diesen Mann nicht mehr im Zaum halten. So ein gemeiner hinterhältiger Kerl! Der weiß mit Sicherheit genau, wer der Mörder ist. Das ist alles so ungerecht.

Leibl läuft vor Zorn erneut rot an.

»Ihre Frechheiten werden Ihnen noch vergehen«, faucht er. Der Mann im Talar sitzt die ganze Zeit ruhig zurückgelehnt in seinem Stuhl, so als ginge ihn das alles nichts an. Dr. Steinhaus schaut gelangweilt auf den Tisch. Und Leibl weiß sichtlich auch nicht weiter.

Mein Anwalt meldet sich zu Wort. »Ich denke, dass den letzten Worten meines Mandanten nichts hinzuzufügen ist. Er ist unschuldig. Er wird keine weiteren Fragen beantworten. Lassen Sie ihn wieder nach Hause gehen.«

»Das kommt auf gar keinen Fall in Frage«, kommt es scharf von Leibl. »Wir werden sein Alibi zerpflücken. Damit kommt er nicht durch. Herr Staatsanwalt!«, er wendet sich an den Mann im Talar neben ihm, »ich möchte Sie darum bitten, Herrn Schwandner so lange in Untersuchungshaft zu nehmen, bis dieser Fall aufgeklärt ist. Hier ist dringende Verdunklungsgefahr gegeben. Und«, er wirft einen giftigen Blick auf mich, »wer weiß, was als Nächstes passiert, wenn dieser Mann weiter frei herumläuft.«

Der Staatsanwalt scheint unschlüssig. Dr. Steinhaus meldet sich zu Wort, schaut den Mann im Talar an:

»Ich kann nicht erkennen, in welcher Form Herr Schwandner hier etwas vertuschen könnte. Mit dem Tod von Frau Sailer hat er nachweislich nichts zu tun. Und in dem Verfahren wegen Drogenbesitzes ist er bis zur Verhandlung auf freiem Fuß, sofern nicht neue Beweise gegen ihn auftauchen. Oberstleutnant Leibl«, Dr. Steinhaus zeigt fast drohend mit dem Finger auf ihn, »ist es keinesfalls gelungen, einen schlüssigen Zusammenhang zwischen den beiden Fällen herzustellen. Ich bitte die Staatsanwaltschaft, meinen Mandanten auf freiem Fuß zu belassen. Er hat eine hohe Kaution gestellt, und es besteht keine Gefahr, dass er sich der Verhandlung entzieht.«

Der Staatsanwalt schaut unschlüssig auf den Tisch. Nach kurzer Zeit des angestrengten Nachdenkens hebt er den Kopf und schaut mich an:

»Ich verfüge hiermit, dass Herr Florian Schwandner bis zur Überprüfung seines Alibis in Untersuchungshaft zu nehmen ist. Sollte sich herausstellen, dass seine Angaben zweifelsfrei stimmen, dann wird er bis zur Verhandlung bzw. bis zum Vorliegen weiterer ihn belastender Beweise auf freien Fuß gesetzt.«

Er steht auf und räumt ein paar Sachen vor sich auf dem Tisch zusammen. Dr. Steinhaus steht ebenfalls auf. »Darf ich noch ein paar Worte mit meinem Mandanten reden?«

Leibl blickt auf und sagt: »In unserer Anwesenheit schon. Gemäß Paragraph 59 Absatz 1 lehne ich es ab, dass Sie ihn unter vier Augen sprechen.«

»Das ist kein Problem! Herr Schwandner, ich bin sicher dass Sie morgen, spätestens übermorgen wieder freikommen. Soll ich jemand benachrichtigen, dass Sie wieder hier gelandet sind?«

»Bitte! Haben Sie noch die Telefonnummer von Frau Sonja Zlatko?«

»Ja. Die habe ich gespeichert. Soll ich sie benachrichtigen, dass Sie für einen oder zwei Tage im Untersuchungsgefängnis sind?«

»Ja, bitte.«

»Mehr kann ich derzeit leider nicht für Sie tun. Ruhen Sie sich einfach ein bisschen aus. Das Ganze ist ohnehin anstrengend genug für Sie, da tut Ihnen eine Pause vielleicht ganz gut.« Er nimmt seine Tasche. »Ich muss mich verabschieden. Danke, meine Herren, auf Wiedersehen. Alles Gute, Herr Schwandner. Melden Sie sich, sobald Sie wieder raus sind, bitte sofort bei mir.«

Er geht. Leibl fordert den Beamten, der noch immer neben der Tür sitzt, auf, mich abzuführen.

Dann wieder das gleiche Prozedere. Ich muss meine »Habe« abgeben, kriege die Blechkiste mit Bettwäsche, Handtüchern, Zahnbürste, Seife, Zahnpasta und Plastikbecher. Kurze Zeit später sitze ich wieder in einer schlecht riechenden Zelle.

Der Unterschied zum letzten Mal ist, dass ich nicht so verzweifelt bin. Mara wird erfahren, dass ich bald wieder frei bin. Was mir weiterhin stark zusetzt, ist der Tod von Frau Sailer. Hätte ich sie retten können? Sie tut mir so leid. Wobei sie sicher nicht leiden hat müssen. Ich kann bei allem noch froh sein, dass der Mord bei Tag und nicht bei Nacht passiert ist. Sonst hätte ich Mara als Zeugin benennen müssen. Und wir hätten fortan jede Nacht zittern müssen. Sie haben es jetzt zwei Mal nicht geschafft, mich aus dem Verkehr zu ziehen. Mir ist klar, was sie bezweckt haben: Die wollen, dass ich die Nerven verliere und alles erzähle! Aber was wollen sie von mir hören? Leibl fragt immer nach Auftraggebern und Hintermännern. Wer sollte das sein? Ich habe keine! In mir verstärkt sich die Überzeugung, dass sie als Nächstes versuchen werden, mich zu töten. Aber wann und wie? Die wissen so viel von mir, ich kann mich nicht dauerhaft verstecken. Wo immer ich sein werde, ich muss damit rechnen, dass jemand auf mich schießt oder mir ein Messer zwischen die Rippen steckt. Jeder, der sich mir nähert, könnte mein Mörder sein. Wie soll Mara das schaffen, wenn ich nicht mehr lebe? Meine Gedanken rasen jetzt doch wieder genau so schnell wie das letzte Mal durch meinen Kopf. Nur dass mir nichts Neues mehr einfällt. Immer die gleichen Fragen, keine neuen Antworten. Ich drehe mich im Kreis. Spüre, dass die nächste Nacht voll quälender Gedanken auf mich wartet. Wann wird mein Leben wieder so normal wie das anderer Leute sein? Werde ich das überhaupt noch erleben? Arme Frau Sailer! Arme, arme Mara! Armer Florian!

Samstag um zwei Uhr am Nachmittag werde ich freigelassen! Ich hatte schon befürchtet, dass ich das ganze Wochenende bleiben muss. Während ich vor dem Gefängnistor auf das Taxi warte, rufe ich Mara an. Sie ist noch auf dem Markt. Sie könne mich frühestens in einer Dreiviertelstunde abholen. Ich sage ihr, das sei nicht nötig. »Ich fahre mit dem Taxi gleich zu uns raus, besser nach Adnet. Von dort gehe ich zu Fuß. Ich möchte auf keinen Fall in die Chiemseegasse. Vielleicht warten sie da schon auf mich. Auch das schlimme Gefühl, an der Tür der toten Frau Sailer vorbeigehen zu müssen, möchte ich mir heute nicht mehr antun«, sage ich ihr. Sie antwortet fast flüsternd, sie könne nicht telefonieren, es warten Kunden, die mithören könnten. »Ich hab dich sehr lieb, Florian«, dann legt sie auf. Ich will mit Mara am Abend darüber reden, dass ich so rasch wie möglich alle wichtigen Sachen zu ihr bringe. Es wird dann halt ein bisschen eng werden. Trotzdem muss ich die Wohnung aufgeben. Nach dem Tod von Frau Sailer möchte ich dort keine Stunde mehr sein.

Am Abend fahren wir in den *Brunnen* und treffen uns mit Sonja. Ich habe mich tief in meine Jacke gehüllt. Ich kann nichts Beunruhigendes erkennen. Sonja hat den Tisch rechts hinter der Theke reserviert. Dort kann man am ungestörtesten miteinander reden. Mit ernster Miene legt sie das *Salzburger Abendblatt* auf den Tisch.

»Hast du den Artikel schon gelesen?«

»Nein. Ich bin gerade erst raus aus dem Gefängnis. Außer mich frisch zu machen und mit Mara das Wichtigste auszutauschen, bin ich noch zu gar nichts gekommen.«

»MORD in der Altstadt!« Große Titelzeile auf der ersten Seite. Mit einem Bild von Frau Sailer. Ich überfliege den Artikel. Gestern tot aufgefunden… Mit einem stumpfen Gegenstand von hinten erschlagen… Und plötzlich glaube ich meinen Augen nicht zu trauen:

Die Polizei hat bereits einen Verdächtigen verhaftet. Es handelt sich um den 34-jährigen Geschäftsmann Florian S., gegen den bereits wegen Drogenbesitz und Zugehörigkeit zu einer kriminellen Vereinigung ermittelt wird. Er bewohnt die Wohnung über der Ermordeten. Der Verdächtige wurde auf Antrag der Staatsanwaltschaft in die Untersuchungshaft eingewiesen, wo er intensiv von der Polizei verhört wird. Der leitende Ermittlungsbeamte rechnet mit einer raschen Aufklärung dieses brutalen Verbrechens.

Die *Austria* solltest du besser nicht lesen. Die haben ein Bild von dir veröffentlicht, auf der Titelseite. Und geschrieben, dass du ein Computergeschäft besitzt. Dazu auch noch, dass bei einer Wohnungsdurchsuchung Rauschgift im Wert von mehr als 50.000 Euro bei dir gefunden wurde«, sagt Sonja und schüttelt verbittert den Kopf.

Ich merke, wie mir vor Wut das Blut in den Kopf schießt. Meine Gedanken rotieren. Was werden meine Kunden denken? Das wird mein kleines Geschäft endgültig ruinieren! Ich muss dringend mit Dr. Steinhaus telefonieren, gegen diese Artikel muss er etwas unternehmen! Mara ist blass geworden und hat Tränen in den Augen. Ich nehme sie in den Arm.

»Die müssen darüber berichten, dass der Verdacht gegen mich fallen gelassen wurde, Liebste«, sage ich und nehme sie tröstend in den Arm.

»Das wird nichts nützen, Florian. Du tust mir so leid! Wie soll das jemals wieder gutgemacht werden?«

Sonja sagt, dass die Zeitung bestimmt am Montag darüber schreiben wird, dass ich wieder frei und unschuldig bin. Sie sagt, dass sie vor Zorn am liebsten bei der *Austria* angerufen hätte, als sie den Artikel las. Aber das nützt nichts. Schuld an dem Ganzen sind ja andere! Wie lang das noch so weitergehen werde, fragt sie anklagend und sieht mich verstört an.

Ich sehe mich um. Niemand befindet sich in unserer Nähe, der mithören könnte. Antworte trotzdem leise: »Im Moment weiß ich überhaupt nichts sicher! Ich werde am Montag mit Henning von der deutschen Polizei telefonieren. Aber der hat mir zuletzt schon gesagt, das dauere alles noch. Allmählich fange auch ich an, zu verzweifeln. Es geht mir wie dem Sisyphos. Kennst du die Geschichte?«

Sonja schüttelt den Kopf.

»Der musste aufgrund einer göttlichen Strafe einen riesigen Felsblock einen steilen Berg hinaufrollen. Immer wenn er nach langen Qualen fast oben war – da wo der Berg am steilsten ist –, konnte er den Brocken nicht mehr halten, und der rollte wieder nach unten. Sein Schicksal aber war es, den Felsblock auf dem

Gipfel zu verankern. Er muss das Unmögliche bis in alle Ewigkeit versuchen!«

Nachdem wir die Bestellung aufgegeben haben, erzählt Sonja uns, dass sie bereits mit ihren Verwandten in Bosnien Kontakt aufgenommen hat. Sie hat sogar schon mehrere Familien gefunden, bei denen sie einzelne Frauen und Kinder unterbringen kann, sobald diese freikommen. Sonja wird dafür zwar bezahlen müssen, aber das könne sie sich noch leisten. Ich vermute, das ist die beste Strategie, mit der Situation umzugehen. Daran zu denken, was zu tun ist, wenn alles vorbei ist. Ich hoffe, ich erlebe das noch. Mein Optimismus ist weg. Ich habe Angst um mein Leben.

»Ich würde auch gerne etwas tun«, sagt Mara mit einem bewundernden Blick Richtung Sonja. »Sonst liest man in der Zeitung über die schlimmsten Verbrechen, ist aber nie so nah dran, dass man helfen könnte. Wie kam es, dass du dich so engagierst, Sonja?«

»Ich habe mitgekriegt, dass Florian und Charly ihr Leben riskieren, um diesen Horror abzustellen und den armen Menschen zu helfen. Und immer mehr bekam ich das dringende Bedürfnis, einen eigenen Beitrag zu leisten. Ich glaube, wir Menschen sind so. Wenn jemand versucht, Verunglückte aus einem von der Straße abgekommenen Auto zu bergen, dann finden sich immer welche, die mithelfen. Aber der Erste, der ist der Wichtigste. Vor dem sind vielleicht schon ganz viele vorbeigefahren im Gefühl, sie können eh nichts machen.«

Charly ruft an. Er will nicht lange stören, nur kurz fragen, ob wir nicht morgen Lust hätten, zu ihm zu kommen. Bea sei auch da. Wir könnten Kuchen essen und uns zu viert über alles Gedanken machen. Ich frage Mara. Sie nickt. Wir werden um 14 Uhr da sein. Ich spüre, wie das Netzwerk meiner Freunde beginnt, mich zu tragen. Ich drücke Sonjas Hand zum Zeichen, wie gut mir die Nähe meiner Freunde tut.

Ramos bringt das Essen persönlich an unseren Tisch. Er zwinkert mir mit einem Auge zu. Ich verstehe. Das bedeutet, dass er über alles Bescheid weiß und zu mir steht. Während wir es uns schmecken lassen, erzählt Mara vom Angebot von Giulias Eltern.

Als Sonja hört, dass wir vielleicht in die Schweiz ziehen wollen, bildet sich eine steile Falte auf ihrer Stirn.

»Das würde aber bedeuten, dass ich meinen besten Freund verliere!«, sagt sie. Und dann, nach einer kleinen Pause, während sie uns abwechselnd nachdenklich anschaut: »Ich kann das trotzdem nachvollziehen. Mein Gott, hier ist das alles viel zu schlimm auf die Dauer mit euch beiden!«

Wir diskutieren noch über die wenigen Alternativen. Beide Frauen sind sich einig, dass es absoluter Unsinn wäre, zurzeit ein Haus zu kaufen. Erst als sich das Lokal bereits ziemlich geleert hat, brechen wir auf.

Zuhause angekommen machen wir uns sofort fertig fürs Bett. Der Tag war intensiv und anstrengend. Mara zieht ihr dünnes Seidennachthemdchen an, in dem sie einfach nur zum Vernaschen aussieht.

»Ich bin zwar schon richtig müde, aber ich habe trotzdem noch gaanz viel Lust auf dich. Meinst du, ein Quickie geht sich noch aus?«

»Quickie ist immerhin besser als Selfie!« Mara verzieht ihre Mundwinkel nach unten, verdreht die Augen nach oben. »Aber da ich gestern die ganze Nacht auf dich verzichten musste, bestehe ich natürlich auf einen ›Longie‹!«

»Ich glaube, ich hätte besser nicht davon reden sollen. Hier werde ich ausgebeutet.«

»Ja, ich werde mich schamlos bei dir bedienen …«

Vor dem Einschlafen treffen wir noch eine Vereinbarung: Wir wollen trotz allem, was passiert, so normal wie möglich leben. Wir werden nur dann über Ismail und seine grausigen Verbrechen sprechen, wenn es wirklich etwas Neues, Wichtiges gibt. Auf keinen Fall darf es so sein, dass sich unsere Gespräche immer nur um dieses Thema drehen. Sonst gehen wir daran kaputt.

Auf dem Weg zu Charly fahren wir bei Fingerlos vorbei und kaufen wieder Torte und Kuchen. Das wird allmählich zur Gewohnheit, merke ich. Gut, dass wir beide so schlank sind. Und unser

Baby kann bestimmt ein bisschen Bauchspeck brauchen. Mara hat noch einen schönen Blumenstrauß für Bea zusammengestellt. Und, nachdem ich sie darum gebeten habe, auch einen für Frau Dorfgraber.

Wie gestern strahlt die Sonne vom Himmel. Mara hat ein luftiges grünes Kleidchen angezogen und sieht zum Anbeißen aus. Sie hat ihre Haare gescheitelt und links und rechts zu Büscheln zusammengebunden. Ich bin stolz darauf, mit so einer schönen Frau auszugehen. Das Auto lassen wir wieder bei Zlatko stehen. Charly und Bea haben einen Tisch mit mehreren Stühlen direkt in den Garten gestellt, vor eine Hecke mit blühenden Büschen. Frau Dorfgraber kommt gerade mit einer Kanne Kräutertee aus ihrer Wohnung. Charlys Mutter ist ganz gerührt, dass wir an sie gedacht haben.

»Das wäre doch wirklich nicht nötig gewesen. So ein schöner Strauß für eine alte Frau wie mich.«

»Blumen sind für unsere Seele wichtig«, antwortet Mara. »Sie öffnen etwas in unseren Herzen, damit der Sommer kommen kann«, fügt sie mit einem kleinen, charmanten Lächeln hinzu. Frau Dorfgraber ist sichtlich gerührt. Bringt schnell die Blumen rein, damit sie nicht vertrocknen. Sagt im Gehen, dass sie uns »junge Leute« besser alleine lässt. Wir hätten doch sicher viel zu besprechen. Ich frage Charly, wie alt seine Mutter mittlerweile ist. 84. Frau Sailer war 82, wie in der Zeitung stand…

Charly berichtet, dass er morgen um 14 Uhr einen Skype-Termin mit Henning vereinbart hat. Er hat den Eindruck, dass es mit den Ermittlungen gut vorangeht. Glaubt, es wird nicht mehr allzu lange dauern, bis was passiert. Dann wechseln wir das Thema. Auch über die Zeitungsartikel reden wir nur kurz. Keiner von uns mag über die schrecklichen Ereignisse reden.

Mara und ich berichten von unserer geplanten Schweiz-Reise. Charly meint, so was sei für mich auf Dauer bestimmt besser als das Computergeschäft.

»Wenn ihr ein Kind habt, dann ist es sicher angenehm, wenn du abends und am Wochenende ohne Verpflichtungen bist, Flo.

Mit Reparaturen kommst du nie auf einen grünen Zweig. Und im Hardwarebusiness läuft ohnehin bald alles nur noch online. Die Leute kaufen nicht mal mehr Stecker im Geschäft.«

Bea bewundert Mara dafür, dass sie dazu bereit ist, mit mir aus Salzburg wegzuziehen. Dann fragt sie, wie es mit der Schwangerschaft geht. Mara sagt, dass sie sich manchmal große Sorgen macht, ob es unserem Baby auch wirklich gut geht. Die ersten Wochen seien kritisch, lese man immer. Und wegen der vielen Katastrophen, die passiert sind, da habe sie manchmal Angst. In solchen Situationen würde sie mit dem Baby reden und ihm sagen, dass es sich ganz sicher lohnt, durchzuhalten.

Bea schaut nachdenklich in den Garten. Sagt dann mit leiser Stimme, dass sie sich auch so sehr ein Baby wünschen würde. Wenn sie noch sehr viel länger warten würden, dann fühle sie sich irgendwann vielleicht zu alt.

Charly reagiert ungehalten. »Wir haben da so oft drüber gesprochen! Es gibt auf dieser Welt schon so viele Kinder! Und bis die groß sind, ist bereits alles zerstört! Es gibt immer mehr Kriege, die Umwelt ist kaum noch zu retten. Der Rechtsradikalismus fällt von allen Seiten über uns her. Und die Gier des Kapitalismus zerstört weltweit die Reste dessen, was noch lebenswert ist!«

»Dabei hast du mir doch vor nicht allzu langer Zeit noch erklärt, dass die menschliche Logik noch zu jeder Menge an Wunderdingen in der Lage ist. Dass es für alles noch Lösungen gibt«, wende ich ein. »Vielleicht kommt ja noch eine Generation, die das alles besser anpackt als wir!«

»Ja, schon! – Jetzt fällst du mir auch noch in den Rücken! Ein schöner Freund bist du«, meint er halbernst. »Die dumme Facebook-Masse ist so bescheuert, ärger geht's nicht mehr. Das sind die gebündelten Interessen unserer Jugend: Klatsch, Tratsch, Party! Für Problemlösungen interessieren sie sich am allerwenigsten. Das neueste iPhone, Abtanzen unter Ecstasy, FPÖ wählen! Stellt euch das vor, es sind vor allem die Jungen, die diese Nationalisten wählen! Egoismus pur! Nein, da kommt leider nichts Besseres nach, hinter uns!«

»Na komm, Charly«, antworte ich, »es gibt doch auch ganz viele tolle junge Leute. Es war doch nie die große Mehrheit, die eine soziale, positive Lebenseinstellung hatte!«

»Ja, schon, aber es sind einfach zu viele …«, sagt Charly bedauernd.

»Abtanzen würd ich auch gerne mal wieder, und Ecstasy habe ich dazu nie gebraucht«, meint Mara. »Außerdem: Was habt ihr eigentlich gegen Facebook? Ich war da auch mal ein paar Wochen dabei, dann habe ich es wieder aufgegeben. War doch alles ganz harmlos. Oder nicht? Aber mir fehlt die Zeit für so was«, meint Mara.

Charly richtet sich auf. Er setzt hoffentlich nicht wieder mal zu einem seiner gefürchteten Monologe an! »Für mich war dieses Medium von Anfang an unakzeptabel! Da war ich mit Flo absolut einer Meinung. Missbrauch persönlicher Daten als Geschäftsprinzip, alles nur darauf ausgelegt, dass dieses gewissenlose Zuckerberg-Bubi mit fremden Daten seine Milliarden scheffelt. Dazu kommt, dass die wenigsten User technisch dazu in der Lage sind, den Mist wieder zu löschen, wenn sie später draufkommen, dass es ihnen vielleicht schaden könnte! So sie denn überhaupt jemals draufkommen!«

Die zwei Frauen sehen sich an. Charly ist also wieder mal bei einem seiner Lieblingsthemen angekommen.

»Eigentlich wollte ich ja mehr darüber von Mara erfahren, wie es sich anfühlt, mit einem Baby im Bauch«, bringt Bea das Gespräch auf andere Bahnen.

»Ich bin absolut glücklich. Das Gefühl, dass da in mir drinnen neues Leben wächst, ist unbeschreiblich schön! Anfangs hatte ich stark mit Übelkeit zu kämpfen. Jetzt ist es schon etwas besser. Nur noch morgens. Na ja, und die Brüste spannen natürlich, aber das ist alles normal. Ich hoffe so sehr darauf, dass wir einen Winkel finden werden, in dem sich unsere kleine Familie sicher fühlen kann.«

Mara wendet sich jetzt an Charly. »Weißt du, es hat auf dieser Welt nie eine Zeit ohne Verfolgung, Zerstörung, Hass und Missgunst gegeben. Die Menschen waren in großer Anzahl leider immer dumm, habgierig und kriegerisch. Trotzdem gab es immer auch ganz, ganz tolle Persönlichkeiten und viele von denen haben uns unschätzbar Schönes und Wertvolles hinterlassen. Es ist ein Phänomen, dass selbst in schlimmsten Krisen immer besonders starke Personen auftauchen, die unglaubliche Taten vollbringen und das Schlimmste abwenden. Solche gibt es auch jetzt in größerer Anzahl.« Sie schaut uns abwechselnd alle an, redet weiter: »Außerdem halte ich es für ganz besonders wichtig, dass reflektierte Menschen Kinder kriegen. Nicht nur die anderen! So kann zumindest das Gleichgewicht gehalten werden auf dieser Welt. Wenn alle diejenigen, die Probleme lösen, anstatt welche zu verursachen, keine Kinder mehr kriegen, dann gibt es keine Chance auf Erholung!«

»Das mit dem Gleichgewicht ist eine coole Idee, das muss ich dir schon lassen, Mara. Ich habe gar nicht gewusst, dass du so politisch denkst«, sagt Charly verlegen grinsend.

Mara antwortet: »Ich habe in letzter Zeit natürlich viel über die Zukunft nachgedacht. Auch über die Risiken. Ich bin zu dem Ergebnis gekommen, dass ›die Welt‹ eines Kindes doch überwiegend von den Eltern bestimmt wird. Wir als Eltern können den Kindern eine schöne Welt schenken. Nicht materiell – sondern menschlich gesehen. Und wenn sie sich in der Kindheit positiv entwickeln, dann sind sie später auch stark für die Herausforderungen. Glaubst du nicht auch, dass das funktionieren kann?«

»Ja, schon. Aber … Weißt du, ich möchte euch euer Baby nicht schlechtreden. Das wäre gemein.« Dann zieht er Beas Hand zu sich und gibt ihr einen Kuss auf ihren nackten Unterarm.

Bea, mein Sternchen. Was hältst du davon, wenn wir erst mal abwarten, wie das bei den beiden läuft? Und wenn die in einem Jahr noch alle zusammen glücklich sind und die Welt noch immer steht, dann reden wir wieder. Einverstanden?«

Bea steht von ihrem Sessel auf und drückt Charlys Kopf an ihre Brust. »Er ist gar nicht so intellektuell, wie er immer tut! Ich glaube, du wärst ein toller Vater, Charly! Wir müssen uns beeilen, dann erlebt deine Mutter noch ihr Enkelkind! Die würde sich das so sehr wünschen!«

Dann schaut sie ihn zärtlich an und sagt: »So weit waren wir noch nie in diesem Punkt. Ihr zwei müsst öfter zu uns kommen! Wer weiß, was sich dann noch alles entwickelt. Und solltet ihr wirklich in die Schweiz ziehen, dann besuchen wir euch dort öfter mal. Versprochen!«

Der Nachmittag verfliegt. Ein Gespräch ergibt das nächste. Wir genießen es, über alles andere zu sprechen als über Opfer, Morde, das Darknet oder dessen Inhalte. Erst als die Sonne den Garten nicht mehr bescheint und es spürbar kühler wird, verabschieden wir uns. Wir sind uns einig, dass wir uns unbedingt bald wieder treffen müssen. Zu viert. Solange das noch möglich ist.

Am Abend planen wir unsere Schweiz-Reise. Wir wollen in Interlaken nicht nur die Klinik sehen, sondern auch, wie es sich dort leben lässt. Mara möchte unbedingt die Eiger-Nordwand besichtigen. Sie hat im Fernsehen schon öfter Berichte gesehen und sich gedacht, dass sie das alles mal live sehen muss. Ich eigentlich auch, wobei es in dieser Gegend noch so viel anderes Faszinierendes gibt. Beim Erkunden der Karte finden wir heraus, dass es nur 200 km bis zum Lago Maggiore sind, und nicht mal 150 nach Montreux. Wahnsinn. Da könnte ich zum Jazzfestival, falls wir im Juli schon dort sind. Ist aber wohl eher unwahrscheinlich. Als Mara sich später im Bett an mich kuschelt, spüre ich, dass sie diese Nacht ruhig schlafen wird. Und unser Baby auch. Vielleicht sogar ich.

Der Morgenverkehr nach Salzburg ist ganz schön dicht, denke ich mir, als ich in der Früh Richtung Stadt fahre. Das Handy klingelt. Dr. Steinhaus. Er habe mittags so gegen zwölf Uhr eine halbe Stunde Zeit. Ob ich da kommen kann. Passt super. Da kann ich vorher in meinem Geschäft noch die Überweisungen machen und Ordnung in den Bürokram bringen. Noch während des Telefonates höre ich das Anklopfzeichen. Herbert. Ob ich am Vormittag bei ihm vorbeikommen kann? Er muss etwas Wichtiges mit mir besprechen. Seine Stimme hört sich belegt an, seine Worte sind gestelzt. »Ich lege großen Wert darauf, mit dir heute noch zusammenzutreffen«, sagt er doch tatsächlich. Ich fahre gleich als Erstes bei ihm vorbei, so spare ich mir den Weg vom Parkhaus nach

Hause und zurück. Gerade als ich das Auto abstelle, ruft Helga, die Sekretärin von Matti, an.

»Hallo Florian. Bin ich froh, dass Sie sich gleich melden! Ich hatte schon die Befürchtung, Sie wären noch eingesperrt. Herr Teller möchte Sie so schnell wie möglich treffen. Sie können sich ja denken, warum. Könnten Sie so gegen Mittag zu uns kommen?« Ihre Stimme klingt so freundlich wie immer. Trotzdem wird mir allmählich klar, was die alle von mir wollen! Alle haben die Zeitungen gelesen! Bei Matti habe ich nicht allzu viel Sorge, dass der komisch reagiert. Aber man weiß nie. Ich sage ihr, dass ich mittags schon einen Termin habe, und um 14 Uhr den nächsten. Wir vereinbaren dann, dass ich um 16 Uhr bei ihnen bin. Viel Zeit für Büroarbeit bleibt nicht, stelle ich fest.

Herbert gibt mir mit ernstem Gesichtsausdruck die Hand und begrüßt mich förmlich mit »Hallo Florian. Nimm bitte Platz!«. Seine Hand ist feucht. Ich wische sie unauffällig an der Hose ab. Er hat massenhaft Parfum oder Rasierwasser aufgetragen, möglicherweise beides. Das ganze Büro riecht aufdringlich. Widerlich, andere mit so einem Geruch zu überfallen!

»Du kannst dir ja denken, warum ich dich unbedingt gleich heute früh sprechen möchte.« Exakt die gleichen Worte habe ich gerade vor zehn Minuten gehört, denke ich. Ich nicke.

»Ja. Sie haben mich festgenommen. Nachdem ich meine Unschuld beweisen konnte, kam ich wieder raus«, antworte ich knapp.

»Natürlich. Ich habe nie daran gezweifelt, dass du unschuldig bist«, sagt Herbert. »Aber solche Sachen passieren ja nicht jedem, meine ich. Und da haben wir uns eben Gedanken gemacht, wie wohl unsere Kunden darauf reagieren würden, wenn du für uns arbeitest. So etwas könnte ein schlechtes Licht auf uns werfen. Das musst du doch verstehen, oder?«, geht er gleich direkt auf mich los. Seine Stimme klingt gequält. Ich ahne, wer hinter dieser Sorge steckt.

»Nein. Das verstehe ich nicht«, antworte ich betont locker. »Ich bin da in Sachen verwickelt, die nicht das Geringste mit mir zu tun haben. Wäre es anders, würde ich nicht frei herumlaufen. Trotz des Mists, der in den Zeitungen stand.«

»Ja. Wir haben bereits in der Früh gelesen, dass die Polizei dich wieder freilassen musste. Mangels Beweisen. Trotzdem musst du Verständnis dafür haben, dass wir unser Geschäft nicht gefährden dürfen. Und bei solchen Vorwürfen bleibt immer etwas hängen!« Er macht eine kleine Kunstpause, in der er mehrere Blätter Papier auf seinem Schreibtisch zu einem Stapel schlichtet.

»Also, ich möchte nicht lange um den Brei herumreden. Florian, wir können unter solchen Umständen leider im Moment nicht zusammenarbeiten. Ärzte sind sehr empfindliche Kunden, da würde es uns schaden, wenn die so etwas missverstehen. Wir wollen deshalb die Einarbeitung für eine gewisse Zeit stoppen.«

»Na ja, so empfindlich scheinen sie ja doch nicht zu sein, wenn sie sich am Abend zu Hause die Aufnahmen der Geschlechtsteile ihrer Patientinnen anschauen«, antworte ich ironisch. Ich bin stocksauer. Das passt doch genau zu dem diffusen Eindruck, den ich von ihm hatte. Ich ergänze: »Ich bin dir nicht böse deswegen, Herbert. Auch ich hatte bereits Bedenken, ob wir alle gut genug harmonieren, so dass ich mein Geld in deine Firma stecke.«

»Dann ist das also auch besprochen«, sagt er patzig. Eine Ader an seiner Schläfe pocht heftig, sein Gesicht glänzt. »Eigentlich wollte ich dir ja vorschlagen, dass wir ein paar Wochen warten, bis Gras über die Sache gewachsen ist. Aber wenn du das so siehst… Also, wir sind nicht auf dich angewiesen.«

»Du, Herbert. Ich fände es schade, wenn wir uns jetzt anfangen zu streiten. Wir haben es alle gut gemeint, und daraus ist halt nichts geworden«, sage ich und stehe auf. Ich reiche ihm – trotz Handschweiß, manchmal geht es nicht anders – meine Hand, möchte ihm alles Gute wünschen und mich verabschieden. Er verweigert den Handschlag.

»Ich habe dem nichts hinzuzufügen. Auf Wiedersehen«, presst er heraus. Ich hebe leicht die Hand. »Tschüs dann!« Verlasse mit ruhigen Schritten sein Büro.

Auf dem Weg zur Tiefgarage bin ich heftig erregt. Ich habe den

Eindruck, dass Herbert ausschließlich mein Geld wollte. Nicht, so wie ich, eine echte Partnerschaft. Ich schlucke den Ärger runter. Denn die Erleichterung überwiegt, dass sich das alles so früh gezeigt hat. In Extremsituationen lernt man die Leute erst richtig kennen. Mara hatte recht. Für eine derart enge Zusammenarbeit braucht es vor allem menschliche Qualität und Übereinstimmung. Die ist wichtiger als der Rest. Abhaken, nach vorne schauen.

Dr. Steinhaus ist im Stress, hat wenig Zeit. Er will mit mir nur kurz besprechen, wie es weitergeht. Seiner Meinung nach sei es eine Riesensauerei, dass die Polizei meine Personalien an die Zeitungen weitergegeben hat. Er habe überlegt, etwas dagegen zu unternehmen. Aber von früheren Fällen her weiß er, dass das nicht viel bringt. Im besten Fall eine winzige Gegendarstellung, wenn bereits andere Themen die Leute bewegen.

Was ihn verwundert hat, war die Zurückhaltung des Staatsanwaltes bei dem Verhör. Das sei sehr ungewöhnlich gewesen. Allerdings enorm hilfreich. Trotzdem müsse ich natürlich mit weiterer Ermittlungstätigkeit gegen mich rechnen. Auch wenn sie mich freilassen mussten, heißt das nicht, dass der ermittelnde Beamte sich damit zufriedengeben wird.

»Aber was wollen die mir jetzt noch anhängen?«, frage ich.

»Die Anschuldigungen gegen Sie bestehen weiterhin. Das habe ich geprüft. Selbst die wegen Mordes, obwohl Ihre Unschuld zweifelsfrei bewiesen sein dürfte. Ich werde mich über den Fortgang der Ermittlungen erkundigen. Falls es da etwas Neues gibt, benachrichtige ich Sie sofort.« Er schaut mich direkt an. »Aber Dr. Büchler hat mir auch mitgeteilt, dass Sie gute Kontakte zur deutschen Polizei haben und mit denen kooperieren. Können Sie vielleicht dort etwas herausfinden?«

Ich weiß nicht, wie viel ich sagen kann und darf. Ein Anwalt ist ja so was wie ein Beichtvater. Aber Henning hat so dringend darauf bestanden, dass ich seine Ermittlungsarbeit strikt geheim halte!

»Ich telefoniere heute Nachmittag mit Deutschland. Falls es da etwas von Bedeutung für uns geben sollte, gebe ich Ihnen natürlich sofort Bescheid«, antworte ich.

Henning sitzt diesmal alleine vor dem Bildschirm. »Hallo, ihr zwei. Na, wie geht's, Florian? Du bist allmählich Stammgast im Salzburger Gefängnis«, meint er mit einem schrägen Lächeln.

»Woher weißt du das?«

»Ich bin inzwischen recht gut über die Ermittlungen in Salzburg informiert. Dadurch konnte ich auch ein bisschen Einfluss nehmen auf den Verlauf deines Verhörs«, sagt er augenzwinkernd.

»Der Staatsanwalt …?«, rufe ich überrascht aus.

»Ich hoffe, es war nicht zu auffällig. Wir können Oberstleutnant Leibl leider von dem Fall nicht abziehen. Besser gesagt, wollen wir das nicht. Er könnte den Braten riechen! Aber wir wollten dir nicht zumuten, dass du für längere Zeit mit Mordanklage in Untersuchungshaft sitzt. Wenn es nach Leibl gegangen wäre, der hätte dich auch ohne jeden Beweis eingesperrt, das ist sicher.«

»Da bin ich dir ja sehr dankbar! Das wäre für mich schwierig geworden, mit meinem Geschäft …«

Er unterbricht mich.

»So ganz einig waren wir uns nicht, ob es wirklich klug ist, dich rauszulassen. Diese Leute sind derart gefährlich, dass es vielleicht für dich sogar besser gewesen wäre, weiterhin in Untersuchungshaft zu bleiben. Aber da du ein lückenloses Alibi hattest, gab es für den Staatsanwalt nicht den geringsten Grund, dich festzuhalten!«

Plötzlich wird mir klar, dass die Polizei natürlich auch Sabine und Herbert befragt hat. Die hatten nicht nur durch die Zeitung davon erfahren! Das habe ich in der ganzen Hektik nicht beachtet. Unter diesem Aspekt kann ich Herbert ein bisschen besser verstehen. Wobei seine Reaktion trotzdem zu feig und sogar feindselig war. »Was glaubst du denn, wie lange ihr noch braucht, bis ihr zuschlagen könnt?«

»Also, ich kann euch versprechen, es dauert nicht mehr allzu lange. Darum habe ich auch kaum Zeit. Wir arbeiten alle rund um die Uhr, haben kaum Pausen zum Schlafen. Florian, pass einfach so gut wie möglich auf dich auf.«

»Ich habe am Donnerstag einen Termin in der Schweiz wegen eines neuen Jobs. Da sind wir schon mal vier Tage weg«, erzähle ich ihm.

»Da müsstest du korrekterweise eine Erlaubnis einholen, bevor du ins Ausland fährst. Vom Staatsanwalt. Aber unter den jetzigen Umständen empfehle ich dir natürlich, darauf zu verzichten. Solange Leibl hinter dir her ist, wäre das kontraproduktiv. Er darf nichts aus deinem persönlichen Umfeld erfahren. Würdet ihr denn in die Schweiz ziehen wollen?«

»Wenn es klappt, wohl schon.«

»Sehr gut! Da würde auch ich mich bedeutend wohler fühlen! Achte bitte darauf, dass niemand von euren Plänen erfährt. Dann braucht ihr in Zukunft keine Sorge vor Entdeckung zu haben. Sonst noch etwas?«

»Mich würde schon noch interessieren, ob sich außer Leibl noch irgendjemand um den Mord an Frau Sailer kümmert. Vielleicht war der es nämlich selber. Ich glaube zu wissen, dass der einzige Mensch, dem Frau Sailer den Rücken zugedreht hätte, eine Amtsperson, also ein Polizist, gewesen sein könnte. Außer ihrer Tochter.«

»Das wäre schlimm! Sicher scheint mir, dass sie sterben musste, weil sie die Einbrecher in deiner Wohnung identifizieren hätte können. Aber ich darf nichts über die laufenden Ermittlungen berichten. Das wird sich alles aufklären, darauf kannst du vertrauen.«

Henning schaut fragend in die Kamera. Ich sehe seiner ganzen Haltung an, dass er am liebsten sofort das Gespräch beenden möchte. Bei der Verabschiedung mahnt er erneut, dass ich höllisch vor Ismail aufpassen muss.

Nach dem Telefonat rät auch Charly, dass wir so lange wie möglich in der Schweiz bleiben. »Oder verkriech dich da draußen in Adnet bei deiner Freundin. Aber lass dich so wenig wie möglich in deiner Wohnung und in deinem Geschäft blicken.

Wir diskutieren noch, wie lange es wohl noch dauern wird, bis dieses Pack endlich ausgehoben wird. Dann muss ich los zur SIGRA. Ich habe ein bisschen Sorge, dass ich dort wieder ins Messer renne. Wobei ich mir nicht vorstellen kann, dass Matti so ähnlich reagiert wie Herbert.

»Hallo Florian! Schön dich zu sehen! Ich habe mir schon gedacht, dass das nur ein Irrtum sein kann und dass sie dich wieder freilassen müssen.« Matti wirkt völlig normal. Kommt mir mit ausgestrecktem Arm entgegen. Ich spüre, wie sich alles in mir entkrampft.

»Hallo Matti. Ja, die haben mein Alibi überprüft und mussten mich freilassen. Ist trotzdem sehr unangenehm für mich.«

»Das kann ich mir denken. Ich hatte ein bisschen Sorge bezüglich unserer Ausschreibung. Unser Einkäufer, Herr Tschäpper, hat schon gedroht, dass er den Auftrag wieder zurückzieht, wenn der Termin nicht eingehalten werden kann.«

»Nein, das braucht ihr nicht in Frage zu stellen! Es ist bereits alles bestellt und wird pünktlich geliefert werden. Und wenn ich ausgefallen wäre, dann hätten meine Mitarbeiter das auch ohne mich geschafft, da bin ich ganz sicher.«

»Das ist ja schlimm mit dieser alten Frau. Kannst du dir erklären, warum sie umgebracht wurde?«

Ich überlege kurz. Das ist eine knifflige Frage.

»Ich habe mit Frau Sailer immer nur von Tür zu Tür Kontakt gehabt. Hab ihr manchmal schwere Sachen die Treppe raufgetragen. Aber näher bekannt waren wir nicht. Sie hatte eine Tochter in München, das hat sie mal erzählt. Doch einen Grund, warum jemand ihren Tod wollte, kann ich mir beim besten Willen nicht vorstellen.«

»Und was war das mit den Drogen, das da in der Zeitung stand?«

Puh!

»Da wollten sie mir wohl was andrehen. Hatten den Falschen auf ihrem Radar.«

»In der *Austria* stand, sie hätten bei dir Kokain gefunden. Eine große Menge!«, insistiert Matti.

»Ich habe in meinem ganzen Leben noch kein einziges Mal geschnupft oder gar gedrückt. Das ist nichts für mich. Ich bin Sportler. Das war wohl wieder so ein *Austria*-Artikel, frei erfunden für die treuen Leser«, sage ich mit einer wegwerfenden Handbewegung. So als würde mich das gar nicht interessieren.

Matti nickt ungläubig mit schrägem Kopf. Meint dann, er habe eine gute Menschenkenntnis, und darauf habe er sich sein ganzes

Leben lang verlassen. Darum habe er keinen Zweifel an meiner Rechtschaffenheit.

Ich wechsle das Thema. Berichte ihm von meinen Plänen, dass ich vielleicht aus Salzburg wegziehen werde, weil ich gerade ein gutes Angebot prüfe. Und dass mein Mitarbeiter Moritz meinen Betrieb übernehmen und gerne weiter für sie tätig sein wird, wenn sie zukünftig etwas brauchen. Nachdem ich das gesagt habe, fällt mir siedend heiß auf, dass das auch eine gute Ausrede für einen längeren Gefängnisaufenthalt wäre. Noch dazu, wenn ich keine konkrete Adresse nenne!

Er reagiert nicht darauf. Erzählt mir dann, wie viele Änderungen dieser Tschäpper der SIGRA in Österreich aufgezwungen hat. Das meiste purer Unsinn! Matti ist über die Einmischung in seine Geschäftsführung ungehalten, aber er kann sich nicht dagegenstellen.

»Zum Abschluss unserer Zusammenarbeit feiern wir aber schon noch ein kleines Fest«, sagt er und nickt mir freundlich zu.

Als ich am Abend Mara von meinem Tag erzähle, nickt sie nur mitfühlend.

»Ich habe damit gerechnet, dass du Schwierigkeiten kriegen wirst, wollte dir aber keine Angst machen.

»Ja. Das Gespräch mit Herbert hat mich sehr enttäuscht. Gut, dass ich danach nicht viel Zeit zum Nachdenken hatte. Das hätte mich runtergezogen. Aber erfreulich ist, dass Henning in dem Telefonat durchklingen hat lassen, dass es nicht mehr lange dauern wird, bis sie zuschlagen. Shit! Da fällt mir ein, was ich vergessen habe. Ich wollte Henning darauf ansprechen, dass er einen Kontakt besorgt in Montenegro. Sonja kann ja nicht dort aufkreuzen und glauben, dass ihr alle zu Füßen liegen! Und was deine Idee mit der Hilfe anbelangt: Wir lassen uns gemeinsam was einfallen, wenn es so weit ist.«

»Ich kann mir überhaupt nicht vorstellen, wie sie das bewerkstelligen möchte, da unten. Bei uns wäre das sicher gar nicht möglich. Aber Sonja kommt aus der Gegend, kennt sich mit den Leuten besser aus als wir.«

»Ganz bestimmt wird sie sich nicht von ihren Plänen abbringen lassen. Ich werde beim nächsten Telefonat mit Henning drüber reden.«

»Du. Bevor ich es vergesse. Giulia hat angerufen. Sie hat total begeistert von ihren Konzerten erzählt. An allen Abenden mussten sie drei Zugaben geben. Und die beiden denken darüber nach, im Herbst gemeinsam auf Tournee zu gehen! Also, wenn ich mich da nicht sehr täusche, dann läuft da was mit diesem Pianisten. Wie heißt er noch?«

»Matthäus, glaube ich, oder so ähnlich. »Über mich habt ihr hoffentlich nicht geredet …«

»Doch. Ihre Eltern waren sehr angetan von dir. Sie können sich sehr gut vorstellen, dass das was wird. Sie haben schon mit ihrem IT-Menschen gesprochen, Pierre heißt der. Der neueste Plan ist, dass Pierre bereits am Freitagvormittag mit dir alles besichtigt. Ich glaube, davon wird viel abhängen. Ob er dich für fähig hält. Norbert wollte dich morgen deswegen noch anrufen.«

»Das ist gut. Ich glaube, so kann auch ich mir den besten Eindruck verschaffen, ob ich diesen Job von meinen Fähigkeiten her bewältige. Es hätte keinen Sinn, wenn wir da hinziehen und feststellen würden, dass ich der Falsche bin.

Weil wir vorhin von Anna Lena geredet haben: Du hast nie davon gesprochen, wie es für sie sein wird, wenn du wegziehst. Du hast doch sicher auch darüber nachgedacht. Zumal es dir immer so wichtig war, sie nicht zu enttäuschen.«

Mara nickt ernst. »Ich habe das Thema bewusst gemieden, weil ich dich nicht zu allem noch mit meinen Problemen belasten möchte. Ich habe viel darüber nachgedacht, wie du dir denken kannst. Ja, ich fühle meine Verantwortung auch weiterhin, ihr gegenüber! Und ich möchte zukünftig, so gut ich kann, für sie da sein. Egal wo wir wohnen. Ich habe ihr das mehr als einmal gesagt. Aber jetzt bekomme auch ich ein Kind, und dieses Kind braucht ebenfalls einen Vater. Es hat das große Glück, den besten aller Väter zu bekommen: den eigenen. Dich!«

Moritz und Harry betreten zusammen unser Geschäft. Sie haben sich wohl vorher irgendwo getroffen und über alles gesprochen. So würde ich es auch tun, an ihrer Stelle. Ich habe schon angefangen, den Laden zu entrümpeln. Wir werden hier jeden Zentimeter Platz brauchen, wenn die große Lieferung kommt. Gut, dass ich nicht mehr zu Softwaremed muss und mich um alles kümmern kann.

»Ihr wollt bestimmt wissen, was an den Nachrichten dran ist. Ich bin in etwas reingezogen worden, womit ich absolut nichts zu tun habe. Mit harten Drogen hatte ich nie etwas am Hut. Und was die Anschuldigung des Mordes betrifft, so haben die Zeitungen bereits berichtet, dass ich ein Alibi habe. Das wollte mir jemand anhängen.« Ich schaue die beiden an, die sich hingesetzt haben.

»Hat einer von euch ein Problem damit?«

Moritz schüttelt energisch den Kopf. »Nein. Überhaupt nicht. Mir war sofort klar, dass das alles nicht stimmt. Solche Sachen machst du nicht«, sagt er ernsthaft.

Harry wartet, bis Moritz fertig geredet hat, und sagt dann, dass er das genauso sieht wie Moritz. Wir bräuchten da nicht mehr drüber zu reden. Für sie beide sei das kein Thema. Da seien sie sich einig. Außerdem müsse er mir eine wichtige Nachricht überbringen:

»Ich bin mit meiner Masterarbeit so gut wie fertig. Gebe nächste Woche ab. Habe mich extra beeilt, dass ich fertig bin, wenn wir die Aktion für die SIGRA durchziehen. Und für danach«, er schaut mich ernst an, »für danach habe ich eine Reise geplant..«

»Ich bin dir jedenfalls dankbar dafür, dass du bei den Rechnern noch voll dabei bist! Danach wird, wenn meine Pläne klappen, ohnehin Moritz den Laden weiterführen. Ich denke, du weißt schon Bescheid. Oder?«

Er nickt. Ich schaue Moritz an.

»Ich kann es noch nicht sicher versprechen. Aber in spätestens zwei Wochen sollte ich dir verbindlich zu- oder absagen können. Passt das?«

Moritz nickt. Er wirkt ein bisschen enttäuscht. Fast so, als hätte er schon sicher mit der Übergabe gerechnet. Trotzdem, ich darf mir keine Türen verschließen, die ich vielleicht noch bitter nötig habe. Erst wenn meine Zukunft geklärt ist, kann ich das Geschäft weitergeben. »Ich hatte Pläne mit einer Softwarefirma, die sich leider zerschlagen haben. Doch ich habe die Hoffnung, dass aus einem anderen Projekt was wird. Wenn nicht, dann muss ich mich hier selber weiter durchwursteln.«

»Sag mir bitte bald Bescheid. Ich habe schon so viel geplant. Es wäre schlimm, wenn das nicht klappt«, sagt Moritz mit leicht unsicherer Stimme.

»Es wird schon klappen.«

Als ich Moritz abschließend frage, ob er sich Gedanken mache, dass sich der Zeitungsartikel negativ auf das zukünftige Geschäft auswirken werde, da lacht er nur laut.

»Ach was. Im Gegenteil. Die Leute, die dich nicht kennen, wissen eh nichts von uns. Und die anderen werden jetzt erst recht kommen. Die sind neugierig. Und wenn sie hier sind, dann kaufen oder bestellen sie auch was. Nein, da mache ich mir nicht die geringsten Sorgen. Das macht uns bekannt, so was schadet nie. Außerdem habe ich viele eigene Connections, die ich aufbauen möchte. Ich plane schon wie wild.«

Mittwoch vor Himmelfahrt nehme ich mir die Zeit, auch die letzten Ecken meines Geschäftes zu entrümpeln. Nachdem ich alles abtransportiert habe, hole ich aus meiner Wohnung alles, was ich die nächsten Wochen brauche, und bringe die Sachen ins Auto. Jeder Schritt von außen in das Haus kostet mich Überwindung. Und ständig ist da die unbestimmte Angst, dass gleich etwas passiert. Aber völlig abschotten von meiner Wohnung kann ich mich leider noch nicht.

Im Hausflur hängt die Parte von Frau Sailer. Das Begräbnis findet Montagnachmittag am Friedhof Maxglan statt. 15 Uhr. Ich vermisse ihre Schritte hinter der Tür. Immer wenn ich an ihrer Wohnungstür vorbeimuss, kriege ich einen Kloß im Hals. Trauer macht sich in mir breit. Ein Gefühl großen Verlustes durchströmt mich, bis in die Knochen! Man wächst zusammen in so einem Haus, wenn man sich fast täglich sieht. Ich hätte ihr noch die Pralinen bringen müssen … Selbstverständlich werde ich zum Friedhof gehen und mich von ihr verabschieden.

Beinahe hätte ich vergessen, den Briefkasten zu leeren. Ich sollte die Post umleiten, aufs Postamt. Damit ich nicht mehr hermuss. Ein Wust an Briefen quillt mir entgegen, wahrscheinlich alles Rechnungen. Ganz vorne finde ich einen Zettel, dass ich ein Einschreiben bei der Post abholen soll. Ich stecke den Schein ein. Ich werde am Montag zur Post gehen, heute ist es schon zu spät. Kurz bevor ich das Geschäft verlasse, um zu Mara rauszufahren, klingelt mein Handy: Norbert! Ich spüre sofort meinen Herzschlag. Klappt alles? Ich merke einen intensiven, kurzen Augenblick, wie wichtig die Schweiz für meine Zukunft geworden ist. Bessere Möglichkeiten gibt es jedenfalls keine mehr.

Norbert begrüßt mich freundlich und fragt, ob es mir gut geht. Ich antworte, dass alles bestens sei und dass wir schon ganz gespannt sind auf die Klinik und die schöne Gegend, in der sie liegt.

»Das Gästezimmer ist bereits für euch vorbereitet. Ihr könnt gerne mehrere Tage bleiben und die Gegend erkunden. Wir sind hier in einer der schönsten Schweizer Naturregionen, wie du wohl schon herausgefunden hast. Und schön wird es auch sein, zumindest laut Wetterbericht«, sagt Norbert. Danach berichtet er, dass mir Pierre Freitagvormittag alles zeigen wird. Es sei nötig, dass ich mir ein möglichst vollständiges Bild mache über die technische Ausstattung und die Aufgabenstellung, die mich erwarten würde. Am Nachmittag seien wir frei, da können wir alles durchdenken. Und für Freitagabend laden sie uns zum Abendessen in der Klinik ein. Da könnten wir schließlich alle noch offenen Fragen klären.

Ich stimme seinen Vorschlägen freudig zu. Bevor wir uns verabschieden, fällt ihm noch ein, dass ich Mara ausrichten soll, dass sich Elena am Freitagvormittag freigenommen habe, um ihr alles zu zeigen. Unglaublich, die denken wirklich an alles. Ich spüre, dass auch ihnen dieser Besuch sehr wichtig ist.

Bevor wir uns auf den Weg machen, schneidet und arrangiert Mara noch einen riesigen Blumenstrauß. Eine unglaublich kreative Kombination aus blühenden Zweigen und langstieligen Blumen. Der muss in einem Kübel im Kofferraum mit. Dann geht es los. Es ist sonnig und mild, laut Wetterbericht wird es in der Schweiz sogar noch eine Spur wärmer.

Die sechs Stunden Fahrt vergehen wie im Flug. Wir schwelgen in Träumen. Schon am Bodensee kriegt Mara glänzende Augen, weil es da so schön ist. »Warte ab, in der Schweiz gibt es noch schönere Seen! Wir fahren am besten über Liechtenstein und Luzern, das ist, glaube ich, die schönere Strecke.« Ich habe mir bereits alles im Internet genau angeschaut und Luzern als Zwischenziel eingegeben.

Drei Stunden später sind wir vom Anblick überwältigt, als wir zum ersten Mal von oben herab die zwei Seen sichten. Sie sind umgeben von sanften Berghügeln, hinter denen sich auf der linken Seite ein gewaltiger Bergzug mit kristallklaren Spitzen vor dem tiefen Blau des Himmels abzeichnet. »Ist das schön!«, schwärmt Mara. »Ich kann gar nicht glauben, dass wir hier vielleicht wohnen werden.«

Das Navi leitet uns über einen Fluss in Interlaken, danach geht es eine zweispurige Bergstraße hinauf in eine grüne Hügellandschaft. Bereits am Ortsausgang von Interlaken entdecken wir ein Hinweisschild: *Kinderwunschresidenz Beatenberg!* Mara ergreift meine rechte Hand, drückt sie fest.

Grüne Wiesen umfangen uns, die mit gelben Blumen übersät sind. Dazwischen repräsentative Häuser in typischem Schweizer Stil. Nach einer Kurve sehen wir unter uns das Blitzen eines türkisblauen Sees, auf dem ein halbes Dutzend Segelschiffe ihre Bahnen ziehen. Das muss der Thunersee sein. Ich halte am Straßenrand und sage Mara, dass wir uns das alles in Ruhe ansehen müssen. Beim Autofahren sehe ich zu wenig. Händehaltend gehen wir ein kleines Stück die Straße entlang.

Der Anblick ist überwältigend. Wie im Fotobuch der Schweiz. Schräg gegenüber dominiert ein dreieckiger Berg das Panorama. Er bildet den Anfang eines Massivs, das sich bis weit zurück in ein Tal fortsetzt. Dahinter strahlen kantige Gipfel im tiefblauen Himmel. Ich vermute, das sind sie: Eiger, Mönch und Jungfrau! Ich spüre, wie eine Gänsehaut meine Arme entlangzieht. Hier zu leben ist zu schön, um wahr zu sein! Zwei Paragleiter ziehen ihre Runden über dem See. Mara gibt mir einen Kuss und sagt:

»Hier werden wir also wohnen!«

»Bitte sei nicht allzu sicher, wir wären sonst zu enttäuscht, wenn es dann doch nicht klappt. Ich hoffe ja auch, dass das was wird …«

Sie sieht mich strahlend an. Glaubt mir nicht. Ich kriege Angst. Was wird sein, wenn das schiefgeht?

Nach fünf Minuten Fahrt taucht links ein großes Plakat mit dem Bild der »Residenz« auf. Der Pfeil des Plakates weist uns ein schmales Sträßchen entlang. Nachdem wir ein kleines Wäldchen passiert haben, sehen wir die Klinik am Ende einer hügeligen Wiese. Umzäunt von einer hohen Mauer, wie wir kurz darauf feststellen. Und eine Einfahrt mit einem Pförtnerhäuschen. Ich staune: Alles ist deutlich größer, als ich mir das vorgestellt habe. Der Pförtner hat uns schon erwartet und erklärt uns, dass wir rechts an der alten Residenz vorbei bis zum Ende fahren sollen. Dort sei ein kleiner Parkplatz. Frau Lüscher wird uns dort abholen.

Gleich hinter der nächsten Kurve leuchtet uns die Front eines sonnenbeschienenen mächtigen vierstöckigen Gebäude entgegen. Wirkt mehr wie ein Alpenhotel, nicht wie eine Klinik. Schwere Holzbalken, große Balkone, teilweise mit Sonnenschirm, Tisch und Stühlen. Als wir langsam weiterfahren, taucht dahinter ein ähnliches Gebäude auf. Nagelneu, wie man unschwer erkennen kann. Von den Ausmaßen her fast identisch, aber das Untergeschoss sieht wesentlich eleganter aus. Riesige Glasflächen, viel Metall. Doch darüber wieder drei Geschosse, mit dunklem Holz ausgekleidet, und ähnlichen Balkonen wie im vorderen Gebäude. Wir fahren auf den Parkplatz.

»Ich bin Isabel und darf Sie im Namen von Herrn und Frau Schläf willkommen heißen«, begrüßt uns eine junge Frau in blauem Hosenanzug. Sie führt uns durch einen Seiteneingang zu einem Lift, mit dem wir in den ersten Stock fahren. Helle Parkettdielen, die Wände pastellfarben. Alles glänzt und strahlt gemütliche Sauberkeit aus. Sie öffnet die Tür zu einem Appartement und überreicht uns eine Keycard. Bevor wir unsere Koffer holen, schauen wir uns beeindruckt in dem Zimmer um. Es ist elegant und gemütlich. Schöner eingerichtet, als man das selbst in einem teuren Hotel erwarten würde. Großes Fenster und Balkon mit Blick auf den See.

Auf dem Tisch finden wir eine kleine Karte.

Liebe Mara, lieber Florian. Wir wünschen euch einen schönen Aufenthalt. Wenn ihr etwas braucht, könnt ihr euch an Isabel wenden. Wie schon besprochen, sind wir heute leider beide zu dringenden Terminen unterwegs.

Norbert und Elena

Den Abend verbringen wir mit der Besichtigung von Interlaken und einer Fahrt den See entlang nach Thun, wo wir uns ein teures, aber schmackhaftes Abendessen leisten.

Kein Laut dringt durch die gekippten Fenster. Trotzdem schlafen wir beide unruhig. Es hängt so viel davon für unser Leben ab, wie der morgige Tag verlaufen wird.

Um drei viertel acht machen wir uns auf den Weg. Mara hat davor noch schnell den Blumenstrauß neu beschnitten. Es wird sich am Vormittag eine Gelegenheit ergeben, diesen an Elena zu überreichen, meint sie. Sie hat ein leichtes, zart geblümtes Kleid angezogen, dazu eine helle Bluse, und ein gehäkeltes Jäckchen umgehängt. Ihre schönen Haare hat sie zu einem losen Zopf zusammengebunden. Sogar einen Hauch von Lippenstift hat sie aufgetragen. Ihre Bäckchen sind ähnlich rot, ohne Makeup. Sie sieht hinreißend aus! Wir gehen den Flur bis ans Ende, fahren mit dem Lift ins Erdgeschoß. Trauen uns nicht, nach dem Weg zu fragen.

»Sie sind bestimmt unsere Gäste aus Salzburg«, begrüßt uns vorne am Empfang eine circa dreißigjährige dunkelblonde Frau, die ein elegantes dunkelblaues Kostüm trägt, mit einem freundlichen Lächeln.

»Ja, können Sie uns bitte helfen? Wir finden den Weg in den Speisesaal nicht!«

»Herr Schwab hat Nachricht hinterlassen, dass Sie beim Frühstück auf ihn warten sollen. Dort wird man Ihnen einen Tisch zuweisen.« Das Telefon klingelt. Sie hebt ab, sagt noch schnell zu uns: »Sie brauchen nur hier links den Gang durchzugehen. Dann sehen Sie rechts schon den großen Saal.«

Gerade als der Kellner unseren Tisch verlässt, kommt ein kleiner Mann mit wuscheligen, bereits stark angegrauten Haaren auf unseren Tisch zu. Das muss Pierre sein. Er trägt dunkelrote Cordjeans und ein kariertes Hemd, das über seine Hose herunterhängt. »Grüezi miteinand«, sagt er fröhlich und kommt mit ausgestreckter Hand auf uns zu. »Ich bin Pierre, ihr habt ja bereits von mir gehört.« Wir einigen uns auf das gegenseitige Du. Pierre erzählt uns, dass er schon bald zwanzig Jahre dabei ist.

Angefangen hat alles mit einer kleinen Klinik in Spiez. Der Zustrom an Patienten wuchs sehr rasch. Deshalb wurde vor fünfzehn Jahren der Beschluss gefasst, nach Beatenberg umzuziehen, zumal das Klinikgebäude hier frei wurde. Norbert und Elena hatten bereits vorher Konzepte entwickelt, der Kinderwunschklinik eine Geburtsklinik anzugliedern. Ein Ort, an dem alles noch besser sein sollte als üblich.

»Das Klinikkonzept wurde also angenommen«, wirft Mara halb fragend, halb bestätigend ein.

»Ja, sehr gut. Selbstbestimmter Geburtsverlauf und die freie Wahl der Geburtsgestaltung sind natürlich auch bei uns Standard. Ärzte und Hebammen arbeiten bei uns ziemlich gleichberechtigt. Wir wurden mehrfach international ausgezeichnet«, erläutert er mit sichtlichem Stolz.

»Und die Anzahl der Kaiserschnittgeburten bei euch, wie hoch ist die?«, fragt Mara.

»Ich bin hier doch nur der IKT-Verantwortliche«, wehrt Pierre lachend ab. »Wir sagen übrigens ICT statt IKT hier in der Schweiz, Florian, falls du das mal brauchst. Aber zurück zur Frage von Mara. Kaiserschnitt. Ich kann euch die Auskunft geben, weil ich diese Daten gerade für die neue Homepage recherchiert habe: Wir liegen knapp unter 25 Prozent.«

Mara wirkt erstaunt. »So niedrig?«

»Es liegt wohl daran, dass wir die Mütter auch vorher schon optimal begleiten. Keine Frau sollte bei uns Angst vor der Geburt haben.«

»Mit welchem Betriebssystem arbeitet ihr?«, mich interessiert das Fachliche gerade mehr. Ich brenne darauf, die Details kennenzulernen.

»Kennst du Nexus?«

»Nur vom Hören. Leider.«

»Wenn du bisher mit Arztsoftware zu tun hattest – wie Norbert berichtete –, dann solltest du schnell damit klarkommen.« Er schaut auf die Uhr. »Schon neun Uhr! Gleich müsste Elena kommen und Mara abholen. Wir beginnen mit einem Rundgang, sobald sie da ist. Damit du einen Überblick gewinnst.«

Als ich nach den Modulen von Nexus fragen möchte, taucht Elena auf. Mit ihrem weißen Hosenanzug hätte ich sie für eine Ärztin gehalten. Wir begrüßen uns herzlich, und sie fragt nach unseren ersten Eindrücken. Wir verbergen unsere Begeisterung nicht.

»Dann werde ich Mara entführen. Ich schlage vor, wir treffen uns gegen halb eins wieder hier am Tisch. Ich muss danach gleich weg zu einem Termin. Wir sehen uns alle abends um acht Uhr, ebenfalls hier. Pierre, wirst du dabei sein?«

»Ich würde gerne kommen, aber meine Frau hat vor längerer Zeit einen wichtigen Termin für heute vereinbart.«

»Ihr habt eh den ganzen Vormittag«, sagt Elena mit einer abschließenden Handbewegung.

Als wir uns mittags wieder im Restaurant treffen, schwirrt mir der Kopf. Maras Augen blitzen vor Neugier: »Und? Wie ist dein Gefühl? Hält dich Pierre für den Richtigen?«

»Gesagt hat er nichts in der Richtung«, sage ich und sehe, wie sich gleich ein Schatten über Maras Gesicht legt, »aber er hat die ganze Zeit so geredet, als wäre ich bereits Teil des Teams. Und zum Schluss hat er gemeint, dass ich möglichst schnell anfangen muss. Am besten schon Anfang oder Mitte Juni. Weil dann in der neuen Klinik die komplette Technik installiert wird. Da könnte ich den idealen Überblick gewinnen, auch über das Netzwerk! Bezug ist gleich nach dem Sommer.«

»Aber das heißt doch, dass er sich für dich entschieden hat, oder?«

»Ich hoffe, schon. Wir haben uns sehr gut verstanden. Und bei dir?«

Eigentlich bräuchte ich nicht zu fragen. Denn ich kann es in ihrem Gesicht schon lesen.

»Elena war urlieb! Nachdem ich ihr die Blumen übergeben habe, womit sie überhaupt nicht gerechnet und worüber sie sich sehr gefreut hat, haben wir die Parkanlagen angeschaut. Elena erzählte, dass sie schon immer eine gänzlich andere Gestaltung haben wollten. Sie hätte so gerne Wiesen mit Alpenblumen, blühenden Sträuchern und Obstbäumen gehabt. Aber für ihren Gärtner waren gepflegte Wege und akkurat geschnittener Rasen wichtiger. Blumen seien zu aufwändig, Büsche und Obstbäume müssten ständig beschnitten werden, war immer sein Einwand. Dabei hat er zwei Arbeiter, die er dafür einteilen kann. Stell dir vor, es gibt auch ein Gewächshaus! Das verwendet er als Abstellraum für seine Gerätschaften. Und im Winter natürlich für die Palmen.«

»Und? Würdest du das so gestalten können, wie Elena will?«

»Ja klar. Das ist total reizvoll und eine kreative Herausforderung. Bis zur Geburt könnte ich noch ganz viel pflanzen, so dass der Park bereits im nächsten Frühjahr viel natürlicher aussieht. Ich könnte meine Tätigkeit auf rund zehn Stunden pro Woche reduzieren, solange ich kindertechnisch eingeschränkt bin. Bräuchte nur die Planung zu machen und Aufsicht zu führen. Der Gärtner und seine Gehilfen würden die praktische Arbeit erledigen.«

»Das heißt, du wärest sein Vorgesetzter?«

»Ja. Er ist zwar etwas brummig, aber das würde schon klappen«, erzählt Mara begeistert.

Nachmittags fahren wir zum See runter und mieten ein Ruderboot. Die Probleme von Salzburg liegen weit hinter uns. Eine Zukunft in dieser schönen Gegend liegt greifbar nah vor uns. Wir schwimmen nicht nur auf dem Wasser, sondern auch in Glücksgefühlen.

Am Abend kommen Norbert und Elena gut gelaunt an unseren Tisch. Norbert bestellt eine Flasche Wein und drei Gläser. Mara darf einmal bei mir am Glas nippen, meint er, mehr würde er als Arzt nicht gestatten. Alle bestellen das vegetarische Abendmenü.

Norbert fragt nach unseren Eindrücken. Elena und er seien sich einig, dass wir beide genau die Verstärkung wären, nach der sie schon so lange gesucht haben. Mara stupst mich unter dem Tisch mit ihrem Fuß an. Das soll heißen, sie habe das gewusst. Unsere Antworten lassen keinen Zweifel daran, dass wir gerne hier arbeiten möchten.

Während das Essen gebracht wird, skizziert Norbert, wie er sich die Konditionen vorgestellt hat. Ich würde, bis Pierre aufhört, 10.000 brutto pro Monat bekommen, ab dann 12.000 Franken. Wenn man aus Österreich kommt, dann höre sich das nach sehr viel an, aber das entspreche den üblichen Gehältern für solche Positionen in der Schweiz. Das Leben sei hier eben auch deutlich teurer. Um uns die nötige Sicherheit zu geben, bekomme ich einen Zweijahresvertrag.

Das sei jedoch nicht alles: Wir würden eine große, schöne Wohnung im alten Gebäude mieten können. Da ich für Notfälle immer erreichbar sein müsste, gelte sie als Betriebswohnung. Dadurch ist die Miete deutlich günstiger. Die Räume werden bisher für Besprechungen und Versammlungen genutzt, werden gerade komplett neu renoviert und eingerichtet. Ob diese Bedingungen für mich passen würden, fragt er zum Schluss lächelnd. Oder ob wir noch Zeit zum Überlegen brauchen.

»Ich nehme das Angebot sehr gerne an«, antworte ich sofort. »Ich bin Ihnen sehr dankbar und freue mich riesig«, druckse ich dazu noch raus. Mit so einem guten Angebot habe ich nicht gerechnet. Und hier wären wir vor Verfolgung sicher! »Da ist aber noch das Problem mit der Arbeitserlaubnis! Brauchen wir so was, um bei euch arbeiten zu können?«

»Ach das«, meldet sich Elena zu Wort, »normalerweise kriegt die Bewilligung jeder, aber nur für ein Jahr. Danach wird es schwieriger. Ein Patient von uns, Dr. Sutter, ist stellvertretender Präsident unseres Kantons. Seine Frau hat zwei Kinder bei uns zur Welt gebracht. Ich habe schon mit ihm telefoniert. Er würde sich darum kümmern, dass ihr Niederlassungsbewilligungen bekommt, hat er mir versprochen«, sagt Elena in breitestem Schwyzerdütsch. »Und wenn alle Fragen beantwortet sind, dann müsst ihr uns gleich noch erzählen, wie weit diese schreckliche Sache inzwischen gediehen ist. Aber vorher müssen wir noch alles Wichtige regeln. Bist du fertig, Norbert? Oder hast du noch Fragen, Florian?«

»Ich wollte noch fragen, wann Florian bei uns anfangen kann. Am liebsten wäre mir sofort oder zum 1. Juni.

»Den 15. Juni könnte ich schaffen. Ich muss noch eine Ausschreibung abwickeln und mein Geschäft übergeben. Einen Nachfolger hätte ich bereits. Wie schnell Mara wegkann, müssen wir noch klären.«

»Bis eure Wohnung umgebaut ist, müsstet ihr in dem Gästeappartement wohnen, in dem ihr derzeit seid. Natürlich kostenfrei. Pierre hat dir sicher schon gesagt, wie nützlich es wäre, wenn du möglichst bald hier anfängst.«

Ich nicke. Ich bin fast ein bisschen benommen. Oder ist das der Rotwein, von dem ich in der Aufregung zu viel getrunken habe?

»Wir haben noch gar nicht darüber geredet, was wir Mara anbieten möchten«, sagt Elena und nickt Mara lächelnd zu. »Also wir möchten dich gerne als Verantwortliche für die Außenanlagen einstellen. Bis euer Kind in den Kindergarten kommt, so zehn bis zwölf Stunden pro Woche. Das solltest du auch mit einem kleinen Baby schaffen, zumal ihr hier wohnt. Für die Teilzeittätigkeit würden wir ein Gehalt von monatlich 2.000 Franken bezahlen. Dadurch hättest du eine eigene Versicherung.«

Mara steht auf, geht zu Elena rüber und umarmt sie. Dann das Gleiche bei Norbert.

»Ich weiß gar nicht, wie wir euch für dieses großzügige Angebot danken sollen«, sagt sie zu den beiden.

»Ach da fällt uns sicher noch was ein«, meint Norbert lachend. »Vielleicht kann Giulia ja ab und zu Rebecca bei euch abgeben. Das würde sie liebend gerne machen, hat sie gesagt, wenn das hier was wird. Aber eines solltet ihr beide unbedingt wissen: Wir sind ausgesprochen froh, zwei so reizende und kompetente Mitarbeiter gewonnen zu haben.«

Dr. Büchler werde nächste Woche Verträge aufsetzen und uns zuschicken, ergänzt Elena Norberts Worte. Anschließend erzählen

Giulias Eltern, wie großartig hier alles nach Eröffnung des Neubaus werden wird. Die Kombination der beiden Kliniken in einem Projekt werde auf weltweites Interesse stoßen. Für Menschen mit unerfülltem Kinderwunsch müsse das Thema Geburt viel unverkrampfter werden, als das vielfach gehandhabt werde. Die psychische Komponente finde anderswo viel zu wenig Beachtung. Der intensive Wunsch, Kinder zu kriegen, sei meist das größte Hindernis für die Paare. Das Kinderkriegen dürfe niemals auf einen technischen Prozess reduziert werden, vielmehr müsse man eine Atmosphäre schaffen, die mental den Boden für die Empfängnis bereitet. Idealerweise sollten Paare hier unbeschwert eine Art Urlaub verbringen, bei dem mittels einer Reihe von geeigneten Maßnahmen die spätere Geburt eines Babys in die Wege geleitet wird. Auch die Hypnose gewinne in diesem Zusammenhang eine immer bedeutendere Rolle. Viele werdende Eltern würden auch das Hypnobirthing begeistert annehmen, mit dem die Klinik innerhalb der letzten Jahre so großartige Erfolge erzielen konnte.

»Aber jetzt haben wir wirklich genug von hier erzählt. Ich möchte gerne noch von Florian hören, wie es ihm mit dieser schrecklichen Verbrecherorganisation ergangen ist. Du warst doch sogar im Gefängnis, hat Giulia erzählt«, wechselt Norbert das Thema.

Ich berichte so knapp wie möglich, was wir wissen und was passiert ist. Elena sagt, dass auch sie und Norbert gerne helfen möchten. Es sei so großartig, was ich bisher geleistet habe. Ich versuche das zu relativieren.

»Ich glaube, ich habe gar nicht so viel gemacht! Ich bin da eigentlich ziemlich unwissend reingerutscht.«

»Wärest du auch unter anderen Umständen bereit gewesen, hierherzuziehen, Mara?«, fragt Elena und sieht Mara nachdenklich an.

Mara zögert. Schaut erst mich an, dann Elena. »Also wenn ich ganz ehrlich bin: Bis vor kurzem hätte ich mir unmöglich vorstellen können, dass ich jemals meine Gärtnerei freiwillig aufgeben würde. Mich von all dem zu lösen, fällt mir sehr schwer. Wir haben da noch nie darüber gesprochen, ich und Florian«, sie ergreift meine Hand, schaut mich ernst an. »Aber ich kann unmöglich mit der Bedrohung leben, dass Florian etwas zustößt. Was soll ich mit dem schönsten Haus und meiner Gärtnerei, wenn wir niemals wissen, ob nicht doch jemand kommt und uns etwas antut? Am liebsten würde ich ihn schon nächste Woche zu euch schicken!«

Ich schlucke. Warum habe ich Mara nie danach gefragt? Ich fühle, dass mein Gesicht wieder rot geworden ist. Gott, ist das peinlich.

»Aber jetzt bin ich froh, dass alles so gekommen ist«, redet Mara weiter und schenkt mir ihr schönstes Lächeln, »ich bin sicher, wir werden hier glücklich!«

Elena kommt darauf zurück, dass sie und Norbert gerne auch einen Beitrag leisten möchten. »Wenn die Frauen wieder in Freiheit sind, vielleicht könnten dann sogar eine oder zwei hier bei uns eine Beschäftigung finden. Mara hat mir am Vormittag von dieser Sonja und ihrem Projekt erzählt. Da könnten auch wir einen Beitrag dazu leisten.«

»Aber ihr habt mir doch schon mit Dr. Büchler geholfen«, werfe ich ein.

»Ach, das war gar nichts. Der nimmt doch für so was kein Geld von uns«, antwortet Norbert wegwerfend und blickt uns mit ernstem Blick an, »ich denke, wir haben hier so gute Bedingungen, dass wir eines dieser verschleppten Mädchen aufnehmen und ausbilden können. Zwei schaffen wir nicht. Diese Frauen sind schwersttraumatisiert und brauchen intensive Betreuung. Vielleicht kommt auch eine Frau mit Baby in Frage.« Norbert schaut auf seine Uhr. »Schon halb elf. Wir müssen los.« Die beiden wollen rasch nach Hause. Morgen früh wollen sie uns noch die Wohnung zeigen, die wir beziehen werden. Der Abschied ist herzlich. Es ist uns allen anzumerken, dass wir mit dem Ergebnis zufrieden sind.

Zurück in unserem Apartment nimmt mich Mara in die Arme, küsst mich und meint, das wollte sie schon den ganzen Abend tun. Sie sei so glücklich. Ich frage, ob es schlimm ist, dass ich nie danach gefragt habe, ob sie eigentlich freiwillig mit mir aus Salzburg fort will. Mara lacht ausgelassen: »Ach du Dummerchen. Ich hätte die Gärtnerei auf jeden Fall verpachten müssen. Und wo hätte ich jemals in meinem Leben so eine Möglichkeit bekommen, ein so großes Stück Land zu einem Blumen- und Pflanzenparadies umgestalten zu dürfen? Das ist eine neue Herausforderung für mich. Genau richtig, passend zum Beginn unseres neuen gemeinsamen Lebens, Liebster.«

Elena holt uns beim Frühstück ab. Sie sagt, Norbert musste plötzlich zu einem wichtigen Termin. Bei so einem großen Klinikbetrieb passiert leider laufend Unvorhergesehenes. Er lässt uns ganz lieb grüßen. Wir fahren ins Erdgeschoß, gehen durch einen langen Flur bis zu einer schweren Holztür am Ende. Sie schließt auf: Das ist also unsere zukünftige Wohnung! Die Zimmer sind vollgeräumt mit allen möglichen Sachen und es fällt mir ziemlich schwer, mir vorzustellen, wie daraus eine Wohnung werden könnte. Der letzte Raum ist geschätzt 40 qm groß und hat eine riesige Glasfront zur Südseite des Gartens. Davor eine große Terrasse! Wenn das schön hergerichtet wird, dann freue ich mich auf jede freie Minute, die wir hier verbringen können. Elena hat bereits den Umbau geplant. Sie bietet uns an, dass wir Badfliesen und Kücheneinrichtung aussuchen. Wir können ihr vertrauen, dass alles sehr, sehr schön werden wird! Elena muss los. Nach einer herzlichen Umarmung verabschiedet sie sich von uns und wir machen uns auf den Weg in die Berge.

Sonntagabend kurz vor Mitternacht sind wir wieder zurück. Ziemlich müde, jedoch voller Euphorie. Seit gestern haben wir fast durchgängig Zukunftspläne geschmiedet. Ich werde am 15. Juni in der Klinik anfangen. Davor muss ich noch meine Wohnung auflösen und das Geschäft an Moritz übergeben. Wird stressig! Mara wird noch bis Ende Juli ihren Stand betreiben.

Schon im Einschlafen murmelt Mara, dass das Leben mit mir aufregend ist. Und schön. Sie weiß gar nicht, wie sie es vorher ohne mich aushalten konnte.

Die Alpenstraße entlang staut es schon wieder. Gut, dass ich keinen wichtigen Termin habe. Ich habe mir fest vorgenommen, heute die Wohnung endgültig zu räumen. Die Möbel werden mittags geholt und werden für ein paar Wochen in ein Lager gestellt. Einen Teil verschenke ich, die schönsten Sachen nehmen wir mit nach Interlaken. Der Einschreibbrief fällt mir ein. Ich fahre noch schnell zum Postamt. Als ich ihn in Empfang nehme, weiß ich bereits, was drinsteht. Absender Elfriede Kaiser. Meine Vermieterin! Auf dem Weg zum Ausgang vom Postamt öffne ich das Kuvert: Fristlose Kündigung! Ich überfliege den Rest. Sie kann den Hausbewohnern nicht zumuten, mit jemandem wie mir in einem Haus zu wohnen. Bla, bla. Ich überlege kurz. Sie hat überhaupt kein Recht dazu. Aber es passt trotzdem bestens. Zum Monatsende hätte ich ohnehin gekündigt. Ich rufe Frau Kaiser an.

Nach einem kurzen, aber heftigen Streitgespräch einigen wir uns darauf, dass ich die Wohnung sofort räume. Freiwillig. Miete bezahle ich für Juni nicht mehr. Frau Kaiser ist hörbar erleichtert, mich so unkompliziert loszuwerden. Geschafft. Jetzt noch eine letzte Überwindung. Hoffentlich passiert nichts. Einmal muss es noch gut gehen.

Schon das Betreten des Hauses ist mir äußerst unangenehm. Alles strahlt für mich etwas Morbides aus. Bei Frau Sailers Wohnungstür spüre ich, wie sich mein Magen verkrampft. Es fühlt sich an, als ob ihr Tod noch in der Luft schwebt, wie ein dunkler Schatten. Schnell rauf. Und jetzt in der Wohnung das Gefühl, dass gleich wieder etwas passieren kann. Wenn mein Aufenthalt von Kameras beobachtet wird, dann kommen sie vielleicht. Keine Panik! So schnell schaffen die das nicht! Ich stopfe meinen mobilen Hausrat und die restlichen Kleidungsstücke in Koffer und Taschen, bringe alles runter in den Caddy. Nach zwei Stunde bin ich durchgeschwitzt, aber alles ist geräumt. Gerade rechtzeitig, denn jetzt kommen schon die Männer, die ich engagiert habe, und holen die Möbel. Keine Zeit für eine Essenspause. Jetzt schnell raus zu Mara. Ich parke in Adnet, wir laden dort meine Sachen in ihren Transporter um. Ich darf weiterhin nicht nachlässig werden und kein unnötiges Risiko eingehen. Schon mal nicht schlecht gelaufen bisher! 15 Uhr Begräbnis. Das wird knapp. Mara hat mir einen Strauß weißer Lilien geschnitten. Sie kann nicht mitkommen, wartet auf

Wilfried, um mit ihm die Details zur Übergabe zu besprechen. Ich bin total erleichtert. Auch bei der Fahrt ist mir niemand gefolgt.

Nur eine Handvoll Leute treffen sich zum Trauergottesdienst. Eine ältere dickliche Frau, schwarz gekleidet, verheultes Gesicht, gibt mir am Eingang die Hand. Sie stellt sich als Tochter vor. Ich nenne meinen Namen. Sehe, wie es in ihrem Gesicht zuckt. Sie holt Luft, um etwas zu sagen. Ich schaue sie fragend an. Sie schweigt und senkt den Kopf. Passt.

Der Rest der Trauerfeier zieht wie ein Schleier an mir vorbei. Ich mag diese Zeremonien nicht. Das Gerede von Wiederauferstehung und dass wir uns alle glücklich wiedersehen werden. Ich glaube dieses Zeug nicht. Es ist einfach nur absurd, zu glauben, dass nach dem Tod alles wieder so sein wird wie hier. Nur besser, weil wir ja alle im Himmel sind.

Es ist gut möglich, dass es eine Existenz nach dem Tod gibt. Das will ich nicht bestreiten. Aber ich glaube daran, dass jeder nach dem Tod genau das kriegt, was ihm für sein Leben gebührt. Wie das dann aussieht, darüber mag ich nicht nachdenken. Religionen und Theorien gibt es massenhaft, wissen tut keiner was! Für mich ist das unbegreiflich, was die Leute sich da so alles zusammenfantasieren und dass sie sich dann deswegen die Köpfe einschlagen. Unser Körper ist weg, der kommt nie wieder auf diese Welt! Damit erledigen sich alle Glaubensrichtungen, bei denen im Jenseits endlos gefressen, kopuliert und in anderen Lüsten geschwelgt wird.

Ob es rein geistiges Leid und geistige Freuden gibt? Andere Existenzformen? Auf anderen Planeten? Vielleicht haben ja sogar diejenigen recht, die an Wiedergeburt glauben. Die scheint mir zwar logisch nachvollziehbar, derzeit jedoch die schlechteste Option von allen! Denn dann erwartet uns nichts Gutes auf dieser Erde, die wir gerade rücksichtslos ausweiden, plündern und zerstören.

Jetzt komme ich dran, eine Schaufel Erde auf ihren Sarg zu schippen. Meine persönliche Verabschiedung von Frau Sailer: Ich schicke ihr freundliche Gedanken. Pralinen sind leider nicht mehr möglich. Sie hat mir sehr geholfen, und dafür mit ihrem Leben bezahlt. Ich danke ihr. Von ganzem Herzen! Und entschuldige mich, obwohl ich nichts dafür kann. Ich wünsche ihr, dass sie am Beginn einer wunderschönen Reise ist.

Auf dem Rückweg sehe ich, dass ich mehrere Mails erhalten habe. Ich entdecke die erfreuliche Nachricht, dass sowohl die Rechner als auch die Bildschirme am Mittwochvormittag angeliefert werden. Passt! Von zuhause schicke ich die Vereinbarung wegen der Mietbeendigung weg, danach telefoniere ich mit Charly.

Er erzählt mir von einem Telefonat mit Knut gestern. Der hat an alle Adressen, die sie auswerten konnten, eine Malware rausgejagt. Knut meint, das sei aus strategischen Überlegungen heraus geschehen, noch bevor die Bande hochgenommen wird. Denn danach würden die meisten Empfänger wahrscheinlich übervorsichtig sein und nicht auf den Link klicken.

Schlagartig wird mir klar, dass das meine Gefährdung massiv erhöht. Ich frage Charly, ob er was von Henning gehört hat. Nein, nichts. Charly gibt mir noch den dringenden Rat, mich für die nächste Zeit abzusetzen. Auf keinen Fall dürfe ich in meine Wohnung. Das war knapp! Gut, dass ich nicht mehr hinmuss. Die Schlüssel bekommt die Vermieterin per Post. Aber ins Geschäft muss ich weiterhin.

»Ich habe gute Neuigkeiten!« Ich erzähle ihm von unserer Schweiz-Reise. Charly freut sich und gratuliert uns.

»Giulia hat also ganz schön auf dein Leben eingewirkt! Ist dir das klar?«

»Ja. Unglaublich. Ich weiß trotzdem nicht so richtig, wie ich mich ihr gegenüber verhalten soll.«

»Da kann ich dir auch keinen Rat geben. Aber da wird euch schon was einfallen. Ich mache mir große Sorgen, dass du noch immer in den Laden musst. Sind denn deine Mitarbeiter wenigstens auch dort?«

»Ja. Schon. Aber gegen solche Kaliber, mit denen wir es zu tun haben, da nützen die mir leider gar nichts! Im Gegenteil, da muss ich mir auch noch um deren Gesundheit Gedanken machen … Ich werde es so einrichten, dass wir nur tagsüber da sind.«

»Es wird schon gut gehen. Pass weiterhin genau auf, dass dich niemand überwacht auf deinem Heimweg. Hoffentlich ist der Spuk bald vorbei!«

Diese Nacht schlafe ich fast gar nicht. Jedes Geräusch von außen, vorbeifahrende Autos, alles nehme ich wahr. Wenn Ismail herausgefunden hat, wo ich wohne, dann habe ich hier draußen keine Chance. Wenn sie kommen, dann sicher zu mehreren. Und bewaffnet. Selbst wenn ich ein Gewehr hätte – ich wüsste nicht mal, wie man richtig schießt. Ich wäre vermutlich schneller tot als ohne Waffe.

Ich muss darauf vertrauen, dass ich nichts übersehen habe und niemand meiner Spur folgen konnte. Zweimal stehe ich auf und sehe aus dem Fenster, als ich merkwürdige Geräusche höre. Einmal gehe ich sogar vor die Tür, erforsche vorsichtig die nähere Umgebung. Nichts. Bestimmt gibt es hier Tiere. Wir wohnen am Waldrand. Wenigstens Mara schläft ruhig und tief. Sie darf auf keinen Fall etwas merken von meiner Angst.

Am Morgen laufe ich eine lange Runde. Die Feuchtigkeit der Nacht löst sich gerade in den Sonnenstrahlen auf. Die Luft ist frisch und rein. Saftiges Grün überall um mich herum, dazu die herrlichen Farben der erblühten Natur. Traumhaft schön. Die Ängste der Nacht sind vorbei. Ich bin wieder zuversichtlich, dass uns nichts passieren wird. Vormittags trifft eine Nachricht von Dr. Büchler ein. Die Verträge sind da. Alles wie besprochen. Wir unterschreiben und schicken das Dokument gleich zurück. Ich schreibe in das Begleitmail, dass unsere Planungen bereits im vollen Gange sind.

Den Nachmittag verbringe ich mit unserer Zukunft: Ich kümmere mich um den Umzug und die Geschäftsübergabe. Viel Zeit bleibt mir nicht, um alles auf den Weg zu bringen.

Der erste Gedanke nach dem Aufwachen: Die Rechner und Bildschirme kommen! Um neun muss ich im Laden sein. Falls die Lieferung schon so früh kommt. Räume alles in die Ecken, was uns stören könnte. Moritz kommt gegen zehn. Ich überrasche ihn damit, dass ich schon einen Vertrag für ihn aufgesetzt habe. Ich sehe seinem Gesicht an, wie sehr er sich freut. Er umarmt mich und bedankt sich. Ich erkläre ihm, wie schön es für mich ist, dass er hier weitermacht.

»Nimmst du eigentlich dein Auto mit in die Schweiz?«

Eigentlich hatte ich das vorgehabt. Andererseits habe ich dann den Stress mit der Verzollung.

»Wärst du denn interessiert?«

»Ja. Meine Mutter will mich unterstützen, würde mir was von ihrem Ersparten geben. Sie sagt, ich brauche doch unbedingt ein Auto, wenn ich Kunden besuchen muss. Ich würde es dir abkaufen.«

»Einverstanden. Wir googeln nach vergleichbaren Autos, und etwas günstiger kannst du es dann haben. Ich hätte es zwar auch behalten, aber für ein Baby ist es nicht so gut geeignet.«

Das hätte ich besser nicht gesagt, denn jetzt kommen die Fragen, von wem das Baby ist, wohin wir ziehen und so weiter. Ich sage ihm, dass wir noch keine Details darüber nach draußen geben wollen, bevor alles endgültig geregelt ist.

Ein dicker Lkw fährt vor die Tür. Zwei Männer laden die Computer und Bildschirme aus. Den Rest des Tages sind wir mit Stapeln und Herrichten beschäftigt. Dazwischen lade ich Moritz zum Essen in den *Brunnen* ein. Verabrede mich dort mit Sonja für 17 Uhr. Sie ist schon wieder ungehalten, weil ich mich so lange nicht bei ihr gemeldet habe.

An den Tischen auf der Terrasse ist bereits gut was los. Wir setzen uns an ein reserviertes Tischchen, das etwas abseits steht. Ich erzähle Sonja, dass bald alles überstanden sein wird. Sie soll sich darauf einrichten, dass es ganz schnell gehen kann. Als ich ihr dann von dem Schweiz-Besuch berichte, und dass ich wohl nur noch drei Wochen da sein werde, bekommt sie feuchte Augen.

»Ich habe schon fast damit gerechnet. So etwas spürt man! Weißt du eigentlich, wie gerne ich dich hab? Ich mag überhaupt nicht daran denken, dass ich dich zukünftig nur noch ein oder zwei Mal pro Jahr sehen werde.« Sie nimmt mich in den Arm. »Ich habe den Fehler gemacht, dass ich nicht dich zu meinem Mann gemacht habe. Alle vernünftigen Männer sind bereits verheiratet oder in einer festen Beziehung. Die noch übrig sind, das sind die Versager, die nichts auf die Reihe bringen. Das kannst du mir glauben. Aber ich glaube, du wolltest mich ohnehin nicht«, sagt sie mit einem schrägen Augenaufschlag.

»Ich hätte mich um dich gerissen, wenn ich gewusst hätte, dass du mir eine Chance gibst. Aber nun ist es leider zu spät.«

»Ja, ja. Im Nachhinein kann das jeder behaupten.«

Wir unterhalten uns noch über eine Stunde. Sonja mag mich nicht gehen lassen. Ich sage ihr, dass ich die nächsten Tage im Laden sein werde. Dann können wir uns mittags treffen. Aber jetzt muss ich dringend los. Ich hoffe, Mara macht sich nicht schon Sorgen, wo ich bleibe.

Als ich zuhause die Tür aufmache, höre ich eine männliche Stimme. Wilfried ist da! Mara stellt ihn als ihren Nachfolger vor. Er ist ein hagerer, kleiner Typ, gewellte brünette Haare, listige Augen. Seine Hand ist vom vielen Arbeiten hart und schwielig. Er sieht mich offen an. Ist mir auf den ersten Blick sympathisch.

Mara lächelt: »Wir sind schon fertig! Haben nur noch darüber diskutiert, welche Alpenblumen und Sträucher Wilfried für Interlaken empfiehlt. Das war sehr aufschlussreich für mich. Ich glaube, wir sollten ihn mal als Berater zu uns einladen.«

»Und mit dem Vertrag seid ihr euch einig geworden?«, frage ich.

»Ja. Das ist ein faires Angebot von Mara. Sie hätte sogar mehr verlangen können«, sagt er mit einem versteckten Lächeln.

»Mir ist am wichtigsten, dass das Geschäft bei dir über die Jahre nicht heruntergewirtschaftet wird. Hätte ich das jemand anderem übergeben müssen, dann hätte ich zwar mehr Geld bekommen, aber nie gewusst, was die aus dem Betrieb machen.« Mara sieht mich an und streckt ihre Arme wie bedauernd aus. »Außerdem trägt Wilfried das Risiko, dass ich alles nach drei Jahren wieder zurückhaben möchte.«

Ich nicke bedächtig. »Ja. Das scheint mir fair zu sein.«

»In diesem Fall muss ich in den drei Jahren so viel verdienen, dass ich mich dann zur Ruhe setzen kann«, sagt Wilfried schelmisch. Er trinkt seinen Kaffee aus und sagt, dass es höchste Zeit wird, wieder heimzufahren. Mit sehr zufriedenem Gesicht verlässt er uns.

Heute ist gemeinsames Kochen angesagt! Ich schäle die Kartoffeln, schneide das Gemüse. Mara bereitet alles zu. Die einfachen Dinge des Lebens können so schön sein.

Seit Wilfried weg ist, habe ich das Gefühl, als wäre Mara anders als sonst. Ich frage sie, was los ist. Ist etwas passiert, von dem ich nichts weiß? Sie gibt mir keine Antwort. Ich sehe, wie sie die Schultern hochzieht und sich darin versteckt. Hoffentlich habe ich nichts falsch gemacht! Als sie anschließend am Herd in der Pfanne herumrührt, sehe ich, dass sie sich verstohlen Tränen aus den Augen reibt. Ich springe besorgt auf und frage sie, was nicht in Ordnung ist. »Habe ich etwas falsch gemacht, ohne es zu wissen?«

»Nein, an dir liegt es nicht! Ich bin einfach nur schrecklich traurig. Weißt du, ich habe so viel Liebe und Mühe in diese Gärtnerei gesteckt, es war mein Lebenswerk. Ich dachte, dass später sogar noch meine Kinder damit ihren Lebensunterhalt verdienen würden. Und plötzlich ist das alles innerhalb so kurzer Zeit vorbei.«

Ich kriege sofort ein schlechtes Gewissen und fühle mich schuldig.

»Dann müssen wir eben hierbleiben! Mir war das nicht so klar, was es für dich bedeutet, das alles aufgeben zu müssen«, sage ich betroffen.

»Nein, so darfst du das nicht auffassen. Wir beide wissen genau, dass du hier nie sicher sein wirst. Und auch unsere Kinder nicht. Nein, die Entscheidung ist schon richtig. Ich freue mich auch auf die Aufgabe in der Schweiz. Aber der Verlust hier schmerzt mich umso mehr, je konkreter alles wird. Versteh das einfach als etwas ganz Natürliches. Es wird vorüber sein, wenn unsere gemeinsame Zukunft anfängt.«

Ich nehme Mara in den Arm und drücke sie an mich. Sie hat recht. Ich merke, dass ich verdränge, wie sehr ich mit allem hier verbunden und verwachsen bin. Aber was sollen wir tun? Wir würden hier nie sorgenfrei leben können. Jedes fremde Auto, das in der Nähe geparkt wird, würde unsere Ängste aufleben lassen. Es gibt keine andere Lösung, als dass wir versuchen, uns auf das zu freuen, was das Schicksal noch für uns bereithält. Woanders!

Ich habe ein Schild an die Tür der *PC-Klinik* gehängt, dass drei Tage wegen Umbauarbeiten geschlossen ist. Ich öffne alle Kartons und baue die Computer für die nötigen Arbeiten auf. Bereite alles für morgen vor, wenn Moritz und Harry mithelfen. Am Abend sind zwölf Computer fertig. Ich habe ein Image erstellt, das man auf alle Rechner spielen kann. So können wir an drei Geräten gleichzeitig arbeiten. Wenn wir uns alle ranhalten, dann können wir vielleicht bereits am 1. Juni mit dem Aufbau anfangen. Ich schreibe gleich ein entsprechendes Mail an Gunnar, dass er das einplant. Dadurch hätte ich auch mehr Zeit, die Schweiz vorzubereiten. Um ein Auto muss ich mich auch noch kümmern.

Ich stecke den Kopf aus dem Laden und checke das Wetter. Ist es gut genug, um mit dem Roller zu fahren? Danach lasse ich die übliche Vorsicht walten auf dem Weg runter zum Kai. Keine Verfolger! Kurzer Check des Rollers. Alles o.k. Ich glaube, diesbezüglich haben wir uns umsonst Sorgen gemacht. Ich setze den Helm auf und fahre gemütlich los. Schalte das Radio ein, um mir die 18-Uhr-Nachrichten anzuhören. Sind schon vorbei. Verkehrsfunk! Ist mit dem Roller nicht so wichtig, darum höre ich kaum hin. Moment! Haben die nicht gerade was von »Kreuzwegpromenade gesperrt wegen Polizeieinsatz« gesagt? Ich muss sofort nach Hause und checken, ob das was mit Ismail zu tun hat. Mein Handy klingelt. Charly meldet sich.

»Du, Bea hat gerade angerufen. Im Radio haben sie gesagt, dass die Polizei einen gigantischen Skandal aufgedeckt hat.« Seine Stimme überschlägt sich fast, so aufgeregt ist er. »Menschenhandel und Mord! In Salzburg. Es gibt erst wenige Nachrichten. Aber es ist davon gesprochen worden, dass es noch am Abend eine Sondersendung geben wird. Ich habe gleich im ORF nachgeschaut. Da gibt es einen Ticker als Eilmeldung. ›*Porno-Mafia in Salzburg hochgenommen. Zugriff durch Cobra. Mindestens ein Toter, mehrere Schwerverletzte. Bericht folgt.*‹ Florian, es ist so weit! Wir haben es geschafft.«

Ich fahre auf den Parkstreifen am Straßenrand. Vor Aufregung zittern meine Hände. Mein Gott. Ist es endlich vorbei? Charly sagt, ich soll mit Mara zu ihm kommen, Bea würde auch da sein. Dann können wir uns am Fernseher und im Internet alles gemeinsam anschauen. Vielleicht erreichen wir auch Henning oder Klaus am Telefon. Auf jeden Fall Knut. Ich erkläre Charly, dass ich Mara gleich anrufen werde, um sie zu fragen, ob das passt.

Mara stößt einen Ausruf der Erleichterung aus. Eigentlich habe sie gerade mit dem Kochen anfangen wollen. Es sei schon alles vorbereitet. Sie stimmt trotzdem zu, dass wir gleich nach Gnigl rausfahren. Sie lädt nur noch schnell die Blumen für den Markt ein. Ihre Stimme hört sich so an, als würde sie nur mit Mühe die Tränen zurückhalten. Auch ich weiß nicht, ob ich vor Freude weinen oder lachen soll. Ich kehre um und hole den Caddy.

Bereits auf dem Weg zu Charly hören wir eine Sondersendung im Radio. Die Cobra habe am Abend bei einem Großeinsatz in Salzburg Mitglieder eines internationalen Verbrechersyndikats festgenommen. Bei dem Einsatz sei es zu einem schweren Schusswechsel gekommen. Zwei Männer seien tot, drei weitere schwer verletzt. Der Rest habe sich kampflos ergeben. Zu den Identitäten kann noch nichts gesagt werden. Auf Seiten der Polizei habe es keine Verletzten gegeben.

Bea und Charly sitzen aufgeregt auf dem großen Sofa vor dem Fernseher. Charly erzählt, dass er bereits vergeblich versucht habe, Henning oder Klaus zu erreichen. Keiner hebe ab. Sie haben bereits Pizza bestellt. Sowohl im ORF als auch in der ARD gibt es Sondersendungen.

Das Essen wird gebracht. Ich achte kaum darauf, was ich mir da in den Mund schiebe. Wir hängen wie gebannt am Bildschirm. Die Berichte im ORF sind noch ziemlich spärlich. Gerade als wir ein anderes Programm suchen wollen, erfolgt eine Umschaltung live in die Kreuzwegpromenade. Die Straße ist gestopft voll von Einsatzfahrzeugen mit Blaulicht, mittendrin ein gepanzertes Fahrzeug, vor dem Polizisten in furchterregend aussehender dunkler Kampfausstattung aufgeregt herumrennen. Sie tragen Gewehre und Maschinenpistolen. Einer spricht aufgeregt in ein Sprechfunkgerät. Der TV-Reporter steht ein gutes Stück davor mitten auf der gesperrten Straße und berichtet gerade, dass vor wenigen Minuten mehrere Verletzte abtransportiert wurden. Er könne derzeit nicht sagen, ob der Einsatz auf dem Grundstück, dessen Einfahrt ein gutes Stück dahinter mit einem Panzerfahrzeug abgeriegelt ist und mit grellen Scheinwerfern beleuchtet wird, bereits beendet sei. Es werden im Laufe des Abends noch exaktere Informationen aus dem Polizeipräsidium erwartet. Er unterbricht, weil er gerade weitere Informationen über seine Kopfhörer erhält. Berichtet anschließend, dass zeitgleich in anderen Ländern Polizeiaktionen stattgefunden haben. Details gebe es dazu noch keine.

„Ich mag gar nicht daran denken, dass du noch vor wenigen Tagen dort warst. Als erklärter Feind dieses Syndikats", sagt Mara betroffen.

Charly schaltet zur ARD, wo ebenfalls gerade eine Berichterstattung läuft. Hier wird berichtet, dass in Zusammenarbeit der montenegrinischen mit der deutschen Polizei und mit Unterstützung der dortigen Streitkräfte ein Einsatz im Landesinneren von Montenegro stattgefunden hat. Von dort werden erste Bilder zugeschaltet. Auch hier sieht man jede Menge Einsatzwagen mit Blaulicht und mehrere gepanzerte Fahrzeuge. Im Hintergrund entdecken wir einen Hubschrauber. Soldaten riegeln die Zufahrt ab. Der Berichterstatter sagt, dass eine größere Anzahl von Frauen und Kindern aus der Hand von Kidnappern befreit wurde. Sie seien in medizinische Betreuung überstellt worden. Auf dem Grundstück hätten Kriminelle ein Gefängnis betrieben, in dem es zu schwersten sexuellen Gewalttaten gekommen sei. Die Kamera zoomt auf ein großes Gebäude, das in Ausschnitten hinter einem hohen Stacheldrahtzaun zu erkennen ist. Die Fenster sind hell erleuchtet. Davor sieht man Soldaten in Kampfuniformen in Gruppen zusammenstehen.

Dann folgt ein Interview in englischer Sprache mit einem Regierungsbeamten, der vor einer schwarzen Limousine steht. Dieser berichtet, dass der Großeinsatz zeitgleich gegen mehrere Standorte einer montenegrinischen Mafiaorganisation geführt worden sei und sehr erfolgreich verlaufen ist. Es wurden rund zwei Dutzend

Personen, überwiegend Männer, verhaftet. Auf diesem Gelände seien Frauen und Kinder gewaltsam festgehalten und für das Drehen von Sexvideos missbraucht worden. Die genauen Ausmaße müssten noch untersucht werden. Montenegro habe bei diesem Einsatz eng mit dem European Cybercrime Centre zusammengearbeitet. Die Polizei habe mit Unterstützung der Streitkräfte hervorragende Arbeit geleistet.

Wir switchen zwischen den Sendern herum: Wesentlich Neues wird nicht mehr berichtet. Als die Sondersendungen zu Ende sind, versuchen wir es erneut bei Henning und Klaus. Nichts. Aber Knut erreichen wir. Der sitzt ebenfalls gerade vorm Fernseher. Er weiß nicht mehr als wir. Henning habe ihm beim letzten Telefonat gesagt, er müsse für ein paar Tage ins Ausland. Von Klaus hat er seit ein paar Tagen nichts gehört. Knut sei mit einem kleinen Team von Leuten derzeit damit beschäftigt, die Identität der User dieser Sauereien zu enttarnen. Das ausgesendete Mail mit dem Trojaner sei von den meisten Empfängern geöffnet worden. Die Auswertungen kämen gut voran. Knut ist sicher, dass der nächste große Knall bald kommen wird.

Wir sind glücklich und erleichtert. Es ist überstanden. Bea meint, vielleicht müssten wir gar nicht mehr wegziehen. Wir diskutieren noch eine Weile über die veränderte Situation und warten auf die *Zeit im Bild* um 22 Uhr. Hier wird berichtet, dass die Frauen und Kinder in einem kerkerähnlichen Gebäude gefangen gehalten und für Veröffentlichungen im Internet missbraucht wurden. Erste Innenaufnahmen werden gezeigt. Alles verwahrlost und dreckig. Zugangstür aus verrostetem Eisen, mit einem schweren Riegel. Schrecklich! Die armen Menschen. Man mag sich ihre Leiden gar nicht vorstellen. Zum Abschluss des Berichts wird ein Foto gezeigt: Ismail Hajda, einer der führenden Köpfe der Verbrechensorganisation, sei bei der Aktion in Salzburg nicht erwischt worden. Die Bevölkerung wird dazu aufgerufen, sachdienliche Hinweise über seinen Aufenthaltsort an die Polizei zu geben. Als Belohnung werden 10.000 Euro ausgesetzt. Es wird vermutet, dass er sich außer Landes befindet. Vermutlich in Serbien.

Ich erstarre. Mara greift nach meiner Hand und schaut mich mit weit aufgerissenen Augen an. Wir sind alle schockiert. Charly sagt als Erster was:

»Sie werden ihn bestimmt erwischen. Die Hauptsache ist, dass er schon mal weg ist.«

»Ja, aber was wird er jetzt machen?«, fragt Mara sorgenvoll. »Stellt euch vor, er ist doch noch in Salzburg und versteckt sich irgendwo!« Dann greift sie erschrocken an ihren Mund, so als habe sie einen besonders schrecklichen Gedanken: »Und was ist, wenn er glaubt, dass Florian an allem schuld ist?«

»Der hat im Moment ganz andere Probleme und wird sicher nach Montenegro oder Serbien fliehen. In seine Villa kann er nicht mehr. Der ist bestimmt schon über die Grenze«, meint Bea.

Es war so verlockend, zu glauben, dass alles überstanden ist. »Und was ist mit diesem Oberstleutnant Leibl?«, werfe ich ein. »Der kann doch unmöglich bei dem Einsatz dabei gewesen sein. Was ist, wenn die sich beide irgendwo verstecken?«

Die Erleichterung und Feierstimmung weicht einem Gefühl neuer Bedrohung. Charly meint, wir sollten über Nacht bei ihm bleiben. Das geht aber nicht. Mara möchte morgen auf den Markt. Sie sagt, sie kann nicht so lange im Ausnahmezustand leben, bis Ismail geschnappt wird. Sie könne sich unmöglich bis dahin verstecken. Charly sucht im Internet alle Meldungen der Medien durch. Nichts Neues. Wir warten schließlich noch auf die *ZIB 24*. Danach werde ich mit Mara heimfahren. Unsere Stimmung ist gedrückt. Das Warten fällt uns schwer, die Zeit verrinnt viel zu träge. Doch in den Spätnachrichten gibt es keine neuen Erkenntnisse mehr. Auch in Italien und sogar in der Ukraine habe es Festnahmen gegeben. Morgen Vormittag um elf Uhr gebe es in Salzburg eine Pressekonferenz. Als die weiteren Nachrichten des Tages angekündigt werden, stehe ich auf. Möchte heim.

»… Oberstleutnant L. hat heute in seinem Haus in Eugendorf Selbstmord begangen. Er hinterlässt eine Frau und zwei Kinder. Es wird vermutet, dass familiäre Gründe für die Tat verantwortlich waren.« Auf dem Bildschirm ist ein Haus zu sehen, aus dem ein Sarg abtransportiert wird. Ich ergreife Maras Hand. »Das ist er!

Furchtbar! Trotzdem bin ich erleichtert. Wenigstens die Sorge vor dem bleibt uns erspart«, sage ich.

Wir setzen uns dann doch noch zu einer letzten Einschätzung der Situation zusammen. Charly ist sicher, dass das Thema durch ist. Es würde überhaupt keinen Sinn für Ismail machen, nicht schnellstmöglich das Weite zu suchen. Nein. Wir bräuchten keine Angst mehr zu haben. Es sei alles vorbei. Bea nickt zustimmend. Mara schüttelt nachdenklich ihren Kopf. Und ich versuche zu fühlen, was mir mein Magen sagt. Nein, da ist noch alles angespannt. Ich werde erst zur Ruhe kommen, wenn sie ihn gefasst haben.

In der Nacht wache ich vom lauten Knacken eines Astes auf. Ich bin sofort hellwach. Kurze Zeit später erneut ein Geräusch unweit unseres Fensters. Dieses Mal leiser. Ich stehe so behutsam auf, dass Mara nicht aufwacht. Mache kein Licht. Knie mich vors Fenster und schaue durch den untersten Spalt nach draußen. Es ist sternenhell, die Umgebung lässt sich ziemlich gut erkennen. Nichts Ungewöhnliches ist aus diesem Blickwinkel zu entdecken, aber der Blick ist sehr eingeschränkt. Ich ziehe eine Jacke über und öffne ganz vorsichtig die Haustür. Bücke mich und schleiche ganz schnell hinaus. Es ist kühl, der Boden feucht. Ich bin barfuß. Vorsichtig schaue ich vom Rand des Windfanges Richtung Straße. Nichts. Kein Auto. Keine Personen. Jetzt höre ich Geräusche von rechts aus dem Garten. Trotzdem ist niemand zu sehen. Ich werde wohl wieder reingehen. Nein. Dann finde ich keine Ruhe! Ich achte genau darauf, dass meine Schritte keine Geräusche machen, und schleiche in den Garten. Wieder nichts. Doch! Da hinten sehe ich den Übeltäter: Ein dicker Dachs läuft aufgeschreckt weg. Ich lege mich wieder ins Bett. Spüre noch die Aufregung in meinen Gliedern. Wie gut, dass Mara so einen tiefen Schlaf hat.

Mara ist wieder vor mir auf den Beinen. Der Wasserkocher weckt mich mit seinem lauten Brummen. Ich stehe auf und nehme sie in den Arm. »Du bist ein tapferes Mädchen! Wart nur, bald haben wir alles überstanden.« Sie legt kurz ihren Kopf an meine Schulter. Es ist für mich nach wie vor ein schöner Tagesbeginn, ihre Nähe zu spüren.

»Besuchst du mich auf dem Markt? Ich muss mich leider schon beeilen.«

»Ich glaube, nicht. Ich werde im Laden die Computer für die SIGRA fertig machen. Aber ich kann rechtzeitig heimfahren und was kochen!«

»Das wäre super. Es ist noch frisches Gemüse da. Dir wird schon was einfallen. Ich muss dringend weg. Hab einen schönen Tag, Geliebter.« Sie küsst mich, nimmt ihre Sachen und eilt durch die Tür.

Ich entscheide mich, keine Zeitung zu kaufen. Die Schlagzeilen, die ich im Vorbeifahren sehe, reichen mir schon. Das Einzige, was mich interessiert, sind sachliche, knappe Informationen. Am besten darüber, dass sie Ismail erwischt haben. Ich höre stündlich die Nachrichten, das reicht. Aber alles, was sie im ORF bringen, kenne ich bereits. Es werden für heute Abend neue Sondersendungen angekündigt.

Sonja ruft an. Sie ist schrecklich aufgeregt und sagt, sie brauche dringend einen Ansprechpartner in Montenegro oder eine Empfehlung. Sie hat für Montag einen Flug nach Sarajewo gebucht. Leiht sich dort von einer Verwandten ein kleines Auto und fährt damit nach Podgorica.

Nachdem Henning auf mehrere Anrufe nicht reagiert, schreibe ich ihm eine SMS. Er soll mich bitte dringend zurückrufen. Charly ruft kurz vor Mittag an und berichtet, dass die Pressekonferenz teilweise im Fernsehen übertragen wurde. Aber da war nichts, was für uns neu ist. Die Berichte über die Gräueltaten der Pornomafia sind auch dominierendes Thema in allen Zeitungen, wie er sich bei einem Kiosk-Besuch überzeugt habe. Die *Austria* habe auf der Titelseite ein totes Baby abgebildet. Darauf die Schlagzeile: SCHÄNDUNG!

Darunter etwas kleiner: »Für so etwas sollten wir die Todesstrafe einführen.«

In *Der Tag* würden Aufnahmen der »Horrorvilla« in Parsch gezeigt. Dazu weitere Bilder aus Montenegro. Ismails Foto prange auf allen Zeitungen. Ich bräuchte absolut keine Angst mehr zu haben, meint Charly beruhigend. Der könne sich hier nirgends mehr blicken lassen.

Über Leibl gebe es im *Abendblatt* einen kleinen Artikel. Eine Art Nachruf, in dem seine erfolgreiche Polizeitätigkeit gewürdigt werde. Seine Kinder sind 13 und 16 Jahre alt. Er sei psychisch krank gewesen und habe laut Zeitungsartikel deshalb Selbstmord begangen.

Sogar Dr. Büchler ruft an und gratuliert mir. Auch in der Schweiz seien diese Enthüllungen im Augenblick das beherrschende Thema. Dort werde darüber diskutiert, dass gegen die Verbrechen im Internet von Regierungsseite stärker vorgegangen werden müsse. Vor allem die Strafen für Leute, die solche Seiten im Internet besuchen, sollten drastisch verschärft werden.

Und am frühen Nachmittag endlich der Anruf von Henning. Er informiert mich, dass er noch mehrere Tage in Montenegro sei. Fragt, was ich so dringend von ihm will. Er habe kaum eine Minute Zeit. Ich erzähle kurz, dass Sonja nach Podgorica reist, um sich um die Frauen und Kinder zu kümmern. Seine erste Reaktion ist völlig abweisend. Auf meine Rückfrage, ob sich dort wirklich jemand intensiv um diese Opfer kümmere, verspricht er, mehr darüber herauszufinden. Zwei Stunden später, ich möchte gerade heimfahren, ruft er wieder an. Er wird mir eine SMS mit Name und Telefonnummer eines Verantwortlichen der dortigen Behörden schicken. An den soll Sonja sich wenden. Ich habe recht gehabt: Sobald die Frauen und Kinder transportfähig sind, würden sie aus Montenegro abgeschoben. In Montenegro gebe es angeblich keine Möglichkeit, sie angemessen zu betreuen.

Sonja sitzt in ihrem Büro und bereitet die Reise vor. Ich übergebe ihr die Kontaktdaten. Sonja hat auch bereits mit Peter, einem Freund vom *Salzburger Abendblatt*, telefoniert. Er habe enormes Interesse an zusätzlichen Informationen aus Montenegro. Die Bereitschaft der Salzburger, die befreiten Opfer zu unterstützen, sei unglaublich groß, hat er ihr berichtet. Es würden ungewöhnlich viele Anrufe bei der Redaktion eingehen und fast alle würden die

Meinung vertreten, dass es furchtbar schlimm sei, dass Salzburg im Zusammenhang mit solchen Verbrechen in allen Medien genannt wird. Die Verantwortlichen der Stadt müssten dringend etwas dafür tun, dass durch großzügige Hilfsmaßnahmen für die Opfer das negative Bild in den Medien korrigiert wird. Sonja hofft auf Unterstützung durch die Zeitung bei der Aufgabe, die auf sie zukommt.

Ich versuche ein Rezept aus dem Internet für Kaiserschmarrn. Das sollte ich schaffen. Dazu gibt es eine große Schüssel Salat. Bin gerade fertig, als Mara vom Markt kommt. Sie sieht erschöpft aus, finde ich.

»Meinst du nicht, dass du dir mehr Pausen gönnen solltest? Ich weiß zwar nicht, wie das ist, wenn man ein Baby bekommt. Aber vielleicht solltest du viel mehr ruhen«, sage ich ihr besorgt. Sie lacht. »Ach. Meine Arbeit ist keine Belastung für mich. Noch nicht. Vielleicht im neunten Monat! Aber ich spüre, dass mir diese Geschichte ziemlich zugesetzt hat. Alle Leute auf dem Markt reden darüber. Die Menschen sind total wütend auf die Täter. Es gab sogar einige, die meinten, dass man solche Leute ebenfalls foltern müsse. Ich hätte nie gedacht, dass daraus so eine große Sache wird. Aber das ist ja gut so. Vielleicht ändert es etwas in der Zukunft.«

Ich erzähle ihr von Sonjas Plänen. Nach dem Abendessen suchen wir im Fernsehen nach neuen Nachrichten. Von Ismail gibt es nach wie vor keine Spur, es wird intensiv nach ihm gefahndet. Die Berichte sind alle so detailliert und schlimm, dass wir das nicht lange aushalten. Wir einigen uns darauf, dass wir lieber einen Film auf *Arte* schauen, um auf andere Gedanken zu kommen.

Anna Lena nimmt überhaupt keine Notiz von mir, als die beiden am Samstagnachmittag vom Markt kommen. Ich grüße die Kleine freundlich, aber sie antwortet nicht einmal. Ich dachte, ihre Abneigung habe sich gelegt, beim gemeinsamen Krocketspiel. Vielleicht ist es ja keine Ablehnung mir gegenüber, sondern nur Fremdheit oder Desinteresse. Ich hoffe es und bemühe mich, sie zu einem gemeinsamen Spiel im Garten zu überreden. Aber sie bleibt abweisend, geht nicht einmal auf meinen Vorschlag ein. Dann wird sich eben Mara mit ihr vergnügen müssen! Ich verziehe mich an den Computer. Es gibt ohnehin so vieles, um das ich mich kümmern muss: Verkauf des Caddy, Beschaffung eines anderen Autos, die Formulare für die Schweizer Behörden müssen dringend fertig gemacht werden, Vertrag für die Geschäftsübergabe entwerfen. Ich wühle mich durch diesen Berg, so gut es geht.

Auch beim Abendessen ignoriert mich die Kleine und redet praktisch nur mit Mara. Sie will nicht einmal neben mir sitzen! Ihre Mutter habe sich diese Woche gemeldet, erzählt sie. Sie sei im Krankenhaus gewesen, und es gehe ihr jetzt sehr gut. Sie sei wieder ganz gesund und möchte, dass Anna Lena sie im Sommer besucht. Ihr Papa lasse sie aber nicht alleine fliegen, er wird wahrscheinlich mitkommen. Mara ermuntert Anna Lena, sich auf die Reise zu freuen. Ihre Mutter habe sie bestimmt sehr vermisst. Und wenn sie gesund sei, dann würde es Anna Lena dort bestimmt sehr gut gehen.

Nach dem Geschirraufräumen spielen wir ein Kartenspiel, Uno, bei dem sich Anna Lena endlich auch mir gegenüber wieder einigermaßen normal verhält.

Am Sonntag behandelt sie mich genauso abweisend wie den Tag davor. Ich bin froh, dass wir wegziehen. Auf Dauer hätte ich das nicht akzeptiert. Als wir Anna Lena am Abend beim Haus ihres Vaters rauslassen, gibt sie Mara ein Bussi. Von mir verabschiedet sie sich wieder gar nicht. Ich spreche Mara darauf an, während wir nach Hause fahren.

»Du musst mit ihr Geduld haben! Bei mir hat es Wochen gedauert, bis sie liebenswert wurde. Ich kann gut nachvollziehen, wie du dich fühlst.« Sie streicht mir über den Kopf. »Es ist ja nicht mehr allzu lange, bis du in der Schweiz bist. Wir werden ohnehin einen Plan machen müssen, wie wir das anstellen. Ich möchte dich an keinem Wochenende vermissen! Vielleicht wechseln wir uns ab? Ein Wochenende kommst du zu mir, und am nächsten besuche ich dich in Interlaken. Ich muss mich dort doch auch eingewöhnen. Und Anna Lena darf dann eben während der Woche zu mir kommen.«

»Ich habe mir Gedanken über ein größeres Auto gemacht, das wir in Zukunft…« In diesem Augenblick klingelt mein Handy. Eine unbekannte Nummer.

»Hallo! Spreche ich mit Herrn Schwandner? Hier spricht Erika Glaser, vom *Seniorenheim Altersruh*. Gut, dass ich Sie gleich erreiche! Ich muss Ihnen leider mitteilen, dass Ihr Vater heute Vormittag ins Salzburger Landeskrankenhaus eingeliefert wurde. Leider haben wir erst jetzt Ihre Telefonnummer herausfinden können. Ich glaube, dass es ernst ist. Wenn Sie können, sollten Sie so schnell wie möglich hinfahren!«

Mara fragt besorgt, was das für ein Anruf war. Sie hat mitgekriegt, dass es was Wichtiges ist.

»Mein Vater. Ich fürchte, es geht zu Ende mit ihm.« Das hat mir noch gefehlt! Schlagartig wird mir klar, dass ich mich die letzten Wochen überhaupt nicht um ihn gekümmert habe. Habe trotzdem kein schlechtes Gewissen. Mara greift nach meiner Hand.

»Ist das schlimm für dich?«

»Ich glaube, nicht. Aber ich werde natürlich sofort hinfahren. Auch wenn ich massive Probleme mit ihm hatte: Es berührt mich ja doch. Ich habe versucht ihn nicht dafür zu hassen, was er uns angetan hat. Aber der Fluch der Kindheit ist nun mal, dass Kinder auch solche Eltern lieben, die es nicht verdient haben. Dass ich ihn liebe, schließe ich aus. Trotzdem hänge ich noch an irgendwelchen Fäden, die mich mit ihm verbinden…«

»Magst du, dass ich mit dir komme?«

»Nein. Es sind nur noch ein paar Minuten bis nach Adnet. Ich bringe dich schnell heim und fahre dann ins Krankenhaus. Wer weiß, wie lange ich dort sein muss.«

Erst beim nochmaligen Hinsehen erkenne ich, dass dieser Mensch mein Vater ist. Ein Schlauch ist an seinem Hals befestigt, ein weiterer an seiner Nase, und einer kommt unter der Decke raus. Der Mund weist Blutverkrustungen auf. Das Gesicht hat eine gelbliche Farbe. Ich greife nach seiner Hand: Sie ist blassgrau und fühlt sich so kalt an, als würde er nicht mehr leben. Der Stationsarzt hat mir gesagt, dass sein Tod unausweichlich sei. Multiorganversagen! Leberinsuffizienz, dazu akutes Nierenversagen. In seinem Fall könne die Medizin nichts anderes mehr tun, als ihm einen schmerzlosen Tod zu ermöglichen.

Ich setze mich an seine Seite auf die Bettkante. Nach einiger Überwindung lege ich meine Hand auf seine, die wie leblos auf dem Bettlaken ruht. Ich werde aller Voraussicht nach nicht mehr mit ihm sprechen können, hat der Arzt auf meine entsprechende Frage geantwortet. Aber vielleicht ist es auch gut, dass ich ihm nichts mehr sagen kann! Allzu gerne hätte ich ihn noch einmal damit konfrontiert, was er Mutter und mir angetan hat. Ob er sich vor seinem Tod bei mir entschuldigt hätte? Ich glaube, eher nicht. Schon bei meinem letzten Besuch hatte ich den Eindruck, dass sein Gehirn nicht mehr zu sinnvoller Aktivität in der Lage war. Ob ein Teil von ihm spürt, dass ich bei ihm am Bett sitze? Gekommen bin, um mich zu verabschieden?

Der Tod löscht nicht nur das Leben aus, er verändert auch das, was man gegenüber einem Menschen empfindet, denke ich. Die Zeit der Vorwürfe ist vorbei. Ich fühle mich erleichtert, dass ich ihn ohne Zorn in seinen letzten Stunden begleiten kann. Ich werde die Nacht hier sitzen bleiben. Eine gute Gelegenheit, noch einmal alles zu vergegenwärtigen, was uns trotz allem verband.

Solange ich klein gewesen bin, war er eigentlich ganz liebenswert. Vor allem während meiner ersten Lebensjahre waren wir eine ziemlich intakte Familie. Ich erinnere mich, dass Mutter uns beide sehr liebte und verwöhnte. Bis der Alkohol immer mehr von ihm Besitz nahm. Der tägliche Rauschzustand führte zu einer fürchterlichen Veränderung seines Charakters – und unseres Familienlebens. Je länger ich an seinem Bett sitze, desto intensiver entstehen Bilder unserer gemeinsamen Vergangenheit in meinem Gedächtnis. Die schlimmen Erlebnisse lasse ich ruhen, wenn sie sich melden. Die schönen lasse ich zu. Es gab tatsächlich eine Zeit, da ich ihn liebte, finde ich jetzt heraus. Meine Gedanken werden zu einem Strom, der mich mitnimmt auf unsere letzte gemeinsame Reise.

Eine Hand legt sich auf meine Schulter. Ich schrecke auf. Ich muss irgendwann eingenickt sein. Eine Schwester steht hinter mir und sieht mich ernst an. Dann geht sie zu den Geräten, schaltet sie, ohne ein Wort zu sagen, aus. Anschließend geht sie wieder und lässt mich mit meinem toten Vater allein.

Heute Morgen bin ich gleich in der Früh ins Seniorenheim, um Vaters persönliche Dinge zu sichten und das Wichtigste einzupacken. Da Pfingstmontag ist, geht es hier ziemlich lebhaft zu. Ich bitte eine der Schwestern, sein Zimmer räumen zu lassen. Wenn dafür Kosten anfallen, dann soll sie mir diese berechnen. Er hatte eine alte Omega-Armbanduhr, die noch auf dem Kästchen neben seinem Bett liegt. Ich stecke sie ein, als einzige Erinnerung. Auch ein Fotoalbum nehme ich mit. Nicht für mich, ich lege keinen Wert darauf! Aber wir werden vielleicht Kinder haben, die später nach Großeltern fragen. Alles andere lasse ich liegen. Mir ist es lieber, wenn es in meinem Umfeld keine Dinge gibt, die mich an ihn erinnern.

Ich fahre auch gleich ins Beerdigungsinstitut, um alles Nötige zu regeln. Als der Bestatter nach weiteren Verwandten für die Parte fragt, fällt mir ein, dass Vater einen Bruder hat, in Graz, den ich benachrichtigen muss. Wir hatten seit meiner frühen Kindheit keinen Kontakt, da Vater mit ihm dauerhaft zerstritten war. Die Bestattung wird circa in einer Woche sein, den genauen Termin kriege ich noch. Nachdem alles erledigt ist, fahre ich wieder nach Adnet.

Weiterhin parke ich mein Auto im Ortszentrum. Dass ich noch überwacht werde, ist unwahrscheinlich, aber ein wichtiger Teil in mir fühlt sich nach wie vor unsicher! Die Medien berichten noch immer täglich über neue grausige Funde und Erkenntnisse. Ich lese nur die Schlagzeilen. Beziehe meine Informationen weitestgehend aus dem Teletext. Das hat den Vorteil, dass mir die Bilder erspart bleiben. Heute wurde berichtet, dass gestern eine größere Anzahl Leichen auf dem Grundstück ausgegraben wurde, darunter Babys und Kinder. Mein Magen verkrampfte sich und ich fing an zu zittern, als ich das las. Nur mit Mühe konnte ich verhindern, dass ich in Panik verfiel. Nein, ich muss das verdrängen, die Grenzen meiner Belastungsfähigkeit in dieser Sache sind weit überschritten. Neben der Hilfe für die befreiten Opfer interessiert mich nur noch, dass Ismail endlich gefasst wird.

Ich setze mich an Maras Schreibtisch und versuche, ins Lot zu kommen. Vor mir liegen die Uhr, das Fotoalbum, Vaters Dokumente. Unglaublich: Bis vor Kurzem war ich erst einmal als »Trauernder« auf dem Friedhof. Zur Beerdigung meiner Mutter. Und jetzt zwei Begräbnisse innerhalb so kurzer Zeit. Ob das was zu bedeuten hat?

Wir bereiten gemeinsam das Abendessen zu. Das heißt, ich putze wieder das Gemüse. Mara kocht ein Risotto. Sie meint, das sei gesund und schmackhaft. Sie wirkt nachdenklich, zurückgezogen. Ihre übliche Fröhlichkeit ist weg. Ich frage, ob es ihr nicht gut gehe. Sie schüttelt den Kopf. Alles sei in Ordnung. Aber Tod innerhalb der Familie würde sie immer bedrücken. Es sei noch nicht so lange her, dass sie ihre geliebten Eltern verloren hat. Auch wegen des Babys mache sie sich in letzter Zeit immer stärker werdende Sorgen. Es sei so viel Schlimmes passiert. Hoffentlich hat es nichts abgekriegt. Vor allem die ersten Wochen seien kritisch. »Hast du gewusst, dass das Risiko einer Fehlgeburt innerhalb der ersten zwölf Schwangerschaftswochen in meinem Alter bei 18 Prozent liegt? Die habe ich bald rum. Die Wochen danach wird es deutlich geringer. Wir gehen immer so sicher davon aus, dass wir unser Baby bekommen. Trotzdem, fast ein Fünftel aller werdenden Eltern freut sich leider vergeblich. Und die viele Aufregung war sicher nicht förderlich …«

»Spürst du denn schon irgendwas in dir? Es heißt doch immer, dass Mütter ihre Babys spüren!«, frage ich.

»Das ist erst sehr viel später der Fall. Ich glaube, erst im letzten Drittel. Bei einer Fehlgeburt gibt es meist Blutungen. Gott sei Dank war da bisher nichts. Allerdings ist das keine Garantie. Donnerstag ist der Ultraschalltermin. Dann wissen wir es genau. Kommst du wieder mit?«

Stimmt, ich erinnere mich. Ich hatte in der Aufregung vergessen, den Termin einzutragen.

»Natürlich komme ich mit. Gibt es da schon was zu sehen?«

»Ja klar! Aber ich möchte nur die nötigsten Untersuchungen machen. Ich glaube nämlich nicht, dass das gänzlich unschädlich ist, wie behauptet wird.«

Als das Abendessen fertig ist, klingelt das Handy. Ich möchte gerade das Gespräch wegdrücken, da sehe ich: Sonja!

Sie berichtet, dass sie gut angekommen ist. Anfänglich war es ganz, ganz schwer, an die Opfer ranzukommen. Der Kontakt von Henning ist zwar grundsätzlich richtig gewesen, aber der arrogante Typ habe Sonja als »Nicht-Offizielle« völlig auflaufen lassen. Gott sei Dank sei kurz nach ihr Peter vom *Salzburger Abendblatt* auch angekommen. Und gemeinsam mit ihm machen sie den Behörden Feuer unter dem Hintern. Seit Peter dabei ist, würden sich die Verantwortlichen richtig zerreißen.

»Stell dir vor: Das *Abendblatt* verkauft die Artikel sogar an Zeitungen in der ganzen Welt! Aber wichtig für mich ist ausschließlich, dass durch solche Berichte genug Hilfsangebote hereinkommen. Eine junge syrische Frau ist so schwer verletzt, dass sie wohl nicht überleben wird! Ich war vorhin bei ihr. Mehr als ihre Hand halten konnte ich nicht. Die Schänder haben sie so furchtbar zugerichtet, du kannst dir nicht vorstellen, wie grausam die waren! Dank der Spritzen hat sie wenigstens keine Schmerzen mehr. Ihr Bild wird morgen ganz groß in der Zeitung sein. Auch die Fotos von zwei Babys, die gerettet wurden. Eines schwebt noch zwischen Leben und Tod. Es ist so furchtbar; und andererseits gut, dass wenigstens ein Teil der Flüchtlinge noch gerettet werden konnte. Du hast sicher auch gelesen, was man zwischenzeitlich alles herausgefunden hat. Das ist alles so schrecklich…«

Sonja berichtet mit bebender Stimme weiter: Was dringend fehle, sei therapeutische Hilfe. Darum müssten alle Frauen und Kinder, sobald sie physisch einigermaßen wiederhergestellt sind, schnellstmöglich in geeignete Einrichtungen gebracht werden.

Es gebe durch das öffentliche Interesse bereits einiges an Spendenzusagen für die benötigten Maßnahmen, berichtet Sonja aufgeregt. Sie hat ihren Steuerberater beauftragt, einen gemeinnützigen Verein anzumelden, und sogar ein kleines Büro habe sie organisieren können. Langsam kämen erste Hilfsangebote für die Aufnahme und die weitere Betreuung der Freigekommenen. Auch eine Institution aus dem Land Salzburg habe sich gemeldet und Hilfe angeboten. Sie werde wohl mindestens noch eine Woche bleiben müssen. Sie bleibe dort so lange, bis für alle ein Platz gefunden ist. Bevor sie sich verabschiedet, sagt Sonja, dass sie seit langen Jahren zum ersten Mal das Gefühl habe, etwas wirklich Sinnvolles zu tun.

Mara saß während des Telefonates dicht neben mir, hat nicht alles verstanden. Ich erzähle ihr die wesentlichen Inhalte des Gespräches. Nach wie vor ist es uns unbegreiflich, dass es Menschen gibt, die anderen derartiges Leid zufügen.

Wie erholsam es ist, wieder ganz normal der Arbeit nachzugehen! Zu dritt die Rechner zusammenzubauen, macht mehr Spaß, als immer nur alleine zu arbeiten. Mein Blick wandert zwar noch öfter zur verschlossenen Tür, aber allmählich wächst meine Zuversicht, dass Ismail sich weit weg irgendwo in Serbien oder Montenegro versteckt. Vorhin blieb ein Mann kurz vor unserer Glastür stehen und schaute intensiv zu uns herein. Er trug eine Sonnenbrille und hatte seinen Hut tief ins Gesicht gezogen, so dass ich wenig von seinem Gesicht erkennen konnte. Von der Statur her hätte es Ismail sein können. Aber er drehte sich rasch um und ging weiter. Gerade als er aus meinem Blickfeld verschwand, konnte ich kurz erkennen, dass der Mann helle Haare hatte. Ich darf mich nicht verrückt machen! Harry und Moritz führen gerade eine lebhafte Unterhaltung über ihre gescheiterten Liebesbeziehungen, während sie die Programme aufspielen. Den Berichten nach zu schließen ist es in ihrem Alter nicht leicht, Frauen zu finden, deren Ansprüche nicht ins Unermessliche streben. Moritz erzählt, dass ihm in den wichtigsten Augenblicken immer die Stimme versagt. Er fängt dann zu stottern an, und seine Angebeteten meist zu lachen. Harry tröstet ihn. Mittags lade ich die beiden zum Essen ein. Im *Brunnen* läuft alles tadellos. Ramos stöhnt, dass die Belastung im Moment immens sei. Aber er ist stolz darauf, dass alles so gut klappt.

Bis 18 Uhr haben wir gemeinsam 38 Rechner fertig aufgesetzt. Wenn wir morgen ebenso viel schaffen wie heute, dann sind wir schnell mit allem durch. Ist auch gut so. Übermorgen gehe ich mit Mara zum Ultraschall, und Freitag ist die Beerdigung meines Vaters. Ich wäre froh, wenn ich diese Tage nicht auch noch ins Geschäft muss. Rufe Gunnar an und vereinbare, dass wir mit dem Aufbau bereits Dienstag anfangen.

Gerade als ich den Roller in Adnet parke, ruft Henning an. Er reist Montagfrüh in Montenegro ab und hat einen Termin in Salzburg. Falls Charly und ich Zeit haben, dann könnten wir uns am Mittag treffen. Er kommt raus nach Gnigl.

Diese Nacht kann ich erneut lange nicht einschlafen. Meine Gedanken kreisen um Ismail, dann um die Schweiz. Auch der Ultraschall kommt mir in den Sinn: Hoffentlich ist das Baby gesund. Mehrmals höre ich Geräusche von draußen, aber dieses Mal stehe ich nicht auf. Im Morgengrauen bin ich trotzdem viel zu früh wieder hellwach. Der Schlaf war kurz und tief, ich fühle mich erholt. Möchte ganz früh ins Geschäft, damit wir heute fertig werden.

Kurz vor acht Uhr am nächsten Morgen nehme ich mir die ersten drei Rechner vor, starte nacheinander die Softwareinstallationen. Ich höre, dass die Eingangstüre ins Schloss fällt. Kommt etwa Moritz schon so früh? Nein, ein eleganter Mann mit hellem Anzug, Hut, Sonnenbrille und einer Ledertasche unter dem Arm kommt auf mich zu. Ich stehe auf, möchte fragen, was er sucht.

»Du hast mein Leben und von meiner Familie zerstört! Dafür wirst du zahlen!« ISMAIL! Auf der Straße hätte ich ihn bestimmt nicht erkannt. Ich sehe unter dem Hut blonde Haare, dazu einen hellen Schnurrbart. Mit diesem Outfit erkennt ihn niemand, aber die Stimme ist eindeutig. Ein Schock fährt durch meine Glieder, ich springe auf.

»Wenn du falsche Bewegung machst, bist du schneller tot, als denken kannst!« Er richtet eine schwarze Pistole auf mich, die vorne am Lauf einen runden Aufsatz hat. Das muss wohl ein

Schalldämpfer sein. Ich spüre, wie jede Faser meines Körpers vibriert. Bleibe wie angewurzelt vor meinem Schreibtisch stehen. Hebe meine Hände halbhoch in die Luft. Ismail lehnt sich rund einen Meter vor mir an einen Rechnerstapel, fuchtelt bedrohlich mit seiner Pistole.

»Du täuschst dich!«, sage ich rasch. »Wie kommst du darauf? Ich habe nichts mit dir zu tun!« Ich bin fest entschlossen, kein Wort über die Rolle zu verlieren, die ich in diesem Zusammenhang gespielt habe. Wie mir Dr. Büchler eingebläut hat.

»Du brauchst nicht mehr lügen! Ich weiß alles! Möchte nur noch wissen deine Auftraggeber. Wenn du redest, mache ich gnädig! Sonst schieße ich dich langsam kaputt!« Die Worte kommen aggressiv und drohend, sein Gesicht ist vor Hass verzerrt.

»Ich verstehe nicht! Hier ist mein Geschäft, ich habe keine Auftraggeber! Ich habe mit dir und dem, was ich in der Zeitung über dich gelesen habe, nichts zu tun.« Ich bekomme diese Worte nur undeutlich raus, die Angst lässt meine Kiefer förmlich verkrampfen.

»Deine Lügen nützen nicht mehr! Ich möchte Wahrheit wissen! Wenige Tage, nachdem du Kalender gestohlen hast, haben Angriffe auf unsere Server angefangen. Das ist kein Zufall. Wer hat dich beauftragt? Polizei? Ich glaube nicht. Wir hätten gewusst. Ich weiß, dass du für andere Organisation arbeitest! Ich will Namen hören! Ich werde mich an allen rächen, die mir das getan haben. Du kommst als Erster. Wenn du nicht redest, werde ich dich in Stücke schießen. Zuerst die Beine!« Während der Worte wandert die Pistole von meinem Kopf zu meinem Bauch, dann runter zu den Füßen.

»Du irrst dich! Glaube mir.« Mir ist siedend heiß. Meine Knie beginnen zu zittern. Aber meine Gedanken sind glasklar. Sie rasen in irrsinniger Geschwindigkeit durch meinen Kopf. Ich muss Zeit gewinnen, mit ihm reden. Ich habe keinen Zweifel, dass er mich in Kürze kaltblütig töten wird, wenn nicht noch irgendetwas passiert. Aber was? Egal, ich muss ihn hinhalten. Muss was sagen. Muss ihn zum Antworten bringen! »Du hast damals deinen Kalender verloren! Der lag am Boden, als ich den Tisch aufgeräumt habe!«

»Kalender fällt nicht alleine aus meiner Tasche! Du hast ihn gestohlen, als du Jana Wasser gebracht hast. Oder bei Bezahlen. Hast Seiten von Adressbuch kopiert und an deine Auftraggeber weitergegeben. Lügen hilft nicht. Wenn du redest, dann lasse ich dich vielleicht am Leben! Ich will Hintermänner von allem.«

»Nein, das ist alles falsch! Du hast das Zeug verloren! Ich habe dich doch gar nicht gekannt, nichts von dir gewusst. Ich arbeite seit fast zehn Jahren hier. Habe mit deinen Geschäften nicht das Geringste zu tun.« Meine Stimme klingt schrill. Die Worte kommen gehetzt. Er darf nicht zu schießen anfangen! »Was nicht heißt, dass ich nicht froh bin, dass sie euch erwischt haben! Und weil du gerade hier bist: Wie fühlt es sich an, wenn man sein Geld mit der Qual von Frauen und Babys verdient?« Ich sehe, wie eine Welle von Zorn durch sein Gesicht schießt. Er reißt die Pistole nach oben.

»Du Bastard! Kümmere dich lieber um deinen Dreck. Die wären auch so alle verreckt. Was verstehst du von Welt?«

»Ich verstehe nur das, was in den Zeitungen über euch geschrieben wurde: dass ihr Bestien seid. Ein Unschuldiger mehr oder weniger, das spielt doch bei dir keine Rolle!«

»Ich zähle bis drei! Dann schieße ich in Bauch, wenn du nicht redest! Ist sehr qualvoll, aber davon stirbst du noch nicht. Eins …«

»Warte mal! Bevor du schießt, möchte ich noch eine Antwort auf meine Frage: Kannst du nachts ruhig schlafen, wenn du weißt, welche Grausamkeiten an diesen Babys, Kindern und Frauen begangen wurden?« Nachdem die Worte raus sind, frage ich mich, ob ich vollkommen verrückt geworden bin. Er wird mich abknallen. Trotzdem. Vielleicht erschießt er mich gleich ganz, dann brauche ich nicht zu leiden. Meine Angst weicht einem unglaublichen Hass. Er senkt die Pistole auf meinen Bauch.

»Eins, zwei …«

»Warte! Was meinst du damit, für wen ich arbeiten könnte? Wenn das stimmt, dann wäre ich doch längst abgehauen, oder? Wozu hätte ich dann noch bleiben sollen?« Er ist zu weit weg, um ihn anzugreifen. Viel Zeit habe ich nicht mehr, dann ist es vorbei mit mir. Ich muss ihn weiter im Gespräch halten. Er fuchtelt wieder bedrohlich mit der Pistole.

»Es gibt Organisationen, die wollen uns Markt wegnehmen! Wahrscheinlich haben sie dir viel Geld bezahlt. Ich will endlich wissen, wer dich beauftragt! Dies ist jetzt letzte Chance, zu reden! Ich warte nicht länger. Eins, zw…«

»So glaub mir doch…«

Ein Geräusch von der Tür lässt ihn herumwirbeln. Im Bruchteil einer Sekunde setze ich zu einem Capoeira-Kick an und. Sehe wie die Waffe wieder zu mir schwenkt. Treffe mit der Fußinnenseite genau sein Handgelenk. Seine Schusswaffe fliegt ihm aus der Hand, ich fühle etwas wie einen Luftzug am linken Ohr und höre gleichzeitig das Splittern des Fensters hinter mir. Während mein Fuß auf den Boden zurückkommt, schlage ich noch aus der Körperdrehung heraus mit der rechten Faust direkt auf seine Nase. Er weicht zwar mit dem Oberkörper reaktionsschnell zurück, aber das Knacken und Splittern in seinem Gesicht ist deutlich zu hören. Bevor er sein Gleichgewicht wiederfindet, treffe ich mit einem präzisen Tritt so hart seine Kniescheibe, dass sein Bein wie ein Holzscheit mit einem lauten Krachen nach hinten durchgebrochen wird. Er reißt hilfesuchend die Arme in die Luft und knallt auf den Boden. Mit einer Hand versucht er, das aus seiner Nase schießende Blut zu stoppen, mit der anderen greift er vor Schmerz stöhnend nach dem verkrümmt am Boden liegenden Bein. Ich springe zur Waffe, die zwischen den gestapelten PCs liegt. Reiße sie an mich und richte die Mündung auf seinen Bauch.

»Wenn du eine falsche Bewegung machst, dann schieße ich dich zum Krüppel!«

Ismail liegt zwar hilflos am Boden, aber vielleicht hat er noch eine zweite Waffe. Jetzt habe ich die Gelegenheit, ihm den Rest zu geben, damit er nie wieder jemandem etwas antun kann, taucht plötzlich ein Gedanke auf. Ich könnte ihm einen Tritt mit voller Kraft gegen die Schläfe oder den Hals verpassen. Dann ist er für immer erledigt. Wer weiß, welche furchtbaren Taten ich damit verhindere, die diese abnorme Bestie noch anrichten wird. Er wollte mich schließlich auch töten.

Ich kann diese Gedanken jedoch nicht umsetzen, sosehr ich das auch möchte! Das Einzige, wozu ich in der Lage bin, ist, mich zu verteidigen. Jemanden bewusst verletzen, das schaffe ich nicht. Da höre ich Moritz und komme langsam zu mir.

»»Moritz?! bitte ruf die Polizei an und sag, dass wir den gesuchten Ismail Hajda haben. Sie sollen so schnell wie möglich kommen. Und ein Krankenwagen wird auch gebraucht.«

Während meiner Worte habe ich Ismail keine Sekunde aus den Augen gelassen. Sein Gesicht ist schmerzverzerrt, seine Augen sind hasserfüllt auf mich gerichtet.

»Sie haben dich also ausgebildet, zu kämpfen«, stößt er ächzend hervor.

»Ich habe seit meiner Kindheit Kampfsport ausgeübt. Du täuschst dich noch immer. Ich bin nichts anderes als der Ladenbesitzer eines Geschäfts für Computerreparaturen. Mit deinen Geschäften habe ich nichts zu tun. Trotzdem hast du dir den Falschen ausgesucht!« Eigentlich sollte ich ihn nach Waffen durchsuchen. Aber ich traue mich nicht in seine Nähe.

»Gibst du noch immer nicht zu?«, presst er vor Schmerz stöhnend heraus. »Mein Fehler war, dass ich geredet habe mit dir, und nicht gleich geschossen! Ich hätte auf Branko hören sollen: Der hätte dich in Keller gesperrt und zu reden gebracht! Ich Idiot! Aber Leibl wusste alles besser. Dachte, würde dich in Gefängnis klein kriegen. Na ja, der Arsch hat sich selbst bestraft.« Seine Augen glühen hasserfüllt, sein Gesicht ist blutverschmiert. Ich rufe Moritz zu, er soll mir die Küchenrolle zuwerfen, die neben der Kaffeemaschine steht.

»Nein. Du hast dich von Anfang an in mir getäuscht. Ich habe mich oft gefragt, was du von mir willst! Ich kann nur hoffen, dass du und alle, die diesen armen Menschen so viel Schlimmes angetan haben, für eure Verbrechen büßen müsst. Keine Strafe ist schlimm genug, die Leiden, die ihr den Frauen und Kindern zugefügt habt, wiedergutzumachen!«

Ismail rutscht am Boden herum. Offensichtlich hat er große Schmerzen in seinem Bein, das noch immer verdreht von ihm weg steht. Ich denke, mit diesem Bein wird er für den Rest seines Lebens keine großen Sprünge mehr machen können.

»Ich weiß, dass du lügst«, quetscht er ächzend heraus. »Vier

Tage, nachdem du Adressbuch hattest, begannen Attacken auf Server in der Ukraine! Das war kein Zufall! Außerdem habe ich an Kalender gesehen, dass kopiert wurde. Die Seiten waren nicht so wie vorher.«

»Das kam vom Runterfallen! Das Adressbuch lag auf den geöffneten Seiten unter deinem Stuhl. Alles andere ist falsch! Ich kenne keine Organisationen, habe keine Kontakte irgendwohin«, bleibe ich bei meiner Linie.

»Weil dich jemand für Spionage bezahlt hat. Der einzige Grund, warum wir dich nicht ausgelöscht haben, dass ich wollte deine Auftraggeber herausfinden«, kommt es halb hasserfüllt, halb winselnd aus ihm raus.

Ich sehe, wie seine linke Hand langsam in Richtung seiner Tasche wandert, die am Boden liegt.

»Noch eine Bewegung, und dein Bauch hat ein Loch«, sage ich drohend, gehe vorsichtig um ihn herum und schiebe mit dem Fuß die Tasche ein Stück weg. Ich merke erst jetzt, dass mein ganzer Körper zittert. Selbst meine Knie wackeln. Links in meinem Gesicht spüre ich ein leichtes Brennen. Ich wische mit der Hand drüber, sehe, dass sie voller Blut ist. Wohl ein Streifschuss. Ismail hat mich wortwörtlich nur um Haaresbreite verfehlt! Ich drücke mir die Papierrolle an die Schläfe. Hoffentlich kommt die Polizei bald. Auf meine Selbstbeherrschung während der Bedrohung bin ich richtig stolz. Aber jetzt bin ich nur noch ein Nervenbündel. Endlich höre ich Sirenen näher kommen. Ismail hat aufgegeben. Er ist kreidebleich und jammert vor Schmerz. Er weiß, dass er auf eigenen Beinen hier niemals wieder rauskommt.

Die Tür wird mit einem Krachen aufgestoßen, und dann ist mein Laden voll mit Polizisten. Einer von ihnen geht mit gezogener Waffe auf mich los. Ich merke, dass ich noch die Pistole in der Hand habe, und lasse sie sofort fallen. Er springt trotzdem auf mich zu, reißt meinen Arm herum und drückt mich zu Boden. Ich höre Moritz schreien, dass ich doch der Chef hier sei, sie sollen mich in Ruhe lassen. Ich darf wieder aufstehen. Sehe, wie zwei Männer Ismail hochreißen und ihm Handschellen anlegen. Sie zerren ihn anschließend nach vorne. Ich höre ihn vor Schmerz aufheulen, als sein Bein über den Boden schleift. Ein Sanitäter kommt und schaut sich meinen leicht blutenden Kopf an. Sagt, einen halben Zentimeter tiefer hätte die Kugel die Gefäße an meiner Schläfe zerfetzt. Ich solle mich bei meinem Schutzengel bedanken! Er drückt mir eine Kompresse mit Jod an die Schläfe. Nähen sei nicht nötig. Ein Mann in Zivil kommt auf mich zu und stellt sich als Hauptmann Stadler vor. Ich soll mich erst mal beruhigen und später am Nachmittag in die Landespolizeidirektion in der Alpenstraße kommen. So gegen 15 Uhr. Er müsse noch ein Protokoll aufnehmen. Doch jetzt soll ich mich ein bisschen hinlegen. Sehe im Hintergrund, wie Ismail auf eine Trage gelegt und umringt von mehreren Polizisten nach draußen gebracht wird. Ganz langsam kommt mir ins Bewusstsein, dass endlich alles überstanden ist.

Am Abend veranstalten wir eine kleine Feier. Charly und Bea sind spontan zu Besuch gekommen. Mara kocht einen großen Topf Kartoffeln, dazu gibt es eine Schüssel angemachten Kräutertopfen. Ich öffne eine Flasche Wein. Die Erleichterung, dass alles vorbei ist, lässt uns einen übermütigen, unbeschwerten Abend verbringen. Wir fühlen uns euphorisch wie selten zuvor. Natürlich schweifen unsere Gedanken immer wieder zurück zu den Geschehnissen der letzten Wochen. Und immer ist es so, dass diese Erinnerungen im tröstlichen Jetzt enden!

Kurz vor dem Einschlafen erinnert mich Mara an den Ultraschalltermin morgen. Da sei noch immer eine kleine Sorge in ihr, weil sie manchmal ein Ziehen in der Bauchgegend spüre. Hoffentlich ist das Baby gesund. Ich lege beruhigend meinen Arm um sie und sage, dass alles gut werden wird. Ich könne das deutlich spüren!

Während ich Maras ruhige Atemzüge neben mir höre, fühle ich mich viel zu wach, um gleich zu schlafen. Der Tag zieht noch einmal an mir vorbei. Wie ein Film, den ich gerade gesehen habe. Ein Alptraum, der ausgeträumt ist. Für immer. Kein Gefühl von Unsicherheit ist mehr in mir. Nur noch Dankbarkeit, dass das Schicksal uns verschont hat. Plötzlich wieder unregelmäßige Knackgeräusche! Sie werden lauter. Kein Zweifel, etwas nähert sich unserem

Fenster! Ich drehe mich mit einem zufriedenen Lächeln zur Seite und warte auf den Schlaf.

Frau Doktor Weiser fragt, ob wir bei der Ultraschalluntersuchung auch gleichzeitig eine Nackenfaltenmessung machen wollen. Medizinisch sei das zwar nicht nötig, aber so könnten frühzeitig Fehlbildungen erkannt werden. Mara und ich schauen uns mit wissendem Lächeln an. Sie schüttelt den Kopf und sagt zur Ärztin: »Nein, das wollen wir nicht.« Uns interessiert nur eines: Hat unser Baby, hat Maras Körper die vielen schrecklichen Erlebnisse der letzten Wochen verkraften können? Wir werden unser Schicksal annehmen, was auch immer es für uns bereithält! Dass wir all diese schlimmen Ereignisse ohne Schaden überstehen durften, das muss doch ein gutes Zeichen für unsere Zukunft sein, denke ich!

Die Ärztin führt Mara eine Sonde ein, und nach kurzer Zeit tut sich etwas auf dem Bildschirm. Alles sehr unscharf. Ein kurzes, banges Warten. Dann wird das Bild deutlicher: Ist das ein Fuß? Jetzt ist ein Teil des winzigen Körpers zu erkennen. Etwas bewegt sich: Unser Baby lebt! Nach vorsichtigem Vorantasten mit der Sonde können wir sogar den Herzschlag sehen! Ich beobachte, dass Maras Gesicht von einem glücklichen Lächeln überzogen wird. Frau Dr. Weiser studiert das Bild noch eine kleine Weile, dann gratuliert sie uns und sagt, dass alles völlig normal sei. Ob wir das Geschlecht des Kindes wissen wollen? Nein, auch das wollen wir nicht! Wozu? Wir sind uns einig, dass es eine Überraschung werden soll. Ob Bub oder Mädchen, wir werden uns über beides gleichermaßen freuen.

Ich muss schnell noch in mein Geschäft und dort nach dem Rechten sehen. Als ich den Laden betrete, stürzen von der Terrasse des *Brunnen* Journalisten mit Kameras auf mich zu und wollen Interviews. Ich springe schnell durch die Tür, versperre sie hinter mir. Die Presse soll schreiben, was sie will. Das tut sie doch sonst auch immer. Gestern war ich der Böse, heute bin ich der Held. Nein, ohne mich!

Harry und Moritz haben die Rechner fertiggestellt. Ich sage den beiden, dass es für mich schön ist, mit ihnen arbeiten zu dürfen. Wir waren ein tolles Team! Die beiden warten natürlich auf eine Erklärung. Ich erläutere ihnen, wie der Überfall von Ismail, das Kokain und der Mord an Frau Sailer mit dem verlorenen Kalender zusammenhängen. Dass ich Opfer einer Fehleinschätzung war. Von meiner Zusammenarbeit mit der Polizei berichte ich natürlich nicht. Moritz meint anschließend, dass er und Harry die wüstesten Theorien hatten, aber ihre Fantasie sei an die Realität nicht herangekommen.

»Aber ich muss auch noch etwas wissen«, sage ich zu Moritz. »Warum bist du gestern schon so früh gekommen? Du kommst doch sonst nie vor neun Uhr!«

»Ich bin um sechs aufgewacht, konnte nicht mehr schlafen. Hab mich hin und her gewälzt, wollte unbedingt noch eine Stunde schlafen. Aber es klappte nicht. Dann dachte ich, ich fahre halt gleich ins Geschäft und geh dafür abends früher. Es war ein echter Zufall.«

»Ja, ja, solchen Zufällen schulde ich sehr viel«, antworte ich nachdenklich.

Ob ich die *Austria* schon gelesen habe, fragt er dann neugierig: Auf dem Titel sei ein Bild von mir, allerdings ziemlich unscharf. Ich würde wie Superman dargestellt. Die Presse habe unser Geschäft gestern den ganzen Tag belagert, überall nach mir gesucht. Es sei schwierig gewesen, trotzdem die Arbeit zu erledigen. Aber die Publicity für die *PC-Klinik*, die sei gewaltig. Die würde zukünftig sicher noch viel nützen, meint er mit einem verstohlenen Lächeln. Der Lärm von draußen wird immer schlimmer. Wir sehen durch die Scheiben, dass sich mehrere Fotografen um die Eingangstür herum aufgebaut haben. Kunden können uns derzeit gar nicht erreichen. Die Tür muss leider versperrt bleiben. Da komme ich nicht ungeschoren raus. Ich bitte Harry, dass er nach vorne geht und die Aufmerksamkeit der Fotografen auf sich zieht. Ich verabschiede mich von den beiden und steige durch das seitliche Fenster. Als Journalisten dann doch entdecken, dass ich hinter dem Haus auftauche, rasen sie – ihre Kameras nach oben reißend – auf mich zu. Ich laufe mit schnellen Schritten runter zum Kai, springe auf den Roller, bevor die Ersten mich erreichen, und bin weg.

Dieser sonnige Nachmittag ist nur noch Genussprogramm – laufen, meditieren, vor dem Häuschen in der Sonne sitzen. Mara ist auf dem Markt. Bevor ich das Abendessen für uns zubereite, mache ich noch alle wichtigen Anrufe: Sonja, Elena, Dr. Büchler, Dr. Steinhaus. Schicke sogar eine SMS an Giulia:

Hallo Giulia. Ich wollte dir nur mitteilen, dass jetzt auch der letzte Hajda gefasst wurde. Es ist alles überstanden. Danke für deine Hilfe. Florian

Kurz darauf folgt die Antwort: *Ich freue mich für euch beide, dass diese furchtbare Zeit endlich vorbei ist. Ich hoffe, dass ihr trotzdem die Tätigkeit in der Schweiz annehmen werdet! Es wird euch dort ganz bestimmt gut gehen. Grüße, Giulia*

Am Tag von Vaters Begräbnis ist der Himmel wolkenverhangen, eine Schlechtwetterfront ist angesagt. Aber noch ist es trocken. Mara hat am Nachmittag eine Vertretung für den Markt organisiert. Sie begleitet mich beim Abschied von meinem Vater. Der Wind zerrt manchmal an unseren Kleidern. Ich habe nichts Schwarzes angezogen, Trauer hat für mich keine Farbe! Abgesehen davon, dass ich nicht traurig bin. Nachdenklich, besinnlich trifft es besser. Als der Sarg in das Grab hinabgelassen wird, schicke ich Vater meine Vergebung nach. Ich bin sein Kind, da kann und möchte ich nicht sein Richter sein! Ich sage ihm, dass es für mich in diesem Leben nicht gereicht hat, ihn zu lieben. Und wenn ich zukünftig an ihn denke, dann will ich die Erinnerung auf die schöne Zeit beschränken, die es zwischen uns auch gab.

Dieses Mal kommt Henning mit dem Taxi nach Gnigl. Obwohl es für Juni recht kühl ist, setzen wir uns auf die Terrasse. Er hat doch tatsächlich Kuchen und Torten vom Fingerlos mitgebracht! Henning meint, seine Familie sei zuletzt total begeistert gewesen von den süßen Mitbringseln und habe eine Nachlieferung beantragt. Während er seinen ersten doppelten Espresso trinkt, berichtet er in knappen Worten, wie der Einsatz in Montenegro abgelaufen ist.

Im frühen Abendgrauen sei eine Kolonne gepanzerter Fahrzeuge bei dem Anwesen vorgefahren. Nicht nur Polizei, auch Spezialkräfte des montenegrinischen Heeres! Das Grundstück wurde zu allen Seiten hin abgeriegelt, die Zufahrtstraßen gesperrt. Zusätzlich wurde ein Helikopter zur Beobachtung des Geländes eingesetzt. Per Megafon wurden die Bewohner aufgefordert, die Gebäude mit erhobenen Händen zu verlassen. Wenige Augenblicke später wurde aus zwei Fenstern auf die Einsatzfahrzeuge gefeuert. Die montenegrinischen Einsatzkräfte haben sofort scharf zurückgeschossen. Nach einem längeren Schusswechsel kamen dann rund ein Dutzend Männer mit erhobenen Händen aus der Tür. Sie waren ganz offensichtlich nicht auf einen derartigen Angriff vorbereitet, oder gar dafür geschult. Das waren jedoch nicht alle! Wie sich später herausstellte, hat sich einer von Ismails Brüdern im Haus verschanzt und sofort mit einer Kalaschnikow auf die Polizisten geschossen, als sich diese näherten. Er wurde im anschließenden Kugelhagel mehrfach getroffen und ist auf dem Transport ins Krankenhaus gestorben.

Die verschleppten Frauen und Kinder fand man später in einem separaten Gebäudetrakt, der wie ein Zuchthaus gesichert war. Schwere versperrte Stahltüren, überall Monitore zur Überwachung. Es gab einen Hof, in den die Frauen und Kinder konnten – mit vier Meter hohen Außenmauern, an denen massiver Stacheldraht befestigt war. Auch hier waren Kameras zur Überwachung installiert. Ein Entkommen war absolut unmöglich. Fünfzehn Frauen, drei Mädchen, ein Bub und zwei Babys konnten befreit werden. Selbst hartgesottene Polizisten waren von den schlimmen Zuständen erschüttert, die sie dort vorfanden. Henning möchte uns die Details ersparen.

Unter den Festgenommenen gab es einen Medizinstudenten, Boban, der mehrere Semester studiert hatte. Er war dafür zuständig, die schweren Verletzungen, die den Frauen und Kindern zugefügt wurden, medizinisch zu versorgen. Seine Schwester war mit Ismails Bruder Miro verheiratet. Boban sagte, dass er intensiv darüber nachgedacht habe, die Verbrechen der Polizei zu melden. Aber die Hajdas hatten beste Kontakte zu den Behörden, auch zur Polizei. Seine Schwester hat ihm einmal erzählt, dass in Montenegro keine Untersuchungen stattfinden würden, ohne dass die Familie Hajda sofort darüber informiert wird. Die Hajdas würden sich das einiges kosten lassen. Und wenn Bobans Verrat bekannt geworden wäre, dann hätte die Hajda-Sippe seine ganze Familie ausgelöscht. Blutrache sei das einzig angemessene Mittel für einen derartigen Verrat. Er habe trotzdem versucht, den Frauen und Kindern so gut wie möglich zu helfen in ihrer Not. Aber auch diese Berichte will Henning uns im Detail ersparen.

»Haben denn alle Hajdas dort gewohnt?«, fragt Charly.

»Nein. Nur einer der Brüder, Enis. Der andere, Miro, und der Vater wurden zeitgleich in ihren Häusern festgenommen. Dazu noch weitere dem Clan zugehörige Mitglieder, die bei den Voruntersuchungen auffällig geworden waren.«

»Das heißt, die bleiben alle langfristig im Gefängnis«, sage ich hoffnungsvoll.

»Beim Vater bin ich nicht sicher! Die Beweislage gegen ihn ist weiterhin ziemlich dünn. Wenn nicht noch weiteres Material gefunden wird, fürchte ich, dass er spätestens nach der Verhandlung freikommt.«

»Heißt das, dass der dann möglicherweise an mir Rache nehmen möchte?«

»Ich wusste, dass du das fragen wirst. Ich kann dir das nicht beantworten. Wenn du hier in Salzburg bleibst, dann wird es wohl immer ein Restrisiko für dich geben. Etwas anderes kann ich dir leider nicht sagen, sonst müsste ich lügen«, sagt Henning und sieht mich bedauernd an.

Ich erzähle von unseren Plänen bezüglich der Schweiz. Er fragt, ob ich bei der Gelegenheit nicht gleich heiraten und den Namen meiner Frau annehmen möchte. Woher weiß Henning, dass wir das vor wenigen Tagen bereits exakt so beschlossen haben?

Später berichtet er noch über Sonja, die da unten alle herumkommandieren würde. Zuerst hätten er und seine deutschen Kollegen sich darüber geärgert, dass sie dort alle belagert und sich überall eingemischt habe. Aber als bald nach der Polizeiaktion herauskam, dass die Verantwortlichen überhaupt keine Vorsorge getroffen hatten für die Freigekommenen, seien alle erleichtert über Sonjas Hilfe gewesen. Die Behörden in Podgorica wollten tatsächlich die teilweise schwer verletzten Frauen, zusammen mit Babys und Kindern, kurzfristig abschieben. Mit dem Argument, sie hätten in Montenegro nichts verloren, hätten keine Aufenthaltserlaubnis! Sonja habe ihnen aber den Marsch geblasen und mit der Presse der ganzen Welt gedroht. Auch das Argument, die Krankenhäuser seien alle voll, habe sie nicht aufhalten können. Sie habe dafür gesorgt, dass die schwer verletzten Frauen und Kinder dann eben in der Sonderklasse untergebracht wurden. Für diejenigen mit geringeren Verletzungen hat sie in einem Hotel eine ganze Etage in Beschlag genommen. Auch dort hat sie medizinische Versorgung organisiert. Henning meint, er habe großen Respekt vor ihr gewonnen.

Abschließend erzählt er noch, dass Klaus bei einem Einsatz in der Ukraine gemeinsam mit den dortigen Behörden die Betreiber des Servers hochgenommen hat. Jetzt müssten nur noch die Identitäten der User ermittelt werden. Es werde international bereits daran gearbeitet, diese mitschuldigen Verbrecher in einer abgestimmten Aktion hochzunehmen. In wenigen Wochen sei es so weit!

»Und der Leibl, was habt ihr zu dem herausgefunden?« Ich brenne darauf, zu erfahren, wie er in die ganze Geschichte eingebunden war.

»Darüber dürfte ich eigentlich am allerwenigsten sagen. Er wurde von Ismail Hajda erpresst! Hat anfänglich wohl auch Geld genommen, für Dienstleistungen. Hat einen Abschiedsbrief hinterlassen, in dem er über mehrere Seiten seine Verstrickung schildert. Er war pädophil! Ismail hat gedroht ihn zu vernichten, wenn er seine Anweisungen nicht befolgt. Umgekehrt hat Leibl den Hajda damit unter Druck gesetzt, dass Material veröffentlicht wird, sofern ihm etwas geschieht.

Leibl hat übrigens das Kokain entwendet, indem er beschlagnahmtes Material gegen Ersatzstoff ausgetauscht hat. Wir sind ziemlich früh dahintergekommen, zumal er wenige Wochen zuvor einen Fall bearbeitet hatte, bei dem ein Drogentransport hochgegangen ist. Aber wir durften ihn nicht belangen, bevor wir den internationalen Einsatz durchführten. Das hätte alles gefährdet! Auch in den Mord an dieser Frau Sailer war er massiv verwickelt. Er begleitete den mutmaßlichen Mörder Branko Dosha, als dieser die alte Frau erschlug. Das war wohl der endgültige Wendepunkt. Wie er im Abschiedsbrief schrieb, konnte er den Mord nicht verhindern. Als in Salzburg die Polizeikräfte für den Einsatz in der Kreuzwegpromenade mobilisiert wurden, hat natürlich auch er von der geplanten Aktion erfahren. Er hat sich abgesetzt, bevor er verhaftet werden konnte, und kurze Zeit später hat er sich zuhause in seinem Arbeitszimmer erschossen. Ob er Ismail Hajda noch gewarnt hatte und dieser deshalb nicht erwischt wurde, haben wir nicht eruieren können. Er hat reichlich Material hinterlassen, das jetzt ausgewertet wird. Und was für dich, Florian, vielleicht beruhigend ist: Er hat nicht herausfinden können, dass du mit uns zusammengearbeitet hast. Wer weiß was sonst passiert wäre.« Henning nickt bedächtig und fährt fort:

»Aus Rücksicht gegenüber Leibls Familie, die ohnehin ein schweres Schicksal zu bewältigen hat, wird dieser Sachverhalt nicht an die Öffentlichkeit gebracht. Niemand hätte davon einen Nutzen. Aber die Frau und die Kinder wären für alle Zukunft geächtet.« Henning trinkt einen Schluck, redet dann weiter. »Was dich anbelangt, Florian: Die Verfahren gegen dich wurden eingestellt. Ich habe das gestern von dem leitenden Ermittler erfahren. Auch die Kaution bekommst du in Kürze zurücküberwiesen. Dein Computer steht schon zur Abholung bereit. Du bist in den Polizeiakten wieder absolut unbescholten!« Henning seufzt erleichtert. Er scheint fertig mit seinem Bericht.

»Aber ich habe auch noch eine Frage an dich«, sagt Henning bedeutungsvoll. »Wie hast du das angestellt, als dich Ismail Hajda bedrohte? Ohne Waffe gegen einen Profi im Töten. Da haben wir alle Respekt! Außerdem hast du ihn ziemlich schlimm zugerichtet! Wo hast du so was gelernt?«

»Ach das ... Ich habe seit meiner Kindheit Kampfsport gemacht. Eigentlich hatte ich keine Chance, denn er war fast eineinhalb

Meter von mir entfernt. Mir war klar, dass er mich töten wollte. Und so musste ich jeden Hauch einer Chance nutzen, falls er in seiner Aufmerksamkeit abgelenkt wird. Dass mein Mitarbeiter Moritz schon früher als gewöhnlich ins Geschäft kam, hat mich gerettet. Ismail stand so weit von mir entfernt, dass ich nur durch die im Capoeira geübten Bewegungsabläufe schnell genug an ihn rankam. Nachdem die Waffe weg war, gab es eine Stimme in mir, ihn komplett zu erledigen, anstatt nur sein Kniegelenk zu zertrümmern. Aber trotz allem, was ich über ihn weiß, bin ich zu so etwas nicht fähig. Ich glaube ohnehin, dass es für solche Menschen besser ist, wenn sie mit ihrer Schuld leben müssen. Im Gefängnis, versteht sich. Oder in einer Anstalt. Vielleicht kommt er eines Tages an einen Punkt, dass er bereut. Erkennt, wie schlimm das ist, was er getan hat.«

»Und was machst du mit den 10.000 Euro Belohnung, die du erhalten wirst?«, fragt Henning mit einem hintergründigen Lächeln.

»10.000 Euro? Tatsächlich? Kriege ich die? Spontan würde ich sagen, dass ich das Geld Sonja schicken werde, für die Versorgung der Opfer. Ich glaube, da ist es gut aufgehoben, da gehört es hin.«

Ich lasse Henning wieder beim Sacher raus. Wahrscheinlich werden wir uns nie wiedersehen. Ein letzter fester Händedruck, dann nicke ich ihm noch dankbar zu. Ein leichtes Lächeln spielt um sein Gesicht, als er nach dem Aussteigen kurz seine Hand zum Abschied hebt.

Während des Abendessens, gerade als ich Mara erzähle, was uns Henning alles berichtet hat, klingelt mein Handy. Sonja!

»Hallo Sonja, wie geht es dir denn? Weißt du, dass wir gerade von dir gesprochen haben? Henning hat heute begeistert davon erzählt, wie du die Leute in Montenegro herumkommandierst. Vermutlich haben sich meine Gedanken an dich übertragen.«

»Ach Florian, wenn es nur das wäre. Du hast wohl eher gespürt, dass ich jemand brauche, mit dem ich reden kann. Ich habe heute den ganzen Nachmittag bei Sema im Krankenhaus verbracht. Sema ist eine der befreiten Frauen, Syrerin kurdischer Abstammung. Gerade mal 23 Jahre alt. Sie spricht besser Englisch als ich und hat mir ihre Geschichte erzählt. Es war so schrecklich. Hast du ein bisschen Zeit?«

So kenne ich Sonja noch gar nicht! Ihrer Stimme fehlt die Unbekümmertheit, die sonst typisch für sie ist.

»Ja, klar habe ich für dich Zeit«, antworte ich, während ich den letzten Bissen runterschlucke, »hast du was dagegen, wenn ich das Handy auf laut stelle? Dann kann Mara mithören«, ergänze ich, als Mara ihren Sessel neben meinen schiebt und mich fragend anschaut.

»Natürlich kann sie mithören, es geht uns ja alle an«, sagt Sonja, während ich auf den Lautsprecher drücke. »Hallo Mara! Wie ihr wisst, kümmere ich mich darum, dass die befreiten Frauen und Kinder hier so versorgt werden, dass sie wieder auf die Beine kommen. Alle werden noch lange Zeit Hilfe und Betreuung brauchen. Aufs Schlimmste traumatisiert, nennen das die Ärzte hier. Vor allem psychisch wird die Heilung noch viele Jahre dauern. Sema liegt in einem Einzelzimmer, wegen ihrer schweren Verletzungen. Noch dazu ist sie – wie Mara – schwanger. Im vierten Monat. Im Krankenhaus bei den Untersuchungen haben die Ärzte das entdeckt. Sema wusste das nicht, hat das in ihrer Gefangenschaft nicht bemerkt. Was kein Wunder ist, bei allem, was sie dort erleiden musste. Gestern hat Peter mit ihr ein Interview über ihre Flucht aus Syrien gemacht, auch Fotos geschossen. Der Bericht sollte heute oder spätestens morgen in eurer Zeitung stehen. Über die Gefangenschaft mochte sie mit ihm nicht sprechen. Was mir Peter über ihr Schicksal erzählt hat, war so furchtbar, dass ich sie heute besucht und gefragt habe, ob sie mit mir als Frau über alles reden möchte. Sie wollte …

Ich fange von vorne an, also mit der Flucht, damit ihr die Zusammenhänge besser versteht. Sema ist die Tochter eines Professors der Universität in Aleppo. Bevor der Bürgerkrieg begann, hat er dort an der Fakultät für moderne Sprachen Englisch unterrichtet. Er war sehr fortschrittlich und hat seinen drei Kindern, Sema und ihren Brüdern, von Kindheit an Englisch beigebracht. Er hatte den festen Glauben, dass sich die Gesellschaft in den arabischen

Ländern bald ändern würde. Als der Arabische Frühling 2011 die Mengen auf die Straßen trieb, da war ihr Vater ganz vorne mit dabei. Er war begeistert und überzeugt, dass sich die ganze islamische Gesellschaft ändern würde.

Und anfangs sah alles so aus, als hätte er recht. Assad versprach sogar eine neue Verfassung, hat Sema erzählt. Als ihr Vater das im Fernsehen hörte, erklärte er seiner Familie, wie wichtig es sei, bei diesem Prozess dabei sein zu dürfen. Er hat bei der Freien Syrischen Armee mitgemacht. Nicht als Kämpfer, sondern bei deren Öffentlichkeitsarbeit. Ende 2012 wurde er verhaftet. Er wurde in ein Auto gezerrt, die Familie erhielt keinerlei Nachrichten über seinen Verbleib. Nach Wochen erfuhren sie von anderen Familienmitgliedern der Freien Syrischen Armee, dass ihrem Vater vorgeworfen wurde, er sei ein Terrorist, der dem Land großen Schaden zugefügt habe. Es gab keine Möglichkeit, ihn zu besuchen oder gar ihn freizubekommen. Sema versteckte sich mit ihrer Mutter bei Verwandten in der von Kurden gehaltenen Region nördlich von Aleppo, denn auch Frauen und Kinder wurden von den Regierungstruppen verschleppt, verschwanden massenhaft. Sie hofften noch immer darauf, dass ihr Vater irgendwann freigelassen würde, denn er hatte doch niemandem etwas getan.

Fast ein Jahr später tauchte seine Leiche auf, abgemagert bis auf Haut und Knochen, mit schwersten Folterspuren. Beim Begräbnis sah Sema ihre Brüder zum letzten Mal. Die beiden schlossen sich den kämpfenden Rebellen an. Nur die Angst, dass ihrem Vater noch mehr Schaden zugefügt würde, hatte sie vorher zurückgehalten. Einer von ihnen kam wenige Wochen später bei einem Gefecht mit dem IS ums Leben. Auch Semas Unterschlupf wurde immer gefährdeter, denn der IS eroberte zunehmend die umliegenden Gebiete. Dazu rückten Assads Truppen unaufhaltbar näher, und die unzähligen Bomben der Flugzeuge, die manchmal ganz nah bei ihrer Unterkunft einschlugen, ließen sie täglich um ihr Leben fürchten. Aber noch immer hatte sie einen Rest Hoffnung, dass die westlichen Länder einen Friedensvertrag aushandeln würden. Denn während der Proteste hatte sie häufiger Kontakt mit Journalisten gehabt. Reporter aus Europa und Amerika waren fast überall und hatten ihnen Mut gemacht. Die ganze Welt schien begeistert über die Veränderungen zu berichten. Sema und ihre Familie dachten – wie so viele andere – sie bekämen Unterstützung bei ihren Protesten. Aber als sie jetzt zu Zigtausenden getötet wurden, da hofften sie vergeblich auf die Hilfe dieser Länder.

Anfang Jänner besetzte die Armee von Assad Teile von Aleppo. Als eine Bombe direkt im Nachbarhaus einschlug und die Frauen und Kinder tötete, die dort lebten, bestand ihre Mutter darauf, dass Sema zu fliehen versucht. Wenigstens sie sollte von ihrer Familie übrig bleiben. In der Türkei war sie ebenfalls gefährdet. Dort konnte sie nicht bleiben, denn als syrische Kurdin mit einem angeblich terroristischen Vater wäre sie auch dort Verfolgung ausgesetzt gewesen.« Sonja unterbricht ihren Bericht und putzt sich die Nase. Ihre Stimme klingt gepresst, die Worte kommen manchmal zögernd, manchmal rasend schnell. Immer wieder klingt es so, als würde sie nur mit Mühe das Schluchzen zurückhalten. Mara und ich hören schweigend zu. Das alles ist so schrecklich, jeder Kommentar dazu wäre unangemessen.

»Anfangs wollte sie über Libyen fliehen. Sie erfuhr jedoch rechtzeitig, dass dieses Land für flüchtende Frauen mittlerweile viel zu gefährlich ist. Alleinreisende Frauen werden dort verschleppt und als Sexsklavinnen benutzt, hat Sema von ihren Kontaktleuten erfahren. Also floh sie erst mal in die Türkei. Dort fand sie einen Schlepper, der einen organisierten Transport über Italien nach Deutschland anbot. Griechenland wäre näher gewesen, aber dann hätte sie über die Balkanroute fliehen müssen, und da gab es kaum noch ein Durchkommen. Die sicherste und dafür auch teuerste Route war die von ihr gewählte. Während der Bootsfahrt wurde sie dennoch vergewaltigt. Der türkische Kapitän hat sie in eine Kabine unter Deck gezerrt und ihr ein Messer an den Hals gehalten. Er drohte ihr, dass er ihr den Hals durchschneidet und sie ins Meer wirft, wenn sie sich wehrt oder schreit. Weit und breit gab es niemanden, der ihr hätte helfen können. Auch ihre Geldtasche und das bisschen Schmuck, das sie hatte, hat er ihr abgenommen. Allerdings hat er nicht entdeckt, dass sie in das Futter ihrer Jacke weitere Dollarscheine eingenäht hatte. Wie sich später herausstellen sollte, war es ihr Verderben, dass sie das Geld behielt. Als sie nach vielen Stunden Seefahrt an Land kamen, hieß es, sie sollten warten, es komme ein Lkw, der sie von dort mitnehme. Nach drei Tagen war den Flüchtlingen klar, dass sie vergeblich gewartet hatten.

Also versuchte Sema, in einem Lager aufgenommen zu werden. Das klappte nicht, alles war so voll, dass niemand mehr eingelassen wurde. Außer Lebensmittelgutscheinen für 2,50 Euro pro Tag gab es keine Unterstützung durch die italienischen Behörden. Sema schlief in Hauseingängen in Bari, wartete mehrere Wochen darauf, dass ihrem Asylantrag stattgegeben würde. Eines Abends köderte sie ein Italiener mit dem Versprechen, dass ein Schiff sie gegen Zahlung von 4.000 Euro nach Venedig bringen könne. Von dort gebe es einen organisierten Weitertransport nach Deutschland. Sema hatte noch 3.000 Dollar. Der Schlepper war bereit, sie auch dafür mitzunehmen, sagte er.

Es war eine schicke Yacht, auf die sie gebracht wurde. Außer ihr kamen noch zehn andere Frauen mit, eine davon mit einem Säugling, eine andere mit einer dreijährigen Tochter. Alle waren glücklich und aufgeregt, dass sie jetzt auf dem Weg in das ersehnte Land waren.

Die Yacht nahm jedoch Kurs auf die gegenüberliegende Küste. Es hieß plötzlich, dass sie aus technischen Gründen nur bis dorthin fahren können. Man versprach den Frauen und dem Buben, dass bereits ein Bustransport organisiert sei. Bereits da spürte Sema, dass etwas nicht stimmte. Aber was hätte sie machen sollen? Wenn sie gewusst hätte, was sie anschließend erwartet, hätte sie sich ins Meer gestürzt. Nachdem das Boot im menschenleeren nächtlichen Hafen angelegt hatte, wurden sie tatsächlich von einem Bus abgeholt. Der brachte sie dann direkt in das Gefängnis im Landesinneren.

Nach rund einstündiger Fahrt kamen sie in ein von hohen Mauern eingefasstes Anwesen inmitten eines unbebauten Gebietes. Wiesen und Wälder hatte sie davor gesehen, sonst nichts. Keine beleuchteten Häuser weit und breit. Die letzten Kilometer der

Straße waren nicht mal asphaltiert. Der Bus fuhr durch ein großes Tor und hielt vor einem Haus mit vergitterten Fenstern. Sie wurden durch eine Metalltür getrieben. Drinnen trafen sie auf weitere Frauen und ein kleines Mädchen.

Nach und nach erfuhr sie, wie ihr Leben jetzt aussehen würde. Täglich würden abwechselnd einige von ihnen ausgesucht, um in einem Raum vor laufenden Kameras vergewaltigt und gequält zu werden. Die Vergewaltigungen wurden von den Gefangenen ›Behandlung‹ genannt. Niemand wollte darüber sprechen. Es gab ›normale‹ Vergewaltigungen, und einmal pro Woche eine ›Sonderbehandlung‹, bei der die dafür ausgewählten Frauen und Kinder nicht wieder in die Zelle zurückkamen. Über das, was ihnen angetan wurde, redeten die Opfer nicht. Sie hatten keine Worte, um das zu beschreiben oder zu teilen. Auch Sema nicht. Es gab auch Vergewaltigungen, bei denen ein großer schwarzer Hund zum Einsatz kam. Die Frauen schrien oft stundenlang, nachdem sie zurück waren..

Manchmal wurden die Frauen unten rasiert und dort sogar mit Lippenstift geschminkt. Mussten so tun, als hätten sie Freude an dem, was ihnen angetan wurde. Sema bekam später meist eine solche Rolle zugeteilt, wie sie stockend unter Tränen berichtete. Auch die Kinder und die Babys wurden nicht verschont. Sema kümmerte sich, so gut es ging, um sie. Das half nichts. Der dreizehnjährige Bub, der mit dem gleichen Schiff wie Sema gekommen war, verlor die Sprache, konnte nach seiner ersten ›Behandlung‹ nur noch undefinierbare Laute von sich geben. Er überlebte keine zwei Wochen.

Alle Räume des Gefängnisses wurden mit Kameras überwacht. Selbst das Klo und der Waschraum. Und auch in dem kleinen Hof, in den sie gehen konnten, gab es mehrere Kameras. Die Frauen und Kinder wohnten in drei kleinen Zimmern, in denen außer Matratzen und Decken nichts war. Nachts blieb das Licht an, damit ihre Wächter kontrollieren konnten, ob sich jemand umbringen wollte. Es war strengstens untersagt und wurde hart bestraft, wenn eine Frau das versuchte. Wenn sie es überlebten, kamen sie in die nächste Sonderbehandlung.

Sema sagte, die meisten Frauen schämten sich zutiefst für das, was die Männer mit ihnen machten. Fast alle gaben sich schuldig, so wie Sema auch. Zu essen gab es nur das Nötigste. Außer Suppe gab es nie warmes Essen. Hauptsächlich Brot, manchmal kalte Fleischstücke, ab und zu Käse. Die Lage war so hoffnungslos, dass sich zweimal während der Wochen, die Sema dort gefangen gehalten wurde, trotzdem eine Frau umgebracht hat. Wenn so etwas passierte, dann wurde als Strafe für die anderen Frauen zwei Tage das Essen ausgesetzt, weil sie das zugelassen hatten.

Es kamen regelmäßig neue ›Lieferungen‹ von Frauen und Kindern in der Zeit, die Sema dort war. Außer zu den Vergewaltigern und Wächtern hatten sie zu niemandem Kontakt mit Ausnahme von Boban, das war ein junger Mann, der fast täglich in Begleitung eines Aufsehers kam, um ihre Verletzungen zu behandeln. Sema konnte manchmal mit ihm sprechen, da er Englisch verstand. Das ging aber nur, wenn der Wächter gerade abgelenkt war. Bei so einer Gelegenheit steckte ihr Boban einmal zwei Tabletten zu, von denen sie eine schlucken sollte, wenn sie für die Sonderhandlung ausgewählt würde. Er sagte, sie würde dann garantiert keinen Schmerz spüren, sollte aber trotzdem so tun, als ob. Eine der zwei Tabletten gab Sema einer Zehnjährigen. Diese Tablette hat sie vermutlich vor den schlimmsten Schmerzen bewahrt, als es so weit war, berichtete Sema. Während sie das alles erzählte, zitterte ihr ganzer Körper vor lauter Verzweiflung angesichts der Erinnerungen.“

Sonja unterbrach, da ihre Stimme im Schluchzen unterging. Ich wollte etwas dazu sagen, aber es ging nicht. Ich spürte nur, dass mir Tränen aus den Augen liefen. Mara hatte ihren Kopf gesenkt, ihre Schultern zuckten. Sonja sprach mühsam weiter. »Sema betete – wie alle anderen Frauen auch – täglich stundenlang, dass irgendjemand sie alle aus dieser Tortur befreit. Der Gedanke, dass die ganze Welt nur noch aus Menschen bestand, die sich an ihren Qualen freuen, brachte sie fast um den Verstand.« Sonja macht wieder eine Pause, putzt sich erneut die Nase.

»Es hat fast vier Stunden gedauert, bis Sema mir das alles sagen konnte. Mit langen Pausen zwischen den Worten. Manchmal wurde sie von Weinkrämpfen geschüttelt. Dann nahm ich ihre Hand und streichelte sie. Ich hätte ihr diese Erzählung am liebsten erspart. Aber ich hatte das Gefühl, sie brauchte jemand, mit dem sie über diese furchtbaren Wochen reden konnte. Als sie fertig war, erzählte ich ihr von dir und Charly. Dass ihr beide euer Leben dafür riskiert habt, dass diese Qualen ein Ende finden. Als Sema das hörte, hat sie mich mit weit aufgerissenen Augen angeschaut, genickt und gesagt, dass das manchmal der Schlusssatz ihrer Gebete war: ›Bitte, lieber Allah, es gibt nichts auf dieser Welt, was du nicht kannst. Schicke uns wenigstens einen einzigen Menschen, der Mitleid mit uns hat. Der uns hilft. Du kannst doch nicht zulassen, dass die ganze Welt schlecht ist.‹

Sema hat jegliches Vertrauen in die Menschen verloren. Vor allem Männer fürchtet sie. Alle. Ist ja kein Wunder bei dem, was sie erleben musste. Es wird viel Zeit brauchen, bis Frauen wie sie wieder anfangen können, Hoffnung zu schöpfen. Erkennen, dass nicht jeder Mann so ist wie die Männer, die sie gequält haben, und diejenigen, die dafür bezahlten. Sie wollte natürlich wissen, wer ihr seid. Ich habe ihr nur eure Vornamen gesagt. Ich weiß ja, dass ihr weiterhin Angst vor Verfolgung habt. Sema hat eure Namen andächtig wiederholt. Und mir dann aufgetragen, dass ich dir und Charly sagen soll, dass ihr für den Rest eures Lebens jeden Dienst von ihr erhalten könnt, den ihr euch wünscht. Sie gibt sogar ihr Leben für euch, wenn ihr das wollt. Das soll ich ausrichten. Magst du, dass ich ihr eine Antwort gebe?«

Ich schlucke. Mein Hals ist so eng, dass ich kein Wort rausbringe. Meine Augen brennen, mein Gesicht ist feucht. Zum ersten Mal seit meiner Kindheit habe ich wieder geweint. Ich schaue Mara an, die mit tränennassen Augen ihren Kopf schüttelt, als Zeichen, dass ich diesen Wunsch nicht annehmen darf. In mir formt sich ein Gedanke. »Bitte sag ihr, dass mein größter Wunsch der ist, dass sie wieder zur Freude an ihrem Leben zurückfindet. Ich brauche ganz bestimmt keinen Dank von ihr. Im Gegenteil. Wenn sie eines Tages wieder glücklich ist, dann ist das das Schönste, was sie mir zurückgeben kann. Erst dann hat sich das gelohnt, worum wir uns bemüht haben!«

Zwei Monate später

Unsere Hochzeit findet im Schloss Mirabell statt. Keine kirchliche Trauung, nur Standesamt! Ich bin erst gestern Abend aus Interlaken in Adnet angekommen. Mara steckt jetzt auch schon in den letzten Vorbereitungen für ihren Umzug. Vor drei Tagen hat das Baby zum ersten Mal gestrampelt. Obwohl ich lange an ihrem Bauch gefühlt habe, konnte ich es gestern leider nicht spüren.

Heute ist unser Tag! Mara trägt ein wunderschönes hellblaues Seidenkleid mit fast transparenten Blumenmotiven. Um ihre Taille hat sie einen Schal gebunden, in roten changierenden Farben. Die Haare hat sie kunstvoll teils hochgesteckt, teils fallen sie in sanften Locken über ihre Schultern. Ein Hauch von Lippenstift, sonst kein Make-up. Die rosa Bäckchen kontrastieren mit ihrer gebräunten Haut. Der Schal soll die kleine kugelförmige Rundung ihres noch immer gertenschlanken Körpers verdecken, was nicht mehr ganz gelingt.

Zur Feier des Tages habe ich weiße Jeans angezogen, ein hellblaues T-Shirt und ein fesches dunkelblaues Jackett. Dazu meine »guten« Schuhe! Als ich ohne nachzudenken meine Sandalen anziehen wollte, hat Mara nur leicht lächelnd den Kopf geschüttelt. Wir wollten zwar nicht festlich auftreten, aber trotzdem soll dieser Tag etwas Besonderes für uns sein.

Es heißt ja, dass der Marmorsaal im Schloss Mirabell der schönste Trauungssaal der Welt sei! An einem sonnigen Augusttag wie diesem kann ich das gut verstehen. Die großen Fenster lassen goldene Sonnenstrahlen in den mit Rundbögen und Ornamenten üppig verzierten Empfangssaal fließen und tauchen alles in sanfte Farben. Die vielen steinernen Engel wirken imposant in dem warmen Licht. Oder sind das nur nackte Kinder, die hier überall die Treppe verzieren? Selbst ich fühle mich ein bisschen feierlich in dieser prunkvollen Umgebung! Unsere Trauzeugen warten an der ausladenden Marmorstiege auf uns. Bea hat ein ärmelloses, langes, knallrotes Kleid an, Charly sieht aus wie immer, finde ich. Bevor wir die Treppe gemeinsam raufgehen, zieht er mich zur Seite: »Du, das gehört zwar nicht hierher. Aber ich muss es noch loswerden, bevor der offizielle Teil beginnt. Das, was du über die Angriffe auf die Server von Ismail erzählt hast, hat mir keine Ruhe gelassen. Ich habe Knut gelöchert. Und der hat mich gestern angerufen und erzählt, dass sein junger Gehilfe Hennes versucht habe, in die Server reinzukommen, nachdem er von der Sache erfahren hatte – natürlich absolut dilettantisch! Knut lässt dir sagen, dass ihm das schrecklich leidtut. Aber bei den Jungen könne man nie wissen, was denen so alles einfällt. Gott sei Dank sei dir ja nichts passiert.«

Ich will von der ganzen Sache nichts mehr wissen, nicke nur. und sage Charly, dass das für mich alles Vergangenheit ist, über die ich nicht länger nachdenken möchte. Er soll Knut ausrichten, alles sei o.k. »Komm, die Hochzeit wartet auf uns«, sage ich dann, während wir uns wieder zu den Frauen umdrehen.

Mara und Bea umarmen sich gerade, und Bea wischt sich mit einem Taschentuch über die Augen. Die werden doch nicht etwa geweint haben? Wir gehen jetzt die breite Treppe in den Trauungssaal nach oben. Gäste haben wir keine eingeladen. Bloß kein Auflauf! In Kürze werde ich Florian Hauser heißen! Anstatt Ringe zu tauschen, haben wir heute früh gemeinsam einen Apfelbaum und eine japanische Kirsche in Maras Garten gepflanzt. An einer schönen, sonnigen Stelle beim Waldrand. Wo sie auch dann nicht im Weg sind, wenn später jemand auf dem Grundstück bauen möchte. Mara hat gesagt, ein Teil von ihr wird bei den Bäumen bleiben. Für immer. Aber sie hat trotzdem nicht unglücklich gewirkt.

Als Geschenk habe ich für sie eine mechanische Uhr gekauft. Ein zierliches, kostbares Schmuckstück. Schweizer Manufaktur.

Mit einer Rose und meinem Vornamen als Gravur. Die kriegt sie später, wenn wir an einer ruhigen Stelle im Mirabellgarten sein werden: an meinem Lieblingsplatz hinter dem Heckenlabyrinth. Ich habe Mara bisher doch tatsächlich noch nie an diesen zauberhaften Ort geführt!

Leider klingt keine Musik aus dem Mozarteum nach oben. Das liegt wohl an den Ferien. Trotzdem, die Ruhe hier, das vereinzelte Vogelgezwitscher, einfach nur schön! Der Hochzeitssaal war noch angenehm kühl. Aber wieder draußen in der grellen Sonne hatte es schon mindestens 35 Grad. Wir sind gleich nach oben in den Irrgarten geflüchtet. Im Schatten der Bäume ist es herrlich mild, sogar ein Hauch von Wind ist manchmal zu spüren. Wie erwartet, sind wir ganz alleine. Zwei Amseln hüpfen vor den Büschen herum, zum Singen ist es selbst ihnen zu heiß. Eine leichte Trauer befällt mich bei dem Gedanken, dass ich von allem hier Abschied nehmen muss. Ich liebe Salzburg! Dieser Flecken Erde wird immer der schönste sein für mich, egal wohin mich meine Reise noch führt. Es nützt nichts, ich muss das aufgeben. Ich nehme ja das Liebenswerteste mit, was ich in dieser Stadt gefunden habe.

Auf der Parkbank unter einem riesigen Kastanienbaum nehme ich dann Maras Handgelenk und befestige daran die kostbare Uhr. Bevor ich sie in den Arm nehme und küsse, erhält sie einen kleinen Zettel, auf den ich in meiner schönsten Schrift den Liedtext zu Songbird von Fleetwood Mac geschrieben habe. So schöne Worte würden mir niemals selbst einfallen. Es sollte etwas sein, das zu Mara passt. Eines der schönsten Liebeslieder, das später auch Eva Cassidy so berührend gesungen hat:

For you, there'll be no crying
For you, the sun will be shining
And I feel that, when I'm with you
It's alright, I know it's right

To you, I would give the world
To you, I'll never be cold
,Cause I feel that, when I'm with you
It's alright, I know it's right

And the songbirds are singing, like they know the score
And I love you, I love you, I love you
Like never before

Dein Florian, heute und immer

Mara ist gerührt. Ich spüre ihre Tränen an meinem Hals. Charly durchbricht nach einer kurzen Pause unsere Zweisamkeit und erzählt, dass er als Kind hier oben im Heckenlabyrinth Verstecken gespielt hat. Stimmt: Hätten wir nicht unsere schönen Kleider und Schuhe an, dann würden wir gerne ein bisschen hier herumtollen, darüber sind wir uns alle einig. Nach der »Uhrenübergabe« spazieren wir rüber zur Salzach und den Kai entlang zum *Brunnen*, wo Sonja uns zum »bosnischen Hochzeitsmahl« eingeladen hat. Sie hat Musiker aus ihrer Heimat engagiert und angekündigt, dass die Post abgehen wird. Zum ersten Mal, seit Sonja ihr Lokal besitzt, ist heute geschlossen! Wegen einer kleinen Veranstaltung aus besonderem Anlass!

Es ist gleichzeitig unser offizieller Abschied aus Salzburg. Alle, die uns lieb und wert sind, werden da sein! Auch Sema, die Sonja nach Salzburg geholt hat und um die sie sich täglich kümmert, ist eingeladen. Ich freue mich darauf, sie kennenzulernen. Sobald die Bewilligung durch ist, wird Sema an der Uni studieren, hat Sonja stolz berichtet.

Direkt nach der Feier im *Brunnen* fängt dann unsere Hochzeitsreise an. Da ich auch heute nur ein, allerhöchstens zwei Glas Sekt trinken werde, sollte das kein Problem sein. Das große neue Auto, das ich für uns gekauft habe, ist bereits fertig gepackt. Der Lago Maggiore wartet auf uns! Ich habe dort eine kleine Suite für das verlängerte Wochenende in einem prächtigen 4-Sterne-Hotel gebucht. Direkt am See. Länger Urlaub machen geht leider nicht, denn meine neue Tätigkeit nimmt mich bereits voll in Anspruch. Ist spannend und bereitet mir richtig viel Freude! Außerdem haben wir am Montag einen wichtigen Termin: Es fehlen noch etliche Möbel, die wir gemeinsam aussuchen müssen. Ich freue mich darauf, wie Mara staunen wird, wenn sie sieht, wie wunderschön unser Bad, die Küche und die anderen Räume geworden sind. Aber jetzt wollen wir erst noch mit allen Freunden und Bekannten unser neues Leben feiern!

Liedtext Übersetzung:

Für Dich wird es keine Tränen geben,
für Dich wird die Sonne scheinen.
Denn ich fühle, wenn ich bei Dir bin,
ist es in Ordnung, ich weiß, es ist gut.

Dir würde ich die Welt schenken,
zu dir werde ich niemals abweisend sein.
Weil ich fühle, wenn ich bei Dir bin,
ist es in Ordnung, ich weiß, es ist gut.

Und die Singvögel singen so,
als würden sie die Partitur kennen.
Und ich liebe dich, liebe dich wie niemals zuvor!

Danksagung

Ich möchte mich bei allen Freunden und Familienmitgliedern ganz herzlich für die Hilfe und Unterstützung bedanken.

Allen voran
bei Ursula, die mir in vielen gemeinsamen Arbeitsstunden sehr wichtige Verbesserungsmöglichkeiten aufgezeigt hat - auch ihre Begeisterung und ihr Zuspruch war sehr wichtig und wertvoll;
bei meinen Kindern Felix und Pia, deren Sachverstand ich dringend für viele Themenbereiche des Buches benötigt habe;
auch beim Pressesprecher der Landespolizeidirektion Wien, Revierinspektor Christoph Pölzl, und der Staatsanwaltschaft Salzburg, Mag. Robert Holzleitner, die mir wichtige Auskünfte gegeben und viele Fragen beantwortet haben;
und nicht zuletzt danke ich von ganzem Herzen meinem Verlagsbetreuer Wolfgang Maxlmoser, der mir ganz wichtige Tipps und Anregungen gegeben hat.